Manuel Tschmelak

RYLOVEN
DIE NAH'RANE

BAND 1

novum pro

Dieses Buch ist auch als e-book erhältlich.

www.novumverlag.com

Bibliografische Information
der Deutschen Nationalbibliothek:

Die Deutsche Nationalbibliothek
verzeichnet diese Publikation in
der Deutschen Nationalbibliografie.
Detaillierte bibliografische Daten
sind im Internet über
http://www.d-nb.de abrufbar.

© 2021 novum Verlag

ISBN 978-3-99107-686-5
Lektorat: Lucas Drebenstedt
Umschlagfotos: Indigocrow,
Markus Gann, Erin Cadigan, Rawf88,
Andrei Shupilo | Dreamstime.com
Autorenfoto: Manuel Tschmelak

Gedruckt in der Europäischen Union
auf umweltfreundlichem, chlor- und
säurefrei gebleichtem Papier.

www.novumverlag.com

*Für meinen Vater, der mir als Kind
immer Geschichten vorgelesen hat
und meine Mutter, die nie aufgehört
hat an mich zu glauben.*

UNVERHOFFTE HILFE

Drop, drop, drop. Immer wieder ertönte das Geräusch von fallenden Wassertropfen, die auf dem harten Steinboden in tausende und abertausende von viel kleineren Wasserperlen zersprangen. Keron saß zusammengesunken im Regen auf einem kleinen Vorsprung am Fuße einer Statue, die in der Mitte eines kleinen Platzes aufgestellt worden war. Beiläufig blickte er nach oben und fragte sich, wer diese Person wohl gewesen war, dass man ihr eine Statue in der Hauptstadt des Reiches errichtet hatte. Das kantige Gesicht und das Emblem auf der Rüstung des Mannes, der hier dargestellt wurde, kamen ihm bekannt vor, aber in Wirklichkeit war es ihm gleichgültig.

Keron blickte zurück auf den Boden vor ihm. Beiläufig wischte er sich seine kurzen braunen Haare, die nass an seiner Haut klebten, von der Stirn und versank wieder in seinen trüben Gedanken. Zum wiederholten Male fragte er sich, wie es sein konnte, dass sich das Leben von Menschen in wenigen Augenblicken so verändert?

Der erste dieser Momente ereignete sich in Kerons Fall bereits in seiner Kindheit. Er wuchs in einem kleinen Dorf auf, das hauptsächlich von Bauern bewohnt wurde. Seine wahren Eltern hatte er nie kennengelernt. Angeblich waren sie beide kurz nach seiner Geburt gestorben.

Stattdessen wurde er von seinen Stiefeltern aufgezogen. Sie besaßen kaum Dinge, die man als wertvoll erachtet hätte, aber Keron erinnerte sich, dass er damals noch glücklich gewesen war. Doch als er zehn Jahre alt wurde, starb seine Stiefmutter unerwartet an einer Krankheit. Sein Stiefvater verfiel daraufhin in große Trauer. Er konnte es nicht ertragen, in ihrem Zuhause zu bleiben. Also nahm er Arbeit in den Minen des Königreiches an und sie verließen ihr Dorf.

Sein Stiefvater machte sich alle Mühe, sie zu versorgen, doch obwohl er jeden Tag lange arbeitete, kamen sie gerade so über die Runden. Sie hatten noch weniger zum Leben als zuvor und Keron konnte seinem Stiefvater ansehen, dass es ihm nicht gut ging. Er wurde zunehmend stiller und jeden Tag, wenn er von der Arbeit aus den Minen zurückkam, wirkte er kraftloser. Mit der Zeit vergrößerten sich seine Augenringe und Keron schmerzte es, dass er nichts dagegen tun konnte. Er war doch nur ein Kind. Obwohl es schwierig für sie war, versuchte er seinem Vater wenigstens ein guter Sohn zu sein. Er tat sein Bestes, aber sein Leben sollte sich schon bald erneut wandeln.

Eines Tages kam sein Vater früher von der Arbeit in der Mine zurück und befahl Keron seine Sachen zu packen. Er verstand zwar nicht, was passiert war, aber er tat wie ihm geheißen. Sein Vater hatte diesen Tonfall in der Stimme, der bedeutete, dass man ihm nun lieber nicht widersprach. Zum ersten Mal seit langem schien sein Stiefvater wieder ein wenig wie früher zu sein. Er wirkte zufrieden.

Sein Vater führte ihn zu dem kleinen Hauptplatz des Minenarbeiterdorfes und stellte ihn dort einem etwas älteren Mann vor. Sein Name war Sir Francis. Er war ein Ritter des Reiches und sein Vater hatte ihn überzeugt, Keron als seinen Lehrling mitzunehmen. Als dieser jedoch erkannte, dass er sich von seinem Vater trennen sollte, protestierte er kräftig. Doch sein Vater kniete sich zu ihm herunter, nahm ihn mit beiden Händen an den Schultern und erklärte ihm, dass er gehen solle. Er wünsche sich ein besseres Leben für seinen Sohn, als er es gehabt hatte. Er solle diese Chance nützen und in die Zukunft gehen, ohne zurückzublicken. Tränen waren ihm damals über die Wangen geronnen, aber er respektierte die Entscheidung seines Stiefvaters und verließ zusammen mit seinem neuen Herrn das kleine Dorf der Minenarbeiter.

Von einem Tag auf den anderen hatte sich sein Leben vollkommen verändert und er hatte nichts dagegen tun können. Auch das Leben mit Sir Francis war nicht einfach. Sie zogen die meiste Zeit durch das Königreich Ryloven, wo Sir Francis seine Pflichten erledigte.

Allerdings wurden diese Jahre rückblickend zur schönsten Zeit in seinem Leben. Keron liebte es bald, mit seinem Meister durch die Welt zu reisen, immer neue Orte und Menschen kennenzulernen. Sir Francis verlangte ihm einiges ab, aber im Gegenzug sorgte er gut für Keron. Seit dem Tag als sein Vater, der, wie er später erfuhr, bei einem Arbeitsunfall verstorben war, ihn in die Obhut des älteren Ritters gegeben hatte, hatte Keron nie wieder hungern müssen.

Ein kleines Lächeln breitete sich auf seinem regennassen Gesicht aus. Er blickte sich auf dem kleinen Platz um, aber natürlich war niemand bei diesem Wetter auf den Straßen. Keron war alleine und das tat weh. Doch auf eine seltsame Art und Weise beruhigte ihn der kühle Regen, der unaufhörlich sanft auf ihn niederprasselte. Um sich von der Trauer abzulenken, tauchte er erneut in seine Gedankenwelt ein.

Bis zu jenem Tag, an dem sein Leben zum dritten Mal vollkommen auf den Kopf gestellt wurde, war Keron insgesamt acht Jahre bei Sir Francis gewesen und er hatte einiges bei ihm gelernt, wie zum Beispiel das Reiten, wie man in der Natur überlebte, das Fallenstellen, um zu jagen, und noch viele andere Fähigkeiten und Techniken. Allerdings hatten sie mit seinem Kampftraining, das Keron benötigte, um ein Ritter zu werden, noch nicht so richtig begonnen. Sir Francis hatte immer gemeint, dass er noch nicht bereit dazu wäre. Dies sah Keron natürlich ganz anders, aber wenn sich der alte Ritter einmal eine Meinung gebildet hatte, war er nur noch schwer davon abzubringen.

Keron war nun ein junger Mann von 18 Jahren mit kurzen braunen Haaren und einem von der Arbeit mit Sir Francis recht muskulösen Körper, was man ihm aber wegen seiner drahtigen Statur nicht gleich ansah. Dies konnte, wie Keron herausfand, sich allerdings manchmal auch als Vorteil herausstellen, weil ihn seine Gegner oftmals unterschätzten, was wiederum dazu führen konnte, dass er sie mit einem unerwartet kräftigen Schlag überraschte.

Keron hatte zwar die grundlegenden Fähigkeiten, um alleine überleben zu können, aber wenn es zu einem richtigen Kampf kommen würde, käme er mit seinen bescheidenen Schwertkünsten nicht sehr weit. Ein Anflug von Zorn breitete sich in ihm aus. Hätte Sir Francis ihn schon früher im Kampf unterrichtet, wäre vielleicht alles anders gelaufen. Vielleicht hätte er dann etwas tun, hätte irgendwie helfen können.

Keron schüttelte seinen Kopf, um diese Gedanken zu verscheuchen, und Wasser spritzte in alle Richtungen, wie bei einem Hund, der sich nach einem Bad schüttelte, um wieder trocken zu werden.

Vor wenigen Stunden hätte Keron niemals damit gerechnet, dass er sich nun so schlecht fühlen würde. Es war ein wunderschöner Tag gewesen. Sir Francis und er waren vor einem Tag in Reduna, der Hauptstadt des Reiches, angekommen. Die Sonne schien vom blauen Himmel auf Keron herab, der versuchte mit seinem Lehrmeister Schritt zu halten, als sie durch die engen Gassen der Innenstadt marschierten. Er hatte schon viele Orte des Reiches mit Sir Francis besucht, aber in Reduna waren sie nur sehr selten gewesen. Alles schien etwas größer und wundervoller als sonst irgendwo.

„Junge! Pass doch auf, wo du hinläufst!", rief Sir Francis plötzlich. Keron richtete seinen Blick erschrocken wieder nach vorne, konnte aber nicht mehr verhindern, dass er in einen Händler hineinlief, der gerade die Waren an seinem Stand an der Seite der Gasse neu ordnete. Bei dem Versuch noch auszuweichen, riss er den Mann mit sich zu Boden, was dazu führte, dass einige der Waren auf dem Steinboden klirrend zum Liegen kamen.

„Du verdammter Bengel!", schrie der Händler wütend. „Geh gefälligst von mir runter, damit ich dir die Ohren lang ziehen kann!" Sir Francis schnappte seinen Schüler am Kragen und richtete ihn wieder auf. Während Keron Sir Francis entschuldigend ansah, erhob sich auch der Händler und wollte schon wieder anfangen zu schreien. Dann allerdings erblickte er Sir Francis in seiner polierten silbernen Rüstung und das Emblem des Königs auf seiner linken Brust.

Er verstummte und sah zu seinem Verkaufsstand hinüber, wo einige Waren kaputtgegangen waren. „Meine kostbaren Gegenstände!", jammerte er und funkelte Sir Francis böse an.

Dieser seufzte, holte einen kleinen Lederbeutel hervor und reichte dem verärgerten Händler einige Münzen. Danach wandte er sich ohne ein weiteres Wort zum Weitergehen um und Keron folgte ihm, nachdem er dem Händler noch einen entschuldigenden Blick zugeworfen hatte.

„Du musst wirklich besser aufpassen, Junge", sagte Sir Francis streng, als Keron ihn eingeholt hatte. „Ein Ritter muss immer wachsam bleiben. Man weiß nie, wann man seinen Feinden gegenübertreten muss."

„Entschuldigung", murmelte Keron.

Sir Francis wollte gerade fortfahren seinem Lehrling eine Predigt zu halten, als plötzlich ein lautes Krachen von splitterndem Holz ertönte und er sich nach dessen Ursache umsah. Ein Mann war einige Meter vor ihnen aus einem Lokal hinausgeworfen worden. Vier Männer folgten ihm und halfen ihm aufzustehen. Doch offenbar war die Sache damit nicht erledigt, denn noch mehr Menschen kamen aus dem Gebäude und nahmen gegenüber der ersten Gruppe Aufstellung. Es lag eine bedrohliche Anspannung in der Luft. Keron konnte aus dieser Entfernung nicht verstehen, was die Leute sagten, aber es waren bestimmt keine Nettigkeiten. Dieser Eindruck verstärkte sich weiter, als die beiden Gruppen von Menschen begannen aufeinander loszugehen und sich zu prügeln.

„Vielleicht sollten wir die Stadtwachen holen?", schlug Keron vor, doch da war Sir Francis schon an ihm vorbeigestampft und ging auf die tobende Menschenmenge zu, die sich gebildet hatte. In seiner schimmernden Rüstung sah er in der Sonne recht eindrucksvoll aus und Keron konnte ihn mit lauter, gebieterischer Stimme rufen hören, während er versuchte die Situation unter Kontrolle zu bringen: „Ihr Narren, prügelt euch nicht wie irgendwelche Tiere! Hört sofort auf!" Die tobenden Menschen wirbelten den trockenen Staub auf der Straße auf und Keron musste näher herangehen, um erkennen zu können, was dort passierte. Im Vergleich zu ihm selbst sahen die Männer und Frauen, die sich vor ihm prügelten, um einiges stärker aus und er zögerte seinem Mentor zu Hilfe zu kommen. Schnell drehte er sich um die eigene Achse und versuchte irgendwo eine Stadt-wache zu finden, als plötzlich ein schriller Frauenschrei die Luft zerriss und Chaos in der Gasse ausbrach.

Die Menschenmassen, die den Kampf bis jetzt mit einiger Be-geisterung beobachtet hatten, stoben plötzlich in alle Richtun-gen davon. Panik stieg in Keron auf und er versuchte gegen den Menschenstrom anzukommen, um zu Sir Francis zu gelangen. Als er endlich an den verängstigten Leuten vorbeigekommen war, gefror ihm das Blut in den Adern. Nur noch eine Person war von den Leuten, die sich geprügelt hatten, übrig geblieben und lag bewegungslos am Boden.

„Fraaancis!", schrie Keron und lief zu seinem Meister. Er drehte ihn auf den Rücken und sah einen Dolch mit einem auf-wendigen Muster am Griff aus dem Bauch direkt unterhalb des Brustpanzers seines Lehrmeisters ragen. Keron legte sich schüt-zend über den Körper seines Meisters und schluchzte, während um ihn herum die Menschen in der Gasse aufgeregt hin und her liefen. Keron konnte es nicht glauben, er rüttelte an Sir Francis, um ihn wieder zu Bewusstsein zu bringen, aber es half nicht und die Blutpfütze unter ihm wurde immer größer. So viel Blut, das war viel zu viel Blut. Plötzlich wurde Keron von einem Mann in der Uniform der Stadtwache von Sir Francis weggerissen. Ein Dutzend Soldaten waren mittlerweile eingetroffen und versuch-ten die Lage zu beruhigen. Keron wehrte sich gegen den Griff des Mannes, der ihn festhielt, doch er konnte sich nicht befrei-en und musste zusehen, wie ein anderer Mann seinen Lehrmeis-ter untersuchte und dann den Kopf schüttelte. Keron gab es auf, sich zu wehren, und heiße Tränen rannen ihm über das Ge-sicht, als die Soldaten Sir Francis' leblosen Körper auf eine Tra-ge hievten und davontrugen. Keron erkannte, dass jemand ver-suchte mit ihm zu sprechen, aber er war wie versteinert, sodass er es nicht schaffte zu antworten. Der Soldat, der ihn immer noch an den Schultern festhielt, schien zu demselben Schluss gekom-men zu sein, denn er festigte seinen Griff und bewegte Keron so in dieselbe Richtung, in die sein Meister getragen worden war. Als man ihn zu einem kleinen Amtsgebäude führte, begann es leicht zu regnen. Dort wurde er zu den Geschehnissen befragt und durfte Sir Francis noch einmal sehen, bevor man ihm befahl, vor dem Gebäude auf dem kleinen Platz zu warten. Die Soldaten hatten durchaus Mitgefühl für seine Lage und wollten, dass er im Trockenen blieb, bis ihn jemand abholte, allerdings wollte Keron für den Moment lieber alleine mit seinen Gedanken sein und setzte sich draußen in den Regen an den Sockel der Statue vor dem Amtsgebäude.

Da war er nun und wartete, zu Beginn der Nacht, alleine mit seinen Gedanken. Er konnte es immer noch nicht fassen. Er verfluchte den Schöpfer, weil er alle Personen in seiner Nähe immer zu sich nehmen musste. Was sollte er jetzt nur tun?

Nach einiger Zeit des Grübelns, was nun mit ihm geschehen würde, denn irgendwie musste es doch weitergehen, bemerkte er plötzlich eine Gestalt, die im Dunkeln den Platz vor dem Gebäude der Stadtwache überquerte. Sie sprach kurz mit der Wache, die vor der Tür stand und Keron im Auge behalten hatte, und kam dann direkt auf ihn zu. Es war ein Mann von stattlicher Größe. Er trug einen braunen Mantel um die Schultern und bewegte sich sehr geschmeidig und leise. Man konnte keinen Laut hören, wenn er einen Schritt auf den Steinen des Weges tat. Er kam direkt auf Keron zu und blieb vor ihm stehen. „Bist du der Schüler von Sir Francis?", fragte er und nun wurde sein Gesicht von den Fackeln vor dem Eingang des Amtsgebäudes erhellt.

„Ja", antwortete Keron nur und betrachtete den Mann genauer. Er hatte kurze braune Haare, die schon die eine oder andere graue Strähne aufwiesen, und ein recht markantes Gesicht sowie einen gut durchtrainierten Körper, soweit Keron dies durch seine Kleidung erkennen konnte.

„Ich bin Sir Nicolas Tirion. Ich habe von deiner Lage erfahren und biete an dir zu helfen. Wenn du willens bist, mit mir zu kommen, möchte ich dir die Chance geben, von mir zu lernen", sagte der Mann mit seiner rauen Stimme.

Keron war vollkommen perplex ob dieses Angebotes und brachte nur ein „Wieso?" heraus.

Sir Nicolas wirkte nicht überrascht und antwortete prompt: „Zum einen kannte ich Sir Francis sehr gut und bin äußerst betrübt über seinen Tod. Zum anderen starb auch mein Meister, als ich mich noch in der Ausbildung befand, und Sir Francis half mir, einen neuen Ausbildungsplatz zu finden. Deswegen weiß ich, wie es dir jetzt geht. Also, ja oder nein, Junge?"

Kurz trat Stille ein. Doch dann traf Keron eine Entscheidung. „Ja, mein Herr. Es wäre mir eine Ehre unter Euch zu lernen", sagte er, als er seine Stimme wiedergefunden hatte.

Keron verbeugte sich kurz, woraufhin der Mann sich umdrehte und wieder, ohne ein Geräusch zu verursachen, fortging. „Dann komm. Wir holen auf dem Weg noch deine Sachen. Ich selbst wohne, für den Moment, nicht weit von hier in einem Gasthof." Keron grinste ein klein wenig. Zum ersten Mal seit Stunden verspürte er so etwas wie Hoffnung. Es würde also doch mit ihm weitergehen. Wenn er religiös gewesen wäre, hätte er geglaubt, dass eine höhere Macht eine schützende Hand über ihn gehalten hatte. Er kannte zwar diesen Mann nicht, aber wenn er wirklich ein Freund von Sir Francis gewesen war, konnte er ihm vielleicht helfen. Außerdem hätte er ohnehin nicht gewusst, was er sonst hätte tun sollen. Nun bot sich zumindest eine Möglichkeit, die er ergreifen konnte.

Es war mittlerweile schon tiefste Nacht, als Keron, seinen Reisebeutel geschultert, neben Sir Nicolas durch die Stadt wanderte. Sie gingen eine Zeit lang immer weiter nach Norden ins Innere von Reduna und dann gegen Osten. Während sie ihren Weg durch die verlassenen Straßen der Hauptstadt suchten, kamen sie an mehreren Gasthäusern vorbei, in denen noch einige Menschen ausgelassen feierten. Als sie gerade wieder einmal an einem dieser Häuser vorbeigingen, aus dem laute Musik drang, wurde plötzlich ein Mann aus der Tür geworfen, der genau vor ihren Füßen landete. Keron rutschte ein erschrockener Schrei heraus, aber Nicolas ließ sich nichts anmerken und half dem bedauernswerten Geschöpf auf die Füße, welcher betrunken etwas murmelte, das wie ein „danke, Sir" klang, und dann wieder in den Gasthof zurück wankte.

Die beiden setzten ihren Weg durch die dunklen Gassen von Reduna fort, ohne dass Sir Nicolas auch nur ein einziges weiteres Wort mit Keron gewechselt hatte. Schließlich hielt Keron diese Stille zwischen ihnen einfach nicht mehr aus. Er hatte so viele Fragen.

„Haben Sie Sir Francis wirklich gekannt?" Es war eigentlich eine dumme Frage, da er die Antwort ja schon erhalten hatte, doch es war ein Anfang. „Ja, das habe ich. Ich habe ihn kennengelernt, als ich so in deinem Alter war, vielleicht etwas älter, und mein Ausbilder gestorben war. Sir Francis hätte mich als seinen eigenen Schüler aufgenommen, allerdings hatte er damals schon einen Lehrling, der ihn begleitete, und half mir deshalb, als Schüler der Reichsschützen aufgenommen zu werden. Aber genug jetzt von der alten Zeit. Wir können uns morgen weiter unterhalten", sagte er und beendete damit das Gespräch wieder. Keron wusste damals nicht viel über die Reichsschützen, nur dass sie die besten Bogenschützen des Landes waren, direkt dem König unterstanden und dass sich die einfachen Bürger viele Geschichten über sie erzählten, von denen eine unwahrscheinlicher war als die andere. Keron wollte unbedingt wissen, ob sein neuer Lehrmeister nach seiner Ausbildung bei den Reichsschützen auch in der Lage war, so gut mit dem Bogen umzugehen, wie es der Volksmund von den Reichsschützen erzählte. Doch Nicolas hatte ziemlich deutlich gemacht, dass das Gespräch für heute beendet war. Daher fragte Keron ihn nicht weiter aus, damit er ihn nicht jetzt schon gegen sich aufbrachte, indem er etwas Dummes tat.

Kurz darauf kamen sie offenbar an jenem Ort an, zu dem Nicolas sie führte. Sie standen Schulter an Schulter vor einem kleinen Gasthof, der „Der wilde Bär" hieß und ein kleines rotes Schild über der Tür hatte, auf dem ein Bär mit einem Bierkrug dargestellt war. Aus der Eingangstür drang etwas Licht heraus und man konnte die Stimmen der Leute hören, die sich im Gastraum unterhielten. Keron folgte Sir Nicolas in den Schankraum, der voll mit Menschen war, die lachten, tranken und sich angeregt unterhielten. Sir Nicolas nickte dem Wirt kurz zu, der seinerseits zurücknickte, und durchquerte dann den Raum. Keron fand, dass der Wirt mit seinem langen struppigen Bart und dem außerordentlich großen und muskulösen Körper im Licht des Kamins und der Kerzen wirklich etwas von einem Bären hatte. Sie bahnten sich einen Weg durch die munteren Leute und gingen in den zweiten Stock hinauf. Nicolas zeigte Keron die Tür zu seinem Zimmer, flüsterte „gute Nacht" und verschwand dann im Zimmer nebenan. Keron wunderte sich über die Wortkargheit seines neuen Lehrmeisters. Er konnte diesen Mann einfach noch nicht einschätzen.

Keron öffnete zaghaft die Tür, die mit einem leisen Quietschen aufschwang, und wartete ein bisschen, bis sich seine Augen an die Dunkelheit gewöhnt hatten. Dann entdeckte er, dass es zwei Betten, zwei kleine Tische neben den Betten und einen runden Tisch mit zwei Sesseln in der Mitte des Raumes gab. Eines von den beiden Betten war leer, doch in dem anderen schlief schon jemand. Keron versuchte sich so langsam und leise wie möglich zum leeren Bett zu bewegen, aber leider war der Boden alt und knarrte unter Kerons Gewicht. Er setzte sich auf das freie Bett und bemerkte plötzlich, wie müde ihn die Ereignisse des Tages gemacht hatten. Er breitete sich auf der überraschend weichen Matratze aus und versuchte schnell einzuschlafen. Doch jedes Mal, wenn er die Augen schloss, sah er Sir Francis vor seinem geistigen Auge blutend in dieser Gasse liegen. Wieder einmal staunte er darüber, wie schnell sich das Leben eines Menschen ändern konnte. Allerdings hatte er nicht viele Alternativen. Er musste irgendwie weitermachen. Dies hatte ihm sein bisheriges Leben beigebracht. Es musste immer irgendwie weitergehen.

Da er einfach nicht einschlafen konnte, lag Keron einige Zeit nur da und lauschte den Geräuschen der Nacht. Von unten hörte er die gedämpften Stimmen der Leute, die noch tranken und lachten. Er vernahm auch die leisen regelmäßigen Atemzüge der Person, die neben ihm, auf der anderen Seite des Zimmers schlief. Doch aus dem Nebenzimmer, wo sich Nicolas aufhielt, hörte er keinen einzigen Laut. Es dauerte noch einige Zeit, bis es im Schankraum unter ihnen ruhig wurde und Keron endlich vor Übermüdung einschlief. Er fiel erschöpft in die Welt der Träume, die diese Nacht vom Tod Sir Francis' und dem Blut handelten, das er an diesem Tag zu sehen bekommen hatte.

NÄCHTLICHE FLUCHT

Am nächsten Morgen wurde Keron vom Licht geweckt, das durch das Fenster genau auf sein Gesicht schien. Langsam richtete er sich im Bett auf und gähnte. Er fühlte sich nicht ausgeruht, denn er hatte nicht gut geschlafen. Immer wieder träumte er vom toten Körper seines früheren Lehrmeisters und auch jetzt noch konnte Keron den blutigen Leichnam vor seinem geistigen Auge sehen. Deshalb entschied er, nicht länger liegen zu bleiben, sondern aufzustehen und seine neue Umgebung bei Lichte zu entdecken. Keron stand auf, nahm sein Hemd, das er am Abend zuvor abgelegt hatte, und streifte es sich über. Erst dann realisierte er, dass letzte Nacht noch jemand in diesem Zimmer geschlafen hatte. Er versuchte sich so beiläufig wie möglich umzudrehen und als er das verwaiste Bett erblickte, atmete er erleichtert auf. Anscheinend war sein Zimmergenosse schon sehr früh am Morgen aufgestanden und hatte das Zimmer verlassen, ohne dass Keron es bemerkt hatte.

Schlaftrunken wankte er zum Fenster und warf einen Blick hinaus auf die Straße. Es war ein sehr schöner Frühlingstag und die Händler fuhren mit Karren, auf denen sie ihre Waren geladen hatten, unter seinem Fenster in Richtung des großen Marktes von Reduna. Da Reduna die Hauptstadt des Reiches Ryloven war, kamen Händler aus allen Ecken des Landes, um ihre Waren am berühmtesten Markt des Reiches feilzubieten. Keron hatte bis jetzt noch keine Zeit gehabt, sich das Treiben und Feilschen der Leute auf diesem Markt anzusehen, aber er nahm sich fest vor die Stadt in den nächsten Tagen, wenn möglich, zu erkunden. Mit Mühe wendete sich Keron vom Fenster und dem Treiben unter ihm ab und ging auf die Tür zu, um sich etwas umzusehen. Als er an dem kleinen runden Eichentisch vorbeiging, der in der Mitte des Zimmers stand, bemerkte er etwas, das gestern noch nicht da gewesen war. Auf dem Tisch lag ein Zettel, auf dem etwas geschrieben stand. Überrascht stellte er fest, dass der Zettel an ihn adressiert war:

Nicolas hat mir gesagt, dass wir einen Neuzugang haben und ich mich um dich kümmern soll, während er in der Stadt etwas zu erledigen hat. Wenn du bereit bist, findest du mich in den Stallungen des Gasthofs.

Will.

Keron las die Nachricht erneut und steckte sie dann in die Innentasche seines Hemdes. Von Neugierde getrieben, weil er erfahren wollte, wer dieser Will war, öffnete er die Tür und betrat den Flur. Er ging gerade die Treppe hinunter, als er fast mit einem Mädchen zusammenstieß. Nachdem er sich höflich entschuldigt hatte, grüßte er sie und sie stellten sich einander vor. Ihr Name war Clara. Die Tochter des Wirtes war ungefähr in seinem Alter, hatte langes, welliges braunes Haar und einige ihrer Haarsträhnen waren zu Zöpfen geflochten. Aber was Keron besonders an ihrem Aussehen fesselte, waren ihre strahlend blauen Augen, die ihn in ihren Bann zogen. Als er bemerkte, dass er sie schon einige Zeit lang anstarrte, wurde er etwas rot und verabschiedete sich schnell. Die Treppe weiter hinuntergehend stellte er fest, dass er zum ersten Mal an diesem Morgen lächelte. Im Schankraum angekommen, saßen viel weniger Menschen an den Tischen als am vergangenen Abend. Viel weniger war eigentlich noch untertrieben, denn es saß nur ein einziger Mann in einer dunkleren Ecke des Raumes, dessen Gesicht Keron nicht erkennen konnte, weil es von der Kapuze seines Umhanges fast vollkommen verdeckt wurde. Keron kümmerte sich nicht weiter um diesen Mann und ging auf die andere Seite des Raumes, an der der Wirt gerade Krüge hinter der Theke säuberte.

„Guten Morgen", brummte der Wirt mit seiner tiefen rauen Stimme, die seine Ähnlichkeit mit einem Bären nur noch deutlicher machte.

„Guten Morgen", gab Keron als Begrüßung zurück. „Entschuldigen Sie Sir, könnten Sie mir bitte sagen, wie ich zu den

Ställen komme?" Plötzlich brach der Wirt in lautes Gelächter aus und hätte fast den Krug fallen gelassen, den er gerade zu reinigen versuchte.

„Oh Junge, so höflich war schon lang keiner mehr zu mir. Bitte nenne mich einfach Bert, denn es kommt mir merkwürdig vor, wenn mich jemand mit Herr oder Sir anredet. Bist du nicht der Junge, der gestern mit Nicolas angekommen ist?"

„Ja, das bin ich wohl, aber sage mir bitte, wo der Stall ist."

„Kannst es wohl kaum abwarten zu arbeiten, was? Den Stall findest du, wenn du durch die Tür dort hinten gehst, doch vorher wird meine Frau dir ein richtiges Frühstück machen."

Keron wandte den Blick verlegen ab. „Das ist sehr nett, aber ich habe kein Geld, um es zu bezahlen", sagte er mit einem entschuldigenden Schulterzucken.

„Das ist kein Problem. Da du zu Nicolas gehörst, geht diese Mahlzeit, aber nur diese Mahlzeit, auf mich Kleiner, denn irgendwie muss ich auch mein Geld verdienen", brummte er und gab Keron einen Klaps auf die Schulter, der so stark war, dass er fast wieder von dem Hocker rutschte, auf dem er sich gerade niedergelassen hatte. Der Wirt rief ins Zimmer hinter der Theke, damit Keron etwas zu essen bekam.

Kurz darauf brachte ihm Clara einen großen Teller mit Brot und gekochten Eiern. Als Keron ihr wieder in ihre blauen Augen schaute, hatte er wie schon auf der Treppe zuvor so ein komisches Gefühl. „Danke", sagte Keron, als sie ihm den Teller hinstellte.

Dieses Mal erwiderte sie nichts, sondern kehrte gleich wieder ins Hinterzimmer zurück. Derweil er den ersten Bissen des Brots genoss, merkte er, dass er schon seit gestern Nachmittag nichts mehr zu essen gehabt hatte. Während Keron aß, unterhielt er sich noch ein bisschen mit Bert über die Stadt und der Wirt erzählte ihm, dass gestern ein bedeutender Mann des Reiches auf offener Straße ermordet worden war. Keron verkrampfte sich der Magen bei der schmerzhaften Erinnerung an Sir Francis, er verblieb allerdings stumm und erzählte dem Wirt nicht, dass er der Schüler dieses Mannes gewesen war. Aus irgendeinem Grund, den er selbst nicht ganz verstand, wollte er von diesem großen Bären kein Mitleid. Schließlich bedankte Keron sich für das Mahl und ging auf die Tür zu, die zum Stall führte, um Will zu treffen.

Als er den Stall betrat, stieg ihm gleich der übliche, beißende Stallgeruch in die Nase, doch da er nicht zum erster Mal an so einem Ort war, gewöhnte er sich schnell an den Geruch von nassem Stroh und Pferdekot. Er schaute sich etwas um, konnte aber niemanden außer den fünf Pferden entdecken. Keron vermutete, dass die Pferde auf der rechten Seite des Durchgangs dem Wirt gehörten und das graue Pferd etwas weiter dahinter dem Mann im Schankraum, der die Kapuze seines Mantels übers Gesicht gezogen hatte. Jedoch konnte er sich nicht sicher sein, denn er wusste ja nicht, wie viele Leute sich noch in den Gästezimmern des Gasthofes befanden. Ganz hinten im Stall entdeckte er noch drei weitere Pferde, die nahe dem Ausgang standen. Das mittlere der drei war sehr groß und entsprach der Statur eines Schlachtrosses, weshalb er vermutete, dass es Sir Nicolas' Pferd war. Weiters dachte er, könnte das rechte Pferd Will gehören, weil es etwas kleiner war als das mittlere Ross. Doch am meisten verwunderte ihn das fünfte und damit letzte Pferd im Stall. Er musste zweimal hinschauen, um ganz sicher zu gehen. Es war braun, ungefähr so groß wie das von Will, aber es hatte einen weißen Fleck um das rechte Auge. Es war sein eigenes Pferd, das er, wegen der Wirrnisse des vergangenen Tages ganz vergessen, bei der Herberge seines früheren Meisters gelassen hatte. Schnell lief Keron zu dem Tier, um es zu begrüßen.

„Hallo, Weher! Wie geht es dir, mein alter Freund?" Weher wieherte kurz, was die vertraute Antwort war, wenn Keron sein Pferd begrüßte. Vor lauter Freude, dass er sein Pferd wiederbekommen hatte, war ihm zunächst gar nicht aufgefallen, dass neben seinem Pferd in einem Haufen trockenen Strohs jemand lag und schlief. Leise schritt er um sein Pferd herum, um sich den Schläfer genauer anzusehen. Keron schätzte ihn ungefähr auf sein Alter, doch weil der Fremde nicht ganz ausgestreckt dalag, konnte Keron seine Größe nicht genau bestimmen. Er war grob geschätzt einen Kopf größer als er selbst. Keron beugte sich hinunter, um zu erfahren, ob der junge Mann vor ihm wirklich nur schlief. Doch sein Atem war laut und deutlich zu hören.

„Will?", versuchte Keron den Schlafenden zu wecken, doch dieser reagierte gar nicht auf diesen Versuch. „Bist du Will?", fragte Keron nun etwas lauter als zuvor, doch wieder war keine Reaktion auszumachen. Weher verfolgte die Versuche seines Freundes, Will so diskret wie möglich zu wecken, geduldig, doch dann begann er plötzlich ganz laut zu wiehern. Will schreckte aus seinem Schlaf hoch und hielt sich die Ohren zu.

„Achhh, sei doch still du dummer Gaul, warum musst du mich auch aus dem Schlaf reißen?", fragte Will das Pferd mit einem beleidigten Unterton in seiner Stimme.

„Hey, wen nennst du hier dummen Gaul!" fuhr ihn Keron an, den Will bis zu diesem Zeitpunkt noch gar nicht bemerkt hatte. Will zuckte zusammen und drehte sich schnell zu Keron um. Sein erstauntes Gesicht über den unerwarteten Zwischenruf wich schnell einem breiten Grinsen und einem herzhaften Lachen. „Hahaha! War doch nicht so gemeint, aber dieses Pferd hat mich nun mal geweckt und das mag ich gar nicht. Tut mir leid, Brauner", fügte er an Weher gewandt hinzu, ohne sein Grinsen zu verlieren.

„Du musst wohl Keron sein oder liege ich da etwa falsch? Nicolas sagte mir, dass wir einen Neuzugang haben."

„Ja, der bin ich und ich vermute mal, dass du Will bist", antwortete Keron dem immer noch grinsenden Will.

„Der einzig Wahre, möchte ich hinzufügen", sagte dieser und machte einen hochmütigen Adeligen nach, bevor er wieder zu lachen begann. „Komm, gehen wir in den Schankraum und unterhalten uns dort weiter. Vielleicht gibt uns der alte Bert einen Trunk aus." Während sie den Stall durchquerten und Will fröhlich vor sich hin summte, konnte Keron sich schließlich nicht mehr zurückhalten.

„Du bist aber ein sehr fröhlicher Zeitgenosse, oder?"

„Bin ich das?", gab Will erstaunt über die Frage seines Kameraden zurück. Zum ersten Mal verschwand das Lächeln aus seinem Gesicht und er wurde nachdenklich. Keron war schon dabei, im Geiste seine Entschuldigung zu formulieren, weil er Will auf keinen Fall zu nahe treten wollte. Doch bevor er etwas sagen konnte, fing Will, der die schuldbewusste Mimik seines neuen Reisegefährten zum Schreien komisch fand, wieder an zu lachen. „Ja das bin ich wohl, Key", brachte er zwischen seinem Lachen heraus. Und dieses Mal schloss sich Keron ihm an, der begriff, dass sein neuer Freund ihn gerade hereingelegt hatte. Guter Laune betraten sie den Schankraum und setzten sich auf die abgenutzten Holzstühle an einen Tisch nahe der Treppe, die in den ersten Stock führte.

„Also Key, erzähl mal. Was ist deine Geschichte?", fragte Will während er aus dem Fenster auf die Straße schaute.

„Geschichte?", gab Keron verwundet zurück.

„Na ja, du musst doch eine Geschichte haben, jeder hat doch eine. Zum Beispiel würde mich interessieren, wie es dazu kam, dass du jetzt hier bei mir sitzt", versuchte Will nachzubohren, damit Keron ihm etwas erzählte. Also begann Keron ihm von seinen Reisen mit Sir Francis zu berichten. Doch schon bald unterbrach Will ihn.

„Ist das nicht der Mann, der gestern auf offener Straße erstochen wurde?" Schweigen breitete sich über die zwei aus, denn Keron wollte nicht über die Geschehnisse des gestrigen Tages reden und Will erkannte, dass er einen wunden Punkt getroffen hatte, woraufhin er lieber nicht weiter nachfragte.

„Aha, ist ja auch nicht so wichtig", sagte Will und wechselte das Thema. „Nicolas hat mir gesagt, dass er erst gegen Abend wiederkommen wird, deshalb schlage ich vor, dass wir uns die Stadt etwas genauer anschauen gehen", versuchte Will etwas unbeholfen das Gespräch zu beenden. Keron nickte zustimmend und so machten sich die beiden auf in die Stadt. Keron konnte es nicht genau erklären, aber seit dem ersten Moment konnte er Will gut leiden und er hatte so ein Gefühl, dass sie schon bald gute Freunde werden würden.

Als Keron den Gasthof verließ und auf die Straße hinaustrat, musste er zuerst einige Male blinzeln, weil sich seine Augen an das trübere Licht im Gasthof gewöhnt hatten. Mittlerweile herrschte bereits geschäftiges Treiben auf den Straßen der Stadt. Sie beschlossen die Richtung zum Markt- und Handelsviertel der Stadt einzuschlagen. In dieser Gegend von Reduna, die sie gerade durchquerten, lagen hauptsächlich Wohnhäuser von einfachen Bürgern, wenn man von den einzelnen Schenken und Gasthöfen einmal absah. Links und rechts an den Seiten standen Steinhäuser, die nicht mehr als zwei Stockwerke besaßen. Es war ein sehr einfacher architektonischer Stil ohne unnötige Verzierungen, abgesehen von wenigen einfachen Mustern an den Eingängen. Vor jedem Fenster gab es braune oder grüne Fensterläden und vor manchen waren Schnüre gespannt, um dort Wäsche zum Trocknen aufhängen zu können.

Erst jetzt bemerkte Keron, wie groß Will wirklich war. Seine erste Schätzung hatte sich als richtig erwiesen, denn Will war ungefähr einen Kopf größer als er und seine Arme und Beine waren auch dementsprechend lang. Sein Gang hatte etwas Federndes an sich und er strahlte eine gewisse Kameradschaft aus, die Keron noch nie verspürt hatte und die er sich nicht wirklich erklären konnte. Plötzlich blieb Will vor Keron stehen.

„Hörst du das?", fragte er ihn. Und wirklich. Wenn Keron ganz genau hinhörte, konnte er viele Stimmen von Menschen ausmachen, die miteinander redeten.

„Wir müssen schon nah am Marktplatz von Reduna sein", stellte Keron fest. Will nickte nur und wies seinem Freund, ihm in eine Seitengasse zu folgen. Dort kletterte er auf drei übereinandergestapelte Kisten und sprang hoch, um sich mit den Händen an der Kante des niedrigen Daches festzuhalten und hinaufzuziehen. Will machte dies mit so einer Schnelligkeit und Selbstverständlichkeit, dass Keron nur über seinen neuen Freund staunen konnte und er schwor sich, Will bei der nächsten Gelegenheit zu fragen, wo er so etwas gelernt hatte. Kurz darauf konnte Keron ihn nicht mehr sehen, doch dann tauchte sein Kopf wieder auf und er rief zu Keron herab.

„Komm endlich rauf. Du musst das sehen." Keron stieg auf die drei großen Kisten, die unter seinem Gewicht etwas nachgaben, aber zum Glück nicht zusammenbrachen. Nach einem kurzen Moment des Zweifels wagte er den Sprung zur oberen Kante des Hauses und versuchte sich hochzuziehen, allerdings hatte er nicht genug Kraft in den Armen. Doch mit der Hilfe von Will schaffte er es schließlich hinauf. Oben auf dem kleinen Dach angekommen, kletterten sie weiter auf das Dach des Hauses nebenan. Dort zeigte Will ihm eine Leiter, die sie benutzten, um auf nächsthöhere Gebäude zu gelangen. Und wieder erkletterte Will die Leiter, ohne Probleme dabei zu haben. Doch als Keron hinaufklettern wollte, schaffte er es nicht die Leiter so schnell und flink zu erklimmen wie sein Freund. Er beneidete Will um dessen Geschicklichkeit.

Will hatte wirklich recht damit gehabt, dass es sich lohnen würde, auf das Dach zu klettern, denn von dort oben hatten sie eine wunderbare Aussicht auf den unter ihnen liegenden Marktplatz und die verschiedenen Leute, die dort Handel trieben. Es war einfach großartig. Keron erkannte Menschen aus den unterschiedlichsten Regionen des Reiches und vor allem die Menschen der östlichen Region von Ryloven fielen ihm wegen ihrer besonders bunten Kleider gleich auf. Nachdem sie einige Zeit an der Kante des Daches gestanden und dem Treiben unter ihnen schweigend zugesehen hatten, wurde Kerons Neugierde einfach zu groß. „Will?"

„Hmmm", kam es nur als Antwort zurück.

„Du hast mich doch vorher nach meiner Geschichte gefragt, aber du hast noch gar nichts von dir erzählt. Ich würde gerne wissen, woher du so gut auf Dächer klettern kannst?"

„Soso, das wüsstest du gerne, was?", sagte er und grinste dabei, ohne den Blick von den Leuten zu nehmen. „Du musst dazu erst einmal wissen, dass ich in einer ähnlich großen Stadt wie Reduna als Waise aufgewachsen bin. Die meiste Zeit des Tages habe ich damit verbracht, auf der Straße zu sein, auf Häuser zu klettern, mir geheime Schlupfwinkel zu suchen und am Leben zu bleiben", fügte er mit einem Schmunzeln hinzu. „Die beste Zeit des Jahres war die, wenn die Gaukler ihr Können auf den Plätzen öffentlich zeigten. Ich bin dann einige Tage nicht ins Waisenhaus zurückgekehrt, sondern habe mit den Gauklern gelebt und einiges von ihnen gelernt. Zum Beispiel habe ich von einem Mann namens Haster das Messerwerfen gelernt und ein paar andere Leute haben mich im Bestehlen von Menschen unterrichtet. Im Nachhinein kann ich es nicht gut heißen, was ich damals getan habe, aber zu meiner Entschuldigung muss man hinzufügen, dass ich es nicht besser wusste und das Gauklerleben wirkte so aufregend. Allerdings bedauere ich die Erfahrungen nicht, die ich gemacht habe, denn ohne sie hätte ich Nicolas nie getroffen." Keron unterbrach ihn nicht, um eine Zwischenfrage zu stellen, da er die Geschichte unbedingt hören wollte. Er ließ Will also einfach weiterreden und hörte gespannt zu.

„Es war eines Tages ziemlich genau um die Mittagsstunde, als ich versuchte einen Apfel von einem der Händler zu stehlen. Doch noch bevor ich den Apfel auch nur berührt hatte, wurde mein Arm plötzlich von einer Hand gepackt und aufgehalten. Ich dachte schon eine der Stadtwachen hätte mich erwischt und es wäre aus mit mir. Aber als ich hochschaute, erblickte ich das erste Mal Nicolas Tirion, der mir direkt in die Augen sah und langsam den Kopf schüttelte. Er nahm mich etwas zur Seite und als sich sein Griff lockerte, riss ich mich los und rannte so schnell ich konnte durch die Menge auf die andere Seite des Platzes. Ich versteckte mich in einem meiner geheimen Schlupfwinkel, der ganz in der Nähe war und ruhte mich aus. Mein Herz klopfte wie wild und ich war froh, dass ich gerade noch so entkommen war. Allerdings wie heißt es so schön, man sollte den Tag nicht vor dem Abend loben." Will lachte über seine eigene Geschichte, doch Keron war zu gefesselt, um sich ihm anzuschließen. Nachdem Will sich wieder gefangen hatte, bat Keron ihn, er solle doch bitte weiter erzählen und dies tat Will dann auch.

„Am nächsten Tag kam Nicolas im Waisenhaus vorbei und schlug der Frau, die das Waisenhaus leitete vor mich mitzunehmen und mich zu unterweisen. Zuerst habe ich mich gegen diese Vorstellung gewehrt und ich konnte mir auch nicht erklären, wie mich dieser Mann wiedergefunden hatte. Aber da er wohl irgendetwas in mir gesehen hatte und ich das Leben im Waisenhaus und auf der Straße schon ziemlich satthatte, entschied ich mich mit diesem Mann mitzugehen. Was ich bis heute nie bereut habe." Für einen kurzen Moment hatte Keron den Eindruck, dass sich Wills Miene verdunkelte. Doch dann war der Moment auch schon wieder vorbei.

„So, nun kennst du meine Geschichte und ich möchte betonen, dass ich um einiges mehr erzählt habe als du. Aber lassen wir es derweilen gut sein. Los, lass uns wieder nach unten steigen und schauen, was die Händler so zu verkaufen haben."

Und bevor Keron etwas einwenden konnte, hatte Will sich umgedreht und war bereits halb die Leiter hinuntergeklettert. Schnell folgte ihm Keron und schon bald befanden sie sich mitten im Getümmel des Marktes. Mit großen Augen bestaunten sie die wunderlichsten Dinge, die es an den einzelnen Ständen zu kaufen gab. Es gab dort fast jede erdenkliche Ware, die Keron sich vorstellen konnte. An einem Stand begutachtete er wunderschöne gewebte Teppiche, an anderen Ständen wurden Waffen, Helme und Brustpanzer verkauft, die alle schön poliert waren und in der Sonne glänzten. Neben Haushaltsgegenständen und kleinen Möbelstücken wurden ebenso Blumen, Fleisch, Fisch, Obst und Gemüse angeboten. Während sie sich ihren Weg durch die Menschenmenge bahnten, musste Keron sich immer wieder bei Leuten entschuldigen, weil er sie in diesem Gedränge unabsichtlich angestoßen hatte. Will hingegen hatte keine Probleme, sich ohne Zusammenstöße durch die Menschenmasse zu bewegen und bekam dafür gelegentlich einen bösen Blick von Keron, der einfach nicht verstehen konnte, wie sich sein Freund so mühelos von einem Stand zum nächsten bewegte. Keron war ganz fasziniert von dem Schauspiel, das sich ihm bot. Er hörte Käufer beim Feilschen mit Händlern zu, er hörte das wütende Schreien eines Verkäufers, wenn seine Kundschaft ihm weniger Geld geben wollte, als er es sich vorstellte. Doch man hörte auch oft Ausrufe der Freude und sah energisches Händeschütteln, wenn ein Händler ein gutes Geschäft gemacht hatte. Keron sah viele Gegenstände, die ihm sehr gefielen, wie ein Schwert, das mit Rubinen am Griff besetzt war, die in der Mittagssonne rot leuchteten. Aber weil Keron kein Geld hatte, um sich so ein wertvolles Stück leisten zu können, folgte er Will einfach, der ab und zu bei einem Stand stehen blieb, den Händler fragte, wie viel er für dieses oder jenes Stück verlangte und dann wieder weiterging. Nur einmal blieb Will länger bei einem Stand stehen und Keron konnte sehen, wie seine Augen glänzten, als er ein Set von fünf Dolchen begutachtete. Will versuchte sogar mit dem Händler zu feilschen, um sich diese Dolche zu kaufen, aber der Mann war sehr stur, was den Preis anbelangte und ließ nicht mit sich verhandeln. Verärgert über die Dickköpfigkeit des Händlers gab Will seine Versuche, die Dolche zu erwerben, auf und drehte sich zu Keron um.

„Komm, lass uns etwas zu essen kaufen und dann setzen wir uns an einen ruhigeren Ort. Ich bekomme auf diesen Märkten immer Hunger", bemerkte er mit einem grimmigen Gesicht. Keron stimmte seinem Freund zu. Deshalb gingen sie zum nächsten Bauernstand und kauften dort einen kleinen Laib Brot und etwas Obst. Danach verließen sie den Platz durch eine kleine Seitengasse und kamen an einem weiteren Platz heraus. Er war nicht so groß wie jener, auf dem die Händler ihre Waren feilboten, allerdings war es auch nicht so laut. In der Mitte des Platzes befand sich eine Statue auf einem etwas erhöhten Plateau, zu deren Füßen sie sich hinsetzten und aßen. Nach dem sie beide etwas im Magen hatten, besserte sich Wills Laune wieder und er vergaß die unerreichbaren Dolche. Diesen Umstand nützte Keron gleich aus, um Will eine weitere Frage zu stellen.

„Will, wie ist Sir Nicolas eigentlich so?"

„Darüber brauchst du dir keine Sorgen zu machen. Nicolas ist ein guter Lehrer und ich habe gehört, dass er nicht jeden als Schüler akzeptiert, deshalb können wir uns glücklich schätzen, denke ich."

„Das ist ja alles schön und gut, aber kannst du mir nicht bitte mehr über ihn erzählen", ließ Keron nicht locker, der vermutete, dass Will noch mehr wusste. Immerhin reiste er schon längere Zeit mit Sir Nicolas durch Ryloven.

„Na gut. Ehrlich gesagt, redet er kaum über sich selbst, aber das ist vermutlich so, wenn man ein Mitglied der Reichsschützen ist, denn die sind ein eher verschwiegener Orden." Bei diesem Wort wurde Keron neugierig. Er hatte Geschichten gehört, allerdings nie erfahren, ob sie auch wahr waren.

„Stimmt es, dass sie die besten Bogenschützen des Reiches sind?", fuhr ihm Keron dazwischen.

Will nickte. „Ja, ihre Schussgenauigkeit auf weite Distanzen ist sehr gefürchtet und die Tatsache, dass sie äußerst schnell zwischen verschiedenen Zielen wechseln können, macht sie zu sehr gefährlichen Gegnern. Allerdings habe ich Nicolas noch nie schießen sehen. Er trägt den Bogen und den Köcher zwar meistens bei sich, doch ich konnte ihn noch nie in Aktion sehen."

„Wenn das stimmt, dann würde ich es sehr gerne von ihm lernen. Aber erzähl mir noch mehr über ihn", drängte Keron auf weitere Informationen.

„Tja, ich bin selbst noch nicht einmal ein Jahr bei ihm und bis jetzt hatten wir, abgesehen von ein paar Grundstellungen im Schwertkampf, nicht viel Zeit uns mit meiner Ausbildung zu beschäftigen, weil wir eigentlich ständig auf Reisen waren. Viele Menschen treten Sir Nicolas mit großer Ehrfurcht gegenüber, da er im letzten großen Krieg gegen die Teatoken, deren Land an das Gebirge im Nordwesten angrenzt, eine wichtige Rolle gespielt hatte. Doch was er wirklich getan hatte, weiß ich selber nicht so genau." Will unterbrach seine Erläuterungen kurz und schien zu überlegen. Doch schließlich erschien erneut sein vertrautes Grinsen auf seinem Gesicht: „Genau, bevor ich es vergesse, sollte ich dir sagen, dass du ihm lieber nicht zu viele Fragen stellst. Denn das kann er nicht so gut leiden. Außerdem verlangt er beim Training und bei jeder anderen Arbeit, die er dir aufträgt, vollste Konzentration und Aufmerksamkeit. Ich glaube, das ist das Wichtigste, das du über ihn wissen musst. Alles andere wird er dir schon selber erzählen, wenn er es für notwendig empfindet."

Während Keron noch über die Worte seines Freundes nachdachte, stand dieser schon auf, um die Stadt etwas weiter zu erkunden. Will wollte noch unbedingt zur großen Burg des Königs gehen. Er ersuchte Keron hier kurz auf ihn zu warten, während er in die Schenke auf der anderen Seite des Platzes ging, um den schnellsten Weg zu erfragen. Nachdem Keron einige Zeit den vorbeigehenden Leuten zugesehen hatte, kam Will wieder und die beiden machten sich auf den Weg. Sie waren noch nicht weit gegangen, da konnten sie schon die Turmspitzen über den Dächern der Häuser aufragen sehen. Umso näher sie der Burg kamen, umso mehr veränderte sich auch der Stil der Häuser.

„Ohne Zweifel befinden wir uns jetzt in den Adelsvierteln", dachte Keron. Und sein Eindruck betrog ihn nicht, denn die Häuser waren nun um einiges größer und prunkvoller gebaut als in den Straßen zuvor. Sie hatten alle große Eingangsportale und zu einigen führte eine Marmortreppe hinauf. Keron entdeckte sogar Statuen auf kleinen von den Dächern abstehenden Sockeln. Doch keines dieser Gebäude war wie die Burg selbst. Es war das beeindruckendste Gebäude, das Keron je gesehen hatte. Sie war von einem breiten Burggraben umgeben, der mit dem Fluss verbunden war, der durch die Stadt ins Meer und damit direkt zum Hafen von Reduna führte. Hinter dem Burggraben stand eine sehr hohe Mauer, die das ganze Gebäude umgab, und in jeder der fünf Ecken der Mauer befand sich ein Wachturm. In das Innere der Festung konnten die beiden nicht genau hineinsehen, aber sie erkannten ein riesiges Gebäude aus weißem Stein im hinteren Teil der Anlage, das das Herzstück der Burg bildete. In diesem Palast würden sich vermutlich die königliche Familie, alle Adeligen und die Diener aufhalten. Außerdem vermutete Keron den großen Prunk- und Ballsaal in diesem Gebäude, von dem er schon manche Leute in Gasthöfen schwärmen gehört hatte.

Nachdem Keron und Will sich einige Zeit diesem Anblick hingegeben hatten, beschlossen sie langsam wieder zurückzugehen. Sie nahmen nicht den direkten Weg zurück zum Gasthof, sondern streiften noch länger durch das Adelsviertel, in dem es mehrere Geschäfte gab, in denen man zum Beispiel prachtvolle Ballkleider kaufen konnte. Ohne ein besonderes Ziel gingen sie durch die Gassen, bis sie wieder am Marktplatz ankamen, auf dem nun nicht mehr so viele Leute waren wie vor einigen Stunden. Viele der Händler fingen sogar bereits an ihre Stände abzubauen und ihre überzähligen Waren wieder auf die Karren zu laden. Mit leichten, schnellen Bewegungen überquerte Will den Platz und Keron folgte ihm mit geringem Abstand, weil er noch einige Gegenstände der Händler betrachtete, die er bei ihrem ersten Besuch aufgrund der vielen anderen Personen nicht gesehen hatte. Am Anfang der Straße auf der anderen Seite des Platzes wartete Will auf seinen neuen Freund, damit Keron ihn einholen konnte. Langsam wurde der Himmel immer dunkler und erstrahlte bereits in einem hellen roten Licht, als Keron das Schild des Gasthofes vor ihnen entdeckte. Er ging voraus durch die Tür und die beiden bahnten sich einen Weg durch die lachenden und trinkenden Arbeiter, die nach ihrem Tagewerk in den Gasthof gekommen waren, um sich etwas zu vergnügen. Will setzte sich auf einen freien Hocker an der Bar und bestellte bei Bert etwas zu essen, während Keron sich neben ihn setzte. Als Bert ihnen zwei Teller vor die Nase stellte, sah Will das breite Grinsen unter seinem buschigen Bart.

„Warum denn so fröhlich heute?", fragte Will und musste ebenfalls grinsen.

„Es ist nichts Besonderes, aber es kommt eben nicht so oft vor, dass ich schon so früh so viele Kunden habe und da sich, während ihr weg wart, ein umherreisender Barde ankündigte, werden die Leute bis spät in die Nacht bleiben und sich viel zu trinken bestellen", antwortete der Wirt mit seiner tiefen Stimme. Kurz bevor die beiden ihr Mahl aufgegessen hatten, kam wirklich ein Mann mit einem recht bunten Mantel und einem Zupfinstrument in den Schankraum und fing an zu spielen. Begeistert lauschten die beiden dem Gesang und der Musik des Mannes und aßen weiter.

Es dämmerte bereits, als Sir Nicolas über die hölzerne Zugbrücke ging, um endlich die Burg zu verlassen. Aber es war nicht seine Art sich zu beschweren, denn immerhin hatte er, als einer der angesehensten Leute am Hofe des Königs und als wichtiges Mitglied der Reichsschützen, eine gewisse Verantwortung zu tragen. Das ganze letzte Jahr hatte er verschiedenste Nachforschungen angestellt, deren Ergebnisse er nun dem Obersten der Reichsschützen mitgeteilt hatte. Sir Nicolas ging nicht über die Hauptstraßen zurück zum Gasthof, denn obwohl es ihm sonst nicht viel ausmachte, dass die Menschen oft etwas seltsam reagierten, wenn sie einem Mann in Reichsschützengewändern begegneten, wollte er heute nicht zu viel Aufmerksamkeit auf sich ziehen. Er verstand sehr gut, warum die Leute misstrauisch auf Mitglieder seines Ordens reagierten. In den letzten Jahren hatten sich Gerüchte entwickelt, dass ihre Schnelligkeit und ihr Können im Bogenschießen einen unheilvollen Grund hatten, was natürlich vollkommener Unsinn war. Doch andererseits hatte dieser Aberglaube einige Vorteile, denn zum einen wurde den Reichsschützen ein gewisser Respekt entgegengebracht und zum anderen konnten Streitigkeiten oft schon durch die Anwesenheit eines Reichsschützen beendet werden, weil sich die meisten nicht mit einem Reichsschützen messen wollten, was auch daher rührte, dass dieser Bund direkt dem König unterstand und nicht den Fürsten der einzelnen Gebiete von Ryloven.

In dem Bestreben nicht aufzufallen, versuchte Sir Nicolas deshalb nur Seitengassen zu benutzen. Als er den Marktplatz durch mehrere Seitenstraßen umrundete, war es bereits dunkel geworden. Er hatte den großen Platz gerade hinter sich gelassen, als er in der Gasse hinter sich ein Geräusch hörte. Mit einer schnellen Bewegung drehte er sich um und starrte in die Finsternis, doch er konnte niemanden erkennen. Wachsam ging er weiter und änderte manchmal seine Schrittfolge, um zu hören, ob ihn jemand verfolgte. Das Geräusch war kaum wahrnehmbar, aber als er plötzlich ohne Vorwarnung ganz kurz stehen blieb, hörte er jemanden, der in sicherer Entfernung noch einen Schritt machte und dann innehielt. *„Das ist kein normaler Straßenräuber"*, dachte er. *„Denn niemandem ohne eine spezielle Ausbildung ist es möglich, sich so präzise zu bewegen, dass er genau in demselben Takt geht wie ich und sich den veränderten Schrittfolgen so schnell anpasst."*

Ohne sich anmerken zu lassen, dass er von seinem Verfolger wusste, ging er weiter die Gasse entlang, änderte allerdings seine Richtung, weil er seinen Verfolger nicht zum Gasthof führen wollte. Nach einigen Minuten, in denen er vergeblich versuchte die Position seines Schattens zu bestimmen, bog er um die Ecke in eine leicht erhellte Straße und hielt abrupt an. In der Mitte stand eine einzelne, von einem Mantel umhüllte Figur, die auf ihn zu warten schien. Misstrauisch blieb Nicolas mit genügend Abstand zwischen ihm und dem Fremden stehen. Ohne eine Vorwarnung zog die dunkle Gestalt ihr Schwert und machte einen Satz nach vorne. Nicolas hatte gerade noch genügend Zeit sein eigenes Schwert zu ziehen, es hochzureißen und den Schwertstreich seines Gegenübers zu parieren. Immer wieder führte sein Gegner heftige Schläge aus und Sir Nicolas musste erstaunt feststellen, dass die Schwerthiebe schneller auf ihn niederprasselten, als es einem durchschnittlichen Kämpfer möglich sein dürfte. Er parierte einen Seitenhieb, aber der nächste Schwertstreich, der ihm den Kopf von den Schultern getrennt hätte, wenn er sich nicht schnell genug weggeduckt hätte, ließ nicht lange auf sich warten.

Nicolas wich zurück, um etwas Distanz zwischen ihm und seinem Angreifer zu bekommen, doch dieser ließ ihm keine Pause und griff unermüdlich an. Erneut wehrte Nicolas mehrere schnell geführte Hiebe ab, aber er konnte sich in keine bessere Position bringen. „*Ich muss irgendetwas unternehmen, sonst könnte dieser Kampf schlecht ausgehen*", dachte Sir Nicolas, duckte sich erneut geschickt unter einem Schwertstreich hinweg und versuchte seinen Gegner an der Seite zu treffen. Nicolas grinste, denn er war sich sicher, dass er es nun endlich geschafft hatte, die Verteidigung seines Angreifers zu durchbrechen. Doch mit einer schon fast übermenschlichen Geschwindigkeit drehte sich der Kämpfer herum und blockte seinen Hieb mit Leichtigkeit ab. Überrascht taumelte Nicolas einen Schritt zurück. Als er glaubte eine weitere Schwäche in der Verteidigung seines Gegners entdeckt zu haben, griff er ihn frontal an, doch zu spät erkannte er, dass diese einladende Bewegung eine Falle gewesen war. Schnell zog der verhüllte Krieger mit seiner freien Hand einen Dolch unter seinem Gewand hervor und versuchte Nicolas' Schwertarm zu treffen. Der konnte diesem präzise geführten Streich nicht schnell genug ausweichen und so durchschnitt der Dolch sein Gewand und brachte ihm eine Schnittwunde an der Schulter bei. Ein stechender Schmerz durchfuhr seinen rechten Arm und er musste schnell die Schwerthand wechseln, um den nächsten hart geführten Schlag abwehren zu können. Sir Nicolas konnte das Gesicht seines Gegners nicht genau sehen, aber trotzdem glaubte er kurz ein Lächeln erkannt zu haben. Es wurde immer schwieriger für ihn seinem Gegner Widerstand zu leisten. Sein Arm pochte vor Schmerzen und durch die immer wiederkehrenden harten Schläge wurde sein Handgelenk langsam taub. Wieder versuchte sein Gegenüber ihn mit dem Dolch in der Seite zu treffen, doch dieses Mal erkannte Sir Nicolas die Finte und konnte noch rechtzeitig ausweichen. Bei dieser Gelegenheit erhellte der Schein eines nahen erleuchteten Fensters die Klinge des Dolches, den sein Gegner führte. Sie war tiefrot und dies lag nicht an dem Blut, das sich darauf befand. Während seiner Nachforschungen hatte Sir Nicolas Gerüchte über Attentäter gehört, deren Markenzeichen angeblich Dolche mit roten Klingen waren. Allerdings gelang es den Reichsschützen nie, diese Gerüchte zu bestätigen, weil es nie einen Augenzeugen gegeben hatte, den sie befragen hätten können. Angeblich war jeder, der einen dieser Männer gesehen hatte, am Ende tot. Sir Nicolas hatte keinen Zweifel daran, dass er vor genau solch einem Mann, einem Nah'ranen, stand, was seine Chancen auf einen Sieg nicht gerade verbesserte.

Plötzlich hörte Sir Nicolas hinter sich schnelle Schritte, die, wie er vermutete, zu den Nachtwachen gehörten, die in der Stadt patrouillierten. Und da der Nah'rane nun noch schneller angriff, hatte sein Gegner vermutlich denselben Gedanken. Doch so einfach wollte es Nicolas ihm nicht machen und hielt weiter stand. Umso näher die Wachen kamen, umso schneller und stärker wurden die Schwerthiebe seines Gegners, aber je stärker diese wurden, desto unvorsichtiger wurden diese auch. Gerade als die Wachen in ihre Gasse bogen, schaffte es Sir Nicolas, seinem Gegenüber den Dolch aus der Hand zu schlagen, was ihm allerdings eine weitere Schnittwunde einbrachte. Sir Nicolas hoffte, dass der Nah'rane nun die Flucht ergreifen würde, doch zu seiner Überraschung rannte er an ihm vorbei und direkt auf die Patrouille zu. Die vollkommen unvorbereiteten Wachen sahen sich plötzlich einem tödlichen Gegner gegenüber und noch bevor sie ihre Waffen gezogen hatten, waren schon zwei von ihnen der Klinge des Attentäters zum Opfer gefallen. Die restlichen vier Wachen versuchten ihn aufzuhalten, aber nachdem noch ein Soldat tot zu Boden sank, hatte sich der Attentäter schon einen Weg durch die Wachen gebahnt und lief vom Kampfgeschehen weg. Sir Nicolas eilte zu den Wachen und nahm sich einen Bogen, der einem der toten Wachen gehört hatte. Schnell spannte er einen Pfeil ein und schoss auf den flüchtenden Feind. Der Pfeil sirrte durch die Luft und drang in die rechte Schulter des Nah'ranen ein, der jedoch einfach weiter lief, als wäre nichts gewesen, und im nächtlichen Nebel verschwand.

„Kümmert euch um die Toten!“, befahl er den Wachen noch bevor er den zurückgelassenen Dolch in ein Tuch wickelte und sich auf den Weg zum Gasthof machte. Nicolas machte sich Sorgen. Er konnte sich nicht vorstellen, worauf dieser Mann es abgesehen hatte und er handelte möglicherweise nicht alleine. Er musste nachsehen, ob es Will und Keron gut ging. Aber selbst wenn dieses Monster es nur auf ihn abgesehen hatte, sollten sie so schnell wie möglich Reduna verlassen, um herausfinden zu können, wer dieser Nah'rane war und warum er überhaupt angegriffen worden war.

„Da ist etwas in der Dunkelheit. Es ist nahe. Ich kann es in der Stille atmen hören.“ Keron wagte nicht seine Augen zu öffnen. Er blieb reglos liegen und lauschte auf weitere Geräusche. Plötzlich nahm er eine Bewegung neben sich war. Keron schoss hoch, aber eine Hand über seinem Mund hielt ihn davon ab, sich ganz aufzurichten. Sein Herz raste, aber als er sah, wer ihm den Mund zuhielt, entspannte er sich wieder. Es war nur Will, der neben seinem Bett stand. *„Wen hatte ich auch erwartet?“* Doch irgendetwas stimmte nicht, denn Wills Hand ließ ihn nicht los und die andere ruhte mit ausgestrecktem Zeigefinger auf seinen eigenen Lippen.

„Da draußen ist jemand“, flüsterte er und ließ Keron los.

Keron blickte zur Tür, und wirklich, langsam bewegte sich die Türklinke nach unten. So ernst hatte er Will bis jetzt noch nicht gesehen. Es gab nicht einmal ein Anzeichen eines Lächelns auf seinem Gesicht. Die Tür immer fest im Blick bewegte Will sich, ohne dass der Boden knarrte, auf die andere Seite des Zimmers und ließ etwas Glänzendes unter seinem Hemd erscheinen. Die Tür zu ihrem Zimmer schwang mit einem leisen Quietschen auf, aber Keron konnte nur die Umrisse einer großen Gestalt erkennen.

„Steck das Messer weg, Junge", befahl der Mann leise, doch laut genug, um seinem Befehl Nachdruck zu verleihen. Wills Körper entspannte sich sofort und so schnell, dass Keron es gar nicht sehen konnte, verschwand der Gegenstand in Wills Hand auch schon wieder. Nun kam die Gestalt weiter ins Zimmer hinein und Keron erkannte, wer ihr Besucher war: Sir Nicolas.

„Packt eure Sachen zusammen! Wir müssen Reduna so schnell wie möglich verlassen."

„Was??? Aber …"

„Keine Diskussion, es ist hier nicht mehr sicher. Beeilt euch, wir treffen uns im Stall", schnitt Sir Nicolas Will das Wort ab und verließ das Zimmer mit einem leichten Hinken.

Keron zog sich fertig an und packte alle seine Habseligkeiten in einen kleinen ledernen Reisebeutel. Und auch Will machte sich schnell daran, seine Sachen zusammenzusuchen und kurz darauf waren die beiden aufbruchsbereit. Keron öffnete die Tür einen Spalt breit und spähte in den dahinter liegenden dunklen Flur. Niemand war zu sehen. Unsicher betraten die beiden den Flur und stiegen leise die Treppe hinunter. *„Da noch alles dunkel ist, muss es noch tief in der Nacht sein"*, folgerte Keron in Gedanken. Doch trotz der Finsternis schafften sie es, ohne dabei zu stürzen, in den Schankraum. Schnell und vorsichtig gingen Will und Keron auf die Tür zum Stall zu. Doch noch bevor Will seine Hand auf den Türknauf legen konnte, wurde die Tür von der anderen Seite geöffnet. Kerons Muskeln entspannten sich wieder, als er den großen Wirt in der Tür stehen sah.

„Kommt schnell", brummte er und hielt die Tür für sie offen. Mit schnellen Schritten durchquerten sie den Stall, bis sie die Pferde erreichten, die Nicolas gerade sattelte. Nachdem die drei ihr Gepäck auf den Sätteln festgebunden hatten, führten sie die Pferde nach draußen.

„Pass auf dich auf, Kleiner", verabschiedete sich Bert von Will, als dieser gerade auf sein Pferd stieg.

„Reitet schon einmal vor, in Richtung des westlichen Tores. Will, du kennst den Weg. Ich komme gleich nach", sagte Sir Nicolas mit ernster Miene, die jedes Widerwort unterband. Will hob die Hand zum Abschied. In diesem Moment bemerkte er am Dach des gegenüberliegenden Hauses eine Bewegung.

„Passt auf", rief er noch im Wegreiten, aber da sirrte das Geschoss schon durch die Luft. Sir Nicolas hechtete auf die Seite, jedoch konnte Bert nicht so schnell reagieren wie der Reichsschütze und brach mit einem dumpfen Laut zusammen. Ein dunkler Fleck breitete sich auf der Brust des Wirtes aus und in dessen Mitte steckte ein Dolch, der dem in Sir Nicolas Tasche auf beunruhigende Weise glich. Mit einer einzigen geschmeidigen Bewegung hievte er sich auf sein Pferd und ritt Will und Keron hinterher. *Es tut mir leid, alter Freund. Es wird die Zeit kommen, in der mir dein Mörder Rede und Antwort stehen muss."*

Er floh, so schnell sein Pferd es zuließ, aber er schaffte es trotzdem nicht, seinen Verfolger abzuschütteln. Erneut verblüffte ihn die Schnelligkeit, mit der sich der Nah'rane bewegte. Flink und ohne ein Anzeichen von Müdigkeit sprang er von Dach zu Dach, die in diesem Viertel der Stadt alle gleich hoch waren. Sir Nicolas setzte sich im Sattel auf und steuerte sein Pferd nun nur noch mit den Beinen, während er seinen Bogen nahm, den er an seinem Sattelknauf befestigt hatte, einen Pfeil anlegte und auf seinen Verfolger schoss. Der Pfeil sirrte durch die Luft und verfehlte sein Ziel, das blitzschnell die Richtung änderte und hinter einem Kamin verschwand. Kurz darauf hatte er seine beiden Schüler eingeholt und zusammen ritten sie im vollen Galopp durch die verlassenen Straßen von Reduna.

„Was ist passiert? Wie geht es Bert?", fragte Keron. Doch Sir Nicolas antwortete nur mit einem einzigen Wort: „Später."

„Aber …"

„Ich sagte später!", schnitt ihm Nicolas das Wort ab. „Wir sind immer noch nicht außer Gefahr!"

Ohne ein weiteres Wort zu sagen, preschten die drei weiter voran. Als die Wachen beim Tor Sir Nicolas erkannten, öffneten sie auf seinen Befehl hin das große Holztor und ließen sie passieren. Nachdem sie die Stadt hinter sich gelassen hatten, drehte sich Keron noch einmal um und konnte schwören jemanden die Mauer hinunterspringen gesehen zu haben. Diesen absurden Gedanken verwarf er gleich wieder, weil dieser Sprung von so einer Höhe bestimmt jeden getötet hätte. Sie ritten die ganze Nacht hindurch, bis schon die ersten Sonnenstrahlen hinter den grünen Hügeln hervorkamen. Während ihres Weges versuchten Keron und Will immer wieder zu erfragen, was in der Abwesenheit von Sir Nicolas eigentlich passiert war und wohin sie jetzt unterwegs waren. Aber sie erhielten keine Antwort.

Keron kam es wie eine Ewigkeit vor, bis Nicolas vor ihm in einem Wäldchen anhielt und entschied, dass sie hier im Schutz der Bäume ihr Lager aufschlagen würden. Erleichtert, dass er endlich aus dem Sattel steigen konnte, nahm Keron sein Gepäck von Weher und begann sein kleines Zelt aufzustellen. Während die drei ihr Lager aufbauten, sprach keiner von ihnen ein Wort. Erst als sie fertig waren und Sir Nicolas mit Zweigen im Arm, die er für ein Lagerfeuer gesammelt hatte, zurückkam, konnte sich Will nicht mehr beherrschen.

„Dürfen wir endlich erfahren, warum wir wie die Besessenen um unser Leben reiten mussten?"

Sir Nicolas antwortete nicht, sondern schlichtete die Zweige zu einem Haufen und begann seine Wunden zu versorgen. Will machte bereits wieder den Mund auf, doch noch bevor er etwas sagen konnte, beantwortete Sir Nicolas seine Frage: „Ich weiß nicht genau, warum man uns angegriffen hat. Aber ich glaube zu wissen, wer versucht hat uns zu töten."

„Und wer war es?", mischte sich nun auch Keron ein.

„Ein Nah'rane."

„Was ist denn ein Nah'rane?", wollten Keron und Will wissen.

„Das hätte ich schon erklärt, wenn ihr mich nicht immer unterbrechen würdet", entgegnete Sir Nicolas zornig. „Ich bin während unserer Reisen immer wieder auf Gerüchte über sie gestoßen. Der Orden der Nah'rane besteht aus kaltblütigen Mördern. Den Besten, wie so mancher behauptet. Sie besitzen besondere Fähigkeiten und das ist es, was sie so gefährlich macht. Früher wurden sie von vielen hohen Adeligen als Attentäter angeheuert, aber der König verhängte einen Bann über die Gilde der Nah'rane und erklärte, dass wenn er von irgendeinem Adeligen hörte, der einen Nah'ranen in seinen Diensten hätte, er ihn aus seinem Reich verbannen und alle seine Besitztümer beschlagnahmen würde. Es dauerte nicht lange, bis kein Adeliger mehr dumm genug war dieses Gesetz zu brechen. Und deshalb verschwanden auch die Nah'rane mit der Zeit aus der Öffentlichkeit und dem Bewusstsein der Menschen. Immer wieder gab es zwar Gerüchte von Nah'ranen, doch bis gestern gab es keine Beweise, dass die Gilde im Untergrund noch existiert."

Will und Keron erbleichten, setzten sich dann und lauschten Sir Nicolas, während er berichtete, was ihm auf seinem Rückweg vom Schloss passiert war. Als er seine Geschichte zu Ende erzählt hatte, holte er den Dolch, den er in seiner Tasche verwahrt hatte, heraus und zeigte ihn den beiden.

„Er ist sehr scharf", erklärte Sir Nicolas, „Legenden zufolge, werden ihre Klingen nie stumpf. Aber ich vermute eher, dass ihre Schmiedekunst so gut ist, dass die Klinge einfach nur sehr lange scharf bleibt. Allerdings weiß niemand, wie sie das anstellen."

Begeistert nahm Will den Dolch entgegen und wiegte ihn in der Hand. „Er ist perfekt ausbalanciert", bemerkte er und Sir Nicolas nickte.

„Ja, das ist er, weil sie ihn auch als Wurfmesser benutzen. Eine Tatsache, die uns leider nur allzu deutlich bewiesen wurde."

Keron dachte schmerzlich an den überraschten Gesichtsausdruck von Bert. Während Will den Dolch noch genau betrachtete, stellte Keron eine Frage, die ihn sehr beschäftigte: „Ist dieser Nah'rane immer noch hinter uns her?"

„Ich glaube nicht, aber wir sollten uns nicht zu sicher fühlen. Zuerst werden wir uns hier etwas ausruhen und dann zu einem verlassenen Ort im Norden aufbrechen. Da wir nicht wissen, warum wir angegriffen wurden, halte ich es für das Beste, wenn wir für eine Weile untertauchen."

„Was ist das für ein Ort, zu dem wir reiten?", fragte Will, als er den Dolch an Keron weiterreichte.

„Es ist ein alter Zufluchtsort meines Ordens. Eine Hütte tief im Wald. Es kommen nur selten Leute vorbei und nur wenige wissen von der Hütte, deshalb glaube ich, dass wir dort für eine Zeit lang sicher sein werden."

„Und was werden wir dort machen?", fragte Keron und gab den Dolch an Sir Nicolas zurück.

„Ich muss meinen Orden kontaktieren, um mehr herauszufinden. Außerdem ist es wichtig, dem König mitzuteilen, dass ein Nah'rane gesehen wurde. Aber primär werden wir uns um eure Ausbildung kümmern."

„Warum ist die Information eines gesehenen Nah'ranen so wichtig?", wollte Will wissen.

„Weil man, wie ich bereits sagte, dachte, dass es überhaupt keine mehr von ihnen gibt und es sicher nichts Gutes zu bedeuten hat, wenn sie wieder aktiv werden. Genug von der Rederei. Geht schlafen. Ich übernehme die Wache."

Erst jetzt bemerkte Keron, wie müde er eigentlich war. Ihn interessierte zwar noch, warum man die Nah'rane für tot gehalten hatte, aber Sir Nicolas hatte ziemlich klar gemacht, dass er keine weiteren Fragen beantworten würde. Deshalb schlüpfte er in sein Zelt und versuchte einzuschlafen. Es war nicht leicht mit all den neuen Dingen, die ihm durch den Kopf gingen. Er lag noch länger wach und hörte dem Gesang der Vögel zu, der immer wieder durch die Schnarchgeräusche von Will unterbrochen wurde, bis ihn seine Müdichkeit schließlich übermannte. Er schlief schlecht, denn Kerons Träume waren voller Monster und verschwommener Bilder, die ihn beunruhigten.

Als er schließlich geweckt wurde und missmutig sein kleines Zelt wieder abbaute, war er kaum erholt. Seine Träume waren eine Folter für ihn gewesen. Wenn sie nicht gerade vom blutenden Leichnam Sir Francis handelten, rannte er um sein Leben, weil Gestalten, die er nicht genau sehen konnte, versuchten ihn umzubringen. Am späten Nachmittag erblickten die drei ein Dorf in der Ferne. Kurz bevor sie es erreichten, hatte Nicolas ihnen befohlen anzuhalten. Sie stiegen von ihren Pferden und führten sie ein wenig weg von der Straße. „Ich werde ins Dorf gehen und ein paar Sachen einkaufen, die wir noch benötigen, und ihr bleibt hier und wartet", verkündete Sir Nicolas.

„Warum können wir nicht mitgehen?", fragte Will.

„Weil ich nicht will, dass wir zusammen gesehen werden, falls jemand versucht uns aufzuspüren", antwortete er und ließ es so klingen, als hätte Will sich das eigentlich auch selber denken können.

Nachdem Sir Nicolas gegangen war, sprachen Will und Keron mit gedämpfter Stimme darüber, was sie von Sir Nicolas über die Nah'rane erfahren hatten. Aber da sie nicht sehr viel wussten, drehten sie sich mit ihren Spekulationen nur im Kreis und ließen das Thema schließlich ruhen. Es breitete sich eine Stille zwischen ihnen aus, keine unangenehme Stille, wie sie entstand, wenn man nicht wusste, was man sagen sollte. Nein, sie lagen einfach neben einander im Gras und jeder hing seinen eigenen Gedanken nach. Es fühlte sich für Keron an, als ob es Stunden gedauert hätte, bis Sir Nicolas mit einem großen Sack auf dem Rücken wieder zurückkam. In Wirklichkeit konnte es allerdings auch nur eine Stunde oder sogar weniger gewesen sein.

Nachdem Sir Nicolas den zusätzlichen Proviant bei seinem restlichen Gepäck verstaut hatte, setzten sie ihre Reise fort. Sie ließen das Dorf hinter sich und als sie sicher waren, dass man sie nicht mehr sehen konnte, verließen sie die Straße und folgten einem kleinen Feldweg, der gerade breit genug für ein Pferd war. Dieses Mal ritten sie nicht die ganze Nacht hindurch, sondern schlugen ihr Lager auf einer kleinen Lichtung auf, die sich einige Meter vom Weg entfernt befand. Gleich nachdem die drei ihr Nachtlager errichtet hatten, wünschte Keron ihnen eine gute Nacht und legte sich hundemüde in sein Zelt. Die Ereignisse der letzten Tage zehrten an ihm.

Als Sir Nicolas ihn weckte, war es früh am Morgen und die Sonne noch nicht zur Gänze aufgegangen. Der unruhige Schlaf hatte ihn nur wenig erfrischt. Er setzte sich neben Will, der schon länger wach vor dem Feuer saß. Dankend nahm er ein Stück Brot und Käse an, die Nicolas ihm reichte. Nachdem sie alle etwas in den Magen bekommen hatten, machten sie sich daran, ihr Lager wieder abzubauen. Während Will und Keron damit begannen ihre Zelte behutsam auseinander zu nehmen, löschte Sir Nicolas das Feuer und machte sich dann selbst auf den Weg zu seinem Zelt. Keron fragte sich, ob Sir Nicolas überhaupt geschlafen hatte. Ihre Zelte abzubauen und zusammenzupacken erschien Keron viel einfacher, als das Aufbauen am Vortag. Seine Finger waren klamm gewesen und sein ganzer Körper hatte vom langen Reiten geschmerzt. Doch nun, da er sich nach dem Frühstück etwas besser fühlte, ging die Arbeit leichter von der Hand. Sie verstauten ihr Gepäck wieder in den Satteltaschen ihrer Pferde und ritten los. Immer in Richtung Norden.

Will und Keron versuchten ihre Reise angenehmer zu gestalten, in dem sie sich über dieses und jenes Thema unterhielten. Sie stellten sich vor, wie es wohl so war, einem Nah'ranen im Kampf gegenüber zu stehen. Aber auch ihre bevorstehende Ausbildung war ein beliebtes Thema, das sie immer wieder diskutierten. Sie ritten immer sehr früh am Morgen los und hielten nur für eine Stunde an, wenn die Sonne am höchsten stand, damit sich ihre Pferde etwas ausruhen konnten. Ansonsten blieben sie kaum stehen. Außer bei den seltenen Gelegenheiten, wenn Sir Nicolas ihren Weg mit dem auf seiner Karte verglich. Keron fiel auf, das sie nie auf großen Straßen unterwegs waren. Die meiste Zeit ritten sie auf kleinen Wald- und Wiesenwegen, was natürlich dazu führte, dass sie kaum anderen Menschen begegneten.

Vier lange Tage ritten sie hintereinander her, bis sie ihr Ziel endlich erreicht hatten. Neben einem kleinen Weiher stand eine alte Holzhütte. Keron vermutete, dass sie früher als Jagdhütte benutzt worden war, allerdings sah es nicht danach aus, als wäre jemand vor kurzem hier gewesen. Das komplett aus Holz errichtete Gebäude war zwar nicht besonders heruntergekommen, allerdings begannen einige Pflanzen bereits damit, sich ihren Weg die Außenwände hinauf zu bahnen. Auch das Innere der Hütte sprach dafür, dass schon einige Zeit niemand mehr hier gewesen war. Alles war verstaubt und verdreckt. Aber sie schien allgemein noch in einem soliden Grundzustand zu sein. Vor der Eingangstüre befand sich eine Holzveranda und im Inneren bestand die Holzhütte hauptsächlich aus einem größeren Raum, in dem sich ein Tisch mit vier Stühlen, eine Feuerstelle, die als einzige komplett aus Stein war, ein Kasten mit Töpfen und Holzschalen darin und ein alter Besen, der verlassen in einer Ecke lehnte, befanden.

Durch den Hauptraum gelangte man zu zwei weiteren, viel kleineren Räumen. Beide waren so klein, dass darin gerade genug Platz für zwei Betten war. Keron hätte sich einen gemütlicheren Unterschlupf gewünscht, doch wenigstens hatte der letzte Bewohner für genügend Feuerholz gesorgt. Und an der Rückseite der Hütte fanden sie sogar einen beträchtlichen Vorrat an Heu für ihre Pferde. Will und Keron bekamen das eine Zimmer und Sir Nicolas trug seine Sachen in das andere. Kaum hatten sie ihre Sachen verstaut, teilte Nicolas ihnen schon weitere Aufgaben zu. Will sollte sich um die Pferde kümmern und Keron schnappte sich, wie befohlen, den Besen und versuchte die Zimmer so gut er konnte vom Staub zu befreien Es war mehr Arbeit, als er zu Beginn gedacht hatte. Doch als Will mit den Pferden fertig war, nahm er einen anderen Besen zur Hand, den er hinter dem Haus gefunden hatte, und half seinem Freund. Während die zwei sich abrackerten, holte Nicolas Holz und begann in einem der großen Töpfe einen Eintopf zu kochen. Schon bald war die ganze Hütte vom leckeren Geruch des Essens erfüllt, was Kerons Arbeit nicht gerade erleichterte, weil ihm bereits das Wasser im Munde zusammenlief. Doch nachdem die beiden schließlich auch mit der Veranda fertig waren, rief Nicolas sie hinein, um den köstlichen Eintopf zu verspeisen, den er zubereitet hatte. Keron und Will setzten sich an den Tisch und begannen ihr Mahl aus den Holzschüsseln zu essen, die Sir Nicolas zuvor mit Wasser aus dem Weiher gesäubert hatte. Sie genossen das Essen so sehr, dass keiner von ihnen etwas sagte. Sie saßen nur stumm am Tisch und löffelten sich die deftige Brühe eifrig in den Mund. Die Tatsache, dass die beiden einmal nicht unaufhörlich miteinander redeten, entlockte Sir Nicolas sogar ein kleines Lächeln, was die zwei aber nicht bemerkten, da sie in diesem Moment nur Augen für ihr Essen hatten.

EIN UNANGENEHMES TREFFEN

Schnell, aber doch unauffällig, ging Dalion durch die schmalen Gassen von Edion. Er blickte nach rechts und erkannte den schattenhaften Umriss der Burg des örtlichen Grafen im Mondschein. Im Zentrum der Stadt waren die Straßen breiter und die Häuser größer und prachtvoller. Hier allerdings, an der Grenze im Westen, lebten nur Abschaum und Gesindel. In dieser Gegend hatte man kaum Probleme mit den Stadtwachen und selbst wenn einmal ein Hüter des Gesetzes zu neugierig wurde, musste man nur wissen, in welche Tasche das Geld zu fließen hatte. Denn die meisten Soldaten in diesem Viertel waren genau solche Gauner wie der Rest der Leute, die hier lebten.

Ohne sein Tempo zu verlangsamen, wich Dalion einer Gruppe von Betrunkenen aus, die gerade von einem Schankhaus ins nächste stolperten. Ihr Gestank machte Dalion krank. Mit seinen geschärften Sinnen roch er den Alkohol und ihren Schweiß noch viel stärker, als das normale Menschen tun würden. Doch mit den Jahren hatte er sich an seine Gabe schon so sehr gewöhnt, dass es ihm nicht mehr allzu viel ausmachte. Solange er nicht für längere Zeit in einem kleinen Raum mit ihnen sein musste, war ihr Geruch auszuhalten.

Dalion ließ seine Gedanken zu den hell erleuchteten Ballsälen mit all den Leuten darin schweifen. Vor allem aber versuchte er an die Gerüche der verschiedenen Parfums, die sich miteinander vermischten, und an den Duft des Essens zu denken. Schnell verdrängte er diesen Teil seiner Erinnerungen wieder und schüttelte beiläufig den Kopf. *„Das ist schon lange her"*, dachte Dalion, *„und nun leben wir in anderen Zeiten, in gefährlicheren."*

Er bog in eine enge Gasse, in die kaum Licht kam. Allerdings reichte ihm aufgrund seiner geschärften Augen, schon das kleinste bisschen Licht, um im Dunkeln etwas sehen zu können.

Kurz vor dem Ende der Gasse versperrte ihm ein Mann plötzlich den Weg. Er trug schmutzige Kleidung und roch eindeutig nach billigem Schnaps. Der Fremde hielt ein Messer in seinen von Schweiß bedeckten Händen und richtete es mit der Spitze voraus auf Dalions Brust. *„Ach herrje, für so etwas habe ich nun wirklich keine Zeit."*

Er besaß selber genug Messer an seinem Körper, doch die würde er sicher nicht brauchen. Dalion blieb ganz ruhig vor dem Mann stehen und wartete ab, was dieser tun würde. „Gib mir da' Geld", befahl ihm der Mann und versuchte offensichtlich gefährlich zu klingen, was ihm durch sein betrunkenes Lallen nicht wirklich glückte.

„Gib mir da' Geld", wiederholte er noch einmal. „Sonst schneid i dir die Eingeweide raus." Durch sein betrunkenes Gerede hörte Dalion eindeutig den für diese Gegend des Königreiches typischen Akzent heraus.

Dalion nahm eine Goldmünze aus seine Manteltasche, von der sich der Dieb eine ganze Kiste voller Schnapsflaschen hätte kaufen können und schnipste sie in die Luft. Verwundert sah der Mann der wertvollen Münze nach, wie sie in den Nachthimmel stieg und wandte seine Aufmerksamkeit so von Dalion ab. Dies war ein Fehler. Dalion fachte das Feuer in seinem Inneren an und fokussierte die Kraft, die in ihm aufstieg, in seine Beine. Kurz blitzten seine Augen gelb auf. Doch das konnte der Mann, der sein Messer etwas sinken gelassen hatte, nicht sehen, weil er immer noch auf die Münze starrte. Dalion brauchte nur einen Moment. Er machte einen Satz nach vorne und rammte dem vollkommen überrumpelten Dieb sein rechtes Knie in den Magen. Der Mann stieß ein Keuchen aus, als die Luft seinen Körper verließ, und brach auf dem dreckigen Boden zusammen. Lässig richtete sich Dalion wieder auf und öffnete seine rechte Hand. Er fing die herabfallende Münze wieder auf und steckte sie zurück in die Tasche seines Mantels. Er hörte auf sich auf seine Kraft zu konzentrieren, gab sie aber nicht völlig auf, um seine geschärften Sinne zu behalten. Danach setzte er seinen Weg fort, als wäre nichts gewesen und beachtete den Mann nicht weiter, der sich vor Schmerz auf dem Boden zu einem kleinen Häufchen zusammengerollt hatte. Dalion dachte darüber nach, wie es gewesen war, als er diese Kraft zum ersten Mal gespürt hatte.

Es war Ende Herbst gewesen und es wurde immer kälter. Dalion war von seinem Vater in den Wald geschickt worden, um Feuerholz zu sammeln. Es war kurz nach seinem 14. Geburtstag. Dalion trieb sich öfters im Wald neben seiner Heimatstadt herum und es dauerte nicht lange, bis er genug Holz zusammen hatte. Als er gerade auf dem Rückweg zur Stadt war, hörte er im Dickicht neben dem Pfad ein Geräusch und blieb stehen. Die Arme voll Feuerholz stand er wie angewurzelt im Wald und lauschte. Just in dem Moment als er sich überzeugt hatte, dass er sich geirrt haben musste, glaubte er wieder ein Rascheln zu hören, aber er war sich einfach nicht sicher. Doch dann, plötzlich, rannte ein riesiges Wildschwein auf ihn zu. Der junge Dalion ließ das Holz fallen und lief so schnell er konnte davon. Die Wildschweine in der Gegend um seine Heimatstadt wurden von der Bevölkerung „Haroc" genannt, was im regionalen Dialekt so viel wie Windschwein oder Schwein des Windes bedeutete. Zu Dalions Leidwesen trugen sie diese Bezeichnung, weil sie in der Lage waren, sehr schnell zu laufen. Schneller als jeder durchschnittliche Erwachsene es könnte. Natürlich wusste Dalion dies, allerdings hatte er kaum eine andere Wahl, weil er seine Kampfausbildung erst begonnen hatte und er ohnehin keine Waffe bei sich trug. Während er lief, spürte er wieder dieses merkwürdige, aber irgendwie vertraute Kribbeln in seinem Körper, aber dieses Mal war es stärker und umso näher der Haroc ihm kam, umso stärker wurde es. Dalion hörte nach diesem Erlebnis mehrere Beschreibungen für dieses Gefühl, weil es in vielen alten Liedern und Legenden beschrieben wurde. Die meisten Menschen beschrieben es wie ein Feuer in einem selbst, das einem Kraft gab. Doch für jemanden, der diese Kraft nicht selber erfahren hatte, war diese Vorstellung schwer nachzuvollziehen. An jenem Tage entfachte Dalion dieses Feuer in ihm und kurz bevor ihn der Haroc einholte, war er immer schneller geworden und konnte dieser Bestie entkommen. Er lief eine Weile, so schnell er konnte, durch den Wald und blieb erst bei einem kleinen See stehen, als er sicher war, dass der Haroc seine Jagd aufgegeben hatte.

Dalion kniete sich am Rand des Sees hin und trank einen Schluck Wasser. Er atmete schwer und es war ihm unglaublich heiß. Er starrte in den See, bis sich die Wasseroberfläche vollkommen beruhigte und stellte mit Schrecken fest, dass sich seine Augenfarbe verändert hatte. Sein normales Kastanienbraun war verschwunden und nun hatte er strahlend gelbe Augen. Doch umso länger er am Ufer saß und sein Spiegelbild betrachtete, umso matter wurde das gelbe Leuchten seiner Augen und umso schwächer wurde auch dieses Gefühl von Kraft und Stärke. Es dauerte nicht lange bis er seine gewöhnliche Augenfarbe wieder hatte und sich nicht mehr besonders fühlte. Etwas enttäuscht macht er sich auf den Rückweg und sammelte erneut Holz, um jenes zu ersetzen, das er bei seiner Flucht fallengelassen hatte. „Ich werde bestimmt Ärger bekommen, wenn ich zu Hause ankomme, weil ich so lange weg war. Denn niemand wird mir glauben, dass ich von einem Haroc angegriffen worden war und entkam", dachte Dalion damals missmutig.

Ein paar Wochen nach seinem Abenteuer mit dem Windschwein konnte er seine Erlebnisse selber kaum mehr glauben. Er hatte natürlich oft anderen Leuten davon erzählt oder, um es genauer zu sagen, jedem, der es hören wollte. Aber die meisten glaubten ihm nicht und diejenigen, die gewillt waren ihm zu glauben, hatten genau so wenig eine Erklärung für seinen Anstieg an Schnelligkeit wie er. Aus Mangel an anderen Erklärungen hatte er daran geglaubt, dass es sein Wille zu überleben gewesen war, der ihm geholfen hatte, und dass ihm das Wasser einen Streich gespielt hatte. Doch als ein wandernder Geschichtenerzähler in seine Stadt kam, änderte sich alles für ihn. Der Mann erzählte viele Geschichten, doch eine gefiel dem jungen Dalion am besten. In der Geschichte ging es um ein Volk und die Leute aus diesem Volk hatten die Fähigkeit, nur durch ihren Willen ihre Körperkraft zu steigern oder unglaublich schnell zu rennen. Weiters fügte der Geschichtenerzähler hinzu, dass die Leute dieses Volkes besonders bunte und schöne Augen gehabt hätten. Nach dieser Geschichte war Dalion wie besessen davon, dass er diese Fähigkeiten auch besaß. Er versuchte immer wieder diese Kraft in sich zu wecken, aber es gelang ihm nicht bis zu jenem Tag, als … als …

Dalion erwachte aus seinen tiefen Gedanken und erkannte, dass ihn seine Beine zu seinem Ziel getragen hatten. Er stand am Ende einer kleinen dunklen Gasse. Rechts neben ihm befand sich eine alte dreckige Holztür. Er öffnete die Tür und sie schwang knarrend auf. Dalion betrat den schmalen Flur auf der anderen Seite der Tür und hörte dank seiner verstärkten Sinne die Menschen, die sich im Schankraum vergnügten. Sein Ziel war allerdings nicht der Schankraum. *„Wie gerne würde ich jetzt etwas trinken und ganz woanders sein“*, dachte Dalion kopfschüttelnd und stieg die Holztreppe am Ende des Raumes hinauf. Auf halbem Weg blieb er stehen und lauschte. Er hörte, wie eine Tür ins Schloss fiel und dann Schritte, die sich schnell auf die Treppe zu bewegten. Die alten Holzstufen knarrten bei jedem Schritt der Person, die ihm von oben entgegen kam, ja schon fast entgegen rannte. Eine verstört wirkende junge Frau kam ihm von oben entgegen. Sie trug ein leeres Tablett und eine Schürze. Dalion vermutete, dass sie die Tochter des Wirtes sein könnte und wollte sie höflich grüßen, aber sie würdigte ihn keines Blickes. Als sie an ihm vorbei stürmte, konnte Dalion ihr Gesicht genauer erkennen. Es war an ihrem Gesicht abzulesen, dass sie einfach nur noch weg wollte. Ihre Kiefer waren fest aufeinandergepresst, sodass ihr Mund nur noch ein Strich war und ihre Augen sahen feucht und leicht gerötet aus. Dalion hatte diesen Ausdruck schon bei so vielen Leuten gesehen und jedes Mal versetzte es ihm einen kleinen Stich in der Brust.

Verwundert, jedoch mit einem Verdacht, erklomm er auch noch den Rest der Treppe und blieb an ihrem Ende stehen. Dalion war zwar beschrieben worden, wo sich dieses Wirtshaus befand, allerdings wurde ihm in seiner Einladung nicht gesagt, in welches Zimmer er gehen musste. Kurz erwog er den Gedanken, noch einmal nach unten zu gehen und den Wirt nach dem richtigen Zimmer zu fragen. Doch dann verwarf er diese Möglichkeit und konzentrierte sich stärker auf sein verbessertes Gehör. Es war schwierig die richtigen Stimmen aus all dem Lärm herauszusuchen, aber Dalion machte das nicht zum ersten Mal. Zuerst unterdrückte er alle Geräusche, die vom unteren Teil des Gasthofes zu ihm heraufdrangen, und es wurde gleich ruhiger in seinem Kopf. Danach konzentrierte er sich auf die Stimmen im ersten Stock. In zwei Räumen hörte er Menschen schnarchen und in einem anderen vernahm er drei Männer, die miteinander scherzten. Diese Geräusche blendete er ebenfalls aus und suchte weiter. Nach wenigen Minuten hörte er plötzlich ein unverkennbares Lachen und wendete sich nach links. Dalion war durchaus etwas stolz auf sich, denn es brauchte einige Konzentration und Willensstärke, bestimmte Geräusche und Stimmen auszublenden. Er kannte sonst niemanden, von dem er sicher wusste, dass er über dieselbe Fähigkeit verfügte. Allerdings vermutete er sie bei mehreren. Dalion hörte damit auf, sich auf sein Gehör zu konzentrieren, behielt aber erneut seine geschärften Sinne. *„Niemals werde ich diesen Leuten unvorsichtig und schutzlos gegenübertreten."*

Er ging den Gang entlang und setzte seine Füße vorsichtig auf den Boden, wie er es immer tat. Dalion hatte schon früh gelernt, dass es ein Vorteil war, wenn man sich leise und fast unbemerkt bewegen konnte. Außerdem war es seiner Meinung nach so leichter unschuldige Opfer, die einfach nur zur falschen Zeit am falschen Ort waren, zu vermeiden. Dalion hasste das Töten eigentlich. Nach all den Jahren empfand er es immer noch als Verschwendung. Natürlich hatten ihn diese Gedanken niemals zögern lassen, wenn es darauf ankam. Trotzdem war es jedes Mal eine kleine Genugtuung für ihn, wenn er unnötiges Töten vermeiden konnte. Vor der letzten Tür des Ganges blieb er stehen. Dalion versuchte einen ausgeglichenen Gesichtsausdruck anzunehmen, aber es gelang ihm nicht so richtig. Mit einem Schulterzucken öffnete er die Tür. Das Licht im Zimmer blendete seine geschärften Augen und er musste sich erst ein paar Sekunden daran gewöhnen. Der Raum war nicht besonders groß, doch da er sich an der Ecke des Hauses befand, hatte er zwei Fenster, aus denen man die Straße sehen konnte. In der Mitte des Zimmers saßen drei Männer um einen runden Tisch. Sie alle waren in die gleiche Art schwarzen Mantel gehüllt, von denen auch er selbst einen trug. Als Dalion die Tür öffnete und eintrat, verstummten sie und blickten zur Tür. Keiner der drei machte Anstalten ihn zu begrüßen, daher setzte er sich einfach auf einen der zwei leeren Stühle, die der Tür am nächsten waren.

Nachdem er Platz genommen hatte, streifte er die Kapuze seines Mantels vom Kopf und schaute die drei nacheinander an. Der rechte Mann war größer als er selbst und die anderen zwei. Er hatte breite, muskulöse Schultern, ein geschwungenes Tattoo unter dem linken Auge und kurze schwarze Haare. Dalion kannte ihn. Sein Name war Odrak. Er war ein Mann, der es liebte, wenn eine Sache schmutzig wurde, und im Gegensatz zu Dalion war es Odrak egal, wie viele Leute er erledigen musste. Er war nicht gerade der Gerissenste, aber er war vor allem für seine beeindruckende Stärke bekannt, die sich mit seiner Wut sogar noch steigerte. Der mittlere Mann war etwas kleiner als Odrak und von der Statur her bei weitem nicht so muskulös. Dalion konnte das Gesicht dieses Mannes nicht sehen, weil ein Großteil davon vom Schatten seiner Kapuze verdeckt wurde, die er immer noch auf dem Kopf hatte. Allerdings war Dalion sich ziemlich sicher, dass er diesen Mann noch nicht kennengelernt hatte. Der letzte der drei Männer war schon etwas älter, aber als Dalion ihm in seine dunklen, schwarzen, starren Augen sah, lief ihm ein Schauer über den Rücken. Diesen Mann kannte Dalion natürlich, obwohl er nicht viel über ihn wusste, wie er sich eingestehen musste. Vor längerer Zeit hatte Dalion versucht mehr über diesen Mann in Erfahrung zu bringen, jedoch gestaltete es sich als äußerst schwierig und irgendwann hatte er es dann einfach aufgegeben. Der Mann nannte sich selber Aroc und Dalion hatte herausgefunden, dass dieses Wort in der alten Sprache so viel wie *Krähe* bedeutet. Er hatte während seiner Suche nach Informationen mehrere Geschichten über Aroc gehört, allerdings waren einige davon schon weit vor Dalions Geburt passiert und das konnte einfach nicht sein, denn so alt schaute Aroc gar nicht aus. Daher vermutete Dalion, dass Aroc diese Gerüchte selbst in die Welt gesetzt hatte oder er den Namen von jemandem übernommen hatte, der bereits verstorben war. Dalion glaubte nicht, dass dies sein richtiger Name war, doch er musste zugeben, dass ihm dieser Mann manchmal viel älter vorkam, als er aussah. Aber sicher nicht so alt, wie die Gerüchte es andeuteten. Eines wusste Dalion allerdings mit Bestimmtheit. Aroc war ihr Anführer und ein ausgesprochen gefährlicher Mann.

Nachdem noch immer niemand der drei etwas gesagt hatte, fing einfach Dalion an. „Ich habe ein verängstigtes Mädchen die Treppe hinunterlaufen gesehen und ich nehme an, dass sie aus diesem Zimmer kam. Oder irre ich mich?", fügte er mit einem Achselzucken hinzu. In Odraks Gesicht zeichnete sich ein Lächeln ab. „*Wusste ich es doch*", dachte Dalion.

„Ich habe nur einen kleinen Spaß gemacht", gab Odrak betont gleichgültig zurück, ohne dass das Lächeln in seinem Gesicht verschwunden wäre. „Was kann denn ich dafür, wenn das Mädchen so schreckhaft ist?" Nun konnte Dalion auch ein Lächeln unter der Kapuze des Fremden sehen.

Doch bevor Dalion noch etwas sagen konnte ergriff Aroc das Wort: „Wie auch immer. Nun da wir endlich vollzählig sind, können wir ja anfangen." Dalion sah ihn verwundert an, blickte auf den leeren Stuhl rechts von ihm und dann wieder zu Aroc. Aroc entging Dalions Blick natürlich nicht und fuhr fort: „Irilia wird nicht kommen, weil sie in der Hauptstadt einen Auftrag zu erledigen hat."

„Ach ja. Hattest du nicht auch einen Auftrag dort Odrak? Wie ist es denn so gelaufen?", Dalion kannte die Antwort auf seine Frage schon. Er hatte auf seiner Reise nach Edion allerlei Geschichten von einem Nah'ranenangriff in der Hauptstadt gehört, aber er wollte es von Odrak persönlich hören. Er hatte versagt. Es war Dalions kleine Revanche dafür, was auch immer Odrak der Tochter des Wirtes angetan hatte. Außerdem war es kein großes Geheimnis, dass Odrak und er sich nicht besonders mochten. Was in Dalions Augen noch eine große Untertreibung war, denn er hasste diesen Kerl.

Nach Dalions Fragen verschwand Odraks Lächeln sofort. Doch da er keine Anstalten machte zu antworten, fragte Dalion einfach weiter. „Hast du den Jungen denn nun fangen können?", fragte er und nahm dabei einen Ton an, als wäre es eine allzu leichte Aufgabe gewesen.

Nun wurde Odrak langsam wütend. „Nein, ich habe den Jungen nicht, verdammt! Er wurde von einem Reichsschützen aufgenommen und ich wollte zuerst den erledigen, bevor ich mich um den Jungen kümmere. Allerdings ...", Odrak verstummte.

„Was? Willst du mir sagen, der große Odrak wurde nicht mit einem kleinen Reichsschützen fertig?", stichelte Dalion weiter.

Odrak schlug mit seinen riesigen Fäusten auf den Tisch und stand auf. Der Fremde zuckte überrascht zusammen, aber Dalion blieb ganz ruhig auf seinem Platz sitzen und gab sich unbeeindruckt, griff dennoch sicherheitshalber zu einem der Dolche unter seinem Mantel, sodass niemand die Klinge sehen konnte. „Nein, das will ich nicht sagen! Du hättest ihn auch nicht so einfach erledigt, klar! Es war nämlich nicht irgendein unerfahrener Frischling der Reichsschützen!", fügte Odrak zornig hinzu. „Wer hätte denn ahnen können, dass der Junge in Begleitung von Nicolas Tirion reist?"

Aroc hob verwundert eine Augenbraue, als wäre ihm diese Information neu. „Tja, Nicolas verkompliziert die Sache natürlich", stellte Dalion in sachlichem Ton fest und wendete sich dann wieder an den vor Wut schnaufenden Odrak. „Aber was ist nun mit dem Jungen? Bist du etwa nicht an ihn herangekommen?"

Odrak starrte Dalion voller Hass an und Dalion konnte sehen, wie sich Odraks Augenfarbe für kurze Zeit in ein tiefes Rot veränderte. Odrak machte schon den Mund auf, allerdings schnitt Aroc ihm das Wort ab: „Das genügt! Odrak beruhige dich und nimm wieder Platz." Unter Arocs strengem Blick setzte sich Odrak wieder hin, aber er versäumte es nicht, Dalion noch einen wütenden Blick zuzuwerfen. Dalion merkte, dass er etwas zu weit gegangen war und dass, ganz egal was Aroc sagte, es für Odrak noch nicht vorbei war.

Nach wenigen Minuten, in denen niemand etwas sagte, ergriff Aroc erneut das Wort: „Dalion, ich glaube du kennst unseren Mitstreiter noch nicht." Er deutete zu dem Mann zu seiner Linken.

„Ich glaube nicht, dass ich das Vergnügen schon einmal gehabt habe", erwiderte Dalion und hörte dann auf zu reden, denn er merkte, dass er Aroc unterbrochen hatte, was keine besonders gute Idee war.

Ihr Anführer funkelte ihn etwas gereizt an. Dann räusperte er sich und fuhr fort: „Das ist Sleycer. Wir haben ihn als Berater des Königs von Almon eingeschleust, um den König ...", er machte eine Pause, als suche er nach dem richtigen Wort, „ ... sagen wir, für unsere Sache zu gewinnen. Aber vielleicht solltest du selber berichten, Sleycer."

Der Mann nahm seine Kapuze ab und begann zu sprechen. Jetzt ohne Kapuze konnte Dalion ihn genauer sehen. Der Mann hatte ein schmales Gesicht und eine lange, kantige Nase. Doch das Merkmal, das am meisten hervorstach, waren seine dunkelroten Haare. Diese Haarfarbe war nämlich in Ryloven äußerst selten. Dalion bemerkte schließlich, dass er Sleycer überhaupt nicht zugehört hatte und konzentrierte sich darauf, was der Mann zu sagen hatte.

„ ... schwer den König zu beeinflussen. Er ist alt und hält an Traditionen und alten Bündnissen fest. Aber der Kronprinz ist ein wilder Mann und er hat den Drang, sich zu beweisen. Ich glaube, dass er unserer Sache besser dienen würde als sein Vater." Sleycer machte noch mehrere Ausführungen über die Lage des Königshofes und die Truppenstärke von Almon, was Dalion nicht wirklich interessierte.

Als Sleycer seinen Bericht vollendet hatte, wurde Dalion von Aroc aufgefordert zu erzählen, was er herausgefunden hatte. Dalion berichtete von den Grenztruppen und deren Abwehrkräften, die im Falle eines Angriffes von Almon kampfbereit sein würden, und von möglichen Verbündeten sowie Unstimmigkeiten am Königshof von Ryloven, die sie ausnutzen könnten.

Nach Dalion war Odrak an der Reihe und gab seinen Bericht ab. Während er erzählte, warf er Dalion immer wieder giftige Blicke zu, in Erwartung er würde etwas einwenden und so Odrak die Gelegenheit geben, ihren Streit endgültig zu beenden. Doch Dalion auf der anderen Seite des Tisches tat so, als würde er Odraks Blicke überhaupt nicht sehen und hörte ihm weiterhin ganz geduldig zu.

Die Gespräche zogen sich bis tief in die Nacht. Sie saßen mehrere Stunden an diesem Tisch und wurden nur zeitweise vom Wirt gestört, der neue Getränke und etwas zu essen brachte. Die verstörte junge Frau, die Dalion gesehen hatte, war anscheinend wirklich die Tochter des Wirtes gewesen und hatte ihm erzählt, was passiert war, denn der Mann warf Odrak stets böse Blicke zu. Außerdem vermutete Dalion, dass der Wirt die Preise für sie etwas erhöht hatte. Es war nicht so schlimm, dass man es sofort bemerkt hätte, aber es wurde Dalion klar, dass er sie für die Frechheiten seiner Tochter gegenüber bezahlen ließ. Und zwar im wahrsten Sinne des Wortes. Dalion hätte sich gerne bei ihm und seiner Tochter entschuldigt, aber der Wirt verschwand immer, so schnell er konnte, und seine Tochter bekamen sie in dieser Nacht überhaupt nicht mehr zu Gesicht. Das war vermutlich besser für sie.

Nachdem alle mit ihren Berichten geendet hatten, erklärte Aroc den weiteren Verlauf ihres Planes: „Na gut. Wir werden unseren Plan nach den neuersten Entwicklungen etwas ändern. Dass Nicolas den Jungen beschützt und Odrak gescheitert ist, ist zwar bedauerlich, allerdings wird die Sichtung eines einzigen Nah'ranen den König kaum dazu bewegen seine Truppen zu sammeln.

Allerdings, betonte er und hob mahnend einen Finger, sollten wir ab jetzt noch vorsichtiger agieren. Odrak, du wirst in unser Lager zurückkehren und unauffällig neue Söldner rekrutieren. Dalion wird versuchen den Jungen zu finden und ich selbst werde mit Sleycer nach Almon reisen, um mir den Thronfolger einmal mit eigenen Augen anzusehen. Wenn ihr nichts anderes hört, treffen wir uns zum vereinbarten Zeitpunkt wieder im Lager. Meine Herren, wir werden unsere Rache am König von Ryloven bekommen."

Alle vier Männer erhoben sich gemeinsam von ihren Stühlen. Odrak verließ den Raum als erstes und warf Dalion noch einen bösen Blick zu. Sleycer ging ebenfalls, um die Pferde für sich und Aroc vorzubereiten. Aber Aroc selbst machte keine Anstalten den Raum zu verlassen, sondern ging mit hinter dem Rücken verschränkten Armen zu einem der Fenster und blickte in die Finsternis der Stadt dahinter. Wenige Augenblicke später stellte sich Dalion neben ihn und blickte ebenfalls nach draußen auf die dunkle Straße. Sie standen einige Minuten einfach schweigend nebeneinander, bis Aroc zu sprechen begann:

„Dalion, der König wird nicht auf der Hut sein, Nicolas jedoch schon. Möglicherweise weiß er nicht, warum ein Nah'rane ihn angegriffen hat und vielleicht ist er sogar nur zufällig mit dem Jungen unterwegs. Ich glaube nicht, dass er weiß, wer ihm da in die Hände gefallen ist. Wahrscheinlich weiß es der Junge nicht einmal selber, aber Nicolas wird jetzt bestimmt aufmerksam sein, Vorsichtsmaßnahmen ergreifen und Nachforschungen anstellen."

„Wo soll ich mit der Suche nach ihnen beginnen?"

„Irilias Informationen zufolge hat Nicolas eine Nachricht von einem Nah'ranenangriff hinterlassen, was eine Verdoppelung der diensthabenden Stadtwachen nach sich zog. Allerdings ist er selber nicht dort geblieben, sondern ist in Begleitung des Jungen nach Norden gereist. Die Reichsschützen haben einen großen Einfluss beim König und werden versuchen ihn von einer drohenden Gefahr zu überzeugen. Aber auch wir haben einigen Einfluss im Reichsrat. Mehr Wachen bedeutet mehr Kontrollen an den Grenzen, was wiederum mehr Unannehmlichkeiten für die Handelsgilden bedeutet. Die Macht des Königs ist in Zeiten des Friedens nicht mehr so allumfassend wie früher. Er wird nicht riskieren die Handelsgilden aufgrund von Gerüchten über einen längst vergessenen Orden zu lange zu verärgern. Denn er kann es sich nicht leisten, ihr Gold zu verlieren. Im Krieg haben der König und seine Armee die Macht, doch im Frieden regiert das Geld das Reich. Gehe zunächst nach Reduna und triff Irilia. Sie weiß bestimmt mehr über den Aufenthaltsort des Jungen."

„Gut, ich werde gleich morgen früh aufbrechen", sagte Dalion und wollte das Zimmer verlassen.

Er hatte schon die Türklinke in der Hand, als Aroc noch etwas zu ihm sagte, ohne sich dabei zu ihm umzudrehen: „Warte noch. Wenn du den Jungen findest, unternimm nichts auf eigene Faust, sondern erstatte mir zuerst Bericht."

„Wohin soll ich die Nachricht denn schicken, wenn Ihr in Almon seid?", fragte Dalion.

„Schicke sie einfach in unser Hauptquartier. Wenn ich wieder zurück bin, werde ich dort sein und wenn nicht, dann werde ich Odrak beauftragen dir genügend Truppen zu schicken, die dir helfen werden."

„Verstanden", antwortete Dalion knapp und ließ Aroc alleine im Zimmer zurück. Er schritt durch den Flur zurück zur Treppe und dann schnell hinunter. Dalion blieb nicht, um noch etwas im Schankraum zu trinken. Am Fuße der Treppe setzte er seine Kapuze wieder auf und verschwand wie ein Schatten hinaus aus der Hintertür und hinein in die Finsternis der Nacht. Dalion ging, so schnell er konnte, ohne dabei Aufmerksamkeit zu erregen, durch die Straßen. Erst jetzt, als er sich von dem Gasthof entfernte, merkte er, wie angespannt er die ganze Nacht gewesen war. Dalion wollte einfach nur noch weg, weg von dem Gasthof und weg von den Leuten dort. Als er gerade um eine Ecke bog, dachte er etwas aus seinem Augenwinkel zu sehen und drehte sich um, aber in der leeren Gasse hinter ihm war niemand. Dalion ging einfach weiter und vermutete, dass ihm seine Sinne einen Streich gespielt hatten. Allerdings hatte er zwei Gassen weiter erneut so ein merkwürdiges Gefühl. Sein Herz schlug nun schneller, denn er befürchtete, dass Odrak vielleicht jemanden auf ihn angesetzt hatte. Doch als er sich erneut umdrehte, konnte er wieder niemanden entdecken, der ihn verfolgte.

Nachdem er sich, seiner Meinung nach, weit genug vom Gasthof entfernt hatte und er sich nicht mehr beobachtet fühlte, lehnte er sich erschöpft und schwer atmend gegen eine Hausmauer in einem kleinen Hinterhof und gab seine verbesserten Sinne auf. Es wurde immer dunkler vor seinen Augen und umso dunkler es wurde, umso müder wurde auch Dalion. Es hatte ihn viel Kraft gekostet, sein inneres Feuer so lange zu benutzen. Dalion wusste nicht, wie lange er an die Hausmauer gelehnt am Boden saß. Er saß einfach nur im Gras des kleinen Hofes und versuchte sich über einige Dinge klar zu werden. In letzter Zeit tat er das öfters und er merkte, dass es ihm half. Er dachte an sich, an die Nah'rane, an das, was aus ihm geworden war, was er als Kind einmal machen wollte und an seine Eltern. Dalion konnte es nicht vergessen, er wollte es nicht vergessen. Ihn interessierte keine Revolution, nicht wirklich. Er war nur ein Mitglied der Nah'rane geworden, um es zu erfahren, um die Wahrheit zu erfahren. Doch bis dorthin würde er alles tun, was nötig war, und wenn er dazu diesen Jungen finden musste, würde er auch das tun. *„Ich bin viel zu nahe an meinem Ziel, um jetzt aufzugeben. Ich habe schon schlimmere Dinge getan, die ich mir nie verzeihen werde, als diesen Jungen aufzuspüren."*

Wild entschlossen setzte sich Dalion wieder auf und machte sich auf den Weg ins Zentrum der Stadt, wo der Gasthof lag, in dem er sich ein Zimmer gemietet hatte. Dalion wechselte nun auf die Hauptstraße, um schneller voranzukommen. Die Grenze zwischen dem Viertel, in dem er sich befand, und dem Zentrum der Stadt, in dem die reichere Bevölkerungsschicht lebte, bildete ein Fluss. Als Dalion die große Steinbrücke gerade überqueren wollte, blieb er kurz stehen und blickte über den Rand der Brücke ins dunkle Wasser. Für einen Moment konnte er bei dem Anblick des fließenden Wassers im Mondlicht alle seine Sorgen vergessen. In den breiten Straßen im zentralen Bezirk war so spät so gut wie niemand mehr auf den Beinen. Dalion betrat den leeren Schankraum, nickte dem Wirt, der hinter dem Tresen stand und Gläser polierte, höflich zu, lehnte ein Glas Wein ab und ging dann auf sein Zimmer. Dort angelangt, legte er sich gleich in sein Bett, weil er wusste, dass er am nächsten Tag einen langen und anstrengenden Ritt vor sich haben würde.

Im Norden des Reiches lebten nur wenige Leute, also würden Neuankömmlinge sofort auffallen, aber Dalion bezweifelte nach allem, was er über Nicolas gehört hatte, dass sie sich einfach in einem Dorf niedergelassen hatten. *„Vermutlich sind sie in den Wald geritten, um sich dort im Schutz der Bäume zu verstecken. Die Wälder sind riesig und nach mehreren Tagen würde es ausgesprochen schwierig werden noch Spuren zu entdecken. Es gibt im Wald zwar ge-*

nug Tiere, die man jagen und essen könnte, doch für andere Dinge, wie Brot oder Gemüse müssten sie in ein Dorf gehen. Vielleicht habe ich ja Glück und jemand kann sich an sie erinnern." Dalion schloss seine müden Augen und fasste den Entschluss, sich morgen darüber Sorgen zu machen, wie er sie finden sollte. Er würde nicht aufgeben, bis er den Jungen gefunden hatte.

TRAINING, TRAINING, TRAINING

Als Keron aufwachte, befand er sich alleine im Zimmer. Schnell zog er sich an und öffnete die Tür zum Hauptraum der Hütte. Doch auch dort war niemand und plötzlich kamen ihm wieder die Geschehnisse der letzten Tage ins Bewusstsein. Erschrocken stürzte Keron aus der Tür auf die Veranda und blickte sich nach einem Feind um, konnte aber niemanden entdecken.

„Guten Morgen", sagte Sir Nicolas, der lässig rechts neben ihm auf der Veranda saß und Pfeife rauchte. „Was ist denn mit dir passiert, dass du hier so aufgeschreckt aus der Hütte rennst?", fragte er und hob eine Augenbraue.

Keron, der vor Aufregung an ihm vorbeigerannt war, machte einen erschrockenen Satz nach hinten und hob die Arme kampfbereit. Als er jedoch sah, dass es nur Nicolas war, ließ er sie wieder sinken und atmete erleichtert aus. Im Versuch, noch etwas Würde zu bewahren, versuchte Keron ihm so unbekümmert wie möglich zu antworten. „Ach, es ist nicht der Rede wert."

Sir Nicolas reagierte nicht auf diese Antwort, sondern gab nur ein amüsiertes Schnaufen von sich und blies einen Ring aus Rauch in die Luft. Keron bemerkte, dass sein Gesicht heiß wurde und versuchte diese Peinlichkeit zu vertuschen, indem er das Gespräch in eine andere Richtung lenkte. „Wo ist denn Will eigentlich?"

„Er hat gemeint, es sei viel zu langweilig zu warten, bis du aufwachst. Also ist er losgezogen, um den Wald zu erkunden." Kerons Besorgnis wuchs erneut, was Sir Nicolas nicht entgangen war. Er musterte seinen neuen Lehrling eingehend und zog an seiner Pfeife. „Keine Sorge, der Bengel kann schon selber auf sich aufpassen. Komm, setz dich zu mir. Wir haben uns noch gar nicht richtig unterhalten, seit du bei mir bist. Kein Wunder bei allem, was passiert ist."

Keron setzte sich ihm gegenüber und wartete gespannt darauf, was Sir Nicolas mit ihm bereden wollte. Sein neuer Meister sagte zuerst gar nichts, sondern rauchte nur ganz genüsslich seine Pfeife und sah Keron an, dem langsam etwas unbehaglich unter seinem Blick wurde. Er verspürte den Drang, die Stille zu unterbrechen, aber gerade als er etwas sagen wollte, hob Sir Nicolas seine Hand, um ihm Einhalt zu gebieten. Keron schloss seinen Mund wieder und sagte nichts. „Ich wollte mit dir darüber sprechen, was mit Francis passiert ist", sagte Sir Nicolas. Keron wich seinem Blick aus. Er hatte befürchtet, dass sie darüber reden würden. Der Name seines alten Meisters versetzte ihm einen Stich im Herzen und er entschied sich dazu, vorerst nichts zu sagen. „Er war ein alter Freund von mir. Es tut mir sehr leid, was mit ihm passiert ist, aber es ist bezeichnend für ihn. Streit, Brutalität und Unmoralität waren ihm ein Gräuel und er wollte möglichst alles mit Vernunft zum Guten wenden", sagte Sir Nicolas und nun lächelte er. Kerons Kehle hatte sich bei der Erinnerung an Sir Francis zusammengeschnürt und er wusste nicht, was er darauf erwidern sollte. Kurze Zeit sagten beide gar nichts und waren in ihre eigenen Gedanken versunken. „Bevor ich es vergesse, ich habe noch etwas für dich", erinnerte sich Sir Nicolas plötzlich und holte Keron damit wieder in die Gegenwart zurück.

Verwundert, was es wohl sein könnte, sah Keron zu, wie Sir Nicolas aufstand, in die Hütte ging und wenige Minuten später mit einem Blatt Papier wieder herauskam. Er setzte sich wieder hin und hielt Keron das Blatt vor die Nase. Keron nahm es und merkte, dass der Brief nicht an ihn, sondern an Nicolas adressiert war. Er wollte ihm den Brief schon zurückgeben, doch Sir Nicolas schüttelte den Kopf und sagte: „Lies." Keron tat, wie ihm geheißen und entfaltete das Stück Papier.

Mein alter Freund Nicolas,

Ich hoffe, du erfreust dich bester Gesundheit. Ich schreibe dir diesen Brief, weil ich dich um einen Gefallen bitten möchte. Ich habe schon seit längerem einen neuen Lehrling namens Keron Adrin. Er ist sehr wissbegierig und lernt alles, was ich ihm beibringe, sehr schnell. Vielleicht ein wenig zu schnell, wenn ich es recht bedenke, und das ist genau der Grund, warum ich dir diesen Brief schreibe.
Kurz und gut, ich möchte, dass du ihn unter deine Fittiche nimmst. So ein Talent sollte nicht verschwendet werden und ich glaube, dass du ihm mehr beibringen kannst als ich. Außerdem werde ich schon langsam etwas zu alt, um nervigen Energiebündeln wie ihm etwas beizubringen. Ich habe vollstes Vertrauen zu diesem Jungen, dass er dich nicht enttäuschen wird.

Ich komme in einem Monat in dringenden Angelegenheiten nach Reduna und ich hoffe, dass du dort vielleicht einen Blick auf den Jungen werfen könntest. Er ist etwas ganz Besonderes, du wirst sehen.

In freudiger Erwartung dich bald zu sehen,

dein Freund Francis

Keron standen Tränen in den Augen, als er den Brief zu Ende gelesen hatte. Zu lesen, wie Sir Francis über ihn dachte, bedeutete sehr viel für ihn. Er las den Brief erneut und wollte ihn Sir Nicolas wieder zurückgeben.

„Behalte ihn nur. Er gehört dir", sagte er und machte keine Anstalten den Brief entgegenzunehmen.

Nachdem Keron sich beruhigt hatte, wandte er sich wieder Sir Nicolas zu. „Also war es sein Wunsch, dass Ihr mich unterweisen würdet? Mir hatte er nie etwas von diesem Plan erzählt."

„Das hatte ich auch nicht erwartet", antwortete Nicolas mir einem Lächeln, als hätte Keron ihm eine Frage gestellt. „Wie ich dir schon bei unserer ersten Begegnung gesagt habe, werde ich dich lehren und dir so viel beibringen, wie ich kann, aber es wird nicht leicht und du musst meine Anweisungen genau befolgen. Ob du so talentiert bist, wie Francis es vorausgesagt hatte, wird sich noch zeigen müssen, doch ich glaube, du bist vielleicht genau der Richtige, der Will anspornen kann, das Training etwas ernster zu nehmen. Wir werden sehen. Aber eins ist gewiss, ich muss dir sicher nicht sagen, was für ein Glück du hast, von Nicolas von den Reichsschützen zu lernen", fügte er hinzu und Keron wusste nicht, ob er es sarkastisch oder ernst meinte, also beschränkte er seine Reaktion auf ein entschlossenes Nicken. „Na gut. Da Will immer noch nicht zurück ist, lass uns einen kleinen Spaziergang machen."

Daraufhin stand Sir Nicolas auf und Keron folgte ihm. Einige Zeit gingen sie nur nebeneinander her, bis Nicolas ihn etwas fragte: „Was weißt du über mich, außer, dass ich zu den Reichsschützen gehöre?"

Keron überlegte kurz und erzählt dann, was er wusste: „Ihr seid ein Kriegsheld und habt an der Seite des Königs gekämpft." Sir Nicolas nickte und Keron fuhr fort. „Außerdem gibt es viele Gerüchte, die eure Person betreffen." Er machte eine kurze Pause, als wüsste er nicht so recht, ob er seinen Gedanken zu Ende führen sollte. „Allerdings muss ich sagen, dass mir einige von ihnen eher unglaubwürdig erscheinen."

„So? Was erzählt man sich denn über mich, was deiner Meinung nach so unglaubwürdig sei?", fragte er und Keron konnte die Belustigung in seiner Stimme hören.

„Na ja, in ein paar Geschichten rettet ihr Jungfrauen vor Monstern und Dämonen. In anderen seid ihr selber fähig Dämonen zu beschwören. Und in wieder anderen zieht ihr mit einem magischen Schwert in die Schlacht, dessen Klinge in Flammen aufgeht, wenn ihr damit kämpft." Keron blieb stehen, als Sir Nicolas zu lachen begann. Es war das erste Mal, dass Keron ihn lachen sah. Vor diesem Gespräch war er eigentlich zu der Ansicht gelangt, dass Sir Nicolas zwar ein ehrenwerter Mann sei, aber für Kerons Geschmack etwas zu ernst. Er schüttelte den Kopf, weil er sich offenbar in seinem neuen Meister geirrt hatte.

„Weißt du, dieses Gerücht mit dem flammendem Schwert habe ich mir als Lehrling und Student selber ausgedacht, um mir einen Ruf aufzubauen, allerdings hätte ich nie gedacht, dass sich diese Geschichte so lange in den Gedächtnissen der Leute halten würde", erklärte Sir Nicolas, nachdem er sich wieder beruhigt hatte. „Im Großen und Ganzen hattest du natürlich recht damit, dass du diesen Geschichten keinen Glauben geschenkt hast. Die Menschen neigen dazu, deine Erfolge größer erscheinen zu lassen, als sie in Wirklichkeit waren, aber du solltest dir trotzdem immer einen offenen Geist bewahren. Ich bin mir sicher, dass du noch so einige Dinge erleben wirst, die dir jetzt vielleicht unmöglich erscheinen."

„Ihr habt studiert?", fragte Keron interessiert.

„Als Lehrling der Reichsschützen bekommt man eine umfangreiche Ausbildung, wenn man es will. Soldaten werden ausgebildet, um zu kämpfen und zu töten. Aber Reichsschützen müssen zu mehr fähig sein, als ein Schwert zu schwingen und Feinde niederzustrecken. Du erhältst an der Akademie für Reichsschützen zweifellos eine hervorragende Kampfausbildung und kannst dich ab einem gewissen Zeitpunkt auch auf diese beschränken, doch die Meister der Schule raten jungen Lehrlingen dazu, mehr Fächer zu studieren. Du kannst dort zum Beispiel eine diplomatische Ausbildung erhalten und später für den König mit anderen Fraktionen verhandeln. Du wirst dort auch im Rechnen unterwiesen und hast die Möglichkeit, andere Sprachen zu erlernen, die dir bei deinen Missionen weiterhelfen. Hinzu kommt, dass du ebenso eine medizinische Ausbildung erlangen kannst und die Akademie der Reichsschützen eine der größten Bibliotheken von Ryloven besitzt."

„Warum heißt der Orden dann *die Reichsschützen*, wenn die Leute noch zu so viel mehr fähig sind, als mit dem Bogen umzugehen."

„Natürlich wissen das nicht viele Leute, weil die Reichsschützen ihre Geheimnisse nicht mit jedem besprechen. Unsere außerordentlichen Fähigkeiten mit dem Bogen sind unser hervorstechendstes Merkmal und deshalb hat das Volk uns diesen Namen gegeben. Vor langer Zeit trug unser Orden einen anderen Namen, vielleicht wirst du ihn eines Tages erfahren", sprach Sir Nicolas und wechselte dann das Thema. „Wie du dir sicher vorstellen kannst, wird nicht jeder an der Akademie der Reichsschützen aufgenommen. Einerseits muss man ein gewisses Talent mitbringen und andererseits machen sich die Meister bei einer Aufnahmeprüfung ein Bild von deiner Persönlichkeit. Viele von ihnen sind sehr gut darin geworden, abzuschätzen, wie weit sich ein Schüler entwickeln kann und ob er der Ausbildung überhaupt gewachsen ist. Was uns unweigerlich zu meiner letzten Frage an dich bringt. Ich stelle diese Frage jedem, der mein Schüler werden will, und deine Antwort wird darüber entscheiden, ob du der Ausbildung auch würdig bist."

Keron erschrak, denn er dachte, dass ihn Sir Nicolas schon längst als Schüler akzeptiert hätte. Die beiden blieben am Ufer des Weihers stehen und Keron wartete gespannt, dass ihm Nicolas seine Frage stellte: „Wer bist du?"

Diese Frage hatte Keron wirklich nicht erwartet. Nachdenklich betrachtete er sein verschwommenes Spiegelbild im Wasser. *„Wer bin ich?"* Sir Nicolas sagte nichts mehr, sondern wartete geduldig auf eine Antwort. „Also ich bin Keron, ein 18-jähriger Junge …"

„Nein", unterbrach Sir Nicolas ihn und schüttelte den Kopf. „Ich will nicht wissen, wie alt oder wie groß du bist. Das kann mir jeder Dummkopf sagen und du kannst dir sicher denken, dass kein Dummkopf es wert ist, mein Schüler zu werden."

Keron ärgerte sich. Frust stieg in ihm hoch, weil er nicht wusste, was Sir Nicolas von ihm hören wollte oder warum er ihm so eine Frage überhaupt stellte. Plötzlich brachen die ganzen Emotionen aus ihm heraus, die er in den letzten Tagen aufgestaut hatte und er schrie Sir Nicolas beinahe an.

„Ich bin Keron Adrin, Sohn von Sahra und Jerar Adrin, Freund von Will und bald ein stolzer Schüler der Reichsschützen. Und eines Tages werde ich ein starker und mächtiger Krieger wie Sir Francis, damit ich alle beschützen kann, die mir etwas bedeuten."

Eine Zeit lang sagte keiner der beiden etwas. Sir Nicolas schaute Keron einfach nur an und Keron hatte das Gefühl, dass er ihn nicht nur anschaute, sondern irgendwie in ihn hinein. Dann begann Sir Nicolas langsam zu nicken. „Eine gute Antwort", sagte er und Keron atmete unwillkürlich aus. „Sie zeigt, wo du herkommst, wer dir wichtig ist und was du im Leben erreichen willst. Es wäre mir eine Ehre dich zu unterweisen und ich verspreche dir, wenn du mir vertraust, werde ich dich soweit bringen, dass du jedes deiner Ziele erreichen kannst." Sir Nicolas beendete seinen Satz mit einer leichten Verbeugung, was Keron etwas peinlich war.

„Danke", antwortete er verlegen und verbeugte sich ebenfalls, aber etwas tiefer als Sir Nicolas.

„Komm, ich sehe gerade, dass Will von seinem Ausflug aus dem Wald zurückgekommen ist. Es wird Zeit, dass wir mit eurer Ausbildung beginnen", sagte Sir Nicolas und gemeinsam gingen sie zur Hütte zurück. Als die beiden dort ankamen, wartete Will schon auf der Veranda auf sie.

„Was hast du entdeckt?", fragte ihn Sir Nicolas.

„Nichts. Ich habe keine Anzeichen gefunden, dass Menschen in letzter Zeit hier waren oder dass uns jemand gefolgt ist", antwortete er mit einem Achselzucken.

„Gut, dann lasst uns beginnen", sagte Sir Nicolas und ging in die Hütte.

Will wandte sich verwundert an Keron: „Mit was genau beginnen wir?"

„Sir Nicolas will mit unserer Ausbildung zu Reichsschützen beginnen", erklärte Keron. Woraufhin ein breites Lächeln auf Wills Gesicht erschien. Als Sir Nicolas wieder zurückkam, hatte er sein Schwert an seinem Gürtel befestigt und trug je ein Holzschwert in einer Hand. Er stellte sich vor den beiden hin und überreichte ihnen die Schwerter.

„Wir kriegen keine richtigen Schwerter?", fragte Will und die Enttäuschung in seiner Stimme war kaum zu überhören.

„Natürlich nicht", sagte Sir Nicolas mit Bestimmtheit. „Ihr seid vollkommene Anfänger im Schwertkampf und ihr würdet euch nur selber verletzten. Ihr bekommt erst ein richtiges Schwert, wenn ich der Meinung bin, dass ihr auch damit umgehen könnt. Und selbst dann werdet ihr in Übungskämpfen nur mit den Holzschwertern gegeneinander antreten. Ein Schwert ist kein Spielzeug, sondern eine Waffe", sagte Sir Nicolas und bedachte Will mit einem strengen Blick, woraufhin dieser betreten zu Boden blickte. „Und jetzt schaut her und passt genau auf." Sir Nicolas zog sein eigenes Schwert aus der Scheide, nahm einen etwas breiteren Stand ein und ließ das Schwert ein paar Mal in geschmeidigen Bewegungen durch die Luft schneiden. Es war beinahe so, als würde er eine Art Tanz aufführen. Zum Schluss kam er wieder in seine Ausgangsposition zurück und versiegelte seine Klinge in ihrer Scheide. Danach begann das Training.

Sir Nicolas zeigte ihnen, wie sie ihr Schwert am besten halten sollten, damit ein Gegner es ihnen nicht so leicht aus der Hand schlagen konnte. Nachdem Will seinen Unmut darüber geäußert hatte, dass er wusste, wie man ein Schwert hält, nahm Sir Nicolas Keron das Schwert aus der Hand und entwaffnete Will mit einer einzigen schnellen Bewegung. Will wusste überhaupt nicht, was passiert war, und unterbrach den Unterricht danach nicht mehr. Ihr Meister zeigte ihnen die Bewegungen mit seinem eigenen Schwert, die Will und Keron nachmachen sollten. Nachdem er ihnen eine Reihe von Bewegungen vorgeführt hatte, sollten die beiden sie hintereinander vollführen, während Sir Nicolas sie genau beobachtete und nötigenfalls korrigierte. So übten sie den ganzen Vormittag weiter. Nicolas zeigte ihnen, wie man welche Angriffe am besten parierte und wie sie ihre Beine bewegen müssen, damit sie nicht das Gleichgewicht verlieren, wenn sie einen kräftigen Schlag blocken mussten oder ihr Gegner ihren Schlägen auswich. Keron hätte nicht gedacht, dass das Training so anstrengend sein würde, aber er beschwerte sich nicht, sondern machte einfach weiter, weil er es unbedingt lernen wollte.

Als Sir Nicolas verkündete, dass sie eine Mittagspause machen würden, war Keron überhaupt nicht zufrieden mit seinen Ergebnissen und nach Wills Ausdruck zu urteilen ging es ihm ähnlich. Der erfahrene Reichsschütze entdeckte jeden kleinen

Fehler und jede Unaufmerksamkeit, wenn ihre Konzentration nachließ. Und jedes Mal, wenn einer von ihnen einen Fehler machte, mussten sie die komplette Übung noch einmal wiederholen. Beim Essen redete niemand, jeder war mit seinen eigenen Gedanken beschäftigt. Keron ging im Geiste noch einmal die Bewegungsabläufe durch, bei denen er am meisten Schwierigkeiten hatte. Nach dem Essen machten sie einen anstrengenden Dauerlauf durch den Wald, bei dem sie laut Sir Nicolas ihren Kopf wieder frei bekommen würden. Aber die einzige Veränderung, nachdem sie zwei Stunden durch den Wald gelaufen waren, waren ihre schmerzenden Beinmuskeln. Keron wusste, das ihm das Schlimmste erst am nächsten Tag bevorstehen würde.

Am Nachmittag nahmen sie dann wieder das Training mit den Holzschwertern auf und Keron merkte, dass ihm noch weniger gelang als am Vormittag. Während er bei einem Hieb von oben das Gewicht auf seinen anderen Fuß verlagern wollte, verlor er das Gleichgewicht und stürzte. Außer Atem und am Boden liegend schaute er zu Will hinüber, der einige Meter weit weg von ihm übte. Zu seinem Erstaunen stellte Keron fest, dass Will wirklich schon etwas Ahnung vom Schwertkampf hatte, denn er vollführte die gleiche Übung, bei der er gerade das Gleichgewicht verloren hatte, ohne einmal kurz innehalten zu müssen. Keron war beeindruckt. Vor ein paar Tagen hätte er noch erwartet, dass der Anblick seines Freundes, der eindeutig besser war als er, ihn entmutigen würde. Doch genau das Gegenteil war der Fall. Er stand wieder auf und begann seine Übungen von neuem.

Immer wieder verbesserte Sir Nicolas sie, wenn sie zum Beispiel auf dem falschen Bein standen oder sie ihr Schwert nicht hoch genug hielten, um ihren Oberkörper zu schützen. Keron verlor noch drei Mal das Gleichgewicht, bis Sir Nicolas sie endlich zum Abendessen rief. Erschöpft, aber doch etwas zufrieden mit sich, weil er nicht aufgegeben hatte, stapfte Keron zur Hütte und setzte sich an den Tisch im Wohnbereich. Das warme Essen in seinem Bauch tat ihm unglaublich gut und seine Laune verbesserte sich schlagartig. Auch Will hatte nach den ersten paar Bissen wieder sein typisches Grinsen im Gesicht. Nachdem Keron seinen Teller bis auf den kleinsten Rest aufgegessen hatte, bedankte er sich bei Sir Nicolas für das Mahl und ging in sein Zimmer. Erschöpft und mit schmerzenden Gliedmaßen ließ er sich ins Bett fallen und fiel, kaum dass er sich hingelegt hatte, in einen tiefen Schlaf.

Als Keron am nächsten Tag die Augen öffnete, war er das erste Mal vor Will wach. Damit er seinen Freund nicht weckte, stand er so leise wie möglich auf und verließ das Zimmer. Fast jede Bewegung schmerzte. Allerdings versuchte er, es zu ignorieren, und trat hinaus ins Sonnenlicht. Keron blickte hoch und versuchte an dem Stand der Sonne herauszufinden, wie früh es wirklich war, und er schätzte, dass die Sonne seit etwa zwei Stunden aufgegangen war. Langsam ging er zum Weiher, um seine Glieder im kalten Wasser zu kühlen und sich zu waschen. Er zog sich sein Hemd über den Kopf und legte es zusammen mit seiner Hose am Ufer ab und stieg dann ins Wasser. Das Wasser war zwar eiskalt, aber es fühlte sich einfach himmlisch auf seinen schmerzenden Gliedern an. Vorsichtig formte er mit seinen Händen eine Schale und träufelte sich etwas Wasser über den Kopf. Nachdem er erfrischt war und seine Muskeln nicht mehr ganz so stark schmerzten, zog er sich wieder an und holte sein Holzschwert, das er auf der Holzveranda am vergangenen Tag liegen gelassen hatte. Einige Meter entfernt von der Hütte begab er sich in seine Grundposition und begann mit einer einfachen Folge von Schwerthieben. Nachdem er sie drei Mal hintereinander ohne für ihn bemerkbaren Fehler geschafft hatte, hielt er inne und blickte zur Hütte. Dort stand Sir Nicolas auf der Veranda und beobachtete ihn. Keron hatte ihn während seiner Übungen überhaupt nicht aus der Hütte kommen sehen. Sir Nicolas winkte ihn zu sich und Keron setzte sich in Bewegung.

„Verausgabe dich nicht zu sehr. Du hast heute noch einen langen und harten Tag vor dir. Komm rein und iss erst einmal etwas, dann machen wir weiter", sagte er, als Keron nahe genug war, damit er nicht schreien musste.

„Ja, Meister."

„Ach, sag einfach Nicolas", sagte er mit Bestimmtheit und machte eine wegwerfende Handbewegung. „Jetzt, wo ihr endgültig meine Schüler geworden seid und den ersten Schritt in Richtung Reichsschützen gemacht habt, können wir auf diese unnötigen Anreden wie *Sir* oder *Meister* verzichten. Wir werden noch eine ganze Weile hier auf engstem Raum zusammenleben und da sind solche Höflichkeiten nicht notwendig", schloss er mit einem Lächeln und Keron glaubte kurz etwas Väterliches in seiner Stimme entdeckt zu haben. Keron folgte Nicolas ins Haus, in dem Will schon am Tisch saß. Er schaute noch etwas schlaftrunken aus und Keron vermutete, dass Nicolas ihn gerade erst geweckt hatte, denn er blickte ganz und gar nicht glücklich auf den Teller vor ihm.

„Tja, du könntest dir ruhig ein Beispiel an Keron nehmen, der ist schon seit einer Stunde auf und hat auch schon mit den Übungen angefangen", schlug Nicolas Will vor.

„Wenn er keinen Schlaf braucht, ist das seine Sache", gab er schnippisch zurück und wies mit dem Kopf in Kerons Richtung. „Ich hingegen laufe nur zur Höchstform auf, wenn ich genug Schlaf bekomme. Und weil wir gerade davon reden, es wäre nicht nötig gewesen mich aus dem Bett zu *zerren*."

„Hättest du auf mein Rufen reagiert, wäre das überhaupt nicht nötig gewesen, da hast du recht." Keron versuchte sein Lachen zu unterdrücken, was ihm aber nicht besonders gut gelang und erntete deshalb einen bösen Blick von Will.

An diesem Tag begannen sie gleich mit einem Dauerlauf durch den Wald und trainierten erst danach mit dem Schwert. Nicolas zeigte ihnen neue Übungen und Angriffsmöglichkeiten, doch da Keron die vom gestrigen Tag noch nicht gut genug beherrschte, übte er zuerst diese, während Will schon mit den neuen beschäftigt war. Sein schmerzender Körper machte es ihm nicht gerade leichter. Seine steifen Beine und Arme reagierten einfach nicht so schnell, wie Keron es gerne gehabt hätte. Es wurde immer schlimmer. Umso mehr Keron sich anstrengte, umso weniger gelang ihm am Ende, was wiederum seine Laune verdüsterte. Es war ein Teufelskreis. Doch plötzlich wurden seine verärgerten Gedanken durch lautes Fluchen unterbrochen. Keron hielt in seiner Bewegung inne und sah zu Will hinüber, der gerade vom Boden aufstand und sich den Schweiß von der Stirn wischte.

„Gar nicht so leicht, eh?", fragte ihn Will mit einem Lächeln im Gesicht, bevor er wieder in die Grundhaltung ging. Mit dem Gefühl, dass er nicht der einzige war, der Schwierigkeiten hatte, war es Keron irgendwie gleich wohler und er übte weiter. Zum Ende des Vormittages konnte Keron die ersten Übungen und Bewegungsabfolgen endlich ohne nennenswerte Fehler durchführen und machte sich nach einer kurzen Pause gleich daran, die heutigen Lektionen zu trainieren.

Nach der Mittagspause wollten Will und Keron schon wieder nach draußen gehen und mit ihrem Training weitermachen, als Nicolas sie zurückrief: „Wartet einmal. Wir machen mit etwas anderem weiter."

Will und Keron setzten sich wieder an den Tisch und warteten, bis Nicolas mit einem Stapel von Papieren zurückkam. Es waren Karten. Karten von Ryloven, die ehemalige Reichsschützen selber angefertigt hatten. Nicolas zeigte ihnen die einzelnen Karten und erklärte ihnen, wo sich strategisch wichtige Punkte befanden oder welche Stellen man am leichtesten verteidigen könnte. Will und Keron hatten die Aufgabe, sich die Karten, so gut es ihnen möglich war, einzuprägen und zu merken. Keron faszinierten diese Karten sehr. Sie enthielten so viele Orte, von denen er überhaupt nicht gewusst hatte, dass es sie gab. Die beiden saßen fast den ganzen Nachmittag über die Karten gebeugt und versuchten sich die einzelnen Namen der Regionen und Städte zu merken. Nach einigen Stunden kam Nicolas wieder zu ihnen und fragte sie nach bestimmten Namen oder bei welchen Orten sie sich gegen mögliche Feinde verteidigen würden. Nach Wills Einschätzung sah ihr Lehrer nicht enttäuscht von ihren Leistungen aus, auch wenn sie viele Fragen noch nicht beantworten konnten.

„Na gut", sagte Nicolas dann endlich. „Das war für den Anfang gar nicht so schlecht. Ihr werdet morgen weiter die Karten studieren. Es ist besonders wichtig für einen Reichsschützen, dass er sich im Königreich auskennt, falls er einmal losgeschickt wird, um eine Nachricht so schnell wie möglich zu überbringen. Aber jetzt geht bitte hinaus und nutzt die letzten Sonnenstrahlen noch für eure Schwertübungen."

Ihr Training ging immer so weiter. Am Vormittag machten sie zuerst einen Dauerlauf durch den Wald, der mit der Zeit immer länger wurde. Dann trainierten sie mit dem Schwert bis zur Mittagsstunde, als es am heißesten war. Nach der Pause machten sie schließlich verschiedene Sachen. Oft saßen sie über den Karten, bis Nicolas kam und sie ausfragte. Aber an anderen Tagen nahm ihr Lehrmeister sie auch mit in den Wald und erklärte ihnen, an welchen abgebrochenen Zweigen oder fehlenden Moosen sie erkennen konnten, ob jemand hier gewesen war. Oder er brachte ihnen bei, sich so lautlos und so ungesehen wie möglich in verschiedenen Umgebungen zu bewegen. Diese Übungen machten Will besonderen Spaß, weil er darin sehr gut war. Nicolas ließ sie gegeneinander antreten. Einer von ihnen musste einen gewissen Bereich ihm Wald bewachen und der andere musste versuchen sich an ihm vorbeizuschleichen. Meistens gewann Will bei diesen Aufgaben und erzählte Keron dann nur zu gerne ganz genau, wie er an ihm vorbeigekommen war oder an welcher Bewegung er ihn entdeckt hatte. Das Prahlen seines Freundes ging Keron auf der einen Seite zwar gewaltig auf die Nerven, aber auf der anderen Seite erzählte ihm Will genau seine Fehler und er hatte nicht vor den gleichen Fehler ein zweites Mal zu begehen. Schließlich schaffte es Keron dann nach wenigen Tagen zum ersten Mal an Will vorbeizukommen, ohne bemerkt zu werden, und als er Will von hinten an der Schulter berührte, war dieser vollkommen überrascht und machte vor Schreck einen kleinen Sprung zur Seite, woraufhin beide zu lachen begannen und sogar Nicolas anerkennend nickte. Keron wurde im Schleichen zwar immer besser und schaffte es immer öfter an Will vorbei, aber der *Meister der Schatten,* wie er sich gerne selbst bezeichnete, war weiterhin Will. Wenn Keron an der Reihe war mit dem Suchen, kam es kaum vor, dass er Will entdeckte, obwohl Nicolas ihm versicherte, dass er nichts falsch gemacht hatte. Nach fast einem Monat und nach unzähligen Siegen von Will hintereinander beschloss Nicolas selber Wache zu halten und Will wäre es auch beinahe gelungen, an ihm vorbei zu gelangen, wenn er nicht kurz vor seinem vermeintlichen Triumph unvorsichtig geworden und auf einen morschen Ast gestiegen wäre. Das Knacken entging Nicolas natürlich nicht und er entdeckte Will sofort, aber er war trotzdem überrascht, wie weit Will an ihn herangekommen war, ohne dass Nicolas ihn gesehen hatte. Er meinte, dass Will ein ausgesprochen großes Talent dafür hatte, sich ungesehen zu bewegen und dass er eines Tages vielleicht zu den Besten „Schattenwanderern" gehören könnte, die es bei den Reichsschützen gab. Will und Keron wussten nicht was „Schattenwanderer" waren, doch da Nicolas gleich mit der nächsten Übung fortfahren wollte, blieb ihnen auch keine Zeit, um danach zu fragen.

Am siebten Tag ihres Trainings hatten sich Kerons Muskeln schon besser an die viele Bewegung gewöhnt und er hatte keine Schmerzen mehr, was vor allem im Schwertkampf dazu führte, dass er große Fortschritte machte. Er war natürlich nicht so gut wie Will und nach sieben Tagen Übung immer noch ein Anfänger, aber Nicolas meinte, dass seine Bewegungen jetzt schon etwas mehr mit Schwertkampf zu tun hätten.

Am selben Tag verschwand der Meister der Reichsschützen, während die beiden übten, für mehrere Stunden und kam mit ein paar Ästen wieder zurück. Er setzte sich auf die Veranda, lehnte sich an die Außenwand der Hütte und begann mit einem kleinen Messer den ersten Ast zu bearbeiten. Immer wenn Will oder Keron ihn fragten, was er da mache, wich er ihren Fragen aus und sagte nur „schnitzen" oder „es wird eine Überraschung" oder „geht wieder an die Arbeit". Drei Tage lang saß Nicolas, immer wenn Will und Keron übten oder sich die Landschaft auf den Karten einprägten, auf der Veranda und arbeitete an den Ästen.

Am zehnten Tag gab Nicolas ihnen vom Training frei. Keron nutzte die freie Zeit, um sich um sein Pferd zu kümmern und etwas notwendigen Schlaf nachzuholen. Er ging hinter die Hütte zu dem kleinen Unterstand, wo die Pferde untergebracht waren. Zuerst striegelte er Weher, der ihn mit einem erfreuten Wiehern begrüßte, und dann legte er sich ins Heu und schlief ein. Nachdem er wieder aufgewacht war, fühlte er sich so erholt wie schon seit Tagen nicht mehr. Er ging um die Hütte und entdeckte Will, der gerade im Schatten des Waldrandes saß und etwas polierte, jedoch konnte er nicht genau erkennen, was es war. Als er näher an ihn herantrat, sah er schließlich, was es war. Sein Freund polierte geraden einen Dolch. Als Will seinen Freund und Kameraden bemerkte, schaute er auf und grinste Keron an.

„Na, wieder aufgewacht?", fragte er Keron spöttisch, der sich neben ihn hinsetzte.

„Wieso, wie spät ist es denn?"

„Es ist schon längst Nachmittag. Du hast das Mittagessen verpasst. Ich wollte dich ja aufwecken", erzählte er und pikte mit seinem Dolch einen schlafenden imaginären Keron. „Aber Nicolas hat gemeint, dass du schon aufwachen würdest, wenn du Hunger bekämest."

Jetzt, nachdem Will es ausgesprochen hatte, merkte Keron, dass er wirklich ziemlich hungrig war. „Dann werde ich mir mal etwas zum Essen holen", sagte er zu Will und ging zur Hütte. Er schlenderte an Nicolas vorbei, der jetzt schon den vierten Tag hintereinander an seinen Werken arbeitete, holte sich ein Stück Brot sowie ein Stück Käse und geräuchertes Fleisch aus ihren Vorräten und machte sich auf den Weg zurück zu Will. Dort angekommen, wollte er ihn fragen, wo er den Dolch denn herhatte, aber sein Mund war so voll, dass er nur unverständliche Laute erzeugte, die niemand hätte verstehen können. Will schaute ihn fragend an und zog verwundert eine Augenbraue in die Höhe, während Keron damit beschäftigt war, den riesigen Bissen in seinem Mund hinunterzuwürgen.

„Ich wollte fragen, woher du diesen Dolch hast?"

Will grinste sein typisches Grinsen. „Kannst du dich noch erinnern, wie ich dir in Reduna von den Gauklern aus meiner Kindheit erzählt habe?" Keron nickte. „Eines Tages habe ich bei einem Auftritt von ihnen als junger Messerwerfer mitgeholfen. Nachdem ich mit meiner Vorführung fertig war, jubelten mir die Leute zu und ein paar gaben mir auch Münzen, weil ich sie beeindruckt hatte. Als der größte Teil der Menge gegangen war, kam ein Mann in einem weiten dunkelblauen Umhang auf mich zu. Er lächelte mich an und sagte, er möchte mir etwas zeigen. Der Mann kniete sich hin und holte einen in einen Stoff gewickelten Gegenstand aus seiner Tasche heraus. Er wickelte den Gegenstand aus und ein wunderschöner Dolch kam darunter zum Vorschein." Will hielt den Dolch in seiner Hand höher, damit Keron ihn besser sehen konnte. Er hatte eine leicht gebogene Klinge, wie der Dolch der Nah'rane, den Nicolas ihnen gezeigt hatte. Aber Wills Dolch war nicht rot. Er hatte ein ganz feines Muster auf der Klinge und ein gelber Stein war am oberen Teil des Griffes unter der Klinge eingelassen, was ihm eine gewisse Eleganz verlieh, wie er so im Sonnenschein glänzte. Die Klinge und der Griff waren aus demselben Material und es schaute beinahe so aus, als wäre er aus einem Stück Metall gefertigt worden. Aus welchem Material der Dolch bestand, konnte Keron allerdings nicht sagen. Die Klinge schimmerte silbern und er kannte kein Material, aus dem man Waffen fertigen würde und das dann so aussah. Als er nickte, fuhr Will mit seiner Geschichte fort. „Er gab mir den Dolch und es war der wunderschönste Gegenstand, den ich je gesehen hatte. Als ich ihn in der Hand hatte … wie soll ich das beschreiben … es fühlte sich einfach richtig an, als wäre er ein Teil von mir oder ein alter Freund, der wieder da war … nein, das drückt nicht aus, was ich sagen will, aber es fühlte sich einfach gut an, als ich ihn in den Händen hielt. Der Mann fragte mich, ob er mir gefalle, und ich nickte und wollte ihm seinen Dolch zurückgeben, doch er bestand darauf, dass ich ihn behielt. Er meinte, es sei ein Geschenk und dass ich ihn besser gebrauchen könnte als er. Bevor er verschwand, meinte er noch, dass dieser Dolch mir eines Tages vielleicht das Leben retten würde. Ich hatte damals Tränen in den Augen, weil mir noch nie jemand so etwas Schönes geschenkt hatte. Ich kann immer noch sein lächelndes Gesicht vor mir sehen, als er aufstand, mir durch die Haare fuhr und in der Menge verschwand. In den nächsten Tagen übte ich immer wieder mit dem Dolch zu werfen und ich verfehlte mein Ziel nie. Die Gaukler meinten, es sei mein Talent oder einfach nur Glück, aber ich war mir da nicht so sicher."

„Du hast dein Ziel wirklich nie verfehlt?", fragte Keron erstaunt.

„Nicht mit diesem Dolch", sagte er und stand auf. „Siehst du den Baum dort drüben?" Keron blickte in die Richtung, in die Will zeigte, und sah einen etwas größeren Baum, der von kleineren Bäumen umgeben war und etwa 10 Meter von ihnen entfernt stand. Keron nickte. Will holte aus und warf den Dolch, der sich in der Luft mehrmals drehte und dann genau mit der Klinge voraus im Baum steckten blieb. Er holte den Dolch und zeigte ihn Keron. Er hatte keinen Kratzer und schaute genauso aus wie zuvor. Doch bevor Keron noch etwas fragen konnte, stand Nicolas plötzlich hinter ihnen, ohne dass sie sein Kommen bemerkt hätten.

„Sie sind endlich fertig", sagte er.

„Was ist fertig?", fragte Will.

„Eure Bögen natürlich", antwortete Nicolas und hielt ihnen zwei fast gleiche Bögen hin. „Sie haben nicht so eine große Reichweite wie die Langbögen, die wir Reichsschützen normalerweise verwenden, aber für den Anfang werden diese hier euch gute Dienste leisten. Na los, nehmt sie schon. Sie gehören jetzt euch. Wir fangen morgen am Nachmittag mit dem Bogenschießen an. Doch heute solltet ihr euch noch ausruhen", sagte er und überreichte ihnen die Bögen. Gemeinsam gingen sie zur Hütte zurück und Nicolas zeigte ihnen, wie sie die Sehnen abnahmen und wieder befestigten und wie sie ihren Bogen von jetzt an pflegen mussten. Will und Keron verstauten ihre neuen Waffen behutsam in ihrem Zimmer und konnten den nächsten Tag kaum noch erwarten.

Keron folgte Will und schaute sich seine Umgebung bei jedem Schritt genau an. Mit dieser Taktik kamen sie zwar nur langsam voran, aber andererseits wollten sie nicht wieder einen Fehler machen, indem sie eine Spur übersahen. Als Keron und Will an diesem Tag aufgestanden waren, entdeckten sie, dass ein an sie adressierter Brief am Tisch im Wohnbereich lag. In diesem Brief stellte Nicolas ihnen die Aufgabe, dass sie mit ihren Bögen zum Waldrand gehen sollten. Dort würden sie einen Baum finden, in dem ein Pfeil steckte. Nachdem sie den Pfeil aus dem Stamm gezogen hatten, sollten sie seinen Spuren durch den Wald folgen, bis sie ihn fanden. Aufgeregt rannten sie in ihr Zimmer, holten ihre Bögen und machten sich sofort auf, um den Pfeil zu suchen. Es dauerte nicht lange und Keron entdeckte ihn im Stamm einer großen Eiche. Sie nahmen den Pfeil mit und folgten der Spur von Nicolas, wie er es ihnen beigebracht hatte. Nach einer halben Stunde hatten sie ein halbes Dutzend Pfeile aus den Bäumen befreit. Danach wurde ihre Verfolgung schwieriger. Die Anzeichen, dass eine Person durch den Wald streifte, wurden undeutlicher und weniger und nach einer weiteren halben Stunde endete die Spur einfach. Zuerst suchten die beiden die nähere Umgebung ab, weil sie dachten, dass sie irgendetwas übersehen hatten. Doch als sie nichts fanden, mussten sie sich eingestehen, dass Nicolas eine falsche Spur gelegt hatte, um sie in die Irre zu führen. Etwas verärgert, da sie einer falschen Fährte gefolgt waren und Nicolas es ihnen so schwer machte, kehrten sie um und gingen zu dem Baum zurück, in dem der letzte Pfeil gesteckt hatte. Dort entdeckten sie dann wirklich eine zweite Spur, die in Richtung Nordosten führte.

Dieser Spur folgten sie jetzt schon eine ganze Weile und jedes Mal, wenn einer von ihnen einen weiteren Pfeil entdeckte, stieg ihr Selbstvertrauen wieder ein klein wenig an. Nach einer weiteren Stunde, die sie damit verbrachten in gebückter Haltung durch den Wald zu schleichen und der Spur von Nicolas zu folgen, hörte Keron ein Pfeifen, dass dem eines Vogels ähnelte, aber es hörte sich nicht ganz richtig an. Keron blieb stehen, lauschte und versuchte so herauszufinden, aus welcher Richtung der vermeintliche Vogelruf kam. Nach einigen Sekunden hörte er dasselbe Pfeifen erneut und konnte die Richtung ausmachen. Das Pfeifen war ein Signal, das sich Will und Keron ausgedacht hatten, um dem anderen zu signalisieren, dass einer von ihnen noch einen Pfeil oder etwas anderes entdeckt hatte.

Als Keron bei dem Baum ankam, vor dem Will stand, hatte der schon ihren zwölften Pfeil aus dem Stamm des Baumes geholt. Doch dieses Mal hatte Will zu Kerons Erstaunen noch etwas anderes beim Stamm dieses Baumes gefunden. Er hielt zwei Köcher in den Händen und überreichte einen von ihnen Keron. Sie füllten ihre ledernen Köcher mit jeweils sechs der gefundenen Pfeile und schnallten die Köcher dann auf ihre Rücken.

„Hast du auch schon den nächsten Hinweis entdeckt?", fragte ihn Keron.

„Ja. Dort wurde das Moos unter einem Stiefel vom Stein abgerieben", er nickte und zeigte Richtung Norden. „Und ungefähr 100 Meter weiter sind etliche Zweige in der Höhe der Beine abgeknickt, als wäre jemand durchs Dickicht gerannt", sagte Will und beendete damit seine Schlussfolgerung.

„Aber könnte es nicht auch sein, dass ein Tier die Zweige abgeknickt hat?"

Will überlegte kurz, schüttelte dann jedoch den Kopf. „Ich glaube nicht. Wenn es wirklich ein Tier gewesen wäre, hätte ich irgendwo Pfotenabdrücke oder etwas in der Art sehen müssen. Oder es wären Haare von dessen Fell an den abgeknickten Zweigen hängen geblieben, als das Tier durch die Büsche gelaufen ist."

Die beiden setzten ihren Weg also in Richtung Norden fort und bald darauf konnten sie Sonnenlicht durch die Bäume vor ihnen in der Ferne scheinen sehen. Umso weiter sie der Spur folgten, umso näher kamen sie auch dem Rand des Waldes. Es dauerte nicht lange, bis sie die letzten Bäume erreicht hatten und ins Sonnenlicht hinaustraten. Wegen der langen Zeit im dunklen Wald mussten sich ihre Augen erst wieder an das grelle Licht der Sonne gewöhnen. Doch anders als sie vermutet hatten, bildeten die Bäume nicht den Rand des Waldes, sondern nur die Grenze zu einer sehr großen Lichtung. Bis auf fünf alleinstehende Bäume war die einzige Erhöhung auf der großen Wiese ein einzelner Stein, der sich ganz in ihrer Nähe befand. Keron wunderte sich, wie ein einzelner Felsbrocken auf diese Lichtung gekommen war. In ihrer näheren Umgebung war alles flach und kein

Berg war dieser Lichtung so nahe, dass der Stein einfach vom Berghang abgerutscht sein konnte.

Als Will den Brocken aus der Ferne musterte, entdeckte er plötzlich eine Gestalt, die sich gegen das Sonnenlicht am Stein abzeichnete. Er schirmte sich die Augen gegen die Sonne ab und erkannte zu seinem Erstaunen Nicolas, der auf dem großen Stein saß. „Keron, schau doch", rief er seinem Freund aufgeregt zu und zeigte in die Richtung des Felsens. Keron schirmte sich ebenfalls die Augen gegen die Sonne ab, um besser sehen zu können und schaute zum Stein hinüber, wo er, wie zuvor Will, niemand anderen als Nicolas entdeckte. Erleichtert, weil sie ihn endlich gefunden hatten, rannten sie auf ihn zu.

Nicolas erwartete sie Pfeife rauchend auf dem Stein und blies, wie es seine Art war, Ringe aus Rauch in den blauen Himmel, während er den beiden entgegenblickte. Etwas außer Atem blieben Will und Keron vor dem Felsbrocken stehen und blickten erwartungsvoll zu Nicolas nach oben, der sie mit ausdrucksloser Miene musterte.

„Ihr habt es geschafft. Gut gemacht", sagte er schließlich.

„Na ja, wir sind einige Zeit einer falschen Spur gefolgt und haben damit viel Zeit verloren", gab Keron wahrheitsgemäß zu.

Nicolas nahm einen Zug von seiner Pfeife und nickte. „Das Ziel war es, mich auf dieser Lichtung zu finden. Außerdem habt ihr eine wichtige Lektion gelernt. Ihr könnt nicht immer davon ausgehen, dass eure Feinde keine Erfahrung im Verfolgen von Personen haben. Ihr müsst stets wachsam bleiben, um mögliche Fallen und falsche Spuren entdecken zu können. Außerdem könnte euch jemand auch in die Irre führen, indem er seine Spuren verwischt. Aber da ihr jetzt hier vor mir steht, würde ich sagen, dass ihr eure Aufgabe erfüllt habt."

„Ich hätte noch eine Frage", stellte Will fest.

Nicolas seufzte. „Und die wäre?"

„Warum habt ihr uns hierher geführt?"

„Ich dachte, das läge doch auf der Hand. Ihr seid hier, um zu trainieren", antwortete Nicolas, hüpfte von dem Felsbrocken hinunter und verschwand dahinter, um gleich wieder mit seinem Bogen in der Hand aufzutauchen. „Genauer gesagt, seid ihr beide an diesem Ort, um die Kunst des Bogenschießens zu erlernen."

Nicolas ging voran. Will und Keron folgten ihm in die Mitte der Lichtung. „Ich habe um meine Pfeile ein rotes Band gebunden, damit ihr sie von euren eigenen besser unterscheiden könnt", sagte er und zeigte ihnen den Pfeil, den er mit einer fließenden Bewegung aus seinem eigenen Köcher herausgeholt hatte. „Ich werde einen Pfeil in jeden dieser fünf Bäume dort auf der anderen Seite der Lichtung schießen und eure Aufgabe ist es, eure Pfeile so nahe wie möglich an meinen zu platzieren. Verstanden?" Will und Keron nickten und nahmen ihre eigenen Bögen in die Hände, um ihre Bereitschaft zu signalisieren.

„Das ist es, was ihr am Ende eures Trainings können sollt." Gleich nachdem er diesen Satz beendet hatte, schoss Nicolas auch schon den ersten Pfeil ab und dann den nächsten und den nächsten. Keron konnte nicht glauben, dass ein Mensch in so einer Geschwindigkeit zielen konnte, aber keiner der Pfeile verfehlte sein Ziel. Nicolas zog in dem Zeitraum eines Blinzelns einen neuen Pfeil aus dem Köcher, legte ihn an und schoss. Hätte er es nicht mit eigenen Augen gesehen, sondern nur in einem Gasthof davon gehört, hätte er kein Wort geglaubt. Doch er sah es und es machte ihm Angst. Sich vorzustellen, dass Nicolas nicht auf Bäume sondern auf Soldaten, auf Menschen schoss, bereitete ihm Gänsehaut. Er zweifelte nicht daran, dass sein Lehrmeister mit jedem Pfeil in seinem Köcher einen Menschen in weniger als einer Sekunde aus einer großen Entfernung töten konnte. Wahrscheinlich würde sein Gegner nicht einmal wissen, wer auf ihn geschossen hatte. Nun verstand Keron vollkommen, warum sich der Name des Ordens im Laufe der Zeit in Reichsschützen geändert hatte.

Nicolas ließ seinen Bogen sinken und schaute zu seinen Schülern hinüber, die ein wenig abseits von ihm standen und sich noch kein bisschen bewegt hatten. Keron stand einfach nur erstaunt da und Will blickte mit offenem Mund zwischen den Pfeilen in den Bäumen und Nicolas hin und her.

„Na los. Jetzt seid ihr an der Reihe. Nehmt einen Pfeil aus dem Köcher und legt ihn an", forderte Nicolas sie auf und zeigte ihnen die richtige Haltung, indem er es ihnen vormachte.

Will schüttelte ungläubig den Kopf. „Das sollen wir können?", fragte er etwas zweifelnd. „Das ist doch Wahnsinn. Ich glaube nicht, dass ich das schaffe."

Nicolas verstand endlich, was in seinen Schülern vorging. „Natürlich nicht heute, aber mit viel Übung werdet ihr es irgendwann ebenfalls können. Nicht morgen und auch nicht in einer Woche oder einem Monat. Um diese Geschwindigkeit zu erlangen, braucht es viel Übung und Training. Aber ja, ihr werdet es können." Will und Keron wirkten nicht überzeugt und Nicolas wurde langsam ungehalten. „Ich habe euch als meine Schüler angenommen und seid versichert, dass ich es nicht getan hätte, wenn ich nicht davon überzeugt wäre, dass ihr dazu fähig seid. Doch gut, wenn ihr nicht wollt, dann können wir auch gleich abbrechen", sagte er wütend und machte Anstalten zu gehen, indem er sich von ihnen abwandte. Nicolas' Zorn weckte Keron aus seinen Gedanken und eine ungewöhnliche Entschlossenheit breitete sich in ihm aus.

„Warte. Ich werde es versuchen." Keron stellte sich dorthin, wo Nicolas vorher gestanden hatte und nahm einen Pfeil aus seinem Köcher. Er legte ihn an und spannte die Sehne. Zu seiner Überraschung war es gar nicht so einfach, die Sehne ganz nach hinten zu ziehen. Aber ein angenehmes Gefühl breitete sich in ihm aus. Es fühlte sich an, als hätte er sein ganzes Leben nur darauf gewartet, einen Bogen zu spannen. Es war ein unglaubliches Glücksgefühl. In diesem Moment erinnerte er sich daran, als Will das Gefühl beschrieben hatte, welches er empfunden hatte, während er das erste Mal seinen Dolch in den Händen gehalten hatte. Keron zielte. In dem Moment, in dem er den Baum in der Mitte, der am nächsten zu ihm stand, im Visier hatte, ließ er den Pfeil los. Die Sehne schnellte zurück und der Pfeil schoss davon. Er schaute ihm nach, aber er verfehlte sein Ziel. Doch Keron war ganz und gar nicht entmutigt. Er ließ den Bogen sinken und Will begann lauthals zu lachen. „Na, das war aber ein

Volltreffer!", brachte er zwischen seinem Gelächter hervor. Keron lächelte ebenfalls, nahm allerdings sonst keine Notiz von seinem Freund, der sich über ihn lustig machte. Er starrte mit Begeisterung auf seinen Bogen, nahm gleich einen neuen Pfeil aus seinem Köcher und legte ihn an. *„Dieses Mal werde ich treffen."* Er spannte die Sehne, zielte und schoss. Keron wusste schon beim Loslassen, dass er den Baum dieses Mal treffen würde und schaute dem Pfeil nach, wie seine Spitze mit einem leisen Geräusch in den Holzstamm eindrang. Sein Pfeil war gut einen Meter unter dem von Nicolas, aber er fühlte sich, als hätte er nie etwas Besseres in seinem Leben vollbracht. Erst jetzt merkte er, dass Wills Gelächter verstummt war, er auf seinen Pfeil starrte und Nicolas anerkennend in die Hände klatschte. Nach Kerons geglücktem Versuch erwachte Wills Ehrgeiz und er versuchte ebenfalls einen der Bäume zu treffen, allerdings verfehlte sein erster Versuch das Ziel und auch sein zweiter Pfeil landete gut zwei Meter neben dem Baum, den er eigentlich treffen wollte. Nach den vielen Niederlagen, die Keron gegen Will im Schleichen hinnehmen musste, war es ein Gefühl der Genugtuung für Keron, dass er in etwas besser war als sein Freund. Doch tief im Inneren befürchtete ein Teil von ihm, dass Will es nicht gut finden würde, dass Keron besser war. Bis jetzt war Will ihm sowohl beim Schwertkampf als auch im Schleichen etwas voraus. Er wusste nicht, was für Auswirkungen es auf ihre Freundschaft haben würde, wenn er nun in etwas besser war als Will. Doch Keron fand bald heraus, dass seine Sorgen unbegründet waren. Nachdem die beiden ihre sechs Pfeile verschossen hatten und Will noch immer keinen Baum getroffen hatte, mussten sie ihre Pfeile wieder aufsammeln. Keron hatte mit seinen nächsten beiden Schüssen wieder nicht getroffen, aber die letzten zwei Pfeile blieben im Holz stecken. Es dauerte nicht lange und ihre Pfeile befanden sich wieder sicher in ihren Köchern.

„Wie stellst du es an, dass du die Bäume triffst", fragte Will Keron, während sie zu Nicolas zurückgingen.

„Hmmm … Ich bin nicht sicher, wie ich dir diese Frage beantworten soll. Du hast mir gestern erzählt, wie du dich gefühlt hast, als du das erste Mal diesen Dolch in den Händen gehalten hast und ich glaube, dass ich so etwas Ähnliches auch gespürt habe. Es fühlte sich einfach richtig an und ich ließ den Pfeil los. Verstehst du, was ich damit sagen will?"

„Nicht so ganz, aber es ist ja auch nicht so wichtig. Du wirst schon sehen. In höchstens einer Woche werde ich schon genauso gut sein wie du", fügte Will hinzu und lächelte Keron schelmisch an, der das Lächeln herausfordernd erwiderte.

Sie übten den ganzen Tag voller Begeisterung weiter, bis die Bäume, auf die sie zielten, schon lange Schatten warfen. Will und Keron kamen ein weiteres Mal vom Aufsammeln ihrer Pfeile zurück, als Nicolas ihnen mitteilte, dass sie zur Hütte zurückkehren. Die beiden schulterten ihre Bögen und trotteten erschöpft hinter Nicolas her. Erst jetzt merkte Keron, wie hungrig und müde er wirklich war und konnte das Abendessen kaum noch erwarten. Für den Rückweg brauchten sie bei weitem nicht so lange wie am Vormittag, weil sie schneller gingen und Nicolas ihnen beichtete, dass er sie eine Zeit lang im Kreis und dann in eine ganz andere Richtung geführt hatte, bevor er den Weg zur Lichtung einschlug. In Wirklichkeit dauerte es zu Fuß nur ungefähr eine halbe Stunde, um von der Hütte zur Lichtung zu gelangen. Doch sowohl Keron als auch Will waren viel zu müde, um sich über ihre überflüssig lange Jagd am Anfang des Tages zu beschweren. Bevor die beiden die Hütte betraten, wuschen sie ihre Hände und ihr Gesicht in dem kleinen Weiher. Das kühle Wasser fühlte sich einfach wundervoll auf ihren schmerzenden Armen an. Danach stürzten sie sich auf das Essen und, da Nicolas sie an diesem Abend vom Abwaschen der Teller im Weiher befreite, zogen sie sich in ihr Zimmer zurück und legten sich in ihre Betten.

Es war noch nicht ganz dunkel geworden. Keron lag in seinem Bett und versuchte einzuschlafen. In Gedanken ging er die letzten Tage in seinem Kopf noch einmal durch, seit sie bei der Hütte angekommen waren. *„Es waren die anstrengendsten Tage meines Lebens, aber habe ich mir nicht genau das gewünscht? Zu lernen, wie man kämpft, und neue Orte kennenzulernen? Nein, das ist* nicht, was ich wollte, es ist noch besser, weil Will auch noch da ist, der mich anspornt und die Schmerzen des harten Trainings mit mir durchsteht. Ich hätte nie zu träumen gewagt, dass ich einmal ein Reichsschütze werden könnte." Während Keron noch über seinen besten Schuss und dieses Gefühl, das er bei seinem ersten Treffer verspürt hatte, nachdachte, versank er langsam, ohne es recht zu merken, ins Reich des Schlafes.

Die nächsten Tage verbrachten sie wie schon die Tage zuvor. Am Vormittag gingen sie zu der Lichtung und übten den Schwertkampf und das Bogenschießen und am Nachmittag machten sie verschiedene Dinge: Sie studierten weiterhin die Karten des Reiches, erledigten häusliche Pflichten, wie zum Beispiel das Säubern ihrer Zimmer, den Abwasch oder sie versorgten die Pferde. Außerdem begann Nicolas ihnen die Umgangsformen bei Hofe beizubringen. Seiner Meinung nach war es eines der wichtigsten Dinge, die sie bei ihm lernen würden, weil man immer wissen sollte, wem man gegenüberstand und wie man diese Person zu behandeln hatte. Keron auf der anderen Seite empfand es als todlangweilig, die Stammbäume der wichtigsten Familien von Ryloven auswendig zu lernen. Er hatte zwar schon einiges über die Verhaltensweisen bei Hofe von Sir Francis gelernt, aber er empfand die vielen verschiedenen Dinge, auf die man laut Nicolas achtgeben musste, verwirrend und viele waren in seinen Augen einfach unnötig. Keron wäre viel lieber auf der Lichtung gewesen und hätte weiter trainiert. Aber Will und Keron lernten eines ganz schnell. Umso mehr sich die beiden beschwerten, umso länger verbrachten sie damit Zeit, langweilige Verhaltensregeln und Stammbäume zu studieren.

Ihre Muskeln schmerzten zwar immer noch jeden Abend, doch es war bei weitem nicht mehr so schlimm wie am Anfang ihrer Ausbildung. Das Merkwürdige war nur, dass Will auch in der Früh noch leichte Schmerzen hatte, wohingegen Keron am nächsten Morgen überhaupt keinen Schmerz mehr verspürte. Als Will ihn schon das zwanzigste Mal deswegen verfluchte, konnte Keron sich immer noch keinen Reim darauf machen, warum er sich so viel schneller als Will von den Strapazen erholte.

Als Junge war er einmal vom Pferd gestürzt und hatte einen tiefen Schnitt am Unterarm davongetragen, aber am nächsten Tag konnte man nur noch eine feine Narbe erkennen. Ein anderes Mal war er schrecklich krank geworden und der Arzt, den seine Eltern geholt hatten, meinte, dass er noch mindestens zehn Tage das Bett hüten müsse. Nach drei Tagen jedoch, als der Arzt wiederkam und Keron wieder vollkommen gesund war, war dieser verblüfft gewesen und gab zu, dass er so etwas noch nie erlebt hätte. Am Anfang hatte es Keron noch brennend interessiert, warum er schneller heilte als andere, aber da niemand eine plausible Antwort darauf hatte, gab er das Thema schließlich auf und freute sich einfach.

Keron fand, dass das Training gut lief. Er machte spürbare Fortschritte im Bogenschießen und traf den Baum, auf den er zielte, so gut wie immer. Allerdings schaffte er es noch nicht, dass der Pfeil genau dort einschlug, wo er es wollte. Sein Ehrgeiz verlangte von ihm unbedingt noch besser zu werden und er zweifelte nicht daran, dass er es auch schaffen würde.

SCHIMMERAUGE

Dalion betrat den Schankraum des „Brennenden Fasses". Es war ein Schankhaus im Händlerviertel und ein guter Ort, um Informationen zu bekommen. Edion war der südlichste Händlerposten vor der Grenze zu Almon. Deshalb kamen alle möglichen Leute und Händler hier zusammen, um ihre Waren zu verkaufen oder um sich ihr Geld als Wächter für eine Handelskarawane zu verdienen. Und natürlich kamen mit den vielen Menschen auch Informationen in die Stadt, die aus dem ganzen Reich von den fahrenden Händlern mitgebracht wurden.

Dalion musste zuerst in Erfahrung bringen, wie sich die Soldaten des Reiches nach Odraks kleinem Auftritt verhielten, bevor er seine Reise beginnen konnte. Er war den ganzen Vormittag unterwegs gewesen und hatte hier und dort Informationen gesammelt. Auf einem Markt hatte er ein Gespräch zweier Händler belauscht, die sich über die unsicheren Straßen unterhielten, und im Gasthof „Goldener Brunnen", in dem sich nur Adelige oder sehr reiche Kaufleute ein Zimmer leisten konnten, hörte er eine Unterhaltung mit, bei der sich ein junger Adeliger aufgebracht über die strengen Grenzkontrollen beschwerte, die anlässlich der Sichtung eines Nah'ranen angeordnet wurden. Er verstand nicht, warum sie aufgrund von solchen Hirngespinsten am Reisen behindert werden. Anschließend machte er noch ein paar Bemerkungen zum Geisteszustand des Königs, bevor ihn einer seiner Mitreisenden beruhigen konnte.

Alles in allem waren die Nachrichten nicht erfreulich. Es würde schwer für ihn werden, nach Ustaran zu gelangen. Ustaran war die Provinz, in der Reduna lag, und nach allem, was er gehört hatte, wurde jeder, der hinein oder hinaus wollte, von den Grenzwachen kontrolliert. Dalion könnte die Grenze zwar über unbesiedeltes Gelände überschreiten, aber es gab dort keine

Straßen und er würde den Fluss Taran, der die südliche Grenze der Provinz bildete und ihr ihren Namen gab, nicht überqueren können. Er hatte sich überlegt den Fluss zu umgehen. Allerdings würde er dann zwei Wochen länger brauchen, um bis nach Reduna zu gelangen. Kurz gesagt, musste er sich eine Möglichkeit überlegen, wie er die Grenzsoldaten, welche die Straßen kontrollierten, überlisten konnte. Er hatte auch schon einen Plan und hier im „Brennenden Fass" würde er seinen Anfang nehmen.

Dalion hatte seinen schwarzen Mantel gegen ein sauberes Hemd und einen blauen Umhang eingetauscht, den er sich von einem Schneider hatte anfertigen lassen. Er schaute damit mehr nach einem reichen Kaufmann aus und er würde nicht so sehr auffallen. Der schwarze Mantel half ihm zwar hervorragend sich in der Dunkelheit ungesehen zu bewegen, am helllichten Tag allerdings würde er unter den bunten Farben, die im Süden in Mode waren, zu sehr herausstechen.

Er blickte sich im Raum um, bis er fand, wonach er suchte und setzte sich dann an einen Tisch im hinteren Teil des Raumes. Von dort würde er jedes Wort hören können, das am Nachbartisch gesprochen wurde. Kaum hatte er am Tisch Platz genommen, kam auch schon eine junge Kellnerin zu ihm.

„Was darf es denn sein?", fragte sie höflich und lächelte Dalion an.

„Ich habe eine lange Reise hinter mir und hätte gerne etwas zu essen", gab er genauso höflich zurück. Das Mädchen war eine schöne junge Frau mit hellen roten Haaren und Dalion zweifelte nicht daran, dass einige der jungen Männer nur wegen ihr in dieses Wirtshaus kamen.

„Wir haben heute einen ausgezeichneten Eintopf." Dalion überlegte kurz und nickte dann. „Außerdem haben wir frischen Apfelsaft, der nach einem langen Ritt Wunder wirken soll. Möchten sie ein Glas davon?", fragte sie und schenkte ihm wieder ihr bezauberndes Lächeln.

„Das wäre wunderbar", antwortete Dalion und deutete eine Verbeugung an, soweit ihm das im Sitzen möglich war. Zufrieden wandte sie sich ab und verschwand durch eine Tür hinter dem Tresen. Es dauerte nicht lange und sie kam mit einer Schüssel Eintopf und einem Glas des Apfelsaftes zu seinem Tisch zurück. Dalion bedankte sich und begann zu essen. Das Essen war nicht das Beste, das er je probiert hatte, aber der Saft löschte seinen Durst hervorragend. Während er aß, wandte er seine Aufmerksamkeit den beiden Männern zu, die sich am Tisch neben ihm unterhielten. Es war nicht so leicht zu verstehen, was sie sagten, weil es im Raum durch die vielen Menschen zu laut war. Deshalb verstärkte Dalion sein Gehör und blendete die anderen Leute im Raum instinktiv aus.

„Wie konnte dieser Idiot sich in eine Schlägerei verwickeln lassen? Wahrscheinlich hat er wieder einmal zu tief in den Bierkrug geschaut. Ich habe dir doch gesagt, dass er uns nur Ärger bringt."

„Beruhig dich, mein Sohn. Wir werden für alles eine Lösung finden", versuchte der ältere Mann der beiden den anderen zu beruhigen.

„Aber Vater, wie kannst du so ruhig sein. Wir haben gerade eine unserer wenigen Wachen verloren, die uns vor Banditen beschützen. Viel Zeit haben wir auch nicht mehr, weil wir einen Auftritt in Vermar haben. Und zu allem Überdruss kursieren Gerüchte über gewalttätige Mörder und die Soldaten des Königs spielen deshalb verrückt."

„Ach Fold, mach dir wegen dieser Gerüchte keine Gedanken. Warum sollte ein Nah'rane etwas von einer fahrenden Schauspielertruppe wie uns wollen?"

Als Dalion mit seinem Mahl fertig war und zu dem Nachbartisch blickte, konnte er sehen, wie der Junge erbleichte, als sein Vater den Namen seines Ordens aussprach.

„Psst! Sag doch nicht ihren Namen. Das bringt Unglück", flüsterte Fold seinem Vater aufgebracht zu und machte schnell ein Zeichen mit seiner Hand, das ihn vor Unglück beschützen sollte. Aber der alte Mann winkte nur geringschätzig ab.

„Ach was, ich glaube nicht an diesen Blödsinn, dass man stirbt, wenn man ihren Namen zu oft sagt."

„Und was ist dann mit dem alten Dee, der in Baldor Geschichten über sie erzählt hatte und dann erstochen in seinem Haus aufgefunden wurde?", fragte der Junge und dachte, er hätte damit genug gesagt, um seine Meinung zu untermauern.

„Dieser alte Narr ist sicher nicht von einem Nah'ranen umgebracht worden." Wieder zuckte der Junge zusammen und blickte sich unruhig um, ob sie jemand belauschte. Dabei streifte sein Blick Dalion, der aber so tat, als wäre er mit dem Saum seines Umhanges beschäftigt. „Jeder, der auch nur ein einziges Mal mit ihm gesprochen hatte, wusste, dass Dee ein verdammter Halunke und Betrüger war. Viel wahrscheinlicher ist es, dass er jemanden beim Kartenspielen einmal zu oft betrogen oder er sich beim Falschen unbeliebt gemacht hat", sagte Folds Vater mit Bestimmtheit.

Es herrschte kurz betretenes Schweigen, bis der Junge auf das eigentliche Thema zurückkam. „Also, was sollen wir jetzt machen?"

Der ältere Mann seufzte. „Wir werden uns wohl oder übel nach anderen Söldnern umsehen oder, wenn wir keine finden, alleine weiterreisen müssen."

Das war Dalions Stichwort. Er stand auf und ging zum Tisch, an dem die beiden saßen. „Es tut mir leid, aber ich kam nicht umhin zu hören, dass ihr noch Begleiter sucht", sagte Dalion und verbeugte sich höflich. Wenn ihr mir sagen würdet, wohin ihr unterwegs seid, könnte eure Suche hier enden." Dalion wusste natürlich schon, wohin sie reisten, allerdings konnten die beiden das nicht wissen und er wollte kein Misstrauen erregen.

Die Augen des Jungen verengten sich. „Ihr habt uns belauscht?", fragte er Dalion feindselig. Sein Vater legte dem Jungen die Hand auf seinen Arm und hinderte ihn so daran aufzustehen. „Sei nicht so unhöflich, mein Sohn", sprach er und wendete sich dann zu Dalion. „Mein Name ist Kados Gahir und das ist mein Sohn Fold. Aber wer seid Ihr Fremder?"

„Oh, entschuldigt, ich habe mich noch gar nicht vorgestellt. Mein Name ist Dalar und ich würde mich euch gerne anschließen, wenn ihr in Richtung Norden unterwegs seid." Dalion hatte beschlossen, dass es besser war, wenn er einen falschen Namen benutzte.

„Ihr habt Glück, wir sind tatsächlich auf den Weg nach Reduna, aber vorher müssen wir nach Vermar und Tren." Dalion rechnete sich den Weg aus. Es würde länger dauern als geplant, doch da er keinen anderen Plan hatte und er so immer noch schneller war, als wenn er durch die Wildnis streifte, war er damit zufrieden.

„Verzeiht mir die Feststellung, aber ihr seht nicht gerade wie ein Soldat aus", stellte Kados fest.

„Ich muss gestehen, ich bin nicht direkt ein Soldat. Dennoch bin ich durchaus in der Lage euch zu beschützen."

Kados nickte und flüsterte seinem Sohn etwas zu, was Dalion nicht genau hören konnte. Er verstand nur drei Wörter. „Gib ... Ferending ... bereithalten." Fold stand auf und verließ das Schankhaus. „Setzt Euch doch. Ich bin gewillt Euch bei uns aufzunehmen, aber wir müssten noch über die Bezahlung sprechen."

Dalion setzte sich Kados gegenüber und wartete, bis dieser etwas sagte. „Ich zahle euch zwei Silberstücke, wenn wir sicher in Reduna angekommen sind."

Dalion überlegte kurz und gab dann sein Gegenangebot ab. „Wie wäre es mit drei Silberstücken?" Dalion war der Preis eigentlich ziemlich egal, jedoch hätte es verdächtig gewirkt, wenn er nicht einmal versucht hätte zu feilschen.

Sie handelten eine ganze Weile und einigten sich dann auf zwei Silberstücke, zwei Ferlinge, was dem Fünftel eines Silberstücks entsprach, und Dalion bekam etwas vom Essen der Theatergruppe.

Bevor sie zusammen das Schankhaus verließen, zahlte Dalion noch für sein Essen. Draußen trafen sie wieder auf Fold, der seinem Vater „er ist bereit" zuflüsterte und sich ihnen anschloss. Dalion machte das Verhalten der beiden misstrauisch. Als sie gerade durch eine leere Gasse gingen, sprang ihnen ein Mann in den Weg und fuchtelte mit seinem Messer.

„Gebt mir euer Geld oder ich schwöre bei der Göttin Illis persönlich, dass ich euch zu den Dämonen zurückschicke, von denen ihr gesendet worden seid."

Bei den Worten des Diebes erkannte Dalion, was hier getrieben wurde. Er wurde auf die Probe gestellt. Er hatte genau dieselben Worte schon einmal in einem Theaterstück gehört, das er in seiner Jugend gesehen hatte, aber ihm fiel nicht ein in welchem. Außerdem war Fold etwas zu theatralisch nach hinten gesprungen. Dalion lächelte und reagierte schnell, als der Dieb auf Kados losging. Mit einer geschmeidigen Bewegung positionierte er sich zwischen dem Dieb und seinem neuen Auftraggeber. Als der Dieb nahe genug an ihn herangetreten war, vollführte Dalion eine Finte und tat so, als ob er ihn schlagen würde. Aber im letzten Moment griff Dalion nach der Hand, die das Messer hielt, und zog sie zu sich her. Der Dieb verlor das Gleichgewicht. In diesem Moment hatte Dalion den Kampf gewonnen und hätte sein Gegenüber auch töten können, aber da er wusste, dass es kein echter Überfall war, schubste Dalion ihn einfach nur nach hinten. Doch der Mann fiel nicht einfach nur auf den Boden, sondern rollte sich mit Geschick beim Fallen ab und stand in binnen einer Sekunde wieder auf den Beinen. Dalion sah sich in seiner Theorie bestätigt, denn kein betrunkener Dieb hätte so einen Abgang hingelegt.

„Das reicht", sagte Kados laut und deutlich und lächelte dann. „Ich bin davon überzeugt, dass Ihr uns beschützen werdet."

Dalion war hingegen überhaupt nicht glücklich. „Was habt ihr Euch eigentlich dabei gedacht?", schrie er den älteren Mann an. „Wenn ich nicht vorher schon gewusst hätte, dass er kein echter Dieb ist, hätte er sich doch verletzten können. Wer weiß denn schon, was passiert wäre. Vielleicht hätte ich ihn auch umgebracht, um euch zu schützen. Und dann hättet nicht ihr, sondern ich mit einem Mord leben müssen. Es war ein außerordentlich grausames Spiel, das ihr hier getrieben habt!" Voller Zorn stand Dalion vor Kados und starrte dem Mann in die Augen. Seine Hand, in der er das entwendete Messer hielt, zitterte, um seinem Ausbruch glaubwürdiger erscheinen zu lassen. Kados war wie erstarrt. Dalion konnte Erstaunen und Furcht in den Augen des Mannes sehen.

„Na na, beruhigt Euch, es ist mir doch nichts passiert", versuchte der angebliche Räuber ihn zu beruhigen und legte Dalion von hinten eine Hand auf die Schulter. Dalion entspannte sich etwas und Kados nahm das als Hinweis, dass er gefahrlos etwas sagen konnte. „Es tut mir leid, dass wir Euch testeten. Dennoch mussten wir wissen, ob ihr für diesen Job auch fähig genug seid. Bitte nehmt meine Entschuldigung an und trefft uns morgen bei Sonnenaufgang am nördlichen Stadttor, wenn wir aufbrechen."

Dalion sagte zuerst nichts, sondern nickte nur. Doch dann besann er sich wieder auf seinen Plan und verabschiedete sich respektvoll.

Immer noch fluchend über die Torheit der Leute machte Dalion sich auf den Weg, die letzten Reisevorbereitungen zu treffen. Zuerst ging er auf den Markt, um sich etwas Reiseproviant, einen Feuerstein und noch eine Decke zu kaufen. Danach begab er sich zu seinem Gasthof. Dort angekommen, brachte er seine neu erworbenen Gegenstände auf sein Zimmer und packte seinen Reisebeutel. Nachdem er alle seine Habseligkeiten verstaut hatte, schloss er die Truhe unter seinem Bett auf und entnahm daraus seinen Nah'ranen-Mantel und seine Dolche, die er beim Eintritt in den Bund überreicht bekommen hatte. Die meisten Dolche wickelte er in den Mantel und legte sie ganz oben in seinen Beutel, falls er sie schnell brauchen würde. Die übrigen zwei Messer befestigte er an versteckten Halterungen, damit sie niemand sehen konnte, er sie in einem Notfall aber schnell in den Händen hatte.

Dalion blickte sich noch einmal in seinem Zimmer um, ob er nicht etwas vergessen hatte und ging dann nach unten, um ein frühes Abendmahl einzunehmen. Am Tresen angekommen, bestellte er beim Wirt Brot, etwas geräucherten Schinken, Käse und dazu ein schönes Glas eines teuren Weißweins. Nachdem er fertig gegessen hatte, bestellte er noch ein Glas dieses Weines und beobachtete das Treiben im Raum, der sich langsam mit Leuten füllte.

Sein Plan hatte perfekt funktioniert. Als Teil der Schauspielergruppe würde er, ohne großes Aufsehen zu erregen, über die Grenze kommen und er würde auch noch dafür bezahlt werden. Er würde zwar erst in etwa zehn Tagen in Reduna ankommen, aber da Nicolas mit dem Jungen schon seit zwei Wochen aus Reduna geflohen war, würde es ohnehin schwierig werden, sie zu finden. Dalion würde sich mit Irilia treffen, sobald er in Reduna angekommen war, um genau zu erfahren, wohin sie geflohen waren. So wie er sie kannte, hatte sie bestimmt schon längst Leute losgeschickt, die sich an ihre Fersen hängen sollten. Es ergab keinen Sinn, sich Sorgen zu machen, solange er nicht die neuesten Informationen hatte. Also konnte er die nächsten Tage, in denen er mit den Theaterleuten nach Reduna reiste, genauso gut genießen. Dalion war davon überzeugt, dass er Nicolas und den Jungen früher oder später finden würde.

Die ersten Strahlen der Sonne kamen gerade hinter den Gipfeln der Berge im Osten hervor, als Dalion das Nordtor durchschritt. Er folgte einige Meter der Straße und traf dann auf eine Gruppe von Leuten, die ihre Zelte abbauten und in einem großen Pferdewagen verstauten. Dalion wollte gerade aus dem Schatten des Wagens heraustreten, als sich eine große Hand auf seine Schulter legte. Dalion drehte sich zu der Person um und entkam so gleichzeitig deren Griff.

„Na, was machst du denn hier?", fragte ihn der Mann. Dalion antwortete ihm nicht. Der Mann hatte etwa die gleiche Größe wie er, aber sein Körper war massiger, muskulöser, außerdem hatte er einige Narben auf seinen Armen und die Stellen seiner Haut, die Dalion sehen konnte, waren von der Sonne braungebrannt. Der Mann erinnerte ihn irgendwie an Odrak und das gefiel Dalion überhaupt nicht.

„Hast du was an den Ohren?", fragte er erneut laut und deutlich. „Du hast hier nichts zu suchen." Dalion antwortete immer noch nicht, sondern starrte diesen Mann einfach nur an. Der braungebrannte Mann wollte ihn erneut an der Schulter packten, doch Dalion machte einen Schritt zurück und trat ins Sonnenlicht.

„Was geht denn dort drüben vor sich, Haldr?" rief ein verwunderter Kados.

Dalion wandte seinen Blick zu dem alten Mann und ging zu ihm. Er blieb stehen und verbeugte sich leicht. „Ich bin gekommen, wie ihr es wolltet. Dalar, zu Euren Diensten." Kados lächelte wegen der Vorstellung, die Dalion vor allen anderen gerade bot. Haldr stellte sich zu ihnen und blickte verwirrte zwischen den beiden hin und her.

„Kados, wer ist das?", fragte er und machte eine Geste in Richtung Dalion. „Beruhige dich Haldr, das ist Dalar. Er wird uns als zusätzliche Wache begleiten."

Haldr lachte und klopfte Dalion auf den Rücken. „Ach so, warum hast du das nicht gleich gesagt? Konnte ja nicht wissen, dass du der Neue bist. Mein Name ist Haldr, wie du sicher schon mitgekriegt hast. Wenn du nicht genau so ein Idiot bist, wie dieser dumme Hund, den du ersetzten sollst, werden wir sicher gut miteinander auskommen." Als Dalion dem lachenden Mann dieses Mal in die Augen schaute, ähnelte er Odrak überhaupt nicht mehr und er entspannte sich. Dalion verbeugte sich auch leicht vor Haldr und wiederholte, was er schon zu Kados gesagt hatte: „Dalar, zu Euren Diensten." Haldr schaute ihn für einen Moment erstaunt an und begann dann wieder zu lachen.

Kados führte ihn zu den anderen, die beim Abbau innegehalten und die Szene neugierig beobachtet hatten.

„Kommt mal alle her. Dann kann ich euch unseren Neuzugang vorstellen und ihr könnt wieder weiterarbeiten, damit wir endlich los können und nicht schon verspätet sind, bevor unsere Reise überhaupt begonnen hat."

Kados führte Dalion in die Mitte des Lagers, wo sich die anderen versammelt hatten. „Das ist meine liebreizende Frau Bea. Sie ist nicht nur eine hervorragende Schauspielerin, sondern auch eine ausgezeichnete Köchin."

„Sehr erfreut", sagte Dalion und verbeugte sich leicht. „Mein Name ist Dalar und ich freue mich schon auf eine Vorführung eurer Künste."

Bea vollführte einen leichten Knicks, der die angemessene Erwiderung auf seine Verbeugung bei Hofe war. Dalion war überrascht, dass hier jemand war, der sich in höfischer Etikette auskannte. Er musterte die ältere Frau noch etwas und wandte sich dann dem Mädchen neben ihr zu.

„Velina, meine Tochter, und neben ihr mein Sohn Fold, den Ihr bereits in der Stadt kennengelernt habt."

Dalion begrüßte die beiden mit derselben höflichen Verbeugung wie ihre Mutter zuvor. Als Dalion Velina in die Augen schaute, färbten ihre Wagen sich leicht rötlich und sie wich seinem Blick unsicher aus. Fold hingegen reagierte überhaupt nicht auf Dalions Begrüßung, sondern starrte ihn nur argwöhnisch mit leicht erhobenem Kinn an und bewegte sich etwas näher zu seiner Schwester.

Kados beachtete die Reaktion seines Sohnes nicht und stellte Dalion den restlichen Mitgliedern der Schauspielergruppe vor, die sich in einer Reihe aufgestellt hatten. „Unseren jungen Ferending habt ihr natürlich auch schon kennengelernt. Und das neben ihm ist …"

Doch weiter kam er nicht, weil Ferending ihm das Wort abschnitt. „Bitte nennt mich einfach nur Fe wie die anderen auch. Und das ist meine Zwillingsschwester Lusana", verkündete er fröhlich und legte einen Arm um ihre Schultern.

Lusana, der die überschwängliche Vorstellung ihres Bruders etwas peinlich war, lief rot an und befreite sich aus dem Griff ihres Bruders. Doch ganz anders als Velina hielt sie Dalions Blick stand und lächelte freundlich, was ihm ebenfalls ein Lächeln entlockte. Als Dalion und Kados ihre Aufmerksamkeit dem letzten Mitglied der Theatergruppe zuwandten, sah Dalion wie Lusana ihrem Bruder in die Seite kniff.

Das letzte Mitglied der Schauspielergruppe hieß Astor. Er war ein großgewachsener Mann mit buschigen Augenbrauen und einem Vollbart. Gelassen lehnte er auf dem Knauf eines großen Zweihänders und nickte Dalion zur Begrüßung zu.

„So und jetzt stelle ich dir noch deine Kameraden vor, die uns wie du beschützen sollen. Dieses zauberhafte Wesen ist Balia." Die Frau, die Kados meinte, war ungefähr so groß wie Dalion und trug einen leichten Brustschutz aus Leder und ein Schwert an ihrer linken Seite. Unbeeindruckt streckte sie Dalion die Hand hin, der sie ergriff und schüttelte. Dalion war etwas überrascht von der Stärke des Händedrucks, aber auf der anderen Seite hatte er schon vor langer Zeit erkannt, dass es zwar nicht viele Söldnerinnen in Ryloven gab, diese jedoch oft gefährlicher waren als die Männer. Kaum hatte Dalion ihre Hand losgelassen, wurde seine schon von einer viel größeren ergriffen.

„Willkommen in unserer Gruppe. Falls du mal einen Übungskampf suchst, komm während einer unserer Pausen einfach zu mir", bot Haldr fröhlich an und schüttelte Dalions Hand.

„Ich werde vielleicht auf dieses Angebot zurückkommen", erwiderte Dalion.

„Gut, gut, manchmal kann es etwas langweilig werden. Jetzt muss du nur noch Ruh'coda kennenlernen", verkündete Haldr. Dalion sah in die Runde und seine Augenbrauen hoben sich leicht vor Verwunderung. Er war doch schon jedem vorgestellt worden. Haldr blickte sich ebenfalls etwas verwirrt um. „Kados, wo ist denn unser ausländischer Freund?"

Auch Kados blickte sich im Lager um und kratzte sich am Hinterkopf. „Ich dachte eigentlich, dass er da wäre, aber wie immer ist er so leise und undurchschaubar wie ein Geist."

„Da ist er doch", verkündete Haldr und führte Dalion auf die andere Seite des Lagers, wo ein Mann im Schneidersitz im Schatten einer der Wagen saß. „Ruh'coda ist ein Teatoke, der in Ryloven ist, um sein Geld als Söldner zu verdienen." Dalion war aufgeregt. Er hatte noch nie einen Teatoken getroffen. Als die beiden näher kamen, stand der Mann auf. Er war einen halben Kopf größer als Dalion, hatte eine leicht bräunliche Hautfarbe, trug einen ledernen Brustschutz, eine grüne Hose und einen Armschutz, den Bogenschützen verwendeten, um sich gegen die zurückschnellende Sehne zu schützen. Außerdem waren seine Arme ab den Schultern unbedeckt und Dalion erkannte die silbernen Striche von unzähligen verheilten Narben.

„Ruh'coda, das ist Dalar. Er wird uns helfen", stellte Haldr ihn vor. Dalion wusste nicht, wie man sich bei den Teatoken begrüßte, also verbeugte er sich einfach etwas tiefer als bei den anderen, um höflich zu sein, aber Ruh'coda beachtete ihn nicht, sondern wandte sich ab und ging. Dalion sah ihm verwundert nach und überlegte, ob er etwas falsch gemacht hatte, doch Haldr lachte nur.

„Mach dir keine Sorgen. Er spricht nicht besonders viel. Ich reise nun schon zwölf Monate mit ihm und habe kaum etwas über ihn erfahren. Aber solange er seine Job richtig macht, sind mir seine Eigenarten auch ziemlich egal."

Dalion nickte und sie wandten sich wieder den anderen zu.

„Na gut, nun da wir uns alle vorgestellt haben, geht wieder an die Arbeit. Wir müssen aufbrechen", verkündete Kados. Ohne ein Widerwort begaben sich die Leute zurück an ihre Arbeit.

Dalion, dem keine Aufgabe zugewiesen wurde, schaute sich im Lager um, merkte sich, wer welche Aufgaben erledigte und half, wo er konnte. Zuerst half er Bea und Velina ihre Sachen in einem Wagen zu verstauen und danach spannte er zusammen mit Fe und Fold die Pferde vor die beiden Wagen ein. Die Schauspielertruppe war ganz offensichtlich eine eingespielte Gemeinschaft und so dauerte es nicht lange, bis sie abmarschbereit waren. Auf einem Kutschbock saßen Fe und seine Schwester Lusana. Auf dem anderen Fold und sein Vater und im Wagen dahinter befanden sich Bea und ihre Tochter Velina. Haldr, Astor und Balia ritten ihre eigenen Pferde. Ruh'coda hingegen saß entweder auf dem Dach des Wagens von Fe und Lusana oder er verschwand in den Wäldern, die sie durchquerten. Dalion indes nahm im Wagen von Fe Platz, weil er kein eigenes Pferd besaß und sich keines in Edion leihen wollte, denn er wusste nicht, wann und ob er wieder zurückkehren würde.

Die nächsten Tage verliefen ruhig. Es gab keine Anzeichen von Banditen und das Wetter blieb gut. Dalion ließ sich aber nicht täuschen. Er kannte diese Gegend und er wusste, dass es viele Banditen in den Wäldern gab. Sie hatten in diesem Teil des Reiches leichtes Spiel, weil es zu wenige oder zu korrupte Soldaten waren, die so weit weg von der Hauptstadt ihren Dienst verrichteten. Doch andererseits bestand eine kleine Chance, dass sie so eine große Gruppe von Reisenden nicht überfallen würden.

Es war merkwürdig für Dalion wieder mit so vielen Menschen zu reisen. Zu lange reiste er nun schon alleine und konnte seine Gedanken mit niemandem teilen. Es hatte ihn nicht sonderlich gestört. Verschwiegenheit war nun einmal Berufsethos bei seinem Orden. Allerdings war es eine erfrischende Abwechslung sich in einer Gemeinschaft zu befinden. Auch wenn es nur gespielt war.

Ohne zu zögern, nahmen die Schauspieler Dalion in ihre Mitte auf, der seinerseits versuchte jeden kennenzulernen, um keinen Verdacht zu erregen. Er war immer freundlich, aber versuchte eine gewisse Distanz zu erhalten, weil er nur allzu genau wusste, dass er die Gruppe wieder verlassen würde. Dalion hielt seine Augen immer offen. Er beobachtete seine Mitreisenden und studierte ihre Eigenheiten, um sie besser einschätzten zu können.

Er hörte allerlei Geschichten von vergangenen Auftritten, hörte sich an, wie die anderen Lieder und Gedichte vortrugen und manchmal spielten sie auch kurze Szenen aus Stücken, die ihnen besonders gut gefielen. Er erfuhr, dass die Zwillinge Ferending und Lusana Waisen waren, die schon seit ihrer frühen Kindheit mit den Schauspielern von Ort zu Ort reisten. Außerdem erzählte ihm Fe im Geheimen, dass Bea eigentlich einmal zu einer Adelsfamilie gehört hatte, die sie verstieß, nachdem sie sich in einen fahrenden Schauspieler verliebte. Die meisten Informationen erhielt er von Fe. Es machte dem jungen Mann offenbar großen Spaß Geschichten zu erzählen. Doch Dalion war sich ziemlich sicher, dass Ferending nicht immer die Wahrheit berichtete. Allerdings taten dies die besten Geschichtenerzähler meistens auch nicht.

Fe konnte ihm fast alles über die anderen Darsteller erzählen und er wusste ebenfalls einiges über Balia und Haldr, aber als er ihn nach Ruh'coda fragte, konnte er ihm leider nur enttäuschend wenig sagen. Doch um sein Unwissen in Bezug auf den Teatoken zu verbergen, erzählte er Dalion daraufhin, dass Astor vor langer Zeit einmal ein Geistlicher gewesen sein soll. Alles in allem verlief Dalions Plan durchaus positiv. Fold traute ihm zwar immer noch nicht, Velina war in seiner Gegenwart äußerst nervös und Balia schien auch nicht von ihm überzeugt, ansonsten war er jedoch zu einem Teil der Gruppe geworden. Keiner schöpfte einen Verdacht. Allerdings war Dalion sehr darauf bedacht, niemanden einen Grund dafür zu geben.

Er aß mit ihnen zusammen und schaute ihnen beim Proben und Üben zu. Hin und wieder ging er mit Haldr, Balia oder Ruh'coda auf Patrouille, wobei nur Haldr sich ihm gegenüber gesprächig zeigte. Immer wenn sie zusammen die nähere Umgebung nach Gefahren durchsuchten, versuchte er Dalion in ein Gespräch zu verwickeln oder bot ihm einen Übungskampf an. Er tat dies meistens, wenn Dalion ihm und Ferending dabei zusah, wie sie für kommende Aufführungen den Umgang mit dem Schwert trainierten. Doch Dalion lehnte dieses Angebot bisweilen höflich ab.

Bei Balia hingegen hatte Dalion das Gefühl, dass sie ihn aus irgendeinem Grund nicht leiden konnte. Sie sagte so gut wie nie etwas zu ihm und schien ihn zu meiden, was ihn in Wahrheit aber nicht besonders beschäftigte. Nur Ruh'codas Schweigen störte ihn etwas. Ständig versuchte Dalion mehr über ihn und die Teatoken zu erfahren, doch Ruh'coda war wie ein Buch mit sieben Siegeln.

Schließlich wurde es Dalion lästig, immer im Pferdewagen mitfahren zu müssen, also kaufte er im nächsten Dorf, in dem sie Halt machten, ein eigenes Pferd, damit er nicht laufen oder im Wagen mitfahren musste. Es war ein junges, kräftiges und widerspenstiges Tier, aber das machte ihm nichts aus, denn Dalion hatte schon immer ein Händchen mit Pferden. Der Händler warnte ihn vor diesem Pferd, doch als sich Dalion nicht davon abbringen ließ es zu kaufen, übergab er ihm das Pferd für einen äußerst günstigen Preis, da ohnehin niemand in der Lage gewesen war dieses Tier zu zähmen und es ihm sonst nur Kosten bescherte. Zu Dalions Glück wollte der Mann es offenbar unbedingt loswerden.

Er kümmerte sich gut um den jungen Hengst, aber er musste ihn etwas abseits des Lagers festbinden, weil er immer, wenn ihm einer der anderen aus der Gruppe zu nahe kam und Dalion gerade nicht zugegen war, nervös wurde und austrat. Da Dalion natürlich niemanden verletzen wollte, war es so die beste Lösung. Im Laufe der Zeit besserte sich das Verhalten des Pferdes und es war keine Gefahr mehr. Allerdings mochte es die Nähe von Menschen, abgesehen von Dalion, noch immer nicht besonders.

Die letzten Sonnenstrahlen des Tages schienen durch das bunte Blätterwerk der Bäume hoch über Dalions Kopf und erhellten den Weg vor ihm. Er hatte gerade seinen Rundgang beendet und war auf dem Weg zurück zum Lager, das die Schauspielertruppe nicht weit entfernt der Straße aufgeschlagen hatte. An seinem Ziel angekommen, holte er seinen Wasserschlauch, setzte sich ins Gras und schaute Haldr und Fe zu, die wieder einmal eine Schwertkampfszene für ihren nächsten Auftritt probten. Der Junge stellte sich gar nicht so schlecht an, allerdings bewegte er sich durch die gewollte Theatralik zu übertrieben, was es einem echten Gegner leicht gemacht hätte ihn aus dem Gleichgewicht zu bringen. Um den Kampf für das Publikum interessanter zu machen, holte er weiter aus, als es nötig gewesen wäre, oder machte Drehungen, die in einem echten Kampf überhaupt nicht notwendig, um nicht zu sagen unklug, gewesen wären. Im wirklichen Leben war eine ruhige, überlegte Verteidigung oftmals besser, als die ganze Zeit in Bewegung zu bleiben und um seinen Gegner *herumzutanzen*. Aber sie waren nun einmal Schauspieler und keine Soldaten.

Dalion sah wie Lusana mit Tellern in den Händen an ihnen vorbeiging und als er ihr ins Gesicht sah, konnte er schwören für einen Wimpernschlag einen sehnsüchtigen Blick erkannt zu haben, als sie den beiden beim Trainieren zusah. Doch als er sich ihren Gesichtsausdruck noch einmal ansehen wollte, war sie schon hinter einem der Wagen verschwunden.

„Verdammt", fluchte Fe. „Ich werde das niemals richtig hinbekommen." Dalion wandte sich ihm wieder zu und sah, dass Fe schwer atmend auf dem Rücken lag, sein Schwert neben ihm im Gras und Haldr lächelte zufrieden auf ihn hinunter. Haldr half ihm auf und klopfte ihm freundschaftlich auf den Rücken, woraufhin Fe fast wieder zu Boden stürzte. Ferending bedankte sich bei Haldr und machte sich auf den Weg zu seinem Zelt.

Haldr hingegen steuerte auf Dalion zu und setzte sich neben ihn. „Na Dalar, willst du es nicht doch einmal versuchen?", fragte er hoffnungsvoll, aber Dalion hatte nicht die Absicht seine Einladung jemals anzunehmen. Er hatte Haldr nun schon oft genug beim Kämpfen gesehen, um zu wissen, dass er ihn vermutlich besiegen würde, doch nach einer Niederlage würde Haldr bestimmt eine Revanche wollen und darauf hatte Dalion erst recht keine Lust. Also versuchte Dalion Haldr Honig um den Mund zu schmieren. „Nein, danke. Zum Schluss ende ich noch im Dreck wie Fe. Ich bin mir ziemlich sicher, dass ich keine Chance gegen dich habe."

Haldr lachte. Es war so einfach diesen Mann zu überzeugen. „Gut möglich, aber irgendwann werde ich einen Kampf bekommen. So leicht gebe ich nicht auf." Danach sagte eine Zeitlang niemand von beiden etwas. Dalion bot Haldr seinen Wasserschlauch an und Haldr nahm ihn dankend entgegen. „Hast du etwas Ungewöhnliches während deines Rundganges entdecken können?", fragte Haldr ihn, nachdem er einen großen Schluck genommen hatte.

Dalion schüttelte den Kopf. „Nein … nichts Beunruhigendes."

„Das klingt aber so, als hättest du doch etwas gefunden", stellte Haldr fest. „Na los, sag schon."

„Im Norden entdeckte ich eine verlassene Feuerstelle, in der noch vor kurzer Zeit ein Feuer gebrannt hatte."

„Na ja, die könnte allerdings auch nur von anderen Reisenden stammen", stellte Haldr fest.

Dalion nickte. „Genau, ebendeshalb wollte ich zuerst nicht davon berichten, aber wir sollten trotzdem aufmerksam bleiben. Den Spuren nach zu urteilen, war es eine größere Gruppe", erklärte Dalion.

„Na gut. Wenn du sonst nichts zu berichten hast, werde ich mich noch schnell etwas frischmachen gehen, bevor das Essen fertig ist", sagte Haldr und stand auf.

Dalion legte sich ins Gras und ruhte seine Augen etwas aus, denn es würde für ihn noch eine lange Nacht werden. Er war heute mit dem nächtlichen Wachdienst an der Reihe und wollte ausgeruht sein.

Dalion öffnete die Augen. Er hatte ein Geräusch gehört, aber er war sich nicht sicher. Vollkommen bewegungslos blieb er auf dem

Dach des Wagens liegen und starrte auf die schwach glimmenden Holzstücke des Lagerfeuers. Dalion erweckte das Feuer in ihm, um in der Dunkelheit besser sehen und hören zu können. Nun war das Geräusch deutlicher. Schritte, die das frisch gefallene Laub unter ihrem Gewicht zusammendrückten. Mit seinem verbesserten Augenlicht reichte ihm das erste Licht des Tages aus, um sehen zu können, was im Lager vor sich ging. Jemand bewegte sich von der Gruppe der Zelte weg. Die Person kam auf ihn zu. Dalion bewegte sich immer noch nicht. Sein Körper war angespannt und er drückte sich mit dem Bauch gegen den Wagen, damit sich die Silhouette seines Körpers so wenig wie nur irgendwie möglich vom Dach des Wagens abhob. Die Person war nun nah genug, dass er sie erkannte. Sie war nicht besonders groß und hatte langes Haar. Es war Lusana und sie trug ein Schwert in einer Scheide mit sich. Lusana ging an seinem Wagen vorbei und schaute sich immer wieder nervös zu den Zelten um. Dalion wusste, dass sie, wenn sie ihre Richtung beibehielt, direkt an seinem Pferd vorbeikommen würde, das, wie er wusste, bei jedem, der ihm zu nahe kam, laut wiehern würde. Doch kein Laut zerriss die Stille der Nacht. Nun robbte Dalion auf die andere Seite des Wagens, um Lusana wieder sehen zu können. Er traute seinen Augen nicht. Lusana stand ganz ruhig neben seinem Pferd, welches er immer noch nicht benannt hatte, streichelte es mit der einen Hand und gab ihm mit der anderen einen Apfel. So ruhig hatte Dalion dieses Pferd noch bei niemandem außer ihm selbst erlebt.

Lusana stand wieder auf und ging in Richtung des kleinen Wäldchens, das Dalion am Tag zuvor durchstreift hatte. Er hätte sie natürlich aufhalten und sie fragen können, was sie vorhatte, aber plötzlich kam ihm Lusanas Blick wieder in Erinnerung und er wurde neugierig, was sie im Schilde führte. Leise folgte er ihr durch den Wald und schon nach kurzer Zeit kamen sie zu einer kleinen Lichtung.

Dalion blieb im Schatten der Bäume stehen und fragte sich verwirrt, warum Lusana so früh am Tag, noch bevor die Sonne ganz aufgegangen war, zu dieser Lichtung kam. Lusana hielt das

Schwert horizontal mit ausgestreckten Armen vor ihren Körper. Die linke Hand hielt die Scheide und ihre rechte hielt den Schwertgriff umschlungen. Plötzlich zog sie mit einem leisen Surren das Schwert aus der Scheide und warf diese neben sich ins Gras. Sie veränderte ihren Stand und ließ das Schwert durch die Luft sausen. Dalion hatte nicht erwartet, dass Lusana sich fortschlich, um im Geheimen Schwertübungen zu machen. Mit seinen erfahrenen Augen erkannte er, dass sie für eine Anfängerin sogar sehr gut war. Nach dem Ende einiger schnell ausgeführter Bewegungen hielt sie inne und machte eine kleinen Satz. Offensichtlich hatte sie gerade eine Übung gemeistert, die sie vorher noch nicht geschafft hatte. Dalion wandte sich ab und ging zurück zum Lager. Am Rand des Wäldchens setzte er sich hin und lehnte sich an einen Baum. So hatte er das Lager im Auge und konnte mit seinem geschärften Gehör hören, falls Lusana ein Problem hatte und Hilfe brauchte.

Langsam wurde es heller und Lusana kam zurück. Dalion hatte sich wieder auf den Wagen gesetzt, um einen besseren Überblick zu haben. Im Vorbeigehen streichelte Lusana erneut Dalions Pferd und dieses Mal wieherte es, allerdings, soweit Dalion es beurteilen konnte, eher aus Freude als aus Zorn oder Furcht. Leise ging sie zurück zu ihrem Zelt und verschwand in dessen Innerem.

Einer nach dem anderen der Gruppe erwachte und der Tag begann wie jeder andere. Lusana kam aus ihrem Zelt, kurz nachdem ihr Bruder aus seinem gekommen war. Sie verhielt sich so wie immer. „In einer Theatergruppe aufzuwachsen birgt also doch Vorteile", dachte Dalion. Nachdem alle etwas gefrühstückt hatten, machten sie sich wieder auf den Weg. Dalion befestigte die Zügel seines Pferdes hinten am Wagen von Fe und Lusana und legte sich selber hinein, um noch etwas Schlaf nachzuholen. Er wusste zwar noch nicht, was der Grund für die heimlichen Schwertübungen gewesen war, aber er liebte Rätsel und er würde es bestimmt noch herausfinden.

Dalion schlief ruhig, bis der Wagen über einen Stein rollte und ihm eine kleine Kiste auf den Brustkorb fiel. Durch die Erschütterung und den Schmerz, den die Kiste verursachte, schrak Dalion auf und blickte sich etwas benommen um. Er kroch zum vorderen Ende des Wagens, wo Fe saß und die Zügel der Pferde in den Händen hielt. „Wie spät ist es?", fragte Dalion.

Fe blickte sich verwundert um. „Oh, Dalar. Es ist kurz vor Mittag würde ich sagen", gab Fe zurück und blickte dabei nach oben, um den Stand der Sonne abzuschätzen.

Dalion kam zum selben Schluss und begab sich zur hinteren Öffnung des Wagens, wo sein Pferd war. Er band es los und stieg dann selber aus dem Wagen, der so langsam fuhr, dass Dalion sich dabei nicht verletzte. Gähnend ging er zu seinem Pferd und streichelte es behutsam. „Na, wie geht es dir, Elder oder doch Turan? Nein, das klingt bescheuert. Ach, ich weiß einfach nicht, wie ich dich nennen soll. Ich war schon immer schlecht in Namenskunde." Geschickt bestieg er sein Pferd und folgte den anderen. Er ritt an Fes Wagen vorbei, um an die Spitze des Wagenzuges zu gelangen, von wo aus Haldr normalerweise die Truppe anführte. Bald hatte er ihn erreicht und passte sein Tempo dem von Haldr an, damit sie nebeneinander reiten konnten.

„Gibt es etwas Neues?", fragte er Haldr.

„Nein. Alles ist ruhig, aber ich habe zur Sicherheit Ruh'coda vorausgeschickt, um den Weg vor uns auszukundschaften. Er müsste eigentlich gleich zurück sein." Und als hätte Haldr ihn gerufen, kam Ruh'coda neben ihnen aus dem Wald und Haldr blieb stehen, um mit ihm zu reden. „Hast du etwas entdeckt, was uns Probleme bereiten könnte?"

„Nein", antwortete Ruh'coda mit seiner tiefen melodischen Stimme. „Aber es gibt wenig Tiere in der Nähe."

„Und warum ist das so besonders?", fragte Dalion.

Ruh'coda wandte sich ihm nun zu. „Es gibt wenig Tiere, bedeutet, dass sie vor irgendetwas Angst haben. Vielleicht ist es auch gefährlich für uns", erklärte Ruh'coda in einem Ton, als wüsste das doch jedes Kind.

„Hast du einen Verdacht, wovor die Tiere geflüchtet sein könnten?", fragte ihn Haldr. Aber Ruh'coda schüttelte nur den Kopf. „Na gut. Wir müssen aufmerksam bleiben."

Dalion und Haldr ritten wieder an die Spitzte der Gruppe und Ruh'coda lief mit erstaunlich schneller Geschwindigkeit zum vorderen Wagen, kletterte geschickt auf dessen Dach und ließ sich dort nieder.

Sie ritten noch eine ganze Weile so weiter, bis Kados den Befehl zum Anhalten gab. Bei einem kleinen Fluss, der die Straße etwas weiter vorne kreuzte, machten sie halt. Irgendetwas an diesem Ort machte Dalion nervös. Westlich von ihrer Position befand sich gut zwei Meter entfernt der Waldrand und im Norden verlief der Fluss. Er wusste nicht was, vielleicht war es das, was Ruh'coda über die Tiere gesagt hatte, aber irgendetwas stimmte nicht. Bea bereitete für sie eine Suppe zu und alle waren froh etwas Warmes im Magen zu haben. Und auch Dalion fühlte sich, nachdem er etwas gegessen hatte, gleich besser.

Nach dem Mahl probte Kados mit Astor und seinem Sohn eine Szene, Bea und Velina verschwanden in einem der Wagen und Fe übte die Schwertkampfszene erneut mit Haldr. Zuerst schaute er den beiden etwas zu, doch dann entdeckte er Lusana, die im kleinen Fluss das Geschirr säuberte und zu ihnen herüberschaute. Dieses Mal bemerkte sie Dalions Blick und wandte sich schnell ab. Dalion stand auf und ging langsam zu ihr hinüber, um ihr zu helfen. Beim Fluss angekommen, hockte er sich hin, nahm einen der Teller und tauchte ihn ins Wasser. „Warum übst du nicht mit deinem Bruder?", fragte er Lusana, die ihren Teller bei der Frage fast fallen ließ.

„Ich weiß nicht, was Sie meinen", antwortete sie und fuhr mit ihrer Arbeit fort.

„Na ja, du wirfst doch ständig so einen sehnsüchtigen Blick zu den beiden hinüber, also habe ich mir gedacht, dass du auch gerne lernen möchtest, wie man mit dem Schwert umgeht."

Lusana antworte nichts auf seine Vermutung und Dalion sagte ebenfalls nichts mehr, denn er wollte sie zu nichts drängen, also wechselte er das Thema. „Neulich habe ich gesehen, wie du meinem Pferd einen Apfel gegeben hast." Beide wussten, das Dalion von der letzten Nacht sprach, als Lusana sich in den Wald schlich. Aber sie reagierte nicht auf diese Bemerkung. Also redete Dalion einfach weiter. „Weißt du, es fällt mir schwer einen Namen für ihn zu finden und da du dich ja so gut mit ihm verstehst, hatte ich gedacht, dass du vielleicht einen Vorschlag hättest."

„Mir gefällt Asat", verkündete sie nach kurzem Zögern und verfiel dann wieder in Schweigen. Dalion kam dieses Wort bekannt vor, aber er konnte es nicht zuordnen und wusste auch nicht, was es bedeutete. Trotzdem wollte er diesen Namen ausprobieren. Er hatte so ein Gefühl, dass er nun endlich den richtigen Namen gefunden hatte.

Beide nahmen gerade einen neuen Teller in die Hände, als Lusana das Gespräch plötzlich wieder aufnahm. „Kados meint, es sei die Aufgabe der Männer zu kämpfen."

„Ach, so ein Unsinn. Jeder sollte lernen sich zu verteidigen. Und außerdem kenne ich eine Frau, die so gut wie zehn Männer kämpft und der sich niemand trauen würde ihr zu sagen, dass Frauen nicht kämpfen sollten. Was glaubst du denn würde Balia ..." Doch dann brach Dalion ab, weil er bemerkte, dass das Klirren der Schwerter plötzlich aufgehört hatte. Dalion blickte sich zum Lager um und sah wie drei bewaffnete Männer auf ihr Lager zugingen. Er erschrak innerlich und lief schnell zum Lager zurück, wo er neben Haldr und Kados auf die drei Männer wartete, die aus dem Wald herausgekommen waren.

„Guten Tag meine Herren", begrüßte sie der mittlere der drei. Nach Dalions Einschätzung war er eindeutig der Anführer. Dalion hatte ein schlechtes Gefühl und fachte sein inneres Feuer etwas an, um seine Sinne zu schärfen.

„Was wollt ihr?", blaffte Haldr den Mann an und legte seine linke Hand auf seinen Schwertknauf.

„Na na. Wer wird den gleich so wütend werden?", sagte der Mann und zeigte seine Zähne, als er schäbig grinste. „Wenn Sie meine Anweisungen befolgen, wird niemandem etwas passieren."

„*Also doch Banditen*", dachte sich Dalion. Und schaute sich nach den anderen um. Ruh'coda stand auf dem Dach des Wagens und hielt seinen Bogen in der Hand. Velina und ihre Mutter befanden sich noch in ebendiesem Wagen in Sicherheit. Lusana hatte sich zu ihrem Bruder und Balia begeben. Astor konnte er nirgends entdecken, aber er konnte nicht weit sein.

„Befehle?!", blaffte Haldr zurück. „Von so einem dahergelaufenen Banditenstrolch wie dir lasse ich mir keine Befehle geben."

„Meine Herren, bitte", schaltete sich Kados nun ein. „Wir können bestimmt eine friedliche Lösung finden. Also was genau wollen Sie von uns?", fragte er den Mann, der plötzlich zu lachen begann.

„Natürlich Gold, alter Mann, und alles was sonst noch Wert besitzt, den Rest könnt Ihr behalten."

„Was lässt Euch glauben, dass wir Euch unser Geld so einfach überlassen?", fragte Haldr bissig und legte seine Hand demonstrativ auf den Knauf seines Schwertes. Diplomatie war offenbar nicht die Stärke dieses breitschultrigen Mannes.

Nun sah der Bandit Haldr genauer an und sagte dann: „Glaubt Ihr, ich würde so einfach vor euch treten, wenn ich mir nicht sicher wäre, dass wir mehr sind als Ihr?"

„Er hatte Recht. Wenn sie nicht mehr wären, hätten sie ohne zu zögern angegriffen und das Element der Überraschung genutzt. Dalion schaute zum Rand des Waldes. Dort waren sicher noch mehr Banditen im Unterholz versteckt."

Eine Weile sagte niemand mehr etwas und die Situation wurde immer angespannter. Doch dann schüttelte Kados den Kopf. „Wir haben nicht viel und den Rest werden wir sicher nicht so einem Halunken wie dir überlassen."

Die Miene des Mannes verdunkelte sich. „Dann lasst ihr mir keine andere Wahl." Dalion erkannte mit seinen besseren Sinnen, dass Haldrs Hand, die er um den Griff seines Schwertes gelegt hatte, sich anspannte. Dem Anführer der Banditen entging dies ebenfalls nicht und er hob mahnend seine Hand.

Danach passierte alles blitzschnell. Dalion ließ nun zu, dass ihn seine Macht durchströmte und sah einen Pfeil, der auf sie zugeschossen kam. Er reagierte sofort und riss Kados aus der Schusslinie. Gleichzeitig versuchte Haldr den Mann mit einem Schwerthieb in zwei Teile zu spalten, aber dessen zwei Wachen stellten sich ihm entgegen und ein Dutzend weiterer Räuber brach aus dem Wald hervor und lief auf sie zu. Doch sie waren nicht weit gekommen, da wurde der erste schon von einem Pfeil getroffen und fiel zu Boden. Dalion blickte zu Ruh'coda der bereits den nächsten Pfeil abschoss. Balia brachte Fe und Lusana in Sicherheit und Astor kam vom Geschrei alarmiert aus seinem Zelt und stellte sich mit seinem Zweihänder in den Händen kampfbereit neben Balia vor den Eingang des Wagens, in dem sich nun Fold, Bea, Lusana und Fe befanden.

Dalion blickte hin und hergerissen vom Wagen zu den Männern, die auf ihn zugerannt kamen. Allerdings kam er zu dem Schluss, dass er sich zuerst um sich selber kümmern müsse, bevor er den anderen zu Hilfe kommen konnte. Einer der zwei Banditen, die ihren Anführer beschützten, ging nun auf ihn los und führte einen Hieb von oben. Dalion zog blitzschnell zwei seiner Dolche aus ihren Halterungen an seinem Körper und kreuzte die Klingen, um den Hieb des größeren Schwertes abzufangen.

Durch seine erhöhte Geschwindigkeit, die ihm seine Fähigkeit verlieh, wehrte er den Schlag zur Seite ab, drehte sich einmal um die eigene Achse auf die andere Seite und stach seinem Gegner einen der Dolche seitlich in den Oberkörper. Der Mann schrie auf, versuchte aus der Reichweite von Dalions Klingen zu kommen und machte einen Schritt nach hinten. Dalion aber setzte gleich nach, denn er wusste, dass der Vorteil seines Gegners durch die längere Klinge nicht wirken würde, wenn er nur nah genug an ihm dran blieb. Durch seine Wunde an der Seite konnte der Bandit sein Gewicht nicht mehr richtig verteilen, was Dalion sofort ausnützte. Er täuschte einen Schlag an, den sein Gegner abzuwehren versuchte, und attackierte dann sein Standbein. Doch bevor Dalion es erwischen konnte, musste er zur Seite hechten, weil ihn sonst ein Pfeil mitten in die Brust getroffen hätte. Mit einem kleinen Sprung war er sofort wieder auf den Beinen und ging auf seinen Gegner los. Gerade als er ihn niedergestreckt hatte, hatte ihn schon die Verstärkung aus dem Wald erreicht und er sah sich plötzlich zwei weiteren Gegnern gegenüber. Der eine war mit einer Keule bewaffnet und der andere mit einem Beil. Zuerst griff niemand an, sondern sie umkreisten sich nur und Dalion versuchte die Schwachstellen in ihrer Verteidigung zu entdecken. Nachdem sie ihn nicht sofort attackierten, warf er einen Blick zum Lager. Ruh'coda war mittlerweile vom Wagen heruntergesprungen und duellierte sich mit drei Banditen gleichzeitig. In jeder Hand hielt er eines seiner Kurzschwerter und bewegte sich so geschmeidig wie ein Tier auf der Jagd.

Dalion schaute in das Gesicht einer seiner Gegner, zeigte ein dämonisches Lächeln und sah zufrieden, wie es sein Gegenüber verunsicherte. Durchströmt von der Kraft, die ihm das innere Feuer gewährte, hatte sich seine Augenfarbe in ein leuchtendes Gelb verändert und er setzte zum Angriff an. Er machte einen Satz auf den linken der beiden zu und versuchte seine Waffenhand zu erwischen. Im Gegenzug versuchte sein Gegner ihm auszuweichen, allerdings war Dalion einfach zu schnell für ihn. Er änderte sein Ziel, stach ihm seinen Dolch in die Brust und ließ ihn dort stecken. Noch bevor der Körper des Mannes den Boden berührte, entwendete Dalion ihm sein Beil und warf es seinem vollkommen überraschten Mitstreiter entgegen, der nicht mehr ausweichen konnte.

Blut befleckte Dalions Kleidung, was ihn anwiderte. Doch getrieben von der Energie in ihm, rannte er zum Wagen, um die anderen zu beschützen. Durch seine gesteigerte Geschwindigkeit war es nur eine Frage von Sekunden. Aber noch bevor er sie erreicht hatte, sah er, wie sich ein Pfeil in Balias rechten Oberarm bohrte, sie ihr Schwert fallen ließ und zu Boden stürzte. Durch den Drang getrieben Balia zu retten, erhöhte er seine Geschwindigkeit weiter und konnte so den Todesstoß gerade noch von ihr abwehren, was ihm allerdings selber eine Schnittwunde an seinem linken Unterarm beibrachte. Geschickt schob er seinen Dolch in seine Halterung zurück und ergriff Balias Schwert, das am Boden lag. Er parierte zwei Schläge eines Banditen und machte ihn danach mit einem gezielten Treffer an seinem Bein kampfunfähig.

In diesem Moment kam ihnen Ruh'coda zu Hilfe. Beschützt von ihm und Astor hievte er Balia in den Wagen in Sicherheit. „Hier, passt auf sie auf", sagte er und legte sie vorsichtig auf dem Boden des Wagens hin. Fe wollte gerade aus dem Wagen steigen, doch Dalion befahl ihm zu bleiben, wo er war, und durch das Zerren seiner Schwester besann der Junge sich dann eines Besseren. Nun war nicht der Zeitpunkt für unüberlegte Heldentaten.

Es waren immer noch vier Banditen und ihr Anführer übrig, der etwas weiter entfernt mit Haldr kämpfte. Jeder der Kämpfenden in der Schauspielergruppe hatte schon Verletzungen davongetragen und Dalion wusste nicht, wie viele Banditen noch im Wald waren.

Dalion spürte, wie ihm langsam die Kraft ausging. Sein inneres Feuer so lange und so stark zu benutzen, war sehr anstrengend und wenn er es zu lange aufrechterhielt, würde es ihm schaden. Früher oder später würde es ihn regelrecht von innen heraus ausbrennen. Trotzdem durfte er nun nicht nachlassen. Er kämpfte verbissen und gemeinsam schafften sie es, die Banditen in Schach zu halten.

Plötzlich hörte Dalion einen Schmerzensschrei. Erschrocken blickte er sich zu Haldr um und sah wie dieser zusammenbrach. Der Anführer der Banditen stieg über Haldrs Körper, der im Gras lag, und gab das Signal zum Rückzug. Die Banditen hörten es und wollten fliehen, aber in diesem Moment, in dem sie versuchten zu entkommen, tötete Dalion einen und ein zweiter wurde auf der Flucht von Ruh'codas Pfeilen zur Strecke gebracht. Dalion wollte den Anführer der Räuber zuerst verfolgen, jedoch war er einfach zu erschöpft dafür.

Langsam senkte er die Menge der Energie, die ihn durchströmte, aber er durfte sie nicht gleich vollkommen aufgeben, weil er sonst zusammengebrochen wäre. So schnell er noch konnte, lief er zu Haldr hinüber und zu seiner großen Erleichterung war er noch am Leben. Er war durch den plötzlichen Schock, den sein Körper durch eine große Wunde auf seiner Brust erlitten hatte, ohnmächtig geworden. Zusammen mit Astor trugen sie ihn in den Wagen und versuchten die Blutung zu stillen. Dennoch würde er ohne einen Arzt nicht lange überleben.

Danach kümmerte er sich um Balia. Da der Pfeil ihren Körper nicht komplett durchdrungen hatte, hatten sie keine andere Wahl, als ihn herauszuziehen. Balia schrie vor Schmerz auf, was

Fe noch bleicher werden ließ, als er ohnehin schon gewesen war. Dalion wusste, dass sie noch Glück gehabt hatte, da die Pfeilspitze keine Widerhaken hatte. Er warf den blutigen Pfeil aus dem Wagen und verband ihre Wunde mit einem sauberen Stück Stoff, das Bea ihm hinhielt. Aber Dalion war kein Heiler. Auch Balia brauchte bald einen Arzt, der sie behandelte. Ansonsten war das Risiko groß, dass sich ihre Wunde vielleicht entzündete. In größter Eile warfen sie ihre Sachen einfach nur in die beiden Wagen und machten sich auf den Weg ins nächste Dorf, das, wie Kados aus seinen Karten entnahm, nicht weit entfernt sein sollte.

In Gedanken verloren ritt Dalion neben Ruh'coda, der auf Haldrs Pferd saß, vor den Wagen her. Plötzlich wurde Dalion aus seinen Gedanken herausgerissen. Schnell schaute er sich nach rechts und links um, in Erwartung eines neuen Angriffes. Doch es war nur Ruh'coda gewesen, der etwas zu ihm gesagt hatte. „Wie bitte?", fragte er den großen Teatoken.

„Du bist ein Zeruc", wiederholte Ruh'coda.

Dalion starrte ihn verwirrt an. „Ein was?"

Ruh'coda überlegte kurz, doch dann sagte er: „Ich glaube in eurer Sprache würde es Schimmerauge heißen", erklärte er. „Ich habe gesehen, wie sich deine Augenfarbe während des Kampfes verändert hat und deshalb musst du ein Zeruc sein", stellte er mit so einer Selbstverständlichkeit fest, als würde er gerade bemerken, dass das Gras grün war oder der Himmel blau. Dalion blickte ihn erstaunt an, erwiderte aber nichts, sondern wendete nur den Blick ab. *Schimmerauge?*

Es war schon dunkel, als sich Dalion dem Gasthaus näherte, in dem sie Haldr und Balia untergebracht hatten. Nachdem sie dort angekommen waren, trugen Dalion und Ruh'coda die Verletzten hinein und Fe rannte los, um den örtlichen Arzt zu holen.

Haldr hatte eine tiefe Wunde und wurde zuerst behandelt. Während der Behandlung wurden sie alle gebeten draußen zu warten und nur zwei Gehilfen des Arztes blieben mit ihm im Zimmer. Die anderen begaben sich in den Schankraum und setzten sich dort mit besorgten Mienen hin. Es dauerte nicht lange, bis Dalion diese bedrückende Stille nicht mehr aushielt und nach draußen verschwand.

Als Dalion zurückkam, saß Ruh'coda auf einer Bank neben der Tür unter einer Öllampe und lehnte sich an die Wand des Gasthofes. Konzentriert säuberte er seine zwei Schwerter. Obwohl Dalion nun schon fünf Tage mit der Schauspielergruppe reiste und schon auf etlichen Erkundungsgängen mit Ruh'coda war, hatte er seine Schwerter nie außerhalb ihrer Scheiden gesehen. Es waren wunderbare Waffen und Dalion hatte während seiner Reisen noch nie Vergleichbares gesehen. Die zwei Schwerter waren etwas größer als Kurzschwerter, allerdings zu klein für ein normales Einhandschwert, wie es die Soldaten des Reiches trugen. Die Griffe waren gebogen und mit einem schwarzen rauen Leder überzogen und am Ansatz der Klinge gab es keine Parierstange. Aber das Bemerkenswerteste an diesen Schwertern waren ihre Klingen. Sie waren schwarz und das Metall glänzte im Schein des flackernden Lichtes. Dalion hatte noch nie eine schwarze Schwertklinge gesehen. Außerdem war die Klinge schmal, leicht gebogen und die feinen Muster auf der einschneidigen Waffe erweckten fast den Eindruck, als würde das dunkle Metall fließen.

Ruh'coda beachtete ihn nicht, sondern arbeitete ruhig weiter. Nach einiger Zeit riss sich Dalion vom Anblick der Schwerter los und fragte: „Wie geht es Haldr und Balia?"

Ruh'coda antwortete nicht gleich auf Dalions Frage, was Dalion etwas ärgerte. Doch da bemerkte er erst, dass sich Ruh'codas Lippen bewegten. Verwundert verstärkte Dalion sein Gehör, um zu hören was Ruh'coda sagte. Obwohl er sich bemühte, verstand er trotzdem kein Wort. Dalion wusste nicht einmal, ob das, was er hörte, überhaupt Wörter waren, aber die Melodie von dem, was er sagte, passte perfekt zu seinen Bewegungen.

Schließlich hörten seine Lippen auf sich zu bewegen. Als sein Singsang verebbte, hielt Ruh'coda auch in seinen Bewegungen inne und richtete seinen Blick auf Dalion. „Du wirst schon sehen, Zeruc Dalar", antwortete er ihm und machte eine leichte Kopfbewegung zur Tür. Dalion seufzte, betrat den Gasthof und Ruh'coda begann wieder mit seinem rhythmischen Flüstern.

Kaum hatte er den Schankraum betreten, da legte ihm Fe schon seinen Arm um seine Schultern und verkündete lautstark: „Da ist ja der Held des Tages." Bevor Dalion wusste, was mit ihm passierte, wurde er von Fe zum hinteren Teil des Raumes gebracht, wo sich der Rest der Gruppe an einen großen hölzernen Tisch gesetzt hatte. Freudig wurde er von den anderen begrüßt und man erzählte ihm, dass sowohl Balia als auch Haldr nach der Meinung des Arztes überleben würden. Haldr war zwar noch nicht aus seinem Schock erwacht, aber Balia würde es mit viel Ruhe schon bald wieder gut gehen. Ihre Wunde musste mit einer speziellen Kräutersalbe bestrichen und dann mit einem Verband verbunden werden, damit sie keine Infektion bekam. Laut dem Arzt hatte Balia Glück gehabt, weil ihr Ledergewand die größte Wucht des Schusses abgefangen hatte. Haldr hingegen müsse mehrere Tage ruhen und dürfe sich nicht bewegen.

Nach dieser Nachricht war es auch Dalion gleich leichter ums Herz und er bestellte sich etwas zu trinken. Obwohl sie beinahe ausgeraubt worden waren und um ihr Leben kämpfen mussten, war ihnen am Ende dieses Tages doch noch zum Feiern zu Mute.

Dalion wurde von Kados offiziell zum Mann des Tages ernannt, woraufhin Fe gleich zu einem Jubelgesang ansetzte, in den sich Astor und sogar Fold einbrachten und mitsangen. Obwohl Fold bis zu diesem Tag immer sehr misstrauisch auf Dalion gewirkt hatte, hatte der Junge seine Zweifel nun offensichtlich aufgegeben, denn er war den ganzen Abend viel freundlicher und geselliger, als Dalion ihn je erlebt hatte.

Dalion wunderte sich, wie sie Ruh'coda vergessen konnten, immerhin hatte er mehr Banditen als Dalion ausgeschaltet. Wenn überhaupt irgendjemand, fand Dalion, sollte der stille Teatoke zum Held des Tages ernannt werden und nicht er. Aber offenbar wurde dieser Umstand von keinem anderen am Tisch bemerkt.

Es dauerte nicht lange, bis sich Fe seine Laute holte und anfing zu spielen. Angelockt von der Musik kamen auch andere Wanderer und Dorfbewohner, um sich anzusehen was im Gasthof los war. Schon bald war der Schankraum bis zum letzten Platz belegt und der etwas überraschte Wirt hatte es schwer, den Überblick zu behalten. Es waren schon ein paar Stunden vergangen, als Fe mit einem langsamen Rhythmus anfing und Astor mit seiner rauen, tiefen Stimme begann ein tragisches und heroisches Lied über Helden, Schätze und Drachen zu singen.

Dalion starrte ins Feuer, das den Gasthof wärmte und lauschte dem Lied, das immer schneller wurde, je weiter sich der Held der Höhle des Drachen näherte. Die Schauspielertruppe unterhielt ihr Publikum gut und spielte noch bis tief in die Nacht hinein.

Dalion blickte aus einem der kleinen Fenster des Schankraumes.

„Bald würde es Winter werden", dachte er sich und durch Haldrs und Balias Verletzungen würden sie wahrscheinlich noch drei Tage in Vermar bleiben müssen. Außerdem hatte die Schauspielertruppe hier auch einen Auftritt. Alles in allem würde die Reise länger dauern, als Dalion es geplant hatte. Er hoffte, dass Irilia bereits Späher ausgesandt hatte, denn sonst bräuchte Dalion ein Wunder, um Nicolas und den Jungen noch zu finden.

Nach einem letzten Akkord verstummte Fes Laute und der Applaus riss Dalion aus seinen Gedanken. Nachdem sich das Publikum wieder beruhigt hatte, spielte Fe ein weitverbreitetes Volkslied und nach einer Zeit sang der Großteil der Zuhörer begeistert mit. Dalion nutzte die Begeisterung der Leute und schlich vorsichtig zur Treppe, um zu den Zimmern hinaufzusteigen. Leise öffnete er die zweite Tür auf der linken Seite des Ganges und spähte hinein. Balia lag bewegungslos in ihrem Bett. Vorsichtig betrat Dalion ihr Zimmer und lehnte Balias Schwert, das er gesäubert hatte, an die Kommode neben ihrem Bett. Plötzlich ergriff Balia sein Handgelenk und Dalion wandte sich ihr zu. „Danke", flüsterte sie und ließ danach seinen Arm wieder los. Dalion antwortete nichts und verließ sogleich wieder das Zimmer. Er blieb kurz vor der Tür stehen, schüttelte leicht den Kopf und begab sich in sein eigenes Zimmer am Ende des Ganges.

In den nächsten Tagen stellte sich heraus, dass Dalion Recht behalten sollte. Die Schauspielgruppe verbrachte noch drei weitere Tage in Vermar. Am ersten Tag verbrachte Dalion die meiste Zeit damit, bei den Vorbereitungen für den Auftritt am Nachmittag zu helfen. Sie stellten auf einer Wiese, etwas außerhalb des Dorfes, zwei Masten auf, zwischen denen bunte Girlanden hingen. Dann platzierten sie viele Laternen und andere spezielle Lichter, die sowohl den Zweck hatten dramatische Effekte wie zum Beispiel Schatten zu erzeugen, aber auch einfach nur dafür da waren, genügend Licht zu entfalten. Da die Vorstellung erst spät am Tag beginnen sollte und die Tage nun nicht mehr so lang waren, brauchten sie genügend Licht.

Nachdem sie mit dem Aufbau fertig waren, machte sich die Gruppe bereit und schlüpfte in ihre verschiedenen Kostüme. Fe zum Beispiel trug ein sehr buntes Kostüm mit kleinen Glöckchen daran und eine schelmische Maske, die dort einen spitzen Schnabel hatte, wo seine Nase eigentlich sein sollte. Fröhlich pfeifend schritt er in seinem bunten Kostüm zum Hauptplatz des Dorfes und spielte den Lockvogel.

Zuerst vollführte er Kunstsprünge und andere akrobatische Bewegungen, um auf sich aufmerksam zu machen. Danach, als sich schon eine kleine Menge, die vor allem aus Kindern bestand, um ihn versammelt hatte, fing er an mit kleinen Bällen zu jonglieren. Immer wieder überraschte er die Zuschauer, in dem er, wie es aussah, aus dem Nichts einen neuen Ball hervorholte und ohne seine Darbietung zu unterbrechen, weiter jonglierte. Am Ende seiner Vorstellung ließ er einen nach dem anderen wieder verschwinden, bis er nur noch einen Ball in seiner Hand hielt.

Mittlerweile war seine Zuschauergruppe schon erstaunlich angewachsen. Mit einer dramatischen Bewegung warf er den Ball in die Luft und fing ihn wieder auf. Verblüfft sah er zuerst die Menschen um sich herum an und dann den Ball auf seiner offenen Handfläche. Dann warf er den Ball erneut, aber wieder passierte nichts. Schließlich breitete sich ein Lächeln auf seinem Gesicht aus und er warf den Ball zum dritten Mal in die Luft. Und zur Überraschung der Leute hing der kleine Ball nun an einer Kette und Fe begann den Ball am Ende der Kette in der Luft kreisenzulassen. Fe holte einen zweiten Ball hervor, der ebenfalls an einer Kette hing und ließ auch diesen kreisen, ohne dass sich die zwei Ketten in die Quere kamen. Für einige Zeit ließ er die Bälle einfach nur durch die Luft surren. Doch dann zeigte plötzlich ein Kind, das am Boden vor Fe saß, aufgeregt auf den ersten der zwei Bälle, weil dieser zu rauchen begann. Immer mehr Leute wurden auf den rauchenden Ball aufmerksam und plötzlich stand der Ball in Flammen. Es ging ein Raunen durch die Menge und es dauerte nicht lange, bis auch der zweite Ball anfing zu brennen. Es war den Leuten ins Gesicht geschrieben, dass die Lichtkreise, die die zwei Feuerbälle in die Luft zeichneten, sie faszinierten.

„Kommt und seht die unglaubliche Vorstellung der Schauspielergruppe aus Reduna. Kommt und folgt dem Herrscher des Feuers. Er wird euch in eine fantastische Welt entführen", rief Fe laut aus und machte sich, hüpfend und ohne die beiden Bälle zu stoppen, auf den Weg zum vorbereiteten Auftrittsort. Gehorsam, als wäre Fe das Leittier einer Schafsherde, folgte ihm die ganze Menschentraube auf die Wiese außerhalb des Dorfes. Immer wieder rief er die Menge begeistert auf ihm zu folgen.

Dalion, der Fes ganze Vorstellung wie die Bewohner des Dorfes beobachtete hatte, schloss sich am Ende der Menschenmenge der Gruppe an und setzte sich am Rande der gespannten Zuseher ins trockene Gras. Nach einer kurzen Pause begann das Theaterstück. An diesem Abend spielten sie Prinz Edward. In dieser Geschichte ging es um einen jungen Prinz, der sich gegen seinen herrschsüchtigen Onkel durchsetzen musste, welcher ihn aus dem Weg schaffen wollte. Es war ein sehr bekanntes Stück, weil König Edward einer der berühmtesten Könige des Reiches gewesen war und er unter der Bevölkerung nach seinem Tod schon fast einen Heiligenstatus erhalten hatte. Fold, der den jungen Edward spielte, lieferte eine überzeugende Darbietung ab. Aber am meisten überraschte Dalion Velina, weil sie in ihrer Rolle überhaupt nicht so schüchtern wirkte, wie sie ihm sonst immer erschienen war. Sie spielte, als wäre sie wirklich die gütige und wunderschöne Tochter des bösen Onkels, den Kados verkörperte, und als wäre die echte Velina nur eine Rolle, die sie im richtigen Leben gab.

Das Publikum musste einen ähnlichen Eindruck gehabt haben, denn als sich Velina verbeugte, gab es zweifelsohne den meisten und lautesten Applaus an diesem Abend. Nach der Hauptvorstellung war es schon dunkel geworden, aber die Menschen wollten mehr. Erfreut, dass die Dorfbewohner so begeistert waren, fing die Schauspielergruppe an Lieder zu spielen und als Lusana ein tragisches Liebeslied sang, das von einer Frau handelte, die vergeblich darauf wartete, dass ihr Mann aus dem Krieg zurückkommen würde, wurde es ganz still. Lusana hatte eine wunderschöne Stimme, die Dalion eine Gänsehaut bescherte und in seinem Inneren wiederhalte. Selten hatte er so eine Reaktion der Menschen auf ein Lied miterlebt und am Ende hatten viele von ihnen Tränen in den Augen. Einige Paare küssten sich sogar, um ihre geliebten Menschen bei sich zu wissen. Dalion war sich sicher, dass es mindestens so viel Applaus und Jubel für Lusana gegeben hätte wie für Velina, wenn die Zuschauer nicht so berührt gewesen wären, denn einige sahen so aus, als würden sie gerade erst aus einer Trance erwachen.

Danach sang Lusana ein viel schnelleres und glücklicheres Lied, um die Leute wieder von ihren düsteren Gedanken zu befreien. Es war ein Volkslied über einen schelmischen Jungen, der den Leuten Streiche spielte. Beim zweiten Refrain hatte sich die Stimmung der Zuseher komplett verändert und Lusana animierte sie heftig gestikulierend mitzusingen. Die Menschenmenge ließ sich nicht lange bitten. Begeistert sangen sie mit und dieses Mal bekam Lusana ihren verdienten Applaus.

Nachdem die Vorstellung vorbei war, kehrten die Schausteller und Dalion in den Gasthof zurück und feierten den Erfolg des Abends. Vor allem Velina und Lusana wurden ausgelassen gefeiert. Doch mit der Zeit lichtete sich die Zuschauermenge. Kados und Bea verließen die feiernde Gruppe, um nach ihren Verletzten zu sehen. Astor stand kurz darauf vom Tisch auf, um noch einmal nach den Pferden zu schauen. Fe, Lusana, Velina und Fold verschwanden nacheinander nach oben in ihre Zimmer. Nachdem Dalion sein Glas ausgetrunken hatte, folgte er ihrem Beispiel und verließ den Schankraum.

Die nächsten zwei Tage verliefen auf ähnliche Weise. Es gab jeden Abend eine Vorstellung, doch nun musste niemand mehr den Lockvogel spielen. Die Dorfbewohner kamen von selbst und warteten gespannt auf die nächste Darbietung.

Am vierten Tag verließen sie, kurz bevor die Sonne aufging, Vermar endlich und setzten ihren Weg in Richtung Hauptstadt und Winterquartier fort. Balia, der es mittlerweile besser ging, hatte ihren Arm in einer Schlinge, damit sie ihn weniger bewegte und saß in dem Wagen, den Fe sonst immer steuerte und in dem für die Verletzten Platz geschaffen wurde. Haldr hingegen hatte sich noch nicht erholt, sondern lag geschwächt auf einer Decke im anderen Wagen. An ihrem letzten Tag in Vermar war er aufgewacht und sein Zustand besserte sich seither schleppend. Bea kümmerte sich gut um ihn, aber Haldr hatte noch kaum etwas gesagt, seit er erwacht war und er wirkte äußerst kraftlos. Durch den Ausfall von Haldr und Balia als Anführer der Truppe führte nun Dalion den Zug an und ritt an der Spitze. Nach zwei Tagen auf Reise erreichten sie endlich die Grenze zum Zentrum des Reiches.

Dalion sah schon von weitem die mächtigen Stadtmauern von Carona und umso näher sie der Stadt kamen, umso voller wurde die Straße. Carona war eine der wichtigsten Städte in Ryloven, weil dort der ganze Handel aus dem Süden des Reiches zusammenlief. Im Süden und Osten der Stadtmauer verlief der Fluss Kallin, der weiter in nordöstlicher Richtung ins Landesinnere vordrang. Es war der perfekte Ort, um den Handel zu kontrollieren, weil es für viele Meilen keine Brücke gab, die über die Kallin führte. Und im Westen der Stadt war das Gebiet durch dichten Wald so unwegsam, dass Handelskarawanen mit ihren Wagen kein Durchkommen fanden.

Diese Situation führte in der Vergangenheit dazu, dass der Herrscher über Carona enorme Steuern verhängte und sich so selbst bereicherte. Dieses Verhalten der Adeligen führte zu Unruhen in der Bevölkerung. Um den Frieden innerhalb des Reiches zu gewährleisten, setzte der jetzige König den letzten Stadthalter von Carona ab und ersetzte ihn durch einen treuen Vertreter des Volkes. Seit fast drei Jahren wurde Carona nun von Sir Tarus Ven'Ebirius verwaltet und erlangte unter seiner Führung enormen Wohlstand und Ansehen innerhalb des Reiches. Tarus Ven'Ebirius war einer der größten Generäle des Reiches und verfügte über eine beträchtliche Anzahl von Adeligen und Soldaten, die ihm die Treue hielten. Durch seine Autorität und diesen Rückhalt vertrat er die königlichen Gesetze und schaffte es sowohl die Straßen als auch die Stadt hinter ihren gewaltigen Mauern durch Patrouillen und eine gut organisierte Wache sicher zu halten.

Nach dem, was Dalion über General Ven'Ebirius gehört hatte, hatte dieser Mann eine enorme Ausstrahlung und war ein sehr fairer Herrscher, was ihn auch beim Volk von Carona beliebt machte. Auf der anderen Seite wurden Verbrecher, wenn sie erwischt wurden, oft härter bestraft, als dies früher der Fall gewesen war. Hart, aber gerecht. Dies war offenbar das Motto, nachdem in dieser Stadt gehandelt wurde. Jeder Soldat, der einige Zeit gedient hatte, hatte schon einmal Geschichten über Tarus Ven'Ebirius gehört, der gegen den großen Teatoken-Anführer Hec'eta gekämpft hatte.

Dalion wurde beim Anblick des Stadttores etwas nervös, denn wenn sein Plan nicht funktionierte, würde er sich im besten Fall einen anderen Weg über die Grenze nach Reduna suchen müssen, was ihn viel Zeit kosten würde. Im schlimmsten Fall würde er den Henker besser kennenlernen, als ihm lieb war. Doch Dalion war schon lange genug ein Teil der Unterwelt, um zu wissen, dass ein durchschauter Bluff zu einer aufgeschnittenen Kehle führen konnte. Vor langer Zeit hatte er sich angewöhnt in kniffligen Situationen nach außen vollkommen ruhig zu wirken.

In der Nähe des Tores verlangsamte sich der Menschenstrom und sie kamen nur noch schleppend voran, weil die Wachen jeden kontrollierten, der in die Stadt wollte. Als sie endlich am Tor angelangt waren, kam ein bewaffneter Trupp Soldaten in Rüstungen, auf denen das Symbol von Carona und General Ven'Ebirius zu sehen war, auf sie zu. Es war ein blaues Wappen mit einem Flügel rechts und links, die nach oben gekrümmt waren. Über ihren Spitzen thronte ein Edelstein, der von drei gelben Sternen umgeben war.

Dalion ließ sich etwas zurückfallen und überließ es Kados mit dem Mann zu sprechen, der den Trupp von Soldaten anführte und dessen Rüstung passend zu dem Emblem auf seiner Schulter einen blauen Streifen zeigte, der signalisierte, dass es sich hier um einen Offizier handelte.

„Halt! Wer seid ihr und warum versucht ihr Carona zu betreten?", fragte er mit kräftiger Stimme, die zeigte, dass er durchaus daran gewöhnt war, seine Autorität zu behaupten.

„Mein Name ist Kados Gahir und das ist meine Schauspielertruppe. Wir stehen unter dem Schutz des Königs von Ryloven und bitten um den Durchlass, damit wir unseren Weg nach Reduna fortsetzen können", erklärte Kados dem Soldaten und überreichte ihm den Vertrag, der den König als Schutzherr festlegte.

Der Offizier nahm den Amtsbrief entgegen und vollführte eine schnelle Handbewegung, woraufhin seine Männer ausschwärmten, um jeden zu kontrollieren und den Inhalt der Wagen zu durchsuchen.

Dalion bekam langsam ein ungutes Gefühl. Je drei der Soldaten widmeten sich einem Wagen und den Menschen darin oder darauf. Vor allem Ruh'coda erweckte Misstrauen, da es nicht so oft vorkam, das ein Teatoke in Ryloven war. Doch Dalion wandte seine Aufmerksamkeit wieder dem Gespräch zwischen Kados und dem Offizier zu. Sein Plan basierte darauf, dass ihr Grenzübergang durch den Amtsbrief gesichert sei und die Wachen nicht zu genau nach ihren Hintergründen fragen würden. Aber vielleicht hatte er die neuen Sicherheitsmaßnahmen unterschätzt. Nachdem die Wachen ihre Durchsuchung abgeschlossen hatten, kam einer der Soldaten zu seinem Offizier, der immer noch den Schutzbrief studierte, und flüsterte ihm etwas ins Ohr, woraufhin sein Vorgesetzter nickte und sich wieder an Kados wandte.

„Also gut. Dieser Vertrag spricht von einer Gruppe von drei Frauen und vier Männern. Wie ich sehe, besteht ihre Gruppe allerdings aus insgesamt elf Mitgliedern." Der Mann stellte eigentlich keine Frage, aber es war klar, was er meinte und Kados war bemüht ihre Situation zu schildern.

„Wie Sie sicherlich wissen, sind die Straßen im Süden nicht so sicher wie hier und außerdem ist es mir durch die Bestimmungen, die der Schutzbrief festlegt, erlaubt, dieses Schutzrecht auf Wachen meiner Wahl auszuweiten. Und wie sie am Gesundheitsgrad meiner Wachen erkennen können, war ihre Anwesenheit durchaus notwendig." Kados hielt dem Blick des Offiziers ohne weiteres stand. Es war offenbar nicht das erste Mal, dass er mit dem ausführenden Organ der Reichsarmee zu tun hatte.

„Und wie lange begleiten sie diese *Wachen* schon?", unterbrach ihn der Wachoffizier.

„Haldr, Balia, die beide bei einem Überfall verwundet wurden, und Ruh'coda begleiten mich schon seit einem Jahr und Dalar begleitet uns, seit wir Edion verlassen haben", erklärte Kados.

„Aha, erst seit kurzem also", stellte der Mann fest und wandte seinen Blick zu Dalion.

Kados verlor langsam die Geduld. „Ja erst seit kurzem", wiederholte er. „Aber da ich ihm mein Leben verdanke, habe ich keinen Grund, ihm zu misstrauen. Und da sie offensichtlich keinen Grund haben, uns hier länger festzuhalten, möchte ich meine Reise nun fortsetzen." Der Offizier beäugte Dalion und Kados misstrauisch.

Dalion gefiel die Richtung, in die diese Situation verlief, ganz und gar nicht und er tastete zur Sicherheit nach seinem inneren Feuer. Doch bevor der Wacheoffizier noch etwas sagen konnte, kam erneut einer seiner Untergebenen zu ihm und erstattete ihm Bericht. Danach nickte er erneut und gab Kados seine Papiere wieder zurück.

„Ich bitte um Ihr Verständnis, aber es ist meine Aufgabe, solche Fragen zu stellen. Ich wünsche Ihnen noch eine gute Reise und einen schönen Aufenthalt in Carona", sagte der Soldat höflich und schritt dann in die Richtung des nächsten Reisenden.

Dalion entspannte sich wieder, erlosch die Energie in ihm und ihre Gruppe setzte sich ihn Bewegung. Kurz bevor er durch das große Tor ritt, blickte er nach oben und es lief ihm kalt den Rücken hinunter, wenn er daran dachte, wie es sein müsse, als Angreifer gegen diesen Wall zu prallen.

Die Gruppe blieb allerdings nicht in Carona. Sie ritten nur durch die Stadt, weil sie schon am nächsten Tag in Ebuko ankommen wollten. Dalion war dies egal, weil für ihn das Schlimmste schon hinter ihm lag. So weit im Zentrum des Reiches würde es kaum Banditen geben und er war nur noch vier Tage von Reduna entfernt.

DUELL UNTER FREUNDEN

Viele Tage waren vergangen, seit Will, Keron und Nicolas aus Reduna geflohen waren. Eine Zeit voller Schweiß, Training und blauer Flecken. In diese Zeit hatten Will und Keron große Fortschritte gemacht. Natürlich waren sie noch lange nicht so geschickt und schnell wie ein Reichsschütze oder ein Ritter des Reiches, aber die Veränderungen fielen auch äußerlich auf. Keron war gefühlt noch ein gutes Stück gewachsen und sein zierlicher Körperbau wich von Woche zu Woche den Muskeln, die er durch das Training erhielt.

Nicolas saß wieder einmal auf der Veranda der kleinen Hütte, rauchte seine Pfeife und beobachtete seine Schüler. Es war ein herrlicher Morgen. Er konnte die Vögel hören, die zwischen den bereits roten, braunen und gelben Blättern saßen und ihre Lieder sangen. Er konnte den Weiher hinter der Hütte plätschern hören, der um diese Jahreszeit schon eiskalt war und den bevorstehenden Winter ankündigte. Er hatte bisher keine weitere Nachricht vom Orden erhalten, also würden sie so lange wie nötig hier bleiben. Hier hatten sie durch den nahegelegenen Wald genügend Holz für ein Feuer, genug Trinkwasser aus dem Fluss und wenn sie etwas zu essen brauchten, konnten sie immer noch in den Wald gehen und jagen.

Wie er den beiden so zusah, wie sie ihre Schwertübungen machten, dachte Nicolas noch einmal über das nach, was ihm letzten Monat passiert war. Es überraschte ihn, wie schnell Will und Keron sich verbesserten. Er hatte schon einige Schüler gehabt und nicht viele lernten derart schnell, wie die beiden es taten. Obwohl sie erst spät mit ihrer Ausbildung begonnen hatten, könnten sie wahrscheinlich schon mit den meisten in ihrem Alter auf der Akademie der Reichsschützen mithalten und in einem weiteren Monat würden sie jene wahrscheinlich übertreffen. Nicolas war sehr zufrieden mit den Fortschritten, die seine Schützlinge machten. Will konnte ausgezeichnet mit dem Schwert umgehen und ihm war es möglich, sich so ungesehen zu bewegen wie nur wenige Mitglieder des Ordens, die Nicolas kannte. Wären sie in einer anderen Lage und auf der Akademie, würde er Will für diese Übungen einem anderen Meister übergeben, der sein Talent besser fördern könnte, als er selbst es vermochte.

Bei Keron war die Situation noch erstaunlicher. Von Tag zu Tag machte der Junge rapide Fortschritte. Und wenn er die beiden gegeneinander antreten ließ, konnte man manchmal seltsame Ereignisse beobachten. Nicolas hatte vor einer Woche zum ersten Mal einen Blick darauf erhascht. Er wusste nicht genau, was es war, aber hin und wieder versuchte Keron oder sein Körper etwas instinktiv zu tun. Nicolas wusste nicht, ob Keron es selbst überhaupt bemerkte. Eine instinktive animalische Bewegung, die ihm in einem Kampf einen Vorteil verschaffen würde. Es sah aus wie ein Reflex, als würde sich Kerons Körper an etwas erinnern, was er schon so oft getan hatte, dass es ihm in Fleisch und Blut übergegangen war. Doch bis jetzt hatte es ihm noch nie in einem Übungskampf geholfen. Nicolas hatte den Eindruck, dass er instinktiv etwas versuchte, wofür seine Muskeln noch nicht bereit waren.

Nicolas vermutete, dass Keron an dem Tag, an dem er diesem Instinkt oder was es auch immer war, vertrauen würde, einen großen Sprung in seinem Training machen würde. Außerdem erholte sich Keron auffällig schnell von Ermüdung und jeglichen Blessuren, die er während des Trainings davontragen musste. Will beschwerte sich oft darüber, dass ihm alles weh tat und dass es Keron nicht so ging. Normalerweise tat er diese Beschwerden gleich ab, aber es blieb ihm trotzdem ein Rätsel. Irgendetwas war merkwürdig an diesem Jungen. Vielleicht war dies der Grund, warum Francis ihn in die Obhut von Nicolas geben wollte. Vielleicht hatte auch er dieses Potenzial in dem Jungen entdeckt. Allerdings war es die Wahrheit, dass Nicolas die Gründe nicht kannte, die Francis zu seiner Entscheidung bewegt hatten. Ein viel älterer Brief als den, den er Keron gegeben hatte, erzählte davon, dass Francis einem außerordentlichen Jungen begegnet war. Aber sein Freund hatte ihm nie erzählt, wer dieser Junge war und was an ihm so außergewöhnlich gewesen war. So oder so. Er würde Keron auf jeden Fall im Auge behalten.

Am Nachmittag würden die beiden mit ihren Studien fortfahren und Nicolas würde einen kleinen Rundgang um ihre Lichtung machen, wie er es so oft tat, um nachzusehen, ob sie nicht entdeckt worden waren. Leider hatte er nicht genügend Bücher und Karten dabei, mit deren Hilfe er sie unterweisen konnte. Jedoch war es ihm möglich gewesen im nächstgelegenen Dorf ein paar Unterlagen zu besorgen. Will war von der theoretischen Unterweisung nicht besonders begeistert und würde wahrscheinlich nie ein Gelehrter werden, aber Keron zeigte hier eine besondere Begabung. Er hatte ein Talent für Sprachen.

Wieder einmal sehnte sich Nicolas nach der Akademie der Reichsschützen. Sowohl Will als auch Keron könnten dort so viel mehr erreichen als hier mit ihm in einem abgelegenen Wald mit ein paar Büchern über Diplomatie und der Sprache der Delona. Er war wahrscheinlich einer der besten Kampfmeister im Orden und konnte ihnen alles Mögliche über Taktik beibringen. Schleichen, Sprachen oder Diplomatie waren allerdings nicht seine Spezialgebiete. Er hoffte, dass sie diesen Ort bald verlassen könnten. Dann würde er mit den beiden nach Canae zur Akademie gehen und richtige Reichsschützen aus ihnen machen. Doch Träume und Wünsche brachten sie nicht weiter. Nicolas wusste nur zu gut, dass das Leben nie so einfach war, wie man es sich gerne wünschen würde. Sein primäres Ziel war, Will und Keron zu unterrichten, damit sie sich so schnell wie möglich gegen Feinde verteidigen konnten, wenn es nötig werden würde. Seiner Meinung nach waren sie auf einem guten Weg, was allerdings vor allem an ihrem Talent lag.

Keron hatte gerade seine Übung beendet, als Nicolas sie zum Essen in die Hütte rief. Das Trainieren machte ihm sehr viel Spaß und langsam merkte er auch, dass er sich verbesserte. Er war schneller, stärker und geschickter als früher. Außerdem bereitete es ihm Freude, Delonisch zu lernen. Delona war ein Reich auf einer Halbinsel im Osten von Ryloven, mit dem Ryloven Handelsbeziehungen pflegte. Deshalb gab es vor allem in den größeren Städten viele delonische Händler. Da Delona am Meer lag, besaß es eine große Flotte von Kriegs- und Handelsschiffen. Keron freute sich schon auf seine erste Begegnung mit delonischen Händlern, weil er sich dann in ihrer eigenen Sprache mit ihnen unterhalten konnte. Delonisch war Rylonisch im Aufbau sehr ähnlich, allerdings hatte Keron einige Schwierigkeiten damit, Delonisch zu lesen und zu schreiben. Er würde Nicolas fragen, ob er bei seinem nächsten Besuch im Dorf nach einem delonischen Schriftbuch Ausschau halten könnte.

Nach der Mittagspause trainierten sie mit dem Bogen weiter. Nicolas zeigte ihnen, wie sie einfache Pfeile herstellen konnten. Sie hatten keine Metallspitze und würden einer Rüstung nur ein paar Kratzer zufügen. Allerdings waren sie gefährlich genug, um die meisten Tiere zu töten. Nun hatten Keron und Will beide 24 Pfeile in ihren Köchern und mussten beim Üben nicht so oft losziehen, um ihre Pfeile wieder einzusammeln. Keron machte es immer noch Freude, den Umgang mit einem Bogen zu erlernen, allerdings machte er nicht so große Fortschritte, wie er es gerne gehabt hätte. Es war ihm zwar schon möglich, meistens sein Ziel zu treffen, aber um dies zu tun, musste er lange zielen, um den Wind nicht zu vergessen. Außerdem war er nur auf eine mittlere Distanz treffsicher. Nicolas meinte, dass sie beide für den Anfang gut waren und dass es Jahre dauern könnte, bis man so schießen konnte wie die Reichsschützen. Keron war besonders bedacht darauf, sich seine Frustration nicht anmerken zu lassen, und auch Will versuchte offensichtlich Ähnliches, obwohl man ihn öfters leise fluchen hören konnte, wenn sein Pfeil das Ziel verfehlt hatte.

Nach zwei Stunden Training auf der Lichtung kehrten sie wieder zur Hütte zurück und Nicolas erklärte, dass sie mit ihrem Studium fortfahren sollten, was sie dann auch taten. Will studierte Karten von Ryloven und Keron versuchte sich an der Schriftart der Delonarer. Eine ganze Weile waren beide in ihre Arbeit vertieft, bis Will entnervt in seinen Stuhl zurückfiel und sich am Kopf kratzte.

„Ich versteh ja, dass Reichsschützen sich in Ryloven auskennen müssen und wir deshalb diese Karten studieren sollten. Aber wenn ich mir nur noch eine weitere Person einer Adelsfamilie merken muss, die vor zehn Jahren bedeutend war, dann zerspringt mein Kopf", beschwerte sich Will. „Jetzt sag mir doch einmal, wofür wir das überhaupt wissen müssen?" Doch Keron antwortete ihm nicht, was Will ärgerte. „Hörst du mir überhaupt zu?", fragte ihn Will und warf einen Holzlöffel nach Keron, der ihn am Kopf traf.

„Au! Natürlich höre ich dir zu, allerdings beschwerst du dich nun schon zum dritten Mal in der gleichen Woche über dasselbe Thema. Nicolas hat gesagt, dass, wenn wir einmal am Hofe sind, wissen müssen, wer uns gegenübersteht. Und deshalb müssen wir die Familien kennen", erklärte Keron.

„Das einzige, was ich über diese Leute wissen muss, ist, ob sie meine Feinde sind oder nicht. Und wenn ja, dann werden wir weitersehen", gab Will stur zurück.

„Laut Nicolas ist der Unterschied zwischen Freund und Feind sehr gering, wenn es um Politik am Hofe geht. Eine Feindschaft kann dort durch eine einzige unbedachte Tat oder Kränkung erzeugt werden."

„Oh, entschuldige. Ich wusste ja nicht, dass du so viel Erfahrung mit der Politik am Hofe des Königs hast." Keron zuckte nur mit den Schultern, ohne seinen Freund dabei anzuschauen und versuchte weiterhin, die delonischen Schriften zu entziffern. Nach einer Weile gab Keron es auf. Da die verschiedenen Zeichen schon vor seinen Augen verschwammen, setzte er sich zu Will an den Tisch und zog ein paar Karten an sich heran.

„Wo ist Nicolas eigentlich hin?", fragte Will.

„Das weiß ich nicht", antwortete Keron ohne von den Karten aufzusehen. „Er sagt uns doch nie, wohin er verschwindet, außer wenn er ins Dorf geht." Will stimmte ihm zu und studierte eine Liste von Pflanzen und Kräutern, die verschiedenste Wirkungsweisen hatten. Einige hatten eine heilende Wirkung, während andere giftig waren und wieder andere zunächst eine positive Wirkung hatten, aber bei wiederholter Anwendung stark abhängig machten.

Es war schon fast dunkel, als beide ihr Studium beendeten und Nicolas noch immer nicht zurück war. Sie machten sich Sorgen, dass ihm etwas passiert war, und dachten daran, ihn zu suchen, doch da sie nicht wussten in welche Richtung er gegangen war, würden sie ihn nicht finden.

Während sie auf die Rückkehr ihres Lehrers warteten, zündete Will ein Feuer an, weil es zu dieser Jahreszeit in der Nacht schon sehr kalt wurde und Keron ging noch einmal nach draußen, um nach den Pferden zu sehen. Da Nicolas nach einer Weile noch immer nicht zurückgekehrt war, aßen sie ohne ihn. Will ging in ihr Zimmer und polierte seinen Dolch, wie er es immer machte, wenn er tief in Gedanken war. Keron hingegen versuchte, sich abzulenken und nicht daran zu denken, was sie machen sollten, wenn Nicolas nicht mehr zurückkehren würde. Er zündete eine Kerze an und stellte sie vor sich auf den Tisch, damit Licht auf die Seiten seines Buches fiel. Keron war so in den Inhalt des Schriftbandes vertieft, dass er gar nicht merkte, dass Will neben ihm stand. Erst als er ihn an der Schulter berührte, blickte Keron auf.

„Da draußen kommt jemand", flüsterte er und begab sich zur Tür.

Keron warf einen Blick auf seine Kerze. Sie war schon fast heruntergebrannt, was bedeutete, dass es schon tief in der Nacht war. Keron stand auf, nahm seinen Bogen und stellte sich neben Will, der aus dem Fenster starrte. Keron konnte nicht viel erkennen, aber es kam eindeutig eine Person auf die Hütte zu. Nicolas hatte ihnen beigebracht, immer auf der Hut zu sein. Will nahm den Griff der Tür in die Hand und machte sich bereit sie aufzureißen, während Keron einen Pfeil aus seinem Köcher fischte und die Sehne spannte. Keron gab Will mit einem Nicken ein Zeichen und dieser machte die Tür auf. Keron trat einen Schritt nach vorne und zielte auf die Gestalt.

„Gebt Euch zu erkennen!", forderte Keron die Person mit kräftiger Stimme auf, um seine Nervosität zu verbergen.

Die Person blieb stehen und antwortete: „Ich bin es, Nicolas. Also nimm den Bogen runter, Junge."

Keron war erleichtert und löste die Spannung der Sehne. Nicolas kam näher und betrat die Hütte. Erschöpft ließ er sich auf einen der Stühle fallen und Will und Keron setzten sich zu ihm und warteten gespannt darauf, ob es etwas Neues gab. Nicolas, der seine Augen für einige Momente geschlossen hatte, öffnete sie wieder und schaute die beiden an.

„Worauf wartet ihr eigentlich? Bringt mir etwas zu essen", forderte Nicolas sie auf. Keron erhob sich sofort, um ihm etwas zu bringen. „Es war gut, dass ihr misstrauisch wart, allerdings könnte es in einer ähnlichen Situation hilfreich sein, nach einem Beweis für die Identität zu fragen, wenn ihr nicht seht, wer mit euch spricht."

„Aber wir haben dich doch an der Stimme erkannt", stellte Will fest, während Keron das Essen auf den Tisch stellte.

„Stimmen können in seltenen Fällen in die Irre führen und außerdem könnte der Fall eintreten, dass ihr den Mann oder die Frau, die ihr erwartet zu treffen, noch nie in eurem Leben gehört oder gesehen habt. In so einem Fall würde es sich anbieten, nach einem Codewort oder einer Sache zu fragen, die nur die betreffende Person wissen kann", gab Nicolas zurück.

„Wo warst du denn nun eigentlich?", fragte Keron. „Wir haben uns Sorgen gemacht."

„Ach, ich habe nur einen Erkundungsgang gemacht und nachgesehen, ob etwas in unseren Fallen gelandet ist", erklärte er und nahm einen Bissen vom Brot, das Keron ihm gegeben hatte.

„Und?", bohrte Will nach.

Nicolas seufzte und nahm einen Schluck aus dem Becher vor ihm, bevor er antwortete. „Nichts."

„Nichts?", wiederholte Will etwas enttäuscht.

„Sei nicht so enttäuscht", belehrte ihn Nicolas. „Das ist gut. Denn es bedeutet, dass uns niemand sucht."

„Oder noch niemand gefunden hat", stellte Keron fest. Nicolas blickte ihn an und nickte.

„Aber warum hast du dann so lange gebraucht, um zurückzukehren?", fragte Will weiter.

„Weil ich darauf bedacht war, so wenig Spuren wie möglich zu hinterlassen, die jemanden zu diesem Ort führen könnten. Und nun ist Schluss mit diesen törichten Fragen", bestimmte Nicolas etwas verärgert und schickte die beiden zu Bett. Keron befürchtete, dass sie eine Frage zu viel gestellt hatten und dass sie morgen deswegen ein extra anstrengendes Training haben würden.

Wie sich am nächsten Tag herausstellte, hatte sich Keron nicht geirrt. Außer Atem standen Will und Keron auf der Wiese vor der Hütte und versuchten auf den Beinen zu bleiben. Sie hatten gerade eine der anstrengendsten Schwertübungseinheiten hinter sich gebracht, die bis jetzt von ihnen verlangt worden waren. Aber keiner von beiden, getrieben durch ihren Stolz, beschwerte sich und sowohl Will als auch Keron machten jede Übung, die von ihnen verlangt wurde.

„Ich muss zugeben, ich bin einigermaßen überrascht, dass ihr euch immer noch auf den Beinen halten könnt", stellte Nicolas fest.

„Also war diese Schinderei nur dazu da, dass wir irgendwann aufgeben oder zusammenbrechen?", zischte Will mit zusammengebissenen Zähnen.

„Aber nicht doch, der Zweck dieser Übungen war, zu ergründen, wo eure momentane Grenze liegt und da ihr alle meine Vorgaben erfüllen konntet und immer noch nicht vollkommen erschöpft seid, habt ihr meine Erwartungen übertroffen. Außerdem seid ihr in eurem Trainingsprogramm ein gutes Stück weitergekommen. Findet ihr nicht auch?", erklärte Nicolas.

Keron und Will tauschten für einen Moment Blicke aus und beide konnten im Gesicht des anderen sehen, dass keiner von ihnen Nicolas glaubte.

„Na dann zur letzten Übung für heute", sagte Nicolas und grinste. „Ein Duell."

Will und Keron schauten sich erneut an. Keiner von beiden hatte den Drang, in ihrer derzeitigen Verfassung gegen den anderen zu kämpfen. Vor einem Übungskampf waren sie bis jetzt noch nie so außer Puste gewesen. Aber wahrscheinlich bezweckte Nicolas auch mit dieser Aufgabe etwas. Will und Keron konnten nicht immer den Zweck seiner Lehrmethoden erkennen, allerdings vertrauten sie darauf, dass Nicolas wusste, was er tat.

„Los jetzt, fangt an. Oder wollt ihr nicht gegeneinander kämpfen?", versuchte Nicolas sie zu animieren. Doch Will und Keron bewegten sich immer noch nicht. Nicolas seufzte. „Dann versuchen wir es so und geben euch einen kleinen Anreiz, damit ihr auch euer Bestes gebt. Der Sieger wird von allen seinen häuslichen Pflichten, wie Abwasch, Fegen, für die Pferde sorgen, für heute entbunden und der Verlierer wird diese großzügig, wie er nun mal ist, übernehmen." Nicolas zeigte ein seltenes Grinsen.

Keron blickte zu Will, der einen Meter neben ihm stand, und sah plötzlich ein Leuchten in seinen Augen, das Keron beunruhigte und seinen Griff um sein Übungsschwert fester werden ließ. Instinktiv machte er einen Schritt von Will weg und brachte sein Schwert kampfbereit zwischen sich und Will in Position. Denn schon im nächsten Moment erhob auch Will sein Holzschwert. Beide standen sich einige Zeit nur gegenüber und starrten sich in die Augen. Es war kein Geheimnis, das Will nicht gerade ein Fan vom Abwasch oder Fegen war. Also musste Keron damit rechnen, dass er alles versuchen würde, um zu gewinnen. Keron hatte sich im letzten Monat enorm verbessert, trotzdem war er Will, wenn sie sich mit dem Schwert begegneten, wohl noch unterlegen, wenn sein Freund wirklich gewinnen wollte. Kerons einzige Chance war es, sich zu verteidigen, bis Will, geschwächt wie er war, einen Fehler machen würde, der Keron die Möglichkeit für einen entscheidenden Hieb bieten würde. Keron atmete einmal ruhig ein und wieder aus, um seine Gedanken zu verscheuchen und sich auf den bevorstehenden Kampf zu konzentrieren. Noch hatte keiner der beiden den ersten Schritt gemacht.

Will begann mit dem ersten Angriff. Ein angetäuschter Schlag von oben und dann ein Schlag gegen die Seite. Keron durchschaute die Finte und konnten den Hieb gegen seine Seite abwehren. In vielen der Duelle, die sie bereits gegeneinander bestritten hatten, hatte Will dieses Täuschungsmanöver probiert. Keron verlagerte sein Gewicht und versuchte Wills Schwerthieb mit einem eigenen zu beantworten. Will konnte seinen Streich allerdings abwehren. In der Folge entstand ein schneller Hiebwechsel, bei dem sich Keron vor allem aufs Verteidigen beschränkte, aber trotzdem versuchte nicht zu viel Boden zu verlieren, um jederzeit einen Konterschlag anwenden zu können.

Umso länger der Kampf dauerte, umso stärker wurde dieses Kribbeln, das er seit kurzem in schwierigen Situationen empfand. Die Schmerzen in seinen Muskeln verringerten sich und einige Male hatte er das Gefühl, dass sich sein Körper gleich von selbst bewegen würde. Jedoch hatte er diesem Gefühl bis jetzt nicht nachgegeben, aus Angst, er könnte einen Fehler machen. Keron erklärte sich dieses Kribbeln durch den Kampfesrausch, der von vielen Rittern beschrieben wurde und der die Schmerzempfindlichkeit in lebensbedrohlichen Situationen senkte. Aber auf der anderen Seite wurde sein Leben nicht bedroht, also sollte er dieses Gefühl gar nicht empfinden.

Keron machte einen ungeschickten Schritt nach hinten, um einen kräftigen Schlag von Will abzuwehren und verlor das Gleichgewicht. Um nicht wehrlos am Boden zu landen, trat er seinem Widersacher, während er nach hinten fiel, gegen das Standbein, was auch Will zum Stürzen brachte. Keron hatte Glück gehabt. Er hatte damit gerade noch verhindern können, dass Will den entscheidenden Schlag landen konnte.

Mit geschmeidigen und oft geübten Bewegungen sprangen die beiden gleich wieder auf die Beine. Verschiedenste Arten, schnell vom Boden hoch zu kommen, hatte Nicolas sie schon früh in ihrer Ausbildung gelehrt und hatte sie es bis zur Erschöpfung immer wieder üben lassen, bis er mit ihrer Geschwindigkeit zufrieden war. Denn nach Nicolas' Meinung starben viele starke Kämpfer nicht durch fehlende Technik oder weil sie ihren Gegnern körperlich unterlegen waren, sondern dadurch, dass sie am Schlachtfeld stürzten und dann den tödlichen Schwertstreich erhielten.

Nachdem sie wieder einen festen Stand eingenommen hatten, griff keiner von beiden an, sondern sie begannen sich zu umkreisen. Keron bemerkte, dass Will nun schon schwer atmete und dass die Position seiner Schwertspitze auch nicht mehr ganz so hoch war, wie sie bei der Verteidigungsposition, die Nicolas ihnen beigebracht hatte, eigentlich sein sollte. Keron dachte, dass nun seine Chance gekommen war und ging nun seinerseits in die Offensive. Doch schon die ersten paar Hiebe, die Will mit Leichtigkeit parierte, zeigten Keron, dass er sich geirrt hatte. In Wills Augen brannte immer noch dieselbe Entschlossenheit wie zuvor und er bewegte sich auch immer noch genauso schnell, was Keron überraschte. Es dauerte nicht lange und Keron befand sich wieder in der Defensive.

Das Kribbeln in Kerons Körper war nun stärker, als er es je erlebt hatte. Keron wurde nun aber langsam müde und reagierte nur noch instinktiv auf Wills Schläge. Schlussendlich war es so weit und Will hatte Kerons Defensive gebrochen. Keron machte sich auf den Schmerz des Hiebes gefasst. Selbst wenn er noch nicht so müde gewesen wäre, würde er sein Schwert nicht mehr rechtzeitig in die Höhe bekommen.

Doch plötzlich reagierte Kerons Körper von selbst und sein Arm hob sich. Er konnte die Überraschung in Wills Augen sehen, als sein Schwert geblockt wurde. Doch dieser Zustand hielt nicht lange an. Will traf Kerons Bein und er stürzte. Kurz wurde es schwarz vor seinen Augen und als er wieder klar sehen konnte, lag er schwer atmend auf dem Rücken und Wills Schwertspitze zeigte auf seine Kehle. Das Kribbeln in seinem Körper war verschwunden und alle seine Schmerzen und seine Müdigkeit waren wieder da.

Nicolas gab das Signal, dass der Kampf vorbei war, und Will ließ sich grinsend zu Boden fallen. Nicolas ging auf die Hütte zu und Will und Keron blieben auf dem kalten Boden liegen. Nun hatten sie beide ihre Grenze erreicht. Doch als Nicolas sie zum Essen rief, richteten sie sich mit ihren letzten Kräften auf und wankten in die Hütte. Während des Essens sagte niemand etwas. Will und Keron waren mit ihrem Essen beschäftigt und Nicolas war tief in Gedanken versunken.

Nachdem sie fertig waren, gab Nicolas ihnen den Nachmittag frei von weiteren Trainingseinheiten, was Will dazu veranlasste, in ihr Zimmer zu verschwinden und sich hinzulegen. Keron hingegen musste sich noch um einiges kümmern, bevor er sich wirklich ausruhen konnte, immerhin musste er noch seine und Wills tägliche Pflichten erledigen. Da er aber ebenfalls sehr erschöpft war, beschloss er sich zunächst kurz auszuruhen.

Keron hatte einen unruhigen Schlaf und wachte bald wieder auf. Er setzte sich langsam auf, weil er damit rechnete, dass seine Glieder durch die Beanspruchung rebellieren würden. Doch als er aufstand, schmerzten seine Muskeln zu seiner Überraschung gar nicht. Nur die Stelle an seinem Bein, wo ihn Wills letzter Hieb getroffen hatte, tat noch ein bisschen weh. Manchmal überraschte es ihn selbst, wie schnell seine Verletzungen heilten. Keron ging aus dem Zimmer und schloss die Tür leise hinter sich, um Will nicht aufzuwecken. Nicolas war in der Hütte nirgends zu entdecken und auch draußen konnte Keron ihn nicht finden. Doch als er wieder in die Hütte ging, fiel ihm ein Schriftstück ins Auge, das auf dem Tisch lag.

Bin im Dorf, komme bald zurück.

Das war alles, was darauf geschrieben stand. Keron zuckte nur mit den Schultern und machte sich an die Arbeit. Zuerst wusch er die Teller und das Besteck, das sie beim Mittagessen benutzt hatten, im Fluss. Immerhin war es sein Los, als Verlierer die häuslichen Arbeiten zu erledigen. Als er den letzten gesäuberten Teller in den Korb zurücklegte, indem er sie zum Fluss getragen hatte, schaute er auf zum Himmel. Er hatte ungefähr zwei bis drei Stunden geschlafen, wenn er den Stand der Sonne richtig deutete. Nachdem er mit den Tellern fertig war, machte er sich an die anderen Aufgaben, die noch zu erledigen waren.

Es war schon fast Abend, als Will verschlafen aus ihrem Zimmer wankte. Keron hatte gerade alle seine Pflichten erledigt und begrüßte seinen Freund mit einem Lächeln, als dieser aus der Hütte auf die Veranda trat.

„Hallo. Hast du gut geschlafen?", fragte Keron ihn und warf ihm die Bürste, mit der er die Pferde gestriegelt hatte, zu. Will, der dies nicht erwartet hatte, reagierte im letzten Moment und fing die Bürste gerade noch so auf. Wegen der schnellen Bewegung verzog er sein Gesicht.

„Hast du Schmerzen?", fragte er Will besorgt und vergaß dabei, dass er eigentlich auch einen Muskelkater haben sollte.

„Na klar habe ich Schmerzen!", antwortete Will etwas gereizt auf diese Frage. „Immerhin wurden wir den ganzen Vormittag geschunden wie irgendwelche Frischlinge in der königlichen Armee."

„Entschuldige, manchmal vergesse ich, dass ich mich schneller wieder erhole als andere", gab Keron schuldbewusst zu bedenken, denn es war nicht seine Absicht, sich über seinen Freund lustig zu machen.

„Ist schon gut", sagte Will, setzte sich auf die Veranda und lehnte sich an die Hüttenwand. „Wie ich sehe, genießt du deinen Gewinn", fügte er spöttisch hinzu und zeigte sein typisches Grinsen.

„Haha, sehr witzig", gab Keron sarkastisch zurück und lehnte sich an einen der Pfosten, die das Dach der Veranda stützen. „Nicolas ist übrigens ins Dorf gegangen."

Will nickte, denn es war nicht unüblich, dass Nicolas zuerst versprach, ihnen einen halben Tag frei zu geben und es dann doch nicht tat. Und wenn sie ihn dann darauf ansprachen, sagte er nur, dass ein guter Reichsschütze immer bereit sein müsse seine Pflicht zu tun.

In diesem Moment fiel Will wieder ein, was er Keron eigentlich fragen wollte. „Hey, wie hast du es eigentlich geschafft, meinen Hieb abzuwehren?" Keron wurde aus seinen eigenen Gedanken gerissen und schaute Will verständnislos an. „Na, du weißt schon. Der vorletzte Hieb bevor ich dich am Bein getroffen habe." Kerons Hand wanderte unbewusst zu seinem schmerzenden Bein und er überlegte.

Als Keron nicht antwortete, fuhr Will fort. „Ich meine, es war schon seltsam, dass sich deine Hand so schnell bewegt hat, dass ich sie kaum sehen konnte, bis mein Schwert geblockt wurde."

„Ich weiß es nicht so genau. Ich dachte, dass ich deinen Schwertstreich nicht aufhalten könnte und das Duell vorbei wäre, doch dann reagierte ich doch. Es war wie ein Reflex, nehme ich an." Keron erzählte Will nicht, dass sein Körper fast wie von alleine gehandelt hatte, denn diese Theorie ergab einfach keinen Sinn. Denn wie könnte er nicht der Herr über seinen Körper sein? Dieser Gedanke war einfach zu absurd und er schüttelte seinen Kopf.

„Manchmal beneide ich dich um deine kurze Regenerationszeit", stellte Will plötzlich fest und massierte seinen steifen Nacken. Keron lächelte. Noch nie hatte ihn jemand um etwas beneidet.

Nicolas zog seine Kapuze tiefer ins Gesicht, als er das kleine Dorf verließ. Er hatte einige Dinge besorgt, die ihnen helfen würden den kommenden Winter gut zu überstehen. Es war immer wieder ein Risiko, das Dorf aufzusuchen, aber hin und wieder war es nötig. Außerdem konnte er so erfahren, ob sich jemand nach ihm erkundigte. Die Händler kannten ihn nur als einen Jäger, der aus dem Osten kam, allerdings war es trotzdem riskant, weil sein Gesicht in vielen Regionen von Ryloven bekannt war.

Immer wieder musste er über das Übungsduell an diesem Vormittag nachdenken. Zum ersten Mal hatte er mit eigenen Augen beobachten können, wozu Keron im Stande war, wenn er seinen Instinkten freie Hand ließ. Er hatte zwar darauf spekuliert, dass es vielleicht passieren würde, wenn der Junge erschöpft genug war, aber wirklich daran geglaubt hatte er nicht. Nicolas konnte es sich nicht erklären, wie Keron es geschafft hatte, sich so schnell zu bewegen. Selbst für ihn, der darauf trainiert war, schnellen Pfeilen mit den Augen zu folgen, kam Kerons Abwehr unerwartet.

Nicolas hatte schon viele Schwertkämpfer getroffen, die so schnell waren, doch von einem Jungen, der erst seit verhältnismäßig kurzer Zeit mit dem Schwert trainierte, hätte er so etwas nicht erwartet. Keron war zweifellos begabt und Will war sogar noch besser, aber diese Geschwindigkeit musste einen anderen Grund haben als pures Talent oder Glück. Oder machte er sich Sorgen um nichts? Vielleicht war es nur ein Zufall, der durch den Willen des Jungen hervorgerufen wurde? So oder so würde er ihn weiterhin genau beobachten.

Er hoffte bald etwas aus Reduna oder Canae zu hören, das erklärte, was im Königreich passierte. Es machte ihn wahnsinnig, in einer Hütte im Norden festzusitzen und nicht zu wissen, was vor sich ging. Er war noch nie ein Mensch gewesen, dem es leicht-fiel, einfach nur dazusitzen und nichts zu tun. Natürlich sollte nicht vorschnell gehandelt werden. So viel hatte er schmerzhaft in seinem Leben lernen müssen. Aber er war schon länger nicht mehr in einer Situation gewesen, in der er nicht wusste, was er machen sollte. Er schüttelte den Kopf und vertrieb seine finste-ren Gedanken. Wie auch immer die Situation aussah. Er würde benachrichtigt werden, wenn es neue Entwicklungen gab. Vor-erst war es seine Aufgabe, Will und Keron zu beschützen, denn er glaubte nicht, dass die Nah'rane aufgegeben hatten.

Nicolas überprüfte noch einmal ihre Fallen und entdeckte in einer einen Hasen. Danach kehrte er zur Hütte zurück und war darauf bedacht, seine Spuren zu verwischen. Als er die Lichtung betrat, bot sich ihm ein unerwartetes Bild. Im Schein der letz-ten Sonnenstrahlen hatten Keron und Will ihre Schwertübungen wieder aufgenommen. Nicolas lächelte und betrachtete die bei-den für einen Moment, bevor er sich wieder in Bewegung setzte. Vielleicht, dachte er, unterschätzte er diese beiden noch immer und sie waren aus einem anderen Holz geschnitzt als die meisten seiner Schüler, die er bis zu diesem Zeitpunkt unterwiesen hatte.

Als er näher kam, unterbrachen sie ihr Training, aber weil er ihnen keine anderen Anweisungen gab, nahmen sie ihr Bestre-ben wieder auf, sobald er an ihnen vorbei war. Nicolas ging in die Hütte und bereitete den Hasen, der in ihrer Falle festhing, zur Zubereitung vor. Er würde seinen Schülern ein kräftigen-des Mahl servieren.

DIE SUCHE

Die Öllampen links und rechts an den Hauswänden schimmerten durch den nächtlichen Nebel. Dalion schritt leichtfüßig durch die Stadt. Es war kein Mensch auf den Straßen im Handwerkerviertel von Reduna. Jeder andere könnte kaum die Hand vor seinen Augen sehen, doch für Dalion und seine geschärften Sinne war der Nebel kein Problem. Er hatte seine Tageskleidung abgelegt und trug wieder den schwarzen Mantel, den er bevorzugte. Er hatte sich die Kapuze des Mantels über den Kopf gezogen, wie er es immer tat, wenn er nicht erkannt werden wollte. Dalion mochte dieses Kleidungsstück, denn irgendwie veränderte sich seine Stimmung, sobald er es anzog. Er fühlte sich machtvoller und nicht so angreifbar, wie wenn er seine üblichen Sachen trug. Der Mantel verlieh ihm etwas Geisterhaftes und Angst konnte ein mächtiger Verbündeter sein, wenn man in einem Viertel voller schäbiger Diebe des Nachts umherstreifte.

Er war am selben Tag erst in Reduna angekommen, aber er wollte keine Zeit verschwenden. Wenn er Nicolas und den Jungen noch finden wollte, zählte jeder Tag. Dalion hatte sich ein Stück außerhalb vor den Stadttoren von der Schauspielergruppe verabschiedet. Kados hatte ihm angeboten, bei ihnen zu bleiben, allerdings kam das für Dalion nicht in Frage. Er hatte es genossen, mit diesen Leuten zu reisen, denn es war wie ein Traum. Und genau wie bei einem richtigen Traum war es Zeit für ihn, aufzuwachen und in die grausame Realität zurückzukehren. Wäre sein Leben anders, wäre er gerne bei ihnen geblieben. Bevor er ging, hatte Kados ihm noch seine versprochene Bezahlung gegeben, aber weil es eigentlich von Anfang an kein Geld benötigt hätte, um ihn mitzunehmen, gab er es Fe zurück, ohne dass Kados etwas davon bemerkte. Diese Leute konnten es dringender brauchen, entschied er. Dalion war es nicht gewohnt, sich von

Menschen zu verabschieden, also ging er, ohne sich noch einmal umzusehen. Bald würden sie ihn ohnehin vergessen haben.

Dalion bog in eine schmale Seitengasse, die ihn zu einem Hinterhof führte. Dort gab es eine Tür, die ihn zu dem Ort bringen würde, den er suchte. Vor der Tür saß ein dreckiger Rausschmeißer auf einem Schemel, der Anstalten machte aufzustehen, als Dalion sich näherte. Doch Dalion hinderte ihn daran, indem er ihn mit etwas seiner Energie zurück auf seine Sitzgelegenheit drückte und ihm einen kleinen Beutel mit Münzen in den Schoß fallen ließ. Ungehindert öffnete Dalion die Tür und betrat das Lokal. Es war kaum beleuchtet, aber vermutlich hielten sich die Gauner und Diebe, die hier versammelt waren, lieber in der Dunkelheit auf. Er drängte sich an zwei betrunkenen Männern vorbei, um zum Barmann zu gelangen, der gerade einen dreckigen Bierkrug mit einem noch dreckigeren Lappen putzte. Es war einfach sinnlos und widerlich.

„Wo finde ich die Matriachin?", fragte er und drückte auch ihm ein paar Münzen in die Hand. Der Mann, der wie Dalion nun sehen konnte, nur ein Auge besaß, zeigte in den hinteren Teil des Raumes, wo sich eine Holztür befand. Dalion nickte, bahnte sich den Weg durch den Raum und versuchte dabei, keinen verschütteten Alkohol auf seinen Mantel zu bekommen.

Er blieb vor der Tür stehen und fachte sein inneres Feuer an, um hören zu können, was auf der anderen Seite der Tür passierte.

„Es ist ganz einfach", erklärte eine Frauenstimme. „Wir haben einen Deal. Ich gebe dir mein Geld und du zahlst es mir mit Zinsen zurück. Und ich habe meinen Teil der Abmachung eingehalten."

„Ich werde Sie auch bezahlen, jedoch brauche ich einfach mehr Zeit, um …", sagte eine andere Stimme, die ganz eindeutig einem jungen Mann gehörte und Dalion konnte die Angst in seiner Stimme hören.

„Mehr Zeit", wiederholte die Frauenstimme, die jetzt kalt und bedrohlich klang. „Weißt du, ich bekomme langsam das Gefühl, dass ich mein Geld nicht mehr wiedersehe und das erfreut mich überhaupt nicht." Es trat eine Stille ein, in der niemand etwas sagte. Dann erklang wieder die Frauenstimme, doch dieses Mal klang sie zuckersüß. „Und du willst doch nicht, dass ich verärgert bin, oder?"

„Nein, Madam", krächzte der Mann.

„Na, dann haben wir uns verstanden, denke ich. Weil ich heute gut gelaunt bin, gebe ich dir einen Monat Zeit, um mir mein Geld, das mir zusteht, zu bringen. Oder etwas, was den gleichen Sachwert besitzt. Und nun verschwinde aus meinem Blickfeld."

Dalion hörte, wie Holz über Holz kratzte und wie Schritte eilig auf ihn zukamen. Er trat einen Schritt zurück, damit ihn die Tür nicht erwischte. Als sie kurz darauf aufging, eilte ein junger Mann an ihm vorbei, der viel zu schöne Kleidung für diese Gegend trug. Dalion vermutete, dass es ein junger Adeliger war, der sich mit den falschen Leuten eingelassen hatte. Auf eine gewisse Weise tat er Dalion sogar leid. Er schaute dem Mann nach, wie er in der Menge verschwand, und klopfte dann an die Tür.

Sogleich öffnete sie sich und ein großer muskulöser Mann stand ihm gegenüber. Für jeden anderen wäre er einschüchternd gewesen, aber nicht für Dalion.

„Wer bist du, und was willst du hier?", fragte ihn der Mann mit einem ausländischen Akzent.

„Bitte richtet der Matriachin aus, dass ein alter Freund sie sprechen möchte", sagte Dalion und schaute dem Mann in sein bulliges Gesicht.

„Ich weiß nicht, von was du redest und jetzt verschwinde", befahl der Mann. Dalion verdrehte die Augen und als der Mann ihn zurückstoßen wollte, duckte sich Dalion mit einer geschmeidigen Bewegung unter seinem Arm hindurch und betrat das Zimmer. Es war viel heller als die restliche Spelunke. Er durchschritt das Zimmer und stellte sich vor den Schreibtisch, auf dessen anderer Seite eine Frau auf einem gepolsterten Sessel saß und ihn verwundert betrachtete. Der Türsteher, der ihm hinterhergeeilt war, wollte Dalion gerade packen, als die Frau ihn stoppte.

„Halt, bleib sofort stehen", befahl sie und ihr Untergebener hielt mitten in seiner Bewegung inne. „Geh, verlasse das Zimmer und sorge dafür, dass wir nicht gestört werden." Der Mann grummelte etwas Unverständliches und folgte den Befehlen seiner Herrin.

„Und du ...", sagte sie nun zu Dalion, „ ... steckst dein Spielzeug wieder ein. Ich will hier keine Waffen haben." Dalion tat wie ihm geheißen und verstaute seinen Dolch wieder in seiner Halterung. Dalion betrachtete die Frau, die ihm gegenüber saß. Sie war schon etwas älter. Wahrscheinlich über vierzig Jahre alt. Aber sie trug ein wunderschönes blaues Kleid, das einer adeligen Frau am Hofe gehören hätte können. *„Ein Wolf in einem Schafspelz"*, dachte Dalion. Doch solange der *Wolf* nicht ihn verspeiste, war er zufrieden. Eine Weile standen sie sich gegenüber und die Frau musterte ihn interessiert. Dann begann sie zu lachen.

„Ach, mein Junge. Warum passiert immer fast ein Mord, wenn du mich besuchst?", fragte sie und kam mit offenen Armen um den Tisch, um ihn zu begrüßen. Dalion nahm ihre Hand und deutete einen Handkuss an. Danach kehrte sie wieder in ihren Sessel zurück und bot Dalion an sich zu setzten.

„Ich hab noch nie jemanden umgebracht, wenn ich dich besucht habe, Irilia, oder wirst du jetzt lieber Matriachin genannt?", fragte Dalion etwas belustigt. Er hatte von einem schäbigen Dieb erfahren, wo Irilia zu finden war, aber der Mann kannte sie nur als die Matriachin. Es war nicht unüblich von ihr, ihre Identität zu ändern. Man führte ein gefährliches Leben als Spion unter den Adeligen.

Die Frau schmunzelte und sah auf einmal viel jünger aus. „Und was war mit meiner letzten Wache, dem du das Handgelenk gebrochen hast?", fragte sie amüsiert.

„Korrigiere mich, falls ich falsch liege, aber er ist nicht gestorben und außerdem habe ich ihn gewarnt, er sollte mich lieber nicht mehr anfassen. Wofür brauchst du diese Idioten überhaupt? Wer könnte dir schon gefährlich werden?", fragte Dalion, als wäre es ein ganz absurder Gedanke.

„Darum geht es doch gar nicht. Es zählt, was die Leute denken. Und eine Frau in meinem oder besser in unserem Geschäft, die keine Leibwächter hat, könnte Misstrauen erregen", erklärte Irilia.

„Mag sein", gab Dalion zu. „Aber wer würde so einem schönen Wesen schon misstrauen?"

„Der gleiche Charmeur wie immer. Trotzdem bin ich mir ziemlich sicher, dass du nicht nur wegen einer kleinen Plauderei zu mir gekommen bist. Was führt dich also in meine kleine Ecke der Welt?", fragte sie.

„Lass die Spielchen. Du weißt doch ganz genau, warum ich hier bin", stellte Dalion fest.

„Oh, ich kenne den Grund, aus dem du hier bist, sogar sehr gut. Immerhin sind Informationen ein Teil meines Geschäftes. Und was wäre die Welt ohne unsere kleinen Spielchen? Du spielst deine und ich meine."

„Das trifft sich sehr gut, denn es sind Informationen, die ich suche. Wie du sicher weißt, sucht Aroc nach einem Jungen und da du zu unserem Orden gehörst, bist du sicher damit einverstanden, wenn wir das Frage-Antwort-Spielchen überspringen und gleich zum Geschäft kommen."

Das Lächeln verschwand aus Irilias Gesicht. „Gleich zum Geschäftlichen. Das ist aber unhöflich von dir. Wer weiß, wann ich wieder einmal zu dem Vergnügen komme, mit dir ein wenig zu plaudern?"

„Tja, unter Zeitdruck verschwindet die Höflichkeit manchmal", antwortete Dalion und versuchte dabei, seine Gereiztheit zu verbergen. Es würde ihm nicht helfen, wenn er sie verärgerte.

„Da hast du recht", sagte sie. „Also schön, laut meinen Spähern ist Nicolas mit den Jungen in den Norden geflohen. Aber der kleine Reichsschütze ist nicht dumm. Meine Männer haben seine Spur in den nördlichen Wäldern verloren. Alles, was ich weiß, ist, dass er sich irgendwo in einem Wald verkrochen hat."

„Jungen?", fragte Dalion. „Er ist mit mehr als einem unterwegs?"

„Oh ja. Wusstest du das nicht? Nichtsdestotrotz habe ich auch eine gute Nachricht für dich. Ich habe eine Information erhalten, die besagt, dass ich dir meine besten Späher unterstellen solle. Du wirst sie in einem kleinen Gasthaus außerhalb der Stadtmauern treffen. Sie werden dich begleiten und dich unterstützen. Allerdings solltest du dich beeilen, denn der Winter rückt näher und es wird schwerer werden, sich mit dem Schnee, der im Norden fallen wird, zu bewegen."

„Ich werde noch heute aufbrechen", verkündete Dalion.

„Sehr gut. Du findest den Gasthof, wenn du der Nordstraße ungefähr drei Kilometer folgst. Frag den Wirt nach Seri und er wird wissen, dass ich dich schicke. Meine Leute werden dir die neuesten Berichte geben. Sende mir eine Nachricht, wenn du Nicolas gefunden hast und ich schicke dir Verstärkung."

Dalion nickte und erhob sich aus seinem Sessel. Er streifte sich seine Kapuze über den Kopf und ging zur Tür, um den Raum zu verlassen.

„Pass auf dich auf Junge. Es wäre doch eine Schande, wenn deinem süßen Gesicht etwas zustoßen würde", rief Irilia ihm hinterher.

Dalion verließ das Lokal. Er würde zuerst sein Pferd holen und dann zu dem Gasthof reiten, den Irilia im beschrieben hatte. Zwei Jungen. Den ganzen Weg dachte er darüber nach, was sich dadurch änderte. Woher sollte er wissen, welcher der beiden Jungen der richtige war? Eins nach dem anderen, dachte er sich, zuerst musste er sie überhaupt einmal finden. Und im schlimmsten Fall würde er einfach beide mitnehmen. Er brauchte nur einen Plan, wie er Nicolas ablenken konnte. Der Reichsschütze würde auf jeden Fall das größte Problem werden. Beim Gasthof angekommen, war es nicht schwer, seine Kontaktperson zu finden. Es stellte sich heraus, dass es die gleichen Männer waren, die Nicolas verfolgt hatten, als er aus Reduna geflohen war. Da Dalion keine Zeit verlieren wollte, ordnete er ihren sofortigen Aufbruch an. Dalion war zuversichtlich sie zu finden. Nein. Er hatte gar keine andere Wahl. Er musste sie aufspüren.

Dieser Erfolg würde ihm endlich die Möglichkeit geben, mehr über seine Eltern herauszufinden. Also würde er alles tun, um Arocs Auftrag zu erfüllen. Nachdem seine Gruppe bereit war, gab Dalion den Befehl und sie ritten los in Richtung Norden. Die Suche konnte beginnen.

Dalion saß in einem kleinen Raum an einem Tisch und las Berichte seiner Späher. Nachdem er die letzten Worte gelesen hatte, warf er das Blatt Papier zurück auf den Tisch, lehnte sich in seinem Stuhl zurück und presste sich die Handflächen auf seine müden Augen. Viele Wochen waren vergangen, seit Dalion und seine Truppe Reduna verlassen hatten. Mit jedem weiteren Tag schwand seine Hoffnung etwas mehr, dass sie Nicolas noch finden würden. Vielleicht waren sie gar nicht mehr im Norden, sondern waren durch den dichten Wald verschwunden. Vier Wochen lang hatten sie die Dörfer auf ihrem Weg eines nach dem anderen abgeklappert, aber sie hatten sich in keinem versteckt. Dalion hatte in jedem einen Mann oder eine Frau postiert, die das Dorf weiterhin beobachten sollten. Ihm fehlten nur noch die Berichte von drei Dörfern, die weit im Norden lagen. Es hätte zu lange gedauert, wenn er jedes Dorf persönlich durchsucht hätte, also schickte er in fünf Siedlungen je zwei seiner Späher. In jedem Dorf ließ er nach neuen Gesichtern fragen, doch bis jetzt hatte er noch kein Glück gehabt. Wenigstens war die Chance da, dass sie noch irgendwo im Norden waren und sich versteckten, denn Dalion hatte jede Straße überwachen lassen. Er starrte gedankenverloren auf die Zimmertür und hoffte, dass gleich einer seiner Leute durch diese Tür treten und ihm eine gute Nachricht überbringen würde. Als hätte eine höhere Macht sein Flehen erhört, klopfte es einige Minuten später an der Tür.

„Herein", rief Dalion.

Ruther, einer seiner Späher, kam herein und hielt Schriftrollen in seinen Händen. „Die Berichte aus den anderen Dörfern sind angekommen, Herr", sagte er und legte die Nachrichten auf seinen Tisch.

„Sehr gut. Sag den anderen, sie können sich für heute frei nehmen. Die erste Runde geht auf mich."

Ruther grinste und entblößte damit seine ungepflegten Zähne. „Das ist sehr großzügig von Euch. Ich werde es den anderen mitteilen." Er verließ das Zimmer und Dalion entrollte den ersten Bericht. Als er fertig war, warf er ihn achtlos zur Seite und nahm sich den zweiten vom Tisch. Und zum ersten Mal seit Tagen verspürte er wieder Hoffnung. Denn diese Nachricht sprach von einem Jäger, der vor mehr als zwei Monaten das erste Mal gesehen wurde und alle paar Wochen ein paar tote Tiere oder Felle gegen andere Gegenstände tauschte. Dalion legte die Papierrolle auf den Tisch und ging zum Fenster. Er blickte hinaus zu dem Weg, der zum Gasthof führte und dachte nach. Ein einzelner Jäger war in dieser Gegend nichts Ungewöhnliches, aber es war der einzige Hinweis, den er hatte. Das entsprechende Dorf war nur einen Tagesritt von hier entfernt, also würde er bei Sonnenaufgang aufbrechen.

Dalion ritt mit Ruther nach Norden zu dem Dorf, in dem der verdächtige Jäger gesehen worden war. Es war schon spät in der Nacht, als Dalion den Gasthof betrat und zwei Zimmer mietete. Am nächsten Tag hörte er sich ein bisschen bei den Einwohnern um, jedoch erfuhr er nichts, was er nicht schon wusste. Hin und wieder besuchte der Mann das Dorf, redete mit kaum jemandem und verschwand wieder. Allerdings kam sein Verhalten niemandem verdächtig vor, den es gab Gerüchte, dass Jäger oft etwas merkwürdig waren, weil sie zu viel Zeit alleine im Wald verbrachten. Nach seinen Informationen war er schon länger nicht mehr gesehen worden und die Personen, die mit ihm gehandelt hatten, konnten Dalion auch nicht mehr erzählen. Trotzdem, so waren sich alle einig, kam er recht regelmäßig, also würde Dalion warten und sich diesen Mann selber ansehen.

Am zweiten Tag nach seiner Ankunft saß Dalion in einen Wintermantel gewickelt auf einer Bank neben dem Brunnen auf dem Hauptplatz der Siedlung, als endlich eine Person ins Dorf geschritten kam, die der Beschreibung des Jägers entsprach. Dalion blieb einfach sitzen und beobachtete den Mann unauffällig. Er konnte sein Gesicht nicht richtig erkennen, weil er die Kapuze seines Mantels tief in sein Gesicht gezogen hatte. Aber er trug einen Langbogen und einen Köcher auf dem Rücken. Dalion konnte nicht genau sagen warum, doch die Art wie der Mann sich bewegte, machte ihn neugierig. Dalion saß geduldig und nach außen hin unbekümmert auf seiner Bank. Er wartete eine Stunde, bis der vermeintliche Jäger mit einem Tragesack über seiner Schulter wieder an ihm vorbei kam.

Dalion blieb für ein paar Minuten sitzen und stand dann auf, um dem Mann zu folgen, dabei musste er aufpassen, dass er genug Abstand zwischen ihnen einhielt. Denn wenn der Mann wirklich Nicolas war, würde es nicht einfach sein, ihm unauffällig zu folgen.

Aber Dalion war auch nicht unfähig. Immerhin war er dafür ausgebildet worden, Menschen unauffällig zu verfolgen. Sein Spezialgebiet waren die engen Gassen einer Stadt, trotzdem konnte er sich auch im Wald ungesehen bewegen, wenn er es wollte. Dalion fachte sein inneres Feuer an, damit sich seine Sinne verschärften. Er war nun in der Lage, weiter zu sehen und genauer zu hören, als ein normaler Mensch dazu fähig gewesen wäre. Mit seinen besonderen Fähigkeiten konnte er dem Jäger nun mit größerem Abstand folgen und so das Risiko einer Entdeckung verringern.

Langsam und ruhig atmend hockte Keron auf einem dicken Ast eines Baumes, der sein Gewicht tragen konnte. Bei jedem Atemzug entwichen Rauchschwaden seinem Mund. Er hatte sein Ziel genau im Auge, mit oft geübten Bewegungen zog er einen Pfeil aus seinem Köcher und spannte den Bogen. Ruhig und ohne seine Beute aus den Augen zu verlieren zielte er. Er atmete langsam aus und gerade als der letzte Rest der Luft seine Lunge verließ, ließ er den Pfeil in seiner rechten Hand los. Sirrend bahnte er sich seinen Weg durch die kalte Luft. Der Hirsch stellte seine Ohren auf, doch es war bereits zu spät. Der Pfeil drang ins Fleisch und das Tier brach zusammen. Keron sprang von dem Ast und ging zu seiner Beute hinüber. Ein sauberer Schuss in den Hals, wie es ihm beigebracht worden war. Er entfernte den Pfeil aus dem leblosen Körper des Tieres und steckte ihn zurück in seinen Köcher, nachdem er das Blut abgewischt hatte. Er warf sich das Tier über die Schulter und machte sich auf den Weg zurück. Der tote Körper des Hirsches war schwer, aber Keron hatte inzwischen genug Kraft, um ihn zu tragen. Seine Haare waren länger geworden, bald würde er Nicolas bitten müssen sie ihm zu kürzen, denn sie fingen schon an ihn beim Trainieren und beim Bogenschießen zu behindern.

Als Keron den Wald verließ und die Lichtung, auf der die Hütte stand, betrat, waren weder Will noch Nicolas zu sehen. Nicolas war zum Dorf gegangen, das sie immer noch nicht betreten durften, und Will lag vermutlich noch faul im Bett. Er legte den toten Hirsch vor der Veranda in den Schnee und betrat die Hütte. Es war darin viel wärmer, weil Keron, bevor er gegangen war, ein Feuer im Kamin entfacht hatte. Er legte seinen Bogen und seinen Köcher neben der Eingangstür ab, stellte sich vor die geschlossene Tür zu ihrem Zimmer und rief laut: „Feuer, Diebe, Mörder!" Keron hörte ein dumpfes Geräusch, als wäre etwas zu Boden gefallen, und kaum zwei Sekunden später sprang die Tür auf und ein erschrockener Will sprang mit großen Augen aus dem Zimmer. Bereit mit seinem Dolch in der Hand möglich Feinde abzuwehren.

„Was ist los? Werden wir angegriffen?", fragte Will, aber Keron konnte ihm nicht antworten, weil er lauthals zu lachen begann. Als Will merkte, dass sie nicht angegriffen wurden und sein Freund ihm einen Streich gespielt hatte, wich seine Besorgnis und wandelte sich in Wut. „Haha, sehr witzig. Du solltest als Hofnarr arbeiten", sagte Will und stapfte wütend ins Zimmer zurück, um sich vollständig zu bekleiden. Als er zurückkam, hatte sich Keron schon wieder einigermaßen im Griff und richtete Will als Entschuldigung etwas zu essen.

„Du glaubst doch nicht, dass du das mit so ein bisschen Brot wieder gutmachen kannst? Das wirst du mir noch büßen", versprach ihm Will.

„Wie wäre es mit gegrilltem Hirsch zum Abendessen?", schlug Keron vor.

„Das wäre schon einmal ein Anfang", gab Will zurück und begann zu essen.

Keron verließ das Haus, um seine Beute beim Bach weiterzuverarbeiten. Er war eine Zeitlang beschäftigt. Als er den größten Teil seiner Beute zerlegt hatte, kam eine Person aus dem nahe gelegenen Waldrand auf ihn zu. Zuerst dachte Keron, es wäre Nicolas, und er schenkte der Figur keine weitere Aufmerksamkeit. Doch dann entdeckte er, dass diese Person nicht alleine war.

Hinter ihr kam plötzlich eine kleine Gruppe von Menschen aus dem Wald heraus.

Keron lief der Schreck in die Glieder. Er sprang auf und wollte zur Hütte zurück, doch dann hörte er ein Surren, als würde etwas durch die Luft fliegen. Es war nicht das Geräusch, das ein Pfeil machte, wenn er durch die Luft sauste. Plötzlich verhakten sich seine Beine und er stürzte zu Boden. Ein Seil mit Gewichten an den Enden hatte sich um seine Knöchel gewickelt und so dafür gesorgt, dass seine Beine zusammengebunden waren. Er versuchte hektisch die Wurffesseln von seinen Beinen zu entfernen. Keron stieß einen Fluch aus und blickte nach hinten. Der Mann, der dieses Seil geworfen hatte, hatte ihn schon fast erreicht. Er versuchte die Distanz zwischen ihnen zu vergrößern, aber er war immer noch gefesselt und konnte nur sehr langsam auf ihre Hütte zu robben, wo Will ihm helfen konnte.

„Will, hilf mir!", rief er so laut er konnte und schaffte es endlich, die Fesseln zu entfernen. Doch gerade in diesem Moment, als er aufstehen wollte, hielt ihn jemand am Knöchel fest und er stolperte erneut zu Boden. Um dem Griff zu entkommen, trat er mit seinem anderen freien Bein nach dem Angreifer und spürte, dass etwas unter seinem Tritt nachgab. Trotzdem lockerte sich der Griff des Mannes nicht.

„Will, verdammt, hilf mir endlich!", rief Keron erneut, bevor er durch das Gewicht des Mannes, der ihn festhielt, zu Boden gedrückt und ihm die Luft aus der Lunge gepresst wurde. Schnell saugten sich sein Kleider mit Wasser voll, weil er mit dem Gesicht nach unten im Schnee lag. Keron hatte große Angst und er verspürte wieder dieses Kribbeln in seinem Körper. Im kalten Schnee liegend versuchte er gegen den Mann anzukämpfen, aber er konnte sich nicht befreien. Aus den Augenwinkeln sah er, wie Will endlich hinter dem Haus hervorgerannt kam, doch der Bandit, der der Hütte am nächsten stand, versetzte ihm einen Schlag in den Magen und Will brach zusammen. Er versuchte wieder aufzustehen, allerdings hielt einer der Männer ihm ein Schwert an die Kehle und hinderte ihn so daran. Will versuchte es trotzdem, was ihm einen schmerzhaften Tritt einbrachte. Keron wusste nicht, was er tun sollte, und aus Verzweiflung und Wut schrie er so laut er konnte, weil er die kleine Hoffnung hatte, dass ihn jemand hören würde. Aber sie lebten bei dieser Hütte doch genau aus dem Grund, weil es keine Menschen in unmittelbarer Nähe gab. Niemand würde ihn hören können.

„Halt dein dreckiges Maul!", schnauzte ihn der Mann, der ihn festhielt, mit nasaler Stimme an, als könnte er nicht durch die Nase atmen. Er und eine andere Person hievten ihn hoch und einer der beiden drückte ihn mit dem Gesicht zur Wand gegen die Hütte, während der andere seine Hände fesselte. Keron konnte die anderen Angreifer nicht sehen, allerdings hörte er, dass sie sich in Bewegung setzten. Vermutlich würden sie alles, was wertvoll war, mitnehmen, dachte Keron. Er machte sich allerdings mehr Sorgen darum, was passieren würde, wenn sie herausfanden, dass sie keine wertvollen Gegenstände besaßen.

In Ryloven waren Sklaven verboten, aber in anderen Ländern, wie Almon, gab es große Sklavenmärkte. Keron wollte nicht als Sklave enden. Er versuchte noch ein letztes Mal, seine Kräfte zu sammeln und gegen den Mann anzukämpfen, der ihn festhielt. Er probierte sich von der Wand abzustoßen, jedoch erreichte er damit nur, dass er gegen die Wand zurückgedrückt und sein Kopf hart gegen selbige geschlagen wurde. Ein stechender Schmerz durchbohrte Kerons Schädel. Sein Kopf pochte wie verrückt und dieses merkwürdige Gefühl in seinem Körper wurde schon fast unerträglich. Ihm war trotz der Kälte unglaublich heiß und es fühlte sich an, als würde er gleich auseinandergerissen werden.

Keron war so wütend wie noch nie in seinem Leben. Er verspürte keine Angst oder Sorge mehr, sondern nur blinde Wut. Er hatte ein Krieger werden wollen, um die Menschen zu beschützen, an denen ihm etwas lag, aber nach all dem Training hatte er nichts erreicht. Plötzlich hörte Keron das Sirren eines Pfeils, der durch die Luft flog. Er wusste nicht, ob Nicolas zurückgekehrt war oder ob einer der Banditen einen Pfeil abgeschossen hatte, allerdings war es ihm in diesem Moment auch egal. Ausgelöst durch seine Wut und den pochenden Schmerz in seinem Kopf passierte etwas Seltsames mit ihm. Eine ungeheure Energie durchflutete seinen Körper. Unwillkürlich schrie er auf. Er hatte sich noch nie so stark gefühlt. Trotzdem dachte er in diesem Moment nur daran, zu überleben und mit Will in den Wald zu fliehen. Keron verspürte auch keine Selbstzweifel mehr. Ein inneres Gefühl sagte ihm, dass er es schaffen würde, seinen Freund zu befreien und zu fliehen.

Unter den fremden Männern war Verwirrung entstanden. Keron ließ seinen Kopf zurückschnellen und brach dem Mann, der hinter ihm stand, endgültig die Nase. Der Bandit lockerte vor Überraschung seinen Griff und Keron drehte sich mit einer schnellen Bewegung aus dessen Umklammerung. Mit einer Kraft, von der Keron gar nicht wusste, dass er sie besaß, zerriss er das Seil, das seine Hände fesselte, wobei sich das zusammengedrehte Seil zuvor in seine Handgelenke schnitt. Er spürte den Schmerz kaum.

Er zog das Kurzschwert aus dem Gürtel des Mannes, der in die Knie gegangen war und seine blutende Nase hielt. Es war nichts Besonderes, aber es ähnelte den Schwertern, mit denen er und Will geübt hatten. Ein anderer Mann, viel dünner als der, dem er die Nase gebrochen hatte, stellte sich ihm mit erhobenem Schwert in den Weg. Keron konnte die Angst in den Augen des Mannes sehen. Er vermutete, dass dieser nicht viel älter war als er selbst, doch er stand zwischen ihm und dem am Boden gefesselten Will. Das war ein Fehler.

Er schritt entschlossen auf ihn zu und griff an. Keron war zu schnell für sein Gegenüber und kam mit einer Körpertäuschung an ihm vorbei. Kaum hatte Keron es an dem Mann vorbeigeschafft, hörte er erneut dieses unverkennbare Surren, das entstand, wenn ein Pfeil durch die Luft sauste. Er hörte wie hinter ihm etwas Großes und Schweres in den Schnee viel. Zwei Männer hatten vorher bei Will gestanden, um ihn ruhig zu halten. Aber jetzt lag einer von ihnen mit einem Pfeil im Kopf am Boden und der andere stellte sich Keron in den Weg.

Dieser schwang das erbeutete Kurzschwert und wehrte den Hieb des Mannes ab. Einen Augenblick später schlug Keron ihm sein Schwert aus der Hand und schlitzte ihm den Brustkorb auf.

Blut spritze auf ihn und als der Mann mit starren Augen und seine Wunde haltend zu Boden sackte, färbte sich der Schnee um ihn blutrot. Noch nie hatte Keron jemanden umgebracht und an jedem anderen Tag hätte es ihm vermutlich den Magen umgedreht, aber in diesem Moment verspürte er keine Abscheu und kein Mitleid. Es war nur noch ein Mann übrig, der aus der Hütte gerannt kam und versuchte den Waldrand zu erreichen. Er war schon hinter den ersten Bäumen des Waldes verschwunden, als ihm ein Pfeil hinterherjagte. Keron wusste nicht, ob ihn der Pfeil getroffen hatte oder nicht, allerdings hatte er in diesem Moment auch keine Zeit, um nachzusehen. Er kniete sich auf die gefrorene Erde und schnitt mit seinem Schwert, dessen Klinge blutrot war, Wills Fesseln durch.

Er hatte es geschafft. Er hatte Will befreit. In diesem Moment, als er die Fesseln seines Freundes löste und dieser Gedanke durch seinen Kopf schwirrte, erfasste ihn plötzlich eine unglaubliche Müdigkeit. Es war, als würde er plötzlich den Halt verlieren und fallen. Ihm fiel das erbeutete Kurzschwert aus den Händen und sein Oberkörper fiel nach vorne. Will fing ihn auf, bevor er ganz zu Boden stürzte, aber Keron spürte seine Berührungen kaum noch. Die Welt, in der Will sich befand, kam ihm plötzlich so weit weg vor. Das Bild vor seinen Augen wurde immer dunkler. Er sah Will, der sich über ihn beugte und ihm mit erschrockenem Gesicht in die Augen starrte.

Und ganz leise hörte er ein Flüstern, als käme es von weit aus der Ferne. „Keron, was ist mit dir! Keron! Deine Augen waren leuchtend grün! Keron!" Dann sah Keron noch das Gesicht von Nicolas auf ihn herabblicken, bevor er in die Welt der Dunkelheit eintauchte. Sein letzter Gedanke war: *„Grüne Augen?"*

Dalion ging mit schnellen Schritten zum Dorf zurück. Er war so glücklich wie schon seit langem nicht mehr. Als er den Wald verließ und die Straße betrat, blickte er zum Himmel empor. Langsam bewegten sich die Wolken über ihm. Er schirmte seine Augen gegen die Sonne ab und atmete ein paar Mal tief ein und wieder aus. Die Luft war eisig und Dalion vermutete, dass es bald wieder schneien würde. Er bevorzugte ein warmes Klima, aber an diesem Tag waren ihm der Schnee und die Kälte gleichgültig. Er setzte seinen Weg fort und folgte der Straße, die sich leicht in das Tal hinunterschlängelte. Das Glück war doch noch auf seiner Seite.

Vor langer Zeit, oder zumindest kam es ihm lange vor, hatte er die Hoffnung schon fast aufgegeben, dass es so etwas wie Glück in seinem Leben überhaupt gab. Er hatte sich nie auf sein Glück verlassen und die Welt gab ihm keinen Grund, daran zu glauben, dass es so etwas überhaupt gab. Trotzdem verspürte er nun wieder etwas Hoffnung. Ein Teil von ihm tadelte sich selbst, weil er so dachte. Denn etwas ganz hinten in seinen Gedanken belächelte ihn dafür und sagte ihm, dass schon bald wieder etwas Schlimmes passieren würde. Der unverbesserliche Zyniker, der er geworden war, ließ ihn diesen Moment nicht genießen. Dalion mag vielleicht im Licht geboren worden sein, aber in dem Moment, als er sich entschlossen hatte den Nah'ranen beizutreten, hatte er sich selbst mit der Finsternis umgeben. Dalion kam wieder zu seinen Sinnen, die ihn so lang am Leben gehalten hatten, und er wusste, dass er keine Zeit zu verschwenden hatte. Er musste schnell Bericht erstatten, was er gesehen hatte. Es war ihm tatsächlich nicht nur gelungen, Nicolas und seine Schützlinge zu finden, sondern er wusste nun ebenfalls, welchen der zwei Jungen Aroc unbedingt in die Finger bekommen wollte. Dalion hatte zwar keine Ahnung, warum er den Jungen überhaupt in die Finger bekommen wollte, aber es war auch nicht seine Aufgabe, danach zu fragen.

Dalion war dem Jäger, von dem er nun wusste, dass er wirklich Nicolas gewesen war, aus dem Dorf in den Wald gefolgt. Nach einer Weile kamen sie zu einer Lichtung, an deren Rand Nicolas plötzlich stehen blieb und sich hinter einen Baum duckte. Dalion verstand das Verhalten seiner Zielperson zu diesem Zeitpunkt noch nicht, aber als er sich näher heranschlich, konnte er eine Stimme rufen hören. Er war nicht nah genug dran, um zu sehen, was auf der Lichtung vorging, allerdings konnte er deutlich hören, wie eine verängstigte Stimme um Hilfe rief. Nicolas spannte seinen Bogen, legte einen Pfeil an, betrat die Lichtung und feuerte auf jemanden, den Dalion nicht sehen konnte. Um sicher zu gehen, dass er nicht entdeckt werden würde, umschlich Dalion die Lichtung und verfolgte die Geschehnisse interessiert aus einigen Metern Entfernung von der Stelle, von der aus Nicolas auf die Lichtung getreten war.

Er musste sich vorsichtig verhalten und durfte auf keinen Fall auffallen. Denn wenn sie ihn entdeckten, würden sie ihn entweder töten oder verschwinden und Dalion musste sie erneut durch ganz Ryloven verfolgen. Keine der beiden Möglichkeiten wollte er riskieren.

Er benutzte seine Fähigkeit, um besser verfolgen zu können, was sich bei der kleinen Hütte in der Mitte der Lichtung ereignete. Er bog einen Ast zur Seite, der ihm die Sicht versperrte, und konnte nicht glauben, was er da gerade beobachtete. Dalion gab seinem Augenlicht mehr Energie, um noch besser sehen zu können, was sich bei der kleinen Holzhütte abspielte. Er war mittlerweile schon recht gut darin geworden, einzelne Sinne mehr zu verstärken als andere. Es war nicht nur extrem nützlich, sondern er konnte so auch seine Energie sparen.

Nicolas ging immer noch mit sicheren Schritten und erhobenem Bogen auf den Kampf zu, der sich auf der Lichtung zutrug. Er konnte offensichtlich nicht gefahrlos schießen, weil der Junge, der vor wenigen Sekunden noch gegen die Hütte gedrückt worden war, etwas Unerwartetes tat. Er bewegte sich mit unglaublicher Geschwindigkeit. Zuerst war sich Dalion nicht sicher, ob er wirklich sah, was er vermutete zu sehen, aber nachdem der Junge ohne große Schwierigkeiten einen der Männer niederstreckte, war er sich sicher und ein Lächeln breitete sich auf seinem Gesicht aus. Dalion war nicht nah genug am Geschehen dran, um die Augen des Jungen zu sehen. Trotzdem sagte ihm sein Gefühl, dass er die gleichen Fähigkeiten besaß wie er selbst.

Dalion musste zugeben, dass er einigermaßen beeindruckt von dem war, was er gerade zu sehen bekommen hatte. Jedes *Schimmerauge*, dem Dalion bis jetzt begegnet war, hatte leicht andere Fähigkeiten. Jeder von ihnen konnte seine Sinne oder die körperliche Kraft bis zu einem gewissen Grad verbessern, aber die meisten von ihnen waren zusätzlich in einem speziellen Bereich besonders begabt. Dalion zum Beispiel konnte sich schneller bewegen als jeder andere, den er kannte. Odrak hingegen konnte seine physischen Kräfte unglaublich verstärken. Irilias Fähigkeiten blieben bis zum heutigen Tag ein Rätsel für ihn. Es hatte fast den Anschein, als könnte sie vorhersehen, was die Leute um sie herum machen würden, noch bevor sie es taten. Doch Dalion bezweifelte, dass so etwas überhaupt möglich war. Arocs Kräfte hingegen hatte er noch nie gesehen.

Der Junge bewegte sich außerordentlich geschickt. Obwohl man ihm ansah, dass er nicht wusste, was er mit seiner Kraft alles anfangen könnte. Es wirkte plump und unausgereift, dachte sich Dalion. Er war zweifellos schnell, allerdings bei weitem nicht so schnell wie Dalion. Dalion hätte gerne die Augen des Jungen gesehen, um ganz sicher zu gehen. Die Augenfarbe sagte oft etwas über die Fähigkeiten der Person aus, auch wenn dies nicht bei jedem zutreffend war. Aber Dalion konnte es nicht wagen, noch näher heranzuschleichen, weil es auf der ganzen Lichtung vor ihm keine Deckung gab, die ihn verborgen hätte können.

Der letzte der Männer, die offensichtlich Banditen gewesen waren, wollte fliehen und erreichte sogar noch zwei Meter neben Dalion den Waldrand. Allerdings spannte Nicolas bereits wieder die Sehne seines Bogens und schickte ihm einen Pfeil hinterher. Der fliehende Räuber machte ein überraschtes Gesicht, als er Dalion hinter einem Busch hocken sah.

Dalion hingegen empfand diese Situation als außerordentlich entzückend und schenkte dem Mann ein breites Grinsen. Vermutlich war es das letzte Gesicht, das der Mann in seinem Leben sehen würde, denn er bemerkte nicht, dass er ein lebender Toter war. Einen Augenblick später stürzte der Mann zu Boden und Dalion beobachtete wieder die Lichtung vor ihm. Mittlerweile war der Junge, der Arocs Beschreibung, jetzt nachdem Dalion darüber nachdachte, haargenau entsprach, offensichtlich vor Erschöpfung zusammengebrochen. Er war etwas größer, als Dalion vermutet hätte, aber sonst passte die Beschreibung sehr gut.

Dalion seufzte in sich hinein. Die Fähigkeit, die er mit dem Jungen teilte, war enorm nützlich, forderte hingegen auch ihren Tribut. Vor allem wenn man die unglaubliche Kraft nicht gewohnt war, die durch einen hindurchfloss, oder wenn man sie nicht kontrollieren konnte. Dalion hatte sich selbst sehr lange mit den Nebeneffekten seiner Begabung herumschlagen müssen, bis er ein Gefühl für das richtige Maß an Energie bekommen hatte, und selbst jetzt würde er sich noch nicht als Experten dafür bezeichnen. Er beobachtete, wie Nicolas den bewusstlosen Jungen in die Hütte trug, und machte sich dann auf den Weg zurück. Er prägte sich genau ein, welchen Weg er durch den Wald nahm, denn er musste die Lichtung schließlich wiederfinden, um festzustellen, ob Nicolas nach diesem Angriff ihr Versteck nicht geändert hatte. Aber Dalion glaubte nicht daran, denn aus den Augen des Reichsschützen hatte er alle, die von ihrem Aufenthaltsort wussten, zur Strecke gebracht. Dalion lachte in sich hinein. *„Tja, bald würde er herausfinden, wie sehr er sich doch irrte."*

Immer noch freudig erregt betrat Dalion das einzige Wirtshaus in dem kleinen Dorf und bahnte sich seinen Weg zum Tresen. Er legte eine Hand auf Ruthers Schulter, der sich gerade angeregt mit dem Wirt unterhielt. Dieser drehte sich mit ernstem Gesicht zu Dalion um, denn er glaubte offensichtlich, dass ihn irgendein betrunkener Dorfbewohner an der Schulter gepackt hatte. Als er sah, dass Dalion hinter ihm stand, verschwand sein Ärger sofort und wich gespielter Unterwürfigkeit. Dalion war sich sicher, dass dieser Mann ihn nur genau so weit unterstützte, wie es ihm von Irilia befohlen worden war, und dass er nicht zögern würde ihn auf ihren Befehl hin zu verraten.

„Mein Herr Dalion, Ihr seid schon wieder zurück", stellte Ruther fest.

Dalion beachtete den Mann zuerst nicht, sondern bestellte zwei weitere Gläser mit Wein darin. Der Wirt griff unter den Tresen und füllte zwei Gläser mit einer tiefroten Flüssigkeit. Eines behielt Dalion für sich und das andere drückte er Ruther in die Hand. „Trink mein Freund, denn heute gibt es etwas zu feiern", verkündete Dalion und nahm einen großen Schluck seines Getränkes. Der Wein schmeckte gut, auch wenn es nicht der beste war, den er in seinem Leben getrunken hatte.

Ruther verstand zuerst nicht, was Dalion damit sagen wollte, doch nach kurzer Zeit erhellte sich das Gesicht seines Untergebenen. „Bedeutet das etwa, dass Ihr gefunden habt, wonach wir gesucht haben?", fragte der Mann erstaunt und wartete gespannt auf Dalions Antwort.

„So ist es", gab Dalion zu. „Trinkt schnell aus. Ich habe nämlich eine dringliche Aufgabe für Euch, die Ihr so schnell wie möglich erfüllen sollt.

Mit diesen Worten leerte Dalion sein Glas, gab dem Wirt ein paar Münzen, die dem Wert des Weines entsprachen, und begab sich auf sein Zimmer, um eine Nachricht an Irilia und eine an Aroc zu verfassen. Noch an diesem Tag würde er Ruther nach Reduna schicken, um seinen Erfolg zu verkünden. Er war beauftragt worden sofort eine Nachricht zu schicken, wenn er sie gefunden hatte und nichts auf eigene Faust zu erledigen. Und auch wenn er sich über Odraks Versagen lustig gemacht hatte, wenn er ehrlich war, wollte er Nicolas ebenso wenig alleine im Kampf entgegentreten. Dalion konnte zwar auf seine Begabung zurückgreifen, aber wenn nur die Hälfte der Geschichten wahr war, die er über diesen Reichsschützen gehört hatte, konnte er nicht sicher sein zu gewinnen. Allerdings brauchte er sich nun, da er wusste, wo sie sich aufhielten, nicht mehr zu beeilen. Dalion legte seine Feder auf den Tisch zurück und erweichte das Wachs über einer Kerze, damit er die Briefe versiegeln konnte. Danach kehrte er nach unten in den Schankraum zurück. Er wandte sich erneut an Ruther und übergab ihm die Briefe.

„Ich will, dass du diese Nachrichten sofort nach Reduna bringst. Reite so schnell du kannst und gehe keine unnötigen Risiken ein. Ich verlasse mich darauf, dass du deinen Auftrag erledigst. Haben wir uns verstanden?"

„Jawohl, mein Herr", sagte Ruther, verbeugte sich leicht und verschwand aus der Hintertür, um zu den Ställen zu gelangen. Dalion verließ ebenfalls das Wirtshaus und setzte sich genau auf dieselbe Bank vor dem Brunnen, auf der er vorhin schon gesessen hatte, als er den Jäger entdeckte, der schlussendlich Nicolas gewesen war. Es hatte wieder begonnen zu schneien, aber das störte ihn nicht. Er hatte ihr Versteck endlich gefunden und brauchte nur noch sicherzustellen, dass sie ihm nicht entkamen, und zu warten, bis Verstärkung eintraf. An diesem Tag war er seinem Ziel ein kleines Stück näher gekommen.

DIE JAGD BEGINNT

Will machte sich Sorgen. Er wusste nicht, was mit Keron passiert war, und immer wenn er Nicolas fragte, gab dieser ihm zu verstehen, dass er nicht fragen sollte. Die Ablehnung seines Lehrers ärgerte ihn, aber sein Ärger wurde durch seine Sorge noch übertroffen.

Seitdem Nicolas seinen Freund in die Hütte getragen hatte, hatte sich sein Zustand nicht verändert. Keron atmete noch. Es war, als würde er schlafen, doch er schlief nicht. Nach Wills Erfahrungen konnten Schlafende geweckt werden. Keron hingegen wachte nicht einmal dann auf, wenn man ihn kräftig schüttelte. Nicolas hatte ihn untersucht und gemeint, dass er noch am Leben sei und dass sie einfach abwarten mussten, ob Keron wieder aufwachen würde.

Will verbrachte die meiste Zeit, seitdem sie angegriffen worden waren, mit Nachdenken und Grübeln. Es passte gar nicht zu ihm. Er gab sich selbst die Schuld an dem, was passiert war. Er hätte nicht ohne eine Waffe nach draußen gehen sollen, aber er dachte, dass Keron ihn wieder hereinlegen wollte. Erst als er die Angst in seiner Stimme hörte, war er aus der Hütte gestürzt. Alles ging so schnell. Warum hatte er nicht daran gedacht, sein Übungsschwert oder seinen Bogen mitzunehmen? Wieder einmal hatte er bewiesen, dass er zu nichts zu gebrauchen war. Nicolas versuchte ihn aus seiner Schuld zu entlassen, jedoch wusste Will tief in seinem Innern, dass er etwas hätte tun sollen. Dass er hätte helfen sollen. Was würde er tun, wenn Keron nicht wieder aufwachte? Zum ersten Mal in seinem Leben hatte er einen besten Freund. Will wollte ja helfen, aber er konnte nichts weiter tun, als auf seine Hände zu starren. Er begriff einfach nicht, was mit seinem Leben passiert war. Zuerst mussten sie fliehen, weil Mörder hinter ihnen her waren. Dann saßen sie in diesem

Wald fest und jetzt geschah wieder etwas, das er nicht verstand. Er hatte gesehen, was passiert war, allerdings verleugnete es ein Teil von ihm. Es ergab einfach keinen Sinn. Will presste sich die Hände gegen die Schläfen und versuchte seine Erinnerungen zu verdrängen, indem er den Kopf schüttelte. Er hatte noch nie einen Menschen direkt vor sich sterben gesehen und Kerons ausdruckslose grüne Augen, als er den Mann niederstreckte, verfolgten ihn immer noch. Sie hatten etwas Unheimliches. Will hatte keinen Funken Mitleid oder Abscheu in den Augen seines Freundes erkennen können. In diesem Moment hatte er nicht Keron vor sich gesehen oder zumindest nicht so, wie er ihn kannte. Er hoffte, dass er wieder der alte Keron sein würde, wenn er aufwachte. Will bekam erneut eine Gänsehaut und verdrängte seine trüben Gedanken.

Er saß auf der Veranda und starrte in den weißen Schnee. Er versuchte nicht zu den Erdhügeln zu schauen, die sich am Rande des Waldes befanden, der am weitesten von der Hütte entfernt war.

Nach dem Kampf hatte nur ein Mann überlebt. Es war der Mann, dem Keron die Nase gebrochen hatte. Nicolas hatte ihn gegen die Wand der Hütte gelehnt und seine Beine gefesselt, damit er nicht fliehen konnte. Er hatte ihn nicht gleich umgebracht, damit er ihn später noch befragen konnte.

Nachdem er sich um Keron gekümmert hatte, ging er nach draußen zu ihrem Gefangenen und Will folgte ihm. Nicolas fragte den Mann, woher sie kamen, wer sie waren, ob sie jemand geschickt hatte und ob noch jemand von diesem Ort wusste. Nicolas musste ganz sicher sein, dass niemand wusste, wo sie zu finden waren. Zuerst wollte der Mann nichts sagen, sondern beschimpfte sie nur. Nach einer Weile jedoch verlor Nicolas die Geduld und beauftragte Will zwei kleine Glasphiolen aus seinem Zimmer zu holen. Will wusste nicht, was sich in den Fläschchen befand, aber er übergab sie Nicolas.

Dieser entkorkte eine der Phiolen mit einer leicht bräunlichen Flüssigkeit darin und flößte sie dem Mann ein. Zuerst hustete er, weil er versuchte sich zu wehren, doch nach einigen Sekunden verklärte sich sein Blick und er erzählte Nicolas alles, was er wissen wollte. Will überraschte der plötzliche Sinneswandel des Mannes. Es hatte ganz den Anschein, als hätte er seine ganze Persönlichkeit verloren. Er saß einfach stumm da, starrte Nicolas in die Augen und sprach nur, wenn er gefragt wurde. Und wenn er etwas sagte, kam es Will so vor, als hätte dieser Mann jegliche Emotionen verloren. Es war Will unheimlich, wie verändert er plötzlich war.

Als der Mann, dem Keron die Nase gebrochen hatte, endlich bereit war zu reden, stellte sich heraus, dass die Gruppe von Männern eine Räuberbande war, die seit einem Jahr ihr Unwesen im Norden trieb. Laut der Aussage dieses Räubers waren sie nur zufällig an dieser Hütte vorbeigekommen und es wusste sonst niemand, dass sie diesen Weg durch den Wald genommen hatten. Nachdem der Mann alle von Nicolas gestellten Fragen beantwortet hatte, gab Nicolas ihm den Inhalt des zweiten Fläschchens zu trinken, dass Will aus seinem Zimmer geholt hatte. Es dauerte nicht lange und die Muskeln des Mannes erschlafften. Danach brachte Nicolas seinen Körper nach draußen zu den Leichen seiner Kameraden.

Will verstand das Verhalten seines Lehrmeisters nicht. Bis in die Nacht hinein hob der Reichsschütze Gräber aus und legte die Banditen hinein. Danach schaufelte er die Löcher wieder zu. Will half ihm, auch wenn er nicht verstehen konnte, warum sie Menschen, die offensichtlich keine Skrupel gehabt hätten sie zu töten, jetzt beerdigten. Aber es half für einige Augenblicke, nicht an Keron denken zu müssen.

Als sie fertig waren, fragte Will Nicolas, warum sie es getan hatten. Nicolas starrte auf die Gräber und Will konnte Trauer in seiner Stimme hören. Er erklärte Will, dass diese Leute trotz ihrer Taten immer noch Menschen waren, die versucht hatten, in dieser Welt zu überleben und dass Will sie nicht hassen sollte. Er sollte sie lieber bemitleiden und ihnen die Ehre einer Bestattung gewähren.

Nachdem Keron am nächsten Tag noch immer nicht aufgewacht war, sollte Will mit seinen Übungen weitermachen. Es fiel ihm schwer sich zu konzentrieren und er übte nur halbherzig. Ohne seinen besten Freund an seiner Seite machte das Training keinen Spaß mehr. Und irgendwie hatte Will ständig das Gefühl, dass ihn jemand beobachtete. Er versuchte sich zu überzeugen, dass seine Sinne ihm einen Streich spielten und er einfach zu angespannt war. Aber es half nichts. Er sah sich ständig um, weil er einen erneuten Angriff befürchtete.

Am folgenden Abend saßen Will und Nicolas schweigend am Tisch und nahmen betrübt ihr Nachtmahl ein, als sich plötzlich die Tür hinter Will bewegte und ein verwirrter Keron im Türrahmen stand. Will war so überrascht, dass er sein Glas umwarf, als er sich umdrehte, und sich der Inhalt des Glases über den Boden verteilte. Auch Nicolas waren seine Freude und Erleichterung anzusehen. Doch bevor Will Keron mit Fragen bombardieren konnte, befahl Nicolas ihm barsch die Sauerei, die er angerichtet hatte, aufzuwischen. Schmollend machte sich Will an die Arbeit, während sich Keron Nicolas gegenübersetzte und zu essen begann. Aus einem ihm unerfindlichen Grund war er so hungrig wie noch nie in seinem gesamten Leben.

Nicolas versuchte dem Jungen in die Augen zu sehen während er aß, aber die Farbe seiner Augen hatte wieder zu seinem natürlichen Braun zurückgewechselt. Er war sich ganz sicher gewesen, dass Kerons Augen leuchtend grün gewesen waren, bevor er das Bewusstsein verloren hatte. Trotzdem konnte er jetzt nicht einmal einen Ansatz einer Verfärbung erkennen. Nach einer Weile unterbrach Nicolas ihn beim Essen.

„Keron, was ist deiner Meinung nach gestern passiert?", fragte er ihn. Keron wusste zuerst nicht, was er meinte, und überlegte für einen Moment. Dann kamen ihm die Erinnerungen des gestrigen Tages wieder ins Gedächtnis und er war ganz aufgeregt.

„Wir wurden angegriffen!", berichtete Keron Nicolas bestürzt. „Was ist mit den Leuten passiert?" Dann starrte er plötzlich auf seine verwundeten Handgelenke und ihm wurde etwas mit einem Schlag bewusst. „Ich kann mich nicht mehr so genau daran erinnern."

„Beruhige dich. Es geht allen gut und wir sind immer noch in Sicherheit", versuchte Nicolas ihn zu beruhigen. „Konzentriere dich und versuche dich an alles zu erinnern, was geschehen ist. Lass dir ruhig Zeit."

Keron sagte für einen Moment gar nichts und starrte in Gedanken versunken ins Leere. Dann begann er zu erzählen, woran er sich noch erinnerte. Er beschrieb, wie zornig er gewesen war und wie ihn plötzlich diese unglaubliche Energie durchflutete. Es schien für ihn auf einmal alles langsamer abzulaufen als sonst. Kerons Erzählung endete, als er Will von seinen Fesseln befreit hatte.

Will hatte sich wieder auf seinen Platz gesetzt und verfolgte Kerons Bericht mit großem Interesse. Nachdem er geendet hatte, sagte für einen Moment niemand etwas. Dann unterbrach Keron die Stille.

„Bitte sagt mir, was mit mir geschehen ist", forderte er Nicolas auf.

„Hmm. Ich kann leider nur Vermutungen anstellen. Zunächst einmal denke ich, dass es sich für dich langsamer angefühlt hat, weil du dich so extrem schnell bewegt hast", stellte Nicolas fest und zeigte auf Keron.

„Ich?"

Nicolas nickte. „Diese Theorie deckt sich auch mit den Beobachtungen, die Will und ich gemacht haben. Es war schwer für mich, einen Gegner anzuvisieren, weil ich dich nicht treffen wollte. Es war nicht so leicht für mich vorherzusagen, wo du ihm nächsten Moment stehen würdest. Ich wollte nicht riskieren, dass du in meinen Schuss hineinläufst. Abgesehen davon kann ich dir auch nicht sagen, was genau geschehen ist. Sicher ist allerdings, dass du von nun an auf jede Veränderung, die du spürst, achten musst."

Keron war etwas enttäuscht, weil Nicolas ihm nicht mehr sagen konnte. In die allgemeine Stille mischte sich nun Will ein.

„Aber seine Augen waren doch strahlend grün", protestierte Will. „Das muss doch irgendetwas bedeuten."

Keron wollte schon zu lachen beginnen, weil er dachte, dass Will ihn veralberte. Die Augenfarbe von Menschen veränderte sich nicht einfach so und seine eigene war braun und nicht grün. Doch als Nicolas nickte, blieb Keron das Lachen im Halse stecken und er sprang vor Schreck auf. Er warf seinen Stuhl beim Aufstehen um und rannte zu dem kleinen Spiegel, der an der Wand hing. Neugierig betrachtete er sein Spiegelbild, allerdinsg war seine Augenfarbe die gleiche wie immer, ein dunkles Braun. Zugegeben, er hatte Ringe unter den Augen, die zu seiner Erschöpfung passten, aber sonst sah er aus wie immer.

Etwas beruhigt setzte er sich wieder an den Tisch zurück und gab Will einen leichten Klaps auf den Kopf. „Meine Augen sehen aus wie immer. Jage mir doch nicht so einen Schrecken ein. Blödmann."

Will rieb sich verärgert den Kopf und wollte etwas erwidern, bevor Nicolas ihn abwürgte. „Will hat aber recht. Deine Augenfarbe hatte sich definitiv geändert. Bevor ich mich über dich beugte, waren deine Augen grün gewesen", gab Nicolas zu.

Als Nicolas es bestätigte, erinnerte sich Keron daran, dass er zu seinem Lehrmeister hinaufgesehen hatte, kurz bevor seine Erinnerungen aufhörten.

„Hab ich doch gesagt, Blödmann", fauchte Will und schlug Keron fester auf die Schulter als Kerons Klaps davor. Keron funkelte Will böse an und die Situation zwischen den beiden schien zu eskalieren, bis Nicolas dazwischen ging.

„Hört jetzt sofort auf! Vertragt euch und geht schlafen, es ist spät. Morgen machen wir mit unserem Training weiter", sagte Nicolas in einem Ton, der verriet, dass er keine Widerworte hören wollte.

Will und Keron schnappten sich noch schnell etwas zu essen und verließen dann den Raum.

„Diese zwei machen mich noch verrückt", dachte sich Nicolas. Er machte sich Sorgen um Keron. Er vermutete mehr über den Jungen zu wissen, als er vor den beiden zugegeben hatte. Nicolas glaubte zu wissen, was mit Keron passiert war, aber seine Vermutung konnte einfach nicht stimmen. Vielleicht sollten sie nach Reduna zurückkehren, damit er sich mit seinem alten Freund beraten konnte, allerdings wusste er nicht, wie gefährlich es immer noch in der Hauptstadt war. Vielleicht war der Nah'rane in

Reduna doch nicht hinter ihm her, sondern hatte es auf Keron abgesehen. Nicolas fixierte gedankenverloren die Tür, als könnte er Keron durch sie hindurch sehen. Sein einziger Trost war es, dass Keron offensichtlich selber nicht wusste, was in ihm steckte. So oder so, er würde dem Jungen von nun an nicht mehr von der Seite weichen.

Dalion saß ruhig, gelassen und bewegungslos im schützenden Schatten eines Baumes. Eingehüllt in seinen Nah'ranen-Kapuzenmantel war er von dem Hintergrund des Baumes kaum zu unterscheiden. Nur ein prüfender Blick würde seine Anwesenheit verraten. Doch solange niemand ahnte, dass er da war, würde ihn auch kaum jemand entdecken. Dalion hatte sich mit einigen Mühen daran gewöhnt, eine gefühlte Ewigkeit bewegungslos zu verharren, wenn es die Situation verlangte. Schon ein kleines Zucken konnte einen geübten Späher auf einen aufmerksam machen. Nur seine Augen bewegten sich unter dem Schatten der Kapuze, die er tief in sein Gesicht gezogen hatte. Aufmerksam beobachtete er sein Ziel.

Dalion erledigte keinen Auftrag unvorbereitet. Normalerweise folgte er seiner Zielperson eine Weile unauffällig, bevor er seinen Zug machte. Es gab ihm die Möglichkeit, die Verhaltensweisen und Gewohnheiten von Personen zu studieren. Umso mehr Informationen Dalion anhäufen konnte, umso besser konnte er im Falle eines unvorhergesehenen Ereignisses reagieren. Dalion war ein Profi, in dem was er tat, und er hatte erkannt, dass der indirekte Weg oft der klügere und sicherere war. Eine geliebte Nichte eines Politikers, die ihm so viel bedeutete, dass er sich alleine ohne Wachen in eine entlegene Gasse locken ließ, ein geheimer Gang, der den perfekten Fluchtweg bot, oder ein Lieblingsgetränk, dass jeden Tag getrunken wurde und einfach zu vergiften war.

Nicht jedes Attentat bedeutete für ihn, dass Messerarbeit geleistet werden musste. In diesem Punkt unterschied er sich von vielen anderen Meuchelmördern. Jeder Schwachkopf konnte einem anderen Mann eine Klinge in den Leib stoßen, aber der

Schlüssel für einen perfekten Attentäter war es, keine Spuren zu hinterlassen. Die Nah'rane waren normalerweise wie Geister, weil nichts unerledigt blieb. Dieser Umstand trug in der Vergangenheit deutlich zu ihrem Ruf bei, obwohl die Leute bei vielen ihrer Aufträge überhaupt gar nicht wussten, dass es einer von ihnen war. Immerhin war ihre Existenz seit Jahrzenten ein Mythos. Aber immer wieder einmal, wenn eine Person aus unerfindlichen Gründen starb, flüsterten die einfachen Leute hinter vorgehaltener Hand, dass diese Personen von den Nah'ranen geholt wurden. Viel öfter allerdings hatte sein Orden überhaupt nichts mit den Todesfällen zu tun, die ihnen zugeschrieben wurden. Nach einer gewissen Zeit wurden die Nah'rane zu so etwas wie Todesgötter erhoben und dementsprechend schnell verbreitete sich die Nachricht, dass einer von ihnen in Reduna gesehen worden war. Für die meisten Bürger und für den Großteil des Landvolkes waren sie Schauergeschichten, die man benutzte, um ungezogenen Kindern Angst zu machen oder die spät am Abend bei einem Lagerfeuer erzählt wurden. Die Nah'rane waren ein Thema, dass man nicht in der Öffentlichkeit diskutierte, aber trotzdem hatte fast jedes Kind schon einmal von ihnen gehört.

Dalion schmunzelte. Die Ironie hinter diesem Glauben war, dass die Leute in seinem Fall gar nicht so Unrecht hatten. Er war natürlich kein Todesengel oder Dämon, aber eines stand für Dalion fest: Er war kein Mensch. Die Wahrheit war wohl eher, dass er nicht wusste, was er war. Abgesehen von ihm und ein paar anderen war an den übrigen Mitglieder der Nah'rane nichts Übernatürliches. Sie waren ganz normale Menschen –, wie er es früher einmal gewesen war – gut ausgebildete Menschen musste Dalion zugeben, aber trotzdem Menschen.

Sein jetziger Auftrag war allerdings etwas anders als seine üblichen Aufgaben, weil er in diesem Fall niemanden töten, sondern nur den Jungen gefangen nehmen musste. Seit er Ruther losgeschickt hatte, überlegte er sich, wie er diesen Job am besten erledigen sollte. Nicolas stellte zweifelsfrei ein Problem für ihn dar. Dalion war zwar gewiss schneller als der Reichsschütze, dennoch war der offene Kampf nicht gerade sein Spezialgebiet. Ein großer Teil der Gefahr, die von einem Nah'ranen ausging, beruhte darauf, dass ihre Opfer nicht wussten, dass sie in Gefahr waren.

Außerdem war es Dalion nicht gelungen näher an seine Beute heranzukommen. Er hatte es einmal versucht und obwohl seine Schritte kaum zu hören gewesen sein mussten, hätte Nicolas ihn fast entdeckt. Nach diesem Fehlschlag ging Dalion das Risiko nicht ein einen zweiten Versuch zu wagen. Mit diesem Reichsschützen war wirklich nicht zu spaßen. Nein, auf einem längeren Kampf mit Nicolas würde er sich nicht einlassen, weil das Risiko zu unterliegen einfach zu groß war. Er musste es schaffen den Reichsschützen irgendwie abzulenken, damit er sich den Jungen schnappen konnte und einen Vorsprung hatte. Nicolas wäre zweifellos in der Unterzahl, aber Dalion rechnete damit, dass er trotzdem versuchen würde den Jungen zu retten. Er kam allerdings noch auf kein geeignetes Ablenkungsmanöver, dass der erfahrene Reichsschütze nicht durchschauen und dafür sorgen würde, dass er seine Schützlinge im Stich ließe. Jeder Tumult oder Reisende, der Hilfe brauchte, würde in so einer abgelegenen Gegend eher auf Misstrauen stoßen, als nützlich sein. Vor allem wenn man bedachte, dass sie vor gar nicht so langer Zeit von Banditen überfallen worden waren. Nach allem was er über Nicolas gehört hatte, war dieser Mann einfach zu schlau, um auf solche Finten hereinzufallen. Dalion grübelte weiter vor sich hin, als ihm beim Anblick des anderen Jungen eine Idee kam. Vielleicht, dachte er, könnte der andere Junge für die nötige Ablenkung sorgen, die er brauchte. Sobald diese Möglichkeit in seinem Kopf Gestalt angenommen hatte, entwickelte sich ein Plan ganz von alleine.

Dalion beobachtete die drei jetzt schon eine ganze Weile. Nicolas war ein guter Lehrer und seine Schüler hatten durchaus Potenzial. Wenn die Dinge doch nur ein bisschen anders wären. Wie so oft verachtete er das, was er tat. Der etwas wildere der beiden Jungen erinnerte ihn sogar an sich selbst, als er jünger war. Vermutlich lag ihr Alter gar nicht so weit auseinander, aber Dalions Jugendjahre lagen für ihn schon so weit zurück. Er schätzte, dass er an die zehn Jahre älter war als die zwei. Dalion hätte

seinen Kopf geschüttelt, wenn er nicht darauf bedacht gewesen
wäre, sich nicht zu bewegen. So eine Sentimentalität konnte er
sich nicht leisten. Es war eine der Eigenschaften, die Dalion nicht
ablegen konnte und die immer wieder einmal durch die Maske
hindurchdrang, die er der Welt, seit er den Nah'ranen beigetreten war, zeigte. Oder hatte er damals eher eine Maske abgelegt
und sein wahres Gesicht gezeigt? So oder so, es machte keinen
Unterschied für seine aktuelle Situation.

Die zwei Jungen beendeten ihre Schwertübungen und machten sich auf den Weg in die Hütte. Da Dalion nicht gefahrlos in
das Gebäude hineinsehen konnte, bereitete er sich darauf vor zu
verschwinden, sobald sie außer Sicht waren. Es war jedes Mal
wieder ein unangenehmes Gefühl, wenn er sich so lange nicht
bewegt hatte. Bevor er wieder richtig laufen konnte, musste er
erst seine verkrampften Muskeln lockern. Dalion hatte sie ohnehin schon lange genug beobachtet, um ein gutes Bild von der
Situation zu haben, und es wurde Zeit für die Versammlung.

Dalion erreichte die kleine Steinstraße, allerdings schlug er
nicht den Weg ins Dorf ein. Er überquerte lediglich die Straße
und verschwand auf der anderen Seite erneut im Wald. Er durchquerte einige Minuten unwegsames Gelände, bis er auf einen alten Pfad traf, den er entdeckt hatte. Diesem folgte er immer tiefer in den Wald hinein und immer weiter weg vom Dorf, was es
beinahe unmöglich machte, dass er jemandem begegnete.

Vor ihm wurde es immer dunkler, weil die Bäume in diesem
Abschnitt des Waldes dicht wuchsen und ihre Äste das Sonnenlicht nicht mehr durchließen. Es dauerte nicht lange, bis bewach-
sene Steine neben dem Pfad erschienen. Die Steine, so vermutete Dalion, waren einmal Säulen oder Statuen gewesen, die im
Laufe der Jahrzehnte von der Natur deformiert worden waren.
Vor langer Zeit führten sie zu dem Ort, zu dem er nun auch unterwegs war. Jetzt hatte sich der Wald zurückgeholt, was einmal
ihm gehört hatte. Die übrig gebliebenen Gesteinsbrocken waren
durch ein Netz von Moosen, Pflanzen und Wurzeln umspon-
nen. Dalion blieb vor einem dieser Steine stehen, die von einer
uralten Zivilisation berichteten. Er hockte sich hin, um ihn nä-

her zu betrachten, und entfernte mit seiner Hand, die in einem schwarzen Lederhandschuh steckte, die Bewachsung. Unter den Moosen und Pflanzen konnte man immer noch die Überreste von Reliefen erkennen. Dalion hielt für einen Moment inne und betrachtete eine Einkerbung im Stein, die einmal ein Vogel gewesen sein könnte.

In diesem Moment fragte er sich, ob jetzige Prunkstädte, wie Reduna oder Canae, die voller Leben steckten, in einhundert oder zweihundert Jahren auch verschwunden sein werden. Was würden künftige Generationen über ihn und das, was er tat, denken, wenn sich überhaupt noch jemand an ihn erinnern würde? Ein letztes Mal fuhr er das fast verschwundene Relief mit den Fingern nach. Es mag den Bildhauer Tage gekostet haben, die Bilder in den Stein zu hauen. Jetzt verschwanden sie und in ein paar weiteren Jahren würde sie niemand mehr sehen.

Dalion stand auf und folgte weiter dem Weg. Bald konnte er leise Stimmen hören, die vom kalten Wind zu ihm getragen wurden. Und als er näher kam, konnte er sogar ein Wiehern von einem der Pferde hören. Vorsichtig betrat Dalion die Ruinen einer alten Burg, von der nur noch die Fundamente übrig waren. Wieder hörte er Menschen, die sich in einem leisen Ton unterhielten. Er betrat die Überreste eines großen Raumes, der früher einmal der Thronsaal gewesen sein könnte. Sofort drehten sich ihm fünf in schwarz gekleidete Menschen zu. Alle trugen denselben schwarzen Umhang mit Kapuze, den auch er gerade anhatte. Zwei hatten sich die Kapuze ins Gesicht gezogen und drei andere hatten ihr Gesicht mit einem schwarzen Tuch verhüllt, sodass Dalion nur noch ihre Augen sehen konnte.

Alle bis auf einen, der auf den Überresten des Thrones saß, als wäre es sein eigener gewesen, waren aufgestanden, als Dalion in ihre Mitte trat. Die Gespräche brachen sofort ab und Dalion bemerkte, dass zwei Männer und eine Frau bei seinem Erscheinen einen Dolch aus ihrem Gewand gezogen hatten. Er machte noch einen Schritt in die Mitte des ehemaligen Saales und streifte sich die Kapuze vom Kopf, damit sie sehen konnten, mit wem sie es zu tun hatten. Sobald sie ihn als einen der ihren erkannt hatten, entspannten sie sich wieder und die gefährlichen Dolche verschwanden so schnell, wie sie erschienen waren.

„Willkommen meine Damen und Herren", begrüßte Dalion sie und machte eine einladende Geste, die sie dazu bewegen sollte, näher zu kommen. Als sie sich alle um einen Steintisch versammelt hatten, der noch erstaunlich gut erhalten war, fuhr Dalion fort.

„Ich glaube, Sie wissen bereits, warum ich um Ihre Unterstützung gebeten habe", fing Dalion an, ihre Situation zu erklären, bis er von dem breitschultrigen Mann unterbrochen wurde, der sich nun von seinem Thron erhob.

„Wir wissen verdammt gut, warum wir hier sind", stellte er in einem angriffslustigen Ton fest und betonte das „hier", als würde es ihn anwidern, in diesem Wald zu sein. Offensichtlich betrachtete er diesen Versammlungsort als unzureichend oder es ging ihm nur auf die Nerven, dass Dalion das Sagen hatte. „Also lass dieses erhabene Gerede."

Dalion tippte auf beides, seufzte und verdrehte ob der Unterbrechung die Augen, was der Mann, der sich nun auch zu ihnen gesellte, jedoch nicht sehen konnte. Dalion war einigermaßen überrascht gewesen, als er erfahren hatte, dass seine Verstärkung von Odrak angeführt wurde. Aus einem natürlichen Drang heraus wichen ihm die Leute aus, damit er in ihren Kreis treten konnte. Vermutlich taten die anderen Nah'rane dies aus Ehrfurcht, Angst oder Unterwürfigkeit. Aber Dalion würde es nicht wundern, wenn sie vor seinem Gestank zurückwichen. Dieser Gedanke entlockte Dalion ein kleines Lächeln, das Odrak überhaupt nicht gefiel.

Immerhin, dachte Dalion, war ihre letzte Begegnung nicht so gut verlaufen und dieses Mal würde kein Aroc in der Nähe sein, um den wütenden Odrak davon abzuhalten, sich auf Dalion zu stürzen. Obwohl Dalion ihn nicht leiden konnte und er ihm nur zu gerne eine Lektion erteilen wollte, die er nicht so schnell wieder vergessen würde, hatte sich Dalion doch einigermaßen unter Kontrolle und er brauchte diesen Idioten zu seinem Leidwesen für seinen Plan. Ob Odrak sich auch unter Kontrolle halten konnte, bezweifelte Dalion allerdings. Dementsprechend hatte Dalion sich vorgenommen den hünenhaften Mann nicht unnötig zu reizen und deshalb überging er Odraks Bemerkung einfach und fuhr fort.

„Unsere Zielperson ist ein junger Mann mit kurzen braunen Haaren. Er ist in Begleitung von zwei weiteren Personen. Einem anderen Jungen in ungefähr demselben Alter, der aber etwas größer ist und schwarze Haare hat. Außerdem rate ich allen zu größter Vorsicht, weil die zweite Person, die ihn begleitet, niemand anderer als ein Reichsschütze ist."

„Wissen wir, wer ihn bewacht?", fragte eine Frau, deren Gesicht fast komplett verhüllt war und deren Stimme deshalb durch das Tuch etwas abgeschwächt wurde. Dalion, der diese Unterbrechung erwartet hatte, gab die Antwort schnell.

„Ja. Sir Nicolas Tirion."

Seine Kameraden reagierten verschieden auf diesen Namen. Die Frau, die die Frage gestellt hatte, nickte nur und wenn es Dalion möglich gewesen, wäre viele der Gesichter zu sehen, die durch ein Tuch oder eine Kapuze verdeckt wurden, hätte er bestimmt mehrere nicht besonders erfreute Gesichter entdeckt. Odrak, der dies bereits wusste, gab sich unbeeindruckt von dieser Information.

„Aber keine Sorge. Wenn mein Plan funktioniert, sollte es uns möglich sein, Nicolas so lange zu beschäftigen, bis wir uns den Jungen schnappen können und schon wieder weg sind, noch bevor er uns daran hindern kann. Außerdem sind wir ihm zahlenmäßig überlegen", fügte Dalion hinzu. Er machte eine kurze Pause und es ging ein zustimmendes Murren durch die Mitglieder der Nah'rane. „Wie gesagt, es ist unser Ziel, den Jungen zu entführen und nicht ihn zu töten. Aroc will ihn lebend. Und ich verspreche euch, dass ich denjenigen, der für den Tod unserer Zielperson verantwortlich ist, persönlich vor Aroc bringen werde", erklärte Dalion und holte ein großes zusammengerolltes Blatt Papier aus seinem Umhang hervor. Er entrollte es und streifte es auf dem Steintisch in ihrer Mitte platt, damit jeder sehen konnte, was darauf gezeichnet war. Über der Ruine wuchsen die Äste glücklicherweise nicht so dicht wie sonst um sie herum, was dazu führte, dass das Blatt vor ihnen auf dem Tisch durch Sonnenlicht erhellt wurde und sie keine zusätzliche Lichtquelle benötigten.

Alle Blicke waren nun auf die Striche, die eine provisorische Karte der Umgebung bildeten, gerichtet. Die Karte enthielt die ungefähren Positionen des kleinen Dorfes, der Lichtung mit der Hütte, des Waldes, einer zweiten kleineren Lichtung, auf der Nicolas seine beiden Schüler in der Kunst des Bogenschießens unterrichtete, und ihre vorgesehenen Fluchtwege, wenn sie den Jungen in ihrer Gewalt hatten. Natürlich war die Karte nicht perfekt, weil Dalion kein Kartograf war, aber sie würde für ihre Zwecke ausreichen.

„Ich schlage vor, dass wir hier einen Hinterhalt vorbereiten", sagte Dalion und zeigte auf eine Stelle im Wald, die sich zwischen den beiden Lichtungen befand. „Meine Beobachtungen haben ergeben, dass sie fast jeden Tag diesen Weg durch den Wald und zurück zu ihrer Hütte nahmen", erklärte Dalion und fuhr mit zwei ausgestreckten Fingern eine imaginäre Linie zwischen den beiden Lichtungen nach, die den Ort berührte, an dem Dalion den Hinterhalt vorbereiten wollte.

„Wir werden bei Sonnenuntergang zuschlagen, wenn uns die langen Schatten der Bäume den nötigen Schutz bieten. Schritt eins: Wir sorgen dafür, dass der andere Junge mit einem gut geführten Schlag bewusstlos wird. Schritt zwei: …"

„Was? Warum töten wir ihn nicht einfach und die Sache ist für uns erledigt. So ein unausgebildeter Bengel wird uns doch kaum Schwierigkeiten machen. Ein gut gezielter Stich und er hat in ein paar Sekunden sein Leben ausgehaucht", protestierte Odrak und erntete die Zustimmung einiger anderer.

Dalion hatte sich gedacht, dass dieser Teil seines Planes auf wenig Zustimmung stoßen würde. Die meisten Nah'rane verspürten keine Emotionen mehr beim Töten und viele von ihnen entwickelten mit der Zeit eine für Dalion beunruhigende Lust am Blutvergießen. Dalion war der einzige in diesem Orden, der kein unnötiges Blut vergießen wollte. Nichtsdestotrotz hatte er natürlich darüber nachgedacht. Er wollte es zwar nicht, aber wenn es darauf ankam, würde er niemanden dulden, der zwischen ihm und seinem Ziel stand. Das Problem war nur, dass er Nicolas vermutlich nicht würde töten können. Alles in allem empfand er seinen Weg auch als den besseren, was die Umsetzbarkeit betraf.

„Darüber habe ich ebenfalls nachgedacht", lenkte Dalion ein, was Odrak ein gieriges Lächeln entlockte. „Aber schlussendlich bin ich der Meinung, dass uns ein toter Junge weniger nützen würde als ein bewusstloser. So oder so stellt er kein wirkliches Hindernis für uns dar." Die anderen Nah'rane nickten zustimmend. „Wenn er jedoch noch am Leben ist, wird sich Nicolas bestimmt zuerst um ihn kümmern und ihn nicht einfach im kalten Schnee liegen lassen. Was gleichbedeutend mit seinem Todesurteil wäre. Dies würde uns wiederum genug Zeit geben, um einen Vorsprung zu bekommen. Wenn wir den Jungen töten würden, könnte es uns passieren, dass er uns gleich verfolgt und das Risiko, dass er jemanden von uns tötet, würde steigen. Abgesehen davon würden wir die Sorge um seinen Schützling gegen Rache und Wut tauschen. Weiters wird denjenigen klar sein, die schon einmal von diesem Reichsschützen gehört haben, dass er nicht so leicht zu töten ist wie die beiden Jungen." Wieder nickten einige von den Anwesenden, was Dalion etwas Zuversicht gab, dass sie seinen Plan annehmen würden. „Wir könnten Nicolas wahrscheinlich umbringen, allerdings würde es zweifellos zu lange dauern und wenn wir es nicht schaffen – und diese Möglichkeit besteht durchaus –, haben wir versagt." Er machte eine kurze Pause, damit sie über das Gesagte nachdenken konnten. „Nichtsdestotrotz werden wir uns nicht zurückhalten, wenn es sein muss." Bevor Odrak ihn erneut unterbrechen konnte, sprach Dalion schnell weiter, um ihm keine Gelegenheit dazu zu bieten, und zeigte auf Odrak.

„Und es wird dein Job sein, Odrak, Nicolas so lange zu beschäftigen wie nötig, damit wir anderen den Jungen wegschaffen können." Odrak schien recht zufrieden mit dieser Aufgabe und stellte Dalions Plan danach nicht mehr auf die Probe. Dies war Dalions Trumpfkarte. Immerhin hatte Odrak noch eine offene Rechnung mit Nicolas zu begleichen, seit es ihm in Reduna nicht gelungen war, den Reichsschützen zu eliminieren.

Was Dalion nicht wusste, war, dass sein hünenhafter Mitstreiter seine eigenen Pläne verfolgte. Egal was Dalion sagte, dieses Mal würde er Nicolas nicht entkommen lassen, dachte Odrak sich.

Es dauerte nicht lange und sie hatten zwei Freiwillige gefunden, die Odrak helfen würden. Die Frau, die sich nach Nicolas erkundigt hatte, erklärte sich genauso freiwillig dazu bereit, diesen Part zu übernehmen, wie der Mann, der rechts neben Odrak stand. Weil es schon langsam dunkel wurde, entschied sich Dalion schnell seinen Plan weiter zu erklären.

„Schritt zwei: Odraks Gruppe beschäftigt Nicolas. Schritt drei: Ich betäube unsere Zielperson. Schritt vier: Während Odrak noch etwas länger durchhält, macht sich der Rest von uns schon einmal aus dem Staub. Da Nicolas uns bestimmt verfolgen wird, sobald er sich um den bewusstlosen Jungen gekümmert hat, werden wir uns hier trennen und dann zu diesen zwei Orten laufen, wo unsere Pferde auf uns warten werden." Dalion zeigte auf zwei dickere Linien auf seiner Karte, die ihre Fluchtwege symbolisierten. „Damit spalten wir uns, inklusive Odrak, in drei Teile, was es für Nicolas schwerer machen wird, den Weg des Jungen zu verfolgen. Außerdem fallen kleinere Gruppen nicht so sehr auf, sobald wir wieder in Gegenden kommen, die bewohnter sind. Wenn alles klappt, treffen wir uns im Hauptquartier wieder."

Dalion beendete seine Ausführungen über seinen Plan und wartete einen Moment ab, um den anderen die Zeit für Einwände zu geben. Denn sie wussten genauso gut wie er, dass es für Planänderungen zu spät wäre, sobald sie diese Versammlung beendet hatten. Nachdem niemand einen Einwand vorbrachte, teilte er sie in die benötigten Gruppen ein und rollte seine Karte wieder ein.

„Also gut, wir treffen uns morgen am besprochenen Ort, zum besprochenen Zeitpunkt." Er schaute noch einmal jeden von ihnen an. „Eine gute Jagd."

Mit diesen Worten kehrte er der Gruppe von Attentätern den Rücken und machte sich auf den Weg zurück zum Gasthof, in dem er immer noch ein Zimmer gemietet hatte.

Die Sonne war schon hinter dem Horizont verschwunden, als Dalion wieder zu den Steinen neben dem Pfad kam. Paarweise standen sie, wie stumme Wächter, neben dem Weg. Immer einer rechts und der andere links von dem alten Pfad. Plötzlich spürte Dalion hinter sich eine Präsenz. Es war dieses Gefühl, das viele Menschen verspürten, wenn sich ihnen jemand oder etwas von hinten näherte. Er konnte schon regelrecht fühlen, wie sich eine Hand nach ihm ausstreckte, um ihn an der Schulter zu packen. Aus einem Reflex heraus wanderte Dalions Hand zu einem der Dolche, die er an seinem Körper versteckt hielt, währenddessen er sich blitzschnell umdrehte.

Dalion zog seine Augenbrauen nach oben. Hinter ihm war niemand zu entdecken. Nur der dunkle Weg, der hin und wieder vom Licht des Mondes erhellt wurde. Kaum vom Rest des Waldes in der Finsternis zu unterscheiden, stand Dalion starr da und entfachte seine Augen, um besser sehen zu können. Der Wind bewegte die Äste der Bäume und etwas weiter hinter ihm entdeckte er eine Fackel, die einer der Nah'rane trug. Natürlich brauchten die anderen im Gegensatz zu ihm genügend Licht, um in der Dunkelheit sehen zu können. Ihm reichte schon die kleinste Anwesenheit von Licht, um sich ohne Probleme durch die Nacht bewegen zu können. Aber in seiner direkten Umgebung war nichts Verdächtiges zu entdecken. Normalerweise konnte er sich auf seine Sinne verlassen. Sie hatten ihm schon aus so mancher kniffligen Situation herausgeholfen.

Gerade als er wieder weitergehen wollte, entdeckte er einen Raben, der nicht weit von ihm entfernt auf einem der Wegsteine saß. Zu Dalions Überraschung hatte er das Gefühl, dass ihn dieser Rabe direkt anstarrte. Dalion kam dem Tier langsam näher und selbst als er nur noch eine Armlänge von ihm entfernt war, flog der Vogel nicht davon. Er hätte den Raben schon fast berühren können, wenn er die Hand nach ihm ausgestreckt hätte. Erst als Dalion wirklich Anstalten machte, noch näher an den Stein heranzutreten, stieß das Tier einen markerschütternden Schrei aus und flog so knapp über ihm hinweg, dass Dalion sich ducken musste, um den schwarzen Schwingen auszuweichen.

Er drehte sich um und schaute dem Raben nach, während er langsam hinter den Bäumen in den Nachthimmel verschwand. Verwirrt, was er von dieser Begegnung halten sollte, stellte er sich neben den Wegstein, auf dem das Tier noch vor kurzem gesessen hatte, und zu seiner Überraschung war es genau derselbe, bei dem er vor einer Stunde das Relief freigelegt hatte. Jetzt mit der Hilfe seiner verbesserten Augen ähnelte das Relief, das er zuerst für irgendeinen Vogel gehalten hatte, mehr einem Raben, als er vorhin geahnt hatte.

Als Dalion am nächsten Tag erwachte, hatte er seine merkwürdige Begebenheit mit dem Raben schon fast wieder vergessen. Er kam zu dem Schluss, dass es nur ein Zufall gewesen war oder er sich nur eingebildet hatte, dass das Muster auf dem Stein einen Raben darstellen sollte.

Gemütlich nahm er ein Mittagessen zu sich und bezahlte danach seine Schulden bei dem wortkargen Wirt. Er war froh noch etwas Gutes in den Magen bekommen zu haben. Während der Reise, die ihm bevorstand, würde er nicht viel Zeit haben, um warme Speisen zu sich zu nehmen. Vermutlich würde er die ganze Nacht hindurch auf dem Pferd sitzen müssen, um die Chance zu vergrößern, Nicolas zu entkommen. Vorausgesetzt natürlich, dass Dalions Plan funktionierte wie erwartet und sie den Jungen in die Finger bekamen.

Nachdem er das Wirtshaus verlassen hatte, zog er seinen Nah'ranen-Mantel an, um sich gegen die klirrende Kälte zu schützen. Dabei musste er aufpassen, dass ihn niemand bemerkte. Sein Umhang war zwar äußerlich nichts anderes als ein ganz normales schwarzes Kleidungsstück, aber Dalion bevorzugte es, nicht von zu vielen Menschen gesehen zu werden, wenn er in das Gewand der Nah'rane gekleidet war. Er schlich sich unbemerkt aus dem kleinen Dorf und führte sein Pferd mit seinen Sachen zu dem vereinbarten Treffpunkt, wo es auf ihn warten würde. Er wollte das Tier noch nicht beanspruchen, damit es sich seine Kräfte für den langen Ritt, der ihnen beiden bevorstand, aufsparen konnte. Diesbezüglich machte es keinen Unterschied, ob sein Plan schief ging oder nicht. Auf die eine oder die andere Weise würde er mit allergrößter Wahrscheinlichkeit eine schnelle Flucht benötigen, um sich in Sicherheit zu bringen.

Dalion hatte seinem Pferd mittlerweile beigebracht auf verschiedene Kommandos zu hören. Zum Beispiel musste er es nicht festbinden, damit es an einem Ort blieb, wenn er es von ihm verlangte. Außerdem war es bei weitem weniger schreckhaft als die meisten Pferde, was in gefährlichen Situationen dazu führen würde, dass es Dalions Befehlen trotzdem gehorchen würde und nicht Reißaus nahm. Er streifte noch einmal die Mähne des Tieres, bedeutete ihm an dem von seinem Plan vorgesehenen Ort auf seine Rückkehr zu warten und machte sich auf den Weg zu ihrem Treffpunkt. Er hoffte, dass die anderen auch schon in der Nähe waren. Kurz bevor er hinter den nächsten Bäumen verschwand, wickelte er sich ein schwarzes Tuch um den Kopf, damit man nur noch seine Augen sehen konnte. Inklusive seines Kapuzenmantels, war er nun ganz in schwarze Kleidung gehüllt, wie die Nah'rane es meistens waren, wenn sie sich ihrer Zielperson näherten. Ihre Kleidung bot ihnen Schutz, aber auch die nötige Freiheit und Beweglichkeit. Der einzige Nachteil war der schwere Stoff, aus denen die Kleidung bestand, allerdings gewöhnte man sich nach einer gewissen Zeit daran.

Dalion streifte sich noch die Kapuze über den Kopf und schlich weiter in den Wald hinein. Es dauerte nicht lange, bis sich ihm links und rechts Gestalten anschlossen, die genauso gekleidet waren wie er. Zu allem bereit, bahnten sie sich unter Dalions Führung schnell und leise den Weg durch die Bäume. Der Schnee sorgte dafür, dass das Geräusch ihrer Schritte zusätzlich gedämpft wurde.

Nicolas, Keron und Will waren gerade auf dem Rückweg zu der Holzhütte, die schon fast so etwas wie ihr Zuhause geworden war. Der Platz war sehr begrenzt, was leicht zu Streit führen konnte. Da Will und Keron sich allerdings so gut wie nie stritten, war dies kein großes Problem und wenn sich die beiden doch einmal in die Haare bekamen, war ihre Unstimmigkeit schon bald wieder Geschichte.

Das harte Training hatte sie nicht nur körperlich stärker, schneller und geschickter gemacht, sondern auch ein starkes Band der Freundschaft zwischen den beiden 18-jährigen Jungen erzeugt. Immer wenn einer der beiden aufgeben wollte, spornte der andere seinen Freund noch einmal an. Keron dachte kaum mehr an die Zeit, als er mit Sir Francis zusammen gereist war und wie es gewesen war, bevor er Will und Nicolas getroffen hatte. Nicht weil es ihn schmerzte, an diese Zeit zurückzudenken, sondern weil sein Leben in einer sehr kurzen Zeitspanne so umgekrempelt wurde, dass sein altes Leben ihm schon fast wie ein Traum erschien.

Nachdem sie von den Banditen angegriffen worden waren, war Will etwas misstrauisch und distanziert gewesen, was Keron betraf. Aber nachdem er mit Erleichterung festgestellt hatte, dass sein Freund immer noch derselbe war, hatte er seine Zweifel schon bald wieder vergessen. Sein Verhalten hatte sich ins Gegenteil gewandelt. Er machte sich einen Spaß daraus, die Geschehnisse um Keron immer mehr auszuschmücken und sich neue Geschichten auszudenken. Wenn man Will Glauben schenkte, war es am Ende schon fast so, als hätte Keron einer ganzen Armee die Stirn geboten und hätte sie im Alleingang besiegt.

In wieder einer anderen Version konnte er Feuerbälle aus dem Nichts heraufbeschwören und warf sie seinen Widersachern entgegen, die mit den Armen über dem Kopf schreiend wegliefen. Keron, der sich wieder an alles erinnern konnte, was vor seiner Ohnmacht passiert war, und die wirklichen Geschehnisse nicht so bewundernswert fand, ließ seinem Freund den Spaß und lachte, wenn Will ihm wieder eine neue heroische und absolut absurde Heldentat, die er vollbracht haben sollte, erzählte. Auf eine gewisse Art würde er sich lieber als den Helden sehen, wie er in einigen von Wills Geschichten dargestellt wurde. Denn oft, wenn Keron die Augen schloss, sah er das schmerzverzerrte Gesicht des Mannes, den er getötet hatte. Aber noch viel schlimmer als die Bilder, die in seinem Kopf immer wieder auftauchten, war die Erinnerung an den Hass und die Wut, die er in diesen Momenten empfunden hatte.

Nach einigen Tagen war ihr Leben wieder fast so, als ob dieser Zwischenfall nie passiert wäre, aber es wäre falsch zu sagen, dass Keron sich nicht verändert hatte. Will und Keron trainierten wieder und setzen ihre Ausbildung zu Reichsschützen fort. Doch während der Übungen spürte er nun immer öfter dieses Kribbeln in ihm, das der Flut von Energie vorangegangen war. Ein Teil von ihm fürchtete dieses Gefühl, weil er nicht wieder so empfinden wollte. Er wollte nicht mehr zu diesem hasserfüllten Mörder werden, weil er Angst hatte, dass er vielleicht jemanden verletzten könnte, den er mochte. Nicolas hatte ihm aufgetragen, es ihm zu sagen, wenn er sich anders fühlte als gewöhnlich. Keron versuchte immer einen Moment abzupassen, in dem er Nicolas über dieses Kribbeln berichten konnte, ohne dass Will etwas davon merkte. Keron fürchtete, dass Will ihn anders sehen würde, wenn er davon erfährt.

Nicolas hatte eine Nachricht seines Ordens erhalten, in der stand, dass sie den Nah'ranen auf der Spur seien und dass sie sich noch etwas länger verstecken sollten.

Nicolas schien besorgt und als Keron ihn fragte, ob er diesem Kribbeln in ihm nachgeben sollte oder nicht, wusste sein Lehrer auch keine Antwort. Also hatte sich Keron dazu entschieden, dieser *Bestie* in sich, wie er oft darüber dachte, nicht die Kontrolle zu überlassen und sie so gut wie möglich zu unterdrücken. Oft, wenn er seinem Lehrmeister berichtete, hatte er irgendwie das Gefühl, dass Nicolas ihm nicht alles sagte, was er wusste. Doch wenn Nicolas sich entschieden hatte, nichts weiter dazu zu sagen, konnte man nachfragen so viel man wollte und erfuhr doch nichts. Deswegen vertraute Keron Nicolas und versuchte nicht mehr aus ihm herauszubringen, solange sich seine Situation nicht verschlechterte. Wenn Nicolas es für nötig hielt, würde er ihm bestimmt alles erzählen. Das hoffte Keron zumindest.

In ihr Gespräch vertieft gingen Will und Keron einfach hinter Nicolas her. Es war schon spät und sie hatten gerade ihr Bogenschießtraining hinter sich gebracht. Beide waren erschöpft und ihnen taten die Arme weh. Es war gar nicht so leicht, die Bogensehnen immer und immer wieder zu spannen. Trotz der

Tatsache, dass Keron nicht ganz bei der Sache gewesen war, war er doch einigermaßen zufrieden mit sich selbst und seinen Fortschritten. Nicolas trainierte sie noch nicht sehr lange, aber das tägliche Training, Stunde um Stunde um Stunde, zeigte hervorragende Ergebnisse. Wenn man es allerdings genau betrachtete, dachte sich Keron, machten sie auch nichts anderes mehr außer zu lernen, zu essen und zu schlafen.

Nicolas hatte ihre Fortschritte ebenfalls bemerkt. Vor zwei Tagen hatte er ihnen gesagt, dass sie beide sehr talentiert seien und sich schneller verbesserten als die meisten. Will und Keron wussten zuerst nicht, was sie darauf sagen sollten. Es kam nicht oft vor, dass Nicolas sie für etwas lobte. Doch noch bevor sie sich richtig darüber freuen konnten, zerstörte ihr Meister ihr Hochgefühl, indem er noch im selben Atemzug alle ihre Fehler und Mängel bis ins kleinste Detail aufzählte und analysierte.

Seit Stunden schneite es nun schon und ihre Umhänge, die sie gegen den kalten Wind schützen sollten, hatten sich schon mit Wasser angesaugt. Nicolas störte das Wetter oder ihre Einwände überhaupt nicht. Offensichtlich war es sein Bestreben, sie unter jeglicher Art von Bedingungen üben zu lassen. Aber es war schwer, sich bei diesem Wetter zu konzentrieren und keine Fehler zu machen.

Kerons Finger waren eiskalt und klamm, obwohl er Handschuhe trug. Doch auch die Handschuhe stellten ein kleines Problem dar, weil er durch den dicken Stoff weniger Gefühl mit den Händen hatte. Außerdem verschlechterte der Schneefall ihre Sicht und die Schneeflocken, die auf ihren Pfeilen haften blieben, veränderten die Flugbahn ihrer Geschosse minimal. Die ersten Schüsse, die Keron machte, gingen alle nicht dorthin, wohin er eigentlich gezielt hatte. Nach einer Weile allerdings bekam er ein Gefühl für die Auswirkungen der veränderten Wetterbedingungen und korrigierte den Abschusswinkel dahingehend, dass er sein Ziel trotzdem fast immer traf. Für Reichsschützen allerdings war *gut* oder *fast immer* einfach nicht gut genug. Wo andere Bogenschützen schon aufhörten zu üben und sich mit ihren Ergebnissen zufriedengaben, übten die Lehrlinge der Reichsschützen noch lange weiter, bis sie einfach immer trafen.

Keron allerdings war gerade einmal bei *annehmbar* angelangt und noch weit von *gut* entfernt. Er war zwar ein recht passabler Schütze, aber er war noch meilenweit von der Geschwindigkeit und Präzision eines wirklichen Reichsschützen entfernt. Er würde weiterhin sehr viel üben müssen, bevor er so gut werden würde wie Nicolas.

Hin und wieder übte er mit ihnen, weil er der Meinung war, dass selbst Meister nicht aus der Übung kommen durften. Wer von seinen Fertigkeiten zu sehr überzeugt war, würde auf lange Sicht unvorsichtiger und voreingenommen werden, was, seiner Meinung nach, zu einem früheren Tod führen würde. An diesem Tag war es wieder soweit und er bespannte seinen Langbogen mit einer Sehne. Der Langbogen hatte natürlich eine größere Reichweite als ihre kleineren Bögen, trotzdem waren die Fertigkeiten ihres Lehrmeisters erstaunlich. Nicolas' Genauigkeit war schon fast nicht mehr menschlich. In wenigen Sekunden hatte er drei Pfeile in die weiße Landschaft geschossen und jeder Pfeil traf sein Ziel so genau wie der vorhergehende.

Will und Keron diskutierten gerade darüber, während sie Nicolas durch den Wald zur Hütte folgten, ob dieses Wettertraining ihnen helfen würde. Keron vertrat die Meinung, dass er lieber während des Trainings zum ersten Mal mit derlei Situationen konfrontiert werden wolle als später bei einem richtigen Kampf, bei dem es um Leben oder Tod ging. Denn jetzt wusste er, was er in so einem Fall an seiner Schussposition verändern musste, um trotzdem treffen zu können. Wenn diese Übung nicht gewesen wäre, hätte er bei seinem ersten Schuss in der Zukunft möglicherweise nicht getroffen. Jeder Vorteil, den sie sich für bevorstehende Kämpfe verschaffen konnten, könnte lebensentscheidend werden.

Will hingegen glaubte fest daran, dass irgendwo in Nicolas ein kleiner Sadist stecke, der Spaß daran habe, sie zu quälen. Keron glaubte nicht, dass sein Freund das, was er sagte, wirklich so ernst meinte, wie er vorgab. Aber auch er konnte sich angenehmere Dinge vorstellen, als hier draußen zu sein und in dieser Kälte zu trainieren. Alles in allem würde er stundenlang im Schneefall üben, wenn es ihn wirklich weiterbringen würde. Außerdem vermutete er, dass eine warme Mahlzeit und ein warmes Feuer Wills Stimmung gleich wieder verbessern würden, sobald sie in der Holzhütte angekommen waren.

Keron wunderte es immer wieder, was gutes Essen und ein voller Magen für Auswirkungen auf Menschen hatten. Er selber freute sich mehr darauf, das almonische Sprachbuch, das Nicolas ihm gegeben hatte, vor einem prasselnden Kaminfeuer zu studieren, nachdem er wieder bei Kräften war. Obwohl er so bald wohl keine Möglichkeit haben würde, sein Wissen anzuwenden, hatte er seine Leidenschaft für Sprachen nicht verloren. Natürlich würde ihm ein Gesprächspartner enorm weiterhelfen, aber weil Will ein genauso großes Interesse an Sprachen hatte wie ein Esel tanzen zu lernen, gab Keron es nach dem zehnten Versuch auf, seinen Freund dafür zu begeistern.

Keron war gerade in seine Gedanken versunken, als Nicolas plötzlich stehen blieb und seine Hand hochhielt, was bedeutete, dass sie sich nicht bewegen und still sein sollten. Nicolas hatte ihnen während ihrer Ausbildung einfache Zeichensprache beigebracht, die von den Reichsschützen und den Soldaten von Ryloven verwendet wurde.

Sofort blieben Will und Keron stehen und lauschten auf ungewöhnliche Geräusche. Keiner der drei bewegte sich auch nur einen Zentimeter weiter. Keron wusste nicht, was es war, aber irgendetwas musste nicht stimmen. Er atmete leise aus und wieder ein und achtete konzentriert auf seine Umgebung. Der Schnee fiel immer noch langsam zu Boden, während er irgendetwas suchte, das nicht ins Bild passte. Er hörte keine Vögel rufen. Konnte es das sein? Nein, natürlich hörte er keine Vögel, weil die meisten hier ansässigen Arten in den Süden geflogen waren. Keron versuchte angestrengt zu lauschen, allerdings hörte er nur den Wind, der durch die Äste der Bäume wehte und Will, der neben ihm atmete. Doch Nicolas ganzer Körper war angespannt, also war da etwas, das ihn beunruhigte. Ein erneuter Angriff von Banditen? Konnten sie so viel Pech haben? Aber es war definitiv etwas falsch, weil sich das *Biest* in Keron meldete, was im Allgemeinen kein gutes Zeichen war, soviel wusste Keron bereits.

Dann hörte er etwas. Für eine Sekunde hätte er schwören können, dass er ein leises Knacksen gehört hatte, wie das Geräusch, das ein kleiner Ast machte, wenn er unter der Last von etwas Schwererem zerbrach. Doch dann war wieder alles ruhig. Auch Nicolas musste es gehört haben, denn er gab ihnen zwei weitere Handzeichen. Es waren Warnsignale: Gefahr und Bereithalten.

Dann löste sich plötzlich eine Gestalt aus den Schatten der Bäume hinter ihnen. Es war als würde sich der Schatten verlängern, bis eine Figur aus ihm heraustrat. Keron wollte sie warnen, doch sein Ruf kam zu spät. Der Schattenmensch machte eine schnelle Bewegung und rammte Will etwas Metallisches gegen den Hinterkopf. Keron sah, wie sich die Augen seines Freundes verdrehten, der benommen zu Boden sackte und mit dem Kopf gegen einen Baum stieß.

Nicolas reagierte schneller als Keron und stand einen Augenblick später schon über dem im Schnee liegenden Will, um ihn gegen einen weiteren Schlag zu verteidigen. Erst jetzt bemerkte Keron, dass Nicolas sein Schwert gezogen hatte. Flink vollführte er einen Hieb gegen den Mann, der Will angegriffen hatte. Dieser machte einen Satz zurück und konnte der auf ihn zusausenden Schwertspitze gerade noch ausweichen. Noch bevor Nicolas einen weiteren Angriff ausführen konnte, wurde er selbst von einem großen Mann in Schwarz bedrängt. Nicolas parierte seine Schläge, aber durch die harten Hiebe des Mannes war er gezwungen seinen Platz über Will aufzugeben und immer weiter zurückzuweichen.

Die große Gestalt griff ihn immer wieder an und ihm blieb nichts anderes übrig, als sich zu verteidigen. Nicolas konnte nur die Augen seines hünenhaften Angreifers sehen, weil der Rest seines Gesichtes durch ein schwarzes Tuch verdeckt wurde. Er wehrte einen Hieb gegen seine Seite ab und es erklang das Geräusch von Metall auf Metall, als sich ihre Waffen trafen. Für einen kurzen Moment hörte der Mann auf ihn anzugreifen und Nicolas sah ihn genau an. Er brauchte nur dessen rote Augen zu sehen, um zu erkennen, dass er diesem Mann schon einmal begegnet war. Es war zweifellos derselbe in Schwarz gekleidete Nah'rane, der ihn schon in Reduna angegriffen hatte, als der ganze *Schlamassel*, in dem sie steckten, begonnen hatte.

Nicolas riss sein Schwert gerade noch rechtzeitig nach oben, um einen Streich gegen seinen Hals abzuwehren. Als der Dolch des Mannes ihm so nahe gekommen war, war sich Nicolas absolut sicher, wer hier vor ihm stand. Denn wieder waren es die seltsamen, rot verzierten Dolche, die nach seinem Blut trachteten. Doch auch beim zweiten Mal beabsichtigte er ihnen diese Genugtuung nicht zu geben. Zuerst schnellte der linke Dolch nach vorne und dann der rechte. Nicolas schaffte es, beiden Streichen auszuweichen, allerdings wäre er beinahe auf dem gefrorenen Waldboden ausgerutscht. Er fand sein Gleichgewicht noch rechtzeitig wieder, um einen dritten Hieb mit der flachen Seite seines Schwertes abzuwehren. Immer wieder, wenn sich die Möglichkeit ergab, versuchte Nicolas es mit einem Konterangriff. Dennoch schaffte er es nicht, seinen Gegner zu verletzen.

Wieder einmal beeindruckten ihn die Schnelligkeit und die Kraft des hünenhaften Mannes. Beide versuchten ihr Bestes, um den anderen auszuschalten, und so waren sie in ein Muster von Hieben und Schlägen verwickelt. Endlich sah Nicolas eine Lücke in der Verteidigung seines Gegners und er stach schnell zu. Noch bevor die Spitze seines Schwertes ihr Ziel erreicht hatte, wurde seine Klinge allerdings durch eine andere verhüllte Gestalt abgelenkt. Nicolas konnte nicht sagen, ob es ein Mann oder eine Frau war, aber eigentlich machte es auch keinen Unterschied. Immer wenn Nicolas einen Ausfall versuchte, wurde sein Hieb von einem anderen Gegner blockiert.

„Offenbar muss ich gegen drei Gegner gleichzeitig bestehen, bevor ich Will und Keron helfen kann. Hoffentlich wird es dann nicht schon zu spät sein."

Er war durch die kräftigen Schläge seines Gegners zu weit von ihrem ursprünglichen Angriffsort verdrängt worden, um die beiden im Auge behalten zu können. Im Moment konnte er ihnen nicht helfen.

Keron sah, wie sein Lehrmeister von diesem hünenhaften Mann immer weiter in den Wald hineingedrängt wurde. Erst dann besann er sich seiner Ausbildung und stellte sich über seinen offensichtlich bewusstlosen Freund. Keron sah sich um, aber er konnte keinen Angreifer mehr sehen. Er nahm seinen Bogen von der Schulter und legte einen Pfeil an. Irgendwie hatte er das Gefühl, dass er von Wölfen umkreist wurde. Das Problem war, dass er nur einen Bogen und kein Schwert bei sich trug, um sich zu verteidigen.

Ein Bogen war zweifellos in vielen Situationen eine geeignete Waffe. Da er sich allerdings in einem Wald in einem Nahkampf verteidigen musste, hätte er lieber eine Klinge gehabt. Doch Keron war fest entschlossen das Beste aus seiner Situation zu machen. Er spannte die Sehne und zielte auf den Umriss des breitschultrigen Mannes, der Nicolas immer wieder angriff. Seine Finger lösten sich schon vom Pfeil, als sirrendes Metall durch die Luft surrte und den Pfeil, den er gerade abschießen wollte, hinter der Spitze abtrennte. Überrascht von dem plötzlichen Auftauchen des Dolches, versuchte er mit seinem Bogen nach dem Kopf des Mannes zu schlagen, der ihn führte. Die Bahn des Dolches änderte sich blitzschnell und durchtrennte ohne Probleme seinen Bogen in der Mitte. Nun stand Keron also nur mit zwei nutzlosen Stücken Holz in den Händen vor einem verhüllten schlanken Mann, der Klingen aus Metall führte.

Je eine Hälfte seines ehemaligen Bogens, um den er sich so gekümmert hatte und für dessen Herstellung Nicolas einige Zeit gebraucht hatte, in den Händen, stand er schutzlos vor einem weit erfahreneren Gegner. Kerons Chancen zu gewinnen waren gleich Null. Er war sich ziemlich sicher, dass sein Gegenüber mit diesen unheimlich strahlend gelben Augen dies ähnlich sah und er bestimmt ein Lächeln sehen würde, wenn sein Gesicht nicht verdeckt gewesen wäre. Kaum hatte er die gelbe Iris des Mannes vor ihm gesehen, stemmte sich die ganze Macht in ihm gegen ihr mentales Gefängnis, das er in den letzten Tagen aufgebaut hatte. Doch Keron wollte dieser Kraft, die in ihm rumorte, einfach nicht nachgeben, da er Angst vor ihr hatte. Er blickte kurz zu Nicolas, der nun von drei Angreifern attackiert wurde, und fokussierte sich dann wieder auf seinen eigenen Gegner. *„Warum nicht? Warum soll ich* *die Kraft nicht benutzen, die ich besitze? Was kümmert es mich, wenn ich diesen Mann umbringe? Immerhin würde er sicher dasselbe mit mir tun.“* Für einen Teil von Keron hörten sich diese Überlegungen durchaus logisch an. Trotzdem fürchtete er sich davor, dieser Macht in ihm die ganze Kontrolle zu überlassen.

Aus irgendeinem Grund erweckte der Mann vor ihm nicht den Anschein, als wolle er Keron angreifen, also versuchte er den ersten Schritt. Seine zwei Hälften des Bogens benutzte er als behelfsmäßige Waffen und griff an. Keron führte gleichzeitig einen Streich gegen die linke Seite seines Gegners und mit dem anderen Stock einen Schlag gegen dessen Kopf. Doch noch bevor er sein Gegenüber überhaupt berühren hätte können, wich dieser durch eine geduckte Drehung extrem schnell aus und Kerons Stöcke surrten nur durch die Luft. Wieder hatte er dieses merkwürdige Gefühl, als würde sein Gegner nur mit ihm spielen und als könnte er ein Lächeln durch die Maske des Mannes sehen.

Keron dachte fieberhaft darüber nach, wie er den Mann, der zwei Dolche in den Händen hielt, mit Stöcken besiegen konnte. Noch bevor er sich einen aussichtsreichen Angriffsplan zurechtlegen konnte, hatte sich der Mann mit der in der Dunkelheit leuchtend gelben Iris bereits in Bewegung gesetzt. Seine Bewegungen waren so schnell, dass Keron ihm kaum folgen konnte, und eine Sekunde später rammte ihm der Mann seine Faust in die Magengrube. Keron stiegen unwillkürlich Tränen in die Augen und der Schmerz raubte ihm den Atem. Seine Beine gaben unter ihm nach und er kniete sich mit schmerzverzerrtem Gesicht in den kalten Schnee, den der Waldboden bedeckte.

Plötzlich spürte er einen Stich in seinem Hals und die *Kreatur* in ihm verlieh ihm ihre Macht. Das Gefühl der unermesslichen Energie durchströmte erneut seinen gesamten Körper und er sah plötzlich alles um sich herum, als wäre es helllichter Tag und nicht schon fast Nacht. Der Mann hockte sich entspannt vor ihn hin, damit sich ihre Gesichter ungefähr auf derselben Höhe befanden. Er starrte Keron in die Augen.

„Bemerkenswert“, flüsterte die verhüllte Gestalt und seine Worte drangen durch das Tuch vor seinem Mund etwas gedämpft an Kerons Ohr. Keron wunderte sich, dass er das Flüstern des Mannes so laut hören konnte als würde er ganz normal mit ihm sprechen. Wie war das möglich?

Doch anstatt ihm die nötige Kraft zu verleihen, um seine Freunde zu retten, wie er es schon einmal getan hatte, wurde sein Körper immer schwächer. Erneut erklangen die Worte seines Feindes so laut, als würde er ihm direkt in sein Ohr sprechen.

„Es ist schade, dass du deiner Kraft erst so spät erlaubt hast, hervorzukommen. Zu spät fürchte ich. Es hätte lustig werden können. Aber hey, sieh es einmal von dieser Seite: Du wirst nun lange und erholsam schlafen können", sagte er und hielt so was wie eine lange Nadel vor Keron hin.

„Das war also der stechende Schmerz, den ich vorhin gespürt habe."

War seine Sicht vor einigen Sekunden noch gestochen scharf, begann nun die Welt um ihn herum zu verschwimmen. Keron blinzelte, um seine Sicht wieder herzustellen, aber es half nichts und er geriet in Panik. *„Ist dies nun mein Tod?"* Zum zweiten Mal in kurzer Zeit wurde es vor Kerons Augen schwarz.

Keron fiel bewusstlos zu Boden und Dalion warf sich den Jungen über die Schulter. Er gab den anderen ein Zeichen und machte sich dann aus dem Staub. Bis jetzt hatte sein Plan einwandfrei funktioniert.

Nicolas sah aus den Augenwinkeln, wie auch sein zweiter Schüler zu Boden ging. Er war immer noch mit seinen drei Gegnern beschäftigt, die ihn geschickt in Schach hielten. Nicolas wurde langsam wütend. Immer wenn er kurz davor stand, einen entscheidenden Schwerthieb zu landen, kam ihm einer der anderen zwei in die Quere und blockierte seinen Schlag. Seine Gegner wussten zweifellos, was sie taten und wie sie ihre Überzahl am besten ausnutzen konnten. Doch nun, als seine Schutzbefohlenen ihn dringend brauchten, wurden sie ihm wirklich lästig. Nicolas hatte schon lange nicht mehr ernsthaft für etwas gekämpft, das ihm etwas bedeutete, aber wer Will oder Keron angriff, musste sich ihm gegenüber verantworten.

Nicolas' Blick verfinsterte sich und ließ nun sein ganzes Können für sich sprechen. Schnell machte er einen kleinen Schritt zurück, um sich besser orientieren zu können. Er verfolgte seine drei Gegner und versuchte ihre nächsten Schritte vorherzusehen. Er wich einem Angriff von der linken Seite aus und verlagerte sein Gewicht auf den rechten Fuß. Dann machte er einen Satz nach vorne und zog einem seiner Gegner, der durch eine gut ausgeführte Finte getäuscht worden war, seine Klinge über die Brust. Nicolas fühlte, wie er den Stoff der Kleidung durchschnitt und sein Schwert in den Körper des Mannes eindrang, der mit einem Schmerzensschrei zusammenbrach. Eine kleinere, dünnere Gestalt wollte ihrem Kameraden zu Hilfe eilen und vergaß dabei auf eine ausreichende Deckung.

„Sie sind doch nicht so geübt im offenen Kampf, wie ich gedacht habe. Ich habe schon bessere Kämpfer als euch besiegt."

Er drehte sich geschickt und rammte dem zweiten Nah'ranen seine Klinge in den Leib, bevor der hünenhafte Mann eingreifen konnte. Er drehte den Griff seines Schwertes und zog es aus dem fallenden Körper. In wenigen Sekunden hatte er zwei seiner Angreifer besiegt.

Nun stand nur noch der Hüne mit den leuchtend roten Augen zwischen ihm und den Narren, die es gewagt hatten, seine Schüler zu verletzen. Doch den großen Mann vor ihm schien es überhaupt nicht beeindruckt zu haben, dass Nicolas gerade zwei seiner Kameraden umgebracht hatte. Ganz im Gegenteil. Er trat unsanft gegen einen der toten Körper, weil er ihm im Weg war. Dann griff er mit noch größerer Kraft an als zuvor. Es waren allerdings nicht die zwar starken, aber zugleich unvorsichtigen Schläge eines Kämpfers, der durch Wut, Trauer oder Verzweiflung angetrieben wurde. Offenbar war ihm der Tod seiner Kameraden vollkommen egal. Oder er besaß eine herausragende Selbstbeherrschung. Mittlerweile waren die Dolche des Mannes verschwunden und er kämpfte mit einem seltsamen, breiten Schwert gegen Nicolas.

Seine eigene Waffe vibrierte, als er einen der mächtigen Hiebe dieses Nah'ranen abwehrte, und bei einem weiteren Schlag stauchte er sich den Arm, als er ihn mit seinem Schwert stoppte. Nicolas hoffte, dass seine Waffe bei dieser Kraft nicht brechen würde.

Zwischen zwei Schlägen sah Nicolas etwas, was ihn erbleichen ließ, und obwohl er dem folgenden Schwertstreich ausweichen konnte, trug er eine kleine Wunde an seinem linken Oberarm davon.

Er sah, wie eine andere in schwarz gekleidete Figur Keron aufhob und Anstalten machte zu verschwinden. Er musste etwas unternehmen, sonst würde er mit Keron entkommen. Um sich einige Sekunden von seinem Widersacher zu befreien und etwas Zeit zu gewinnen, trat er dem Hünen gegen das Bein, was ihn stolpern ließ. Allerdings nutzte er diese Öffnung in der Verteidigung des Mannes nicht für einen weiteren Angriff. Er schummelte sich an ihm vorbei, stieß sein blutgetränktes Schwert mit der Klinge voraus in den harten Boden, ließ seinen Langbogen von der Schulter gleiten und feuerte in schneller Folge drei Pfeile ab. Zwei von den Geschossen trafen ihre Ziele perfekt und es fielen zwei vermummte Figuren auf ihrer Flucht zu Boden und blieben bewegungslos liegen. Der dritte Pfeil beschrieb ebenfalls eine perfekte Flugbahn. Doch kurz bevor der Kopf des Mannes, der Keron auf der Schulter trug, von seinem Pfeil durchbohrt wurde, duckte sich der fliehende Mann blitzschnell aus der Schusslinie, was dazu führte, dass der Pfeil über seinen Kopf hinwegflog und in der Dunkelheit des Waldes verschwand.

Nicolas hatte keine Zeit sich zu fragen, wie es möglich war, einem Pfeil auszuweichen, den man eindeutig nicht sehen konnte. Er warf seinen Bogen zu Boden, zog sein Schwert aus der Erde, drehte sich um die eigene Achse und wehrte den nächsten Schlag des Hünen ab. Immer wieder versuchte er diesem Mann zu entkommen, aber immer, wenn er es geschafft hatte, an ihm vorbeizukommen, blockierte dieser wieder seinen Weg. Es war erstaunlich, wie schnell dieser Nah'rane für seine Körpergröße war. Nicolas kämpfte immer noch gegen den rotäugigen Attentäter, als Keron schon in der Finsternis verschwunden war. Langsam wurden sie beide müde und er bemerkte, dass sein Gegner nicht mehr mit derselben Entschlossenheit angriff wie zuvor. Die Anzahl der Schläge nahm zwar ab, jedoch ließ er ihn trotzdem nicht entkommen. Und da begriff Nicolas, dass der Mann ihn nur noch hinhielt, damit er Keron nicht verfolgen und retten konnte.

Zähneknirschend versuchte Nicolas es noch einmal mit einer Finte, aber sein Gegner durchschaute seine Intention, was es ihm erlaubte, durch einen Satz nach hinten Raum zwischen sie zu bringen. Diesen Abstand zwischen ihnen nützte er, um sich umzudrehen und in die entgegengesetzte Richtung des anderen Nah'ranen zu fliehen. Instinktiv griff Nicolas nach seinem Langbogen. Viele seiner Gegner hatten es bereut, ihm den Rücken zuzukehren, als sie versuchten zu fliehen. Doch sein Griff ging ins Leere. Mit Erschrecken fiel ihm dann wieder ein, dass er seinen Bogen auf Kosten einer sicheren Parade aufgegeben hatte. Als er seine Waffe, die wenige Schritte neben ihm im Schnee lag, wieder an sich genommen hatte, war der hünenhafte Nah'rane schon mit der Dunkelheit des Waldes verschmolzen. Verdammt.

Er wurde von Anfang an nur beschäftigt, während sich andere ihre wirkliche Zielperson schnappten: Keron.

Nicolas kam sich so töricht vor. Er hätte ihren Plan durchschauen und in Kerons Nähe bleiben sollen. Aber er hatte jetzt keine Zeit, um sich darüber zu ärgern. Schnell lief er zu Will, der immer noch zu Boden gesackt im Schnee lag.

Nicolas drückte seinem Schüler zwei Finger gegen den Hals und legte sein Ohr über seinen Mund. Zu seiner großen Erleichterung konnte er einen Herzschlag und Wills Atem spüren. Er war schwach, jedoch regelmäßig. Nicolas hob ihn auf und schlug weder die Richtung ein, um den Hünen noch Keron zu verfolgen. Er musste Will zuerst irgendwie aufwärmen, weil seine Haut schon ganz kalt war. Möglicherweise würde er an diesem Tag einen Schüler verlieren, aber er würde dafür sorgen, dass es nicht zwei wurden. Nicolas brachte Will so schnell er konnte wieder zurück in die Hütte. Sein verletzter Arm schmerzte unter dem Gewicht seines Schülers. Er fachte das Feuer im Kamin an, legte Will davor auf dem Holzboden ab und wickelte ihn in eine Decke ein.

Danach holte er seine Waffen und zündete die Fackel an, die er aus seinem Zimmer geholt hatte. Ihm war klar, dass er die

Spuren der Entführer nur so lange verfolgen konnte, solange sie noch frisch waren. Ihre Flucht hatte bestimmt deutlich sichtbare Spuren im Wald hinterlassen. Da es aber immer noch schneite, musste er sich beeilen, bevor der Neuschnee die Spuren der Nah'rane verwischte oder gar auslöschte. In der Tür der Hütte warf er noch einmal einen Blick auf das kauernde Bündel vor dem prasselnden Feuer und eilte dann so schnell er konnte zu der Stelle zurück, wo sie angegriffen worden waren.

Er untersuchte den Ort des Geschehens und die vier Toten, die im Schnee lagen. Aber keiner von ihnen hielt irgendeinen Hinweis für ihn bereit, wohin sie Keron bringen würden. Er hoffte ein verräterisches Schriftstück zu finden, doch kein Attentäter, der etwas auf sich hielt, würde so etwas bei sich tragen. Zwei trugen Tabak und eine Pfeife bei sich. Drei von ihnen hatten etwas zu essen in einer Innentasche und alle trugen mehrere dieser merkwürdigen Dolche an ihrem Köper. Außerdem hatte noch jeder Feuersteine bei sich. Aber alles in allem nichts, das Nicolas weiterhalf.

Er ließ die Leichen zurück und folgte den Spuren im Schnee, die in die Richtung führten, in die der Mann, der sich Keron über die Schulter geworfen hatte, geflohen war. Die Fußabdrücke auf dem Boden waren noch deutlich genug, damit er ihnen mit Leichtigkeit folgen konnte. Er hatte einige Übung darin, Leute zu verfolgen oder ausfindig zu machen. Nicolas fragte sich, wie lange dieser Mann mit Keron auf der Schulter wohl so schnell laufen konnte. Der Junge war bei weitem kein Leichtgewicht und trotzdem bewegte sich der Entführer schnell vorwärts. Irgendetwas stimmte doch nicht mit diesen Menschen. Nicolas kannte, wie die meisten, die eine oder andere Geschichte über die Nah'rane und bis jetzt hatte er keinen Grund, an etwas Übermenschliches zu glauben. Aber nach diesem Abend war er sich nicht mehr so sicher.

Nicolas kam schnell voran, weil es nicht den Anschein machte, als hätte der Nah'rane falsche Spuren gelegt, um ihn zu verwirren. Die Person, die er verfolgte, war offenbar nach Osten unterwegs. Doch umso länger er sie verfolgte, umso undeutlicher wurden die Spuren, weil der Neuschnee sie verwischte. Die Anzahl der Abdrücke im Schnee blieb allerdings gleich, was darauf schließen ließ, dass der Nah'rane keine weiteren Verbündeten in unmittelbarer Nähe hatte. Nach einer Weile entdeckte er weitere Fußspuren und Nicolas hielt an, um diese im Schein seiner Fackel genauer zu untersuchen. Ein Gewirr von Fußabdrücken im Schnee zeichnete sich vor ihm ab. Drei weitere Personen hatten sich Kerons Entführer angeschlossen und sich dann wieder von ihm getrennt. Zwei Personen liefen weiter nach Osten und die anderen zwei waren nach Süden abgebogen. Nicolas hockte für einen Moment im Schnee und überlegte, in welche Richtung er gehen sollte. Nachdenklich strich er sich mit seiner freien Hand über das Kinn. Er musste sich schnell entscheiden. In solchen Situationen war schnelles Handeln wichtig. Andererseits wäre es fatal die falschen Spuren zu verfolgen.

Er besah sich noch einmal die Abdrücke und da fiel ihm plötzlich auf, dass ihm fast etwas Wichtiges entgangen wäre. Einige der Löcher im Schnee, die nach Osten führten, waren weit tiefer als die anderen. Entweder war diese Person um einiges schwerer als ihre Kameraden oder, und das war die wahrscheinlichere Erklärung, dieser Entführer beförderte eine schwere Last, wie zum Beispiel einen anderen Menschen. Nun, da er einen Hinweis hatte, folgte er entschlossen weiter den zwei Flüchtigen nach Osten. Nach wenigen Minuten kam er zu einem Ort nahe am Rand des Waldes, wo die Bäume nicht so dicht wuchsen und entdeckte andere Abdrücke am Boden, die von Pferden stammten. Nach dem, was Nicolas erkennen konnte, waren hier drei Pferde an den Bäumen angebunden. Vermutlich hatten sie ihre Pferde hier gelassen, um rasch wegzukommen. Auf jeden Fall würden sie so schneller vorankommen als Nicolas zu Fuß. Zwei der Pferde liefen zusammen in die eine Richtung und das dritte in eine ganz andere. Weder nach Osten, noch nach Süden. Nicolas spekulierte, dass die fliehenden Nah'rane eines der Pferde, das einem der Toten gehört hatte, frei gelassen hatten, um ihn zu verwirren. Er vertraute darauf, dass sich die Nah'rane nicht noch einmal getrennt hatten, und verfolgte die Hufabdrücke der zwei Pferde, die zusammen weiterritten.

Seine Verfolgung führte ihn zu einer Straße. Die Pferde würden hier noch schneller laufen können als durch den unebenen Wald. Wenigstens war hier offenbar sonst niemand für längere Zeit vorbeigekommen, da es keine anderen Spuren im Neuschnee gab. So konnte er genau erkennen, in welche Richtung die beiden Nah'rane geflohen waren. Sie bogen nach rechts ab und folgten der Straße, die sie in den Südosten des Reiches bringen würde.

Entlang dieser Straße gab es mehrere kleine Dörfer und die Handelsstadt Ladana, die am Ufer des Flusses Tibris lag. Dieser Fluss war so breit, dass er das ganze Jahr mit Schiffen befahren werden konnte. Außerdem floss er ins Meer, was den Handel zusätzlich antrieb. *„Vermutlich ist Ladana ihr Ziel oder wollen sie doch zu einem anderen Ort?"*, fragte sich Nicolas. So oder so, er wusste, dass er sie zu Fuß nie einholen konnte. Hätte er doch nur sein Pferd mitgenommen.

Nicolas kehrte um und hoffte, dass er die Spur später wieder auffinden konnte. Zuerst musste er zurück und nach Will sehen. Aber er würde Keron bestimmt nicht aufgeben. Aufgeben war eine Eigenschaft, die ihm noch nie besonders gelegen hatte.

Als er die Hütte betrat, lag Will immer noch dort, wo er ihn zurückgelassen hatte. Er fachte das Feuer im Kamin wieder etwas an und beugte sich behutsam über seinen Lehrling, um seine Stirn zu fühlen. Erleichterung erfüllte Nicolas, als er merkte, dass er kein Fieber hatte. Eine Krankheit wäre ein großes Problem gewesen. Nicolas ließ sich in einen Sessel fallen und blickte auf das zusammengekauerte Bündel, das dort vor ihm auf dem Boden lag und dessen Umrisse sich gegen die einzige Lichtquelle, die den kleinen Raum erhellte, abzeichneten.

Will begleitete ihn nun schon, seit er ihn an diesem schicksalhaften Tag auf der Straße aufgelesen hatte. Schon damals hatte Nicolas sein außerordentliches Talent und seine Herzensgüte erkannt. Beides würde ihn zu einem außergewöhnlichen Menschen machen. Doch auch Keron hatte viel Talent und war sogar noch spezieller, als Nicolas es für möglich gehalten hätte. Die meisten anderen wären bei diesem strengen Training, das er ihnen abverlangte, schon längst zusammengebrochen.

„Meine Güte, ich in ihrem Alter hätte nicht einmal eine Woche durchgehalten."

So ein Talent fand man normalerweise nur einmal in fünfzig Jahren und er war gleich auf zwei von der Sorte gestoßen. Eigentlich müssten sich beide über Muskelschmerzen beklagen, aber Keron besaß diese erstaunlichen Selbstheilungsfähigkeiten. Soweit Nicolas es sehen konnte, litt er offenbar wirklich an keinerlei Schmerzen. Und obwohl Will sich um einiges schwerer tat, ließ er es sich trotzdem nicht gleich anmerken, dass ihm die Muskeln schmerzten. Es war wirklich bemerkenswert. Wofür andere Wochen brauchten, das schafften diese zwei in wenigen Tagen. Unter anderen Bedingungen würden sie die Reichsschützenausbildung, die normalerweise fünf Jahre dauerte, in etwas mehr als der Hälfte der Zeit zu Ende bringen. Ihre Fortschritte waren schon fast unmenschlich und vielleicht stimmte dies in Kerons Fall auch. Unter normalen Umständen könnten Will und Keron zu den besten Absolventen der Akademie zählen, die sie je hervorgebracht hatte. Sie würden selbst ihn übertreffen und große Taten vollbringen. Allerdings war das Schicksal wie so oft nicht fair und man musste mit dem zurechtkommen, was man bekam. Am Ende half kein Was-wäre-wenn.

Er hätte Will so gerne noch eine Stunde Schlaf gegönnt, bevor er ihn aufweckte, aber sie hatten keine Zeit zu verlieren.

„Der Junge wird große Kopfschmerzen haben, wenn er aufwacht", dachte sich Nicolas und rüttelte an Will. Während Will voll zu Bewusstsein kam, machte sich Nicolas auf den Weg hinter die Hütte, um ihre Pferde vorzubereiten und das Nötigste für ihre Verfolgungsjagd in die Satteltaschen zu packen.

Etwas mehr als eine halbe Stunde später saßen sie auf den Rücken ihrer Pferde und waren an der Stelle der Straße angelangt, an der Nicolas die Verfolgung abgebrochen hatte. Will war etwas schwerer aufzuwecken gewesen, als er gedacht hatte, und hatte natürlich gleich tausend Fragen, als er sich daran erinnerte, was passiert war. Wie erwartet fühlte sich sein Kopf an, als hätte ihm jemand mit einer schweren Holzplatte eins über den Schädel gezogen, was gar nicht so weit von der Wahrheit entfernt war, wie Nicolas meinte.

Da Will nichts von den Geschehnissen wusste, nachdem er das Bewusstsein verloren hatte, sie allerdings keine Zeit hatten, um jede seiner Fragen zu beantworten, erzählte Nicolas ihm die Kurzfassung. Als Will dann erfuhr, dass sein bester Freund gefangen genommen worden war, wurde er ungewöhnlich ruhig und mied Nicolas' Blick. Doch dann sah er seinem Meister tief in die Augen und Nicolas erblickte für einen Moment einen ganz anderen Will vor sich. Sein Schüler sprang auf und stellte nur noch eine einzige weitere Frage: „Worauf warten wir noch?"

Kaum war Will auf den Beinen, suchte er seine und Kerons wichtigste Habseligkeiten zusammen und verstaute sie in den Satteltaschen, die am Sattel von Kerons Pferd befestigt waren. Sie hatten beschlossen, das meiste ihrer Sachen von Kerons Pferd tragen zu lassen, um ihre eigenen zu entlasten. Will wollte gerade in den Sattel steigen, als Nicolas ihn zurückhielt.

„Hier, das wirst du vielleicht brauchen", sagte Nicolas und hielt ihm ein Schwert hin.

Mit großen Augen legte Will eine Hand um die Schwertscheide und die andere auf den Griff. Mit einem leisen metallischen Singen zog er die Klinge aus ihrer Hülle und hielt sein *eigenes* Schwert hoch. Es war nichts Besonderes. Ein einfaches Kurzschwert, wie es die Infanterie der Reichsarmee trug und es war bestimmt kein Schwert, das zu einer Legende werden würde, aber Will fand es großartig. Er macht einen Schritt weg von Nicolas und seinem Pferd und ließ es probeweise durch die Luft sausen. Es war nicht perfekt ausbalanciert, weil der Griff und die Parierstange ein bisschen schwerer waren als die Klinge. Trotzdem war es ein ganz anderes Gefühl, als wenn man ein Übungsschwert in den Händen hatte. Er schob das Schwert wieder zurück in seine Hülle, befestigte diese an seinem Gürtel und verbeugte sich Nicolas gegenüber leicht.

Nicolas hatte ihm und Keron eines Abends erzählt, dass die Schüler in der Reichsschützenakademie erst ihre Schwerter von den Meistern verliehen bekamen, wenn sie sich durch das Bestehen der Abschlussprüfungen als würdig erwiesen hatten, im Namen der Reichsschützen durch das Land zu ziehen. Die Verleihung des Schwertes ist hauptsächlich ein symbolischer Akt und wird daher oft von einer Zeremonie begleitet, aber auch dies war nicht notwendig. Oft übergaben die Meister ihren Schülern ihr Schwert einfach nach den Prüfungen. Die Schüler auf der anderen Seite feierten diesen Tag immer ausgelassen, hatte Nicolas ihnen erklärt und ließ eines seiner seltenen Lächeln erscheinen. Es bedeutete Will einiges, dass Nicolas ihm nun dieses Schwert überreichte. Nicolas, der offensichtlich ahnte, was im Kopf seines Schülers vorging, schüttelte vehement den Kopf.

„Glaub aber ja nicht, dass deine Ausbildung damit abgeschlossen wäre. Ich hatte das Schwert bei mir und ich dachte, dass du es in naher Zukunft vielleicht brauchen würdest. Du bist noch lange nicht so weit, dich als Reichsschütze bezeichnen zu dürfen. Außerdem habe ich überhaupt nicht die Befugnis, dies zu entscheiden. Nur der oberste unseres Ordens darf die Schwertzeremonie abhalten."

Etwas weniger erfreut nickte Will, um zu zeigen, dass er verstanden hatte, und bestieg sein Pferd. Nicolas, der mit Kerons Pferd durch ein Seil an seinem Sattelknauf verbunden war, ritt voraus, während Will noch einen letzten Blick zurück auf die Hütte warf. Irgendwie hatte er so eine Ahnung, dass er die kleine Hütte, die so etwas wie ein Zuhause für ihn geworden war, für lange Zeit nicht wiedersehen würde. Vielleicht auch niemals.

Entschlossen kehrte er ihr den Rücken zu und folgte Nicolas, der schon ein gutes Stück vorausgeritten war. Er würde Keron retten. Er wusste zwar nicht, in was für einen Schlamassel sein Freund geraten war, allerdins würde er dies schon noch herausfinden.

Als sie bei der Straße angekommen waren, konnte Nicolas die Spuren der Hufe immer noch erkennen. Sie hatten Glück gehabt, dass es aufgehört hatte zu schneien. Will machte das Reiten im vollen Galopp keinen Spaß, weil er noch immer Kopfschmerzen hatte, die von einer großen Beule auf seinem Hinterkopf ausgingen. Doch Nicolas hielt sie zur Eile an, damit sie den Vorsprung, den die Entführer mittlerweile hatten, einholen konnten. Hin und wieder zügelte Nicolas sein Pferd, um die Straße in Augenschein zu nehmen. Die Sonne war noch nicht aufgegangen und er wollte sichergehen, dass er ihre Spur im Dunkeln der Nacht nicht verlor. Aber es hatte den Anschein, als wären Kerons Entführer auf der kleinen Straße geblieben. Vermutlich, weil sie auf einem sicheren Untergrund schneller vorankamen und keine Verletzungen ihrer Pferde riskieren wollten. Es wäre nicht das erste Mal, dass sich ein Pferd verletzte, das gezwungen wurde durch unebenes Gelände zu laufen.

Will und Nicolas ritten die ganze Nacht hindurch, ohne dass ihnen auch nur eine einzige Seele begegnet wäre. Nach einiger Zeit fiel es Will schwer, seine Augen offen zu halten. Er versuchte wach zu bleiben, aber seine Augenlider waren so schwer. Doch als sie Hufe auf der Straße vor ihnen klappern hörten, war er wieder hellwach.

„Haben wir sie schon eingeholt?", fragte sich Will und richtete sich in seinem Sattel etwas auf, um weiter sehen zu können. Als sie um die nächste Straßenbiegung geeilt waren, sahen sie allerdings keine in Schwarz gekleideten Gestalten auf der Flucht. Das Geräusch der Hufe kam von einem hölzernen Wagen, der von zwei Pferden gezogen wurde. Als Nicolas den Wagen passierte, glich er sein eigenes Tempo dem der Zugpferde an. Am Kutschbock saß ein kleiner, grauhaariger Mann mit dichten Augenbrauen, der in einen dicken Mantel und eine Decke gewickelt war, um sich gegen die Kälte zu schützen. Der Weg vor ihm wurde durch Laternen beschienen, die auf dem Wagen befestigt waren. Sein gesamtes Aussehen erinnerte Will in dem Licht der Laternen an eine alte Eule.

„Guten Tag", grüßte ihn Nicolas. Der Mann drehte seinen Kopf zur Seite, was ihn für Will nur noch mehr wie eine Eule aussehen ließ. Offensichtlich hatte der alte Mann sie noch gar nicht bemerkt.

„Tag?", fragte der Mann, als würde er mit sich selbst sprechen. Er schaute in den Himmel, wo gerade die ersten Sonnenstrahlen zu sehen waren. „Is' noch nich' Tag, oder? Und ob er gut is', wird sich erst erweisen müssen, nicht?", sagte er, ohne den Blick von der Straße vor ihm abzuwenden.

Nicolas hatte es ob der merkwürdigen Bemerkung des Mannes kurz die Sprache verschlagen. Doch als er sich wieder gefangen hatte, richtete er erneut das Wort an den alten Reisenden. „Bitte sagt mir, guter Herr, sind Euch in letzter Zeit schon andere Reiter auf dieser Straße begegnet? Sie waren möglicherweise in schwarzen Gewändern unterwegs und hatten einen Jungen bei sich."

„Nei', hab niemanden gesehen außer Bidl und Badl, diese Lausbuben."

Nicolas vermutete, dass er damit seine Pferde meinte, aber sicher war er sich nicht. Außerdem fragte er sich, ob sich der alte Händler überhaupt noch daran erinnern würde, selbst wenn ihm jemand begegnet wäre. Da Nicolas nichts mehr gesagt hatte, begann der Mann ein altes Reiselied vor sich hin zu summen.

„Trotzdem vielen Dank", sagte Nicolas und gab seinem Pferd leichten Fersendruck, um ihm zu signalisieren, dass es wieder schneller laufen sollte. Als Will den alten Mann und seinen Wagen passierte, konnte er hören, wie er immer wieder „nichts zu danken" vor sich her murmelte. Er fragte sich, ob es nicht zu gefährlich für so einen alten Mann war, ganz alleine zu reisen.

Die Sonne war schon hinter den Bergen am Horizont erschienen, als sie zum ersten Mal an einem Dorf vorbeiritten. Auch hier fragte er die Wachen, die vor dem Tor standen, ob sie zwei in Schwarz gekleidete Reiter mit einem Jungen gesehen hätten. Die junge Wache wusste nichts von Reitern, die hier vorbeigekommen waren, allerdings hatte er seinen Wachdienst gerade erst begonnen.

„Hey Tuff", rief er laut. „Hast du heute Nacht zwei Reiter vorbeikommen sehen, die einen Jungen bei sich hatten?" Eine etwas ältere Wache mit einem Vollbart schaute zu ihnen von einem kleinen Wachturm herunter.

„Und ob ich die gesehen habe. Hätten mich fast niedergewalzt, als ich vom Pissen aus dem Wald zurückkam. Sind geritten, als wäre der Teufel hinter ihnen her", rief er von oben herunter.

„In welche Richtung sind sie geritten?", fragte ihn Nicolas.

„Eh? Sie müssen schon ein bisschen lauter reden."

„Welche Richtung?", rief Nicolas etwas genervt, aber laut genug, dass ihn der Mann oben auf dem Turm hören konnte.

„Achso. Immer die Straße weiter", sagte er und zeigte in die Richtung, wo die kleine Steinstraße eine Biegung Richtung Südosten machte. Nicolas bedankte sich bei den beiden Wachen und sie setzten ihren Weg fort.

Nicolas Verdacht verhärtete sich, dass sie Keron nach Ladana brachten. In einer großen Handelsstadt waren immer viele Leute und mit genug Geld würde es nicht schwer sein unterzutauchen. Außerdem bestand die Möglichkeit, dass sie an Bord eines Schiffes gingen, da Ladana am Ufer des Tibris lag. Wenn er sie nicht daran würde hindern können, würde er ihre Spur und damit auch Keron verlieren. Der Fluss war die beste Option für die Entführer, ihnen zu entkommen.

Umso älter der Tag wurde, umso mehr Reisende waren auf den Straßen unterwegs. Sie waren nun schon einige Stunden nach Süden geritten und die Intensität der Sonne nahm immer weiter zu, was dafür sorgte, dass der Schnee langsam verschwand. Sie mussten ihre Geschwindigkeit allerdings reduzieren, da ihre Pferde immer müder wurden. Durch den fehlenden Schnee und die Anzahl an Reisenden war es unmöglich für Nicolas geworden, noch Spuren ihrer Entführer zu erkennen. Seine einzige Hoffnung bestand darin, dass er ihren Fluchtweg durchschaut hatte und dass er sie in Ladana abpassen konnte, bevor sie mit einem Schiff den Hafen verließen. Nicolas wusste, dass ihre Pferde schon sehr müde waren, doch da sie nur ein sehr schmales Zeitfenster hatten, blieb ihnen keine Zeit, sich neue zu besorgen.

Der Verkehr auf der Straße machte es ihnen zunehmend schwerer, schnell voranzukommen. Nicolas blieb am Rande der Straße stehen und schloss die Augen. Will, der neben seinem Lehrer hielt, wollte schon fragen, was er da eigentlich mache, aber Nicolas hob nur eine Hand und gebot ihm damit zu schweigen. Er musste sich für einen Moment konzentrieren und dann tauchten die Landkarten vor seinem inneren Auge auf, die er, genauso wie Will und Keron, in seiner Jugend studiert hatte. Im Geiste ging er alle geheimen Wege und Jagdpfade durch, die darauf verzeichnet waren. Er suchte sich die schnellste Route nach Ladana aus und öffnete die Augen.

„Ich habe es. Komm", befahl er Will und führte sie von der Straße weg zu einem kleinen Landweg. Sobald sie die überfüllte Hauptstraße verlassen hatten, erhöhten sie wieder ihre Geschwindigkeit. Nicolas hoffte darauf, dass die Entführer weiter der Steinstraße folgen und daher gebremst werden würden. Wenn sie Glück hatten, würden sie so noch rechtzeitig in Ladana ankommen. Sie hatten noch eine Chance.

Nicolas führte sie immer weiter nach Osten, bis sie zum Ufer des Flusses kamen. Will war äußerst beeindruckt, als er den breiten Fluss sah, der sich seinen Weg durch die Täler bahnte. Er blieb sogar einmal kurz stehen und versuchte sich das Bild, das sich ihm bot, genau einzuprägen. Er hatte noch nie einen so breiten Fluss gesehen. Vom einen Ufer zum anderen waren es bestimmt an die 100 Meter, wenn nicht mehr. Will war nicht besonders gut, wenn es ums Schätzen ging. Doch dann folgte er wieder Nicolas, der nicht stehen geblieben und schon fast außer Sicht war.

Ihr Weg führte sie eine Zeit lang immer weiter am Ufer des Tibris entlang. Es gab dort eine alte Straße, die nach dem Bau der großen Handelsstraße kaum noch benutzt wurde. Ihr Weg war zwar etwas länger, aber Nicolas setzte darauf, dass ihre Geschwindigkeit diesen Umstand ausgleichen würde. Nach einiger Zeit war der Fluss nicht mehr zu sehen und Will folgte einfach Nicolas, der, so hoffte Will, genau wusste, was er tat. Sie ritten auf kleinen Wegen und kurvigen Straßen, kamen an Äckern vorbei und durchquerten kleine Wäldchen. Hin und wieder wurden sie von verwunderten Bauern angestarrt und einige riefen ihnen nach, warum sie es so eilig hatten. Natürlich blieben sie nicht stehen, um diese Frage zu beantworten. Als Will während ihrer Jagd einmal nach rechts blickte, sah er eine alte Burg auf dem Gipfel des nächsten Berges thronen. Er schwor sich Nicolas nach dieser Burg zu fragen, sobald sich die Gelegenheit dazu ergeben würde.

Der lange Ritt und Mangel an Schlaf hatten ihn wirklich müde werden lassen. Sein Hintern fing langsam an wirklich weh zu tun. Doch noch bevor er sich darüber beschweren konnte, sah er, wie sich die steinernen Stadtmauern von Ladana über den Baumwipfeln zu erheben begannen.

Nicolas führte sie nicht zum großen Haupttor der Stadt, sondern zu einem kleineren Tor, das sich nahe am Flussufer befand und näher am Hafen lag. So mussten sie nicht die ganze Stadt durchqueren, bis sie den Hafen erreichten. Sie ritten bis zum Tor, wo sie dann von Wachen in Rüstungen und Speeren in den Händen aufgehalten wurden.

„Besucher der Stadt haben durchs Haupttor einzutreten", stellte die Stadtwache ungehalten fest, als hätte er diesen Satz schon viel zu oft sagen müssen. Nicolas, der keine Zeit für solche Streitigkeiten hatte, streifte sich die Kapuze seines Mantels vom Kopf, damit man sein Gesicht sehen konnte.

„Ich bin Sir Nicolas Tirion, Meister der Reichsschützen, im Auftrag ihrer Majestät, dem König von Ryloven, und ich verlange, dass man mich durch dieses Tor in die Stadt lässt", befahl Nicolas in einem Ton, der nahelegte, dass man sich seinen Befehlen am besten nicht widersetzen sollte. Der Soldat vor ihm zögerte, doch als Nicolas seinen Mantel zur Seite streifte und das Symbol der Reichsschützen auf der Kleidung darunter sichtbar wurde, nahm der Mann eine Habachtstellung ein und schrie einen Befehl. Sogleich wurde das Tor für sie geöffnet.

„Ich bitte vielmals um Entschuldigung, mein Herr. Es ist nur so, dass Euer Eintreffen nicht angekündigt wurde", versuchte die Stadtwache zu erklären. „Können wir Euch vielleicht noch irgendwie behilflich sein?"

„Ja, sagt den Wachen, sie sollen nach zwei Reitern Ausschau halten, die schwarz gekleidet sind und einen Jungen bei sich haben, der Keron heißt. Diese Leute sind sofort zu verhaften."

„Natürlich. Eure Befehle werden sofort ausgeführt."

Der Soldat gab Nicolas' Befehle weiter und sofort liefen fünf Boten los, die die Nachricht verbreiteten. Nicolas machte einen unzufriedenen Eindruck, was der Wache nicht entging, und so geleitete er die beiden durch das Tor, damit sie nicht noch einmal aufgehalten wurden. Nachdem Nicolas und Will in den engen Gassen der Stadt verschwunden waren, seufzte der Soldat erleichtert und dankbar und nahm einen Schluck aus einer kleinen Flasche, die er in seiner Uniform versteckt gehalten hatte.

Will folgte Nicolas durch die verwinkelten Straßen, die für ihn wie ein Labyrinth waren. Aber Nicolas schien sich hier bestens auszukennen. Insgeheim fragte er sich, ob es einen Ort in ganz Ryloven gab, wo der erfahrene Reichsschütze noch nicht gewesen war. In diesem Moment wünschte er sich auch Ryloven zu bereisen, Abenteuer zu erleben und Freundschaften zu schließen.

Zuerst bogen sie nach links in eine Gasse und dann nach gut 200 Metern nach rechts, um die Hafenanlage zu erreichen. Auf dem Weg dorthin mussten die Bewohner von Ladana notgedrungen ausweichen, weil Nicolas keine Anstalten machte, ihnen aus dem Weg zu gehen. Manch einer, der in den engen Gassen unterwegs war, konnte seinem Pferd nur um Haaresbreite ausweichen und warf ihnen dann Flüche nach. Will versuchte sich im Vorbeireiten so gut es ging zu entschuldigen, weil ihm das Verhalten seines Meisters doch sehr peinlich war. Einem Händler warf er eine goldene Münze zu, da Nicolas einen Teil seiner Waren zerstört hatte. Der Mann, der die Goldmünze vom Boden aufgehoben hatte, sah den beiden trotzdem zornig hinterher, obwohl der Wert der Münze seinen erlittenen Schaden mehr als nur beglich. Will war froh, als sie die großräumige Hafenanlage der Stadt erreicht hatten und es genug Platz gab, um zu reiten.

Will erhielt den Auftrag, nach den Entführern Ausschau zu halten, und richtete sich im Sattel auf, um die geschäftige Menge besser überblicken zu können. Es war ein bunter Haufen von Händlern, Matrosen, Soldaten, Adeligen, Dienern, Laufburschen, Bewohnern der Stadt und am anderen Ende des Platzes gab es auch ein paar Gaukler. Die Mischung der Menschen wurde nur noch von der Farbenvielfalt ihrer Kleidung übertroffen. Er suchte nach irgendetwas, das nach einer Fassade für den gefesselten Keron aussah, aber kaum eine Schiffsmannschaft brachte etwas auf ihr Boot, das groß genug gewesen wäre, sodass Keron darin Platz gehabt hätte.

Nicolas hingegen stieg von seinem Pferd ab, dessen Fell vor Anstrengung schon ganz feucht war und das wegen der Strapazen der letzten Stunden, die es ertragen musste, schwer atmete, und ging auf eine Bude in der Mitte des Platzes zu, die der Hafenaufsicht gehörte. Anlegende Schiffe mussten sich hier registrieren und Händler mussten eine Hafengebühr zahlen, damit ihre Handelsschiffe vor Anker liegen durften. Die Hafenbehörde, die dem Stadthalter unterstand und damit dem König, musste äußerst genau darüber Buch führen, wer alles in einem königlichen Hafen vor Anker ging. Der vordergründige Gedanke dahinter war, dass man es Schmugglern und Verbrechern erschwerte, hier ihre Waren loszuwerden. Nicolas wusste jedoch, dass es hauptsächlich darum ging, dass sich der Stadthalter durch die Hafengebühren bereichern konnte, bevor er durch jemand anderen ersetzt wurde.

Im Schatten der Bude saßen sechs Männer und Frauen, die eifrig damit beschäftigt waren, die Namen der Kapitäne und ihrer Schiffe zu notieren. Außerdem konnte man hier erfahren, ob es Kapitäne gab, die einen mitnehmen würden oder für einen Auftrag zur Verfügung standen. Nicolas beschäftigte sich aber nicht weiter mit diesen Beamten, sondern steuerte geradewegs auf einen etwas beleibten Mann mit einem azurblauen Umhang zu. Der Umhang gehörte zu der Uniform der Hafenbehörde und kennzeichnete ihn als Oberaufseher. Er würde hoffentlich über die nötigen Informationen verfügen, die Nicolas unbedingt brauchte. Er drängte sich zu diesem Mann durch und baute sich vor ihm auf.

Der Aufseher war etwas überrascht. Nichtsdestotrotz fing er sich schnell wieder und setzte eine erfreute Miene auf. „Guten Tag, mein Herr. Wie kann ich Ihnen dienen?", begrüßte der Mann ihn freundlich.

„Ich wünsche zu erfahren, ob Sie zwei in schwarze Mäntel gekleidete Personen gesehen haben, die einen möglicherweise bewusstlosen Jungen bei sich hatten. Sie müssten heute angekommen sein." Der Mann war nicht besonders schlau und verbarg sein Wissen darüber, wovon Nicolas sprach, sehr schlecht. Nicolas konnte in seinen Augen sehen, dass er genau diese Leute gesehen hatte.

„Es tut mir leid, aber derlei Informationen kann ich leider nicht jedem einfach so geben. Außerdem sind hier unzählige Menschen am Hafen, wie sie selbst sehen können. Vielleicht wissen sie die Namen dieser Herren, die Sie zu finden wünschen?", fragte er Nicolas in einem übertrieben freundlichen Tonfall.

Nicolas fletschte die Zähne. „Sagt mir, sehe ich wie jemand aus, der an solchen albernen Spielchen interessiert wäre?", fragte er und versuchte erst gar nicht seinen Zorn zu verbergen.

Der Mann der Hafenbehörde musterte ihn nun von oben bis unten, als hätte er noch nie so jemanden wie Nicolas gesehen. Als sein Blick über das Abzeichen der Reichsschützen wanderte, erbleichte er etwas.

„Nein, mein Herr. Natürlich nicht. Dennoch ist es nun einmal so, dass ich heute schon mit sehr vielen Menschen gesprochen habe, seit die Tore der Stadt geöffnet wurden, und ich mir, bei aller Mühe, nicht jeden merken kann." Trotzdem rief er nach einem der Schreiber, der ihm ein in rotes Leder gebundenes Buch in die Hand drückte.

„Ohne ihre Namen wird es schwierig werden, sie ausfindig zu machen", sagte er und blätterte in den Seiten des Buches, um die Listen von Namen zu studieren.

Nicolas wurde ungehalten und blickte kurz zu Will zurück, doch dieser schüttelte nur den Kopf und wandte seine Aufmerksamkeit dann wieder der Menschenmenge zu. „Ihr führt doch auch Aufzeichnungen über die Waren. Gibt es jemanden, der eine Kiste oder etwas Ähnliches bei sich hatte, in der man einen Menschen verstecken könnte?"

Der Aufseher blätterte noch einmal in den Aufzeichnungen und schüttelte den Kopf. „Es gibt natürlich dutzende von Händlern, die Kisten transportieren, die die richtige Größe hätten, aber wir haben bei keiner unserer Stichproben irgendetwas Auffälliges entdecken können. Außerdem registrieren wir nicht jede Privatperson, sondern nur Handelsschiffe, die ihre Waren auf unseren Märkten verkaufen wollen. Es tut mir leid."

Nun verlor Nicolas endgültig seine Geduld mit diesem Mann, weil er immer noch nicht ehrlich zu ihm war. Er trat nun einen weitern Schritt näher an den Mann heran, damit der kleine beleibte Aufseher zu ihm aufschauen musste.

„Ich weiß nicht, ob Euch klar ist, wer hier vor Euch steht", begann Nicolas und Angst zeigte sich in dem rundlichen Gesicht des Hafenmeisters. „Aber ich schwöre Euch, dass ich Euch ins Gefängnis werfen lasse, bis Ihr mir endlich sagt, was ich wissen will. Ich weiß, dass ihr die Personen gesehen habt, von denen ich sprach. Also wagt es nicht, mich noch einmal anzulügen. Welches Schiff haben sie bestiegen?"

Nicolas Drohung zeigte seine Wirkung und der Mann erzählte ihm alles, was er wusste. Ein Mann mit einem schwarzen Leinentuch vor dem Gesicht sei an ihn herangetreten und wollte von ihm wissen, welches Schiff ihn sofort nach Süden bringen könnte. Außerdem bezahlte er ihn dafür gut, dass es in den Aufzeichnungen keine Erwähnung über ihn gäbe. Er erzählte Nicolas, dass er ihn zu Ivan geschickt hatte, der jeden für genügend Gold dorthin bringen würde, wo er hinwollte. Er war ein bekannter Schmuggler, der allerdings die Hafenbehörde schmierte, um mit falschem Namen, als Händler getarnt, in Ladana anlegen zu können. Dann unterbrach er seine Erzählung, als hätte er Angst, das Folgende zu sagen.

„Weiter", knurrte Nicolas. Der Angstschweiß stand dem Mann im Gesicht, jedoch hatte er keine Möglichkeit, Nicolas' Blick auszuweichen.

„Es tut mir leid." Und dieses Mal hörte es sich ehrlich an. „Aber Ivans Schiff hat eine halbe Stunde vor Eurem Eintreffen abgelegt. Aber einen Jungen, der Eurer Beschreibung entspricht, habe ich nicht bei diesem Mann gesehen. Das schwöre ich bei meinem Leben. Bitte tut mir nichts an", flehte der Mann.

Doch Nicolas hörte ihm schon gar nicht mehr zu. Er war seinerseits erbleicht, als er hörte, was ihm der Hafenmeister berichtete. Keron war fort. Er hatte seinen Schüler nicht retten können. Vielleicht wenn er sofort ein Schiff bestieg … nein, sie hatten zu viel Vorsprung. Es war zu spät. Bestürzt sank er auf die Stufen des Brunnens, der hinter der Bude der Hafenbehörde stand. Der Hafenmeister hingegen, der seine Chance sah zu entkommen, entfernte sich so schnell wie möglich von ihm, damit Nicolas es sich nicht noch einmal anders überlegen konnte und ihn wegen Korruption doch ins Gefängnis warf.

Will, dessen Hoffnung auf einen Schlag verschwand, als er seinen Lehrmeister niedersinken sah, führte die erschöpften Pferde zu dem Brunnen. Er ahnte, dass er nicht hören wollte, was Nicolas gleich zu ihm sagen würde.

GRÜNES LICHT

Keron lief einen langen dunklen Gang entlang. Nur vor sich konnte er ein Licht am Ende des Ganges erkennen. Er rannte und rannte, aber aus irgendeinem Grund konnte er das Licht nicht erreichen. Außer Atem blieb er stehen und stützte seinen Oberkörper mit den Armen auf seine Oberschenkel. Er blickte den Gang hinab, aus dem er gekommen war, jedoch konnte er einige Meter von dem Fleck weg, auf dem er stand, nichts mehr erkennen. Da war nur eine unheimliche Finsternis, die alles verschluckte, was hinter ihm war.

Keron sah sich besorgt um. Es gab keine Fenster, die ihm von draußen Licht spenden konnten. Wo auch immer er war. Dieser Steingang hatte keine Verbindung zur Außenwelt. So wie er seine Lage einschätzte, hatte er genau zwei Möglichkeiten: Entweder er lief weiter auf das Licht zu oder er ging zurück und begab sich in die Dunkelheit hinter ihm. Er wählte die erste Möglichkeit. Der Gang schien sich endlos fortzusetzten. Der Boden und die Wände bestanden aus harten, glatten Steinen. Nur ab und zu gab es eine Holztür an der rechten Wand. Er probierte jede von ihnen zu öffnen, aber vergeblich. Kaum hatte er seinen Weg fortgesetzt, verschluckte auch schon die Dunkelheit hinter ihm die Tür. Keron beschlich das ungute Gefühl, dass die Schatten hinter ihm ihn verfolgten. Und noch immer war er dem Licht keinen Meter nähergekommen. Erschöpft sank er zu Boden und lehnte sich an die Wand. Er fragte sich, wie er hier hergekommen war. Das letzte, woran er sich erinnern konnte, war, dass er mit Nicolas und Will in einer Holzhütte im Wald gewohnt hatte.

Als er seinen Kopf aus seinen Händen nahm und aufschaute, erkannte er, dass sich die Finsternis bewegte und ihn schon fast erreicht hatte. Erst jetzt bemerkte er, dass er barfuß war. Zögernd streckte er seinen Fuß aus und berührte die Dunkelheit. Eine unglaubliche Kälte breitete sich in seinen Zehen aus. Besorgt zog er seinen Fuß zurück und massierte ihn. Doch als er ihn in seinen Händen hielt, hörte der Schmerz sofort auf und seine Haut fühlte sich nicht mehr so kalt an. Eines begriff Keron in diesem Moment. Er wollte auf keinen Fall die Erfahrung machen, was passierte, wenn sein ganzer Körper in diesem Nichts verschwand. Er bekam eine Gänsehaut und stand auf. Es gab nur einen Weg für ihn.

In der beinahe vollkommenen Finsternis und den immer gleichen Steinwänden hatte er das Zeitgefühl vollkommen verloren. Er wusste nicht, wie lange er gelaufen war. Trotzdem konnte er schließlich erkennen, woher dieses seltsame Licht kam. Am Ende des Ganges war eine Tür einen Spaltbreit offen. Er blickte sich noch einmal um und griff dann nach dem Türknauf. Doch in diesem Moment, als sich das kühle Metall in seiner Hand befand, begann das dunkle Holz in einem grünen Licht zu erstrahlen. Es wurde so hell, dass Keron die Augen zusammenkneifen musste. Das Licht schien aus der Tür herauszufließen und langsam löste sich das Holz auf.

Plötzlich verspürte er einen unglaublichen Drang, durch diese Tür aus Licht zu treten und zu sehen, was dahinter lag. Er schirmte seine Augen mit der rechten Hand ab und griff mit der anderen durch das Licht. Seine Hand, die von dem Licht verschluckt wurde, begann zu kribbeln und es breitete sich eine angenehme Wärme in ihm aus. Etwas entschlossener durchquerte er den Durchgang, musste aber seine Augen wegen des hellen grünen Lichtes fast zur Gänze geschlossen halten.

Für einen Moment kam es ihm so vor, als würde er schweben. Bereits einen Augenblick später allerdings hatte er wieder festen Boden unter den Füßen. Keron blinzelte ein paarmal, weil er immer noch von dem Licht geblendet war.

Langsam erkannte er wieder Umrisse, die sich nach einiger Zeit zu Objekten verformten. Er stand in einem kahlen, steinernen Raum. Er war vollkommen leer bis auf einen runden, tischhohen Sockel, der sich genau in der Mitte des Raumes befand. Der Sockel war genauso wie die anderen sechs Wände aus einem weißen glatten Stein gefertigt. Noch nie hatte Keron so eine Art von Gestein gesehen. Geistesabwesend strich er mit seiner linken Hand über die glatte Oberfläche der Wände, während er durch das Zimmer ging. Doch noch mehr faszinierte ihn das, was auf dem Sockel stand. Obwohl „stehen" eigentlich nicht das richtige Wort war, wie Keron fand. Denn gut eine Handbreit über der Oberfläche des Sockels schwebte eine grüne Flamme. Es gab kein Holz, das die Flamme nährte und am Leben erhielt.

Vorsichtig näherte er sich dem grünen Feuer, dessen Schein die hellen Wände wieder zurückwarfen. Keron streckte den Flammen die Handfläche seiner rechten Hand entgegen. Langsam nahm er auch die andere Hand hinzu und nun sah es für einen Beobachter fast so aus, als ob er sich die Hände an einem warmen Lagerfeuer wärmte. Doch zu Kerons Überraschung war das Feuer nicht so heiß, wie ein normales Feuer es gewesen wäre. Misstrauisch näherte er sich dem Feuer weiter, doch obwohl er die Flammen schon fast berührte, verbrannte er sich nicht. Er spürte nur eine behagliche und zudem vertraute Wärme, die von seinen Händen ausgehend seinen ganzen Körper durchdrang. Aus einer plötzlichen Idee heraus stieß Keron seine rechte Hand tief in die grünen Flammen, die zu den Spitzen hin schon fast weiß wirkten.

Für einen kurzen Moment dachte er, dass ihn das Feuer doch verbrennen würde. Er stellte sich innerlich schon auf die unbeschreiblichen Schmerzen ein, die folgen würden, und er war bereit jeden Moment seine Hand wieder zurückzureißen. Jedoch geschah nichts dergleichen. Behutsam drehte er seine Hand im Feuer und die Flammen umzüngelten sein Handgelenk. Dann veränderte sich die Beschaffenheit des Feuers und es drang in seine Haut ein. Erschrocken riss Keron seine Hand aus dem Feuer und hielt sie vor sein Gesicht, um sie eingehend zu untersuchen. Das Feuer hatte seine Hand nicht verbrannt, aber dort wo die Flammen in seinen Körper eingedrungen waren, war seine Haut dunkler geworden und es hatten sich merkwürdige Muster und Zeichen auf seiner Haut gebildet.

Er versuchte sie durch Reiben von seinem Arm zu entfernen. Die Linien reichten von seinem Handrücken bis zu seiner Schulter hinauf. Seine Haut war schon ganz rot vom Reiben, doch die dunklen Muster, die sich von den Fingern aus seinen ganzen Arm hinaufschlängelten, blieben. Er versuchte seine Hand wieder in die Flammen zu tauchen, weil er hoffte, dass sie so wieder verschwinden würden, aber als er die Hand zum zweiten Mal aus der Flamme zog, waren die eleganten Linien, die fast wie Ranken von Pflanzen aussahen, immer noch da.

Keron bemerkte plötzlich, dass kleine Flämmchen seiner Hand gefolgt waren und nun wie Miniaturausgaben des großen Feuers über seinen Fingerspitzen schwebten. Über jedem Finger war eine kleine grüne Flamme zu sehen. Keron schüttelte die Hand, um die Flämmchen abzuschütteln, allerdings erreichte er damit nur, dass seine Hand fünf leuchtende Lichtfäden durch die Luft zog. Ruhig hielt er seine Hand mit der Handfläche nach oben vor sich hin und ballte dann die Faust. Sobald er seine Hand geschlossen hatte, erloschen die kleinen Flammen.

Er stand eine Zeit lang einfach nur da und betrachtete ungläubig seinen Arm und seine Hand. Dann fiel ihm auf einmal ein, dass er sich noch gar nicht nach einem Ausgang umgesehen hatte. Er wendete sich um, aber die Tür aus Licht, durch die er diesen Raum betreten hatte, war verschwunden. Schnell drehte er sich um die eigene Achse. Es gab keinen Ausgang mehr, der aus diesem Raum hinausführte.

Verzweifelt lehnte er sich an die Wand, wo sich die Tür befunden hatte, und sank langsam zu Boden. Er saß auf dem Steinboden und überlegte, was er nun tun sollte, und während er so dasaß und grübelte, bemerkte er, dass die Male auf seinem Arm langsam verblassten. Er zog verwundert eine Augenbraue hoch, beachtete seinen Arm ansonsten allerdings nicht weiter. Er hatte ein dringlicheres Problem und das bestand darin, aus diesem Raum auch wieder hinauszukommen.

Er wünschte sich nichts mehr als eine Tür und als hätte ihn der Raum verstanden, gab die Wand hinter ihm plötzlich nach und er fiel rücklings aus dem Zimmer mit der grünen Flamme. Verwundert setzte er sich auf und blickte in denselben Gang, aus dem er geflohen war. Noch immer wurde er von dieser unheimlichen Finsternis durchdrungen.

Aus reinem Instinkt heraus ging Keron zu der grünen Flamme und tauchte seine rechte Hand ins Feuer. Erneut durchströmte ihn diese angenehme Wärme, als würde er ein warmes Bad nach einer langen Reise nehmen. Die Linien auf seinem Arm kamen wieder deutlicher zum Vorschein und als er die Hand herausnahm, umspielten seine Finger fünf kleine Flämmchen. Dann drehte er sich um und achtete darauf, dass die Flammen um seine Hand nicht ausgingen. Doch aus irgendeinem Grund wusste er, dass dies ohnehin erst geschehen würde, wenn er seine Hand schloss. Vorsichtig trat er auf den Gang hinaus und näherte sich der Dunkelheit.

Keron lächelte, als die Flammen in seiner Hand die Finsternis durchschnitten wie ein Messer einen Laib Brot und sich diese schwarze Wolke vor ihm zurückzog. Mit ausgestreckter Hand als Fackel bahnte er sich einen Weg den Gang entlang. Es beunruhigte ihn etwas, dass sich die Finsternis hinter ihm wieder zusammenzog. Denn schon bald konnte er die Tür und den Raum dahinter nicht mehr sehen, sondern war von dieser bedrückenden Dunkelheit umgeben. Keron hoffte darauf, dass die Flämmchen über seinen Fingerspitzen nicht erlöschen würden. Doch erneut hatte er dieses starke innerliche Gefühl, dass dies nicht passieren würde. Er wusste nicht, wo er war und warum, aber es gab ohnehin nur einen Weg, den er beschreiten konnte, also folgte er diesem.

Kurz darauf machte der Gang eine Biegung, obwohl er sich nicht daran erinnern konnte, dass er zuvor um die Ecke gegangen war. Vorsichtig ging er weiter. Immer einen Schritt vor den anderen und bald veränderte sich seine Umgebung. Er betrat ein weiteres Zimmer. Dieses war viel größer als der kleine Raum mit dem grünen Feuer und hatte einen Boden und eine Decke aus Holz. Außerdem wurde es durch mehrere Fackeln an den Wänden erhellt. Sein Blick durchstreifte den Raum und da entdeckte er plötzlich eine Figur, die am anderen Ende des Raumes auf dem Boden kauerte.

Besorgt näherte er sich und erkannte voller Entsetzen, dass diese Person Will war, der sich eine blutende Wunde hielt. Keron löschte die Flammen um seine Hand, weil er sie nicht mehr brauchte, und lief auf seinen Freund zu, der schon sehr viel Blut verloren hatte. Mit schmerzverzerrtem Gesicht blickte er zu Keron auf und streckte ihm seine Hand entgegen. „Hilf mir!", flehte er.

Doch bevor er seinen Freund erreichen konnte, begann das Zimmer zu beben und Keron verlor das Gleichgewicht. Die Wände und die Decke wackelten und es rieselten Staub sowie Holzsplitter auf ihn herab. Keron hörte ein markerschütterndes Krachen und um seinen Freund bildeten sich Risse im Holz. Mit Schrecken musste er mit ansehen, wie der Boden unter Will nachgab.

„Will, pass auf!", rief Keron so laut er konnte, um seinen Freund zu warnen. Doch dieser sah ihn nur mit weit geöffneten Augen an.

„Hilf mir doch", bat er erneut.

Keron nahm noch einmal alle seine Kräfte zusammen und bewegte sich auf dem unsicheren Boden so schnell vorwärts, wie er konnte. Aber es war schon zu spät und Will stürzte in die Tiefe. Unter ihm befand sich nichts, was seinen Fall hätte stoppen können. Nur eine dunkle Leere, in der Will verschwand. Keron konnte den entsetzten Schrei seines Freundes noch lange in seinem Kopf hören. Er saß am Rande des Loches, in dem Will verschwunden war und heiße Tränen flossen seine Wangen herunter. Es konnte einfach nicht sein, dachte sich Keron und schüttelte heftig den Kopf, um sich selber zu überzeugen. Es kann einfach nicht sein. Seine Arme um seine Knie gelegt, rührte er sich nicht von der Stelle. Es kam ihm so vor, als wäre er selber in ein tiefes schwarzes Loch gefallen. Es musste einfach ein Traum sein, ein Albtraum.

Plötzlich legte ihm jemand eine Hand von hinten auf die Schulter. Keron hatte nicht bemerkt, dass noch jemand im Raum war. Mit geröteten Augen blickte er nach oben und erkannte, dass Sir Nicolas über ihm stand. Aber als er genauer hinsah, schaute der Mann irgendwie anders aus. Keron drehte sich um, allerdings konnte er nicht aufstehen, weil der Mann, der wie Nicolas aussah, ihn immer noch an der Schulter hielt und es so verhinderte. Keron blickte dem Mann ins Gesicht, das zweifelsfrei Nicolas gehörte und dennoch ganz anders war.

„Warum hast du ihm nicht geholfen?", fragte er plötzlich.

„Aber ich habe … ich habe versucht … der Boden …", stammelte Keron.

Doch die Stimme von Sir Nicolas war eiskalt und es war klar, wer in seinen Augen die Schuld trug. „Du hättest Sir Francis retten müssen. Du hättest Will retten müssen." Der Name seines alten Lehrers und Freundes brachte Keron vollkommen durcheinander und er spürte, wie seine Augen wieder feucht wurden. „Wolltest du nicht lernen zu kämpfen, um die zu beschützen, die du liebst? Du hast versagt", stellte der Mann über ihm fest, der nun nichts mehr mit Nicolas gemeinsam hatte. „Du bist schwach", sagte er und löste seine Hand von Kerons Schulter.

„Schwach …", wiederholte Keron leise und war wie erstarrt, als der Mann, der Sir Nicolas so sehr ähnelte, ihm den Rücken zuwandte und sich entfernte.

Keron wollte aufstehen, aber seine Beine trugen ihn nicht. Kaum war er wieder alleine, hörte er erneut das Splittern von Holz. Er sah, wie sich Risse um ihn herum bildeten, allerdings war es ihm egal. In Erwartung, dass nun das Ende kommen würde, schloss er die Augen. Er hatte alles verloren. Sir Francis, Sir Nicolas, Will …

Für einen Moment dachte Keron, er würde auch ins Nichts fallen, aber als dies nicht geschah, öffnete er wieder seine Augen. Er sah nur Dunkelheit. Er blinzelte ein paarmal, um sicher zu gehen, dass seine Augen auch wirklich offen waren. Dann kam ihm ein schrecklicher Gedanke. Vielleicht war er blind. Erschrocken versuchte er sich zu bewegen. Aus irgendeinem Grund war es ihm nicht möglich, seine Beine auseinanderzubekommen oder seine Hände hinter dem Rücken hervorzubringen. Verzweifelt wand er sich hin und her und als er den Kopf bewegte, merkte er, dass er irgendetwas über dem Kopf trug.

„Da ist wohl jemand aufgewacht", hörte Keron jemanden sagen.

„Kannst du den nicht ruhig stellen?" Keron verharrte regungslos, als er die Stimmen hörte. Auf eine gewisse Art war er erleichtert, weil er nun wusste, dass er nicht tot war. Etwas ruhiger hörte er, wie sich ihm jemand näherte. Unter dem Gewicht dieser Person knarzten Holzplanken. Er lauschte aufmerksam und versuchte herauszufinden wo er sich befand. Nun war Keron wirklich verwirrt. Zuerst fand er sich in diesen merkwürdigen Gängen wieder und jetzt, so schien es ihm, war er wieder ganz wo anders. Insgeheim freute er sich allerdings, dass er nicht mehr in diesem Raum mit dem Loch im Boden war. Überall war es besser als dort, entschied er. Hatte die Stimme vorher nicht etwas von „aufwachen" gesagt? Hatte er vielleicht nur geträumt? Doch bevor er diesem Gedanken weiter nachgehen konnte, erregte etwas anderes seine Aufmerksamkeit. Keron konnte praktisch fühlen, dass ihm jemand ganz nahe war.

Ohne eine Vorwarnung zog ihm jemand etwas über den Kopf. „*Nein*", dachte sich Keron. „*Die Person vor mir zieht mir nichts über den Kopf, sondern vom Kopf.*"

Das Licht blendete ihn, als ihm das Tuch vor den Augen entfernt wurde. Er musste einige Male blinzeln, bevor er etwas erkennen konnte. Zu seinem Glück war es in dem Raum, in dem er sich befand, nicht besonders hell und seine Augen mussten sich nicht so lange an die neuen Lichtverhältnisse gewöhnen. Doch als er sah, wer vor ihm hockte, erschrak er. Es war derselbe Mann, der sich schon im Wald vor ihn hingehockt hatte. Er befand sich wieder genau in derselben Pose wie damals, als er ihn zuletzt gesehen hatte.

Jetzt allerdings war sein Gesicht nicht durch ein schwarzes Tuch verhüllt und er konnte ihn genauer betrachten. Als Keron dem grinsenden Mann in die Augen sah, war er sich ganz sicher. Diese Augen würde er nie vergessen. Obwohl sie ihr durchdringendes gelbes Strahlen verloren hatten, war es zweifelsohne derselbe Mann. Nun aber waren sie einfach nur braun.

Keron gefiel das Lächeln des Mannes überhaupt nicht. Es erinnerte ihn sehr an Will. Er hatte auch immer auf die gleiche Weise schelmisch gegrinst. Die Erinnerung an seinen besten Freund riefen die Bilder von seinem stürzenden Ebenbild wieder in sein Gedächtnis. Hatte er wirklich nur geträumt? Es war ihm alles so real vorgekommen. Natürlich gab es kein grünes Feuer, dachte er sich. Aber er hatte die Kälte der Dunkelheit, die Wärme des merkwürdigen Feuers, die ihn durchströmte, und die Wärme seiner eigenen Tränen auf seiner Haut gespürt. Konnte ein Traum wirklich so realistisch sein?

„Wo ist Will?", fragte er den Mann unerwartet und Keron wunderte sich selbst über die Kraft, die in seiner Stimme lag. Doch das Lächeln des Mannes verschwand nicht, obwohl Keron für einen Moment dachte, er hätte etwas Mitfühlendes in dem Gesicht des Fremden bemerkt.

„Ich weiß nicht, wer Will ist", fing er an zu sprechen und machte dann eine kurze Pause, als müsste er überlegen. „Aber wenn das der Junge ist, der bei Nicolas und dir war, wird er jetzt vermutlich riesige Kopfschmerzen haben."

„Ihr Monster, was habt ihr ihm angetan?", fragte Keron wütend und versuchte an seinen Fesseln zu zerren. Jedoch erreichte er damit nur, dass er die Wunden an seinen Handgelenken, die schon fast verheilt waren, wieder aufriss.

„Hey, hey, beruhig dich doch. Ich hab deinem kleinen Freund kein Haar gekrümmt. Was? Glaubst du mir etwa nicht?", fragte er gespielt aufgebracht, als Keron ihn immer noch böse anfunkelte.

Nachdem Keron nichts erwiderte, stand der Mann immer noch grinsend auf und wollte sich von ihm entfernen.

„Was habt ihr mit mir vor?", fragte ihn Keron. Dalion drehte sich um und hockte sich wieder vor seinen Gefangenen hin. Dieses Mal erreichte sein Lächeln seine Augen nicht, als würde es ihm leidtun, woran er gerade dachte. Und bis zu einem gewissen Punkt stimmte das auch. Dalion wusste nicht genau, was Aroc mit dem Jungen vorhatte, aber wenn Aroc jemanden unbedingt in die Finger bekommen wollte, konnte es nichts Gutes sein.

„Ich bringe dich zu einem ganz speziellen Ort und dann bist du nicht mehr mein Problem", erklärte Dalion und sagte es in einem Ton, als würde es ihn nicht interessieren, was mit Keron geschehen würde. „Und jetzt halt den Mund. Es ist schon ungemütlich genug in dieser schaukelnden Todesfalle, ohne dass du lästige Fragen stellst. Außerdem, kannst du den Antworten eines Mannes wirklich vertrauen, der dich entführt hat? Also ich würde ihm nicht vertrauen, wenn ich du wäre", sagte er und jetzt funkelten seine Augen regelrecht vor schelmischer Genugtuung.

Keron wollte noch etwas erwidern, allerdings drückte Dalion ihm da schon ein Tuch zwischen die Zähne und band es hinter seinem Kopf fest. Es tat ihm nicht wirklich weh, aber so konnte er natürlich nichts mehr sagen. Dalion seufzte und wollte sich schon wieder abwenden, als ihm noch etwas Wichtiges einfiel.

„Versuch erst gar nicht deine Fesseln mit deinen Kräften zu zerreißen. Ich habe dafür gesorgt, dass die Seilstränge dick genug sind, dies zu verhindern. Wenn du es trotzdem versuchst, wirst du dich unweigerlich selbst verletzen. Und wir wollen doch nicht, dass meine Ware beschädigt ankommt. Alles klar?", sagte er in einem zuckersüßen Ton und gab Keron einen leichten Klaps auf seine linke Wange.

Als Dalion sich wieder zu seinem Kameraden setzte, warf Keron zum ersten Mal einen Blick auf seine Umgebung. Der Boden und die Decke waren aus Holz, genauso wie die gebogenen Holzwände. Überall sah er Kisten und Seile herumliegen. Vor ihm saßen der Mann, der seine Augenfarbe verändern konnte, und noch ein weiterer Mann, der etwas kleiner war, auf zwei kleinen Kisten und benutzten eine größere als Tisch. Ruhig, als wäre es ein Tag wie jeder andere, spielten sie im Schein einer Kerze Karten. Er war ganz offensichtlich in einem Schiff. Jetzt spürte er auch die rhythmischen Auf- und Abbewegungen, die das Schiff machte, wenn es über die Wellen glitt. Außerdem roch es stark nach Fisch und der salzigen Luft des Meeres.

Keron zerrte an seinen Fesseln, die seine Hände hinter seinem Rücken festhielten. Offenbar hatte Kerons Entführer ihn nicht belogen. Aber in einem anderen Punkt hatte er sich getäuscht. Keron wäre nie auf die Idee gekommen, seine Fesseln einfach so zu zerreißen, wie er es bei dem Überfall der Banditen getan hatte. Denn er wusste nicht, wie er diese Kraft in sich wecken konnte. Es war immer nur geschehen, wenn sein Leben in Gefahr war und die Wut ihn übermannt hatte. Er wusste doch nicht einmal, was mit ihm los war. Seit Sir Francis' Tod war sein Leben ein einziges Rätsel für ihn.

Gefesselt und unfähig sich selbst zu befreien, saß er einfach nur da und ließ seine Gedanken treiben. Hin und wieder hörte er einen Fluch oder ein Lachen von einem der Männer und große Wellen, die gegen den Rumpf des Schiffes stießen. Keron fragte sich, ob es Will und Nicolas gut ginge und ob sie versuchten ihn zu finden, aber er bezweifelte, dass sie wussten, wo er sich befand. Nicht einmal er wusste, wo er war. So oder so, Keron hatte Angst, was mit ihm geschehen würde. Trotzdem war er fest entschlossen seine Angst nicht zu zeigen. Nach einer Weile machte ihn das ständige Meeresrauschen müde und er schlief ein.

Dalion wunderte sich, als er sich wieder zu Esrol setzte und sie weiter Karten spielten. Eigentlich hätte das Gift in dem kleinen Pfeil ausreichen müssen, damit der Junge bis zu ihrer Ankunft im Hauptquartier bewusstlos blieb. Nichtsdestotrotz war er einen Tag zu früh aufgewacht. Er hätte eigentlich zwei Tage schlafen sollen, bis Dalion ihn mit dem Gegengift in einer sicheren Umgebung wieder aufgeweckt hätte. Konnte er ihm noch mehr geben, um ihn wieder einschlafen zu lassen? Dalion schüttelte den Kopf. Nein, es würde ihn umbringen, wenn er eine Überdosis im Blut hätte. So kurz vor seinem Ziel wollte er kein Risiko mehr eingehen. Falls irgendjemand sie nach ihm fragen würde, würde er einfach behaupten, dass er ein entflohener Gefangener sei und er ihn ins Gefängnis zurückbrachte. Es gab viele Kopfgeldjäger in Ryloven und noch mehr Verbrecher, weil sich die Reichssoldaten um kleine Fische nicht bemühten und Stadtwachen keinen Finger rührten, wenn nicht etwas in ihrer eigenen Stadt geschah.

Abgelenkt von seinen Gedanken, verlor Dalion einen Haufen Geld und fluchte, weil er nicht besser aufgepasst hatte. Esrol hingegen sammelte seinen Gewinn ein und lächelte im Schatten seiner Kapuze.

Dalions Plan hatte nicht so gut funktioniert, wie er gehofft hatte. Er hatte den Reichsschützen doch ein wenig unterschätzt. Er hatte zwei Frauen und zwei Männer in dieser Nacht verloren. Aber vielleicht wären noch mehr gestorben, wenn sie sie direkt angegriffen hätten. Nicolas war wirklich ein hervorragender Kämpfer. Obwohl er von drei Nah'ranen, inklusive Odrak, bedroht worden war, hatte er es tatsächlich geschafft, zwei von seinen Angreifern zu töten. Ein kleiner Teil von ihm hoffte sogar, dass auch Odrak durch die Klinge des Reichsschützen gefallen war.

Doch bei diesem Gedanken erinnerte er sich wieder daran, dass er selbst fast gestorben wäre. Hätte er nicht unmenschlich schnelle Reflexe, hätte sich der Pfeil bestimmt in seinen Kopf gebohrt. Die Schusskünste von Nicolas waren schon fast so übermenschlich wie seine eigenen Fähigkeiten. Auf eine gewisse Art gefiel es Dalion gar nicht, dass er solch einen Mann zum Feind hatte. Er wüsste zu gerne, was Aroc mit dem Jungen zu schaffen hatte und ob er wusste, dass er ein *Schimmerauge* war. Da es ihn allerdings im Endeffekt nicht betraf, berührte es ihn nicht weiter.

Lachend holte er sich eine größere Summe von Esrol zurück, als er zuvor verloren hatte.

Die Verluste bei seiner Mission waren zwar bedauerlich, aber Dalion hatte schon viele Menschen sterben sehen und es waren bestimmt nicht seine letzten gewesen. Es kam einzig und alleine darauf an, dass er seine Aufgabe erfüllt hatte. Er war schon so lange nicht mehr im Hauptquartier der Nah'rane gewesen. Üblicherweise bekam er seine Zielpersonen von Aroc mit Hilfe von Briefen oder durch zuverlässige Boten übermittelt. Die Nah'rane hatten im ganzen Reich ein Informationsnetzwerk aufgebaut. In jeder größeren Stadt gab es einen zuverlässigen Mann, der wichtige Nachrichten sofort per Brieftaube zum Hauptquartier schicken konnte. Und selbst wenn so eine Brieftaube abgefangen werden würde, waren die Nachrichten mit einem speziellen Code verschlüsselt, der nur den wichtigsten Agenten und Attentätern mitgeteilt wurde.

Vielleicht würde er nach seiner Rückkehr endlich finden, wonach er seit seiner Jugend gesucht hatte. Die Wahrheit über den Tod seiner Eltern.

Keron wurde unsanft aus dem Schlaf gerissen, als er am Kragen gepackt und auf die Beine gezogen wurde. Für einen kurzen Moment wusste er überhaupt nicht, wo er war. Doch dann erblickte er wieder die Holzwände und ihm stieg der Geruch nach Meer und Fisch in die Nase. Keron hatte während seines Aufenthaltes auf diesem Schiff nie etwas anderes gesehen als den Frachtraum, in dem er festgehalten wurde. Die zwei Männer, die ein Auge auf ihn hatten, spielten die meiste Zeit Karten oder betranken sich. Oft taten sie auch beides gleichzeitig. Manchmal wehte ein Windstoß, der irgendwie seinen Weg durch die Planken des Schiffes fand, den Geruch von Alkohol zu ihm hinüber. Da er wegen des Knebels sowieso nicht sprechen konnte, versuchte er auch nicht auf sich aufmerksam zu machen. Der Mann mit den gelben Augen kam nicht mehr zu ihm, um mit ihm zu reden. Er hatte sich gedacht, dass er verhört werden würde, aber vielleicht war dies nicht der richtige Zeitpunkt. Ab und zu kam der andere Mann zu ihm herüber und gab ihm etwas zu trinken. Er löste Kerons Mundknebel und führte ihm einen Wasserschlauch an den Mund. Bei einer dieser Gelegenheiten, als er den Schlauch wieder von ihm wegnahm, machte Keron den Fehler, nach etwas zu essen zu fragen. Er wollte zuerst keine Schwäche zeigen, allerdings hatte der Hunger seinen Stolz geschwächt. Der schlanke, etwas zu bleiche Mann mit der spitzen Nase und kurzen schwarzen Haaren starrte Keron für einen Moment nur an. Der Hass in seinem Blick war unübersehbar und Keron vermutete, dass er ihm nur Wasser gab, weil es ihm von seinem anderen Entführer befohlen worden war. Der Kopf des Mannes vor ihm kam noch näher, sodass sein Kamerad nicht hören konnte, was er zu Keron sagte. Jetzt, wo ihm der Mann so nahe war, konnte Keron deutlich den Alkohol riechen, den er offenbar in großen Mengen konsumiert hatte.

„Du hast Hunger, was?", flüsterte er ihm mit einem seltsamen Akzent, den Keron noch nie gehört hatte, ins Ohr. Es war ein bisschen verwunderlich, dass er sich noch so klar ausdrücken konnte. „Dein Freund mit dem Bogen hat in jener Nacht zwei gute Freunde von mir umgebracht. Also kannst du von mir aus verhungern. Sobald du auch nur einen falschen Schritt machst, wird es mir eine Freude sein, den Gefallen deines Reichsschützenfreundes zu erwidern. Dein Tod wird allerdings um einiges schmerzvoller sein und länger dauern." Keron erkannte die leere Drohung hinter den Worten des Mannes, doch offensichtlich half ihm schon lediglich die Vorstellung daran, dass er Keron große Schmerzen zufügen könnte, um seine Laune zu verbessern. Ihm entging nicht die Mordlust, die in der Stimme des Mannes vorhanden war.

Keron war sich nicht mehr ganz so sicher, ob die Freude, ihn zu quälen, dem Mann nicht mehr bedeuten würde, als den Ärger, den er vermutlich bekommen würde, wenn er unglücklicherweise dabei starb. Außerdem konnte er ihm vermutlich auch Schmerzen zufügen, an denen er nicht sterben würde.

Die Angst, die sich in seinen Zügen gezeigt haben musste, reichte dem Mann offenbar aus. Er knebelte ihn wieder, etwas fester als es notwendig gewesen wäre, und entfernte sich von ihm. Irgendwie hatte dieser Mann Keron an eine Ratte erinnert. Eine verdammt hässliche Ratte.

Dieses Mal bekam er kein Wasser, sondern wurde auf die Beine gestellt. Zuerst fürchtete Keron, dass seine verkrampften Muskeln ihn nicht tragen würden, aber dann fand er doch noch seine Stärke und konnte so verhindern, dass er wieder zu Boden fiel. Unsanft wurde er zu der Treppe gestoßen, die aus dem Frachtraum hinausführte. Er musste seine ganze Konzentration darauf verwenden, nicht zu stolpern, was mit seinen gefesselten Füßen gar nicht so einfach war. Halb gestoßen und halb hüpfend schaffte er es schließlich zu der nassen Holztreppe.

Es herrschte ein geschäftiges Treiben auf dem Weg nach oben. Männer kamen die Treppe hinuntergelaufen, schnappten sich Kisten und Fässer und verschwanden wieder nach oben. Kerons Vermutung, dass sie angelegt hatten, bestätigte sich, als sie das Deck des Schiffes endlich erreicht hatten. Den Weg die Treppe hinauf, der ihm einige blaue Flecken einbrachte, überwand er mehr durch das Zerren seines Entführers als durch seine eigene Körperkraft. Nachdem er die letzte Stufe endlich erklommen hatte, blickte Keron sich erst einmal um. Sie trieben am Ufer eines sehr breiten Flusses und das kleine schäbige Fischerdorf, das sich am Ufer befand, machte nicht gerade den Eindruck, als würden hier viele Händler an Land gehen. Die Häuser bestanden, soweit Keron es erkennen konnte, alle aus Holz und hin und wieder trieb ein Fischerboot ihm Wasser. Einige der Gebäude standen zum Teil über dem Fluss und wurden durch Stützpfosten getragen, die aus dem Wasser ragten.

Die Luft war wärmer, als Keron erwartet hatte, was darauf schließen ließ, dass sie sich weit im Süden von Ryloven befanden, wenn sie überhaupt noch im selben Land waren. Er konnte Berge, Wälder und Graslandschaften sehen, aber er hatte keine Ahnung, wo er sich befand, weil er die Umgebung nicht wiedererkannte. Wenn sie sich immer noch in Ryloven befanden, hatte er diesen Teil des Reiches noch nie bereist.

Keron hatte gar nicht bemerkt, dass sein zweiter Entführer zu ihnen gestoßen war. Er unterhielt sich gerade mit Rattengesicht und sah überhaupt nicht glücklich aus. „Dieser verdammte Schmuggler. Er hat unseren ausgehandelten Preis erhöht, weil er angeblich nichts darüber gewusst hatte, dass er einen Gefangenen transportierte. Natürlich hatte er es gewusst. Dieser Drecksack wird seine Gier noch bereuen." Dalion funkelte einen großen, recht muskulösen Mann, der einen auffälligen Hut trug und offensichtlich der Kapitän dieses Schiffes war, böse an.

„Und da nennt man mich einen Verbrecher. Ich halte mich wenigstens an geschlossene Vereinbarungen. Meistens zumindest."

Dann wandte er seinen Blick Keron zu. „Habe ich dir nicht gesagt, dass du seine Beinfesseln lösen sollst, bevor du ihn hier heraufbringst?", wandte er sich wütend an seinen Kameraden. Auch Keron funkelte Rattengesicht nun böse an. Also waren sein Abenteuer über diese verdammte nasse, rutschige Stiege und die blauen Flecken, die ihn nun schmerzten, eigentlich vollkommen unnötig gewesen. Es war nicht der beste Tag, um sich mit Dalion anzulegen. Also gab Esrol nach und machte sich daran, das Seil, das um Kerons Beine gebunden war, zu lösen. Esrol machte einen unschuldigen Gesichtsausdruck, der so viel ausdrücken sollte wie: „Das habe ich wohl irgendwie vergessen." Doch als er sich hinunterbückte, um die Fesseln zu lösen, sah Keron das dumme Grinsen des Mannes. Dalion schien es nicht bemerkt zu haben oder ignorierte es einfach.

Nachdem Kerons Beine endlich befreit waren, wickelte Esrol das Seil um Kerons Handfesseln. Das andere Ende des Stricks befestigte er an einem Haken am Unterarmschützer, den er unter dem Ärmel des schwarzen Hemdes trug. Die Botschaft war eindeutig. Kerons freie Beine würden ihm nicht helfen zu entkommen. Aber so kam er wenigstens ohne weitere Verletzungen vom Schiff herunter. Dalion überprüfte noch einmal die Fesseln und hielt sie dann zur Eile an.

„Na los. Wenigstens haben wir einen überdachten Wagen von diesen Seedieben bekommen. Eigentlich hätten wir für diese Summe auch eine Kutsche bekommen können, aber das ist ja nun egal." Nach dem Gesichtsausdruck zu urteilen, den der Anführer seiner zwei Begleiter machte, hatte er auch dafür noch extra zahlen müssen. Während sie das Schiff über eine schmale Holzplanke verließen, konnte Keron den Mann die ganze Zeit etwas murmeln hören. Vermutlich war es nichts Freundliches.

Das kleine Dorf hatte keinen Pier und deshalb führte sie die Schiffsplanke auf den Strand. Als Keron wieder festen Boden unter den Füßen hatte, blieb er für einen Moment stehen. Doch er wurde sofort wieder weiter gestoßen.

„Beweg dich gefälligst!", knurrte ihn Rattengesicht hinter ihm an.

Sie erklommen kleine Steinstufen, die in den Fels gehauen und schon sehr von Wind und Wasser abgeschliffen waren, und kamen dann zu einer Straße, welche quer durch das kleine schäbige Fischerdorf verlief.

Dalion führte sie zu einem Wagen, der genauso schäbig aussah wie der Rest des Dorfes und von zwei alten Pferden gezogen wurde. Keron freute sich, dass er wenigstens ein Dach hatte, damit er bei Regen nicht ganz nass wurde, aber vermutlich bestand der Zweck des geschlossenen Wagens darin, ihre Fracht, also ihn, vor fremden Augen zu verbergen. Kaum hatte er seinen Gefangenenwagen betreten, erhielt er auch schon einen Stoß von hinten und fiel schmerzhaft auf seine linke Schulter, weil er den Sturz mit den gefesselten Händen nicht abfangen konnte. Keron blickte zurück, als er sich wieder aufrichtete, und sah erneut Rattengesichts dummes Grinsen, bevor ihm wieder ein Sack über den Kopf gezogen wurde. Wie er diesen Mann hasste.

Das Gewebe des Sackes war dünn genug, damit er ohne Probleme Luft bekam, doch es war dick genug, damit er nicht sehen konnte, was um ihn herum geschah. Er konnte spüren, wie sich ein Seil um seine Knöchel wickelte. Keron versuchte sich gegen ein erneutes Anlegen der Fußfesseln zu wehren, was ihm lediglich einen saftigen Tritt gegen die Rippen einbrachte. Er hatte es nicht knacksen gehört, was ein gutes Zeichen war. Aber seine Seite fühlte sich nun an, als hätte ihn ein großes Tier mit Hörnern gerammt. Der Tritt hatte seine Wirkung nicht verfehlt, denn danach wehrte sich Keron nicht mehr gegen das Seil, das um seine Beine gebunden wurde. Er war zu dem Schluss gekommen, dass jetzt nicht die richtige Zeit war, um sich zu wehren. Weitere unbedachte Provokationen würden ihm nur noch mehr Schmerzen verschaffen.

Jemand verließ den hinteren Teil des Wagens und Keron robbte gefesselt zu einer der beiden Seiten, um sich anzulehnen. Doch einige Stunden auf dem Schiff zuvor hatten ihm gezeigt, dass eine gemütliche Haltung kaum möglich war. Die Hände, die hinter seinem Rücken zusammengebunden waren, fühlten sich schon taub an. Er bewegte hin und wieder seine Finger, um seinen Körper daran zu erinnern, dass er noch Hände besaß. Er hörte jemanden etwas rufen, das er aber nicht verstehen konnte, und dann spürte er, wie sich der Wagen langsam in Bewegung setzte.

Zuerst wunderte sich Keron, dass sie ihn alleine im hinteren Teil des Wagens ließen, und er überlegte sich, ob er vielleicht das Risiko eines Fluchtversuches eingehen sollte. Blind und mit gefesselten Beinen würde er allerdings nicht weit kommen, bevor sie ihn wieder ergreifen würden. Außerdem erinnerte er sich noch sehr genau an Rattengesichts Warnung, dass er keinen falschen Schritt machen sollte. Seine Aussichten auf eine gelungene Flucht waren verschwindend gering. Deshalb entschied er sich auf eine bessere Gelegenheit zu warten, um zu fliehen. Obwohl er gar nicht wusste, ob es diese Gelegenheit jemals geben würde.

Verzweifelt versuchte er sich einen Ausweg zu überlegen, aber umso länger er darüber nachdachte, umso aussichtsloser erschien ihm seine Situation. Er wusste nicht, wo er war, war zwei zu eins unterlegen, war unbewaffnet und gefesselt. Alles in allem sah er keinen Hoffnungsschimmer am Horizont. Nur eine kleine Stimme in ihm wiederholte immer wieder ihr Mantra: „Sie werden kommen. Sie werden kommen und mich befreien." Sie mussten einfach kommen, um ihn zu retten.

Als Keron das nächste Mal wieder etwas sah, abgesehen von dieser bedrückenden Finsternis, die ihn an seinen Traum erinnerte, war er nicht mehr alleine im Wagen. Der Mann, dessen Irisfarbe sich verändern konnte, saß beim Ausgang des Wagens. Ein Bein ließ er vom Rand der Ladefläche herunterhängen und biss genüsslich in einen Apfel. Erneut lächelte er Keron an, als er ihn ansah, und für einen Moment war ihm der Mann vor ihm sogar sympathisch erschienen. Unwillkürlich hätte er das Lächeln beinahe erwidert, bevor ihm wieder einfiel, wer ihm hier eigentlich gegenüber saß. Wie konnte er so etwas auch nur für eine Sekunde vergessen.

Dalion war sichtlich amüsiert über das Verhalten seines Gefangenen. Aber so waren die Leute nun einmal. Sie sehen andere Menschen an und glauben sofort, sie durchschaut zu haben. Einen Blick auf ein wütendes Gesicht und sie wussten, dass auch der Mensch böse sein musste. Einen Blick auf ein warmes Lächeln und es stand ein guter Mensch vor einem. Schenkte man ihnen ein fröhliches oder mitfühlendes Lächeln, konnte es sogar passieren, dass sie für einen Moment vergaßen, dass sie in das Gesicht ihres Entführers sahen. Für Menschen musste zu jeder Zeit alles immer in ein Schema passen. Denn es war so einfach, sich die Welt auf diese Weise zu erklären. Jeder Adelige musste arrogant sein. Jeder Sklave war schwach und unbedeutend. Jeder Seemann war ein guter Trinker und jeder Verbrecher war eiskalt und würde dich ohne mit der Wimper zu zucken umbringen. So ein Schwachsinn. Dalion war diese Ignoranz der Menschen einfach zuwider. Er hatte noch nie in ein Schema gepasst und würde dafür sorgen, dass dies auch so blieb.

Genau wegen dieses Problems hatte seine Feindschaft mit Odrak begonnen. Odrak war zu der Ansicht gekommen, dass Dalion schwach war, weil er es bevorzugte, nicht zu töten, wenn es nicht unbedingt sein musste. Vor allem verabscheute er es vollkommen, Unschuldige zu töten. Nach Odraks Meinung durfte ein Attentäter nicht so denken. Natürlich hatte er bis zu einem gewissen Grad sogar recht, aber er hatte schon bald darauf lernen müssen, dass Dalion nicht so schwach war, wie er dachte, und dass Dalion nicht frei von Schuld war.

Dalion tat, was Aroc ihm befahl und dennoch verachtete er das Leben nicht. Er verachtete sich selbst dafür. Wenn allerdings Odrak, der keine Münze für das Leben eines anderen Menschen gab, versuchte ihn wegen seines Verhaltens zu maßregeln, war dies etwas ganz anderes. Das ließ er sich von so einem ignoranten Arschloch nicht gefallen. Also erteilte er dem hünenhaften Mann eine Lektion. Natürlich konnte Odrak bis zu diesem Tag nicht beweisen, dass Dalion damit irgendetwas zu tun hatte. Vielleicht, so hoffte Dalion, hatte Nicolas ja dafür gesorgt, dass Odrak es auch nicht mehr musste.

Dalion entfernte den Knebel aus Kerons Mund und flößte ihm etwas Wasser ein. Danach holte er aus einem Beutel etwas zu essen und er sah, wie sich der Blick des Jungen auf das Essen fokussierte. Dalion überlegte für einen Moment, ob er ihn füttern sollte. Nein, er würde niemanden, unter keinen Umständen, füttern wie ein Kleinkind. Was sollte der Junge ihm mit gefesselten Beinen schon antun? Flink zog er eines seiner Messer und der Blick seines Gefangenen wandte sich blitzschnell weg vom Essen und konzentrierte sich nun auf die Klinge vor seinem Gesicht. Langsam bewegte Dalion das Messer auf ihn zu und der Junge versuchte zurückzuweichen. Offensichtlich kam er nicht einmal auf die Idee zu schreien. Na ja, es hätte ihn sowieso niemand gehört. Dann befreite Dalion ihn von seinen Fesseln an den Händen, indem er das Seil mit sicherer Hand durchtrennte.

Kerons Fesseln fielen zu seinem Erstaunen ab und er rieb sich die schmerzenden Handgelenke, wo sich das Seil in sein Fleisch geschnitten hatte. Langsam bekam er wieder ein Gefühl in den Fingerspitzen. Dann machte er sich über das Essen in der Holzschale her, das sein Entführer ihm gebracht hatte. Nachdem er etwas gegessen hatte, fiel ihm das Denken wieder leichter. Dalion saß ihm immer noch gegenüber, schien Keron aber keine besondere Beachtung zu schenken. Er saß gegen die Wand gelehnt und blickte ins Leere. Offenbar hing er seinen eigenen Gedanken nach, dachte Keron. Dann wanderte sein Blick zu einem großen Stück Holz, das einmal ein Teil eines Möbelstücks gewesen sein könnte. Keron sondierte die Lage. Er konnte sehen, seine Hände waren frei, er hatte möglicherweise eine rudimentäre Waffe in Griffweite und sein Wächter schien abgelenkt zu sein. Das einzige Problem waren seine immer noch gefesselten Beine.

„Vielleicht könnte ich es schaffen, den Mann mit einem Schlag auf den Kopf auszuschalten und dann in den Wald neben der Straße zu flüchten, bevor sein Kumpel etwas bemerkte."

Es war kein besonders guter Plan, doch vielleicht würde er keine weitere Chance zur Flucht bekommen. Langsam, damit sein Bewacher nichts davon bemerkte, glitt seine rechte Hand in die Richtung des Holzstückes. Er hatte es fast erreicht, als er einen brennenden Schmerz auf seinem Handrücken spürte und er sie reflexartig zurückzog. Keron starrte auf seine schmerzende Hand und erkannte, dass sich quer über seinem Handrücken eine gerade rote Linie abzeichnete. Danach blickte er hoch und bemerkte, dass der Mann in anstarrte und der Dolch, den er benutzt hatte, um Kerons Fesseln zu lösen, immer noch in seiner Hand war.

Nun lächelte er nicht mehr. Der durchdringende Blick des Mannes machte ihn nervös und für einen Moment dachte Keron, dass er einen Anflug von gelb in den Augen des Mannes gesehen hatte. Es war, als würde ihm plötzlich ein anderer Mann gegenüber sitzen. Sie starrten sich für einen Moment einfach nur an, weil Keron es aus irgendeinem Grund nicht wagte, den Blickkontakt zu brechen.

„Versuch so etwas ja nicht noch einmal", zischte Dalion schließlich.

Er drohte Keron nicht und trotzdem hatte Keron mehr Angst vor diesem Mann als vor dem Rattengesicht. In diesem Moment begriff Keron, dass sein Leben in den Händen dieses Mannes lag und dass schon der Gedanke daran, dass er ihn vielleicht überrumpeln konnte, lächerlich war. Die Hoffnung auf eine Flucht verschwand augenblicklich. Nach einer Weile sah Keron ihn nicht mehr an, sondern wandte seinen Blick ab. Aber er versuchte das Messer immer im Auge zu behalten.

Nachdem Keron den letzten Bissen seiner Mahlzeit vertilgt hatte, wurde er wieder gefesselt und der Mann zog ihm erneut den Sack über den Kopf. Keron machte es nervös, nicht sehen zu können, was sein Wächter gerade tat, aber er konnte nichts dagegen tun. Ab und zu konnte Keron hören, wie das Holz des Wagens unter den Bewegungen des Mannes, der sich von ihm entfernte, ächzte.

Die ganze Reise hindurch ließ Dalion seinen Gefangenen nicht mehr aus den Augen und blieb mit ihm hinten im Wagen.

GETRENNTE WEGE

Nicolas und Will waren einen Tag in Ladana geblieben, den Will hauptsächlich schlafend in einem Zimmer eines Gasthofes verbrachte. Nicolas hingegen suchte die zwei Reichsschützen auf, die in der Handelsstadt stationiert waren, und setzte sie auf das Schiff des Schmugglers an. Woraufhin sich einer der beiden noch in der nächsten Stunde aufmachte, um die Leute, die Keron entführt hatten, zu finden. Nicolas war viel zu müde, um sie umgehend zu verfolgen. Außerdem fiel dieser Auftrag streng genommen sowieso in ihren Aufgabenbereich. Immerhin waren sie für diese Region verantwortlich.

Nachdem er sich um die weitere Verfolgung der Entführer gekümmert hatte, machte er sich auf den Weg zum Hauptquartier der Stadtwachen, um zu veranlassen, dass der Hafenmeister wegen Korruption verhaftet wurde. Vermutlich wusste der Mann schon, dass die Stadtwachen ihn bald holen kommen würden, und war bereits aus Ladana verschwunden.

Nachdem dies erledigt war, kehrte er zu dem Gasthof zurück, in dem sie für einen Tag ein Zimmer gemietet hatten. Als er das Zimmer betrat, schlief Will immer noch, also legte er sich auch ins Bett, um sich etwas zu erholen.

Am nächsten Tag machten sie sich auf den Weg zum Hauptquartier der Reichsschützen in Reduna. Nicolas musste sich mit dem Obersten seines Ordens beraten. Zuerst weigerte sich Will, weil er nicht aufgeben wollte Keron zu retten, aber nachdem er bemerkt hatte, dass Sir Nicolas seine Meinung nicht ändern würde, und er Will gesagt hatte, dass es Vorschrift war, dass sie zuerst Bericht erstatteten, gab Will dann doch nach. Auf der anderen Seite hatte er allerdings auch nicht wirklich eine andere Wahl, da er nicht wusste, wohin sein Freund gebracht worden war. Widerwillig machte er sich also mit Nicolas auf den Weg zurück nach Reduna.

Die Zentrale der Reichsschützen befand sich im königlichen Schloss, weil der Oberste der Reichsschützen einer der wichtigsten Berater des Königs war. Will war zuvor noch nie im Schloss gewesen. Normalerweise wäre er begierig darauf gewesen, es zu erkunden, allerdings interessierte es ihn in dieser Situation überhaupt nicht. Er wollte einfach wieder los, um Keron zu finden. Bedrückt über den Verlust seines Freundes, saß er auf einem Stuhl neben einer Tür in einem Gang des Schlosses. An den Wänden waren Bilder von verstorbenen Mitgliedern der Königsfamilie und auf dem Boden lag ein roter Teppich, der den ganzen Gang entlangführte. Der Gang war breit und durch die Fenster gut erhellt. Alles, was Will bis jetzt vom Schloss gesehen hatte, waren Gänge, aber schon diese waren sehr prunkvoll dekoriert.

Nicolas war in dem Raum gleich hinter ihm verschwunden und hatte ihm befohlen draußen zu warten. Also saß er hier und grübelte vor sich hin. Will war in den letzten Tagen sehr still gewesen und hatte jede freie Minute ihrer Reise, in der sie nicht auf den Rücken ihrer Pferde gesessen hatten, dazu genutzt zu trainieren. Eines stand für ihn fest, er würde Keron irgendwann finden und befreien. Doch was, wenn er den Ort gefunden hatte, an dem sich sein Freund befand? Was würde er dann tun? Er hatte sich im Wald einfach so überrumpeln lassen. Um seinen Freund zu retten, musste er besser und stärker werden. Aber was, wenn er es nicht schaffte, Keron noch rechtzeitig zu erreichen? Wenn er bereits tot war? Nein. Will versuchte diesen Gedanken zu verdrängen. Allerdings war es dafür bereits zu spät, denn bei dem Gedanken an seinen toten Freund stiegen ihm Tränen in die Augen.

Er bemerkte, dass eine Gruppe von Menschen auf ihn zukam. Schnell versuchte er seine Tränen wegzuwischen und blickte einfach nur zu Boden. Doch als die Menschentraube an ihm vorbeikam, blieb sie auf einmal stehen und er hatte keine andere Wahl, als aufzublicken. Vor ihm stand eine etwas ältere Frau in einem weiten, wallenden, hellblauen Kleid, das bestimmt ein kleines Vermögen gekostet hatte. Man konnte immer noch erkennen, dass sie in ihrer Jugend einmal wunderschön gewesen sein musste. Sie wurde von sechs Wachen begleitet, die alle das Zeichen der königlichen Familie trugen. Doch Will konnte die Verbindung zu der Person vor ihm in seiner Verwirrung nicht begreifen und verbeugte sich nicht, wie es die Etikette eigentlich vorgeschrieben hätte. Allerdings störte die Frau dies überhaupt nicht, sondern sie blickte mit einem besorgten Lächeln auf Will herab.

„Du armer Junge, mach doch nicht so ein trauriges Gesicht. Was ist denn passiert?", fragte sie besorgt. Will wusste nicht, was er darauf antworten sollte, denn er kannte diese Frau ja gar nicht. Sein bester Freund war von maskierten Menschen entführt worden? Will gab ihr keine Antwort und starrte wieder auf seine Füße. Doch die Frau vor ihm schien aus seinem Schweigen ihre eigenen Schlüsse gezogen zu haben.

„Kopf hoch. Es passieren immer wieder schlimme Dinge im Leben. Sei stark und lächle wieder für die Menschen, die dir etwas bedeuten. Trauer ist wichtig, aber sie bringt dich nicht weiter. Wir fallen im Leben, um zu lernen wieder auf die Füße zu kommen. Morgen sieht alles vielleicht schon ganz anders aus."

Die Frau vor ihm schien wirklich zu meinen, was sie sagte, und irgendwie gab es ihm ein gutes Gefühl, dass es jemanden gab, der mit ihm fühlte. Auch wenn er die Frau nicht kannte, bedeuteten ihm ihre Worte eine Menge.

Doch noch bevor Will etwas erwidern konnte, trat eine der Wachen an die Frau heran: „Meine Herrin, man erwartet uns bereits im Thronsaal."

Die Frau nickte und wandte sich noch einmal Will zu. Sie sah auf ihn herab und legte ihm eine Hand auf die Wange. Mit zärtlichem Druck sorgte sie dafür, dass Will ihr wieder in die Augen sah. „Bleib stark", wiederholte sie noch einmal und drehte sich dann um, um gefolgt von ihren sechs Wachen den Gang hinunterzuschreiten.

Will legte seine Hand auf die Stelle, wo die Frau in berührt hatte, und sah ihr nach, wie die Gruppe hinter der nächsten Biegung des Ganges verschwand. Er fragte sich, wer diese merkwürdig mitfühlende Frau gewesen sein mochte. Aber eigentlich war es ihm egal, denn auf ihre freundliche Art und Weise hatte sie ihm Hoffnung gegeben. Irgendwann würde er sich bei ihr dafür bedanken.

Es dauerte eine ganze Weile bis Nicolas wieder aus dem Besprechungszimmer kam. Als sich die Tür neben Will schließlich öffnete, stand er sogleich auf. Doch es war nicht Nicolas, der aus der Tür trat, sondern ein anderer Mann, der eine Reichsschützenuniform trug. Für einen Moment musterte er Will von oben bis unten und ging dann an ihm vorbei. Es kamen noch weitere vier Frauen und zwei Männer in derselben Uniform aus der Tür, bevor Sir Nicolas endlich zu ihm heraustrat. Sein Lehrmeister sagte zuerst nichts, sondern gab ihm nur zu verstehen, dass er ihm folgen sollte. Sie gingen den Flur entlang, durch den sie hergekommen waren, bis Will nicht länger schweigen konnte.

„Was haben sie gesagt? Hat man Keron schon gefunden?", fragte er, während er sich bemühte mit Nicolas Schritt zu halten.

„Fragen über Fragen. Aber es ist jetzt nicht der richtige Zeitpunkt, um sie zu stellen", antwortete Nicolas nur. So war es immer, wenn man ihm eine Frage stellte. Es war nie der richtige Zeitpunkt. Normalerweise nahm Will dies hin, aber nicht heute. Mit einer schnellen Bewegung stellte er sich vor Nicolas hin und versperrte ihm den Weg.

„Doch!", korrigierte er Nicolas mit lauter Stimme. „Jetzt ist der richtige Zeitpunkt, um herauszufinden, ob mein bester Freund bereits tot ist." Sein Lehrmeister musterte ihn für einen Moment streng und dennoch wich Will seinem Blick nicht aus. Dann schaute sich Nicolas schnell um und zerrte in durch eine Tür, die sich nur wenige Schritte von ihnen entfernt befand. Sie betraten einen kleinen Raum mit einem wunderschön gefertigten Glasfenster in verschiedenen Farben, mehreren Holzstühlen und einem kleinen Altar am anderen Ende des Raumes. Über dem Steinaltar hing ein Bild des Schöpfers. Sie befanden sich offenbar in einer kleinen Kapelle und zu Nicolas Befriedigung waren sie alleine. Er zerrte Will noch etwas weiter weg von der Tür.

„Junge Narren, die glauben, sie wissen immer alles besser", sagte Nicolas mehr zu sich selbst als zu Will und wandte dann seinen Blick zu seinem Schüler. „Es war nicht der richtige Zeitpunkt, weil wir uns immer noch im Schloss befinden", erklärte er. „Es ist nicht mehr so einfach zu wissen, wem man vertrauen kann oder in welche Ohren das Gesagte wandert."

Nicolas warf wieder einen prüfenden Blick zur Kapellentür und machte einen weiteren Schritt von ihr weg, um dann in einem leiseren Ton fortzufahren. „Die Situation hat sich geändert, seit wir weg waren. Es kam zu merkwürdigen Todesfällen im ganzen Reich und in Almon passieren auch unerfreuliche Dinge. Mein Orden befürchtet das Schlimmste. Natürlich ist es ihre Aufgabe, immer vom schlimmsten Fall auszugehen", fügte er beiläufig hinzu.

Will war etwas verwirrt. Todesfälle? Almon? Was hatte das mit Keron zu tun? Will hatte auf Antworten gehofft, aber alles, was Nicolas ihm bis jetzt erzählt hatte, warf nur noch mehr Fragen auf. Nicolas schien nun in seine eigenen Überlegungen vertieft zu sein und starrte an ihm vorbei. „Und was hat das mit Keron zu tun?", fragte Will schließlich.

„Noch nichts. Aber es sind zu viele Zufälle auf einmal, wenn du mich fragst. Todesfälle, die nicht genau erklärt werden können. Ein uralter Attentäterorden, der wieder auferstanden sein soll und sein Unwesen treibt. Es gibt einige in meinem Orden, die wie ich eine Verbindung zwischen diesen Vorfällen zu entdecken glauben. Natürlich sind alle diese Vorfälle untersucht worden, und dennoch habe ich ein ungutes Gefühl dabei. Ein Waffenhändler, der in seinem Zimmer ohne Wunde tot aufgefunden wurde. Ein Spion, der in Almon von Banditen umgebracht wurde. Ein Brand in dem Haus eines der Boten der Reichsschützen. Seine Leiche wurde nie gefunden. Zufälle?"

Will verstand den Zusammenhang mit Keron immer noch nicht. Diese Tode waren zwar tragisch, allerdings interessierte ihn Keron mehr. Außerdem wurde keiner dieser Menschen ermordet, außer dem Spion. Jeder wusste doch, dass ein Überfall von Banditen mit dem Tod enden konnte. Nicolas beantwortete seine Frage nicht. „Haben sie Keron nun gefunden?"

Nicolas antwortete nicht gleich. „Nein. Es ist noch keine Nachricht angekommen, die seinen Aufenthaltsort preisgibt.

Aber man hat das Schiff des Schmugglers, mit dem die Entführer geflohen waren, entdeckt."

Will brauchte einen Moment, um diese Nachricht zu begreifen. Er hatte keine große Hoffnung gehabt, doch selbst diese Hoffnung zu verlieren, war schwerer, als er gedacht hatte.

„Also, was tun wir nun?", fragte Will schließlich.

„Kerons Entführung ist jetzt eine offizielle Reichsschützen-Angelegenheit. Wir werden ihn bald finden. Ich werde selbst aufbrechen, um ihn zu suchen."

„Sehr gut. Wann brechen wir auf?"

Nicolas schüttelte den Kopf. „Du hast mich missverstanden. *Ich* werde ihn suchen gehen. *Du* bist noch kein Reichsschütze." Will konnte nicht fassen, was er da hörte. Er sollte zurückbleiben, während sein Freund in Gefahr war? „Ich habe veranlasst, dass man dich in der Reichsschützenakademie aufnimmt, damit du ohne mich deine Ausbildung abschließen kannst."

„Nein. Ich will auch helfen Keron zu finden. Ich kann nicht einfach ohne Informationen in irgendeiner Schule sitzen und so tun, als wäre alles in bester Ordnung." Will musste nun aufpassen, dass er Nicolas nicht anschrie. Seine Hände waren zu Fäusten geballt und zitterten leicht vor Zorn. *„Wie kann er mich nach allem, was ich in den letzten Wochen durchgemacht habe, einfach zurücklassen?"* „Ihr könnt mich doch auch unterrichten, wie ihr es bis jetzt getan habt. Ich gebe zu, ich habe bis jetzt nicht viel geholfen, aber ich kann Euch helfen, wenn ihr mich mitgehen lasst."

Nicolas schüttelte wieder nur den Kopf. „Versteh doch. Du bist einfach noch nicht so weit, an einer Rettungsmission teilzunehmen. Du hast deine Ausbildung erst begonnen und du könntest ein Gefahrenrisiko für die anderen Mitglieder meiner Gruppe sein. Tatsache ist, dass jeder Reichsschütze von den Risiken und Gefahren weiß, die ihn erwarten werden. Wenn ich dich allerdings mitnehme, werde ich immer ein Auge auf dich haben müssen. Du bist einfach noch nicht so weit." Nicolas sprach nun in einem ruhigen, sachlichen Ton. Will wäre es lieber gewesen, wenn sein Lehrer etwas schroffer mit ihm reden würde. Nicolas' Tonfall machte es ihm nicht leicht, zornig zu bleiben.

Er war also eine Belastung. Ein kleines Kind, auf das man aufpassen musste. Will wusste einfach nicht wie er Nicolas davon überzeugen konnte, ihn mitzunehmen. Von seinem Zorn verlassen, sank er in einen der Holzsessel und vergrub sein Gesicht in seinen Händen. Er konnte spüren, wie ihm die Tränen in die Augen stiegen. Will sagte nichts mehr und Nicolas schien seinem jungen Lehrling Zeit zu lassen sich wieder zu beruhigen.

Will schaute nicht auf, als Nicolas erneut anfing zu reden. „Aber vielleicht können wir ja einen Handel eingehen? Du gehst zur Akademie und trainierst so gut du kannst weiter. Wenn ich Kerons Aufenthaltsort gefunden habe, werde ich deine Fortschritte begutachten, und wenn ich der Meinung bin, dass du so weit bist, kannst du mitkommen Keron zu retten. Allerdings nur, wenn du dich bis dorthin so sehr verbessert hast, dass du eine Ergänzung und keine Belastung für mein Rettungsteam bist."

Will blickte bei diesem Angebot auf und schaute Nicolas mit feuchten Augen an. Es war ein Hoffnungsschimmer und mehr brauchte er nicht. Dann erinnerte er sich an die Worte der Frau, die ihm am Gang begegnet war: *„Bleib stark für die Menschen, die dir wichtig sind."* Er würde nach Canae gehen und trainieren, bis er gut genug war, um Keron zu retten. Und er würde für die Menschen lächeln, die ihm etwas bedeuteten. Will stand wieder auf und versuchte sein übliches Grinsen auf seinem Gesicht zu zeigen. „Einverstanden", sagte er schließlich.

Dann verließen sie die kleine Kapelle und gingen zum Ausgang des Palastes. Sie überquerten die Zugbrücke und kamen zum Königsplatz vor dem Schloss, in dessen Mitte eine große Statue stand. Will wusste nicht, wen die Abbildung darstellte, aber er vermutete, dass es einer der verstorbenen Könige sein musste, weil der Mann eine Krone auf seinem Kopf trug. Die Steinfigur stand stolz da und hielt einen Speer und ein großes Schild in seinen Händen. Alleine das Schild war so hoch, wie Will groß war. Er war in voller Rüstung dargestellt und trug das Wappen der Königsfamilie. Mit ernstem Gesicht stand er mit dem Rücken zur Zugbrücke und Will hatte das Gefühl, als wäre die Statue der stumme Wächter des Schlosses.

Den restlichen Tag verbrachten sie damit, alle Sachen einzukaufen, die Will für seine Ausbildung brauchen würde. Dies beinhaltete eine Lehrlingsuniform der Reichsschützen, die von einem speziellen Schneider für ihn maßgeschneidert wurde, Trainingskleidung, einige Bögen Papier und noch viele andere Dinge. Danach begaben sie sich in ihren Gasthof zurück und nahmen ein frühes Abendessen ein. Sie würden bald zu Bett gehen, um ihre morgige Reise früh beginnen zu können. Während sie aßen, erklärte Nicolas Will den Weg nach Canae und wo er sich melden musste, sobald er dort angekommen war. Die Stadt, in der sich die Akademie der Reichsschützen befand, war nur eine Tagesreise von der Hauptstadt entfernt.

Dann kam Will etwas in den Sinn, was er Nicolas schon länger hatte fragen wollen. „Da ich kein Geld habe, wie soll ich mir Essen und so etwas kaufen?"

„Ah", sagte Nicolas und nickte leicht. „Ich hätte fast vergessen, es dir zu sagen. Um Geld brauchst du dir keine Sorgen zu machen, weil ich als dein Gönner fungieren werde." Mit diesen Worten schob er ihm ein Blatt Papier und einen Beutel mit Geld über den Tisch. „Mit dieser Urkunde wirst du bei Geldleihern Geld bekommen. Sie besagt, dass ich für deine Schulden aufkommen werde. Das Geld in dem Beutel ist für die Schulgebühr, die du alle sechs Monate bezahlen musst, aber es sollte noch etwas übrig bleiben. Als Gegenleistung wirst du bei offiziellen Anlässen mein Familiensymbol auf deiner Brust tragen und egal, was du tust, wirst du mich repräsentieren. Also stell keinen Schwachsinn an."

Will hatte sich schon etwas gewundert, warum auf seiner Lehrlingsuniform ein brennender Pfeil abgebildet war. Es war natürlich eine Ehre für ihn, dieses Symbol auf der Brust zu tragen, doch der Druck, der auf ihm lastete, wurde damit nicht kleiner, denn wenn er versagte, würde sein Scheitern auf Nicolas zurückfallen.

„Sobald du in der Akademie angekommen bist, meldest du dich beim Direktor der Schule und zeigst ihm dieses Dokument, das dich berechtigt in den zweiten Lehrabschnitt einzusteigen."

Mit diesen Worten reichte Nicolas Will noch ein weiteres Dokument über den Tisch. „Vermutlich wird man dich erst testen, weil es nicht üblich ist, auf einem höheren Niveau zu beginnen. Viele der Schüler hatten schon eine Kampfausbildung, bevor sie aufgenommen wurden, und fangen trotzdem mit den Grundkursen an. Zeig ihnen einfach, was du bis jetzt bei mir gelernt hast, und es wird genügen, um sie zu überzeugen. Außerdem habe ich eine Nachricht an einen meiner Freunde, der an der Schule der Reichsschützen unterrichtet, geschickt. Er wird dir alles zeigen, wenn er Zeit dazu hat. Des Weiteren stehen in dem Brief die Kurse, die ich für dich vorgesehen habe. Es wird dir nicht leicht fallen, in allen Fächern mit deinen Mitschülern mitzuhalten, aber es wird eben viel von angehenden Reichsschützen verlangt."

„Keine Sorge. Ich werde Euch nicht enttäuschen", versprach Will mit mehr Zuversicht, als er eigentlich empfand.

Will und Nicolas ritten nebeneinander durchs südliche Tor von Reduna. Will trug nicht seine Reichsschützenuniform, um sie nicht zu beschädigen. Stattdessen trug er ganz gewöhnliche Reisekleidung und einen dunkelgrünen Umhang gegen die Kälte. Vor ihrer Abreise hatte er sich außerdem noch die Haare kürzen lassen, damit er nicht mehr so verwildert aussah wie zuvor. Obwohl Nicolas für seine Unterkunft und Essen bezahlen würde, hatte er sich vorgenommen nur das Nötigste zum Leben zu kaufen.

Die beiden ritten ein paar Meter gemeinsam, bis die Straße sich teilte. Nicolas würde weiter nach Süden reisen und Will nach Westen. Er hätte gleich durchs westliche Tor reiten können, aber er wollte die Stadt zusammen mit seinem Lehrmeister verlassen, bevor sich ihre Wege für eine längere Zeit trennten. An der Weggabelung erinnerte Nicolas ihn noch einmal an die wichtigsten Dinge und verabschiedete sich. Will hatte zumindest nach außen hin wieder zu seinem normalen Ich zurückgefunden und schenkte Nicolas sein typisches Lächeln.

„Wartet nur. Bald werde ich wieder an Eurer Seite stehen und wir werden Keron zurückholen. Ich werde mich bemühen Euren Erwartungen gerecht zu werden, bis wir uns wiedersehen." Mit diesen Worten trennte er sich von seinem Lehrmeister und ritt nach Westen in Richtung Canae und der Akademie der Reichsschützen.

Die weitere Reise war für Keron wie erwartet nicht aufregend. Da er ständig unter Beobachtung des Mannes war, der mit ihm im Wagen saß, versuchte er keine weitere Flucht mehr. Hin und wieder wurde sein Sichtschutz von seinem Kopf entfernt, damit er etwas essen konnte. Bei diesen Gelegenheiten versuchte er Informationen von seinem Bewacher zu bekommen, allerdings verursachten seine stümperhaften Versuche nur ein leichtes Lächeln des Mannes, wenn er überhaupt eine Reaktion zeigte.

Keron wusste nicht, wie lange er in dem Wagen schon gefangen war, aber schließlich blieb er stehen. Keron konnte nichts sehen und wusste daher auch nicht, was gerade passierte. Er hoffte natürlich, dass sie von einer Patrouille aufgehalten wurden, doch diese Hoffnung verschwand, als er aus dem Wagen gezerrt wurde. Ihm wurden zwar die Fußfesseln entfernt, damit er besser laufen konnte, der Sack über dem Kopf blieb ihm trotzdem erhalten. Er musste sich also auf seinen Tastsinn und auf den Mann, der vor ihm ging und über ein Seil mit ihm verbunden war, verlassen.

Keron hoffte inständig, dass es nicht Rattengesicht war, der ihn führte. Er konnte zwar nichts sehen, aber der Sack über seinem Gesicht ließ etwas Licht hindurch. So merkte er wenigstens, dass es dunkler wurde, während er sich blind vortastete. Außerdem war der Weg sehr eng. Links und rechts neben ihm befanden sich Felsen und es kam nicht selten vor, dass Keron sich die Beine an einer vorstehenden Felskante aufschürfte. Nach wenigen Metern wurde der Weg so schmal, dass sie nur noch vorankommen konnten, wenn sie hintereinander gingen. Einer seiner Wachen ging vor und der andere hinter ihm. Auch der Boden wurde unebener, was dafür sorgte, dass Keron noch langsamer vorankam.

Nach einiger Zeit führte der Pfad leicht nach unten und es wurde kühler. Keron verlor schon nach kurzer Zeit die Orientierung. Das Einzige, was er wusste, war, dass sie immer weiter in die Tiefe stiegen. Dann wurde der Pfad wieder gerader, breiter und ebener. Plötzlich wurde er dazu gezwungen anzuhalten und Keron hörte, wie der Mann rechts von ihm an den Stein klopfte. Nach einer kurzen Zeit, in der nichts passierte, fing der Boden an zu vibrieren und die Wand vor ihm fing an sich zu bewegen.

Keron wusste nicht genau, worauf sie warteten, aber dann wurde er von hinten angestoßen, damit er sich wieder in Bewegung setzte. Der Boden war hier sehr glatt, als wären schon unzählige Füße über ihn gelaufen. Außerdem bemerkte Keron, dass ihre Schritte an den Wänden widerhallten. Er vermutete, dass sie sich nun in einer Art von Halle oder in einem großen Gewölbe befanden. Hin und wieder konnte er auch Stimmen hören, die allerdings nicht deutlich genug waren, um verstehen zu können, was gesagt wurde.

Auf ihrem Weg hörte er, wie mehrere Türen aufgesperrt und wieder verschlossen wurden. Es dauerte eine gefühlte Ewigkeit, bis er in einen Raum gestoßen und von seinem Dasein in der Dunkelheit erlöst wurde. Sein Gefängnis bestand aus einem kleinen, kahlen Raum aus Stein. Es gab kein Fenster und nur eine Tür, die von außen verschlossen wurde, als man ihn zurückließ. Es gab auch keine Möbel oder sonst irgendetwas. Der Raum war kalt und leer. Und doch war es nicht dunkel, wie er es erwartet hatte. In jeder Ecke gab es einen Stein oder so etwas Ähnliches, der ein wenig Licht spendete.

CANAE

Jesper Ven'Edoan schritt erhobenen Hauptes über den großen runden Platz, der sich in der Mitte der Reichsschützenakademie befand und der die vier Teile der Schule miteinander verband. Sein azurblauer Umhang wehte in dem kühlen Abendwind hinter ihm her, als er zielstrebig auf den Ausgang des Akademiegeländes zuging. Während er über die Brücke stolzierte, die über den Fluss gebaut worden war, der durch Canae floss, bemerkte er, wie ihn eine Gruppe von Mädchen bewundernd anblickte und zu kichern begann. Natürlich ließ er sich nicht anmerken, dass er sie bemerkt hatte. Diese Frauen waren viel zu weit unter ihm, als dass er sie mit seinem Blick würdigen würde. Aber auf der anderen Seite konnte er ihnen keinen Vorwurf machen, dass sie von ihm fasziniert waren. Immerhin war er Jesper Ven'Edoan.

Sein Gewand war maßgeschneidert, wie jedes seiner Kleidungsstücke, natürlich aus den besten Stoffen hergestellt und immer der neuesten Mode entsprechend. Er war ein Student an der Reichsschützenakademie und sah obendrein noch hervorragend aus. Außerdem half es, wenn man der Sohn von Lord Ven'Edoan war. Alles in allem war sein gesellschaftlicher Stand viel zu hoch, um seine Zeit mit solchen Bauernmädchen zu vergeuden. Nur die schönsten Frauen aus gutem Hause waren seiner Aufmerksamkeit würdig. Es war natürlich etwas anderes, wenn sie für etwas Spaß zu haben waren.

Nachdem er die Stadt verlassen hatte, schritt er zu einem Feld, das nicht weit von den Stadtmauern entfernt war. Dort, im Schein der untergehenden Sonne, warteten schon drei Personen auf ihn. Rechts stand Dhom Ven'Trist und links Kel Ven'Hassel. Adelige Söhne von Freunden seines Vaters und damit auch seine Freunde. Sie bekleideten natürlich ebenfalls nicht denselben gesellschaftlichen Stand wie er, aber wer tat dies schon.

In der Mitte der beiden kauerte dieser Nichtsnutz von Adelssohn aus der Provinz, der es gewagt hatte, sein ekeliges Gesöff in dem Lokal letzte Nacht über seine Kleidung zu schütten. Das konnte er nicht einfach so tolerieren und deshalb verlangte er Wiedergutmachung. Er war der Sohn eines niedrigen Adeligen am Rande des Reiches. Doch da er einen Adelstitel hatte, gebot es die Etikette, dass er selber gegen ihn kämpfte. Abgesehen von den gesellschaftlichen Regeln war Jesper Ven'Edoan kein Feigling und es verlangte sein Stolz, die Lektion persönlich zu erteilen.

Nach den Regeln der Akademie bekleideten Schüler der Reichsschützen, egal welches Standes, innerhalb der Mauern von Canae zwar denselben Rang, doch außerhalb der Stadt war er weitaus wichtiger. Manchmal vergaßen die Leute, dass es noch eine Welt außerhalb von Canae gab und wem sie den gebührenden Respekt zu zeigen hatten.

Doch noch viel mehr als diese niedrigen Adelssöhne verachtete er die Söhne von reichen Kaufleuten, die aufgrund ihres Geldes in der Akademie willkommen geheißen wurden. Es war eine verdammte Schande, dass solche Leute mit ihm studieren durften. Früher wären Menschen dieses Standes, die keine Adeligen waren, nicht an dieser Schule akzeptiert worden. Aber nun gab es dutzende von dieser Sorte auf dem Gelände der Reichsschützenakademie. Wäre es einer dieser Kaufmannssöhne gewesen, hätte er einfach irgendwelche Schläger geschickt, die sich um ihn gekümmert hätten. Er hätte keinen Finger krumm machen müssen. Trotzdem hätte er dafür gesorgt, dass jeder wusste, mit wem sich der Unglückliche angelegt hatte. Natürlich würde es keine Beweise geben, die ihn mit den Schlägern in Verbindung brachten, aber alle sollten wissen, dass man Jesper Ven'Edoan nicht leichtfertig verärgerte.

Doch hin und wieder musste man auch den niedrigen Adeligen ihren rechtmäßigen Platz zeigen, damit sie nicht vergaßen, wo sich dieser befand. Jesper hatte ihn zu einem Duell herausgefordert, da dieser sich geweigert hatte, für den entstandenen Schaden an Jespers Kleidung aufzukommen. Dieser Narr hatte in seinem Suff auch noch, ohne darüber nachzudenken, akzeptiert.

Nun, da Jesper ihn genauer betrachtete, sah er nicht mehr so selbstbewusst aus, wie er es vor einem Tag noch getan hatte. Er stieg nervös von einem Bein aufs andere und sah gar nicht glücklich aus. *„Umso besser"*, dachte sich Jesper. Er hatte Dhom und Kel zu ihm geschickt, um sicherzustellen, dass er auch am vereinbarten Ort auftauchen würde und nicht versuchte sich doch noch zu drücken.

Die Regeln der Akademie verboten es Schülern, sich zu duellieren. Wer die Regeln der Meister nicht befolgte, wurde bestraft. Dies konnte eine öffentliche Demütigung oder den Schulverweis bedeuten. Bei Schülern, die sich nicht an die Regeln hielten, also aus ihrer Sicht keine Disziplin besaßen, wurden keine Ausnahmen gemacht.

Aber außerhalb von Canae waren die Regeln nicht mehr so eindeutig und selbst wenn einer der Meister hiervon erfahren würde, stünde sein Wort gegen das von Jesper. Außer ihnen war niemand hier, also gab es auch keine Zeugen. Vermutlich hatten einige Leute ihren Streit vergangenen Abend mitangehört, aber Streiten war nicht verboten. Wer würde es schon wagen, etwas gegen *ihn*, Jesper Ven'Edoan, ohne Beweise zu unternehmen. Natürlich würde er ihn nicht umbringen, trotzdem musste diesem Provinzler eine Lektion erteilt werden.

Als er die drei endlich erreicht hatte, nickte er seinen Freunden zu und sie stellten sich auf seine Seite hinter ihn. Er betrachtete seinen Mitschüler noch einmal genauer und bemerkte, dass er nicht so ängstlich aussah, wie er zuvor angenommen hatte. Aber das konnte sich ja noch ändern.

„Ich gebe dir, großzügig wie ich nun einmal bin, noch eine Chance, für meinen erlittenen Schaden aufzukommen", sagte Jesper in einem gespielt großzügigen Ton.

„Nein, danke", kam es unhöflich zurück.

Jesper hatte auf diese Antwort gehofft. Er hatte als Wiedergutmachung natürlich den doppelten Preis für sein Hemd verlangt. Es war aus Seide und hatte einen entsprechenden Haufen Münzen gekostet. Wenn er es sich nicht leisten konnte, ihm das Geld zu geben, war es so. Sein Pech.

„So sei es. Dann werden wir sogleich beginnen", sagte Jesper feierlich, als würde er einen Festakt eröffnen und gab Kel rechts von ihm seinen Umhang, damit er ihn beim Kampf nicht behinderte. Außerdem sollte er nicht schmutzig werden.

Der Mann vor ihm hob seine Fäuste und schaute erschrocken, als Jesper sein Schwert zog. *„Er hat doch nicht etwa geglaubt, dass wir uns mit den Fäusten prügeln wie Tiere?"*, fragte sich Jesper und seine Stimme in seinem Kopf triefte vor Herablassung.

Er gab Dhom ein Zeichen und dieser zog sein mitgebrachtes Schwert aus der Scheide und warf es vor die Füße seines Kontrahenten auf die Erde.

Jesper kannte den Namen des Jungen nicht und er war ihm auch egal. Er war einfach nicht wichtig genug, als dass es nötig gewesen wäre, ihn zu kennen. Er hob das Schwert vor seinen Füßen langsam auf und achtete dabei darauf, dass er die Spitze von Jespers Schwert, die immer noch zu Boden zeigte, nicht aus den Augen verlor. Als der Provinzler sich bückte, um das Schwert vom Boden aufzuheben und sich dabei verbeugen musste, stahl sich ein Grinsen in Jespers Gesicht.

„So ist es recht. So sollte es eigentlich sein."

Dann erhoben beide ihre Schwerter und machten sich für den Kampf bereit. Jesper griff nicht sofort an, sondern bewegte sich langsam seitwärts und wie es ihnen in der Akademie beigebracht wurde, bewegte sich auch sein Gegner, um den Abstand zwischen ihnen zu wahren. Beide warteten ab, um sich die Bewegungen des anderen einzuprägen. Jesper hatte noch nie gegen ihn gekämpft, aber er war nach der neuesten Rangliste der beste Schwertkämpfer des zweiten Jahrgangs. Alle sechs Monate kamen die neuen Rekruten nach Canae und das letzte Semester hatte vor zwei Tagen begonnen. Jesper kannte alle Schwertkämpfer der oberen Semester. Demzufolge musste er ein nicht besonders bekannter Kämpfer der höheren Jahrgänge oder ein Anfänger sein. Er würde es bald wissen.

Jesper vollführte die erste Attacke. Er machte zwei schnelle Schritte auf seinen Gegner zu und griff seine rechte Seite an. Der Schlag war nicht besonders schnell, allerdings war er auch nicht dazu gedacht, ihn wirklich zu verletzen. Jesper testete nur das Können seines Widersachers. Natürlich schaffte er es, seinen Hieb abzuwehren, aber jeder Anfänger hätte dies gekonnt. Seine Abwehrbewegung war geschmeidig, jedoch nicht besonders flink oder kraftvoll. Jespers Lächeln vergrößerte sich.

Jesper übernahm nun die Kontrolle über das Duell und führte Schlag um Schlag gegen seinen Mitschüler. Bei jedem weiteren Schwertstreich, zu dem er ausholte, schlug er härter zu als beim vorhergehenden. Er trieb sein Spielchen immer weiter bis zu dem Punkt, wo seine Hiebe von seinem Gegner schon fast nicht mehr pariert werden konnten. Bei dieser Stärke verblieb er und drängte ihn immer weiter zurück. Jesper hätte lauthals gelacht, wenn er nicht so konzentriert gewesen wäre.

Sein Gegner verlor nun immer weiter an Boden. Doch nach einer Weile begann es Jesper zu langweilen, mit diesem unwürdigen Adeligen zu spielen und er setzte zu den finalen Hieben an. Mit einer schnellen Bewegung trat er nah an seinen Gegner heran. Das klirren von Metall auf Metall ertönte und Jesper drückte mit seiner Klinge gegen die geborgte von Dhom. Der Träger des Schwertes wollte zurückweichen, allerdings nagelte Jesper seinen Fuß mit seinem eigenen an Ort und Stelle fest, was zur Folge hatte, das sein Gegner nicht zurücksteigen konnte und das Gleichgewicht verlor. Erschrocken wedelte er mit den Armen in der Luft, um nicht zu stürzen. Im gleichen Moment drehte Jesper sein Schwert schnell in der Hand um und stieß ihm den Knauf des Schwertgriffes hart gegen die Brust. Sein Widersacher fiel mit einem Schmerzensschrei zu Boden und ließ seine eigene Waffe fallen. Er lag flach im kalten Dreck und hielt sich die schmerzende Brust. Jesper, der dieses Duell eindeutig für sich entschieden hatte, setzte seinem Gegner seine Klinge an den Hals. Entgeistert blickte der auf dem Boden Liegende zu Jesper auf.

„Jetzt wirst du dir das nächste Mal hoffentlich genauer überlegen, wem du den nötigen Respekt verwehrst. So ein kleiner Hund wie du sollte seinen Platz kennen", sagte Jesper in seinem gewohnt arroganten und selbstverliebten Tonfall.

Jespers Klinge stieß zu Boden und die Augen des Reichsschützenschülers weiteten sich, als die Spitze des scharfen Schwertes auf ihn zukam. Doch sie traf ihn nicht, sondern änderte im letzten Moment noch die Richtung und versank in der kalten, harten Erde ein Stück neben seinem linken Ohr. Dhom und Kel begannen nun laut zu lachen und Jesper grinste in das totenbleiche Gesicht seines besiegten Gegners. Zum Schluss versetzte er ihm noch einen Tritt gegen die linke Seite und würdigte ihn danach keines Blickes mehr. Mit stolzen Schritten ging er an Dhom vorbei, der sein Schwert wieder an sich nahm, und weiter auf die Stadt zu. Es war ein schöner Tag. Der perfekte Tag, um seinen Sieg mit ausreichend Getränken zu feiern.

„Mann, habt ihr sein Gesicht gesehen, als Jespers Schwert auf ihn zukam", fragte Kel nun schon zum gefühlten zwanzigsten Mal an diesem Abend. „Der Ausdruck war unbezahlbar, un-be-zahl-bar", er betonte jede Silbe mit einer theatralischen Geste und stieß dabei fast seinen eigenen Krug um.

„Und wie er geschwitzt hat", pflichtete ihm Dhom bei. „Ein Hoch auf Jesper!", schrie er plötzlich und trank fast seinen ganzen Becher in einem Zug aus.

Normalerweise hatte Jesper für das betrunkene Gerede der zwei nichts übrig, aber in diesem Fall machte es ihm nichts aus.

Als Dhom seinen Krug abgesetzt hatte, starrte er für einen Moment ungläubig in ihn hinein. „Schon wieder leer. Wer säuft mir immer mein Getränk weg?" Entrüstet blickte er sich nach dem Übeltäter um, doch als er niemanden entdeckte, mit dem er sich anlegen konnte, stand er mehr schlecht als recht von seinem Stuhl auf und wankte zur Theke, um sich ein neues zu holen.

Jesper bemerkte in diesem Moment, dass Betrunkene weit weniger lustig waren, wenn man nicht genauso betrunken war. Er war wahrscheinlich selber nicht mehr ganz sicher auf den Beinen, aber da sie morgen wieder Unterricht hatten, trank er sicherheitshalber nicht zu viel. Immerhin repräsentierte er seine Familie und er wäre in großen Schwierigkeiten, wenn sein Vater erfahren würde, dass er sich bei der morgendlichen Laufeinheit in der Öffentlichkeit übergeben hätte.

Genervt von seinen Kameraden, wandte er sich um, und hielt nach einer geeigneteren Unterhaltung Ausschau. Es dauerte nicht lange und er entdeckte eine recht hübsche, junge Frau, die sich mit einem absolut hässlichen Typen unterhielt. Zuerst wollte er aufstehen und zu ihr gehen, doch dann kam ihm diese Idee dumm vor und er blieb lieber sitzen, bevor er noch umfiel. Schon der Gedanke daran aufzustehen, bereitete ihm Übelkeit. Also blieb er an seinem Tisch sitzen und beobachtete die zwei, wie sie miteinander plauderten. Sie waren zu weit weg, als dass er etwas verstehen konnte, allerdings unterhielten sie sich vermutlich sowieso nur über belanglose Dinge.

Die Frau hatte rotblondes Haar, das ihr etwas länger als bis zu den Schultern reichte, und trug ein grün-braunes Kleid, das sich mit ihrer Haarfarbe biss. Es war nicht besonders schön und entsprach nicht der neuesten Mode, aber es betonte die Kurven ihres Körpers doch recht ansehnlich. Sie war nicht so bleich, wie es bei fast allen Frauen des Adels üblich war, was darauf schließen ließ, dass sie keinen hohen Stand innehatte. Sie war seiner Aufmerksamkeit eigentlich nicht würdig. Andererseits, wer war das schon?

So geschmeidig, wie es ihm noch möglich war, stand Jesper auf und ging zu der jungen Frau hinüber, die sich gerade von dem Mann verabschiedete, der mit ihr gesprochen hatte. Jesper stellte sich vor ihr in den Weg und verbeugte sich leicht vor ihr.

„Darf ich mich vorstellen? Mein Name ist Jesper Ven'Edoan. Es wäre mir eine Ehre, wenn ich dir ein Getränk ausgeben dürfte", sagte er so einschmeichelnd, wie es ihm möglich war und schenkte ihr sein selbstgefälliges Lächeln.

„Ich bin Mari und nicht interessiert", antwortete sie und starrte ihn nur an.

„Was? Wie kann sie es wagen, sich mir zu verweigern? Weiß sie nicht, wer ich bin und wofür mein Name steht?"

Für einen Moment war er so überrumpelt, dass er nichts auf diese Abfuhr erwidern konnte, da er überhaupt nicht mit dieser Antwort gerechnet hatte.

Doch dann lachte er wenig überzeugend, als hätte sie einen Scherz gemacht. „Vielleicht kann ich deine Meinung ändern, wenn ich dir mehr über mich erzähle. Ich bin …"

„Mir ist vollends bewusst, wer du bist, aber ich bin trotzdem nicht daran interessiert, heute Abend meine Zeit in deiner Gesellschaft zu verbringen", sagte sie erneut sehr freundlich, doch etwas bestimmter als zuvor.

Mit diesen Worten wandte sie sich von ihm ab und verschwand Richtung Ausgang. Als Jesper ihr nachsah, war die Verwirrung in sein Gesicht geschrieben. Sie wusste, wer er war, und hatte trotzdem kein Interesse? Und zu allem Überfluss hatte sie es auch noch gewagt, ihn zu unterbrechen. Wie konnte es diese Hure nur wagen? Entschlossen heftete er sich an ihre Fersen und ging in die Richtung, in die sie verschwunden war.

Hin und wieder begegnete er den Blicken von jungen Damen, die ihn anlächelten oder ihm zuzwinkerten. Andere warfen sich ihm regelrecht an die Brust und baten ihn mit ihnen zu tanzen. An jedem anderen Abend hätte er sich ein oder zwei von ihnen ausgesucht, aber heute stand ihm nicht der Sinn danach, sich mit diesen Frauen abzugeben. Höflich wies er sie zurück, mit der Begründung, dass er noch von jemandem erwartet wurde und dass er an einem anderen Tag auf diese Angebote zurückkommen würde.

Als er gerade eine weitere Verehrerin abwimmelte, die ihre Brüste schon fast entblößte, um an ihn heranzukommen, erspähte er Maris goldrote Haare in der Menge. Der „Goldene Drache" war fast jeden Abend zum Bersten voll, da es das beliebteste Lokal für die reicheren Bürger von Canae war. Die Einrichtung und die Dekoration waren sehr prunkvoll.

Das Lokal bestand aus drei Räumen. Im größten von ihnen gab es eine Tanzfläche, auf der die Leute jeden Abend zu den Klängen einer Musikgruppe tanzen konnten. Um die Tanzfläche herum waren Tische und Stühle drapiert, damit erschöpfte Tänzer sich setzen konnten. Viele Personen genossen, während sie tranken, die Musik und betrachteten die Tänzer, die ihr Können zeigten. Nebenan gab es einen kleineren Raum, in dem man die Musik nicht so laut hören konnte, damit es den Leuten möglich war, sich besser zu unterhalten. Der letzte Raum befand sich einen Stock weiter oben und war noch prunkvoller als die Räume darunter. Dort tranken nur die reichsten Kunden. Am Tage war es auch ein Raum für reiche und wichtige Händler, um Geschäfte abzuschließen. Der „Goldene Drache" war zwar etwas teurer als die meisten anderen Lokale in Canae, aber wenn Jesper die Akademie verließ, verbrachte er seine Zeit meistens dort. Was war schon etwas Gold für Jesper Ven'Edoan?

Jesper folgte Mari aus dem Lokal und die kalte Luft draußen überraschte ihn nach der stickigen Wärme im Inneren. Doch sie half nicht, um seinen Kopf ganz vom Griff des Alkohols zu befreien. Es war schon spät und es waren nur wenige Menschen auf den Straßen. Abgesehen natürlich von den Leuten, die betrunken von einer Bar zu nächsten wankten, und verliebten Paaren, die einen Spaziergang im Mondschein genossen. Am nächsten Platz vor der Brücke, die über den Fluss führte, holte er sie ein und schnappte sie an ihrem Handgelenk. Überrascht drehte sie sich um und versuchte sich aus seinem Griff zu befreien.

„So leicht gebe ich nicht auf. Ich werde deine Meinung schon noch ändern. Warum sagst du mir nicht, warum du mein Angebot ausgeschlagen hast?", fragte Jesper in einem eindringlichen Tonfall und sein Griff um ihre Hand wurde noch etwas fester.

„Bitte hör auf! Du tust mir weh!"

„Ich würde dich reich beschenken, wenn du mit mir kommst. Schmuck, Juwelen, Kleider oder was dein dummes Weiberherz noch als begehrenswert erachtet." Den letzten Teil wollte Jesper eigentlich nicht sagen und trotzdem sorgte der Alkohol dafür, dass seine Gedanken genauso formuliert wurden, wie er sie dachte.

„Bitte lass mich gehen", bat Mari erneut und es lag ein klein wenig Panik in ihrer Stimme. Sie versuchte seinen Griff mit der Hilfe ihrer anderen Hand zu lösen. Dabei gruben sich ihre Nägel in seinen Handrücken. Jesper fluchte und zog seine Hand ruckartig zu ihm zurück.

„Du dummes Frauenzimmer", sagte Jesper zornig. Er holte mit der Hand aus, um ihr eine kräftige Ohrfeige zu verpassen. Mari war vor Schrecken erstarrt und hatte ganz vergessen, dass sie eigentlich weglaufen sollte. Als seine rechte Hand auf ihr Gesicht zugeflogen kam, schloss sie die Augen, doch kein Schmerz durchfuhr ihre Wange, wie sie es eigentlich erwartet hatte. Sie öffnete die Augen und sah mit Erstaunen, dass jemand zu ihnen getreten war. Ein junger Mann, der einen Kopf größer war als sie, hatte Jesper davon abgehalten, sie zu schlagen, und hielt sein Handgelenk mitten in der Schlagbewegung fest.

Ihr Retter drehte sich zu ihr um, ohne Jespers Handgelenk loszulassen, der offenbar genauso überrascht war wie sie. Er trug einfache Reisekleidung, die ihm aber sehr gut passte, als wäre sie extra für ihn angefertigt worden. Zuerst dachte sie, er wäre wieder so ein arroganter Adelssohn, der sich als Held aufspielen wollte. Doch als sie ihm in sein Gesicht sah, erkannte sie keine Arroganz darin. Der Mann grinste sie fröhlich an, als wäre überhaupt nichts passiert.

„Los, verschwinde. Er wird dir nicht mehr wehtun", sagte er freundlich.

Bei diesen Worten kam Mari wieder zu ihren Sinnen und machte sich schnell davon. Nachdem sie hinter der nächsten Straßenecke verschwunden war, ließ er Jespers Hand wieder los.

„Wie kannst du es wagen, dich einzumischen? Wer bist du überhaupt?", fragte Jesper schließlich und starrte den jungen Mann vor ihm mit hasserfüllten Augen an. *„Noch so ein Tölpel, wie dieser armselige Adelige heute. Musste wohl unbedingt den Helden spielen."*

„Wer ich bin, ist unwichtig. Ich wollte dich nur daran hindern, etwas Unrechtes zu tun, das du später vielleicht bereuen könntest", erklärte er, immer noch freundlich.

„Ich bereue gar nichts", spuckte Jesper aus.

„Diesen Eindruck habe ich mittlerweile ebenfalls", sagte der Mann vor ihm verständnisvoll und nickte.

„Was soll dieses dumme Grinsen? Diesem Typen gehört eine Lektion erteilt. Man mischt sich nicht in fremder Leute Angelegenheiten ein. Das wird er noch bereuen!"

Jesper ballte seine Hand zur Faust, holte aus und schlug dem Fremden ins Gesicht, der nicht einmal versucht hatte auszuweichen und rücklings zu Boden fiel.

„Das passiert mit Helden, wenn sie sich in die Angelegenheiten anderer Leute einmischen."

Ein Gefühl des Triumphs breitete sich in Jesper aus, als er auf ihn hinabsah. Doch dieses Gefühl verschwand so schnell, wie es gekommen war, und der Zorn stieg wieder in ihm auf. Die untere Lippe des jungen Mannes blutete leicht auf der linken Seite, aber sein Mund war immer noch zu diesem Grinsen verzogen, als würde er sich über Jesper lustig machen.

Jesper musste sich bemühen nicht die Kontrolle über sich zu verlieren und etwas sehr, sehr Dummes zu tun. Aber ein Teil von ihm wünschte sich, dass der Fremde ihm einen Grund liefern würde weiterzumachen. Doch er saß nur auf dem Boden und grinste zu Jesper hoch, als hätte es ihm überhaupt nichts ausgemacht, geschlagen zu werden. Er machte überhaupt keine Anstalten, sich in irgendeiner Weise zu wehren oder zu rächen. Jesper wusste nicht genau warum, allerdings hasste er die Art dieses Typen.

Er spuckte noch einmal auf den Boden und drehte sich dann um, um zum „Goldenen Drachen" zurückzukehren. Vermutlich fragten seine Freunde sich schon, wohin er verschwunden war. Irgendeine der Frauen, die sich ihm vorhin an den Hals geworfen hatten, würde hoffentlich noch dort sein, um ihn von den Geschehnissen des heutigen Abends abzulenken.

Will wischte sich das Blut vom Kinn, das langsam hinunterrann, und sah diesem Idioten nach, den er in seinem Versuch, die Frau zu schlagen, aufgehalten hatte. Zu gerne würde er diesem stolzierenden Mistbeutel eine verpassen, aber er hatte Nicolas versprochen sich zu benehmen. Er war gerade in Canae angekommen, als er sah, wie sich die beiden stritten. Zuerst wollte er einfach vorbeigehen, denn es war ja nicht sein Problem und er wusste ja auch überhaupt nicht, worum es eigentlich ging. Trotzdem konnte er einfach nicht tatenlos mitansehen, wie sie geschlagen wurde. Also hatte er schnell und leise, wie es ihm beigebracht wurde, den Platz überquert und die Hand dieses betrunkenen Idioten mitten in der Bewegung gestoppt.

„Toll gemacht, Will. So macht man sich in einer Stadt, in der man niemanden kennt, echte Freunde. Du bist erst ein paar Minuten in der Stadt und wurdest schon ins Gesicht geschlagen", sagte er vorwurfsvoll und leicht belustigt zu sich selbst.

Er stand auf und klopfte sich den Dreck, so gut es ging, von seiner Kleidung, bevor er seinen Weg auf der Suche nach einem günstigen Zimmer, in dem er die Nacht verbringen konnte, fortsetzte. Es war nur für eine Nacht, weil er ohnehin geplant hatte, in den Akademiequartieren zu schlafen, sobald er aufgenommen worden war.

Doch es gestaltete sich gar nicht so einfach, ein nettes Gasthaus zu finden. Viele waren auf reiche Kundschaft ausgelegt, die in der Stadt war, um zu handeln oder sonst etwas zu tun. Er verfügte zwar über die Geldmittel von Nicolas, aber er wollte so wenig wie möglich davon Gebrauch machen. Sein Quartier und Essen bezahlte er mit den Schulgebühren und den Rest, den er brauchte, würde er schon irgendwie auftreiben können. Er hatte nie sehr viel Geld gehabt, also warum sollte es nun anders sein? Nur in einem wirklichen Notfall würde er Nicolas' Geldreserven benutzen.

Abgesehen von seiner schmerzenden Lippe war es eine angenehme Reise gewesen und er freute sich schon darauf, morgen mit dem Training zu beginnen. Als erstes würde er Nicolas' Freund finden, der ihn zu den Meistern der Akademie bringen würde, damit über seine Aufnahme entschieden werden konnte. Nicolas hatte ihm etwas von möglichen Prüfungen erzählt und egal, was sie von ihm verlangten, er würde sein Bestes versuchen, um hier aufgenommen zu werden. Er musste ein guter Kämpfer werden, um Keron retten zu können. Er hatte ein ganz klares Ziel und er konnte es gar nicht erwarten anzufangen.

In Zentrum des Reiches gab es so gut wie nie Schnee, aber es war trotzdem sehr kalt, und Will sehnte sich nach einem Feuer, an dem er sich wärmen konnte. Er nahm die Zügel seines Pferdes, das er am Rande des Platzes zurückgelassen hatte, und stapfte aufgeregt weiter.

WAHRHEIT ODER LÜGE

Links und rechts erhoben sich an den Wänden Bücherregale aus den Schatten, die von Dalions Fackel verdrängt wurden. Im Laufe der letzten Jahre hatte er viele der Schriften und alten Bücher durchforstet. Es war nicht einfach, weil viele der Erzählungen in einer Sprache verfasst waren, die Dalion anfangs nicht beherrschte. Zu seinem Glück stieß er nach einigen Monaten auf eine Reihe von historischen Berichten, die jemand ins Rylonische übersetzt hatte. Durch einen Text, den er verstand und den zweiten in der Sprache, die er nicht kannte, war es ihm möglich, nach langer Zeit ein Grundverständnis zu erlangen. Diese historischen Texte beschäftigten sich zwar mit Ereignissen lange vor seiner Geburt, aber es war wichtig, um diese Sprache zu verstehen. Denn er wusste nicht, ob der Bericht, den er suchte, auf Rylonisch verfasst worden war.

Seither hatte er unzählige Berichte überflogen. Doch beim letzten Mal, als er in der verborgenen Bibliothek war, hatte er einen Raum entdeckt, der voll war mit Berichten von Operationen der Nah'rane, und das war genau, was er gesucht hatte. Er war so knapp davor zu finden, was er begehrte, und trotzdem musste er seine Suche unterbrechen, weil Aroc bald eintreffen würde, um ihren Gefangenen zu verhören. Dalion hatte die Geheimtür in Arocs Gemächern, die zu dieser Bibliothek führte, zufällig entdeckt und war seither immer, wenn Aroc nicht zugegen war, hierher geschlichen, um zu lesen.

Dalion blieb vor der geschlossenen Türe stehen und lauschte, ob sich jemand auf der anderen Seite befand. Dalion wusste nicht, wie viele Personen von diesem Gang hinter der Wand von Arocs Arbeitszimmer wussten. Vermutlich nur er und Aroc, aber es war schlauer, auf Nummer sicher zu gehen. Er fachte sein inneres Feuer an und lauschte. Nichts. Langsam drückte er die

Tür von innen auf und betrat Arocs Gemächer. Von dieser Seite aus war die Tür, durch die er gerade das Zimmer betreten hatte, nicht von der restlichen Wand zu unterscheiden. Aber Dalion wusste, dass es einen Stein in der Mauer gab, der sich in die Wand drücken ließ und so einen Mechanismus in Gang setzte, der die Tür öffnete.

Vor der Tür zum Gang hielt er erneut inne und lauschte. Es gab nicht viele Leute in ihrem Orden, die gerne in diese Räume gingen. Nicht einmal, wenn Aroc sie gerade nicht bewohnte. Aus diesem Grund kam dort selten eine Person vorbei. Wegen der vielen Male, die er nun hierher geschlichen war, hatte er sich eine Geschichte ausgedacht, um zu erklären, warum er hier war, doch zu seinem Glück hatte er sie nie auf ihre Glaubwürdigkeit testen müssen.

Dalion verließ Arocs private Räume und stellte seine Fackel in die dafür vorgesehene Halterung an der Wand im Gang. Ab hier würde er sie nicht mehr benötigen, weil die Gänge ausreichend beleuchtet waren. Hin und wieder fragte sich Dalion, wie sie hier unter der Erde mit den vielen Fackeln eigentlich genug Luft zu atmen hatten, aber dies war eine der Eigenschaften dieses Ortes, die er nicht hatte herausfinden können. Es gab so gut wie keine Fenster und doch war die Luft nie stickig, sondern immer angenehm kühl. Es war ihm ein Rätsel, wie dies möglich sein konnte. Diese Stadt in den Bergen gab es, soweit Dalion wusste, schon seit Jahrzehnten und war von großen Meistern der Baukunst errichtet worden. Er bezweifelte irgendwie, dass es in der heutigen Zeit ebenfalls möglich wäre, so ein Projekt zu verwirklichen. Es war ein sonderbarer Ort, der auf eine gewisse Weise sowohl eine anziehende als auch eine abstoßende Wirkung auf ihn hatte.

Dalion betrat die große Halle, in der sich das Haupttor befand, und musste zu seiner Ernüchterung feststellen, dass er nicht der einzige war, der auf Aroc wartete. Odrak war ebenfalls zurückgekehrt und stand Befehle gebend in der Mitte der großen Halle. Seine Worte hallten an den Wänden wider. Zu Dalions Enttäuschung hatte Nicolas es nicht fertig gebracht, ihn zu töten.

„Aber man kann ja auch nicht alles haben."

Dalion lehnte sich an der Seite des Raumes gegen eine Wand und wartete dort. Er verspürte keine besondere Begierde darauf, mit Odrak zu sprechen.

Als die Tore sich öffneten und Aroc zu erkennen war, durchschritt Dalion den Raum und stellte sich neben Odrak. Ihr Anführer kam zielsicher auf sie zu.

„Ich nehme an, es ist alles nach Plan verlaufen?", fragte Aroc, als er vor ihnen stehen blieb.

„Natürlich", antworteten Odrak und Dalion wie aus einem Mund.

„Ausgezeichnet. Dann würde ich gerne gleich mit unserem Gast sprechen."

„Wie Ihr wünscht", sagte Dalion und zeigte Aroc mit einer Geste den Weg. Die beiden gingen schweigend nebeneinander her und Odrak folgte ihnen. Als sie den Gang erreicht hatten, der von der Eingangshalle wegführte, drehte sich Aroc zu dem Hünen um.

„Deine Dienste werden hier nicht von Nöten sein, Odrak. Dalion und ich werden das schon schaffen", stellte Aroc fest.

„Natürlich", erwiderte Odrak schnell, verbeugte sich leicht und warf Dalion noch einen bösen Blick zu, bevor er sich umdrehte und sich von ihnen entfernte.

Als sie sich der Kerkertür näherten, hinter der Keron gefangen gehalten wurde, fand Dalion, es sei an der Zeit, eine Frage zu stellen, die ihn schon die ganze Reise beschäftigt hatte. „Herr, wenn Ihr erlaubt, würde ich Euch gerne eine Frage stellen", fing Dalion vorsichtig an. Er wusste nicht, ob es ihm erlaubt war, diese Frage zu stellen.

„Du möchtest wissen, warum ich dich durch halb Ryloven geschickt habe, um diesen Jungen zu entführen." Aroc stellte keine Frage und Dalion fragte sich, woher er seine Gedanken gekannt hatte. War seine Verwirrung so offensichtlich? „Keine Sorge, du wirst es bald erfahren, wenn ich mit dem Jungen gesprochen habe", erklärte Aroc.

Als der Kerkermeister sie begrüßte, wies Aroc ihn an zwei Stühle zu beschaffen, die prompt gebracht wurden. Dalion nahm die zwei Holzsessel und betrat mit Aroc den Raum. Der Raum, in den sie nun eintraten, war ebenfalls so eine Sache, die Dalion an diesem Ort einfach nicht verstand. Es gab keine Fackeln oder Fenster, durch die Tageslicht hereinkommen hätte können, aber trotzdem war der Raum in ein schwaches Licht gehüllt.

Als die beiden die Tür hinter sich schlossen, stand der Junge auf und sah sie ängstlich an. Zweifellos hatte er Dalion wiedererkannt, aber Aroc war er noch nie begegnet. Dalion stellte die zwei Stühle in der Mitte des Raumes einander dicht gegenüber. Auf den einen setze sich Aroc und bedeutete Keron sich auf dem anderen niederzulassen. Dalion zog sich derweilen zur Tür zurück und beobachtete die Szene vor ihm aufmerksam. Langsam und scheu wie ein junges Reh bewegte sich der Junge auf Aroc zu und setzte sich schließlich.

Als er dann Aroc gegenüber Platz genommen hatte, fing dieser an zu sprechen. Sein Tonfall war freundlich und ruhig. „Ich denke, es ist für alle Beteiligten von Vorteil, wenn wir uns erst einmal vorstellen. Mein Name lautet Aroc und der Mann dort drüben nennt sich Dalion."

Aroc wartete, bis Keron sich auch vorstellte. Er sagte nichts weiter, sondern wartete geduldig auf eine Antwort. „Ich bin Keron", antwortete er schließlich. Seine Worte sollten vermutlich ruhig und ausgeglichen klingen, dennoch hörte Dalion die Angst in seiner Stimme.

„Es freut mich, dich kennenzulernen, Keron. Es tut mir leid, mit welchen Mitteln wir dich hierher bringen mussten, aber sei versichert, dass es nötig war."

Dies erstaunte Keron. „Ihr meint, es war nötig, mich zu entführen?"

„Nein", sagte Aroc und schüttelte leicht den Kopf. „Es war nötig, dich zu retten." Diese Worte hingen für einen Moment in der Luft und sowohl Keron als auch Dalion waren vollkommen verwirrt, selbst wenn Dalion es sich mit keiner Regung anmerken ließ.

„Wenn du etwas Geduld hast, werde ich es dir erklären. Du wurdest von jenen belogen, die du als deine Freunde angesehen hast." Aroc beugte sich in seinem Stuhl vor und starrte Keron in die Augen.

Es war Keron unangenehm, wie nah dieser Mann ihm kam. Seine Augen waren von einer tiefen und unheimlichen Schwärze erfüllt, die Keron das Gefühl gab, dass der Mann blind war. Aroc hätte nur seine Hand ausstrecken müssen und hätte Keron berühren können.

„Was meinte er damit, dass er belogen worden war? Von wem und warum?" Keron konnte nicht sagen, ob er log oder nicht.

„Du wurdest in einem Geflecht aus Lügen und Halbwahrheiten, wie in einem Käfig, gehalten, damit du die Wahrheit nicht erfährst und dir keine eigene Meinung bilden konntest. Du bist etwas ganz Besonderes. Dalion hat mir erzählt, was du getan hast, als ihr von Banditen überfallen worden seid. Ich weiß, was mit dir an diesem Tag geschehen ist, und ich werde es dir verraten. Ich weiß, wie es sich anfühlt, wenn diese Kraft einen durchfließt, und ich kenne auch den Grund dafür. Es ist die Wahrheit, die man vor dir verborgen gehalten hat."

Keron sagte nichts darauf. Er war wie erstarrt. Würde er nun endlich die Antwort auf die größte Frage seines Lebens erfahren? Gebannt wartete er darauf, dass der Mann namens Aroc weitererzählte.

„Du bist kein Mensch, Keron."

Diesen Satz hatte er nicht erwartet. Er hatte gehofft, endlich die Wahrheit zu erfahren, aber dieser Mann war einfach nur verrückt. Fast hätte er gelacht, weil es einfach so unvorstellbar war.

Doch Aroc lachte nicht, sondern war vollkommen ernst. „Ich kann es in deinen Augen sehen, dass du mir nicht glaubst", sagte er schließlich. „Vom Äußeren unterscheiden wir uns nicht von anderen Menschen, doch im Inneren ist unser Geist ganz anders. Genauso wie ich oder Dalion gehörst du zu einem uralten Volk, das weitaus mächtiger ist als gewöhnliche Menschen. *Du* bist weitaus mächtiger."

Aus Kerons Sicht wurde es immer lächerlicher. Es konnte einfach nicht wahr sein, was ihm dieser alte Mann erzählte. Doch ein kleiner Teil von ihm hatte vermutet, dass er anders war als alle Menschen um ihn herum. Er war anders und diese Tatsache ließ sich nicht verleugnen. Was Aroc ihm erzählte, war allerdings einfach nur lächerlich, ein Märchen, das man an einem Lagerfeuer erzählte. Er sollte kein Mensch sein? Doch dieser kleine Teil von ihm, der gewusst hatte, dass er anders war, reichte aus, um einen Samen des Zweifels in ihm zu säen.

„Dies ist die Wahrheit, wegen der man dich belog. Du wurdest im Unklaren gehalten, weil man Angst hatte. Angst, dass du größer und mächtiger werden könntest als jeder andere. Angst, dass du eines Tages erfahren würdest, was mit deinem Volk geschehen ist", erklärte Aroc.

„Niemand hat mich belogen und warum sollte ich Euch glauben?", brachte Keron schließlich heraus.

Doch Aroc zeigte keinen Zorn oder Ungeduld, sondern blieb unbeeindruckt und erzählte einfach weiter. „Das markanteste Merkmal unseres Volkes ist die Augenfarbe, die sich verändert, wenn wir unsere Kräfte verwenden. Dalion zeig ihm, was ich meine." Keron blickte zu dem Mann hinüber, der an der geschlossenen Tür lehnte. Er schloss für einen kurzen Augenblick seine Augen und als er sie wieder öffnete, waren sie leuchtend gelb. So strahlend hatte Keron sie bis zu diesem Zeitpunkt noch nicht gesehen. Und nach einem weiteren Moment hatte sich seine Augenfarbe wieder zu ihrem natürlichen Zustand zurückentwickelt.

„Und auch du hast diese Fähigkeit." Irgendwie ergab es langsam Sinn. Will hatte nach dem Zwischenfall mit den Räubern, als Keron die Beherrschung verloren hatte, ständig davon geredet, dass seine Augen leuchtend grün gewesen waren. Aber er konnte es immer noch nicht glauben.

„Dennoch hat mich niemand belogen", beharrte Keron stur.

„Ach nein? Hat dir dein Freund Nicolas etwa gesagt, was ich dir gerade erzählt habe? Hat er dich darüber aufgeklärt, warum sich die Farbe deiner Iris verändert hatte?" Keron antwortete nicht auf diese Frage. Es war wahr, dass er immer vermutet hatte, dass Nicolas ihm nicht alles erzählte, was er wusste. Aber er hatte seinem Meister vertraut und nicht weiter nachgefragt. War es ein Fehler gewesen? Enttäuschung, Trauer und ein klein wenig Zorn breiteten sich in ihm aus.

„Hatte Nicolas es wirklich gewusst? Denn wenn er es gewusst hatte, hätte er es mir sagen müssen", fand Keron.

„Ahhhh. Du musst nicht antworten. Du weißt, dass er dir nicht alles erzählt hat. Du weißt, dass er dir nicht genug vertraut hat. Dass er dir nicht so sehr vertraut hat, wie du ihm. Er hat dich belogen und verraten."

„Vielleicht hat er es nicht gewusst", argumentierte Keron leise, doch es steckte nicht viel Überzeugung in seinen Worten.

„Glaube mir, der Person, die ehrlich zu dir war, dass er es wusste. Du weißt so gut wie ich, dass er ein Meister der Reichsschützen ist. Dieser Orden weiß von unserem Volk, denn sie haben uns gejagt und getötet. Der ganze Orden gründet auf dem Blut und den Toten unseres Volkes. Jeder von ihnen trägt eine Schuld daran. Auch Nicolas."

„Lügner!", schrie Keron, doch Aroc ließ keine Überraschung erkennen.

„Wenn du meinen Worten keinen Glauben schenken willst, dann lass mich dir die Wahrheit zeigen."

Aroc streckte die Hand nach Kerons Kopf aus und legte sie an seine Schläfe. Die Haut, wo Aroc ihn berührte, wurde kalt und in Keron regte sich wieder die Kraft, die in ihm schlief. Keron hatte Angst und wusste nicht, was der alte Mann vorhatte. Doch dann verschwand der Raum, in dem er gefangen gehalten wurde. Der Mann vor ihm und seine Umgebung begannen zu verschwimmen. Alles drehte sich und es entstand ein neues Bild vor seinen Augen.

Er war in einem großen Festsaal und es wurde getanzt und gegessen. Alle waren glücklich und lachten. So viele Menschen feierten miteinander und jeder von ihnen hatte wunderschöne leuchtende Augen in jeder Farbe, die sich Keron vorstellen konnte. Glück durchströmte ihn. Eine unglaubliche Freude, wie er sie noch nie empfunden hatte, breitete sich in ihm aus. Als hätte er endlich einen Ort gefunden, wo er hingehörte, wo er zuhause war. Es gab kein schöneres Gefühl und er wollte, dass es niemals verging. Viele Menschen kamen auf ihn zu, schüttelten seine Hand, umarmten ihn oder begrüßten ihn nur mit einem Nicken und mit einem Lächeln. Die Musik war berauschend und Keron genoss den Anblick der Tänzer, die auf der Tanzfläche ihre Kreise drehten, ohne einem anderen Paar in die Quere zu kommen.

Dann kam eine wunderschöne Frau mit hellblauen Augen in einem dazu passenden, wallenden Kleid auf ihn zu. Keron sah sie an und wusste, dass er sie liebte. Noch nie im Leben war ihm etwas klarer gewesen. Sie nahm ihn am Arm und führte ihn auf die Tanzfläche. Er starrte dem bezauberndsten Wesen, das es für ihn gab, in die Augen und sie begannen miteinander zu tanzen. Er wünschte sich, dass dieser Moment nie zu Ende gehen möchte.

Doch er verging und dieses Hochgefühl, das er empfunden hatte, war so schnell verschwunden, wie es gekommen war. Die Szene vor seinen Augen veränderte sich wieder. Es wurde dunkel und Keron verspürte große Angst. Er war in einer Stadt und die Häuser der Bewohner standen in Flammen. Die ganze Siedlung brannte wie ein riesiges Lagerfeuer. Schreie, herzzerreißende Schreie zerrissen die Nacht und drangen an seine Ohren. Kampfeslärm, Mütter, die nach ihren Kindern riefen, und Männer, die bei dem Versuch, ihre Familien zu retten oder ihnen nur mehr Zeit zu verschaffen, ihre letzten Laute ausstießen. Es war mitten in der Nacht, und trotzdem war es durch die vielen Feuer so hell wie am Tage.

Er rannte so schnell ihn seine Beine trugen. Er wusste nicht wohin, aber er hatte das drängende Gefühl, so schnell wie möglich irgendwohin zu müssen. Keron spürte die Hitze des Feuers auf seiner Haut. Es war so heiß und der Rauch stieg in seine Lungen. Verängstigte Menschen mit leuchtenden Augen, wie zuvor im Ballsaal, kamen ihm entgegen. Es waren Frauen und Kinder, die versuchten dieser Hölle zu entfliehen. Keron verspürte großen Zorn und Angst. Er fürchtete den Tod nicht, allerdings fürchtete er, dass der Tod ihm Menschen nehmen würde, die er liebte.

Plötzlich kamen Männer in seltsamer Kleidung um eine Hausecke. Sie verfolgten die Frauen, die auf Keron zuliefen. Er beschleunigte seine Schritte, um noch schneller bei ihnen zu sein, um sie zu retten. Nun erkannte Keron die Kleidung der Männer. Es war dieselbe Uniform, wie jene, die Nicolas getragen hatte, als sie sich das erste Mal getroffen hatten. Die Reichsschützen blieben stehen, legten Pfeile an ihre Sehnen und schossen. Die Frauen und Kinder hatten keine Chance und fielen mit Pfeilen in ihren Rücken zu Boden. Keron kam noch rechtzeitig, um eine der Frauen aufzufangen, bevor sie die Erde erreichte. „Rette die Kinder", flüsterte sie mit letzter Kraft, bevor die Farbe in ihren Augen, die ihr Gesicht so lange geschmückt hatte, auf ewig erlosch.

Doch was sollte Keron tun? Er sah sich um und erkannte mit Entsetzen, dass die zwei Buben, die bei den Frauen waren, ebenfalls getötet worden waren. Er blickte zu ihren Mördern auf. Er war sich sicher, dass der nächste Pfeil auch sein Ende bedeuten würde. Er war zwar schneller als sie, aber mittlerweile hatten sie gelernt, wie sie sein Volk jagen und töten konnten. Ihr körperlicher Vorteil schwand immer mehr, umso länger dieser Krieg andauerte. Zwei der Bogenschützen würden auf ihn zielen, während die anderen absichtlich an ihm vorbeischießen würden. Sie taten dies, um ihm die Möglichkeit zu nehmen auszuweichen. Denn wenn er es versuchen würde, war es möglich, den Pfeilen auszuweichen, die auf ihn zuflogen, allerdings nicht jenen, die an ihm vorbeigehen sollten. Er hatte selber gesehen, wie viele ihrer Krieger auf dieser Weise ihr Leben verloren hatten. Doch das Schicksal meinte es gut mit ihm. Offensichtlich war es noch nicht an der Zeit für ihn zu sterben. Denn die Soldaten nahmen gerade neue Pfeile aus ihren Köchern, als das Haus vor ihm einstürzte und Teile der Dachkonstruktion die Straße vor ihm verbarrikadierten. Durch den Staub und die Holzsplitter, die durch die Luft flogen, konnten die Reichsschützen ihn nicht mehr sehen und es war ihm möglich gewesen, in eine Seitengasse zu fliehen.

Wieder änderten sich die Bilder und nun stand er auf einer Erhöhung an der Spitze einer Menschenmenge. Alle starrten sie wie gebannt hinunter ins Tal, wo ihr Zuhause in Flammen aufging. Hin und wieder trug der Wind die Schreie der Menschen zu ihnen hinauf, die es nicht aus dieser brennenden Hölle geschafft hatten. Keron blickte sich um und sah in die Gesichter der Leute, die hinter ihm standen. Freunde, Familie und andere Bewohner des Dorfes, mit denen er noch nie gesprochen hatte, standen dicht gedrängt zusammen. Er konnte den Ausdruck in ihren Gesichtern nicht ertragen, also wandte er sich wieder den brennenden Häusern zu. Das Feuer im Tal entsprach dem Feuer des Zorns, das in ihm brannte. Eines wusste er in diesem Moment mit eiserner Gewissheit: Er würde niemals verzeihen.

Wie zuvor im Ballsaal die Freude, durchströmte ihn nun eine unglaubliche Mischung aus Gefühlen. Zorn über die Männer, die sie mitten in der Nacht angegriffen hatten. Trauer über die vielen Menschen, die er nie wieder sehen würde, und Angst, um das, was in den nächsten Tagen noch passieren würde. Sein ganzer Körper zitterte und für einen Moment dachte er wirklich, dass er zusammenbrechen und einfach nie wieder aufstehen würde. In diesem Moment hätte er den Tod wie einen alten Freund begrüßt, der ihm Erlösung bringen würde, der ihn von hier wegbringen würde. Hier war der Ort, wo so viel Freude in wenigen Minuten ausgelöscht und durch Trauer und schreckliche Erinnerungen ersetzt worden war.

Ein weiteres Mal verschwand die Welt vor ihm und entstand dann erneut in seinem Geist. Er befand sich in einer kleinen Burg. Die Alarmglocken läuteten und Keron rannte auf den Zinnen entlang, um zum geheimen Fluchttunnel zu gelangen. Wieder konnte er die Todesschreie und das Klirren der Waffen hören, wenn sie aufeinandertrafen.

Als er die Tür fast erreicht hatte, drehte er sich noch einmal um und sah hinab in den Burghof. Dort sah er einen jungen Soldaten in voller Rüstung, dessen Schwert durch die Luft sauste und schnelle Schwertstreiche ausführte. Es dauerte eine Weile, bis Keron ihn erkannte. Er hatte noch nicht diese Narbe über seinem linken Auge und es waren noch nicht diese typischen Falten in seinem Gesicht zu sehen, die tiefer wurden, wenn er über etwas nachdachte. Aber es war unverkennbar ein junger Sir Nicolas. Seine Haare waren kürzer, als Keron es von seinem Meister kannte, und er schien zu allem entschlossen.

Er war nur ein paar Jahre älter, als Keron es jetzt war, und kämpfte verbissen gegen seine Gegner. Er sah, wie er sein Gegenüber entwaffnete, und hörte, wie der unbewaffnete Mann Nicolas anflehte ihn zu verschonen. Er konnte die Augen des Mannes nicht sehen, aber das brauchte er auch nicht, um zu wissen, dass er einer von ihnen war. Der Mann flehte immer noch und stammelte etwas von Frau und Kindern und dass er dies alles gar nicht gewollt hatte. Doch Nicolas zögerte nicht lange, sondern stieß dem am Boden wimmernden Mann seine Klinge mitten ins Herz. Dann verlor Keron ihn aus dem Blickfeld, als er sich abwandte und die Tür in die Burg aufmachte, um den Fluchttunnel zu erreichen.

Keron wollte wissen, was weiter geschah, allerdings veränderte die Szenerie sich bereits wieder. Keron war verwirrt. Wenn es stimmte, dass er zu diesem Volk gehörte, von dem dieser Aroc sprach, dann hatte er mitangesehen, wie es von den Reichsschützen ermordet worden war. Derselbe Orden, dem er selber um alles in der Welt beitreten wollte. Außerdem musste er mitansehen, wie sein Meister, der Mann, dem er mehr als allen anderen vertraut hatte, einen anderen, um Gnade flehenden Mann kaltblütig umgebracht hatte. Wusste Nicolas, was Keron war, und war dies der Grund, warum er es ihm nicht gesagt hatte? Was wäre mit ihm geschehen, wenn er bei Nicolas geblieben wäre? Hätte er ihn weiter zu einem Reichsschützen ausgebildet oder hätte man ihn auch getötet? Wurde er entführt oder gerettet? Er wusste nicht mehr, was die Wahrheit war.

Schließlich hörte die Welt wieder auf sich zu drehen. Dieses Mal erkannte Keron den Ort, an dem er war. Es war der kleine Raum, in dessen Mitte der Sockel stand, auf dem die grüne Flamme thronte. Keron erkannte diesen Raum aus seinen Träumen wieder. Das Feuer verströmte die gleiche angenehme Wärme wie das letzte Mal, als er hier gewesen war. Erneut streckte er die Hand nach der Flamme aus. Gerade als er sie mit den Fingerspitzen berührte, bemerkte er, dass er dieses Mal nicht alleine war. Aroc stand auf der anderen Seite des Raumes und betrachtete ihn geduldig. Langsam schritt Aroc durch den Raum und besah sich die leeren Wände, als gäbe es dort etwas Interessantes zu sehen. Es war fast so, als würde er Kerons Anwesenheit gar nicht wahrnehmen.

Dies verschaffte Keron die Zeit, um über einige Dinge nachzudenken. Er ging einige Zeit nachdenklich hin und her und versuchte das Erlebte zu verarbeiten. Es fühlte sich an, als wäre er selbst dort gewesen und hätte diese Momente miterlebt. Die Gefühle, die ihn durchströmten, waren so stark und auf eine gewisse Art wusste er, dass es wahr war, was er gesehen hatte. Aber er konnte es nicht verstehen.

„Warum …", begann er zögernd und versuchte seine Gedanken zu ordnen. „Warum haben die Reichsschützen euch angegriffen?"

Bei Kerons Worten drehte sich Aroc zu ihm um. „Meine Erinnerungen, die ich dir gezeigt habe, sind sehr alt. Einige von *unserem* Volk haben die Fähigkeit, sehr lange zu leben. Auch wenn ich mir schon oft gewünscht habe, ich wäre keiner von ihnen. Die Menschen wurden eifersüchtig auf unser Wissen und unsere Fähigkeiten. Sie sahen uns als Bedrohung, die es zu beseitigen galt."

„Also haben sie den Krieg begonnen?"

„Wir waren ein großes und starkes Volk und gewannen die ersten Schlachten. Doch wir waren ihnen zahlenmäßig weit unterlegen und viele von uns waren keine Krieger. Viele von uns wünschten sich nichts mehr als ein ruhiges Leben gemeinsam mit den Menschen. Aber der Krieg kam und umso länger die Kämpfe andauerten, umso müder wurden wir. Schließlich gaben wir unsere Siedlungen auf und flohen aus dem von Menschen besiedelten Gebiet."

„Was spielten die Reichsschützen in diesem Krieg für eine Rolle?"

„Sie waren einer der Orden der Menschen, die gegen uns kämpften, obwohl sie lange nicht so bedeutend waren wie heute. Erst durch den Krieg erlangten sie ihren heutigen Ruhm.

Wie du selbst gesehen hast, musste ich aus meiner Stadt fliehen. Nachdem ich aus meinem Zuhause vertrieben worden war, habe ich mich in einer kleinen, verlassenen Burg niedergelassen und habe versucht, dort so viele Überlebende in Sicherheit zu bringen wie möglich. Doch nach einigen Monaten hatte man uns entdeckt und sie konnten eine so große Ansammlung von Leuten aus unserem Volk an einem Ort nicht tolerieren. Also erteilte der damalige König den Reichsschützen den Auftrag, uns zu vernichten. Sie jagten und töteten uns. Wir versuchten Frauen und Kinder zu retten, denn auch sie waren nicht vor ihnen sicher. Ich weiß nicht, ob wir noch Menschen oder schon Tiere für sie waren. Auf jeden Fall haben sie uns wie Tiere abgeschlachtet. So viele, die ich gemocht hatte, habe ich in wenigen Monaten verloren." Trauer und Zorn spiegelten sich in Arocs Gesicht wider und erneut verspürte Keron diese starken Emotionen, die nicht seine eigenen waren. Stille breitete sich zwischen ihnen aus.

„Was wollt Ihr von mir?", fragte Keron schließlich.

„Ich will, dass du lebst, mit deinem eigenen Volk lebst, und dass du die Wahrheit erkennst, die man so lange vor dir verborgen gehalten hatte. Ich werde dich lehren und dir dein wahres Potenzial zeigen. Ich werde dir Macht geben, damit du jene retten kannst, die du liebst, und nicht das gleiche durchmachen musst wie ich."

Eine Stimme in ihm sagte ihm, dass Aroc die Wahrheit sprach, doch etwas war Keron noch immer nicht klar. „Was müsste ich als Gegenleistung dafür tun?"

Aroc sah ihm für einen Moment tief in die Augen, als könnte er so erkennen, was Keron dachte. „Nachdem unser Volk beinahe vollkommen ausgelöscht worden war, habe ich es mir zur Aufgabe gemacht, die wenigen Verbliebenen zu finden und in Sicherheit zu bringen. Ich will sie beschützen und du wirst mir dabei helfen."

„Wie?"

„Ich verlange nur eine Sache von dir. Du wirst mir helfen unser Volk von der Tyrannei der Menschen zu befreien. Mit dir an unserer Seite werden wir uns erheben und alle bestrafen, die uns so viel Leid angetan haben. Doch ich will nicht Gleiches mit Gleichem vergelten. Keine hilflosen Menschen sollen sterben. Nur jene, die es verdient haben, müssen für ihre Taten büßen."

„Also die Reichsschützen und damit auch Nicolas", dachte Keron. Nein, er wollte nicht Teil eines Rachefeldzuges werden.

„Was redest du denn da?", fragte eine Stimme in seinem Kopf, die sich wie seine eigene anhörte. „Sie haben es doch verdient. Immerhin haben sie unser Volk getötet. Es ist nur gerecht. Sag ja und du kannst erreichen, was auch immer du dir wünschst. Es war doch dein größter Wunsch, die zu beschützen, die du liebst, und nun hast du die Gelegenheit dazu, die Macht zu erlangen, die du dafür brauchst, deine Ziele zu erreichen. Es ist keine Rache, sondern Gerechtigkeit."

Es war wahr, aber Keron wusste nicht, was er tun sollte. Wenn er einwilligte, würde er irgendwann ebenfalls gegen Nicolas kämpfen müssen. Würde er ihn selbst töten müssen? Konnte er es überhaupt? Was würde geschehen, wenn er ihn am Schlachtfeld treffen würde?

„Er hat dich doch verraten", sprach dieselbe Stimme weiter. „Er hat dich belogen und dir die Wahrheit verschwiegen. Er hat dein Volk getötet. Das Blut von so vielen klebt an seinen Händen."

Ja, es war wahr, und dennoch wollte Keron es nicht glauben. Schließlich sah Keron Aroc an, der immer noch auf eine Antwort wartete. „Ich werde darüber nachdenken müssen."

Für einen Moment dachte Keron, dass Aroc wütend werden würde, doch der Mann vor ihm hatte immer noch denselben geduldigen Gesichtsausdruck wie zuvor und sprach mit sanfter Stimme. „Wie du wünschst. Ich gebe dir einen Tag Zeit, um dich zu entscheiden, ob du dich uns anschließt und nach Hause zurückkehrst."

Mit diesen Worten waren sie plötzlich wieder in Kerons Zelle und sie saßen sich immer noch gegenüber. Aroc nahm seine Hand von Keron und sah leicht enttäuscht und etwas müde aus. Zum ersten Mal fiel Keron auf, wie alt der Mann eigentlich aussah. Doch er stand mit sicheren Beinen auf und nickte Dalion zu. Ohne ein weiteres Wort verließen Aroc und Dalion mit den zwei Stühlen den Raum und ließen Keron wieder alleine zurück.

Etwas später kam Dalion zurück und erklärte ihm, dass sein Zimmer nun für ihn bereit wäre. Verwundert folgte er ihm den Gang entlang, bis Dalion eine andere Tür öffnete. Es war nicht groß, aber möbliert und weitaus gemütlicher als seine Zelle aus Stein. Ohne weitere Erklärungen wurde er alleine gelassen. Keron öffnete die Tür und sah, dass zwei große, bewaffnete Männer vor seiner Tür Wache hielten. Er war also immer noch ein Gefangener.

Keron setzte sich in einen der zwei Sessel und dachte über seine Lage nach. Immer wieder ging er das Gesagte in Gedanken durch und versuchte herauszufinden, ob Aroc ihm die Wahrheit gesagt hatte. Denn wenn er ihn wirklich nur retten wollte, warum hatte man ihn dann entführt und so lange gefesselt gehalten? So machte man sich keine Verbündeten. Auf der anderen Seite stimmte es auch, dass er es nicht geglaubt hätte, wenn man es ihm einfach gesagt hätte, und er hätte ebenso wenig Will und Nicolas einfach verlassen. Ach, verdammt. Er wusste doch nicht einmal, ob er die ganze Geschichte jetzt glauben sollte. Allerdings wollte er unbedingt mehr über diese Fähigkeiten herausfinden, von denen Aroc ihm erzählt hatte. Vielleicht konnte er ihn in dem Glauben lassen, dass er auf ihrer Seite war, bis er mehr herausgefunden hatte und wusste, was die Wahrheit und was die Lügen waren. Es war ein riskantes Spiel. Wenn Aroc ihm nicht glaubte, waren dieser Plan und alle anderen Möglichkeiten zerstört. Irgendetwas war merkwürdig. Warum hielt man ihn immer noch fest, wenn er doch angeblich zu ihnen gehörte und sie ihn unbedingt vor den Reichsschützen retten wollten?

DER ERSTE TAG

Will war einer der ersten Menschen, die durch die Tore der Reichsschützenakademie traten. Obwohl die Akademie ein Teil von Canae war, war sie doch durch eine Mauer vom Rest der Stadt getrennt und das Haupttor wurde in der Nacht geschlossen. Durch die Anzahl der Schüler, Lehrer und anderer Leute, die geschäftlich mit den Reichsschützen zu tun hatten, war die Akademie auf Ressourcen von außerhalb ihrer Mauern angewiesen.

Außerdem gab es viele Menschen, die für die Instandhaltung der Akademie sorgten, ohne ein Mitglied des Ordens zu sein. Daher war es ihnen nicht erlaubt, auf dem Akademiegebiet zu leben. Aus diesem Grund wartete eine Menge von Menschen jeden Tag vor dem Tor, bis es endlich von den Reichsschützen geöffnet wurde. Boten, Händler, Schüler, die nicht auf dem Akademiegelände wohnten, und noch viele weitere Menschen, die an der Akademie arbeiteten, drängten sich an Will vorbei, um schneller als jeder andere durch den Eingang zu gelangen. Natürlich versuchten dies so viele Menschen, dass am Ende niemand besonders schnell an seinen Arbeitsplatz kam. Nur durch eine kleinere Seitentür in der Mauer gab es ein reges Kommen und Gehen. Doch jede Person, die an den Wachen vorbei durch diese Tür trat, trug die Uniform der Reichsschützen.

Als Will endlich am Platz hinter dem Haupttor angekommen war, blieb er stehen. Nicht weil er von den Häusern aus Stein so beindruckt gewesen war, sondern weil er keine Ahnung hatte, wo er eigentlich hinmusste. Verwirrt blickte er sich um. Es gab drei Gassen, die von diesem Platz wegführten, aber welche sollte er nehmen? An einem Ort stehen zu bleiben war fast nicht möglich, wenn er von den Leuten nicht überrannt werden wollte. Also folgte er dem Menschenfluss, bis er die Mitte des Platzes erreicht hatte, wo drei große Statuen von Bogenschützen standen, die gerade schussbereit auf das Tor zielten.

Die mittlere Statue kniete und die zwei anderen standen links und rechts hinter dieser und alle drei Pfeilspitzen zeigten in dieselbe Richtung. Es war eine beindruckende Handwerkskunst, die diese Statuen erschaffen hatte. Doch im Moment interessierte sich Will nicht besonders für die Monumente und Gebäude der Akademie. Er musste zum Leiter der Akademie, um sich anzumelden.

Seufzend ging er auf die nächstbeste Person zu, um sie nach dem Weg zu fragen, aber er wurde unhöflich abgewiesen, als würde man ihn für irgendeinen Bettler halten, der Almosen erwartete. Verärgert versuchte er es bei zwei Händlern, allerdings wimmelten auch diese ihn ab und gingen dann ihres Weges, ohne ihm weitere Aufmerksamkeit zu schenken.

Entnervt bahnte er sich seinen Weg durch die Menschenmassen, die immer noch durch das Eingangstor strömten, zurück zu den Wachen, die am Eingang standen. Es waren insgesamt drei und keine von ihnen sah besonders freundlich aus. Zwei junge Männer und eine Frau standen am Ende des Durchganges und versuchten die Übersicht über die vielen Menschen zu behalten. Will seufzte erneut und ging auf eine der drei Wachen zu. Er war etwas kleiner als er, aber strahlte in seiner Uniform trotzdem eine erstaunliche Autorität aus.

„Entschuldigt, könntet Ihr mir sagen, wo ich den Direktor der Akademie finden kann?", fragte Will und tippte ihm auf die Schulter.

Die Wache drehte sich überrascht um und betrachtete Will interessiert. „Was wollt Ihr denn von ihm?", fragte er Will zurück.

„Ich muss mit ihm über eine wichtige Angelegenheit sprechen, also bitte ich Euch mir den Weg zu sagen."

„Natürlich, aber Ihr müsst auch verstehen, dass es meine Aufgabe ist, Fragen zu stellen. Besonders bei Personen, die nicht vertrauenswürdig erscheinen." Bei diesen Worten deutete er unpräzise auf Will und begutachtete ihn noch einmal von oben bis unten. „Ihr geht am besten beim Platz nach links und dann zu dem Haus, auf dessen Wand das Symbol der Reichsschützen prangt. Allerdings ist es gut möglich, dass man Euch nicht zu ihm lässt", sagte er und zeigte in die ungefähre Richtung, in die Will gehen sollte.

„Ich danke Euch", erwiderte Will und verabschiedete sich mit einer leichten Verbeugung, um seinem Dank noch größeren Ausdruck zu verleihen. Sichtlich überrascht über Wills Verhalten zeigte sich ein kleines Lächeln auf dem Gesicht der Wache.

„Nicht der Rede wert", murmelte dieser und wandte seine Aufmerksamkeit dann wieder den Menschen zu, deren Menge bereits langsam abnahm.

Will überdachte noch einmal die Worte der Wache und kam zu dem Schluss, dass er vielleicht etwas anderes anziehen sollte, bevor er vor den Direktor der Reichsschützenakademie trat. Schnell zog er in einer verlassenen Gasse abseits der Straße seine schönere Kleidung an, die ihm Nicolas gekauft hatte. Es war nichts Besonderes, aber möglicherweise würde es ihm sein jetziges Aussehen erleichtern, an den Wachen vorbeizugelangen. Will hatte das besagte Haus schnell gefunden, doch wie die Wache am Tor es vermutet hatte, ließ man ihn nicht in das Gebäude. Erst als er erklärte, dass Sir Nicolas Tirion ihn schicke und er sein Siegel auf dem Brief, den er bekommen hatte, vorzeige, wurde er hindurchgelassen. Er schritt die Gänge entlang und besah sich die kleinen Schilder an den Türen, auf denen die Namen der Meister standen. Offensichtlich war dies das Haus, in dem die Meister der Akademie lebten. Nach längerem Suchen fand er im zweiten Stock endlich die richtige Tür und er klopfte gleich an.

„Herein", hörte er einen älteren Mann von der anderen Seite der Tür rufen. Langsam machte er die Tür auf und betrat die Räume dahinter. Vor ihm sah er einen älteren Mann, der hinter seinem Schreibtisch saß und einige Papiere durchlas. Will durchschritt den Raum und blieb vor dem Schreibtisch stehen, doch der Mann blickte nicht von seinen Papieren auf.

Will wollte gerade etwas sagen, als der Mann eine Hand hob und ihm so Einhalt gebot. Also stand Will stumm da und betrachtete die Einrichtung des Zimmers. Es war ein sehr schlichter Raum, aber alles war sauber und an seinem Platz. An der einen Wand standen Regale voller Bücher und Schriftrollen, von denen einige schon sehr alt aussahen. An der gegenüberliegenden Seite gab es eine Tür, die, wie Will vermutete, zu den privaten Gemächern des Direktors führte. Doch das, was Will am meisten ins Auge stach, war das Schwert, das hinter ihm an der Wand hing. Es war wie der Rest des Zimmers sehr sauber und glänzte so, als hätte man es erst vor kurzem poliert. Unter dem Schwert war eine kleine Holztafel angebracht, auf der mit goldenen Lettern die Worte „Recht und Unrecht" standen.

Als Will sich dann wieder dem älteren Herr vor sich zuwandte, starrte dieser ihm plötzlich genau in die Augen. Offenbar hatte er Will schon einige Sekunden beobachtet, bevor dieser sich umgedreht hatte. Er stützte seinen Kopf mit den Händen ab und die beiden sahen sich für einen Moment einfach nur an. Will wartete darauf, dass der Mann vor ihm das Gespräch beginnen würde.

Der Direktor der Reichsschützenakademie war um einiges älter als Nicolas, und trotzdem hatte er dieselbe aufrechte und stolze Haltung. Weiße Haare durchzogen das ansonsten schwarze kurze Haar des Mannes. Er trug schlichte Kleidung, die das Symbol der Reichsschützen trug, und sah ansonsten nicht weiter auffällig aus. Ebenso makellos wie seine Kleidung war das Zimmer, in dem sie sich befanden. Alles in diesem Raum hatte seine Ordnung, bis auf Will.

Weil Will dieses Schweigen langsam nervös machte, unterbrach er es schließlich. „Herr, mein Name ist William Rosko und ich wurde von Sir Nicolas Tirion hierher geschickt, um an dieser Akademie zu lernen." Will fand es am sichersten, einmal mit den grundlegenden Dingen anzufangen.

„Ich weiß, wer du bist, Junge", sagte er schließlich mit fester, tiefer Stimme. „Und eines möchte ich dir gleich von Anfang an sagen. Die Tatsache, dass du von Nicolas hierher geschickt worden bist, ist ohne Bedeutung. Sobald du ein Schüler dieser Schule bist, bist du nicht weniger oder mehr wert als jeder andere deiner Kameraden. Es ist mir egal, welchen Titel oder sonstigen Stand du in der Welt dort draußen gehabt hast. Von dem Moment an, in dem du die Uniform der Reichsschützen trägst, bist du Teil unseres Ordens und wirst deinen Platz bei uns einnehmen. Außerdem dulde ich keinen Unfrieden an dieser Akademie. Wenn du die Regeln dieser Schule brichst, wirst du dementsprechend bestraft und davor wird dich nicht Nicolas und auch sonst niemand bewahren können. Hast du das verstanden?"

„Ja, mein Herr", antwortete Will und übergab ihm das Dokument, das er von Nicolas bekommen hatte.

Der Direktor der Akademie übernahm es, las es durch und wandte sich dann wieder an Will. „Gut, von nun an wirst du mich mit Herr Direktor oder Meister ansprechen. Was auch immer dir mehr beliebt. Außerdem stellt der vorgeschlagene Lehrplan ein Problem dar, weil du nicht einfach in den zweiten Lehrabschnitt einsteigen kannst. Das wird nicht passieren. Du beginnst am Anfang wie jeder andere."

„Was, aber ich habe doch schon unter Nicolas gelernt und er meinte, dass ich im ersten Abschnitt nichts Wichtiges mehr dazulernen würde." Will hatte gesprochen, bevor er sich hatte bremsen können.

„Diese Entscheidung obliegt nicht Nicolas, sondern den Meistern und Leitern der Schule. Aber wenn du meinst, dass du bereit bist, schlage ich dir einen Handel vor. Ich werde dich im Kampf testen und wenn du die Prüfung bestehst, dann darfst du in den Kursen für Fortgeschrittene der Kampfkünste beginnen. Wenn du die Prüfung allerdings nicht bestehst, wirst du die Kurse machen, die ich bestimme. Außerdem gilt dieser Handel nur für den Kampfunterricht. In den anderen Fächern wirst du deine Ausbildung am Anfang beginnen, wie jeder andere auch. Also, was sagst du?"

Will erkannte, dass er keine andere Wahl hatte. „Ich werde mich dieser Prüfung stellen."

Nachdem Will zugestimmt hatte, stand der Direktor auf. Zu Wills Überraschung musste er sich dabei auf einen schwarzen Gehstock mit einem silbernen Griff aufstützen, um das Gleichgewicht nicht zu verlieren. „Dann werden wir einmal sehen, ob Nicolas' Meinung über dich berechtigt ist oder nicht."

Gemeinsam verließen sie das Gebäude und machten sich auf den Weg zurück zum Haupttor, wo sich die Menge inzwischen zerstreut hatte und sich nur noch wenige Menschen befanden. Sie überquerten den Platz und folgten der Straße genau auf der anderen Seite. Obwohl der Direktor der Akademie auf seinem Stock gestützt ging, legte er trotzdem ein Tempo an den Tag, bei dem Will sich beeilen musste ihm nachzukommen.

Nach einigen Metern durchschritten sie einen Torbogen und kamen auf der anderen Seite zu einer großen, offenen Fläche, auf der sich mehrere Übungsplätze befanden. Ein Gewirr aus dutzenden von Geräuschen drang ihnen entgegen. Auf einem der Plätze war eine Gruppe von Studenten damit beschäftigt, ihre Bogenübungen zu absolvieren, und auf dem Platz daneben, der viele Deckungsmöglichkeiten bot, übten ebenfalls Schüler und vollführten konzentriert für Will merkwürdige Bewegungsabläufe. Wo man auch hinsah, rannten, kämpften oder trainierten Schüler der Akademie, um ihre Fähigkeiten zu verbessern.

Will folgte dem älteren Reichsschützen auf dem Weg, der um die verschiedenen Übungsplätze verlief, bis sie schließlich zu einem Platz kamen, wo eine Gruppe von Frauen und Männern Schwertkampffiguren übte. Der Trainingsplatz lag tiefer als der Gehweg, was dafür sorgte, dass Will einen guten Überblick über die trainierenden Schüler hatte. Nach einiger Zeit bemerkte ein großer, muskulöser, braungebrannter Mann, dass Will und der Direktor die Übenden begutachteten und kam den Hang zu ihnen hinauf. Der Mann trug die übliche eng anliegende grüne Kleidung der Meister der Reichsschützen. Mit der Ausnahme, dass sein dickes Hemd keine Ärmel hatte und seine muskulösen Arme deshalb nicht bedeckt waren.

„Herr Direktor, ich wusste gar nicht, dass Ihr meine Rekruten heute begutachten wolltet", begrüßte er sie und verbeugte sich leicht vor dem Leiter der Schule, bevor er seinen Blick auf Will richtete. „Und wen haben wir hier?"

„Ich bin Will Rosko", erklärte er und verbeugte sich vor dem Mann, wie Nicolas es ihm und Keron beigebracht hatte.

„Hahahaha. Na ja, Manieren hat er jedenfalls", sagte der Mann lachend und wartete auf eine genauere Erklärung.

„Dies könnte Euer neuester Schüler werden. Ich will, dass er getestet wird, indem er gegen Euren besten Kadetten antritt."

Ein großes Lächeln erschien auf seinem Gesicht. „Na, wenn das so ist, werden wir unverzüglich beginnen." Er nahm Will an der Schulter und zog ihn mit sich zurück zu seinen Schülern, die ohne eine Unterbrechung einfach weitergeübt hatten.

„Genug!", rief er laut und alle hielten mitten in ihren Bewegungen inne. Sie senkten ihre Übungsschwerter und stellten sich alle genau in der gleichen Pose, mit dem Gesicht zu Will und dem muskulösen Meister an seiner Seite gerichtet, hin. Keiner von ihnen ließ sich auch nur einen Funken Überraschung ansehen. Sie warteten alle geduldig auf die nächste Anweisung.

„Ihr habt heute, dank unseres sehr geschätzten Direktors, die Ehre, einer Prüfung der Stärke beizuwohnen. Dieser junge Mann hier möchte einer von Euch werden. Doch vorher wollen wir testen, ob er auch das Zeug dazu hat. Er wird gegen einen von Euch kämpfen, um sich zu beweisen", verkündete er und legte dabei seine große Hand auf Wills Schulter. Dann entfernte er sich von ihm und schritt vor der ersten Reihe der Schüler auf und ab und tat so, als würde er angestrengt nachdenken.

„Wer nur? Wer wird gegen diesen Frischling antreten und ihm zeigen, woraus ein Schüler der Reichsschützen gemacht sein muss?" Er blieb vor einem seiner Lehrlinge stehen, sah ihn sich genau an und ging dann weiter zu einer jungen Frau. Nachdem er sie ebenfalls nicht für würdig empfunden hatte, ging er wieder in die Mitte zurück.

„Jesper Ven'Edoan, antreten!" Schnell löste sich einer der Schüler aus der Gruppe und trat vor seinen Meister hin. „Du wirst gegen ihn kämpfen."

„Jawohl", antwortete dieser und verbeugte sich leicht, als wäre es eine große Ehre für ihn.

Dann führte der Meister der Reichsschützen Will zu einem Teil des Übungsplatzes, wo ein Kreis im Gras durch eine weiße Linie vom restlichen Boden abgegrenzt worden war. Der Mann gab ihm einen Schubs und Will stolperte in den Kreis, der offenbar einen Kampfring darstellte. Danach bekam er eines der

Schwerter von den anderen Reichsschützenkadetten in die Hand gedrückt und wartete auf weitere Anweisungen, während sein Gegner auf der anderen Seite des Ringes in Stellung ging. Die anderen Schüler bildeten einen Kreis um den Ring, um den Kampf gut sehen zu können.

„Die Regeln lauten folgendermaßen", ertönte die laute Stimme des Reichsschützen, „derjenige, der zwei von drei Runden gewinnt, gilt als Sieger dieses Wettkampfes. Wer den Ring verlässt, hat die Runde verloren. Außerdem zählt jeder Körpertreffer als ein Punkt. Wer seinen Gegner zuerst drei Mal erwischt oder als eindeutiger Sieger angesehen wird, hat eine Runde gewonnen. Haben beide Kämpfer die Regeln verstanden?"

Will nickte, als Zeichen, dass er verstanden hatte, und wandte sich nun seinem Gegner zu, den er zu seiner großen Überraschung kannte. Und offenbar hatte sein Gegner ihn ebenfalls wiedererkannt, denn es zeigte sich zum ersten Mal offene Freude auf seinem Gesicht. Es war dieser ungehobelte Typ, den er am vergangenen Abend dabei gestoppt hatte, die junge Frau zu schlagen. Wenn man genau hinsah, bemerkte man die Schwellung, die von seinem Schlag auf Wills Lippe zurückgeblieben war. Will hatte wirklich *unheimliches Glück*.

Beide Kämpfer begaben sich in ihre Kampfpositionen und die anderen Schüler der Reichsschützen formten einen Kreis um den Ring. Will begutachtete seinen Gegner genau und versuchte sich alles ins Gedächtnis zu rufen, was Nicolas ihm beigebracht hatte. Der Meister der Reichsschützen gab das Signal zum Anfangen und Wills Gegner griff sofort an. Mit schnellen Schritten überbrückte Jesper den Raum zwischen ihnen und attackierte Will mit drei schnellen Hieben. Rechts, links und rechts. Will schaffte es, alle drei Schläge abzuwehren, musste aber einige Schritte zurückgehen, was ihn zum Rand des Ringes trieb.

Will hatte noch nicht gegen viele Menschen gekämpft. Sein jetziger Gegner hingegen wusste zweifelslos, was er tat, denn es fiel Will schwer, mit seinen Schlagkombinationen mitzuhalten. Jesper verlor keine Zeit, sondern griff immer wieder an. Und obwohl Will es gerade noch so schaffte, die Schläge seines Gegners abzublocken, verlor er immer mehr an Boden und wurde zum Rand des Ringes gedrängt. Nach einem weiteren kräftigen Schlag von rechts oben geschah, was sich schon abgezeichnet hatte. Will verlor das Gleichgewicht und stürzte rücklings aus dem Ring auf das Gras des Trainingsplatzes.

„Sieger der ersten Runde: Jesper Ven'Edoan", verkündete der braungebrannte Meister der Reichsschützen so laut, dass es wohl fast der ganze Übungsplatz hören konnte.

Fröhlich stieß Jesper sein Schwert in den Himmel und stieß einen Siegesruf aus, den die umstehenden Schüler erwiderten. Jesper drehte sich einmal um sich selbst und genoss die Aufmerksamkeit, die ihm zuteilwurde. Dann blickte er voller Schadenfreude auf Will hinab, bevor er zu seiner Ausgangsposition zurückkehrte.

Will lag rücklings auf dem Boden und konnte es einfach nicht fassen, hatte sich Nicolas so in ihm geirrt? Nein. Er würde auf keinen Fall aufgeben. Plötzlich wurde die Sonne von einem Schatten verdeckt, als ein anderer Schüler der Reichsschützen sich über ihn beugte und ihm eine helfende Hand hinhielt. Will ergriff diese und stand auf. Gerade als er seinem Helfer danken wollte, erkannte er den jungen Mann, der ihm die Hand gereicht hatte. Es war die Wache, die ihm den Weg zum Direktor erklärt hatte. Erst jetzt kam Will die Idee, dass sie sich wahrscheinlich ungefähr im selben Alter befanden. Ohne die Rüstung der Akademiewachen büßte er zwar einiges an Autorität ein, aber sein Gesichtsausdruck sah so stolz aus wie zuvor. Abgesehen davon, dass er nun lächelte.

Will nickte ihm dankbar zu und betrat dann wieder den Ring. Plötzlich waren die Anspannung und die Nervosität verschwunden, die er zuvor verspürt hatte. Mit seinem üblichen Lächeln auf den Lippen schwang er sein Übungsschwert einige Male durch die Luft und stellte sich dann wieder auf seine Seite des Ringes. Als hätte er nie etwas anderes getan, als mit dem Schwert zu kämpfen, begab er sich in die Anfangsposition, die Nicolas ihm so oft gezeigt hatte. Er nahm einen breiteren Stand ein, ging leicht in die Knie und hielt sein Schwert, sodass die Spitze leicht zu Boden geneigt war.

Als erneut das Startsignal ertönte, war Will innerlich vollkommen ruhig und beobachtete seinen Gegner. Er sah, wie sich Jespers Muskeln anspannten und er auf ihn losging. Mit einer schnellen Drehung wich er dem Schlag seines Gegners aus und griff seinerseits an. Sein erster Schlag wurde abgewehrt und auch sein zweiter Hieb verfehlte sein Ziel. Dann versuchte Will es mit einer Finte und zu seinem Glück fiel sein Gegner darauf herein, was ihm die Möglichkeit gab, Jesper an der Schulter zu treffen. Die stumpfen Übungswaffen verursachten zwar keine lebensgefährlichen Verletzungen, aber es tat trotzdem weh, wenn man getroffen wurde. Jesper erholte sich allerdings schnell und konterte sofort. Geschmeidig reihte Will die Bewegungen aneinander, die er und Keron immer und immer wieder hatten üben müssen. Nach einiger Zeit reagierte er nur noch instinktiv und vollführte bereits automatisierte Paraden und Konterhiebe. Es war, als würde er wieder gegen Keron kämpfen. Doch sein alter Freund war schneller als der Schüler der Reichsschützen, den er nun bekämpfte.

Will entwickelte langsam einen Rhythmus und vollführte Schlag um Schlag gegen seinen Gegner, der allerdings ebenso verbittert kämpfte und den nächsten Treffer landete. Doch Will ließ ihm nicht die Zeit, um sich wegen seines Treffers zu freuen, sondern griff wieder an. Er erhöhte nun das Tempo. Flink duckte er sich unter einem Verzweiflungshieb seines Gegners durch und landete zwei schnelle Treffer an seiner Seite. Überrascht sank Jesper, getroffen, auf ein Knie und hielt sich die schmerzende Seite, dort wo ihn Wills Übungsschwert erwischt hatte.

„Sieger der zweiten Runde: Der Anwärter für den Orden der Reichsschützen, Will Rosko." Dieses Mal fiel die Reaktion der Menge gemischt aus. Einige murmelten der Person neben ihr etwas zu, andere sahen überhaupt nicht glücklich aus und wieder andere sahen aus, als wäre dies einer der besten Tage ihres Lebens. Bis Jesper wieder zu seiner Ausgangsposition im Ring zurückgekehrt war, hatte sich die Menge um den Ring um viele zusätzliche Kadetten des Ordens erweitert. Und als Will einen kurzen Blick zum Direktor der Reichsschützen hinaufwarf, sah er, dass auch dieser nicht mehr alleine war.

273

Es standen zwar einige Schüler der Reichsschützen oben am Weg zwischen den Übungsplätzen und sahen auf ihn hinab, aber im direkten Umfeld des Schulleiters befanden sich zwei Männer und eine Frau, die dieselbe Kleidung trugen wie der Schwertmeister, der sein Duell leitete.

Schnell fokussierte er sich wieder auf den Kampf vor ihm. Will hatte keine Zeit, um sich große Gedanken um sein Publikum zu machen. Wenn er Keron retten wollte, musste er diesen Kampf gewinnen und konnte sich keine Ablenkung leisten. Er blendete jeden außer Jesper aus und konzentrierte sich erneut. Er würde nun alles zeigen, was er bei Nicolas gelernt hatte. Er würde seinen Meister mit Stolz erfüllen, wenn ihm je über diesen Kampf berichtet werden würde.

Zum letzten Mal in diesem Kampf begaben sich die beiden Kontrahenten in ihre Anfangspositionen. Dieses Mal übernahm Will die Initiative und führte den ersten Angriff. Einige Male prallten ihre Schwerter aufeinander, ohne dass einer von ihnen die Oberhand bekommen konnte. Beide kämpften nun mit vollem Einsatz, was auch dem Publikum nicht entgangen war. Vor dem Kampf waren sich alle sicher gewesen, dass Will verlieren würde, doch nun hatte sich ihre Meinung geändert und es ertönten Anfeuerungsrufe für beide Kämpfer. Allerdings bekam Will davon so gut wie nichts mit, weil er mittlerweile so sehr auf seinen Gegner konzentriert war, dass er fast alles andere ausblendete.

Jesper führte einen schnellen Hieb, dem Will gerade noch durch einen Satz nach rechts ausweichen konnte. Er brachte etwas Raum zwischen sich und seinen Gegner und überlegte, wie er ihn am besten angreifen sollte. Langsam wurde er müde und auf lange Sicht wurde es immer wahrscheinlicher, dass er den Kampf verlieren würde. Er musste so schnell wie möglich einen Treffer landen, um den Rhythmus seines Gegenübers zu brechen.

„Ach was. Ich wäre nicht Will, wenn ich immer einen Plan hätte." Bei diesem Gedanken musste er schmunzeln und griff wieder an. Nun war es Will, der seinen Gegner immer weiter zurückdrängte. Doch seine Schwerthiebe wurden immer wieder abgeblockt, bevor sie ihr Ziel treffen konnten. Schließlich beschloss

Will, dass es Zeit war, einen weiteren Trick zu versuchen, den Nicolas ihm beigebracht hatte. Es war riskant, und gerade deswegen hoffte er auf einen Überraschungseffekt.

Bei seiner nächsten Attacke ließ er seine linke Seite absichtlich ungeschützt und sofort erfolgte Jespers Angriff. Der Treffer war zwar schmerzvoll, aber nun hatte Will ihn genau dort, wo er ihn haben wollte. Er biss die Zähne zusammen, drehte sich im Stand nach rechts und schlug mit der flachen Seite seines Schwertes genau in dem Moment auf Jespers Handgelenk, als dieser sein Schwert vom Schlag zurückzog und sich sein Griff kurz gelockert hatte. Wie Will es gehofft hatte, konnte Jesper sein Schwert nicht festhalten, weil sich die Richtung, in die es sich bewegte, plötzlich geändert hatte. Der in Lederstreifen eingewickelte Griff entglitt seinen Fingern und fiel zu Boden. Nun war Wills Chance gekommen. Er nützte Jespers Überraschung über seine Entwaffnung aus, um ihn mit einem gezielten Tritt, seitlich an seinen linken Knöchel, von den Beinen zu holen. Hilflos ruderte er mit den Armen in der Luft und fiel zu Boden. Gleichzeitig richtete sich Will wieder auf und führte sein Schwert zu Jespers Kehle, wo er es eine Handbreit vor seiner Haut abstoppte und in dieser Position verharrte.

„Sieger der dritten Runde durch einen Todesstoß: Kadett der Reichsschützen, Will Rosko! Und folglich auch Sieger des Kampfes!"

Nun, da Wills Konzentration verflog, überraschten ihn der Applaus und die Glückwunschrufe der Menge. Er blickte zum Direktor der Akademie nach oben, der sich in Gedanken immer wieder über seinen kurz gestutzten grauen Bart fuhr. Will wollte Jesper die Hand reichen, um ihm auf die Beine zu helfen, allerdings schlug dieser Wills Hand aus dem Weg und stand durch eigene Kraft auf.

„Kämpfer, reicht euch die Hände." Will und Jesper stellten sich noch einmal gegenüber und taten, wie es ihnen befohlen wurde. Doch anders als Will, der schon wieder sein charakteristisches Lächeln zeigte, war Jesper überhaupt nicht zum Lachen zumute. Als Will ihm die Hand schüttelte, sprach er so leise, dass nur Will ihn hören konnte.

„Du hattest nur Glück. Merk dir meine Worte. Du wirst es noch bereuen, an der Akademie zu sein." Dann ließ er Wills Hand los und trat zurück in den Kreis der anderen Schüler. Will hatte nicht sehr viel Zeit, um über diese Worte nachzudenken, weil er im nächsten Moment schon wieder von diesem muskulösen Reichsschützenmeister, dessen Name er gerne erfahren hätte, den Hang hinaufgezerrt wurde, um zum Leiter der Akademie zu gelangen. Auf dem Weg dorthin nahm er Will das Schwert wieder ab und gab es der Schülerin zurück, von der er es zuvor geliehen hatte. Will wollte sich noch bei ihr bedanken, doch da wurde er schon wieder weitergezerrt. Schließlich standen sie vor dem Direktor der Akademie und den anderen Meistern, die den Kampf gesehen hatten.

Als erster ergriff der Meister neben Will das Wort, dessen muskulöser Arm immer noch um seine Schulter gelegt war. „Herr Direktor, wenn Ihr eine Empfehlung von mir wollt, würde ich diesen Jungen gerne ausbilden. Er …" Doch der oberste Meister der Akademie hob seine Hand und brachte den Schwertmeister so zum Schweigen. Dann wandte er sich an Will.

„Wir hatten einen Handel und du hast deinen Teil der Abmachung eingehalten. Wie du weißt, ist es bei uns nicht üblich, jemanden sechs Monate überspringen zu lassen. Allerdings stehe ich zu meinem Wort. Von heute an bist du ein Schüler an der Akademie der Reichsschützen. Wenn du jedoch versagst, wirst du so schnell wie möglich vom Akademiegelände verwiesen. Und nun entschuldige mich. Ich habe noch andere Dinge zu erledigen."

Mit diesen Worten drehte er sich um und ging zurück in die Richtung seines Arbeitszimmers. Nachdem er gegangen war, riefen die übrigen Meister ihre Kadetten zur Ordnung und die Menge löste sich schnell auf.

„Gut gemacht, mein Junge", sagte der große Meister neben ihm und klopfte ihm auf die Schulter. „Ich bin übrigens Meister Trekus und verantwortlich für die Ausbildung mit dem Schwert. Wir werden einmal sehen, ob du nicht zu meiner Gruppe kommen kannst. Ich soll verdammt sein, wenn Meister Levaral dich in die Finger bekommt."

Will wusste nicht, ob er immer noch mit ihm sprach, aber ihre Unterhaltung wurde ohnehin vom Glockenschlag des Uhrturmes unterbrochen. Überrascht über die Zeit, verabschiedete er sich von Will und ging zu seinen Schülern.

Will stand noch eine Weile auf dem Weg über den Übungsplätzen und beobachtete Meister Trekus und seine Gruppe. Will war etwas verwirrt, weil er nun zwar aufgenommen worden war, ihm jedoch keiner gesagt hatte, was er nun tun sollte. Langsam ging er in die Richtung des Torplatzes, um jemanden zu finden, der ihm dies sagen konnte. Als er gerade den Torbogen, der zu den Übungsplätzen führte, durchschritt, kam ihm ein Mann in der Kleidung der Meister entgegengelaufen. Allerdings war er deutlich schmächtiger als die anderen Meister, die er an diesem Tag getroffen hatte. Er hatte längeres dunkles Haar, was seine eher bleiche Haut nur noch stärker betonte. Alles in allem sah er etwas kränklich aus. Zuerst war der Mann nur ein seltsamer Anblick für ihn und er beachtete ihn nicht weiter, doch als er merkte, dass er genau auf ihn zukam, wurde er langsamer und wartete, bis der Meister ihn erreicht hatte. Will fand, dass er irgendwie gehetzt wirkte.

„Habe ich den Kampf verpasst? Wer hat gewonnen?", fragte er begierig.

Überrascht über diese Frage, fiel es Will schwer, die richtigen Worte zu finden. „Ähmmm. Ja, er ist schon vorbei. Ich habe gewonnen."

„DU? Bist du Will?", fragte er ihn schließlich und Will nickte. Ein breites Lächeln breitete sich auf seinem Gesicht aus und er schüttelte Will aufgeregt mit beiden Händen die Hand. „Es freut mich sehr, Nicolas' Schüler kennenzulernen. Ich bin Meister Baricus und unterrichte Medizin, damit du und deine Kameraden nicht das Schlachtfeld überleben, um dann im Bett an einer Infektion zu sterben. Nicolas hat mir einen Brief geschrieben und mich gebeten, dir zu helfen dich zurechtzufinden. Wie ich von unserem ehrenwehrten Schuloberhaupt erfahren habe, hattest du noch einen Kampf zu bestehen. Es tut mir leid, dass ich ihn nicht sehen konnte, aber es soll außerordentlich interessant gewesen sein. Leider hatte ich gerade eine Menge zu tun. Also dann, wollen wir dir einmal alles zeigen", erklärte er schnell und machte dabei kaum eine Pause, um Luft zu holen. Offenbar ließ Meister Baricus seinen Gedanken des Öfteren freien Lauf und sein Mund musste sich beeilen dem Gedankenfluss nachzukommen.

Kaum hatte er den Satz beendet, drehte er sich bereits um und schritt schnell in die Richtung, aus der er gekommen war. Will konnte kaum glauben, dass ein Mann, der so viel und schnell sprach, mit dem wortkargen Nicolas befreundet war. Zwei Männer, die so unterschiedlich waren, konnten unmöglich befreundet sein.

Will beeilte sich dem quirligen Meister hinterherzukommen und passte dann seine Geschwindigkeit dem Mann neben sich an, um zu hören, was er sagte. Will war hin und wieder sehr stolz auf seine Wortgewandtheit und Sprachgeschwindigkeit. Dieser Mann hingegen stellte ihn bei weitem in den Schatten. Unentwegt fütterte er Will mit Informationen und machte dabei kaum eine Pause, um einmal nach Luft zu schnappen. Offenbar konnte er ihm zu jedem einzelnen Gebäude auf dem Gelände der Akademie dessen Geschichte erzählen.

So erhielt Will ein umfassendes Wissen über die Gebäude, in denen er seinen Unterricht haben würde. Nun wusste er, wo die Bibliothek, die Trainingsplätze, der Speisesaal, die Schlafhäuser der Schüler und Meister, die Krankenstation und noch viele weitere Orte waren, die er ohne seine Hilfe vielleicht nie gefunden hätte. Während ihres Rundganges kamen sie außerdem zum Quartiermeister, bei dem Will gleich ein Bett für sich beanspruchte und seine Gebühren für die Akademie der Reichsschützen beglich. Schließlich hatten sie das ganze Akademieareal durchschritten und waren wieder vor dem Speisesaal angekommen.

„Ich schlage vor, dass du dir erst einmal etwas zu essen besorgst, bevor du dir ein Bett in den Schlafsälen aussuchst. Es ist schon fast Mittag und du bist nach deinem aufregenden Kampf sicher schon hungrig. Es ist vielleicht nicht das beste Essen, das du in Canae findest, aber es kostet dich nichts und ich persönlich favorisiere die köstlichen Suppen", erklärte Meister Baricus und verheddert sich in seinen eigenen Gedanken, was ihm offensichtlich des Öfteren passierte.

„Meister, darf ich Euch eine Frage stellen?"

„Wie mir scheint, hast du dies gerade getan. Ein häufiger Fehler", antwortete er und sah Will belustigt an. „Aber nur zu. Wer nicht fragt, wird nie die wichtigsten Antworten erfahren, die das Leben zu bieten hat."

„Ahmm. Ich wollte nur wissen, woher ihr Nicolas kennt", sagte Will schließlich.

„Dies, mein Junge, ist allerdings keine Frage", antwortete er und blickte in den Himmel, als würde er sich gerade an die Vergangenheit erinnern. „Ich habe mit ihm, genau wie du jetzt, an dieser Universität gelernt. Ich bin vermutlich einer seiner besten Freunde. Oder vielleicht nur einer seiner ältesten. Bei Nicolas konnte man sich da nie so sicher sein. Da du mit ihm gereist bist, verstehst du sicher, was ich meine." Und Will wusste wirklich, was Baricus meinte. „Ich habe ihm nach einem eher peinlichen Zwischenfall einen großen Gefallen getan. Aber wahrscheinlich wäre es ihm lieber, wenn ich dir diese Geschichte nicht erzähle. Nicolas ist in solchen Dingen nicht besonders einfach", erklärte er und gluckste bei diesem Gedanken.

Als die Glocken zwölf Uhr schlugen, schreckte der Meister der Heilkunde auf. „Oh, es tut mir leid Will, allerdings muss ich jetzt schnell los. Wir sehen uns in meinem Unterricht morgen. Wenn du noch Fragen hast, kannst du mich jederzeit in meinem Studienraum aufsuchen, wenn ich nicht gerade die leeren Köpfe von wissbegierigen Schülern fülle." Will wollte sich noch bei ihm bedanken, doch da war er schon verschwunden.

Bei dem Gedanken, dass Nicolas von Meister Baricus niedergeredet wurde, ohne dass er etwas erwidern konnte, musste Will grinsen. Gut gelaunt machte er, was der schmächtige Meister ihm geraten hatte, und betrat den Speisesaal.

Als Will die Tür öffnete, kam im sogleich ein Schwall von köstlichen Gerüchen entgegen, die ihm erst bewusst machten, wie hungrig er wirklich war. Der Speisesaal der Akademie war unglaublich riesig. Der meiste Platz wurde von den vielen Holztischen und Bänken eingenommen. Rechts waren mehrere Tische aneinandergereiht, auf denen die verschiedenen Speisen standen, die man hier essen konnte. Nur wenige Tische waren von kleinen Gruppen besetzt, aber es war warm und die allgemeine Stimmung wurde durch die Gerüche des Essens hochgehalten. Der Saal war nicht nur groß, sondern auch sehr hoch. Wie die meisten Gebäude, die Will auf dem Gelände der Schule gesehen hatte, war es aus Stein gebaut. Die Decke allerdings schien aus Holz zu sein. An der Südseite des Gebäudes gab es sehr große Fenster, die im Winter viel Tageslicht in den Raum ließen. Außerdem hingen mehrere Kronleuchter von der Decke, die bei Bedarf erleuchtet werden konnten, um den Raum in mehr Licht zu hüllen.

Unter dem ständigen leisen Gemurmel der Leute schritt Will den langen Tisch auf und ab und besah sich die Inhalte der verschiedenen Töpfe. Schlussendlich entschied er sich für einen warmen Eintopf, etwas Brot und ein Getränk, das aus Äpfeln gemacht worden war. Mit seinem Essen in den Händen suchte er sich dann einen Platz weit weg vom Ausgang, um den Raum gut im Blick zu haben. Wie Meister Baricus gesagt hatte, war es nicht das Beste, was er je gegessen hatte, und dennoch wärmte es ihn angenehm von innen und gab ihm neue Kraft.

Während Will sein Mahl vertilgte, füllte sich der Speisesaal mit immer mehr Schülern und bald herrschte ein reges Treiben. Hin und wieder, wenn zwei zusammenstießen, wurde geschrien, aber ansonsten verhielten sie sich sehr friedlich. Die Leute kamen herein, holten sich etwas zu essen und setzten sich dann gut gelaunt an einen der langen Tische. Will hatte sich offenbar keinen besonders beliebten Platz ausgesucht, denn es setzte sich kaum jemand in seiner Nähe hin, um zu essen. Doch als er ungefähr die Hälfte seines Eintopfes verschlungen hatte, kamen drei Reichsschützenschüler zu ihm. Will hatte nicht erwartet, dass sich jemand neben ihn setzten wollen würde, also sah er erst auf, als er angesprochen wurde.

„Stört es dich, wenn wir uns zu dir setzen?", fragte ein eher kleiner Reichsschützenkadett, den Will als die Wache vom Tor wiedererkannte.

„Keineswegs", antwortete Will und die drei setzten sich.

„Ich bin Milon Ven'Kelister und das sind meine Freunde Sahri Ettai und Tillan Ven'Argua", erklärte er, während sie sich setzten. „Aber du kannst mich einfach Milo nennen, das tun die meisten."

Milon, den Will nun schon zwei Mal getroffen hatte, nahm ihm gegenüber Platz. Sahri, die sich neben Milon setzte, kam offenbar aus Delona, denn sie hatte eine dunklere Hautfarbe und schulterlange, glatte schwarze Haare. Sie war ungefähr so groß wie Milon neben ihr und trug zwei goldene kleine Metallkugeln an ihrem linken Ohr. Ihre Gesichtszüge waren eher kantig, was nicht gerade dem rylonischen Schönheitsstandard unter den adeligen Frauen entsprach. Allerdings war sie ja auch scheinbar nicht aus Ryloven.

Milons anderer Freund, Tillan, hatte neben Will Platz genommen und hatte sich sofort auf sein Essen gestürzt. Tillan war etwas größer als Will und damit gut einen Kopf größer als die anderen beiden. Er hatte breite Schultern und sah alles in allem sehr robust aus. Insgeheim dachte Will, dass er mehr die Statur für einen Infanteristen der rylonischen Armee hatte als für einen Reichsschützen, von denen die meisten eher drahtig und flink waren.

„Freut mich euch kennenzulernen. Ich bin übrigens Will", sagte Will schließlich.

„Das wissen wir doch schon längst, Dummkopf", erklärte Sahri spöttisch und verdrehte die Augen. „Die halbe Akademie weiß inzwischen, wer du bist. Abgesehen davon, glaubst du, wir würden uns mit einem Frischling wie dir abgeben, wenn du es nicht wert wärst?"

Will war sprachlos. Er wusste nicht, ob er nun geschmeichelt oder beleidigt sein sollte.

„Hör nicht so genau hin", sagte Milon. „Du wirst Sahri bestimmt mögen, wenn du sie erst besser kennst." Sahri gab ein ungläubiges Schnauben von sich und begann zu essen. „Aber sie hat recht. Wenn Jesper gegen einen Neuling verliert, spricht sich so etwas schnell herum."

„Wieso?"

„Er fragt wieso. Mann, er versteht überhaupt nicht, was ihm heute gelungen ist", brachte Tillan belustigt zwischen zwei Bissen heraus. Milon sah ihn kurz an und dann wieder zu Will.

„Es ist so, dass er bisher gegen kaum einen in seinem Jahrgang verloren hat und als eines der vielversprechendsten Talente gilt. Es ist Tradition, dass die Neulinge nach sechs Monaten gegen erfahrene Schüler kämpfen, die schon ein Jahr an der Akademie gelernt haben, und Jesper hat jeden seiner Gegner besiegt. Hinzu kommt noch, dass er aus einer sehr angesehenen Familie stammt und bei vielen Mitschülern nicht besonders beliebt ist."

„Unser Milon und seine diplomatischen Erklärungen. Jesper Ven'Edoan ist ein arrogantes Arschloch, dem aber niemand zunahetreten will, weil sein lieber Papi ein großes Tier ist. Außerdem würdest du gewinnen, wenn du endlich gegen ihn kämpfen würdest, Milo", warf Sahri ein.

„Da bin ich mir gar nicht so sicher. Was deine Beschreibung seiner Natur angeht, hast du allerdings vielleicht recht", gab Milon zu, grinste und begann die Suppe vor ihm zu essen.

Will dachte über das nach, was Milon ihm erzählt hatte. Er hatte offenbar nicht gegen irgendjemanden gekämpft. „Aber warum macht es einen Unterschied, ob er ein hoher Adeliger ist oder nicht? Der Direktor hat mir erklärt, dass es an der Akademie der Reichsschützen keinen Unterschied macht, zu welcher Familie man gehört."

Milon nickte, bevor er sprach. „Natürlich, theoretisch wird man hier nur nach seinen Erfolgen innerhalb der Mauern der Akademie beurteilt, doch in Wirklichkeit sieht die Situation unter den Schülern anders aus. Es gibt eine Gruppe von Leuten, zu denen auch Jesper gehört, hauptsächlich Söhne und Töchter von wichtigen Adeligen, die nicht so denken. Für sie sind sie etwas Besseres und jemand, der nicht adeligen Blutes ist, hat ihrer Meinung nach nicht das Recht, hier unterrichtet zu werden. Natürlich dürfen sie innerhalb der Mauern der Schule nichts tun, aber außerhalb ist es schon etwas anderes. Erst gestern hat er einen Studenten aus einem niedrigen adeligen Haus fertiggemacht, weil er angeblich irgendwie provoziert worden war und seine Ehre verteidigen musste. Alle wissen, dass es Jesper war, dennoch kann niemand ihm etwas beweisen, also können die Meister auch nichts tun. Du siehst also, dass es schon einen

Unterschied macht, aus welcher Familie man kommt. Und was glaubst du, hält er von jemandem wie dir, der nicht einmal dem Adel angehört? Und was noch schlimmer ist, ist, dass du ihn öffentlich besiegt hast. Das wird er dir nie verzeihen."

Will starrte Milon mit offenem Mund an. „Na toll, ich habe ja ein richtiges Händchen, mir Freunde zu machen", meinte Will sarkastisch.

„Du sagst es, Neuling", antwortete Tillan, klopfte Will auf den Rücken und lachte laut. „Langsam verstehst du deine Situation."

„Und warum wagt ihr es dann, euch zu mir zu setzen? Offenbar ist es nicht weise, sich mit mir abzugeben", fragte Will und dachte dabei daran, dass sich zuvor niemand zu ihm gesetzt hatte.

„Nicht alle Adeligen sind Jespers Meinung und außerdem war dein Kampf sehr interessant, ich dachte, du könntest ein wenig Rückendeckung gebrauchen", erklärte Milon.

„Ja, genau und außerdem ist die Weisheit eine Eigenschaft, die uns gar nicht liegt", meinte Tillan.

„Dabei kannst du wohl nur von dir selbst sprechen, Tillan", fauchte Sahri.

Will amüsierte sich gut, während zwischen Tillan und Sahri ein hitziger Streit zwischen Freunden begann, aber er hütete sich, sich einzumischen. Wenn ihm schon jemand, der sich hier offensichtlich ganz gut auskannte, die Hand zur Freundschaft reichte, wollte er es nicht gleich wieder durch seine große Klappe zerstören. Also aß er ruhig weiter seinen Eintopf. Er hatte irgendwie das Gefühl, dass Milon ihn hin und wieder unauffällig anstarrte. Doch immer, wenn Will von seinem Teller aufblickte, war Milons Aufmerksamkeit nicht auf ihn gerichtet.

Nachdem sie zu Ende gegessen hatten, erklärte sich Milon bereit, Will dabei zu helfen, sein Gepäck vom Gasthof zur Akademie zu bringen. Will meinte zwar, dass es nicht viel zu tragen gebe, dennoch bestand Milon darauf, ihn zu begleiten. Also verabschiedeten sie sich von Sahri und Tillan, die Wachdienst hatten, und verließen das Akademiegelände. Will führte ihn zu einem kleinen Gasthof, wo er sein Zimmer bezahlte und sein Pferd aus dem Stall holte. Aus Milons Reaktion konnte Will schließen, dass er noch nicht oft in so einem billigen Gasthof verweilt hatte. Er war nicht schäbig, aber vermutlich nicht die Art von Gasthof, der für Adelige ausreichend wäre. Und es dauerte nicht lange, bis Milon die Frage stellte, mit der Will schon gerechnet hatte, als sie sich vom Gasthof entfernten.

„Wenn ich fragen darf? Wie kann jemand …", er schien nach den richtigen Worten zu suchen, „… mit deinen Mitteln sich die Kosten für die Reichsschützenausbildung leisten?"

„Ganz einfach. Ich habe einen Gönner."

„Und wer ist dieser hilfsbereite Geldgeber?"

„Sir Nicolas Tirion von den Reichsschützen", antwortete Will leichthin und war irritiert, da Milon zum ersten Mal wirklich überrascht aussah.

„Du kennst Sir Nicolas Tirion persönlich?"

„Ja. Ich bin einige Zeit mit ihm gereist und wurde von ihm ausgebildet."

„Kein Wunder, dass du Jesper besiegen konntest. Du birgst so einige Überraschungen in dir Will. Von dem, was ich gehört habe, wollte Meister Trekus unbedingt, dass du in seine Gruppe kommst. Offenbar war er, wie viele andere auch, recht beeindruckt von deiner Vorstellung und war in dieser Angelegenheit schon beim Leiter der Akademie. Du musst nämlich wissen, dass es unter den Meistern einen recht regen Konkurrenzkampf gibt."

„Na toll, dann sehe ich unseren Freund Jesper öfters, als mir ehrlich gesagt lieb ist."

„Keine Sorge, er wird in Meister Leverals Gruppe versetzt, also ist sowieso ein Platz frei. So ein Talent wie dich lässt sich Meister Trekus bestimmt nicht entgehen."

„Wieso wechselt er die Gruppe?"

„Wie Sahri ist Meister Trekus aus Delona. Als Meister der Reichsschützen hat er zwar denselben Stand wie ein Adeliger, jedoch gab es trotzdem eine kleine Meinungsverschiedenheit zwischen ihm und Jesper. Natürlich hat er ihn nicht direkt beleidigt, weil er sonst vom Direktor bestraft worden wäre, aber sein Vater hat genug Einfluss, um dafür zu sorgen, dass er die Gruppe wechseln durfte."

Bei den Schülerunterkünften angekommen, stiegen sie die Treppe hinauf in den dritten Stock und Will suchte sich eines der leeren Betten in einem der großen Schlafsäle aus. Er verstaute seine Sachen in der Truhe vor seinem Bett und fragte Milon dann, wo er eigentlich schlief. Für einen kurzen Moment dachte Will, dass es Milon ein wenig peinlich war, was er gleich sagen würde. Er erklärte Will, dass er eines der wenigen Einzelzimmer im Gebäude nebenan bewohnte. Will war seinerseits leicht beeindruckt. Offenbar war Milons Familie entweder sehr reich, bedeutend oder beides. Vor dem Gebäude, in dem sich die Unterkünfte befanden, verabschiedete sich Milon von Will, weil die beiden am Nachmittag zu unterschiedlichen Unterweisungen gehen mussten.

EIN BRENNENDES HERZ
UND EIN KÜHLER KOPF

Es verging ein Tag, bis Aroc und Dalion wieder Kerons Zimmer betraten. Keron hatte diese Zeit genutzt, um eine Entscheidung zu treffen. Er wusste nicht, ob das, was Aroc ihm gesagt oder gezeigt hatte, der Wahrheit entsprach, also beschäftigte er sich mit den Dingen, die er wusste. Nicolas hatte ihm bestimmt nicht alles gesagt, was er wusste, aber wenn er ihn wirklich hätte töten wollen, hätte er schon unzählige Gelegenheiten dazu gehabt. Außerdem stellte sich die Frage, warum er Aroc, einem Mann, den er nicht kannte und der ihn entführen ließ, mehr vertrauen sollte als Nicolas, der ihn seit Wochen unterrichtete? Vielleicht war es nötig gewesen, ihn zu entführen, doch warum wurde er immer noch gefangen gehalten, wenn er doch angeblich zu ihnen gehörte? Irgendetwas stimmte an dieser ganzen Geschichte einfach nicht.

Abgesehen davon, für wen er sich entscheiden konnte, Nicolas oder Aroc, würde er an keinem Rachefeldzug teilnehmen, der ihn nicht betraf. Die Geschehnisse, die Aroc ihm gezeigt hatte, waren schlimm, aber Krieg war nicht angenehm. Keron war jung, allerdings wusste selbst er, dass die Moral in Kriegszeiten einen kleineren Stellenwert einnahm. Außerdem wusste er immer noch nicht genau, wer den Krieg eigentlich begonnen hatte. Hinzu kam, dass weder die Reichsschützen noch die Menschen um ihn herum ihm je etwas Ernstes getan hatten. Was sollte seine Motivation sein, an diesem Kampf auf der Seite von Aroc zu kämpfen? Um ein Volk zu rächen, von dem er erst vor ein paar Stunden erfahren hatte? Er wünschte sich zwar, dass er mehr über diese Kraft erfahren konnte, die in ihm steckte, jedoch zu welchem Preis? Alles in allem wusste Keron die Antworten auf viele seiner Fragen nicht, aber er würde das tun, was er für richtig erachtete.

Keron wartete geduldig, bis Aroc in dem Sessel ihm gegenüber Platz genommen hatte, bevor er anfing zu sprechen. „Bevor ich Euch meine endgültige Entscheidung mitteile, habe ich noch eine letzte Frage."

Keron wartete, bis Aroc ihm das Zeichen zum Fortfahren gab. „Was passiert mit mir, wenn ich mich Euch nicht anschließe?"

Arocs Antwort kam prompt und verwirrte Keron umso mehr. „Du wirst dich uns auf die eine oder andere Art anschließen. Wie hast du dich entschieden?"

Keron wusste nicht genau, was er von dieser Antwort halten sollte. Es beschlich ihn ein ungutes Gefühl. Er würde Aroc enttäuschen müssen. „Nach längeren Überlegungen werde ich mich Eurem Rachefeldzug nicht anschließen, weil ich mir nicht sicher sein kann, ob Ihr die Wahrheit sagt, und außerdem haben mir die Menschen, die Ihr töten wollt, nichts getan, was meine Mitarbeit rechtfertigen würde."

„Der Junge ist zweifellos mutig", dachte Dalion. *„Aber Aroc wird ein Nein nicht akzeptieren."*

Gespannt wartete Keron nun auf Arocs Reaktion. Er hatte seine Entscheidung getroffen und würde nun mit den Konsequenzen leben müssen. Doch offenbar würde Aroc ihn nicht gleich töten.

Nach einiger Zeit, die für Keron wie eine Ewigkeit zu dauern schien, seufzte Aroc. „Ich habe wirklich gehofft, du würdest die Wahrheit erkennen und deinem Volk helfen. Aber wir brauchen dich und deine Kraft, also bleibt mir keine andere Wahl, als dich auf einem anderen Weg zu überzeugen. Vielleicht wirst du deine Entscheidung danach noch einmal überdenken. Denk an meine Worte. Du wirst dich uns anschließen oder sterben."

So etwas hatte Keron schon befürchtet.

Er saß Aroc gegenüber und wartete auf die unausweichlichen Folgen, die seine Antwort nach sich ziehen würde. Er hatte diese Situation in seinen Gedanken oft durchgespielt, aber er war zu keiner Lösung gekommen, was er tun sollte, nachdem er Aroc seine Entscheidung mitgeteilt hatte.

Doch der Mann vor ihm tat überraschenderweise zuerst nichts, außer ihn mit seinen beunruhigend schwarzen Augen zu durchbohren. Keron machte diese Stille von Minute zu Minute nervöser. Es wäre ihm lieber gewesen, wenn Aroc endlich etwas getan hätte. Schließlich unterbrach Aroc den Augenkontakt mit Keron und sein Blick wanderte leicht nach oben. Er sah leicht über Keron hinweg und nickte. Plötzlich lief es Keron kalt über den Rücken, als er bemerkte, dass er so auf Aroc konzentriert war, dass er Dalion vollkommen aus den Augen verloren hatte. Er drehte sich so schnell um, wie es ihm im Sitzen möglich war, allerdings stand Dalion nicht mit einem Messer hinter ihm oder versuchte ihn in irgendeiner Weise festzuhalten. Er lehnte ganz ruhig mit verschränkten Armen an dem Wandteppich, der hinter Keron hing. Für Keron wirkte er eigentlich recht desinteressiert. Gerade als er sich wieder zu Aroc umgedreht hatte, legte sich eine Hand auf seine Stirn.

Aroc war genau in dem Moment aus seinem Stuhl aufgestanden, als Keron ihn nicht mehr in seinem Blickfeld hatte. Eine unglaubliche Kälte ging von Kerons Stirn aus und durchströmte von dort seinen gesamten Körper. Reflexartig wollte Keron aufspringen und Arocs Hand zur Seite schlagen. Zu seiner großen Überraschung gehorchte ihm sein Körper jedoch nicht und er bewegte sich kein Stück. Er versuchte erneut sich zu wehren und seine Arme abwehrend hochzureißen. Obwohl er sie spüren konnte, bewegten sich seine Körperteile trotzdem nicht. Keron hatte noch nie etwas Derartiges erlebt und brach innerlich in Panik aus. Egal, wie sehr er sich anstrengte, er konnte sich nicht mehr bewegen und verstand einfach nicht, wie dies möglich war.

Mit vor Angst geweiteten Augen starrte Keron zu Aroc hinauf, der seine rechte Hand immer noch auf seiner Stirn fixiert hatte. Langsam wurde Kerons Panik durch absolute Hilflosigkeit und diese durchdringende Kälte verdrängt, die in seinem Körper pulsierte. Es fühlte sich an, als würde er ohne Kleidung in der tiefsten Winternacht im eiskalten Schnee liegen. Die Kälte durchströmte ihn in Wellen und er war absolut machtlos, etwas dagegen zu tun. Er wusste doch nicht einmal, was er hätte tun sollen.

„Ich bedauere es wirklich, dass du meine Hand der Freundschaft so unbedacht beiseite geschlagen hast. Ich habe gehofft, dass es einen anderen Weg gegeben hätte, doch ich sehe, dass du deine Entscheidung getroffen hast. So soll es nun sein." Dennoch konnte Keron kein Bedauern in Arocs Stimme erkennen, die so eisig war wie diese schon fast schmerzhafte Kälte in ihm.

Plötzlich durchfuhr Keron eine Woge des Schmerzes und ihm entfuhr ein ohrenbetäubender Schrei. Der Schmerz kam so plötzlich und stark, dass Keron beinahe das Bewusstsein verloren hätte. Doch nicht einmal dieses Vergnügen gewährte ihm sein Körper. Der Schmerz verging so schnell, wie er gekommen war. Er spürte zwar immer noch dieses unangenehme Gefühl, dass Eiswasser durch seinen Körper floss, aber er konnte wenigstens wieder einen annähernd klaren Gedanken fassen.

„Es ist noch Zeit, deine Meinung aus freien Stücken zu ändern. Schließ dich mir an und ich werde dein Leiden sofort beenden. Oder du widersetzt dich mir weiter. In diesem Falle werde ich deinen Geist brechen wie einen morschen Ast."

„Ich werde Euch bei Eurer Rache an dem Königreich von Ryloven nicht helfen."

„Bedauerlich", meinte Aroc nur und eine weitere Welle des Schmerzes durchfuhr Kerons Körper. Seine Muskeln verkrampften sich und wieder konnte er einfach nicht anders, als zu schreien. In dieser Situation war es das Einzige, das ihm ein klein wenig half, diese Schmerzen zu ertragen.

Immer wieder durchlitt Keron dieses Wechselspiel aus Kälte und Schmerz. In dem einen Moment war ihm noch so kalt, als würde er in Eiswasser baden, und im nächsten Moment fühlte es sich an, als würde ihm jemand ein Schwert in den Leib rammen. Oder zumindest glaubte Keron, dass es sich so ähnlich anfühlen musste. Zum Teil war er ganz froh, dass ihm sein Körper nicht mehr gehörte, denn ansonsten würde er bestimmt schon kauernd am Boden liegen und diese Genugtuung wollte er Aroc eigentlich nicht geben. Die Schmerzen verschwanden zwar immer wieder schnell, trotzdem dauerte es jedes Mal ein klein wenig länger und nach einer Zeit fühlte Keron sich sehr müde. Sein Geist war irgendwie benebelt und in ihm kämpften mehrere Möglichkeiten um die Oberhand.

Langsam begann er seine Entscheidung, Aroc zu trotzen, zu bereuen. Doch auf der anderen Seite hielt ihn sein Stolz aufrecht. Er wollte nicht nachgeben, um Arocs Mörder zu werden. Er würde nicht so leicht einknicken. Er sagte sich im Geiste immer wieder, dass er nur so lange durchhalten musste, bis Nicolas kam, um ihn zu retten. Es wurde sein Mantra, das er immer wiederholte und an das er sich verzweifelt klammerte. Doch nach jedem erneuten Anfall von Schmerz fragte ihn eine Stimme in seinem Kopf, ob es das wirklich wert war. Ein Teil von ihm versuchte ihn zu überzeugen aufzugeben und sich Aroc anzuschließen.

„Gib auf. Es hat doch keinen Sinn. Warum solltest du Schmerzen wegen Menschen leiden, die dir nicht vertrauen? Du könntest mächtig werden und müsstest nie wieder solche Schmerzen erleiden. Sei doch kein Narr." Keron versuchte diesen Teil von ihm zu ignorieren, aber es fiel ihm immer schwerer.

Schlussendlich, als Keron schon glaubte, er würde gleich in diesem Raum sterben, löste Aroc seine Hand von seinem Kopf und die Kälte ließ sofort nach. Vollkommen erschöpft sackte Keron in seinem Stuhl zurück und hielt seinen Kopf vornübergebeugt in seinen Händen. Er war geistig und körperlich so müde, dass er kaum mitbekam, wie Dalion ihn an der Schulter packte und hochzog. Er schleppte Keron zurück in diese Zelle aus Stein ohne Fenster und legte ihn dort auf dem Boden ab, bevor er den Raum wieder verließ.

Keron spürte immer noch ein dumpfes Pochen in seinem Kopf. Ausgelaugt, wie er war, blieb er einfach auf dem Boden liegen. *„Ich muss doch ein armseliges Bild abgeben"*, dachte er sich, bevor er versuchte sich im Reich der Träume vor den Geschehnissen der letzten Minuten oder Stunden zu verstecken.

Doch auch der Schlaf brachte ihm keine Erleichterung. Er sah Bilder von brennenden Häusern, schmerzverzerrten Gesichtern und anderen angsteinflößenden Dingen seiner Kindheit. Sein Schlaf war unruhig und als er schließlich erwachte, lag er für einen Moment bewegungslos da. Er fürchtete, dass er sich überhaupt nicht mehr bewegen konnte. Als er schließlich seinen Fingern trotzdem den Befehl gab, sich zu bewegen, taten sie es auch.

Erleichtert stand Keron auf und hopste ein wenig auf der Stelle, um wieder ein Gefühl in seinen Beinen zu bekommen. Er hatte keine Schmerzen mehr und fragte sich, ob das ganze vielleicht nicht auch einer seiner Albträume gewesen sein konnte, aber tief in seinem Innern wusste er, dass er es nicht geträumt hatte. Pausenlos überlegte er sich, was er tun sollte.

In dem leeren Raum ohne Fenster oder nur irgendeiner Möglichkeit, um auf die Tageszeit zu schließen, verlor Keron vollkommen seinen Sinn für Zeit. Er hatte keine Ahnung, ob er es nun früh am Morgen oder gerade Mittag war. Die ständige Grübelei, ohne auf eine Lösung zu kommen, verbesserte seine Laune ebenfalls nicht, also versuchte er sich irgendwie abzulenken. Er machte Liegestützen, lief im Stand oder vollführte einige der Schwertübungen, die Nicolas ihm und Will beigebracht hatte. Doch die Bewegung machte ihn hungrig und er wusste nicht, wann er etwas zu essen bekommen würde. Der Gedanke an Will machte seine Situation nicht besser. Er hoffte zwar, dass sein Freund auf der Suche nach ihm war, aber woher sollte er seinen Aufenthaltsort kennen? Nein. Er musste sich auf seine derzeitige Situation konzentrieren.

Keron wollte ruhig bleiben und sich in Geduld üben. Er setzte sich hin, schloss die Augen und versuchte an nichts zu denken, doch diese Versuche scheiterten immer wieder kläglich. Ihm rasten ständig tausend Gedanken durch den Kopf. Nach einer Weile gab er es auf und begann seufzend mit einer der schwereren Figuren des Schwertstiles, der ihm beigebracht worden war. Vielleicht, dachte er, würde er irgendwann eine Chance zur Flucht bekommen und wenn es so weit war, musste er in Form sein. Manchmal versuchte er sogar mit der Kraft in ihm in Kontakt zu treten dennoch spürte er absolut gar nichts. Ohne die Hilfe von Aroc oder jemand anderem würde er wohl nichts erreichen können.

Immer wieder beschäftigte ihn die Frage, ob Aroc ihm die Wahrheit erzählt hatte oder ob er ihn belogen hatte? War er wirklich ein Nachkomme eines anderen Volkes? Er konnte es einfach nicht glauben. Aber alles in allem wusste Keron so oder so nicht mehr, was oder wem er eigentlich noch glauben konnte. Denn anders als er es Aroc gesagt hatte, war er sich auch in Bezug auf Sir Nicolas nicht mehr sicher.

Keron hatte keine Ahnung, wie viel Zeit vergangen war, bis sich die Tür zu seiner Zelle wieder öffnete und zwei in schwarze Kleidung gehüllte Männer den Raum betraten. Er war überrascht, dass er Aroc oder Dalion nirgends sehen konnte. Vielleicht kam seine Chance zu fliehen früher, als er gedacht hatte.

Keron stützte sich mit der rechten Hand an der Mauer ab, stemmte sich auf die Beine und tat dabei so, als würde es ihm große Mühe bereiten, stehen zu bleiben. Möglicherweise, dachte er sich, hatte er eine größere Chance, Arocs Schergen zu überrumpeln, wenn sie ihn nicht als eine mögliche Bedrohung betrachteten.

Er schleppte sich gespielt mühevoll einen Schritt auf sie zu und blieb dann stehen. Dann, als der linke der beiden nahe genug war und versuchte Keron am Arm zu packen, machte dieser einen schnellen Schritt zur Seite, holte mit dem rechten Arm aus und schlug dem Mann so fest er konnte in den Magen. Keron traf sein Ziel, wie er es beabsichtigt hatte. Jedoch machte der Mann nur einen Schritt zurück und klappte nicht zusammen, wie Keron es eigentlich gehofft hatte. Schnell, solange das Überraschungsmoment noch auf seiner Seite war, versuchte Keron mit der Hilfe einer geschickten Körpertäuschung zwischen den beiden Nah'ranen hindurchzuschlüpfen. Doch der zweite Mann durchschaute Kerons Vorhaben, bekam ihn gerade noch am Handgelenk zu fassen und hielt ihn fest. Durch die plötzliche Kraft, mit der er zurückgezogen wurde, drehte er sich einmal um sich selbst und musste in die Knie gehen, um sein Gleichgewicht nicht vollkommen zu verlieren. Noch bevor Keron sich wieder aufrichten konnte, drehte ihm der Mann seine Hand schmerzhaft auf den Rücken. Mit seiner zweiten Hand schnappte er Keron im Genick und drückte so seinen Kopf nach unten.

Keron schlug mit seiner verbliebenen freien Hand wild um sich, allerdings schaffte er es nicht, sich mit seiner eingeschränkten Bewegungsfreiheit aus dem festen Griff des Mannes zu befreien. Er versuchte sich irgendwie frei zu kämpfen, aber umso mehr er sich bemühte und wand, umso fester drückte ihn der Mann zu Boden. Schließlich befestigte der zweite Mann metallene Armreifen an seinen Handgelenken, an denen Ketten befestigt waren. Dann wurden diese Ketten durch Metallringe, die am Steinboden befestigt waren, hindurchgeführt und festgezogen. Alles in allem ergab sich dadurch eine eher unbequeme Haltung für Keron. Er kniete nun auf dem harten Steinboden und durch die straff gezogenen Fesseln waren seine Arme zur Seite und leicht nach hinten ausgestreckt. Er versuchte seine Fesseln zu lockern, aber die Ketten gaben kein bisschen nach. Bevor ihn die beiden gefesselt zurückließen, kam der Mann, dem Keron einen Hieb versetzt hatte, auf ihn zu und schlug ihm ins Gesicht, was zur Folge hatte, dass seine Unterlippe aufsprang und warmes Blut über sein Kinn rann, um dann Tropfen für Tropfen auf den Steinboden zu fallen.

Es verging einige Zeit, bis Aroc schließlich gefolgt von Dalion die Zelle betrat. Dalion stellte einen kleinen hölzernen Hocker, den er mitgebracht hatte, vor Keron ab und Aroc setzte sich darauf. Dann legte er seine Hand wieder flach auf Kerons Stirn und diese Kälte, von der er gehofft hatte, dass er sie sich in seinen Albträumen nur ausgedacht hatte, durchflutete ihn erneut. Danach löste Dalion zu Kerons Überraschung die Ketten, die mit den dicken Eisenringen am Boden verbunden waren und ihn festhielten. Keron hoffte, dass er Arocs Griff entwischen konnte, wenn er nur schnell und entschlossen genug war, doch schon wie beim letzten Mal gehorchten ihm auch nun seine Glieder nicht. Er war zwar fest entschlossen aufzustehen, und trotzdem erreichte dieser Wille aus irgendeinem Grund nicht seine Beine oder Arme. Es war fast so, als wäre nun Aroc der Herr über Kerons Körper. Aber wie war dies nur möglich?

Zum ersten Mal konnte Keron sehen, dass dieser Mistkerl lächelte. „Du kannst es nicht verstehen, nicht wahr? Es ist dieselbe Macht, die ich dir angeboten hatte, die nun dein Untergang sein wird. Wärst du nur etwas weiser gewesen und hättest dich mir angeschlossen, hättest du ebenfalls lernen können, verstehen können, was unsere Welt für Geheimnisse birgt. Du, allerdings, hast dich für einen Weg voller Schmerzen und Leid entschieden. Bist du nun bereit auf den rechten Weg zurückzukehren und deinen rechtmäßigen Platz in der Mitte deines Volkes einzunehmen, der dir vorherbestimmt war?"

Keron antwortete nicht. Es war, als würden Arocs Worte durch diese abscheuliche Kälte, die in ihm war, nur noch verstärkt werden und würden in seinem Kopf Widerhall finden. Keron war sich nicht mehr so sicher, was er auf diese Frage antworten würde, sobald er den Mund dazu öffnete.

Nachdem Aroc einen Moment auf eine Antwort gewartet hatte, die nicht kommen würde, schloss er seine Augen für die Zeit eines Wimpernschlags. Die Kälte in Keron verschwand augenblicklich und wurde durch Feuer ersetzt, das in seinen Adern brannte. Keron schrie vor Schmerzen auf und die Wände taten es ihm gleich.

Keron schaffte es auch dieses Mal, nicht nachzugeben und durchzuhalten. Jedoch blieben die Schmerzen jedes Mal etwas länger, bis sie verschwanden. Er strengte seinen Geist an, um der Herr über seine Gedanken zu bleiben und durchzuhalten, bis Aroc und Dalion seine Zelle wieder verlassen würden.

Meistens verging einwenig Zeit zwischen zwei von Arocs Besuchen, in denen Keron Zeit hatte, sich zu erholen, aber seine Situation wurde nach jedem weiteren Verhör schlimmer. Manchmal glaubte er regelrecht verrückt zu werden, weil die Stimme ihn ihm, die ihn zum Aufgeben bewegen wollte, immer stärker wurde, und nach dem achten Besuch von Aroc war er schon fast soweit gewesen, sich ihm anzuschließen. Er wollte einfach nur, dass diese Schmerzen aufhörten. Auch in der Zeit, in der er alleine war, erging es ihm nicht viel besser. Auch wenn er anfangs wieder zu seinen Sinnen gekommen war, nachdem einige Zeit vergangen war, geschah dies später immer seltener.

Früher verschwand der Teil von ihm, der ihn einen Narren schalt und ihn dazu überreden wollte, sich Aroc anzuschließen. Nun jedoch war er ein ständiger Teil seiner Gedanken geworden. Umso länger Keron mit sich selbst diskutierte, umso unsicherer wurde er an seiner Entscheidung festzuhalten. Langsam, aber sicher wurde er mürbe und umso müder sein Verstand war, umso wütender wurde er. Zunächst richtete sich sein Zorn gegen Aroc und half ihm sich gegen ihn aufzulehnen. Doch umso öfter Aroc ihn besuchte, umso wütender wurde er auf Nicolas und Will.

Als Aroc zum dreizehnten Mal zu Keron in die Zelle stieg, mussten sie ihn nicht einmal mehr anketten, damit er sich nicht wehrte. Sein Wille war mittlerweile so schwach, dass er sich überhaupt nicht mehr wehrte. Dalion stellte wie immer einen Hocker vor ihm ab und Aroc setzte sich darauf. Ohne ein Wort berührte er ihn am Kopf und Keron setzte sich auf. Er wollte es nicht, aber er konnte nichts dagegen tun. Keron war nur noch eine Marionette und Aroc zog die Schnüre, damit er tanzte. Kaum hatte ihn die gewohnte Kälte erfasst, kam auch schon die erste Welle des Schmerzes. Keron hatte herausgefunden, dass es ein wenig half, wenn er sich in sich zurückzog.

„Also wirklich. Willst du hier in dieser Zelle einfach so sterben, um deinen schönen Idealen zu folgen? Wach endlich auf und akzeptiere die Realität", forderte Keron sich selbst auf, „wenn du nichts änderst, wirst du sterben. Das ist dir doch klar, oder?"

„Sie werden mich retten", meinte Keron. Dies war der übliche Ablauf seiner Diskussionen mit sich selbst.

„Ach ja und wo sind sie dann? Warum retten sie dich nicht gleich? Sieh es ein. Sie scheren sich einen Dreck um dich und haben dich belogen."

„Sie haben mich belogen", dachte Keron.

„Nicolas hat dich glauben gemacht, er würde dich ausbilden, aber er hat dich nur hingehalten, um dich an die Reichsschützen auszuliefern."

„Nein, sei still. Du lügst!", schrie Keron sich wütend an.

„Wer hat dir nicht die ganze Wahrheit gesagt, als er die Chance dazu hatte?"

„Nicolas."

„Und wer kommt nicht, um dich zu retten?"

„Nicolas."

„Ganz richtig. Also ergreife endlich die Chance, dich selbst zu retten, und nimm dir die Macht, die dein sein könnte. Gib nach."

Keron spürte, wie sein Geist schwächer wurde und die Angst vor dem Tod größer. Er wollte nicht sterben. Allerdings wollte er sich Aroc auch nicht anschließen, oder? Keron spürte von Mal zu Mal, dass er sich veränderte. Es begann ganz unmerklich und wurde immer deutlicher. Manchmal wusste er nicht mehr, was Traum und was Realität war. Wie konnte Nicolas ihn nach all der Zeit nur so im Stich lassen?

„Ich hasse dich Nicolas! Weil du mich hier sterben lässt! Weil du mir nicht gesagt hast, was du wusstest! Ich hasse Sir Nicolas Tirion!"

„So ist es richtig, aber dein Hass wird dich nicht am Leben erhalten. Wer kann dir die Macht geben, die du dir schon immer gewünscht hast?"

„Aroc", gab Keron zu.

„Und wer hat die Macht, dich zu retten und dein Leben zu verschonen?"

„Aroc."

„Also rette dich endlich selbst. Schließ dich ihm an." Ein weiterer Schmerz durchfuhr ihn und er verlor den Gedanken.

„Ich könnte leben und Macht besitzen", dachte Keron und lachte ein wahnsinniges Lachen in seinen Gedanken. Und dann werde ich die Wahrheit aus Nicolas herausholen. Er wird mir sagen müssen, was er über mich weiß."

„Ganz recht, wir haben es verdient zu leben. Schließ dich ihm an."

Keron erkannte nun, wie dumm er gewesen war, Arocs Angebot abzulehnen. Denn was wusste er schon über Nicolas? Wie lange hatte er ihn gekannt? Wie genau konnte man jemanden in dieser Zeit schon kennenlernen? Er würde sich Aroc anschließen und endlich die Anerkennung bekommen, die er verdient hatte. Plötzlich spürte Keron, wie die Macht in ihm erwachte und nach ihm rief sie zu benutzen.

„Ganz recht, wir haben Besseres verdient als das hier. Wir sind zu Großem auserkoren", stimmte er sich selbst zu.

„Ja!"

„Schließ dich mir an!", drängte die Stimme in seinem Kopf nun und Keron spürte, wie eine Kraft in ihm versuchte die Oberhand zu behalten. Doch irgendetwas war merkwürdig.

„Mir?", dachte er verwirrt.

„Rette dich endlich, du Narr", drängte sie weiter, aber irgendwie hörte sich die Stimme in seinem Kopf nun merkwürdig an. Nicht mehr wie seine eigene, sondern irgendwie anders. Die Stimme klang seltsam verzerrt. Im nächsten Moment klang sie plötzlich wieder genau wie seine. „Tu es und schließ dich Aroc an. Du kannst ihm vertrauen. Er wird dich retten."

Keron hörte das Flehen der Stimme in ihm und er wusste, dass sie recht hatte. Dennoch war er auf einmal so verwirrt und hin und her gerissen. Die Stimme, die sich nicht mehr so anhörte wie seine eigene. Die Kraft in ihm, die hervorbrechen wollte. Diese Kälte und dieser Druck. Er wusste nicht mehr, was er tun sollte. Er war kurz davor, für immer zu zerbrechen.

„Schließ dich mir an, du verdammter Narr." Die Stimme in ihm wurde nun ungeduldig und als sie ihn anschrie, erkannte Keron, was ihn vorhin so beunruhigt und verwirrt hatte. Es klang zwar so, als würde er mit sich selbst sprechen, wenn er sich allerdings stark konzentrierte, hörte sich die Stimme nicht mehr wie seine eigene an, sondern wie die Stimme eines anderen. Es war die Stimme von … von … Aroc.

Just in diesem Moment, als Keron es erkannt hatte, durchströmte ihn seine Kraft und etwas veränderte sich. Alles drehte sich unglaublich schnell in seinem Geist und plötzlich befand er sich wieder in dem kleinen runden Raum, in dem diese grüne Flamme über einem Sockel aus Stein brannte. Wieder bei vollem Verstand, erkannte er, dass er nicht alleine war. Aroc stand ihm gegenüber und sah überhaupt nicht glücklich aus, was Kerons Laune nur noch verbesserte.

„Du kannst deinem Schicksal nicht entrinnen, Junge. Du gehörst zu deinem Volk und dein Leben liegt in meiner Hand. Schließ dich mir an", knurrte Aroc von der anderen Seite des Raumes, doch Keron beachtete ihn nicht weiter, sondern schritt langsam auf die grüne Flamme zu.

„Warum hast du uns hierher gebracht?", fragte Keron. Aroc hingegen gab ihm keine Antwort und da erkannte Keron sie instinktiv selbst. „Ich habe uns hierher gebracht, nicht wahr? Wo auch immer dieser Ort ist."

„Es spielt keine Rolle, wo wir sind. Dieser Ort ist eine Illusion. Wir befinden uns immer noch in der Zelle, in der du den Rest deines mickrigen Lebens verbringen wirst, wenn du nicht endlich zu Sinnen kommst."

„Oh, ich denke, das bin ich schon", sagte Keron und blieb vor dem Sockel mit der Flamme stehen.

„Was tust du da?", fragte Aroc und es lag nun zum ersten Mal ein klein wenig Panik in seiner Stimme.

Keron kannte nicht den Grund für sein Handeln. Es war nur so ein Gefühl, dass er genau das Richtige tat. Es war dasselbe Gefühl, wie wenn er beim Bogenschießen schon wusste, dass er treffen würde, gerade in dem Moment, indem er den Pfeil losließ. Instinktiv riss er die Arme hoch und stieß sie beide in die grünen Flammen.

„Nein!", schrie Aroc, doch es war bereits zu spät.

Kerons Körper wurde von Wärme durchflossen, die Arocs Kälte verdrängte. Auf seinen Armen erschienen wieder diese Muster, wie es auch beim ersten Mal geschehen war, als er die Flamme berührt hatte. Sie begannen an seinen Handrücken und schlängelten sich seine Arme hinauf. Er konnte sie sehen, weil er ein weißes Hemd ohne Ärmel trug. Sein Blick wurde schärfer und sein Gehör genauer. Er spürte, wie der Nebel, der seinen Geist seit Tagen im Griff hatte, langsam verschwand und sich seine Aufmerksamkeit steigerte.

Plötzlich konnte er sehen, dass Aroc von einem schwarzen Schleier umgeben war. Als er einen Schritt auf Keron zuging, zog dieser die Hände aus dem Feuer, legte seine Handflächen aufeinander und breitete seine Arme danach aus. In diesem Moment, in dem er Aroc fixierte, drang Licht aus Kerons Handflächen. Hell strahlend, wie die ersten Strahlen der aufgehenden Sonne, nahm die Intensität des Lichtes zu. Die Lichtstrahlen aus seinen Handflächen begannen sich zu verbinden und es entstand vor Keron eine

Wand aus hellem grünen Licht, die sich schnell durch den Raum auf Aroc zubewegte. Das Licht breitete sich rasch aus und Aroc musste seine Arme vor das Gesicht heben, um sich gegen den blendenden Schein des Lichtes zu schützen, das in seinen schwarzen Augen brannte. Als die Wand aus Licht schließlich auf ihn traf, wurde der schwarze Schleier um ihn herum verdrängt und Arocs Gestalt löste sich auf. Keron dachte, dass es nun vorbei war, doch das Licht, das aus seinen Händen drang, breitete sich weiter aus. Er hatte keine Kontrolle mehr und als der ganze Raum in ein grünliches Leuchten getaucht war, gab es einen Lichtblitz. Keron wurde von den Füßen gerissen und aus dem Raum hinausgeschleudert.

Als er die Augen wieder öffnete, lag er auf dem Boden seiner Zelle und Aroc saß nicht mehr auf seinem Hocker, sondern stand wütend über ihm. Bevor Keron etwas tun konnte, legte Aroc wieder seine Hand auf Kerons Stirn, aber dieses Mal durchströmte ihn keine Kälte. Seine Hand fühlte sich ganz normal an und Keron konnte sich im Gegensatz zu den anderen Malen, als Aroc ihn an der Stirn berührt hatte, noch bewegen. Mit einer schnellen Bewegung zog Aroc seine Hand plötzlich zurück und ballte sie wütend zu einer Faust.

„Damit hast du dein Todesurteil unterschrieben!", fauchte er wütend und bei dem Blick, den er Keron zuwarf, wich dieser instinktiv zurück, um etwas Raum zwischen sich und Aroc zu bringen. Doch dieser zückte keinen Dolch oder eine andere Waffe, wie es sein Blick vermuten ließ, sondern drehte sich auf der Stelle um und verließ stürmisch den Raum. Etwas verwirrt folgte ihm Dalion, nachdem er noch einmal einen Blick über seine Schulter geworfen hatte.

Der Schweiß rann von Wills Stirn, als sein Standbein unter ihm weggezogen wurde und er auf dem Rasen des Trainingsplatzes landete. Schwer atmend sah er zu der Schwertspitze hinauf, die auf seine Brust gerichtet war.

„Deine Deckung ist immer noch nicht gut genug. In einem echten Kampf wärst du nun tot", meinte Milon kühl analysierend, wie es seine Art war.

„Ach ja. Meine Schwertspitze sieht das etwas anders", entgegnete Will grinsend.

Milo schaute auf Wills Schwerthand und bemerkte mit einer hochgezogenen Augenbraue, dass Wills Klinge nur wenige Fingerbreit von seiner Seite entfernt war. Wenn Will zugestoßen hätte, hätte er vermutlich eine tödliche Wunde davongetragen.

„Na gut. Sagen wir, es war ein Unentschieden, aber du hättest solche riskanten Taktiken gar nicht nötig, wenn du endlich auf mich oder Meister Trekus hören würdest", sagte Milon und schüttelte seufzend den Kopf, bevor er Will seine Hand hinstreckte, um ihm aufzuhelfen.

Will ergriff diese dankbar und Milon hievte ihn wieder auf die Beine. Vier Wochen war Will nun schon Schüler der Reichsschützenakademie und wurde auf Drängen von Meister Trekus seiner Gruppe zugewiesen. Jedoch musste Will bald feststellen, dass er zwar einer der talentiertesten Kadetten im Umgang mit dem Schwert war, dieser Umstand ihn dennoch nicht zum besten Schwertkämpfer machte. Als Will Milon darauf ansprach, weil er dachte, dass er mit Jesper den besten Schwertkämpfer seines Jahrgangs besiegt hatte, lachte dieser nicht, sondern sah ihn etwas nachdenklich an. Seiner Meinung nach war Wills Sieg aus drei Gründen möglich gewesen. Erstens, gab Milon zu, waren sein Talent und sein Instinkt für den Sieg ausschlaggebend gewesen. Zweitens habe Jesper ihn wegen seiner Arroganz nicht als einen ernstzunehmenden Gegner wahrgenommen und war aus diesem Grund nicht so sehr auf der Hut gewesen, wie er es eigentlich hätte sein müssen. Und drittens hatte noch keiner der anderen Schüler Will kämpfen sehen und nun hätten sich die besseren Schwertkämpfer unter ihnen bereits auf Wills Bewegungen eingestellt, was dazu führte, dass er sie nicht mehr so leicht überraschen konnte.

Vermutlich hatte Milon recht, denn er war ein ausgezeichneter Taktiker und konnte Situationen sehr logisch und schnell analysieren. Außerdem hatte Wills Name, nachdem er Jesper besiegt hatte und an der Reichsschützenakademie aufgenommen worden war, schnell die Runde gemacht, was dazu geführt hatte, das keiner seiner bisherigen Gegner ihn unterschätzt hatte.

Will konnte an seiner unfreiwilligen Berühmtheit zuerst nicht nur Gutes finden. Es kam oft vor, dass auf ihn gezeigt wurde, wenn er von einem Unterricht zum nächsten ging, und eigentlich ging ihm das Verhalten der Leute ziemlich auf die Nerven. Die anderen Schüler redeten aber nicht nur über ihn, weil er den von einem Teil der Schule gehassten Jesper Ven'Edoan besiegt hatte, sondern auch weil er Tag für Tag das Emblem seines wahren Meisters Nicolas Tirion auf der Brust trug. Wenn Gerüchte im Reich über Nicolas bekannt waren, so waren hier im Herzen des Ordens noch viel mehr Geschichten zu hören. Die meisten kamen Will zwar unglaubwürdig vor, allerdings waren es genau diese Gerüchte, die am weitesten verbreitet waren.

Als Sahri und Tillan seine Trainingsuniform bei seiner ersten Schwertkampflektion gesehen hatten, konnten sie es fast nicht glauben und bombardierten ihn mit Fragen, wie es denn sei, mit Sir Nicolas Tirion zu reisen?

Milon hingegen tat so, als würde ihn diese Nachricht überhaupt nicht in Staunen versetzen. Allerdings hatte er nicht anders reagiert, als er es einen Tag zuvor herausgefunden hatte. Wenn Will vorher noch nicht besonders bekannt gewesen war, so war er es spätestens, als sich herumgesprochen hatte, dass es einen Kadetten gab, der den brennenden Pfeil von Tirion auf der Brust trug. Schlussendlich hatte sich Will entschieden das Gerede um ihn zu seinem Vorteil zu nutzen und hatte angefangen selbst ein paar Geschichten in die Welt zu setzen. Manche davon hatte er geradeheraus erfunden, um zu sehen, wie schnell sich Gerüchte verbreiteten. Er machte sich gern einen Spaß daraus, zu schätzen, wie lange es dauerte, bis er die Geschichte selbst wieder von jemand anderem hörte.

Will war seit einem Monat ein Teil der Reichsschützenakademie und eigentlich hatte er sich gedacht, dass er sich nach dem Trainingsprogramm von Nicolas leichter tun würde, aber er musste schnell einsehen, dass er sich in diesem Punkt total geirrt hatte. Jeden Morgen gab es, wie schon bei Nicolas, einen schönen, langen Dauerlauf zum Aufwachen mit Meister Trekus. Danach wurde gefrühstückt und dann fanden die anderen Unterrichtseinheiten statt. Wills Abmachung mit dem Direktor der Akademie besagte zwar, dass er die fortgeschrittenen Kampfkurse besuchen durfte, dennoch galt diese Abmachung nicht für die sonstigen Unterrichtsfächer, weshalb er Milon und die anderen nicht den ganzen Tag um sich hatte.

Abgesehen vom Fortgeschrittenen-Schwertkampf, Bogenschießen und Schleichen, hatte Sir Nicolas ihn auch noch für Diplomatie, Heilkunde und Kriegsgeschichte vorgeschlagen.

Da er Nicolas' Schüler war, mochte ihn Meister Baricus auf Anhieb, was ihm allerdings keinen merklichen Vorteil in seinem Unterricht ermöglichte. Meister Baricus war ein seltsamer Kerl. Einerseits war er schnell für etwas zu begeistern und war immer sehr energiegeladen, doch auf der anderen Seite nahm er seinen Unterricht sehr ernst und verlangte sehr viel von seinen Studenten.

Will verbrachte den Großteil seiner freien Zeit in der Bibliothek der Akademie, um die Namen und die Wirkung der verschiedensten Kräuter zu lernen. Er war noch nie besonders begeistert gewesen, wenn er Dinge aus Büchern hatte lernen müssen. Er verbrachte seine Zeit lieber auf dem Trainingsplatz.

Außerdem machte es Veronika nicht wirklich einfacher für ihn, in Meister Baricus' Unterricht aufzupassen. Veronika Ven'Adelon war sehr schlau und es zeigte sich bald, dass sie die beste ihrer Klasse in Heilkunde war, was sie quasi zu Meister Baricus' rechter Hand machte. Will hatte kein Problem mit ihr, weil sie schlauer war als er, denn sie war überraschenderweise überhaupt nicht arrogant. Nein, Will hatte ein Problem damit aufzupassen, weil ihr Anblick ihn immer ablenkte. Wie die meisten Frauen an der Reichsschützenakademie trug auch sie ihr braunes Haar, das von roten Strähnen durchzogen wurde, zusammengebunden, damit es nicht im Weg war. Sie sah im Unterricht immer so verdammt fokussiert aus, was ihre Schönheit aber keinesfalls verminderte. Eines Tages, als Will wieder einmal ihr schönes Gesicht studierte, stellte Meister Baricus ihm eine Frage, die er natürlich nicht beantworten konnte, weil er dem quirligen Meister nicht zugehört hatte.

„Vielleicht", meinte er, „würdest du mehr von meinem Unterricht mitbekommen, wenn du dich mehr mit den Heilpflanzen und weniger mit dem Anblick von Miss Ven'Adelon beschäftigen würdest."

„Natürlich Meister", gab Will kleinlaut zurück und die anderen Kadetten begannen zu lachen. Er konnte regelrecht fühlen, wie sein Gesicht rot wurde. In diesem Moment wäre Will am liebsten im Erdboden verschwunden und so wagte er es nicht, noch einen weiteren Blick in Veronikas Richtung zu werfen.

Doch schon in der nächsten Unterrichtsstunde bei Meister Baricus war es wieder dasselbe. Nachdem er dann bei seiner ersten Zwischenprüfung komplett versagt hatte, versuchte er sich immer so hinzusetzen, dass er Veronika nicht sehen konnte. Dies half ihm dabei sich zu konzentrieren, meistens jedenfalls.

Auch die Kriegsgeschichte war sehr interessant, da sie viel über Taktik und die Kunst der Kriegsführung erfuhren. Diplomatie allerdings war die reinste Hölle für Will. Meister Valon war der strengste Meister und nahm sein Fach noch zehn Mal ernster als Meister Baricus. Will war noch nie besonders gut in höfischer Etikette gewesen und nachdem er eines Tages nach dem hundertsten Versuch Meister Valons Ansprüchen bei einer einfachen Verbeugung immer noch nicht gerecht geworden war und er daraufhin aufgebracht meinte, dass es überhaupt keinen Unterschied mache, wie er sich verbeuge, und diese ganze Etikette überhaupt lächerlich sei, entließ der Meister ihn für diesen Tag aus seinem Unterricht.

Aufgebracht schnappte er sich seine Sachen, verbeugte sich noch einmal demonstrativ aufmüpfig und verließ dann stürmisch den Raum. Seit diesem Tag konnte ihn dieser Meister, der seine adelige Hakennase viel zu hoch in den Himmel streckte, nicht mehr leiden und kritisierte Will in jeder seiner Unterrichtsstunden vor der ganzen Klasse, so oft es ihm möglich war. Will musste sich sehr bemühen, damit er nicht erneut ausfallend wurde. Aber er würde Meister Valon keinen Grund geben, um ihn bestrafen zu lassen.

Zum Glück bestand der Großteil seines Unterrichts aus Kampftraining. Denn dort versagte er nicht ständig. Die Bogenmeisterin Gilla ließ zwar nicht erkennen, ob sie ihn mochte oder nicht, allerdings versuchte sie zumindest nicht ihn jedes Mal von der Schule werfen zu lassen, wenn er dass Ziel verfehlte. Keron war immer der bessere Bogenschütze von ihnen beiden gewesen. Nichtsdestotrotz gab Will sich alle Mühe besser zu werden.

Konnte er in Meister Trekus' Unterricht noch gut mit Milon und den anderen mithalten, so wurde sein Mangel an Erfahrung beim Bogenschießen schon deutlicher sichtbar. Milon schien sich sowieso in keinem Fach schwer zu tun, aber im Vergleich zu Sahri war selbst er nur durchschnittlich gut. Sie war die einzige, die es hin und wieder schaffte, ihrer verschlossenen und ernsten Meisterin ein Lächeln oder ein zufriedenes Nicken zu entlocken. Den anderen Schülern zeigte sie zwar ständig jeden noch so kleinen Fehler auf, doch wenigstens wurde sie dabei nie laut.

Meister Trekus' Lehrmethoden unterschieden sich drastisch von der eher wortkargen Bogenmeisterin. Egal, ob sie etwas gut machten oder schlecht, ihr extrovertierter Meister schrie sie ununterbrochen an. Ob er sie nun lautstark tadelte oder begeistert anfeuerte, er gab, wie er es auch von seinen Schülern verlangte, immer 100 Prozent.

Will fand, dass seine Lehrer alle zusammen ein merkwürdiger Haufen waren. Abgesehen von Baricus war Trekus trotzdem der einzige, dem man anmerkte, dass er Freude dabei hatte, Schüler zu unterrichten. Es verging kaum eine Einheit, bei der er sein tiefes, schallendes Lachen nicht hervorbrachte. Doch abgesehen von seinen Eigenheiten war er ein sehr guter Lehrer, wie Will fand. Vielleicht nicht ganz so raffiniert wie Nicolas, aber er schaffte es immer wieder, sie zu motivieren noch mehr aus sich herauszuholen.

Außerdem mochte er den großen Deloaner, weil man bei ihm immer wusste, woran man war. Wenn man etwas gutgemacht hatte, klopfte er einem begeistert auf die Schulter, und wenn man etwas einfach nicht richtig hinbekam, zeigte er es einem deutlich, erklärte aber ebenso, wie man sich verbessern konnte. Das Training war alles in allem nicht weniger hart als das von Nicolas. Allerdings hatte Will ohnehin keine Zeit sich zu beschweren. Er musste sich, so schnell es ging, verbessern, also verbrachte er seine meiste Zeit außerhalb des Unterrichts auf dem Trainingsplatz oder in der Bibliothek, um zu lernen. Er wollte Nicolas überzeugen können, wenn er Keron gefunden hatte. Seit sie sich getrennt hatten, hatte er nichts mehr von seinem ehemaligen Meister gehört. Jeden Tag erwartete er erneut eine Nachricht zu erhalten, aber es kam keine.

An diesem Tag hatte Milon erklärt, dass er mit Will trainieren würde. Zur Abwechslung einmal einen Trainingspartner zu haben, anstatt immer nur für sich alleine zu üben, war durchaus eine angenehme Überraschung.

„Ich habe gehört, dass Meister Baricus mit deinen Leistungen in seinem Unterricht in letzter Zeit sehr zufrieden war", erzählte Milon zwischen zwei Schwerthieben mit ihren Übungsschwertern.

„Soso, hast du das gehört?", meinte Will nur und wich einem Schlag seines Freundes aus. Will wusste, dass Milon ihn nur ablenken wollte. Dennoch hatte er nicht unrecht. Nach anfänglichen Schwierigkeiten war es Will gelungen, sich in jedem seiner Fächer zu verbessern. In dem einen oder anderen mehr als in den restlichen, aber selbst im Diplomatieunterricht hatte ihn Meister Valon nun schon seit zwei Tagen nicht mehr vor den anderen Schülern bloßgestellt. Zwar mochte er Will immer noch nicht, trotzdem verbuchte Will dies als Triumph. Langsam gewöhnte er sich auch an Veronikas Anblick, was ihm einen drastischen Lernerfolg beschert hatte. Er machte nun große Fortschritte bei Meister Baricus, weswegen ihn der energiegeladene Reichsschütze an diesem Tag nach dem Unterricht zur Seite genommen und ihn gelobt hatte.

Will wurde ungeduldig, weil er es nicht schaffte, durch Milons Abwehr zu brechen. Er parierte jeden seiner Schläge und führte gefährliche Konterhiebe. Aber Milon blieb so ruhig wie immer. Will hatte ihn noch nie nervös oder ungeduldig erlebt. Es war nicht so, dass er wie Meisterin Gilla so gut wie nie Emotionen zeigte. Milon war die meiste Zeit sogar sehr gut gelaunt. Er blieb stets ruhig und überlegte sich seinen nächsten Schritt genau.

Wogegen Will die meiste Zeit von seinen Emotionen ge-
lenkt wurde und impulsiv handelte. Milon und Meister Trekus versuchten ihm immer wieder nahezulegen einen kühlen
Kopf zu bewahren, aber es gelang ihm nicht so richtig. Es ging
ihm einfach viel zu viel durch den Kopf, um sich ständig konzentrieren zu können. Dies war meistens der Grund, warum
er gegen Milon verlor. Mit dem nächsten Hieb entwaffnete
er Will und besiegte ihn somit mit einem möglichen Todesstoß. Wieder einmal hatte er es geschafft, Wills Konzentration zu seinen Gunsten zu brechen. Im Gegensatz zu anderen
Gegnern machte es ihm nichts aus, gegen Milon zu verlieren,
oder sagen wir nicht allzu viel. Denn bei jedem Kampf gegen
seinen Freund wurde er etwas besser und in letzter Zeit hatte
Will bemerkt, dass sich seine Reaktionsgeschwindigkeit verbessert hatte.

Will akzeptierte seine Niederlage und gemeinsam machten
sie sich auf den Weg zurück zum Torplatz. Sie durchschritten
den Durchgang, weg von den Trainingsplätzen, und hingen ihren eigenen Gedanken nach. Vom Ende des Durchgangs drangen
ihnen aufgeregte Stimmen entgegen und als sie aus dem Tunnel
in den Sonnenschein traten, sahen sie eine Menge von Schülern,
die sich um zwei andere Kadetten versammelt hatten. Als sie näher kamen, erkannte Will, dass einer der beiden Jesper war. Er
wollte schnell hineilen, um besser sehen zu können, was dort vor
sich ging, aber er wurde von Milons Hand zurückgehalten, die
er vor Wills Brust ausgestreckt hatte.

„Nein, überlass das mir. Halt dich zurück oder du wirst wieder Ärger bekommen", sagte er und ging schnellen Schrittes auf
Jesper und den Jungen, der am Boden saß, zu. Als er der Szene näherkam, teilte sich die Beobachtermenge und ließ Milon
durch, als gäbe es nichts Selbstverständlicheres. Wieder einmal
war Will davon beeindruckt, wie die Leute auf Milon reagierten. Er beeilte sich seinem Freund hinterherzukommen, bevor
sich die Menge wieder verdichtete.

„Jesper, hör auf", forderte Milon und trat zwischen ihn und
den anderen Schüler der Reichsschützen.

„Ach, verschwinde einfach, Kelister. Die Sache hier geht dich nichts an. Es ist eine Angelegenheit zwischen mir und diesem Möchtegern ohne adeliges Blut", meinte Jesper.

„Tu nichts, was du bereuen könntest. Wir werden alle unserer Wege gehen und es wird niemandem etwas passieren", sagte Milon, ohne seine Wachsamkeit fallen zu lassen.

„Es ist doch noch gar nichts passiert. Dieser Junge hat mich zu einem Duell herausgefordert und ich habe es akzeptiert", sagte er und grinste. „Falls du es vergessen hast, ist es uns Schülern nicht verboten, uns zu duellieren, solange es dem Training dient und wir uns nicht lebensgefährlich verletzen. Also hör auf, den Wachhund für die Meister zu spielen." Nach diesen Worten spuckte er Milon vor die Füße. „Du bist eine Schande für dein Blut, wenn du diesen Niemand verteidigst."

Milon ließ sich von Jesper nicht provozieren und blieb einfach weiterhin vor ihm stehen. Will hatte nicht so viel Selbstbeherrschung und trat nun aus der Menge hinter Milon und funkelte Jesper böse an. Seine Hand zuckte und wollte unbedingt nach dem Griff seines Übungsschwertes greifen.

Jesper lehnte sich etwas nach rechts und sah nun, vorbei an Milon, Will an. „Na na, wen haben wir denn da?", meinte Jesper und wandte sich dann wieder Milon zu. „Wie ich sehe, bist du nun der Beschützer der unwürdigen Objekte an der Akademie. Blutsverräter!"

Als Jesper das letzte Wort ausgesprochen hatte, passierten viele Dinge gleichzeitig. Aus der Menge traten Sahri und Tillan zu Milon und Will, der sein Schwert aus dem Rucksack auf seinem Rücken gezogen hatte. Gleichzeitig stellten sich auch zwei junge Männer in Reichsschützenuniformen hinter Jesper. Außerdem hatte der Junge, der am Boden gesessen hatte, den Moment genutzt und war aufgestanden, um das Weite zu suchen, ebenso wie einige der Zuseher. Der eine oder andere von ihnen würde bestimmt einen Meister benachrichtigen und sie würden alle in Schwierigkeiten geraten.

„Genug", befahl Milon bestimmt und es hatte eine überraschend starke Wirkung auf die umstehenden Leute. „Wir werden nun alle gehen und keiner von uns wird etwas Unüberlegtes tun. Es ist nichts passiert und wir werden alle vergessen, was hier gesagt wurde." Milon drehte sich um und zwang Will sich ebenfalls abzuwenden und sein Schwert wieder in seinen Rucksack zu stecken. Da nichts Weiteres passieren würde, löste sich die Menge langsam auf. Doch Jesper konnte die Sache nicht auf sich beruhen lassen und schrie Milon hinterher.

„Deine Familie wird dich nicht ewig schützen, wenn du dich weiter so verhältst." Milon blieb kurz stehen und Will dachte, dass er nun doch noch seine Fassung verlieren würde, aber er lächelte nur, hob eine Hand zum Gruß, ohne sich umzudrehen, und ging, dicht gefolgt von Will, Tillan und Sahri, weiter von Jesper weg.

Sie gingen weiter Richtung Unterkünfte, bis sie Jesper weder hören noch sehen konnten. Dann drehte sich Milon, der den anderen drei vorrausgegangen war, um und sie hielten an. „Was hast du dir dabei gedacht, dein Schwert zu ziehen? Ist dir nicht klar, was das für Konsequenzen für dich hätte haben können?", fragte Milon ernst.

„Es tut mir leid, aber er hatte dich beleidigt", erwiderte Will.

„Ach was, als könnten mich seine Schmähungen in irgendeiner Weise treffen. Was mich mehr beunruhigt, ist, dass du nicht nachdenkst, bevor du handelst. Wenn du ihn ohne einen triftigen Grund attackiert hättest, und den hattest du in diesem Fall ganz klar nicht, dann hätten sie dich im besten Fall nur von der Akademie verwiesen."

Will sah ein, dass sein Freund recht hatte, und auch wenn Milon es nicht wusste, war der Verweis von der Reichsschützenakademie das Schlimmste, was ihm passieren könnte. Nicolas würde es ihm nie verzeihen, wenn sein Schüler hinausgeworfen werden würde. Er musste sich in Zukunft besser unter Kontrolle halten. Er hatte sich noch nie viele Gedanken gemacht, bevor er etwas getan hatte, doch seit sein bester Freund entführt worden war, handelte er noch impulsiver als sonst.

„Ach Milo, sei nicht so streng mit dem Neuling", meinte Tillan, als Will nicht antwortete, sondern nur schuldbewusst auf seine Füße starrte.

„Es fällt mir schwer, es zuzugeben, aber Tillan hat recht. Ich war auch knapp davor, diesem arroganten Mistkerl eine zu verpassen, und du weißt genauso gut wie wir, wenn nicht besser, dass er es verdient hätte", gab Sahri zu bedenken.

„Verdient oder nicht, es gibt hier bestimmte Regeln, die wir befolgen müssen. Ansonsten sind wir nicht viel besser als er", schloss Milon und es war ihnen allen klar, dass er recht hatte.

„Unser Milo. Immer der Hüter von Recht und Ordnung", meinte Sahri grinsend. Auch aus Milons Gesicht verschwand nun der strenge, unbarmherzige Blick, als er merkte, dass seine Freunde nun eingesehen hatten, dass ihr Verhalten nicht besonders weise gewesen war.

Sie hatten noch etwas Zeit, bis sie wieder in den Unterricht mussten, also setzten sie sich in die Sonne zu einem großen Stein, der sich in einem Garten im hinteren Teil der Akademie befand. Es war eine sehr gepflegte Gartenanlage am Rande der Stadtmauern, wo jeder Baum und jeder Busch perfekt in Form geschnitten waren. Das einzige, was nicht wirklich in das Bild dieses Parks passte, war dieser große graue, runde Felsen, der zum Himmel aufragte. Er war auch zum Teil der Grund, warum sie so gerne hier waren. Will erinnerte dieser Felsen an den auf der Lichtung im Wald, wo er und Keron das Bogenschießen geübt hatten. Jedes Mal hatte Nicolas auf dem Felsen gesessen und hatte ihr Training beobachtet.

Es war noch recht kalt draußen, aber man merkte bereits, dass die Sonne ihre Intensität langsam wiederbekam. Will hasste den Winter und die Kälte. Er hatte es lieber warm und sonnig. Seine Laune verschlechterte sich immer, wenn ihm kalt war, und auch sonst konnte er der kalten Jahreszeit nicht viel abgewinnen.

Die Sonne schien ihm ins Gesicht, als ihm wieder etwas einfiel, das er vergessen hatte zu fragen. „Milo, was meinte Jesper eigentlich, als er dir nachrief, dass deine Familie dich nicht für immer schützen kann?"

Milon lehnte sich etwas zurück, bevor er antwortete. „Er spielte vermutlich auf meinen Onkel und meinen Cousin an", meinte Milon leichthin und dachte vermutlich, dass dies als Erklärung ausreichen würde, aber Will verstand nicht, was er damit sagen wollte.

„Und wer sind dein Onkel und dein Cousin?", fragte er und erkannte sofort aus dem Gesichtsausdruck von Sahri und Tillan, dass dies für sie eine seltsame Frage war.

„Mein älterer Cousin ist Arius und er ist einer der besten Kämpfer, den die Akademie gerade hat, was ihn hier natürlich zu einer begehrten Person macht. Er ist groß, schnell, hat breite Schultern, sieht gut aus, ist ein guter Anführer und behält in schwierigen Situationen immer einen kühlen Kopf. Du siehst also, er entspricht der Verkörperung des perfekten Kriegers. Und mein Onkel und sein Vater ist Tarus Ven'Ebirius", erklärte Milon.

Will starrte seinen Freund an und er merkte, dass sein Mund vor Staunen offenstand. „*Der* Tarus Ven'Ebirius, der blaue General, ist dein Onkel?"

Milons Gesicht blieb vollkommen ausdruckslos. „Jepp, genau der. Der blaue General, der den Teatokenanführer bezwang und nun Statthalter von Carona ist. Er ist ein Volksheld und einer der engsten Berater des Königs, was seine ganze Familie inklusive meiner Mutter, die seine Schwester ist, und mich zu sehr angesehenen Leuten macht."

„Und es ist auch der Grund, warum Jesper nichts offen gegen Milon unternehmen kann", fügte Sahri hinzu. „Es ist ein offenes Geheimnis, dass Milons Onkel und Jespers Vater, die beide im Rat des Königs sitzen, sich nicht leiden können. Doch im Gegensatz zu General Ven'Ebirius kämpfte Ratsmitglied Ven'Edoan nicht an der Seite des Königs und hat damit nicht so einen großen Einfluss auf ihn."

Milon nickte. „So ungefähr kann man es sagen. Jesper kann mich zwar nicht leiden, aber es würde politisch nicht gut für seinen Vater sein, wenn er sich offen mit dem Neffen des blauen Generals anlegen würde. Außerdem ist mein Onkel so beliebt bei seinen Untertanen, weil er einer von ihnen war. Im Gegensatz zu den meisten anderen Adeligen im Rat wurde ihm sein Adelstitel erst vom König als Belohnung verliehen. Er fing als kleiner Fußsoldat an und wurde dann nach und nach zum Offizier und schließlich zum General befördert. Ich wurde zwar schon als Adeliger geboren, aber wie du dir sicher denken kannst, bedeutet dieser Titel nicht besonders viel in meiner Familie, deren Oberhaupt mein Onkel ist. Für ihn zählt es mehr, was man tut, als mit welchem Namen man geboren wurde, und wenn ich ehrlich bin, ist mir dieser Gedankenansatz auch lieber. Aus diesem Grund habe ich immer alles versucht, um meinem Onkel alle Ehre zu machen. Nichtsdestotrotz war ich nie so gut oder geschickt wie mein Cousin Arius. Egal, was ich versucht hatte, ich blieb immer in seinem Schatten zurück. Ich werde vermutlich nie größer strahlen als mein Onkel oder Arius. Nachdem ich gescheitert war, so gut wie mein Cousin sein zu wollen, habe ich allerdings erkannt, dass es bei der Philosophie meines Onkels mehr darum geht, dass du mit dir selbst und deinen Entscheidungen leben kannst und weniger, für wie groß dich die anderen Leute halten. Aus diesem Grund versuche ich nicht mehr, so wie mein Onkel zu sein, sondern ich gebe alles, um meine Familie und Arius in der Zukunft unterstützen zu können."

Da Will keine Familie bis auf Nicolas hatte, konnte er sich schwer vorstellen, wie es war, eine so angesehene Familie mit seinen Taten zu repräsentieren, aber er verstand, dass Milon es früher nicht leicht gehabt haben musste, im Schatten seines Cousins aufzuwachsen. Er sagte es ihm zwar nicht, doch eigentlich bewunderte Will ihn dafür, dass er nicht von Neid zerfressen war, sondern dass man seinen Stolz aus seiner Stimme hörte, wenn er über seine Familie sprach.

Nach den Unterweisungen der Meister am Nachmittag ging Will noch in die Bibliothek, um die Zeit für seine Studien zu nützen. Die Bibliothek der Akademie war von außen betrachtet zwar eines der größeren Gebäude, aber ansonsten nicht besonders auffallend. Wenn man jedoch hineinging, entfaltete sich ein beeindruckender Anblick einer Unzahl von Büchern, in Regalen, die fast bis zur Decke reichten.

Wenn man die großen Flügeltüren des Hauses durchschritt, betrat man gleich die große Halle der Bibliothek. Der Bereich um die Tür war höhergelegen als der Rest des Raumes, den man durch eine breite Treppe, die nach unten führte, erreichen konnte. Rechts und links erstreckten sich Unmengen von Regalen die Wände entlang. Fast bis zur Decke gab es auf Galerien Bücherregale, die durch Treppen links und rechts von der Haupttreppe erreicht werden konnten.

Die Galerien bestanden, wie die Wände, die Säulen oder der Boden, aus Stein und zogen sich links und rechts von einem Ende der großen Halle bis zum anderen. Will hatte sich nie viel aus Büchern gemacht, aber als er diesen Raum das erste Mal betreten hatte, war er sprachlos gewesen.

In der Mitte des Raumes befanden sich vier lange Holztische, die zu einem Viereck zusammengestellt waren und in dessen Mitte mehrere Bibliothekare standen und sich mit den Büchern beschäftigten, die sich vor ihnen in hohen Türmen stapelten. Einige waren für die Register zuständig und erklärten den wissbegierigen Besuchern der Bibliothek, wo sie am besten nach welcher Art von Buch suchen sollten, und andere sortierten neu erworbene und zurückgebrachte Schriften, um sie dann an ihren vorgesehenen Platz bringen zu lassen. In den Wochen, in denen Will nun hier ein- und ausgegangen war, war es ihm noch nicht einmal annähernd gelungen, alle Räume der Bibliothek zu entdecken. Es war wie ein riesiges Labyrinth oder ein Netz aus Gängen und Räumen, in dem man sich leicht verlaufen konnte. Abgehend von der Haupthalle gab es acht Gänge, die weiter in das Herz der Bibliothek führten.

Nachdem Will sich einige Male verlaufen hatte, fand er mehr zufällig als gewollt sogar ein kleines Studierzimmer, in das er sich seitdem immer zurückzog. Seit er es für sich entdeckt hatte, wurde er nie von jemand anderem gestört, der sich auch gerne dort aufgehalten hätte. Es war sein eigener kleiner Zufluchtsort, wo er nachdenken konnte, ohne gestört zu werden. Es gab große Studierräume mit vielen konzentrierten Lesern, aber Will gefiel es in seinem kleinen Raum besser. Außerdem war es ihm ein Rätsel, wie die Bücher geordnet waren oder wie die Menschen, die hier arbeiten, den Überblick bewahren konnten. Jedes Mal wenn er einen von ihnen fragte, wo er Bücher zu einem bestimmten Thema finden konnte, zeigten sie ihm zielstrebig den Weg. Will bezweifelte, dass er sich je irgendwann in diesem Gebäude auskennen würde, selbst wenn er sein ganzes Leben in diesen Räumen verbringen würde.

Der Herr über die Bibliothek war Meister Zebrius. Als Will von ihm gehört hatte, stellte er sich einen alten Mann mit einem langen weißen Bart vor und war dann fast enttäuscht, als er dem Meister der Bücher zum ersten Mal wirklich begegnet war. Meister Zebrius war vielleicht etwas älter als Nicolas, aber es war keine weiße Strähne in seinen ansonsten pechschwarzen Haaren zu entdecken. Er verfügte über ein unglaubliches Wissen über die Bücher, die unter seinem Schutz standen. Die anderen Bibliothekare mussten fast immer in ihren Registern nachsehen, um den Standort der gesuchten Bücher zu finden. Meister Zebrius hingegen warf nur sehr selten einen Blick in so ein Register und wenn er es tat, dann fand er das entsprechende Schriftstück sofort unter den vielen anderen Schriften, die dort angeführt waren.

Doch umso liebender er mit seinen Schützlingen umging, umso strenger bestrafte er diejenigen, die sie in Gefahr brachten oder den Regeln in seiner Bibliothek zuwiderhandelten. Als Will eines Tages in der Schlange stand, um ein Buch zurückzubringen, weil er das Regal nicht mehr fand, von dem er es genommen hatte, musste er mitansehen, wie Meister Zebrius einen jungen Reichsschützenschüler dabei erwischte, wie er ein Getränk hineinschmuggeln wollte. Meister Zebrius wurde fuchsteufelswild und drohte ihm mit einem Schulverweis, wenn er sich nicht sofort entschuldigte. Doch obwohl der Kadett tat wie ihm geheißen, wurde sein Getränk konfisziert und er wurde für einen Monat aus der Bibliothek verbannt. Und wenn er ihn in dieser Zeit hier noch einmal erwischen würde, so schwor Meister Zebrius, würde er ihn höchstpersönlich mit einem dicken Buch vom Gelände der Akademie jagen.

Es durften auch keine offenen Kerzenflammen oder Fackeln in die Bibliothek gebracht werden, sondern man konnte sich eine Art von Laterne ausborgen. Im Grunde war es ein Gehäuse für die Kerze darin, das in den Schmieden der Akademie für diesen Zweck hergestellt wurde.

Oft beobachtete Will die Schmiede, wie sie arbeiteten, und fragte sich, warum Nicolas ihn dies nicht ebenfalls erlernen ließ. Er hatte auch mit dem Gedanken gespielt, mit Diplomatie aufzuhören, um zu lernen, wie man Schwerter und Rüstungen herstellen konnte, aber am Ende tat er es dann doch nicht.

Will holte sich von einem der Bibliothekare eine dieser tragbaren Laternen und machte sich auf den Weg zu seinem kleinen Studierzimmer. Dieses Mal musste er sich keine Erkundigung einholen, weil er das Buch, das er brauchte, das letzte Mal dort zurückgelassen hatte. Für sehr begehrte Bücher musste man seinen Namen in ein Register eintragen lassen und hatte es dann nur eine gewisse Zeit zur Verfügung. Will allerdings hatte noch einen ganzen Tag, bis er es zurückbringen musste. Er setzte sich an den Holztisch im Raum, schlug sein Buch auf und begann Wirkungen von Heilkräutern aus dem Buch auf Papierblätter mit Hilfe eines Kohlestiftes zu übertragen.

Es war schon dunkel geworden und die große Halle der Bibliothek hatte sich so gut wie geleert, als Will sein Buch und seine Lichtquelle einem alten Bibliothekar zurückgab und das Gebäude verließ. Er kannte sich nun schon so gut auf dem Gelände der Akademie aus, dass ihn die Dunkelheit nicht störte. An manchen Häusern waren Fackeln befestigt und außerdem war es eine wolkenlose Nacht.

Er war schon öfters von der Bibliothek zu seinem Schlafsaal gegangen, dennoch war an diesem Tag irgendetwas anders. Es war ihm, als würde ihn jemand beobachten, aber immer wenn er sich schnell und plötzlich umdrehte, um einen möglichen Verfolger auf frischer Tat zu ertappen, konnte er niemanden um sich herum entdecken. Kurz dachte er eine Bewegung in den Schatten hinter ihm gesehen zu haben, doch als er darauf zuging, entdeckte er nichts Außergewöhnliches. In Wahrheit war dort einfach überhaupt nichts.

Der nächtliche Wind blies durch die Bäume, die da und dort am Gelände der Akademie verteilt waren, und er redete sich ein, dass er einfach nur sehr erschöpft war und sich diese Dinge einbildete. Doch dieses merkwürdige Gefühl, verfolgt zu werden, verschwand erst, als Will das Gebäude betrat, in dem sich sein Schlafsaal befand. Er wartete noch einige Momente im Eingang des Gebäudes, ob sich eine Gestalt aus der Finsternis lösen und in das Licht treten würde, das von den beiden Fackeln erzeugt wurde, die links und rechts neben dem Eingang angebracht waren.

Wie jeden Abend fiel er mit schmerzenden Gliedern in sein Bett und hoffte, am nächsten Tag, wenn er zum Verwalter des Schlafsaales gehen würde, einen Brief von Nicolas zu erhalten, in dem stand, dass er Keron gefunden hatte und es ihm gut ginge. Bis jetzt war er am darauffolgenden Morgen immer enttäuscht worden. Er wäre gern zu Nicolas geritten, um ihn zu unterstützen, aber sein ehemaliger Meister hatte ziemlich klargestellt, dass er noch nicht so weit war, um wirklich eine Hilfe zu sein.

Sosehr er Keron auch retten wollte, wusste ein kleiner Teil von ihm, dass Nicolas recht hatte und er einfach noch nicht gut genug war, um gegen ausgebildete Attentäter zu kämpfen. Es gefiel ihm zwar nicht, aber er musste sich einfach noch viel mehr anstrengen. Wenn er eines aus den Geschehnissen dieses Tages gelernt hatte, dann dass er ruhiger und konzentrierter bleiben musste, wenn er seine Gegner besiegen und sich dabei nicht selbst verletzt werden wollte. Er würde Milon, Meister Trekus und sich selbst beweisen, dass er ebenso einen kühlen Kopf behalten konnte. Es würde sicher nicht einfach werden, weil er nicht der Typ war, der in einer Kampfsituation viel nachdachte, dennoch musste er es zumindest schaffen, dass er die Kontrolle über seinen Gegner zu jeder Zeit behalten konnte. Er hatte endlich begriffen, dass Emotionen ihn zwar stark, aber auch unvorsichtig machten. Er musste einfach noch lernen, wie er seine Emotionen bündeln und so zu seinem Vorteil einsetzen konnte, dass er jeden Gegner besiegen konnte, der zwischen ihm und seinem besten Freund stand.

WIE DER VATER SO DER SOHN

Der Staub wirbelte im Schein des Lichtes durch den Raum, als Dalion eine dicke Schicht von weiß-silbern glitzernden Flocken von dem Schriftband blies, den er gerade aus dem Regal genommen hatte. Er hatte die Gelegenheit genutzt, dass Aroc nach dem letzten Verhör des Jungen schnell nach Almon reisen musste, um in die versteckte Bibliothek zurückzukehren und weiter nach Informationen zu suchen.

Seit er von der Entführung zurückgekehrt war, war sein Aufenthalt im Lager der Nah'rane ein einziger Albtraum gewesen. Seit Wochen stand er immer wieder mit Aroc und Keron im Zimmer und musste sich die markerschütternden Schreie ihres Gefangenen anhören. Dalion verstand immer noch nicht, warum Keron solche Schmerzen litt. Aroc tat doch nichts anderes, als ihm seine Hand auf die Stirn zu legen. Eine Sache hatte Dalion nach 13 Verhören erkannt. Er war ein Feigling. Er hätte sich gegen Aroc auflehnen müssen, um dieses grauenhafte Schauspiel zu beenden. Es war fast so, als ob sich der Junge überhaupt nicht wehren könne und bei lebendigem Leibe verbrannt wurde. Jedes Mal wieder hasste er es, Aroc in diesen Raum zu folgen, und auch sonst hielt er so großen Abstand von ihrem Gefangenen, wie er konnte. War es Scham? Dalion war verwundert, dass er so überhaupt noch empfinden konnte.

Er war ein Feigling. Doch was sollte er tun? Sich gegen Aroc und damit gegen den ganzen Klan der Nah'rane aufzulehnen, kam einen Todesurteil gleich. Außerdem machte es ihm Angst, dass Aroc jemandem ohne einen ersichtlichen Grund so viel Schmerzen bereiten konnte. Es war einfach ekelerregend. Vor ein paar Tagen hätte sich Dalion beinahe übergeben. Er hatte versucht sich vor diesen Besuchen im Kerker zu drücken, um den Jungen nicht mehr schreien hören zu müssen, aber Aroc ließ keine Ausreden gelten.

Dalion hatte schon einige Leben beendet, allerdings versuchte er schnell zu töten. Er würde nie jemanden so foltern, wie Aroc es tat. Dalion hielt es kaum aus, in diesem Raum zu sein. Der Junge wurde mit jedem Verhör immer schwächer und bei ihrem letzten Besuch vor einem Tag war er sich sicher gewesen, dass er sterben würde. Doch dann riss Aroc seine Hand so plötzlich zurück, als hätte er sich verbrannt, und verließ den Raum. Nach dem, was Aroc ihm erzählt hatte, würde es zweifelslos kein weiteres Verhör mehr geben. Er hatte das Oberhaupt der Nah'rane noch nie so wütend erlebt.

Dalion war ein Feigling und ein Egoist, aber wenigstens musste er so den Jungen nicht mehr vor Schmerzen wimmern hören. Er würde diese Begegnungen möglicherweise nie wieder vergessen, dennoch würde er es sein Leben lang versuchen.

„Keron muss zu seinem Glück nicht mehr lange auf sein Ende warten. Und dieser Mistkerl Odrak war auch noch sauer, dass er nicht mit Aroc in die Zelle durfte. Vermutlich würde es ihm auch noch gefallen. Blutrünstiges Monster."

Dalion versuchte sich nun auf die Aufzeichnungen vor sich zu konzentrieren. Jedes Mal, wenn er an den Jungen unten im Kerker dachte, wurde ihm ganz mulmig und ihm standen die Haare zu Berge. Manchmal, wenn er allein in seinen eigenen Gemächern war und es so still war, dass er seinen eigenen Herzschlag hören konnte, dachte er, dass er ihn schreien hörte. Es war gar nicht möglich, Stimmen durch die dicken Wände zu hören, aber es hielt ihn oft stundenlang wach. Es war fast so, als hätten sich seine Schreie in sein Gedächtnis eingebrannt. Er war ein Feigling.

In den Nächten träumte er von einem feuchten, kalten Raum und er hatte Angst. Auch in seinen Träumen hörte er Schmerzensschreie. Aber sie waren tiefer und klangen, als würden sie von einem älteren Mann kommen. Manchmal glaubte Dalion kurz davor zu sein zu wissen, was seine Träume zu bedeuten hatten, jedoch wachte er in diesen Momenten immer auf. Von Tag zu Tag kamen ihm mehr und mehr Details in Erinnerung und er bekam den Verdacht, dass es nicht nur Träume, sondern Erinnerungen waren, die ihn immer wieder heimsuchten.

Behutsam strich er über das poröse Papier der Seiten, während er sie überflog, und fand endlich, was er suchte: einen Eintrag von dem Tag, als er seine Eltern verloren hatte. Der Text war sogar in Rylonisch verfasst, was Dalion leicht ärgerte, aber so war es wenigstens einfacher. Begierig begann er zu lesen:

Wir schreiben den 25. Tag des Jahres 2435 und hatten endlich herausgefunden, wo sich die Bewahrer befanden. Seit Stunden beobachteten wir das Haus in einem kleinen Dorf eine halbe Tagesreise von Reduna entfernt. Wir sahen eine Frau, einen Mann und ein Kind und sonst niemanden. Keine Wachen oder andere Überraschungen. Wir dachten entweder, dass wir das falsche Haus beobachteten oder dass die Bewahrer unvorsichtig geworden waren. Erst spät in der Nacht stieß Aroc zu uns und wir entschieden im Schutz der Dunkelheit anzugreifen. Aus irgendeinem Grund war sich Aroc sicherer als wir anderen. Es war kühl und am Abend zog Nebel auf, der sich wie eine Decke auf das Dorf legte. Einige religiösere unter uns hielten es für ein Zeichen der Götter, aber an so etwas glaubte ich damals schon lange nicht mehr. Die Stimmung war angespannt und die Männer waren rastlos. So lange hatten wir nach dem Jungen der Prophezeiung gesucht und nun standen wir vor seinem Haus und mussten warten. Endlich würden wir den einen aus unserem Volk finden, der uns aus den Schatten holen würde. Die Prophezeiung kündigte unseren Erlöser an und er war nur einige Meter von uns entfernt. Doch außer Aroc glaubten nicht viele an diese Prophezeiung. Er war unser Führer in der Dunkelheit und wir glaubten an ihn. Er war unser Retter. Derjenige, der uns zusammengehalten hatte. Nicht viele glaubten noch an die alten Götter und Legenden, aber sie glaubten an ihn. Die Männer standen aufrechter und die Frauen waren voller Dankbarkeit, wenn er in der Nähe war. Auch ich glaubte an ihn, doch dies sollte sich in dieser Nacht ändern.

Schließlich holte Aroc uns zusammen und wir näherten uns dem Haus. Von außen waren keine Bewegungen aus dem Inneren zu sehen oder zu hören, und trotzdem waren wir vorsichtig, um in keinen Hinterhalt zu geraten. Zwei schlugen an der Rückseite des Hauses ein Fenster ein und kamen auf diese Weise hinein, während wir anderen von vorne in das Gebäude gelangten. Es war stockdunkel im Inneren des Hauses, allerdings konnten selbst die schwächsten unter uns zumindest schemenhaft im Dunkeln sehen. Das alte Holz, aus dem der Boden war, knarrte bei jedem Schritt, den wir taten, und einige machte es nervös, auf niemanden zu treffen. Doch wir wussten, dass sie hier waren. Es wäre uns aufgefallen, wenn jemand das Haus verlassen hätte. Es gab noch ein oberes Stockwerk und der erste von uns war auf dem Weg zur Stiege. Schritt für Schritt ging er hinauf und fiel tot mit einem Messer in der Brust wieder zurück hinunter. Aroc wies zwei von uns an hinaufzugehen und sie zögerten keine Sekunde seine Befehle auszuführen. Wir anderen warteten unten und hörten auf die Kampfgeräusche. Es dauerte nicht lange und es kamen zwei Körper wieder von oben zurück. Einer von ihnen hatte ein gebrochenes Genick und gehörte zu uns, der andere gehörte dem Vater, der hier wohnte. Er rollte sich nach dem Sturz ab, stand sofort wieder auf und hatte nur eine Schnittwunde an der Wange. Zu allem bereit, hielt er sein Messer hoch und verlagerte sein Gewicht leicht von einem Bein auf das andere. Bis zum heutigen Tag habe ich seinen Blick nicht vergessen können. Zornig wie die Augen des Kriegsgottes persönlich leuchteten sie strahlend gelb in der Dunkelheit. Er war also einer von uns, ein Zeruc. Ich konnte an seiner Beinstellung und der Haltung leicht erkennen, dass er einige Erfahrung mit dem Kämpfen hatte. Allerdings hatten die meisten von uns ebenfalls zahlreiche Schlachten erlebt und überlebt. Die Aura dieses Mannes fühlte sich an wie die eines wilden Tieres, das in die Enge getrieben worden war und keine Angst vor dem Tod hatte. Ich erinnere mich gut, was ich in diesem Moment empfand. Furcht. Furcht vor dem großen Mann, der vor mir stand.

Zwei von uns griffen ihn gleichzeitig an und einer von den beiden lag kaum einen Moment später auf dem Boden. Er war schnell, sehr schnell sogar, aber wir waren in der Überzahl. Wir spielten unseren Vorteil aus und konnten ihn ohne einen weiteren Verlust entwaffnen. Doch er gab nicht auf und teilte mit seinen großen Fäusten harte Schläge aus. Dann mischte sich Aroc in den Kampf ein und es geschah etwas Unglaubliches. Nachdem drei von uns sich auf den Mann geworfen hatten und ihn für eine Moment zu Boden drückten, legte Aroc seine Hand auf die schweißgetränkte Stirn des Mannes und er hörte auf sich zu wehren. Aroc befahl ihm aufzustehen und zu meiner großen Überraschung tat der Mann es, ohne auch nur einen kleinen Moment zu zögern oder sich zu wehren. Aroc hatte das wilde Tier von einer auf die andere Sekunde gezähmt. In all den Jahren, in denen ich nun schon an Arocs Seite stand, hatte ich so etwas noch nie gesehen.

Nachdem Aroc den Mann im Griff hatte, strömten die anderen von uns aus, um die Frau und den kleinen Jungen zu finden. Nur ich blieb bei Aroc und beobachtete ihn genau. Er nahm nie seine Hand vom Kopf des Mannes, der ganz ruhig auf dem Boden kniete und seine Hände auf seine Oberschenkel gelegt hatte. Für meine Begriffe war er etwas zu ruhig, dafür dass wir gerade in sein Haus eingedrungen waren und seine Familie bedrohten. Wie konnte sich ein wütender, zähnefletschender Wolf plötzlich, von einer Sekunde auf die andere, in einen zahmen Welpen verwandeln? Und dann sah ich noch etwas, dass ich bis heute nicht begreifen konnte. Ich hockte mich hin und sah dem Mann genau in die Augen. Sie verblassten nicht. Normalerweise ist es die Eigenschaft unseres Volkes, dass unsere Kraft mit der Zeit nachlässt. Aber die Farbe in seinen Augen verblasste nicht, sondern seine Iris war von schwarzen Fäden durchzogen. Es war ganz und gar untypisch. Im Nachhinein war diese ganze Operation von Anfang an merkwürdig gewesen.

Nach einer Weile kamen unsere Männer mit der Frau zurück, doch sie hatten kein Kind bei sich. Sie meinten, dass sie das ganze Haus durchsucht hatten, aber es gab keinen Jungen in diesem Gebäude. Aroc glaubte ihnen nicht und schickte sie erneut los, und dennoch verlief auch eine weitere Suche erfolglos.

Aroc verlor offenbar die Geduld und ließ den Mann mit einem dicken Seil fesseln, bevor er ihn losließ. Es war fast so, als würde sein Wille wieder in seinen Körper zurückkehren, denn kaum hatte Aroc ihn losgelassen, stemmte er sich schon gegen seine Fesseln und versuchte sich zu befreien. Er versuchte es mit all seiner Kraft, aber er schaffte es nicht, die dicken Seile, die ihn umschlungen hielten, zu zerreißen.

Dann begann Aroc damit, sie zu verhören und zu fragen, wo der Junge war, den wir an diesem Tag schon gesehen hatten. Natürlich antwortete keiner von beiden. Zunächst versuchte er sie einzuschüchtern, doch damit hatte er keinen Erfolg. Beide blieben stumm und antworteten auf keine seiner Fragen. Also griff Aroc zu härteren Mitteln. Er wies uns an sie so hinzustellen, dass die beiden sich genau gegenüber waren und sich ansehen konnten. Dann stellte er der Frau eine Frage. Als sie nicht antwortete, legte er seine Hand wieder auf die Stirn des Mannes und plötzlich begann er laut zu schreien. Es gab keinen ersichtlichen Grund, aber die Muskeln des Mannes zogen sich zusammen und er litt offenbar große Schmerzen. Ich habe in vielen Schlachten gekämpft, Feinde, Freunde und Menschen, die mir unbekannt waren, getötet oder sterben sehen. Doch nichts von allen diesen Dingen war so schlimm, wie die Schreie des Mannes zu hören. Er fragte die Frau, wo der Junge sei, und jedes Mal, wenn sie nicht antwortete, musste ihr Mann Schmerzen leiden. Ich sah in die Gesichter meiner Kameraden und erschrak. Keiner von ihnen zeigte Mitleid. Viele von ihnen lächelten sogar und erfreuten sich an den Taten ihres Helden. Nach einer Weile wechselte Aroc sein Opfer und befragte den Mann, dessen Name ich nie herausfinden konnte. Die Frau hieß Sibille, wie ich später erfahren hatte. Auch ihr Mann antwortete nicht auf Arocs Fragen und dafür wurde sie bestraft. Noch heute höre ich ihre Schreie und es machte mich fast wahnsinnig. Als ich sah, dass sie ihre Kraft verlor, flehte ich Aroc an aufzuhören, allerdings hörte er nicht auf mich. Er fragte mich, auf welcher Seite ich stehe und ob ich meinen Platz vergessen habe. Ich versuchte seine Hand von ihr wegzuschlagen, wurde aber von den anderen festgehalten. So viel Zeit war vergangen und ich erkannte meinen alten Freund nicht wieder.

Die Frau verstarb in dieser Nacht unter Schmerzen. Als ihr Mann es sah, wurde er wütend und ließ all seinen Zorn heraus. Die Kraft durchströmte ihn und er zerriss in einem Anfall von Zorn und Trauer seine Fesseln. Er streckte noch zwei weitere von uns nieder, bevor ihn eine Klinge tötete. Nun hatten wir niemanden mehr, den wir befragen konnten. Und selbst unsere besten Sucher konnten weder ein Geheimversteck noch den Jungen finden. Die Bewahrer waren gestorben, aber ihre Mission war nicht gescheitert.

In dieser Nacht jedoch erkannte ich, dass ich selbst gescheitert war. Ich fragte mich, wofür wir eigentlich noch kämpften? Was war aus den Idealen geworden, für die wir in unserer Jugend stolz in den Kampf gezogen waren? Und wann hatten wir sie aufgegeben? Ich wusste es nicht.

Nachdem unsere Operation gescheitert war, gab Aroc den Befehl, das Haus anzuzünden, und seine Befehle wurden sofort ausgeführt. Mancher mag glauben, dass dieser Rückschlag ihm Rückhalt bei unserem Volke gekostet hatte, allerdings war das Gegenteil der Fall. Diejenigen, welche mit angesehen hatten, was Aroc in dieser Nacht getan hatte, erzählten es weiter und bald war er mehr als der Held von Tirata. Von manchen wurde er nach diesem Tag, wenn nicht schon zuvor, als eine Art Gottheit verehrt. Für mich allerdings war mein Freund in dieser Nacht gestorben. Er war zurückgeblieben in den Flammen, die den Nebel vertrieben und in die Nacht aufstiegen. Dieses Monster war nicht mehr der Mann, mit dem ich gelacht, getrunken und Seite an Seite am Abgrund gestanden hatte, um dann doch zu überleben. Er verzieh mir, dass ich ihm in die Quere gekommen war, aber er vertraute mir nie wieder und ich wurde aus dem innersten Kreis seiner Vertrauten hinausbefördert. Ich glaube, er wusste, dass ich nicht mehr an ihn glaubte.

Seit jener Nacht ist eine Woche vergangen und ich werde, sobald ich diese Zeile fertig geschrieben habe, verschwinden. Keiner kehrt Aroc einfach so den Rücken zu und ich rechne nicht damit, dass ich lange überleben werde, bevor seine Schergen mich finden und töten. Aber vielleicht besteht eine kleine Hoffnung, dass er mich gehen lässt, wenn tief in seinem Innersten noch ein kleiner Funke meines alten Freundes lebt. Nichtsdestotrotz bezweifle ich es. Vielleicht finde ich Schutz bei alten Feinden und kann jene beschützen, die Aroc töten möchte. Ich werde versuchen die Bewahrer zu finden. Ich mache mir nichts vor. Ich werde nie Wiedergutmachung leisten können, für das, was ich in der Vergangenheit getan habe, aber auch wenn ich nur dafür sorgen kann, dass ich anstatt des Schützlings von Sibille sterbe, habe ich meine Aufgabe erfüllt.

Wer auch immer dieses Schriftstück liest, soll wissen, dass Sibille und ihr Mann nicht nachgegeben haben, mutig ihrem Ende entgegengegangen sind und Aroc das Kind der Prophezeiung nicht finden darf. Ich weiß nicht viel über ihn, außer dass er, wenn man den Gerüchten Glauben schenken kann, schon geboren sein soll. Doch eines ist klar, wenn es mir nicht gelingt, Aroc aufzuhalten, werde ich sterben und er wird es niemals aufgeben, den Jungen zu finden. Ich habe mich entschieden zu handeln, weil Aroc glaubt den Namen des Jungen erfahren zu haben. Falls du aus einer Fügung des Schicksals jemals diese Zeilen liest, hoffe ich, dass du mir verzeihen kannst, Keron.

Gezeichnet,
Der Chronist

Als Dalion den Bericht zu Ende gelesen hatte, überschwemmten ihn lang verdrängte Erinnerungen. Alles kam plötzlich wieder zurück. Wie er von seiner Mutter Sibille in ihr Versteck unter dem Haus gebracht worden war und er ihr versprechen musste nicht hinaufzukommen, egal was passieren würde. Er erinnerte sich, wie sie ihn das letzte Mal umarmt hatte und dann wieder verschwunden war. Er erinnerte sich an dumpfe Schreie, die durch die viele Erde an sein Ohr drangen, und wie sehr er sich bemühen musste das Versprechen, das er seiner Mutter gegeben hatte, nicht zu brechen.

Er hatte in dem feuchten, kühlen Raum gewartet, bis seine Eltern ihn holen kommen würden. Er wartete, bis er hungrig war, aber niemand kam, und nun wusste er auch, warum. Er stieg als Kind aus dem geheimen Gang und fand sein Zuhause niedergebrannt. Er blieb einen Tag bei den verkohlten Überresten des Hauses, ohne ein Zeichen seiner Eltern zu entdecken. Er wühlte in den Trümmern und fand unter einem halb verbrannten Holzbalken ein rot-silbernes Messer. Dasselbe, das er noch heute bei sich hatte. Es war ein Dolch der Nah'rane gewesen, wie sie sie bis heute benutzten. Ein silberner Griff und eine breite Klinge, die von der kleinen Parierstange aus bis zur Spitze immer dünner wurde und die ein rotes Muster zierte. Zu jener Zeit dachte er einfach nur, dass er vielleicht eine Waffe brauchen könnte und der Dolch ihm irgendwann nützlich sein würde. Erst später wurde er zu seiner ersten Spur auf dem Weg zur Wahrheit über den Tod seiner Eltern. Ein alter Dieb, der behauptet hatte, dass er früher einmal Historiker gewesen war, hatte ihm erzählt, dass diese Art von Dolchen von einem sehr alten Attentäterorden benutzt wurde. Dies war der Tag, an dem er zum ersten Mal von den Legenden der Nah'rane gehört hatte, und es war auch der erste Tag seiner Suche gewesen.

Nun hatte er endlich erfahren, was mit seinen Eltern geschehen war. So lange hatte er in Ungewissheit gelebt. Dalion legte seine Hand auf das Blatt Papier und bemerkte, dass sie leicht zitterte. Aroc hatte seine Eltern getötet. Derselbe Mann, dem er nun schon so lange diente. Eine warme Flüssigkeit rann sein Gesicht hinunter und tropfte auf die Schrift des Chronisten, doch sie färbte sie nicht rot. Erst jetzt bemerkte er, dass er weinte. Nach all den Jahren hatte er keine Träne mehr vergossen und nun überwältigten ihn seine Gefühle und wiedergewonnenen Erinnerungen.

Als er sich wieder etwas im Griff hatte und die Tränen mit seinem Ärmel wegwischte, raste sein Verstand förmlich. Seine Eltern hatten jemanden beschützt, einen Jungen aus einer Prophezeiung, und sein Name war Keron. Auch ihr Gefangener trug diesen Namen und Aroc hatte ihm nie erzählt, warum er ihn unbedingt am Leben lassen wollte. Seine Eltern waren gestorben, um Keron nicht an Aroc auszuliefern, und er hatte ihr Vermächtnis zunichtegemacht, indem er ihn zu Aroc gebracht hatte.

Dalion verstand noch nicht die ganze Geschichte oder wer diese Bewahrer waren, aber er würde keine Sekunde länger mit Aroc zusammenarbeiten. Seine Mutter war, laut der Beschreibung des Chronisten, unter den gleichen Schmerzen gestorben, die Keron durchmachen musste. Dalion war den Nah'ranen beigetreten, um die Wahrheit zu finden und mehr über das Verschwinden seiner Eltern zu erfahren. Er hatte noch nicht alles erfahren, was ihn beschäftigte, nun jedoch, da er wusste, wie seine Mutter und sein Vater gestorben waren, hatte er eine neue Aufgabe.

Dalion riss die Seiten aus dem Buch, auf denen die Geschichte des Todes seiner Eltern stand, und legte sie vorsichtig in die Tasche seines Mantels. Danach stand er auf und schritt entschlossen dem Ausgang entgegen. Er wusste, wie der Chronist auch, dass man Aroc nicht einfach so entkam. Dalion war nicht so lange ein Teil des Ordens gewesen wie viele andere, dennoch wusste er, was mit Verrätern passieren würde. Er ging seinem Tod entgegen, aber er würde nicht zulassen, dass seine Eltern umsonst gestorben waren. Sein Vater hatte versucht zu kämpfen und Dalion war nun schon lange genug vor einem Kampf geflohen.

Erfüllt von den Gefühlen an seine Eltern verfärbten sich seine Augen und strahlten so hell, wie sie es noch nie zuvor getan hatten. Er war es gewöhnt, seine Kraft immer wieder in kleinen Dosen zu benutzen, allerdings hatte er es noch nie erlebt, wie es sich anfühlte, wenn man sie einfach frei in sich strömen ließ. Er hatte sich noch nie seit dem Tag, als seine Eltern gestorben waren, so gut gefühlt. Doch nun kannte er die Wahrheit. *„Ich habe die Augen meines Vaters geerbt. Mal sehen, ob ich auch seinen Mut geerbt habe"*, dachte sich Dalion und trat aus dem Gang, der zu der geheimen Bibliothek führte.

Bald nachdem Aroc wütend Kerons Zelle verlassen hatte, war Keron in einen tiefen Schlaf versunken. Als er wieder erwachte, fühlte er sich miserabel. Er war so müde wie noch nie und brachte kaum die Kraft auf, um sich zu erheben. Sein einziger Trost war es, dass man ihn nicht wieder festgekettet hatte. Obwohl dies wahrscheinlich auch keinen großen Unterschied mehr gemacht hätte. Seine Muskeln zitterten und schmerzten bei jeder Belastung, die Keron ihnen zumutete. Deshalb robbte er zu der Wand gegenüber der Tür, wo er so viel Zeit verbracht hatte, und lehnte sich an sie, um aufrecht sitzen zu bleiben.

Er konnte sich nicht erinnern, dass er sich in seinem ganzen Leben schon einmal so schlecht gefühlt hatte. Müsste er nicht überglücklich sein, dass er es geschafft hatte, Aroc und seinen Versuchungen zu wiederstehen. Irgendetwas war anders als sonst. Er konnte es nicht genau beschreiben, aber irgendwie fühlte es sich falsch an, und auch die Welt um ihn herum wirkte grauer und matter als sonst. Es war schwer für ihn, seine Augen offen zu halten, also gab er schließlich nach und versank erneut in einen tiefen Schlaf. Zum ersten Mal seit Wochen schlief er, ohne zu träumen, und dafür war er sehr dankbar.

Ein dumpfes Geräusch erklang und Keron schreckte aus seinem Schlaf hoch. Schlaftrunken begriff er zuerst gar nicht, was ihn geweckt hatte, doch als ein zweites Mal ein sehr ähnliches Geräusch erklang, fing Keron an zu lauschen. Es war dumpf und klang, als ob es weit weg war. Normalerweise hörte er nichts in seiner Zelle.

Er versuchte aufzustehen und obwohl sein Körper immer noch steif und ungelenkig auf seine Befehle reagierte, ging es ihm schon etwas besser. Er schüttelte seine Beine aus und machte ein paar Dehnübungen, um seine Sehnen und Muskeln zu lockern, als er erneut hätte schwören können, etwas gehört zu haben.

Neugierig machte er einen Schritt nach vorne, lauschte und fixierte die Tür zu seinem Gefängnis. War es nun soweit? Würde Aroc kommen und ihn töten? Er hatte sich nie große Gedanken über seinen Tod gemacht, aber er hatte zumindest gehofft, dass sein Tod einen Sinn haben würde. Doch nun, da er wie ein alter Mann in seiner Zelle stand und auf seinen Henker wartete, kam ihm sein Leben irgendwie sinnlos vor. Was hatte er vollbracht, an das sich andere Menschen erinnern würden? Er hatte große Pläne und Wünsche für seine Zukunft gehabt, aber vermutlich waren dies nur Kinderträume von einem großen abenteuerlichen Leben, das er nicht mehr haben würde. Vermutlich hätte er nun nur aus Trotz die Kraft finden müssen, um seinem

Schicksal aufrecht entgegenzutreten. Allerdings fand es Keron jetzt, wo er in dieser Situation war, viel einfacher, sich wieder auf den Boden zu setzen und auf sein unausweichliches Schicksal zu warten.

Einige Minuten später hörte Keron, wie der Schlüssel in dem Schloss seiner Gefängnistür gedreht und die Tür aufgerissen wurde. Ein Mann mit leuchtenden gelben Augen, den Keron gleich als Arocs Handlanger erkannte, betrat den Raum. *„Wie war noch einmal sein Name?"* Es lag Keron auf der Zunge. Es überraschte ihn selber, dass er sich nicht erinnern konnte. *„Man sollte doch meinen, dass man zumindest den Namen seines Mörders kannte, aber vermutlich ist es bei den meisten Morden genau so. Es war irgendetwas mit einem ‚D' – ahh, ‚Dalion'."*

„Komm mit, wenn dir dein Leben lieb ist", sagte Dalion und drehte sich dann wieder um, um den Raum zu verlassen.

Keron hatte wirklich mit so einigen Dingen gerechnet, aber ganz bestimmt nicht mit so etwas. War es eine Falle, damit er doch noch Hoffnung schöpfen konnte, bevor sie ihm wieder entrissen wurde? Warum sollte jemand so etwas tun? Er hätte ihn doch gleich umbringen können. So oder so hatte er keine andere Wahl, als Dalion zu folgen.

Beinahe wäre Keron vor Verwirrung in seiner Zelle geblieben, aber dann drang der Sinn von Dalions Satz doch noch zu seinem Gehirn durch und er beeilte sich, um ihn einzuholen, da Dalion schon auf dem Gang verschwunden war. Vor seiner Zelle wäre Keron beinahe über einen Körper gestolpert, der am Boden lag, allerdings konnte er sich gerade noch abfangen. Er sah zurück und erkannte den starren Ausdruck im Blick dieser Person.

Bald hatte er Dalion eingeholt und folgte ihm auf dem Fuße, um ihn nicht zu verlieren. Denn bis auf den Gang vor seiner Zelle und die zwei Räume, in denen er von Aroc gefoltert worden war, hatte er nie etwas anderes von diesem Ort gesehen. Die Steingänge waren von Fackeln an den Wänden erleuchtet, deren Rauch durch kleine Schlitze in der Decke verschwand. Keron fragte sich, wie es hier genügend Luft zum Atmen geben konnte, aber dies war wohl ein schlechter Zeitpunkt, um dieser Frage nachzugehen. Sie kamen noch an zwei weiteren toten Wachen vorbei, wobei eine von ihnen eine unschöne Stichwunde am Hals hatte und ihr Gewand in dem Blut getränkt war, das sich daraus ergossen hatte. Dann blieb Dalion plötzlich bei einer Kreuzung von Gängen stehen und Keron wäre fast in ihn hineingelaufen.

Dalion stand einfach nur da. „Sollten wir uns nicht beeilen, bevor sie uns erwischen?", fragte Keron schließlich flüsternd.

„Bete, dass dies nicht allzu früh geschehen wird. Und jetzt sei still, sonst kann ich nichts hören!", zischte Dalion, ohne sich umzudrehen.

Er konzentrierte die Kraft aus seinem inneren Feuer auf sein Gehör und nahm so die kleinsten Geräusche war. Rechter Gang, die Schritte von zwei Wachen, die sich von ihnen entfernen. Geradeaus, nichts zu hören. Links, das Klappern von Würfeln auf einem Holztisch. „Verdammt", flüsterte Dalion. *„Wir müssten nach links, aber dort sind mindestens zwei Wachen, vermutlich noch mehr. Nach den Stimmen zu urteilen wohl eher vier oder fünf"*, dachte sich Dalion. *„Na dann eben gerade aus."*

Dalion setzte sich in Bewegung und Keron folgte ihm. Links, dann rechts, geradeaus, dann wieder links. Immer wieder hielt Dalion an, um zu hören, ob sich vor ihnen jemand befand. Er wollte, dass ihre Flucht so lange wie möglich unentdeckt blieb, also versuchte er jegliche Konfrontation zu vermeiden. Es dauerte so zwar etwas länger, aber vielleicht würden sie weit genug kommen. Er spürte, wie sein Herz vor Aufregung raste.

Der Junge folgte ihm schnell, allerdings hörten sich seine Schritte für Dalion an, als würde ihm ein Riese folgen. Sie waren fast bei einem der Geheimausgänge angelangt, als er plötzlich etwas wahrnahm. Er konzentrierte sich erneut auf sein Gehör, um die Stimmen besser verstehen zu können.

„Verdammt, sie haben dein Verschwinden bemerkt", erklärte Dalion und sah wie der Junge bleich wurde. „Was auch immer passiert, versuch an mir dranzubleiben und lauf immer weiter. Los jetzt."

Dalion rannte los und Keron versuchte ihm zu folgen. Dalion hatte diese Gänge schon oft genug erkundet, um den richtigen Weg zu wissen, aber nun hatten sie keine Zeit mehr, um sich zu vergewissern, dass sie auf keine Wachen stoßen würden. Dalion bog um eine Ecke und zwei in schwarze Gewänder gehüllte Nah'rane versperrten ihnen den Durchgang. Dalion hasste es zu töten, und dennoch, zum ersten Mal seit seiner Kindheit hatte er das Gefühl, dass er das Richtige tat, wenn er dem Jungen zur Freiheit verhalf. Und wenn es keinen anderen Weg gab, würde er auch töten.

„Lasst uns passieren und ich werde euer Leben verschonen", rief Dalion zu den beiden hinüber.

„Hast du das gehört? Er wird uns verschonen. Mir schlottern schon die Knie", meinte der eine sarkastisch, was seinen Kumpanen zum Lachen brachte. Beide zogen ihre Dolche aus ihren Umhängen.

„Dann soll es so sein", verkündete Dalion und zog ebenfalls einen seiner Nah'ranendolche. Er fachte sein inneres Feuer an und bezog daraus seine Energie. Schnelligkeit war sein Vorteil. Er rannte auf die beiden Attentäter zu. Doch als er ihnen näher kam, zog der eine kleine Metallstäbe aus dem Ärmel und warf sie Dalion entgegen.

Dieser sprang unglaublich schnell im Zickzack den Gang entlang und wich so den ersten drei Giftnadeln aus, die hinter ihm nur die Steinwand trafen. Er war so schnell, dass er die Wurfgeschosse langsamer sah, als sie sich wirklich bewegten. So konnte er ihnen mit Leichtigkeit ausweichen. Einer von links, dann von rechts und schließlich duckte er sich, um dem letzten vergifteten Metallspan auszuweichen. Schon ein kleiner Kratzer hätte das Gift in seinen Körper gebracht, aber keiner von ihnen hatte ihn berührt.

Durch weitere schnelle Schritte hatte er den Raum zwischen ihnen verkürzt und attackierte seine ehemaligen Verbündeten. Die meisten der Nah'rane waren schnell. Dennoch waren sie nicht wie Dalion und konnten deshalb nicht mit seiner Geschwindigkeit mithalten. Er blockte den ersten Angriff seines Gegners mit dem linken Unterarm zur Seite und verpasste dem Nah'ranen dann mit seiner rechten Faust einen Kinnhaken, der ihn zu Boden schickte.

Dann wirbelte er herum, wich gleichzeitig einem fatalen Dolch-
stich in seine Seite aus und rammte dem Mann seine eigene Waffe
ins Herz. Er ließ den Dolch in dem leblosen Körper zurück und
rannte weiter. Keron, der nur das Ende des ausgesprochen kurzen Kampfes gesehen hatte, versuchte ihm zu folgen, allerdings
fiel es ihm zunehmend schwerer, mit Dalions Tempo mitzuhalten.

Schließlich ging ihm die Puste aus und er blieb an der Wand
abgestützt stehen. „Wartet", brachte er zwischen zwei Atemzügen
heraus. Dalion blieb stehen und drehte sich um. Er hatte schon
so etwas befürchtet. Vermutlich würde es ihm ähnlich ergehen,
wenn er wochenlang von Aroc gefoltert worden wäre.

„Komm schon, es ist nicht mehr weit bis zum Ausgang. Wir
müssen uns beeilen, wenn wir dich hier lebend hinausbekom-
men möchten. Umso länger wir warten, umso mehr von ihnen
werden kommen, um uns zu finden und zu töten. Es sind ausgebildete Mörder, falls dir das entgangen sein sollte. Reiß dich
zusammen und benutze die Kraft, die in dir schlummert. Wenn
es einen geeigneten Zeitpunkt gibt, sie einzusetzen, dann jetzt",
meinte Dalion drängend.

Keron wusste, dass er recht hatte und er hatte schon versucht
auf ein Zeichen dieser Kraft zu achten, aber seltsamerweise spürte er gar nichts. In solchen Situationen spürte er normalerweise eine Art Grummeln oder Kribbeln, doch dieses Mal konnte
er nichts wahrnehmen. Natürlich ließ ihn die Bestie im Stich,
wenn er sie einmal gebraucht hätte. „Es geht einfach nicht. Ich
habe keine Kontrolle über diese Kraft, oder was auch immer es
ist", erklärte Keron verzweifelt.

Dalion konnte schon Schritte aus dem Gang hinter ihnen hören, die schnell auf sie zukamen. Er seufzte und gab Keron einen der Dolche. „Na schön, wir bleiben zusammen und versuchen uns durchzukämpfen. Bleib hinter mir und pass auf, dass
du nicht getötet wirst."

„Sehr aufmunternd. Danke", meinte Keron, doch Dalion
überhörte diese Bemerkung und setzte sich wieder in Bewegung.

Sie liefen weiter steinerne Gänge entlang. Dalion drosselte
dieses Mal das Tempo, damit Keron immer in seiner Nähe war.

Es waren nur noch zwei Biegungen und sie würden den Ausgang erreichen, wenn Dalion sich richtig erinnerte. Vor der letzten Biegung blieb er stehen und lugte vorsichtig um die Ecke. Fünf Wachen standen dort kampfbereit und versperrten den Ausgang. Aber zu ihrem Glück waren es nur angeheuerte Söldner und keine Mitglieder des Ordens. Wie Dalion gehofft hatte, rechneten sie nicht damit, dass er diesen Weg wählen würde. Nichtsdestotrotz hatte er durch die Dauerbenützung seines inneren Feuers schon einen Großteil seiner Energie verbraucht und die Söldner waren wesentlich in der Überzahl.

„Ok, am Ende dieses Ganges ist eine Tür, die wir erreichen müssen, und fünf Soldaten davor. Ich werde versuchen sie zu beschäftigen, aber halt mir so gut es geht den Rücken frei. Verstanden?"

Keron nickte zum Zeichen, dass er verstanden hatte. Dalion zog sich die Kapuze seines Mantels über den Kopf und ein Stück Stoff unter seinem Kinn über die untere Hälfte seines Gesichtes. Nun konnte Keron nur noch seine gelb leuchtenden Augen durch einen Schlitz seines Gewandes sehen.

Dalion zog zwei Messer aus ihren verborgenen Halterungen und bog um die Ecke. Einige Schritte vor den Söldnern, die Wache hielten, blieb er stehen und atmete langsam ein und aus. In dem spärlich beleuchteten Gang waren seine Umrisse nicht genau zu erkennen, aber seine Augen leuchteten wie Edelsteine in der Sonne. Nachdem er sich einen Moment gesammelt hatte, lief er los und sein Umhang wehte hinter ihm her. Einer der Söldner spannte seine Armbrust und verfehlte seine rechte Schulter nur knapp.

Dalion steigerte seine Geschwindigkeit und wich den Angriffen der Söldner aus. Rechts, links, ein Angriff von oben, eine schnelle Drehung und dann ducken, um einem wütenden Schwinger auszuweichen. Die Hiebe verpassten ihn jedes Mal gerade so, als umgebe ihn ein unsichtbares Schutzschild. Die Energie, die er besaß, pulsierte in seinem ganzen Körper.

Dalion wich einem weiteren Hieb mit einer Axt aus und fügte seinem Angreifer eine tödliche Wunde zu. Dann drehte er sich schnell um die eigene Achse, um einer Schwertklinge zu entkommen, die auf ihn zugerast kam. Er entwaffnete einen anderen Soldaten und zog ihn so vor seinen Körper, damit ihn der abgefeuerte Bolzen anstatt Dalion selbst traf. Hinter dem menschlichen Schild hervor warf Dalion eines der Messer in seinen Händen und erwischte den Mann, der gerade dabei gewesen war, seine Armbrust erneut zu spannen. Dalions Stärke war seine Geschwindigkeit, die er wie kein anderer zu seinem Vorteil nutzen konnte. In dem wenig beleuchteten Gang wurde er zu einem tödlichen Schatten, der zwischen den Soldaten hindurchfegte und nur den Tod hinter sich zurückließ.

Der Schwertkämpfer schlug erneut zu, doch seine Klinge durchstach statt Dalions Körper nur seinen Umhang. Dalion wiederum zögerte nicht lange und rammte dem Mann sein Knie in den Magen. Als der große Söldner zusammensackte, beendete Dalion den Kampf mit einem gut gezielten Stich in dessen Hals. Doch als dem Mann alle Kräfte schwanden und er zu Boden fiel, krallte er sich noch mit seinem letzten Atemzug an Dalions Umhang fest. Der unerwartete Ruck brachte Dalion aus dem Gleichgewicht und der tote Mann zog ihn mit sich zu Boden. Stürzend verlor er den letzten überlebenden Soldaten aus dem Blickfeld, der gerade seine mit scharfen Metallstücken besetzte Keule über seinen Kopf hob.

Keron versuchte seinen Befreier zu retten und wollte dem keuleschwingenden Mann seinen Dolch in den Rücken stechen, allerdings stimmte der Winkel nicht und so rutschte seine Klinge an der Rüstung des Mannes ab und traf nur seinen rechten Oberarm. Der Mann heulte auf und schwang seine Waffe mit dem unverletzten Arm gegen Keron, der dem Schlag ausweichen wollte, aber in seinem geschwächten Zustand zu langsam reagierte.

Die Keule traf ihn an der Schulter, ein dumpfer Schmerz zuckte durch seinen Arm und betäubte seine Finger. Keron konnte die Wucht des Hiebes nicht abfangen und wurde gegen die Steinwand des Ganges geschleudert.

Dalion war nicht untätig geblieben, sondern hatte diese Ablenkung genutzt, um wieder auf die Beine zu kommen und dem

Mann, der ihm den Rücken zugekehrt hatte, in seine Kniekehle zutreten. Die Beine gaben unter ihm nach und Dalion verpasste ihm mit der Unterseite seines Dolchgriffes einen Schlag gegen die Schläfe, der ihm sein Bewusstsein raubte. Ohne einen weiteren Moment zu verschwenden, half er Keron auf die Beine und zog ihn mit sich Richtung Ausgang. Doch zu Kerons Erstaunen gab es am Ende des Ganges keine Tür, wie Dalion es zuvor gesagt hatte. Dort gab es nur ein Holzrad, das wie das Steuerrad auf einem Schiff aussah. Dalion drehte dieses Rad mit großen Mühen und plötzlich begann sich die Wand vor ihnen zu bewegen. Aus einem kleinen Spalt im Stein wurde schließlich eine Öffnung, die groß genug war, dass sie hindurchgehen konnten. Keron wurde hindurchgestoßen und seit einer Ewigkeit in Gefangenschaft sah er das Licht der Sonne und spürte den Wind auf seiner Haut.

Nach so einer langen Zeit war das Sonnenlicht fast etwas zu hell für seine müden Augen und es tat gut, als sich eine Wolke vor die Sonne bewegte. Früher waren ihm Dinge, wie Wind oder die Sonnenstrahlen auf seiner Haut zu spüren, gleichgültig gewesen, nun jedoch, da er sie eine so lange Zeit nicht mehr gesehen und gespürt hatte, merkte er erst, was ihm gefehlt hatte. Dalion gab Keron ungeduldig noch einen weiteren Stoß von hinten und durchtrennte schließlich das Seil, das zu dem Rad aus Holz führte. Er vernahm mit seinem verstärkten Gehör ein zufriedenstellendes rasselndes Geräusch und kurz nachdem Dalion ebenfalls nach draußen getreten war, verschloss sich der Durchgang hinter ihnen wieder. Nun, da der Durchgang geschlossen war, konnte man ihn kaum mehr von der restlichen Felswand unterscheiden.

„Beeilung!", rief Dalion und führte Keron einen steilen Pfad hinab und in ein Wäldchen hinein, das sich am Fuße des Berges befand. Sie blieben nur kurz stehen, als sie die beiden Pferde erreichten, die dort bereits auf sie warteten, wo Dalion sie, bevor er zu seiner Rettungsmission aufgebrochen war, hingeführt hatte. Schnell stiegen die beiden in die Sättel der Pferde und ritten, so schnell sie die Tiere tragen konnten, von dem Berg weg. Dalion wollte so viel Abstand wie nur irgendwie möglich zwischen sie und die Nah'rane bringen. Doch sie waren nicht sehr weit gekommen, als sie plötzlich das Geräusch von anderen Reitern hören konnten, die sie offenbar nicht so leicht entkommen lassen wollten.

Das Geräusch der Hufe, die auf dem Waldboden aufschlugen, wurde immer lauter und plötzlich zerbarst die Rinde eines Baumes neben Keron, als sie von einem Armbrustbolzen getroffen wurde. Erschrocken trieb Keron sein Pferd weiter an, aber der nächste Bolzen verfehlte sein Ziel nicht, sondern traf die Flanke seines Pferdes. Keron stieß einen Schrei aus, als sein Pferd unter ihm zusammenbrach und mit ihm auf den harten Waldboden stürzte. Er hatte gerade noch genug Zeit, um sich ein klein wenig abzustoßen, damit sein Bein nicht unter der Last des Hengstes zertrümmert wurde. Das verletzte Pferd wieherte vor Schmerzen und als Keron sich wieder aufgerichtet hatte, hatten ihn ihre Verfolger schon beinahe erreicht.

Keron blickte über die Schulter, als er weglief, und sah, wie der Armbrustschütze erneut zum Schuss ansetzte. Keron warf sich schutzsuchend hinter einen Baum und kaum einen Augenblick später bohrte sich der abgefeuerte Bolzen einige Zentimeter über Kerons Kopf ins Holz. Verzweifelt und unbewaffnet stand er hinter dem Stamm des Baumes und versuchte sich so schmal wie möglich zu machen, um dem Armbrustschützen kein Ziel zu bieten.

Als Dalion bemerkt hatte, dass Kerons Pferd getroffen worden war, kehrte er sofort um und raste im vollen Galopp auf die Verfolger zu. Einer von ihnen feuerte einen Armbrustbolzen ab, traf allerdings nur den Baum, hinter dem Keron sich versteckt hatte. Als Dalion nahe genug war, zog er eines seiner Wurfmesser aus der kleinen Tasche an seinem Gürtel und warf es mit einer geübten Armbewegung auf den Mann mit der Armbrust. Da weder er noch Keron eine Waffe besaßen, die auf die Entfernung so genau war wie eine Armbrust, konnte dieser Mann ihnen eindeutig am gefährlichsten werden. Dalion traf sein Ziel, was dafür sorgte, dass der Söldner seine Waffe fallen lassen musste. Da dieser aber noch in der Lage gewesen war, einen weiteren Schuss abzugeben, kam ein tödlicher Metallbolzen unglaublich schnell auf Dalion zugeschossen. Dieser schöpfte erneut Kraft aus seinem inneren Feuer und konnte dem Tod noch einmal entrinnen, indem er sich aus dem Sattel fallen ließ. Er rollte sich geschickt ab und rannte zu Keron hinüber, während die Verfolger sie umkreisten und an jeglicher Flucht hinderten.

„Gut gemacht, Dalion. Dein Fluchtplan hat wirklich perfekt funktioniert. Jetzt wird deine Leiche hier auf diesem Waldboden verrotten und Aroc wird den Jungen doch noch töten. Aber vermutlich ist dies der weitaus gnädigere Tod, wenn man bedenkt, was Odrak oder Aroc mit ihm gemacht hätten. Wenigstens werde ich nun meine Eltern wiedersehen. Sie sollen erfahren, dass ihr Sohn bei dem Versuch gestorben ist, seinen Fehler wiedergutzumachen.“

Dalion versuchte die Söldner, die sie umkreisten, im Blick zu behalten. Rücken an Rücken mit Keron stand er ausweglos in diesem verfluchten Wald und bereitete sich im Geiste auf einen letzten Kampf vor, den er vermutlich nicht gewinnen würde. Eine Bewegung in den blätterlosen Ästen zog Dalions Aufmerksamkeit für einen kurzen Moment auf sich, doch es war nur ein Rabe, der auf einem der Äste gelandet war und seinen schrillen Ruf ertönen ließ. *„Na das passt ja“*, dachte sich Dalion und sah zurück auf ihre Feinde, die auf ihren Pferden saßen und ihre Speere, zum Angriff bereit, senkten, um sie im nächsten Moment aufzuspießen.

Dalion griff erneut nach der Macht in ihm, aber er verlor nun langsam seine Kraft und musste aufhören sein inneres Feuer anzufachen. Er hatte es ohnehin schon viel zu lange benützt, als es gut für ihn war. Die Energie verließ ihn allmählich. Hatte sie ihm vor einem Moment noch schärfere Augen geschenkt, passierte nun genau das Gegenteil. Er hatte die Grenze der Zeitdauer, in der er sein inneres Feuer gefahrlos benutzen konnte, schon längst überschritten und würde nun den Preis dafür zahlen müssen. Sein Körper fühlte sich ungewohnt schwer an und sein Blick wurde verschwommen. Geräusche drangen nur noch leise an sein Ohr und klangen, als würden sie von weither zu ihm kommen. Doch er wollte nicht einfach so aufgeben und versuchte sich noch einmal unter großer Anstrengung zu konzentrieren, was dazu führte, dass er wenigstens noch annähernd klar sehen konnte, was um ihn herum passierte.

Die Soldaten, die sie umzingelt hatten, wollten gerade angreifen, als ein weiterer unbekannter Mann in einem seltsamen grün-braunen Mantel zu ihnen trat und sie aufhielt. „Halt, ich befehle euch im Namen des Königs von Ryloven eure Waffen niederzulegen. Wenn ihr euch weigert, werden wir angreifen."

„Waren nun alle Menschen verrückt geworden?" fragte sich Dalion. *„Wer waren WIR, denn dieser Mann war doch offensichtlich alleine und warum half er ihnen überhaupt?"*

Einige der Soldaten lachten bei diesem Befehl, und dennoch stand der Mann aufrecht vor ihnen und machte auch dann keine Anstalten, sich zurückzuziehen, als einer der Reiter sein Pferd wendete und in seine Richtung trieb. Es kam kaum zwei Meter weit, bis ein Pfeil durch die Luft flog und den Angreifer in die Brust traf. Dieser stürzte von seinem Pferd und blieb bewegungslos liegen. Nun kam auch Bewegung in die anderen Reiter, die sie verfolgt hatten. Vier galoppierten auf Dalion und Keron zu, während zwei andere auf den Fremden zuritten. Die Speerspitzen blitzten in der untergehenden Sonne, doch sie erreichten ihre Ziele nicht. Binnen Sekunden durchschnitten ein halbes Dutzend Pfeile die Luft und ließen keinen der Söldner am Leben.

Dalion und Keron sahen sich verwundert um und suchten nach den Bogenschützen, die ihre Verfolger getötet hatten. Einer nach dem anderen löste sich aus der Umgebung und kam näher. Jeder einzelne von ihnen trug einen dieser merkwürdigen Mäntel, die sie im Gestrüpp des Waldes beinahe unsichtbar machten. Dalion erinnerten sie an irgendetwas, aber er konnte sich nicht entsinnen. Sein Geist war zu müde und selbst das letzte bisschen Konzentration, das er aufbringen konnte, rann ihm wie Sand durch die Finger. Dalion hatte gehofft, dass sie ihnen freundlich gesinnt seien, allerdings hatten vier von ihnen immer noch einen Pfeil an ihre Sehnen angelegt. Er hatte sich eine Rettung irgendwie freundlicher vorgestellt. Der Mann, der offensichtlich ihr Anführer war, blieb vor Dalion und Keron stehen und betrachtete sie eingehend.

Noch bevor Dalion etwas sagen konnte, stellte sich Keron vor ihn, breitete seine Arme aus und wandte sich an den Mann vor ihm. „So möget Ihr mit gezogener Klinge und mutigen Herzens in die ungewissen Schatten ziehen und fallen, wenn es lohnt das Ziel …"

„… doch seid gewiss, dass Ihr nie alleine wandelt in der Finsternis, sondern Freunde an Eurer Seite mit Euch schreiten, bis der Schatten wird vertrieben durch das Licht der Gerechten", vollendete der Mann Kerons Worte. „Ihr sprecht wahrlich weise Worte. Doch sagt mir, wer Ihr seid und was Ihr wollt, bevor ich entscheide, was mit Euch geschieht. Sprecht schnell, wir sind nicht alleine in diesem Wald."

Dalion verstand nicht, was der Junge tat oder was seine Worte genau bedeuteten, aber offenbar hatte er ihnen zumindest etwas Zeit verschafft, ihre Situation zu erklären.

„Mein Name ist Keron Adrin und ich war ein Schüler des Reichsschützen Sir Nicolas Tirion, bis ich von Männern entführt wurde. Dieser Mann ist Dalion. Er befreite mich aus meinem Gefängnis und wir flohen vor den Männern, die ihr gerade getötet habt. Wir danken Euch und möchten Euch bitten uns in Eurer Gruppe aufzunehmen, denn wie Ihr offenbar wisst, sind wir noch nicht außer Gefahr. Es werden bald mehr Soldaten oder Schlimmeres kommen, die uns töten wollen. Wir sollten keine Zeit verlieren und fliehen. Bestimmt haben die Reichsschützen ein sicheres Lager nicht weit von hier, wo wir uns ausruhen könnten."

Der Mann, mit dem Keron gesprochen hatte, war noch nicht überzeugt. „Wenn Ihr wirklich der seid, für den Ihr Euch ausgebt, so nehmen wir Euch mit Freude mit uns und werden Euch beschützen, aber woher soll ich wissen, ob Ihr auch die Wahrheit sagt? Dieser Mann, der Euch angeblich gerettet hat, trägt eindeutig die Kleidung unserer Feinde."

Nun war Keron etwas überrascht. Er hatte sich mit seinen Worten als Reichsschütze zu erkennen gegeben und auch gesagt, dass er Nicolas' Schüler war. Wie sollte er ihre Geschichte denn beweisen? Sie hatten keine Zeit für solche Spielchen. Jeden Moment könnten weitere Soldaten kommen, die sie töten wollten.

„Versteht Ihr denn nicht? Wir haben keine Zeit und sind in großer Gefahr. Wenn Ihr uns nicht traut, nehmt uns gefangen und bringt uns zu Nicolas. Er wird mich erkennen und Euch sagen, wer ich bin." Keron erwartete eine schnelle Antwort, allerdings ließ sich der Reichsschütze reichlich Zeit. Jeden Augenblick rechnete Keron damit, Kampfgeschrei von herannahenden Soldaten zu hören.

Schließlich antwortete der Mann. „Wir werden Euch fürs Erste mitnehmen, um eure Identität später zu klären. Aber ich muss darauf bestehen, dass ihr jegliche Waffen abgebt."

Keron, der ohnehin unbewaffnet war, akzeptierte schnell und ließ sich von einem der Reichsschützen nach versteckten Klingen absuchen. Dalion ließ dies nicht so leicht über sich ergehen, doch nachdem er keine andere Lösung sah, wurden ihm seine Wurfmesser und Dolche alle abgenommen. Seit Jahren war er nicht ohne mindestens ein verstecktes Messer an seinem Körper herumgelaufen. Er fühlte sich ohne Waffen und in seinem immer schlechter werdenden Zustand unerfreulich hilflos. *„Das bekommt man also dafür, wenn man einmal in seinem Leben versucht das Richtige zu tun."*

„Nun gut, dann folgt mir, rasch", sagte der Anführer der Reichsschützengruppe. Keron und Dalion folgten ihnen, so schnell es ging, durch den Wald. Einige der Reichsschützen, die sie zuerst begleiteten, verschwanden zwischen den Bäumen und verschmolzen mit ihrer Umgebung. Nach einem Fußmarsch, der Keron in seinem Zustand wie eine Ewigkeit vorkam, erreichten sie eine Gruppe von Zelten, die in einem Kreis aufgestellt waren. Nach der Anzahl der Zelte zu schließen, waren mindestens ein Dutzend Reichsschützen in der unmittelbaren Umgebung und vermutlich wurden ihre Spuren hinter ihnen verwischt, damit man sie nicht so leicht verfolgen konnte.

Im Augenblick waren sie sicher, aber Keron beunruhigte das Verhalten ihrer Retter. Im Lager der Reichsschützen wurden sie in eines der drei größeren Zelte geführt und dort alleine zurückgelassen, nachdem seine verletzte Schulter behandelt worden war. Doch als Keron versuchte, das Zelt zu verlassen, um noch einmal mit dem Mann zu sprechen, der sie hierhergeführt hatte, wurde ihm dies verweigert. Wütend über die Behandlung, die ihnen zuteilwurde, setzte er sich auf den Boden und wartete ab. Dalion saß ebenfalls dort und hörte nun ganz auf, Energie aus seinem inneren Feuer zu beziehen, was ihn ausgesprochen müde werden ließ.

Sie warteten darauf, dass jemand kommen würde, allerdings war es schon dunkel geworden, ohne dass sich jemand bemüht hätte, mit ihnen zu sprechen. Also fing Keron an aus der einzigen Quelle Antworten zu beziehen, die ihm zu Verfügung stand. Der Mann, der ihn zuerst entführt und dann gerettet hatte, lag am hinteren Ende des Zeltes und sah aus, als ob er schliefe, aber Keron konnte im Dunkeln gerade noch erkennen, dass seine Augen nicht geschlossen waren.

„Warum habt Ihr mich gerettet?", fragte Keron schließlich.

Ein paar Sekunden der Stille vergingen, in denen Keron schon geglaubt hatte, dass er sich vielleicht über Dalions Zustand der Wachsamkeit geirrt haben könnte. Schließlich erhielt er doch noch eine Antwort.

„Junge, ich denke, dass wir über höfliche Anreden längst hinaus sind. Nenn mich einfach Dalion. Jetzt ist es egal, ob du meinen richtigen Namen kennst oder nicht. Wir sind vermutlich beide bald Futter für die Vögel." Dies war eigentlich nicht die Antwort auf seine Frage, dennoch war es beruhigend zu hören, wie *optimistisch* sein Retter war. Keron wollte gerade erneut fragen, als Dalion wieder anfing zu sprechen. „Ich habe dich gerettet, weil ich erkannt habe, dass es ein großer Fehler war, dich zu entführen und in Arocs Reichweite zu bringen."

„Also wurde ich doch entführt und Aroc hat mich belogen?" Wieder breitete sich Schweigen zwischen ihnen aus, während Dalion sich seine Antwort überlegte. In der Stille konnten sie leise Bewegungen vor ihrem Zelt und eine Eule auf der Jagd rufen hören.

„Er tat vermutlich beides und keins von beiden", sagte Dalion schließlich. Keron war verwirrt. Es war doch überhaupt gar nicht möglich, was Dalion behauptete. Keron überlegte sich, dass er vielleicht bei ihrer Flucht einen Schlag auf den Kopf bekommen hatte und nun etwas verwirrt sein könnte. „Meine Aufgabe war ganz klar, dich lebend zu ihm zu bringen. Aber ob es nun eine Entführung oder Rettung war, hängt vom Auge des Betrachters ab. Es ist gut möglich, dass er glaubte dich zu retten, auch wenn du es etwas anders siehst."

Keron verstand, was Dalion ihm sagen wollte, selbst wenn diese Antwort ihn nicht besonders weiterbrachte zu verstehen, was die Hintergründe seiner Entführung waren. „Warum hattest du überhaupt die Aufgabe … mich zu Aroc zu bringen? Was will er wirklich von mir?"

Keron vernahm leise Geräusche aus der Dunkelheit, die beinahe ein Lachen hätten sein können oder ein unterdrücktes Husten. „Ich war vielleicht jemand, der zum engsten Kreis des Ordens Zugriff hatte, aber denkst du wirklich, dass Aroc mir sein Verhalten oder seine Befehle erklärt hatte? Dass er mich väterlich in seine Pläne einweihte und mich um Rat fragte?"

Keron sah ein, dass dies in der Tat unwahrscheinlich war. „Trotzdem, du musst doch irgendeine Idee haben, was er von mir wollte?"

„Ich kann dir leider nicht sagen, was er ursprünglich im Speziellen mit dir vorhatte. Vielleicht solltest du nur unser neuer Rekrut werden, aber vielleicht hatte er auch Größeres vor. Immerhin wollte er dich sosehr in die Finger bekommen, dass er dabei riskierte, den Orden der Öffentlichkeit preiszugeben. Ich weiß, dass er schon seit längerem nach dir gesucht hatte. Vermutlich seit deiner Geburt. Aber sicher ist, dass Ryloven in großer Gefahr ist. Arocs Plan sieht vor, Almon gegen das Königreich aufzustacheln und er hat zu diesem Zwecke eine ausgezeichnete Marionette gefunden. Der Kronprinz von Almon trachtet danach, seinen Vater zu ersetzen, und Aroc hat ihm dabei Hilfe versprochen, wenn er im Gegenzug Ryloven angreifen wird. Von außen wird es aussehen, als ob ein Reich gegen das andere kämpft, und während

Ryloven beschäftigt ist sich zu verteidigen, hat Aroc alle Möglichkeiten, vom Inneren des Reiches ins Geschehen einzugreifen. Er ist auf jeden Fall fest entschlossen sich zu rächen."

Keron erbleichte, ob dieser Nachrichten eines bevorstehenden Krieges „Wann wird er seinen Plan in die Tat umsetzen?"

„Er hatte bis jetzt keinen Grund, sich zu beeilen, weil keiner von seinem Plan etwas gewusst hatte. Nun allerdings, da ich ihn verraten habe, wird er sein Vorhaben vermutlich beschleunigen oder aufgeben müssen. Ich vermute, dass er den Machtwechsel in Almon als eine Art Bürgerkrieg inszenieren wird, aber wie viel Zeit uns noch bleibt, ist schwer zu sagen. Ein halbes Jahr? Vielleicht mehr, wenn er sich wegen der jüngsten Ereignisse wieder mehr in die Schatten zurückzieht, um keinen Verdacht zu erwecken. Natürlich vorausgesetzt, dass er mich nicht vorher töten lässt", meinte Dalion schlicht und zuckte mit den Schultern, als hätte er sich mit seinem baldigen Tod bereits abgefunden.

Doch Keron konnte angesichts dieser Nachrichten nicht so ruhig bleiben. „Dann müssen wir, so schnell es geht, den König vor diesen Plänen warnen", drängte er und war schon im Begriff aufzustehen, um einen Reichsschützen zu holen.

Dalion erkannte, was Keron vorhatte, und rief ihn zurück. „Warte." Keron fror mitten in der Bewegung ein und drehte sich noch einmal zu Dalion um. „Bevor du es ihnen sagst, solltest du dir überlegen, ob dies die richtige Entscheidung ist." Keron war verwirrt. Warum sollte es nicht die richtige Entscheidung sein, Ryloven vor einem bevorstehenden Krieg zu warnen? „Es ist mir eigentlich gleich, ob sich Arocs Plan in die Tat umsetzt oder nicht, denn ich stehe nun weder auf der einen noch auf der anderen Seite. Aber nach allem, was wir wissen, könnten uns die Reichsschützen genauso feindlich gesinnt sein wie Aroc. Na ja, nicht so wie Aroc. Du verstehst schon, worauf ich hinauswill. Wir sind hier nicht gerade mit offenen Armen empfangen worden, falls es dir nicht aufgefallen ist? Außerdem, warum sollten sie dir glauben? Weil ich, ein ehemaliger Mörder und ihr Feind, es gesagt habe? Wo ist unser Beweis?"

Keron begriff nun, worauf Dalion hinauswollte, und setzte sich nachdenklich wieder hin. Hatte Aroc ihn belogen, was die Reichsschützen betraf oder wollten sie ihn doch früher oder später töten? Hatte ihn Nicolas wirklich als eine potenzielle Gefahr gesehen, die eines Tages beseitigt werden müsste? Er konnte es nicht wirklich glauben, aber wenn Aroc eines geschafft hatte, dann Keron die Augen dafür zu öffnen, dass Nicolas ihm nicht vertraut hatte. Konnte er nun darauf vertrauen, dass er auf der richtigen Seite stand, wie Dalion es ausgedrückt hatte?

„Also haben nun die Reichsschützen euer … unser Volk doch gejagt und beinahe vernichtet oder war dies auch nur eine von Arocs Lügen, um mich auf seine Seite zu ziehen?", fragte Keron schließlich.

„Über diese Geschichte weiß ich nichts, was hingegen nicht bedeutet, dass es nicht geschehen sein könnte. Es gibt viele Geheimisse in diesem Land, die der Öffentlichkeit nicht zugänglich sind. Aber du kannst ziemlich sicher von Folgendem ausgehen: Die Nah'rane sind ein Orden von Lügnern und Mördern und Aroc ist ein Monster. Alles, was er dir gesagt hat, kann eine Lüge gewesen sein. Er ist ein Meister darin, andere Leute zu manipulieren. Der Orden ist eine Legende. Wir sind Teile von Geschichten, die man sich an Lagerfeuern erzählt, um Kindern Angst zu machen. Für die meisten Menschen sind wir nur böse Geister, über die man nur mit vorgehaltener Hand spricht, und der erste Grundsatz des Ordens ist es, dies auch so zu belassen. Es ist erheblich leichter, mit einem Mord davonzukommen, wenn keiner glaubt, dass man existiert. Deshalb lauern wir auch in den Schatten. Glaubst du, wir tragen diese schwarzen Mäntel und Masken, weil sie uns so gut gefallen oder der neuesten Mode unter Dieben und Mördern entsprechen?" Erneut drang ein fast unhörbar leises Glucksen zu Keron. „Was auch immer dem Orden vielleicht angetan wurde, rechtfertigt nicht ihre Taten und gerade einmal ein Viertel der Mitglieder sind wie du, ich oder Aroc. Die meisten anderen sind gewöhnliche Menschen, die eine perverse Lust am Töten verspüren", erklärte Dalion und Keron konnte seinen Hass auf diese Leute deutlich aus seinen Worten heraushören.

„Warum hat Aroc mir dann so viel über den Orden der Nah'rane erzählt, wenn es so ein gutgehütetes Geheimnis ist?"

Dalion setzte sich nun aufrecht vor Keron hin, wobei sein Gesicht in der Dunkelheit verborgen blieb. „Mein Gott, Junge. Streng deinen Grips ein bisschen an. Er hatte natürlich nicht gedacht, dass du es jemandem erzählen würdest. Entweder hättest du dich uns angeschlossen oder dieses verdammte Monster hätte dich umgebracht. Was zweifelsohne früher oder später passiert wäre, wenn ich dich nicht dort weggebracht hätte."

„Aber warum warst du dort Mitglied, wenn du sie so gehasst hast?" Keron konnte erkennen, wie sich Dalions Mundwinkel nach unten bewegten, und erkannte zu spät, dass er vielleicht einen sensiblen Punkt erwischt haben könnte.

„Das ist eine lange Geschichte", gab Dalion knapp zurück.

Wieder war Kerons Neugierde stärker als seine Umsicht. „Da wir hier offenbar festgehalten werden, haben wir, denke ich, genug Zeit." Verdammt, immer brachte ihn seine große Klappe in Schwierigkeiten.

Dalion seufzte, gab sich einen Ruck und fing dann an zu erzählen. Vielleicht war es nicht so schlecht, dachte er sich, dass wenigstens eine andere Person von dem Heldentot seiner Eltern erfuhr, bevor er starb. Und wenn es Keron nicht verdient hatte, seine Geschichte zu hören, dann wusste er nicht, wer mehr Nutzen daraus ziehen könnte. Er begann damit, wie er zu den Nah'ranen gekommen war und wie er es gehasst hatte, für Aroc zu morden, wie er das Töten an sich gehasst hatte. Dann erzählte er ihm, wie er die Bibliothek und die Geschichte über seine Eltern entdeckt hatte. Er hatte in seinem ganzen Leben noch niemandem so viel über sich erzählt, aber es fühlte sich überraschend erleichternd an. So lange hatte er sich hinter einer Maske versteckt und in einem Netz von Lügen gelebt. Nun wusste er endlich, was mit seinen Eltern geschehen war. Es hob seine Laune beträchtlich, sich endlich jemandem anvertrauen zu können. Selbst wenn es nur darum ging, etwas Mitleid zu erhalten.

„Immerhin", dachte Dalion, „ist der Junge genauso auf der schwarzen Liste der Nah'rane, wie ich es nun bin."

Als er mit seiner Erzählung schließlich in der Gegenwart angekommen war, hörte er auf zu reden. Nun, da Keron wusste, wie Dalions Leben verlaufen war, vertraute er ihm mehr als zuvor. Der Mann vor ihm hatte bestimmt schreckliche Dinge getan, die er sich offenbar selbst nie verzeihen würde, doch es war klar, dass er im Grunde kein schlechter Mensch war, dem aber schon sehr früh in seinem Leben schreckliche Dinge widerfahren waren. Außerdem wurde Keron nun vollends bewusst, was für Konsequenzen es für Dalion hatte, sich von den Nah'ranen losgesagt zu haben, um Keron zu befreien. Er verdankte ihm sein Leben und wenn das einen Menschen nicht sympathisch werden ließ, dann wusste es Keron auch nicht. Er schwor sich, irgendwann zumindest einen Teil seiner Schuld zu begleichen.

„Was sollen wir nun also tun?", fragte Keron schließlich. „Wenn Aroc die Wahrheit über die Reichsschützen gesagt hat, dass sie Menschen mit unserer Begabung töten, dann sind wir immer noch in Gefahr. Aber wenn er gelogen hat, dann müssen wir sie unbedingt warnen. Ach, warum muss alles so kompliziert sein? Kann nicht irgendjemand mal mit der Wahrheit herausrücken?"

Dalion verstand Kerons Frustration nur zu gut, aber er konnte ihm da auch nicht wirklich weiterhelfen. „Ich kann dir nicht sagen, was wir genau sind oder ob Aroc gelogen hat. Meine Eltern starben, bevor ich es von ihnen erfahren habe. Ich lernte selber, wie es funktionierte, und wenn du nicht vorsichtig bist, zahlst du einen hohen Preis für die Macht, die es dir verleiht."

„Was für einen Preis?", fragte Keron zögerlich.

Dalion beugte sich näher an Keron heran, damit ihn das wenige Licht, das vom Eingang ihres Zeltes hereinkam, beschien. Keron zog erschrocken die Luft ein. Dalions früher so strahlende Augen waren nun milchig und blickten ihn starr an.

„Was ist passiert?"

Dalion lehnte sich zurück und verbarg sein Gesicht wieder in der Dunkelheit „So genau weiß ich es auch nicht. Ich nenne diese Kraft das innere Feuer, weil es in mir brennt und Energie verliert, wenn ich es anfache. Es ist nur eine Metapher, aber ich weiß nicht, wie ich es besser erklären soll."

Nach dem, was Keron bis jetzt wusste, lag Dalion vermutlich gar nicht so falsch, wenn er an die grüne Flamme dachte, die er in seinen *Träumen* gesehen hatte.

„Du kannst daraus unglaubliche Kräfte beziehen und Unvergleichliches tun. Wenn du jedoch zu gierig wirst oder deine Kraft zu lange einsetzt, wie ich es heute getan habe, dann benützt es deine eigene Lebenskraft, um weiter zu brennen. Es verwendet dich sozusagen als Brennmaterial. Wenn du dann aufhörst, dein inneres Feuer zu benützen, kompensiert es nicht mehr deine Schmerzen und die anderen Nebenwirkungen. In meinem Fall habe ich die Kraft verwendet, um besser zu sehen und mich schneller bewegen zu können, und nun da ich es zu lange benutzt habe, verschlechtert sich meine normale Sehkraft."

„Kommt sie irgendwann wieder zurück?"

„Wenn man es nicht zu sehr übertreibt, schon, aber es dauert seine Zeit und dein Körper ist derweilen extrem geschwächt. Man muss auch aufpassen, die Energie, die einen durchströmt, nicht auf einmal loszulassen, denn dann kann es passieren, dass dein Körper nicht damit umgehen kann und du das Bewusstsein verlierst. Es gibt sogar das Gerücht, dass man, wenn man das innere Feuer unnatürlich lange und stark aufrechterhält, stirbt, weil es die Lebensenergie des Benutzers konsumiert. Aber da bin ich mir nicht so sicher. Wie gesagt, habe ich es mir selbst beigebracht und kann daher nur spekulieren", erklärte Dalion. „Wenn du wirklich meinen Rat willst, dann sollten wir, wenigstens für den Moment, abwarten. Wir wissen nicht, was die Reichsschützen mit uns vorhaben, ich bin in meinem Zustand nicht zu viel zu gebrauchen und du weißt nicht, wie du deine Kraft benützt."

Dalion sprach da einen wichtigen Punkt an, der Keron nun schon seit ihrer Flucht beschäftigte. Bis jetzt hatte „die Kreatur" oder das „innere Feuer" in ihm, ihm immer Kraft verliehen, wenn er in Gefahr war, Bei ihrer Flucht hingegen, hatte er überhaupt nichts gespürt. Es war merkwürdig. Seit jenem Tag, der nun schon eine Ewigkeit zurückzuliegen schien, an dem die Kraft in ihm erwacht war und er den Banditen getötet hatte, hatte er immer ein gewisses Kribbeln gespürt, wenn er sich konzentriert hatte. Aber sosehr er auch in sich hineinhorchte, er fühlte absolut gar nichts, außer seine schmerzende Schulter, wo ihn die Keule erwischt hatte, und seine anderen Wunden, die er erlitten hatte, als er vom Pferd gestürzt war. Es war, als wäre die Kraft in ihm verschwunden. Er hatte sich nie gedacht, dass er dieses Kribbeln in seinem Bauch je vermissen würde. Er entschied, Dalion vorerst nichts davon zu erzählen.

Stille breitete sich aus und Keron merkte, wie müde er eigentlich war. Seine Augenlider wurden schwerer und schwerer, aber aus irgendeinem Grund wollte er nicht einschlafen. Leise Schritte und gemurmelte Worte, die er nicht verstand, drangen an sein Ohr. Keron wunderte sich, warum kein Feuerschein zu ihnen ins Zelt drang. Wenn er nicht ganz so müde gewesen wäre, hätte er vielleicht erkannt, dass sie ein Feuer schon von weitem verraten hätte. So allerdings, gelangte er nicht zu diesem Schluss.

Plötzlich hörte er lautere Geräusche. Er bewegte sich noch etwas weiter auf den Zelteingang zu, um die Stimmen besser hören zu können. Zwei Reichsschützen unterhielten sich vor seinem Zelt. Der eine sprach mit einer tiefen, rauen Stimme, die nicht so leicht zu verstehen war, weil er einen Akzent besaß. Keron konnte nicht erkennen, aus welchem Land er stammte. Die andere Stimme klang um einiges jünger als die erste. Keron lauschte am Zelteingang. Ein ganz besonderes Wort hatte seine Aufmerksamkeit erweckt.

„Na, du weißt schon, der andere Junge, der zuletzt mit Nicolas gesehen wurde. Wie hieß der noch?", fragte die jüngere Stimme interessiert.

„Keine Ahnung. Wollo oder so?", antwortete ihm der andere nach einer kleinen Pause.

„Ja genau, den meine ich. Hast du schon gehört, was mit ihm passiert ist?"

Keron lauschte nun genau und rutschte noch etwas näher an den Zelteingang, um die nächsten Worte der Männer nicht zu verpassen. Wollo? Meinten sie Will? Was war nur mit seinem Freund geschehen? Das letzte Mal hatte er Will gesehen, als dieser von einem Schlag getroffen zu Boden ging. Damals hatte es nicht so wild ausgesehen, aber vielleicht war er doch schwerer verletzt worden. Kerons Herz schlug schneller und es kam ihm wie eine Ewigkeit vor, bevor der Reichsschütze mit der tiefen und rauen Stimme antwortete.

„Ja, hab ich schon mitbekommen. Schlimme Sache …"

Panik stieg in Keron auf und er stolperte aus dem Zelt. Dort waren keine Wachen, um ihn aufzuhalten. Nur die beiden Reichsschützen. Der eine hatte etwas dunklere Haut als der andere und sah im Allgemeinen etwas verwildert aus. Er hatte einen Bart, der nicht besonders gut gestutzt war, und sah ihn etwas verwundert an. Der jüngere der beiden allerdings war überhaupt nicht überrascht, sondern grinste und besah Keron mit diesem wissenden Blick. Normalerweise hätte ihn das gestört, aber in diesem Moment interessierte Keron mehr, was mit Will geschehen war.

„Sagt mir, was mit Will geschehen ist. Geht es ihm gut? Nun antwortet schon", drängte Keron, jedoch erhielt er zunächst keine Antwort. Der ältere Reichsschütze ging einfach, ohne ein weiteres Wort zu sagen, woraufhin Keron den jüngeren der beiden anstarrte, der schließlich doch antwortete.

„Wenn du die Antworten auf deine Fragen wissen willst, dann folge mir", sagte der junge große Reichsschütze mit einem zufriedenen Lächeln. Dann drehte er Keron den Rücken zu und marschierte davon.

Keron wunderte sich, warum er es ihm nicht sofort sagen konnte, aber wenn er so herausfinden würde, was mit Will passiert war, dann sollte es eben so sein. Schnell folgte er dem Reichsschützen durchs Lager. Währenddessen versuchte er fieberhaft die Gedanken an die Unzahl der schlimmen Dinge zu verdrängen, die ihm durch den Kopf gingen. Schließlich wurde ihm der Eingang zu einem der größeren Zelte im Lager aufgehalten und Keron schlüpfte hinein. Im Inneren war es durch den Schein der brennenden Kerzen hell und Keron musste die Augen zusammenkneifen, bis er sich an die neuen Lichtverhältnisse gewöhnt hatte. Er hatte vor allem nicht damit gerechnet, weil es außerhalb des

Zeltes nicht danach ausgesehen hatte. Durch das Material, aus dem diese Zelte bestanden, drang so gut wie kein Licht hindurch.

Der junge Reichsschütze wies Keron an, hier zu warten, während er zu dem kleinen Tisch hinüberging, wo sich der Mann, der sie hier ins Lager gebracht hatte, und ein weiterer Reichsschütze, wie Keron an seiner Kleidung erkannte, über eine Karte gebeugt hatten und leise miteinander diskutierten. Der Reichsschütze, der vier oder fünf Jahre älter war als Keron selbst, ging zu dem bärtigen Reichsschützen und flüsterte ihm etwas ins Ohr, woraufhin dieser aufblickte und zu Keron hinübersah.

„Wie ich von meinem jungen Freund hier gerade gehört habe, wurde Eure Identität bereits bestätigt. Keron Adrin, Schüler von Sir Nicolas Tirion", sagte der Mann und wandte sich wieder der Karte auf dem kleinen runden Holztisch zu.

Keron war für einen Moment überrascht. Der junge Reichsschütze, der komplett gerade dastand und wie das Ebenbild eines tüchtigen Soldaten aussah, lächelte Keron immer noch mit diesem wissenden Blick an. Der Mann, der die Truppe angeführt hatte, die sie hierherbrachte, nahm keine große Notiz von Kerons Anwesenheit und der bärtige, schon etwas ältere Reichsschütze, der offenbar ihr Anführer war, blickte ebenfalls nicht mehr von seiner Karte auf. Alles in allem eine seltsame Truppe, wenn man bedachte, dass er in dieses Zelt gebracht worden war. Hatte wirklich keiner der drei Reichsschützen ihm etwas zu sagen?

„Wieso glaubt Ihr auf einmal, dass ich die Wahrheit darüber gesagt habe, wer ich bin?", fragte Keron schließlich.

„Mmmh." Der Anführer der Reichsschützen zupfte sich an seinem Bart und beantwortete Kerons Frage ganz beiläufig, als würde er sich in Gedanken mit etwas ganz anderem beschäftigen. „Arius hatte die Idee, dich ganz zufällig hören zu lassen, dass etwas mit Will nicht in Ordnung war. Wir dachten, dass ein Spion keine echte Sorge empfinden würde."

„Also war es nur ein Bluff und Will geht es gut."

„Ja, in der Tat, oder zumindest haben wir nichts Gegenteiliges über seinen Gesundheitszustand gehört", erklärte er ohne aufzusehen.

Kerons Sorge um Will schwand sogleich und wurde durch Ärger ersetzt. War es wirklich nötig, ihn so zu erschrecken und ihn glauben zu lassen, dass sein bester Freund womöglich in Lebensgefahr war? Aber es war nicht der richtige Augenblick, um sich darüber zu beschweren.

Keron versuchte seinen Ärger zu verstecken und räusperte sich. „Also, was werden wir als nächstes tun?"

Dieses Mal sah der alte Reichsschütze auf und wandte sich von dem kleinen Tisch ab. „Es war unsere Aufgabe, dich zu finden, und da wir sie nun offenkundig erfolgreich erledigt haben, bringen wir dich zu Nicolas. Er ist in einem Lager zwei Tagesreisen von hier entfernt. Wir brechen bei Morgengrauen auf."

„Und wenn wir Nicolas gefunden haben? Was passiert dann mit mir und Dalion?", fragte Keron misstrauisch.

„Junge, wir haben dir gerade das Leben gerettet. Ein bisschen Dankbarkeit wäre angebracht."

Irgendwie kam Keron diese Situation schmerzlich bekannt vor. Ein unbekannter Mann gibt vor ihn gerettet zu haben und behandelt ihn wie einen Gefangenen. Waren die Reichsschützen genauso wie Aroc? Kerons Blick verfinsterte sich und er starrte den Reichsschützen an.

Dieser seufzte und umrundete den Tisch, der zwischen ihnen stand. „Wenn es dir so wichtig ist. Wir bringen dich zu Nicolas und er wird dich wieder als Schüler aufnehmen, nehme ich einmal an. Immerhin warst du es wert, dass wir eine verdammte Ewigkeit nach der Nadel im Heuhaufen gesucht haben. Normalerweise werden nicht so viele Reichsschützen losgeschickt, um irgendeinen Jungen zu retten." Kerons Meinung über den Mann vor ihm verschlechterte sich zunehmend, was man ihm offenbar ansehen konnte. „Es ist nicht böse gemeint", versicherte er schnell. „Aber es ist doch recht ungewöhnlich. Und was mit dem Kerl passiert, der mit dir reist, kann ich dir nicht sagen. Auf jeden Fall werden wir ihn mitnehmen und dann wird über sein Schicksal entschieden."

Keron mochte den Ton in der Stimme des Mannes ganz und gar nicht. Keron hatte irgendwie das ungute Gefühl, dass er schon genau wusste, was mit Dalion passieren würde, und es war nichts Gutes.

„Wenn ich Euch richtig verstanden habe, sind wir demnach Eure Gefangenen."

„Oh nein. Da wir nun wissen, wer Ihr seid, dürft Ihr Euch frei bewegen, solange Ihr in unserem Lager bleibt. Aber was diesen Mörder angeht, habt Ihr recht", stellte er geradeheraus fest.

„Dieser Mörder, wie Ihr ihn nennt, hat mir zufällig das Leben gerettet und nun wird es ihm mit Feindseligkeit und einem Dasein als Gefangener vergolten. Ist dies die Art, wie man mit Freunden bei den Reichsschützen umgeht?"

„Freunden?!", brachte der Mann ungläubig heraus. „Er wird wie ein Feind behandelt, weil er einer ist. Er trägt ihre Kleidung und ihre Waffen." Der Mann deutete mit der Hand auf die Dolche mit den rötlichen Klingen, die hinter ihm auf dem Tisch lagen." Er ist kein Freund und daher wird er auch nicht wie einer behandelt."

„Ich vertraue ihm!", gab Keron schnippisch zurück und Keron sah aus den Augenwinkeln, wie das Lächeln auf den Lippen des jungen Reichsschützen von einem Moment auf den anderen verschwand.

„Mein lieber Herr Adrin. Ich vertraue ihm nicht und ehrlich gesagt habe ich genug von Euch. Es interessiert mich überhaupt nicht, wem Ihr vertraut und wem nicht. Die einzige Meinung, die hier etwas bedeutet, ist meine und wenn ich nach Eurem Rat verlange, werde ich es Euch wissen lassen." Er wartete gespannt darauf, ob Keron noch etwas erwiderte, doch dieser blieb stumm. „Und nun schaff ihn mir aus den Augen, Arius", befahl er.

Der junge Reichsschütze führte seinen Auftrag sogleich gewissenhaft aus und drängte Keron sanft, aber bestimmt aus dem Zelt.

Kerons Begleiter sprach erst wieder, als sie sich einige Schritte von dem Zelt entfernt hatten, aus dem sie gerade gekommen waren. Er drehte sich einmal um sich selbst und sah Keron mit entschlossenem Blick an. „Du hättest nicht so mit ihm reden dürfen. Er vertraut dir ohnehin nicht und du vergrößerst seine Zweifel mit deinem Verhalten nur unnötig."

Doch Kerons Blut kochte noch immer zu sehr, um sich die Warnung, die in den Worten des jungen Reichsschützen verborgen war, zu Herzen zu nehmen und sich das nächste Mal besser zu benehmen. „Pah!“, rief Keron aus. „Du kennst doch bestimmt Nicolas, nicht wahr?“ Keron kannte die Antwort schon, bevor er sie erhielt. Jeder Reichsschütze schien zu wissen, wer Nicolas war, also musste er ihn ebenfalls kennen.

„Na ja, natürlich nicht persönlich“, antwortete er zögernd, wich Kerons Blick aber nicht aus.

„Nein? Ich schon und er hatte mir einmal etwas gesagt, was ich seither nie wieder vergessen habe: Die richtige Entscheidung zu treffen, ist oftmals ein schwieriges Unterfangen. Manchmal scheint es sogar so, als ob es keine richtige Entscheidung gibt. Wenn du aber mit den Entscheidungen, die du triffst, und dir selbst gut leben kannst, dann hast du schon einen großen Schritt in die richtige Richtung getan“, Keron legte eine kurze Pause ein. „Und ich kann nicht mit dem Wissen leben, dass der Mann, der mir das Leben gerettet hat, wie ein Gefangener behandelt wird oder schlimmer, anstatt ihm die nötige Dankbarkeit zu zeigen.“

„Na ja, verzeih mir, aber mir scheint, dass Nicolas so etwas sehr leicht sagen kann, weil er einer der einflussreichsten Männer im Reich ist und er vermutlich die Männer, denen er Rechenschafft schuldig ist, an einer Hand abzählen kann. Dein und mein Wohlbefinden liegen allerdings oft in den Händen größerer Männer und Frauen als wir. Und in diesem Moment liegt die Entscheidung über deine Loyalität in den Händen des Mannes, dem du gerade nicht mit dem ausreichenden Respekt begegnet bist.“

Nun grinste Keron, weil er sich daran erinnerte, wie das Gespräch mit Nicolas weiter verlaufen war. „So etwas Ähnliches habe ich Nicolas ebenfalls geantwortet, als er mir diese ‚Weisheit‘ das erste Mal erzählt hatte. Er meinte daraufhin, dass der Tag möglicherweise kommen wird, an dem ich mich entscheiden müsse, ob ich das tue, was mir befohlen wird, oder ob ich zu dem stehe, was ich für das Richtige erachte. Vielleicht hatte er im Nachhinein gar nicht so unrecht.“

Arius sah den belustigten Keron für einen Moment besorgt an, weil in seiner Antwort kein Funke von Reue auszumachen war.

„Könnte ich ein Blatt Papier, Tinte, eine Feder und eine Kerze bekommen?", fragte Keron schließlich, nachdem Arius nichts weiter zu ihrem vorherigen Thema sagen wollte.

„Natürlich, aber wofür?", antwortete dieser leicht verwirrt, ob des plötzlichen Themenwechsels.

„Natürlich, um eine Suppe zu kochen", gab Keron sarkastisch zurück. „Ich möchte einen Brief schreiben." Arius wollte ihn noch fragen, warum er denn ausgerechnet jetzt einen Brief schreiben musste und an wen dieser gerichtet sei, aber Keron setzte sich wieder in Bewegung und ging an den Zelten der Reichsschützen vorbei. Arius folgte ihm und bat ihn einen Moment zu warten, als sie an seinem Zelt vorbeikamen. Er holte die Sachen daraus hervor, die Keron genannt hatte, und übergab ihm außerdem noch einen Mantel. Er sah etwas mitgenommen aus, dennoch würde er reichen, um ihn warm zu halten. Er trug nämlich noch genau dieselbe dünne Kleidung, die er während seiner Gefangenschaft getragen hatte. Außerdem bot er Keron an, die Nacht in einem anderen Zelt zu verbringen, allerdings lehnte er diesen Vorschlag vehement ab. Er würde seine Zeit im Lager der Reichsschützen lieber in Dalions Gesellschaft verbringen, als ihn wie einen Gefangenen zurückzulassen. Wenn es für seinen Retter gut genug war, so sollte es auch für ihn ausreichen.

„Wie du willst", gab Arius gleichgültig zurück. „Ich halte in der Nacht am nördlichen Rand des Lagers Wache, wenn du noch etwas brauchst. Ich wäre etwas Gesellschaft nicht abgeneigt", erklärte er. Keron wies dieses Angebot fürs Erste ab und verabschiedete sich von dem jungen Reichsschützen.

Als Keron zurück zu dem Zelt ging, in dem Dalion lag, spürte er förmlich die Blicke der Männer und Frauen, die ihn beim Vorbeigehen musterten. Es war kaum ein freundliches Gesicht unter ihnen. Er fühlte sich ausgesprochen unwohl. Noch vor gar nicht so langer Zeit hätte er ihre Gesellschaft genossen. Er hätte sich ihre Geschichten angehört und mit Begeisterung mit ihnen gesprochen. Doch nun hatte sich etwas verändert. Er hatte sich verändert. Nun stand keine Wache mehr vor dem Zelteingang, aber vermutlich machte es keinen großen Unterschied. Man glaubte vermutlich nicht, dass sie ungesehen aus dem Lager fliehen konnten. Vermutlich gab es genug Augenpaare, die in den Schatten der Bäume verborgen waren.

Die Temperaturen waren hier im Süden zwar bei weitem angenehmer als im Norden, dennoch war auch hier in der Nacht zu spüren, dass der Winter noch nicht vorbei war. Dementsprechend war er froh über den Mantel, den Arius ihm überlassen hatte. Nachdem Keron in das Zelt gekrochen war, setzte er sich auf die Decke, die sie bekommen hatten, und wickelte den Mantel enger um sich. Er schlang seine Arme um seine Schienbeine und wippte nachdenklich vor und zurück. Er überlegte, was er Dalion sagen sollte, wenn er aufwachen würde. Er versuchte sich Worte und einen Plan zurechtzulegen, aber ihm wollte nichts einfallen, was wirklich überzeugend war. Wie gerne hätte er an einem warmen Feuer gesessen und sich etwas aufgewärmt, jedoch hatte er die Hilfe der Reichsschützen abgelehnt und konnte nun keinen Rückzieher machen. Wenn sie Dalion diese Möglichkeit verwehrten, dann galt dies ebenfalls für ihn.

Keron fuhr erschrocken zusammen, als aus dem hinteren Teil des Zeltes plötzlich Dalions Stimme erklang. Er blickte zu ihm hinüber und musste erkennen, dass er gar nicht so fest schlief, wie Keron zuerst angenommen hatte, als er das Zelt betreten hatte.

„Wie bitte?", fragte Keron nach, der vor Schreck vergessen hatte, was Dalion eigentlich zu ihm gesagt hatte.

„Was haben sie gesagt?", fragte Dalion erneut und seine Stimme klang etwas rauer, als Keron es gewohnt war. Offenbar wirkten sich die Nachwirkungen der inneren Flamme nicht nur auf Dalions Augen aus.

„Sie wollen uns zu Nicolas bringen. Er ist offenbar zwei Tagesreisen von unserer derzeitigen Position entfernt. Wo auch immer ‚hier' eigentlich ist", erklärte Keron. „Und dann …", Kerons Stimme versagte. Er hatte noch nie jemandem so eine Nachricht überbringen müssen, aber offenbar ahnte Dalion schon, was mit ihm geschehen sollte.

„Und dann werden sie mich verhören. Wenn es notwendig ist, sogar foltern, damit ich ihnen auch wirklich alles sage, was sie wissen wollen. Und wenn ich nur noch eine lebende Leiche bin und keinen Nutzen mehr habe, beenden sie mein Leben. Vielleicht sogar öffentlich", überlegte Dalion laut. Doch dann korrigierte er sich selbst. „Nein, vermutlich riskieren sie keine öffentliche Hinrichtung, weil die tatsächliche Existenz der Nah'rane vermutlich Panik auslösen würde. So ungefähr wird es zumindest ablaufen. So edel ein Reich sich auch geben mag, wenn es bedroht wird, werden Bedenken schnell über Bord geworfen und seine Taten werden mit so netten Worten, wie ‚für das größere Wohl', gerechtfertigt. So etwas in der Art haben sie vor, nicht wahr?", fragte Dalion, doch Keron übte sich weiterhin in Schwiegen.

Natürlich war es das, was zweifelsohne passieren würde, wenn sich seine Situation nicht schnell änderte. Immerhin war er ein Teil einer Organisation gewesen, die mehr Legende als Wirklichkeit war. Die Reichsschützen konnten sich so eine Gelegenheit vermutlich nicht entgehen lassen, um mehr über sie herauszufinden. Was hatten sie vor? Wie viele waren sie? … Fragen über Fragen und Dalion war der Schlüssel zu ihren Antworten. Es war eine verständliche Vorgehensweise. Bei solchen Dingen darf man sich nichts vormachen.

Schließlich fand Keron seine Stimme doch wieder und zog Dalions Aufmerksamkeit auf sich. „Ich habe mir überlegt, dass wir es erst gar nicht so weit kommen lassen", erklärte er. Nun war Dalion doch etwas überrascht. Es stimmte, dass er dem Jungen sein Leben gerettet hatte, aber viele Menschen vergaßen so etwas sehr schnell, sobald sie wieder in Sicherheit waren und diese womöglich verlieren könnten. Er hatte nicht gedacht, dass er noch zu Dalion stehen würde, sobald er nicht mehr auf seine Hilfe angewiesen war. Er könnte sich einfach den Reichsschützen anschließen und Dalion seinem Schicksal überlassen. Immerhin war er es, der ihn entführt hatte. Viele Menschen, die er kennengelernt hatte, würden Keron einen Narren nennen. Loyalität war etwas, was einem sein Leben oft nicht gerade einfacher machte.

Man überlegte länger, wenn man sich um sich selber kümmerte und keinen weiteren Gedanken an Menschen verschwendete, die es aus eigener Kraft nicht schafften.

Die Nah'rane sahen von außen vielleicht so aus, als würde sie etwas verbinden, aber eigentlich traute niemand von ihnen dem anderen über den Weg. Sie würden sich alle gegenseitig verkaufen, wenn sie sich selbst damit retten konnten. Es war schon ewig her, dass sich jemand um sein Wohlergehen gekümmert hatte. Er hatte beinahe vergessen, dass es Menschen gab, die noch so dachten. Aber wenn man sein halbes Leben unter Lügnern und Mördern verbrachte, war so etwas vermutlich zu erwarten. Dalion war sich nicht ganz sicher, ob er Keron nicht selbst für einen naiven Narren hielt.

„Was hast du dir denn vorgestellt?", fragte Dalion trotzdem und setzte sich auf. Vielleicht war Keron der erste seit einer Ewigkeit, dem er wieder vertrauen konnte. Sein Leben hatte ihm bis jetzt jedoch etwas anderes beigebracht. Hin und wieder dauerte es zwar länger, am Ende kam der Verrat allerdings so sicher wie der nächste Morgen. Zu großes Vertrauen konnte eine tödliche Schwäche sein.

Die Kerze, die Keron mitgebracht hatte, warf ein flackerndes Licht auf Dalion und ließ ihn mit seinen weißen, milchigen Augen wie ein lebender Toter aussehen. Er sah auch etwas dünner und kränklicher aus als noch vor einem Tag. Keron zuckte mit den Schultern. „Na ja. Abgesehen davon, dass ich überhaupt keine Idee habe, wohin wir fliehen sollten, haben wir noch ein weiteres Problem. Wir sitzen in einem Lager der Reichsschützen fest und ich würde es bevorzugen zu entkommen, ohne jemanden zu verletzen, falls Aroc doch gelogen hatte, was ihre Intentionen und Hintergründe betrifft."

„Weil du dieses Thema gerade ansprichst. Ich wüsste vielleicht jemanden, der uns bei der Frage um die Vergangenheit weiterhelfen könnte. Und wenn er selber nichts über unser Volk weiß, dann besteht zumindest eine reelle Chance, dass er uns zu jemandem bringen kann, der etwas weiß. Mir ist klar, dass es nicht viel ist, aber da wir nichts wissen, was besser ist, ist es, denke ich, einen Versuch wert. Dafür müssten wir allerdings nach Reduna gelangen."

„Na gut. Das hört sich zumindest nach einem Plan an, aber dann hätten wir immer noch das kleine Problem, dass wir von Reichsschützen umgeben sind. Wie sollen wir entkommen?", fragte Keron.

Beide schwiegen für einen Moment, dann begann Keron erneut leise zu sprechen. „Ich habe gerade einen jungen Reichsschützen kennengelernt, der am nördlichen Rand des Lagers Wache hält. Ich denke, dass ich ihn überzeugen könnte uns gehen zu lassen. Trotzdem können wir ihn nicht einfach rufen. Dann würden alle denken, dass er sich mit uns verschworen hätte. Was bedeutet, dass wir erst einmal zu ihm kommen müssten. Aber wenigstens gäbe es dann eine Lücke in den Reihen der Reichsschützen, die wir nützen könnten, um zu entkommen."

„Bist du dir sicher, dass er nicht einfach Alarm schlagen wird und uns damit verrät? Es ist ein großes Risiko, das wir eingehen. Wir haben vielleicht nur eine Chance, um zu entkommen, und wenn wir einmal geschnappt worden sind, werden sie uns bestimmt keine weitere Fluchtmöglichkeit bieten", gab Dalion zu bedenken.

„Ich denke, dass er uns helfen wird, wenn ich ihn überzeugen kann, dass es auch im Sinne von Nicolas geschieht. Ich glaube nicht, dass er mit dem Handeln des Anführers dieser Gruppe von Reichsschützen ganz einverstanden ist. Es könnte funktionieren, doch dafür müssten wir erst einmal ungesehen aus diesem verdammten Zelt verschwinden."

Nun entstand ein breites Lächeln auf Dalions Gesicht. „Das wird unser kleinstes Problem sein. Ich habe uns im Handumdrehen hier heraus. Wir machen es, wie du meinst, aber ich hoffe wirklich für uns beide, und vor allem für mich, dass du deinen kleinen Freund richtig einschätzt. Wenn nicht, könnte dies nämlich ein kurzer Fluchtversuch werden."

Mit diesen Worten zog Dalion seinen linken Stiefel aus und griff mit der Hand hinein. Er löste einen Teil des Fußbettes und zog es heraus. Dann drehte er den Stiefel auf den Kopf und etwas Kleines fiel in seine offene Hand. Keron kam mit dem Kopf näher heran, um zu sehen, was Dalion mit einem Lächeln hochhielt. Es war ein Stück geschärftes Metall. Eine sehr flache Klinge eines Messers ohne Griff. Es war einfach nur ein geschärftes Blatt aus Metall. Dalion war wirklich immer für eine Überraschung gut, dachte Keron.

Während Dalion sich an die Arbeit machte und so leise wie möglich begann eine Öffnung in die hintere Zellwand zu schneiden, fing Keron damit an, einen Brief an Nicolas zu schreiben. Er schrieb ihm alles, was er von Dalion über die Nah'rane erfahren hatte. Auch wenn er den Reichsschützen nicht mehr voll vertraute, musste er sie einfach vor dieser Gefahr warnen. Außerdem erklärte er, dass er aus freien Stücken mit Dalion mitgegangen war und dass er nicht weiter nach ihm suchen solle. Es gehe ihm gut und er solle Will genau das sagen. Zum Schluss versprach er noch, dass sie sich eines Tages bestimmt wiedersehen würden.

Es war nicht leicht für Keron, sich von seinem Meister, der ihm wirklich ans Herz gewachsen war, so einfach abzuwenden, aber er konnte es nicht riskieren, Nicolas zu sagen, wohin sie reisten. Er hoffte, dass Nicolas tun würde, worum Keron ihn bat. Nachdem er den Brief unterschrieben hatte, steckte er ihn in seine Jackentasche und krabbelte zu Dalion hinüber, der nun einen Schlitz in den Zeltstoff geschnitten hatte, damit sie sich hindurchquetschen konnten. Er durfte nicht zu groß sein, damit ihr Verschwinden möglichst lang unbemerkt blieb.

Draußen angelangt, drückten sie sich in das feuchte Laub und Gras und versuchten ihren Körper während des Robbens so nah wie möglich am Boden zu halten, um keinen zu großen Umriss erkennen zu lassen. So leise, wie es ihnen möglich war, krochen sie auf den Bäuchen um das Lager herum, um zum nördlichen Rand zu gelangen, wo sie hofften den jungen Reichsschützen zu finden.

Nachdem sie ihr Ziel fast erreicht hatten, blieb Keron das Herz stehen. Er sah, wie sich ihm eine Person näherte. Er wollte Dalion warnen, der vor ihm kroch, aber er wusste nicht, wie er es tun sollte, ohne die Person auf sie aufmerksam zu machen. Die

Gestalt kam immer näher und Keron drückte sich nun auf den Boden und versuchte absolut stillzuhalten. Nichts hätte ihn nun schneller verraten als eine unüberlegte Bewegung oder ein Zucken. Sein Herz pochte wie wild und er rechnete jeden Moment damit, dass ihn die Person entdecken würde. Eine zweite Chance zur Flucht würde es zweifellos nicht geben. Keron konnte nun hören, wie das Laub der Bäume unter den Schritten des Reichsschützen knirschte. Acht Schritte entfernt, sieben, sechs. Keron presste sein Gesicht in den Boden und versuchte so leise zu atmen, wie er nur konnte. Jedes Mal, wenn er Luft ausblies, hörte es sich unglaublich laut an und natürlich verspürte er genau in diesem Moment den Drang, sich zu erleichtern. Vier Schritte entfernt, drei, zwei. Der Reichsschütze stapfte zwei Meter neben ihm in den Wald und blickte zu Kerons Glück nicht nach unten. Sein Blick war auf die Bäume gerichtet, zu denen er gehen wollte, um, so vermutete Keron, dem Ruf der Natur zu folgen. Nachdem er sich weit genug von Keron entfernt hatte, fing dieser wieder an weiterzurobben. Sein Herz schlug nun wieder etwas langsamer, allerdings war er immer noch bis zum Zerreißen angespannt.

Er konnte Dalion nicht mehr vor sich sehen, aber nach einigen Minuten tauchte er wieder neben ihm auf. Die Nah'ranen hatten nicht umsonst den Ruf, wie lebendige Schatten zu sein. Nicolas hatte ihm und Will zwar angefangen beizubringen, wie man sich lautlos fortbewegte, im Gegensatz zu Dalion jedoch hörte sich Keron an, als würde er durch den Wald rennen. Jedes Mal, wenn ein trockener Ast unter Kerons Gewicht brach, schreckte er zusammen und erwartete gleich ein halbes Dutzend Pfeile in seinem Rücken zu spüren. Dalion hingegen bewegte sich so lautlos, als wäre er selbst ein Teil der Nacht und des Waldes. Hin und wieder verschmolz er regelrecht mit der Umgebung, wie Nicolas es immer getan hatte. *„So unterschiedlich die Nah'rane und Reichsschützen auch sein mögen, in einigen Dingen ähneln sie sich sehr"*, dachte Keron, als sie endlich die Baumgruppen am nördlichen Rand des Reichsschützenlagers erreicht hatten.

Im Schutz der dicht stehenden Bäume bewegten sie sich nun etwas schneller, aber genauso vorsichtig voran. Da sie wussten, wonach sie Ausschau halten mussten, entdeckten sie den Wache haltenden Reichsschützen bald und bewegten sich langsam von hinten auf ihn zu. Er hatte sich für Kerons Begriffe einen sehr guten Ort zum Wache halten ausgesucht. Er kniete mit dem Bogen in der Hand hinter einem umgestürzten Baumstamm und linste über ihn hinweg. Der Baumstamm würde dafür sorgen, dass er einen möglichen Angreifer sehen konnte, bevor er selbst entdeckt werden würde. Da er aber nicht damit rechnete, dass sich jemand von der anderen Seite an ihn heranschleichen konnte, bemerkte er sie erst, als sich Dalion hinter ihn bewegte und ihn in einen Klammergriff nahm. Seine linke Hand hielt den Mund des Reichsschützen verschlossen, damit er nicht um Hilfe rufen konnte, und Dalions rechte Hand hielt sein rechtes Handgelenk fest im Griff, damit er seinen Bogen nicht benutzen konnte. Keron vernahm einen erstickten überraschten Aufschrei und dann rangelten sie für eine kurze Zeit, doch Dalion machte dies offenbar nicht zum ersten Mal und ließ ihm keine Chance, sich aus seinem Griff zu winden. Als nun Keron in Arius' Blickfeld trat, hörte dieser auf sich zu wehren und beäugte Keron misstrauisch.

„Also gut. Dalion wird nun seine Hand von deinem Mund entfernen, wenn du versprichst nicht gleich loszuschreien. Wir werden dir nichts tun und wollen nur mit dir reden. Du kannst uns auch noch verraten, nachdem du uns angehört hast. Wenn du mit den Bedingungen einverstanden bist, nicke", flüsterte Keron so laut, dass er ihn gerade noch verstehen konnte.

Arius nickte und Keron gab Dalion das Zeichen, seine linke Hand wegzunehmen, aber er hielt ihn trotzdem noch so fest, dass er sich kaum rühren konnte. „Was wollt ihr?", fragte Arius und sein Ton war nicht gerade freundlich. Allerdings würde vermutlich jeder so reagieren, wenn man ihn aus dem Nichts von hinten angriff.

„Wir werden nicht zu Nicolas gehen. Wir werden verschwinden, weil wir noch etwas anderes zu erledigen haben, bevor wir ihm gegenübertreten können. Es ist eine lange Geschichte, aber ich versichere dir, dass es notwendig ist. Wir dürfen keine Zeit verlieren", fing Keron an zu erklären.

„Also bist du doch nicht der Keron, den wir seit Wochen in dieser trostlosen Gegend suchen. Denn der Keron, von dem ich gehört habe, würde liebend gern zu Nicolas gebracht werden", zischte Arius.

„Das stimmte. Die Person, die ich früher einmal gewesen war, hätte nichts lieber gewollt, als zu Nicolas zurückkehren zu können. Andererseits ist seither vieles passiert und ich bin nicht mehr der gleiche wie früher. Es ist schon merkwürdig, wie schnell sich jemand ändern kann."

„Doch, ich bin dieser Keron und deshalb möchte ich auch, dass du Nicolas diesen Brief gibst." Mit diesen Worten zog er das zusammengefaltete Stück Papier aus seiner Tasche, das Arius ihm selbst gegeben hatte, und hielt es ihm vors Gesicht, damit er sehen konnte, was Keron in der Hand hatte. „In diesem Brief stehen überaus wichtige Informationen, die für das ganze Königreich Ryloven von Bedeutung sind. Ich möchte ihn dir anvertrauen, weil ich diesen Idioten dort im Lager nicht vertraue. Du sollst ihn immer bei dir tragen, bis du ihn Nicolas übergeben hast. Zeige niemandem, was darin steht, und erwähne am besten auch nicht, dass du ihn bei dir hast. Hast du verstanden? Es ist unbeschreiblich wichtig, dass nur Nicolas diesen Brief liest." Nun war sein Blick schon etwas freundlicher, aber er vertraute ihnen immer noch nicht. „Also, unser Plan sieht vor, dass du den Brief an dich nimmst und Alarm schlägst, sobald wir einen Vorsprung haben, damit kein Verdacht auf dich fällt, dass du uns geholfen oder nicht aufgepasst hättest."

Dalion rollte mit den Augen, was Keron allerdings in der Dunkelheit nicht sehen konnte. Dieser Teil des Planes war von Keron gewesen, weil er nicht wollte, dass Arius in Schwierigkeiten kam. Dalion hielt dies einfach nur für närrisch. Warum sollte man auch noch dafür sorgen, dass Alarm geschlagen wurde, wenn man unbeobachtet fliehen konnte? Aber Keron war in diesem Punkt unnachgiebig geblieben und hatte gemeint, dass sie dann ohnehin schon weit genug weg sein würden.

„Warum sollte ich euch helfen?", fragte Arius schließlich. Keron hatte mit dieser Frage gerechnet und sich eine Antwort zurechtgelegt. Er hoffte, dass sie ihn überzeugen würde. Ansonsten müssten sie zu ihrem Ausweichplan übergehen und der wäre nicht so angenehm für Arius. „Würdest du es tun, wenn Sir Nicolas es dir befehlen würde?"

„Natürlich, aber …"

„Eben. Ich versichere es dir als sein Schüler, dass es im Sinne der Reichsschützen passiert und dass Nicolas es verstehen wird, sobald du ihm diesen Brief übergibst. Ich habe ihm geschrieben, dass der Überbringer dieser Nachricht mir einen großen Gefallen getan hat, vertrauenswürdig ist und dass er dich auf die eine oder andere Weise belohnen solle."

Nun folgte eine kleine Pause, in der Arius es sich überlegte. Schließlich willigte er ein ihnen zu helfen und Dalion ließ in zögernd los. Wenn es wirklich Kerons freie Entscheidung war, nicht zu Nicolas zurückzukehren, sah Arius keinen Grund, ihm dies zu verweigern. Ihr Befehl war es, Keron zu finden und zu retten. Dies hatten sie getan. Irgendetwas an Keron sorgte dafür, dass Arius ihm vertraute. Abgesehen davon glaubte er Keron, was er über Dalion erzählte, und war nicht derselben Meinung wie ihr Anführer. Sein Vater hatte ihn anderes über Ehre gelehrt. Arius rieb sich sein schmerzendes Handgelenk und steckte Kerons Brief in die Innentasche seines Reichsschützenmantels. „Darf ich noch etwas zu eurem Plan hinzufügen?", fragte er und grinste. „Ihr könntet mir noch einen Schlag verpassen. Damit es glaubwürdiger aussieht, natürlich", fügte er hinzu.

„Ich weiß nicht …", begann Keron, zweifelnd, ob dies eine gute Idee war. Doch Dalion zögerte nicht und schlug Arius von der Seite ins Gesicht. Der Reichsschütze war so überrascht, als ihn der Schlag traf, dass er zum Glück nicht schrie, aber Keron blickte Dalion trotzdem missbilligend und anklagend an.

Dalion zuckte bei Kerons Blick nur unschuldig mit den Schultern. „Du hast doch selbst gehört, was er gesagt hatte. Er wollte es doch so", flüsterte Dalion und einer seiner Mundwinkel zuckte, obwohl er sich vollkommen unschuldig gab.

Arius stöhnte leise und setzte sich wieder gerade hin. „Wenn ich es mir recht überlege, könntest du vielleicht recht gehabt haben. Keine gute Idee", sagte er, ächzte leise und prüfte, ob sein Kinn noch heil war.

Dalion drängte nun Keron zu verschwinden, da sie schon viel zu lange hier verweilten. Umso länger sie hierblieben, umso größer war die Chance, dass man ihr Verschwinden irgendwann entdecken würde. Doch Keron wollte noch etwas erledigen. Er hockte sich vor den Reichsschützen hin und streckte ihm seine Hand entgegen. „Wir sind uns noch gar nicht vorgestellt worden", meinte Keron mit einem Lächeln.

Nun lächelte auch der junge Reichsschütze. „Mein Name ist Arius Ven'Ebirius. Es freut mich sehr."

„Mich auch", gab Keron zurück. „Ich danke dir sehr und werde dir deine Hilfe nie vergessen." Er schüttelte Arius noch einmal die Hand und wollte Dalion schon folgen, als Arius ihn plötzlich zurückhielt. Keron sah sich verwundert um und dachte schon, dass er seine Meinung im letzten Moment doch noch geändert hatte, aber Arius streckte ihm nur seinen Bogen und Köcher entgegen. „Wenn du wirklich einmal von Nicolas unterrichtet worden bist und ich hege diesbezüglich natürlich überhaupt keine Zweifel mehr, weißt du doch bestimmt, wie man mit so einer Waffe umgeht."

„Danke", flüsterte Keron noch einmal und hängte sich sowohl Bogen als auch Köcher um die Schultern, bevor er sich abwandte und Dalion in die Dunkelheit der Nacht folgte. Es wäre ein armseliges Ende ihrer Flucht gewesen, wenn er Dalion aus den Augen verloren hätte.

Wie es ihr Plan vorsah, gingen sie zuerst eine Zeit lang nach Norden, um die Reichsschützen auf eine falsche Fährte zu bringen. Dann bogen sie in Richtung Westen ab und versuchten ihre Spuren, so gut es ging, zu verwischen. Erleichtert stellte Keron fest, dass sie von niemandem verfolgt wurden, obwohl Arius ihr Verschwinden mit Sicherheit schon weitergegeben hatte. Die Bäume in dem Wald, den sie durchquerten, standen so eng beieinander, dass kein Pferd hindurchgekommen wäre. Allerdings hatte Keron nur eine sehr ungenaue Vorstellung davon, wohin sie eigentlich gingen. Er vertraute darauf, dass Dalion es wusste.

Es war kalt, er war müde, hatte seit einem Tag nichts mehr gegessen und war wieder einmal auf der Flucht. Alles in allem war es nicht der beste Tag in seinem Leben., Dennoch war es immer noch besser, als in Arocs Zelle zu sitzen und auf den Tod zu warten. Wenn Keron religiös gewesen wäre, hätte er bestimmt ein Gebet oder so etwas gesprochen, um seinen Dank auszudrücken. Allerdings hatte es seiner Meinung nach nicht viel Sinn, darauf zu warten, dass der Schöpfer etwas für einen tat. Er hatte die Menschen noch nie verstanden, die lieber zu ihrem Gott beteten, anstatt selber etwas zu tun. Es kann einem in schweren Zeiten Kraft geben, wenn man an einen Gott glaubte. Aber schon sein Vater hatte immer zu ihm gemeint, dass nicht der Schöpfer die Felder und Äcker bestellte, sondern die Menschen.

Nachdem sie die ganze Nacht hindurch gewandert waren, erschienen die ersten Sonnenstrahlen hinter dem Horizont und Keron war froh, dass er endlich wieder etwas sehen konnte und sich nicht bei jeder dritten Wurzel den großen Zeh anstieß.

Sie hatten gerade einen kleinen Teich erreicht, als Dalion entschied, dass sie eine Pause machen sollten.

Keron sank erschöpft auf seine Knie und schöpfte mit seinen Händen etwas Wasser aus dem Bach. Es war eiskalt und stillte seinen Durst. Dalion bot ihm an die erste Wache zu übernehmen, damit er sich etwas ausruhen konnte. Keron zögerte. Er wusste nicht, wie viel Sinn es hatte, wenn Dalion Wache hielt. Immerhin war seine Sehkraft so geschwächt, dass er nur verschwommene Bilder erkennen konnte.

Dalion schien zu erraten was in Keron vorging. „Keine Sorge. So viel Kraft habe ich noch übrig."

Keron vertraute seinem Retter und nahm das Angebot gerne an. Allerdings bat er Dalion, er möge ihn in einer Stunde wecken, damit er die nächste Wache übernehmen konnte. Dalion sah ebenfalls aus, als ob er eine Pause gut gebrauchen könnte. Kaum hatte sich Keron gegen einen Baumstamm gelehnt, war er auch schon eingeschlafen. Es war überhaupt nicht gemütlich, aber er war einfach zu müde, um auf so etwas noch groß zu achten.

DAS LEBEN ALS HELD

Will stand angespannt hinter einem Baum und wartete auf das Signal. Er blickte nach rechts und sah Sahri, die ebenfalls angespannt aussah und ihren Bogen schon fast krampfhaft in ihren Händen hielt. Dann drehte er sich nach links, wo Milon entspannt wie immer hinter seinem Baum vorbeisah und ihre Umgebung beobachtete.

Vor einem Monat waren sie in Vierergruppen aufgeteilt worden. Meister Trekus bestimmte Gruppenführer, die ihre anderen drei Teamkameraden auswählen durften. Einer der auserwählten Gruppenführer war Milon und es war klar, dass er ihn, Sahri und Tillan auswählte, um in seiner Gruppe zu sein. Seither trainierten sie noch öfters zusammen als zuvor. Es war wichtig, dass sie sich auf die Fähigkeiten der anderen verlassen konnten. Da Will ohnehin schon hinterherhinkte, was das Kampftraining betraf, profitierte er vor allem von Sahri und Milon, die ihm Tipps im Umgang mit dem Schwert und dem Bogen gaben.

Als er sein Training an der Akademie begonnen hatte, war es ihm noch nicht so aufgefallen, aber langsam merkte er, dass er weniger Übung hatte als die anderen Reichsschützen, die schon sechs Monate länger hier waren. Dies war ein weiterer Grund, warum er dankbar war, dass er in Milos Gruppe gekommen war. Sahri verlor zwar hin und wieder die Geduld mit ihm, weil er ihre Anweisungen nicht so schnell umsetzen konnte, wie sie es gerne gehabt hätte, jedoch legte sich ihr Ärger meistens schnell wieder. Er trainierte viel, um mit ihnen mithalten zu können, allerdings konnte er sich einfach nicht richtig konzentrieren.

Vor ein paar Tagen hatte er endlich einen Brief von Nicolas erhalten. Will war ganz aufgeregt gewesen, als er ihn entgegengenommen hatte, und dann umso enttäuschter, als er ihn zu Ende gelesen hatte. Es war Nicolas noch nicht gelungen, Keron zu finden. Er versicherte Will zwar, dass er nicht aufgeben würde, aber Keron war nun schon seit einer Ewigkeit verschwunden. Immer wieder musste er an seinen Freund denken, was seinem Training wirklich im Weg stand.

Will bemerkte, dass er seinen Gedanken schon wieder erlaubt hatte abzugleiten, und schüttelte vehement den Kopf, um seine Konzentration neu zu finden. Nun war nicht der richtige Zeitpunkt, um sich Sorgen zu machen. Er musste sich auf das Hier und Jetzt konzentrieren.

Vor ein paar Tagen hatte Meister Trekus ihnen endlich gesagt, warum er sie in Gruppen unterteilt hatte. Außerhalb der Stadt gab es ein Übungsareal, das von einer kleinen Steinmauer begrenzt wurde. Sie war nur einen halben Meter hoch und nicht dazu gedacht, jemanden draußen oder drinnen zu halten. Es waren die Überreste einer sehr alten Mauer und sie dienten nur als Begrenzung. Innerhalb des Mäuerchens befand sich hauptsächlich Wald, doch es gab auch einen Hügel mit einem eingestürzten Wachturm, einen kleinen Bach und eine verlassene Hütte. Außerdem befand sich in der Mitte des Areals eine Lichtung mit mehreren großen Steinen, hinter denen man sich verbergen konnte. Die Steine waren in einem großen Kreis aufgestellt und in dessen Inneren befand sich noch ein kleinerer, aus acht Felsen bestehender Kreis. Die Distanz zwischen diesen beiden konzentrischen Steinkreisen betrug ungefähr 25 Meter und innerhalb des kleineren Kreises befand sich eine Flagge, die am Ende eines Speeres im Wind flatterte.

Jede Gruppe hatte im Vorhinein genug Zeit gehabt, um sich mit der Umgebung vertraut zu machen, und nun waren zwei Gruppen gleichzeitig im Übungsareal und es war ihre Aufgabe, die gegnerische Gruppe außer Gefecht zu setzen und die Fahne zu holen, die in der Mitte der Lichtung im Boden steckte.

Damit sich die Kadetten dabei nicht gegenseitig umbrachten, erhielten sie außerdem seltsame neue Übungswaffen von Meister Trekus. Zuerst dachte Will, es sei ein ganz normales Übungsschwert, das ihm überreicht worden war, doch als er es aus der Scheide zog, war die Klinge leuchtend rot. Will erschrak und dachte zuerst daran, dass es Blut sei. Als er die Klinge dann genauer betrachtete, stellte er fest, dass es sich um eine Art von Farbe handelte. Auch die Pfeile die sie bekamen, hatten keine Spitzen, sondern Farbe an den runden weichen Enden. Man konnte die Farbe von den Klingen und Pfeilen leicht abwischen, aber wenn man sie in ihre Scheiden zurückgleiten ließ und wieder herauszog, verschwand das Holz erneut unter der Farbe.

Meister Trekus erklärte ihnen, dass die Waffen eine Erfindung der Handwerker der Reichsschützenakademie waren. In den Scheiden der Schwerter und in den Köchern der Pfeile befand sich eine Art Stoff, der in Farbe getränkt war und diese auf die Waffen übertrug, wenn sie mit dem Stoff in Berührung kamen. Der Sinn dahinter bestand darin, dass man genau erkennen konnte, wenn ein Gegner eine fatale Wunde erlitten hätte. In diesem Fall würde das Schwert oder der Pfeil einen Farbfleck auf der Uniform des Schülers hinterlassen und ihn so als Verwundeten markieren. Sobald man eine dieser Markierungen auf seiner Kleidung hatte, galt man als besiegt und durfte nicht mehr weiter in die Kämpfe eingreifen. Als besiegt galt man allerdings nur bei einem klaren Treffer am Oberkörper. Nichtsdestotrotz mussten sie bald die Erfahrung machen, dass man sich mit ihren neuen Übungswaffen zwar nicht so leicht schneiden oder erstechen konnte, es aber trotzdem nach wie vor weh tat, wenn man getroffen wurde. Daher gab es keine Trainingseinheit, nach welcher sie keine blauen Flecken davongetragen hatten.

Später erfuhren sie außerdem, dass dieses neue Training offenbar eine Art Sport bei den Schülern der Reichsschützen war und es auch Wettbewerbe gab, in denen man gegen andere Teams antreten konnte, um Ruhm zu erlangen. Zu ihrem Glück konnte man die Farbe wenigstens recht leicht wieder aus ihrer Kleidung herauswaschen. Was es ihnen ersparte, mit ihren wunden Körpern noch zusätzlich stundenlang ihre Trainingskleidung säubern zu müssen.

Milons Gruppe befand sich gerade in einer Übungseinheit gegen eine der anderen Gruppen und verbarg sich am Rande der Lichtung. Will konnte von dort, wo er stand, die Fahne im

Wind flattern sehen. Er verspürte den großen Drang, auf die Lichtung zuzulaufen und sie sich zu schnappen, damit sie endlich aus der Kälte herauskamen. Milo hingegen gab ihm das Zeichen, noch zu warten.

Es war nur eine ihrer Trainingsübungen und daher hatte es keine großen Auswirkungen, wenn sie verlieren würden. Allerdings hatte sich unter den Schülern eine gewisse Rivalität entwickelt, was dazu geführt hatte, dass jeder diese Kämpfe unbedingt gewinnen wollte. Meist aus ganz verschiedenen Gründen. Einige wollten einfach nur Meister Trekus beeindrucken, andere wollten aus Schadenfreude den Verlierern gegenüber gewinnen und wieder andere wurden so ehrgeizig, dass sie einfach nur aus Siegeswillen gewinnen wollten. Sie brauchten gar nicht wirklich einen Grund. Sie wollten am Ende als Sieger dastehen. Ob sie nun fair gewannen oder nicht, machte keinen Unterschied. Das Einzige, das zählte, waren der Sieg und das Gefühl des Sieges, wenn man die Fahne am Ende triumphierend in die Luft stoßen konnte. In diesem Punkt waren sich die meisten einig.

Will wäre normalerweise genauso ehrgeizig gewesen wie die meisten anderen auch, aber wenn er an seinen Freund dachte, der vielleicht irgendwo gerade seinen letzten Atemzug tat, erschienen ihm diese Übungskämpfe unbedeutend und trivial. Trotzdem wollte er nicht verlieren. Er war einfach nicht der Typ Mensch, der seine Freunde im Stich ließ. Seine Teamkollegen, die ihm in seiner Anfangsphase an der Akademie so geholfen hatten, sollten nicht wegen seiner Unachtsamkeit verlieren müssen. Nicolas wäre enttäuscht von ihm, wenn er nicht sein Bestes geben würde.

Milon blickte zu Sahri und Will hinüber und nickte entschlossen. Sahris Anspannung löste sich langsam, als sie einen Pfeil aus dem Köcher zog und ihn bereit an ihren Bogen legte. Will zog ebenfalls einen Pfeil aus seinem Köcher und sie liefen los. Bevor sie zu dem größeren der beiden Steinkreise gelangten, der ihnen Deckung gegen feindliche Angriffe bieten würde, mussten sie erst einmal 50 Meter durch das offene Gelände zurücklegen. Dies war ein kritischer Moment, weil sie in dieser Zeit gute Ziele für einen Bogenschützen abgaben, der sich irgendwo in den Bäumen links oder rechts neben ihnen verbarg.

Ohne langsamer zu werden und bereit, jederzeit einen Hechtsprung zu machen, sobald er einen kleinen Punkt am Himmel sah, lief Will, so schnell es ging, zu dem Felsen, der ihm am nächsten war. Seine Atemzüge kamen stoßweise und das gefrorene Gras knirschte unter seinen Stiefeln. Der kalte Wind blies ihm ins Gesicht und brannte auf den Stellen seiner Haut, die nicht durch Kleidung bedeckt waren. Sie hatten den Felsen schon fast erreicht, ohne dass ihnen ein Pfeil entgegengeschossen kam. Doch kurz bevor sich Will hinter dem gut zweieinhalb Meter hohen und zwei Meter dicken Felsbrocken in Sicherheit bringen konnte, sah er vier Schatten, die zu den äußersten Steinen auf der anderen Seite der Lichtung liefen. Sobald er hinter dem Stein in Sicherheit war, verlor er allerdings auch den Überblick, was vor ihm passierte. Will gab die Information, dass er ihre Gegner gesehen hatte, mit Handzeichen an Milon weiter, der sie offenbar aus seinem Blickwinkel nicht sehen konnte. Will hob vier Finger seiner rechten Hand und deutete dann in die Richtung, in der er sie erspäht hatte. Milon nickte zum Zeichen, dass er verstanden hatte, und befahl ihnen durch eine Geste zu warten.

Wills Atem und Herzschlag beruhigten sich langsam wieder, aber durch das stille Verharren stieg wieder Nervosität in ihm auf. Er war immer noch nicht besonders gut darin, die Situation zu studieren und sich seinen nächsten Schritt zu überlegen. Er hatte einfach keinen klaren Weg vor Augen, der zu seinem Ziel führte. Zum Glück hatte er für so etwas Milon an seiner Seite.

Ein Vogelruf, der in dieser Gegend oft zu hören war, erklang. Schrill und laut ertönte er auf der ganzen Lichtung. Milon wartete einen Moment, bis der Ruf verklungen war, und gab ihnen dann das Zeichen, mit dem Plan fortzufahren. Alle drei traten hinter ihrer Deckung hervor und hoben die Bögen. Sahri hatte sogar zwei Pfeile zwischen ihren Fingern und feuerte sie so schnell hintereinander ab, dass man glauben konnte, es gäbe zwei Schützen. Vier Pfeile flogen hoch in den Himmel und kamen ungefähr dort herunter, wo ihre Gegner sich befanden. Die

Schüsse sollten nicht besonders präzise sein und auch nicht unbedingt jemanden treffen. Milons Strategie sah vor sie glauben zu lassen, dass sie alle vier zusammen waren. Erneut schossen sie und weitere vier Pfeile trafen fast zeitgleich ins Leere. Sie feuerten noch zwei zusätzliche Pfeilsalven in die Zwischenräume der rechten Steine, um ihre Gegner nach links zu locken.

Nun setzte sich die andere Gruppe ebenfalls in Bewegung. Sie blieben für eine kurze Zeit stehen, um zu schießen, und liefen dann wieder weiter zum nächsten Stein. Nur in den Zwischenräumen blieben sie für einen Augenblick stehen, um einen Pfeil abzufeuern.

Da die Reichsschützen darauf trainiert werden, so schnell und genau zu schießen wie kein anderer im Reich, dauerte es nicht lange, bis sie wieder hinter dem nächsten Felsen verborgen waren. Es war keine schlechte Vorgehensweise, wenn man nicht getroffen werden wollte. Aber weil es gar nicht das Ziel von Milons Gruppe war, die anderen wirklich zu treffen, war dies kein Problem für sie. Milon nickte Will nun zu, der daraufhin seinen Bogen über die Schulter legte und sich in geduckter Haltung nach links auf ihre Gegner zubewegte. Währenddessen nahm nun auch Milon zwei Pfeile zwischen die Finger und feuerte sie kurz hintereinander ab. Er war nicht so schnell und geschickt wie Sahri, aber da ihre Gegner nun schon von vier Schützen ausgingen, würde ein Pfeil der zu spät herunterkam, nicht sonderlich auffallen.

Sahri und Milon drängten sie immer weiter nach links auf Will zu, damit die Sonne, die gerade im Westen unterging, hinter ihnen stand. Es war nun zwar schwerer zu erkennen, wo sich die Pfeile befanden, die auf sie zukamen, weil sie von der tiefstehenden Sonne verdeckt wurden, aber dies galt ebenso für alle, die von hinter ihren Gegnern abgefeuert wurden.

Will war bereits zu dem inneren Steinkreis vorgerückt, als Sahri und Milon aufhörten zu schießen. Milon legte seine Hände an seinen Mund und stieß einmal kräftig Luft aus. Ein sehr ähnlicher Vogelruf wie der zuvor erklang auf der Lichtung.

Will hörte den Ruf in einiger Entfernung, nahm wieder seinen Bogen von der Schulter und legte einen Pfeil an. Sein Herz raste von dem Sprint, den er hingelegt hatte. Er atmete einige Male langsam ein und wieder aus, um sich zu beruhigen. Er würde schon sehr bald eine ruhige Hand brauchen, damit er sein Ziel nicht verfehlte. Oft konnte ein einziger Fehlversuch über Sieg oder Niederlage entscheiden.

In dem Moment, in dem ihre vier Gegner den Schutz des äußeren Ringes verlassen würden und auf die Wiese zwischen den beiden Steinkreisen traten, würde ihre Falle zuschnappen. Will ließ sie einige Schritte machen, bevor er seine Position preisgab. Er zählte bis fünf und machte dann mit erhobenem Bogen einen Schritt zur Seite. Bereit, auf das erstbeste Ziel zu feuern. Einen Moment vor ihm hatte Tillan, der die Lichtung im Schutz des Waldes von Anfang an umgangen war, um zum westlichen Rand zu kommen, das Gleiche getan und hatte schon seinen ersten Pfeil abgeschossen. Da ihre Gegner sie viel weiter rechts von ihnen erwarteten, waren sie auf keinen Angriff von vorne und hinten vorbereitet. Tillan hatte sich hinter ihnen postiert und Will stand zwischen ihnen und der Fahne. Sie saßen in der Falle.

Tillans Pfeil traf sein Ziel und es blieb ein blauer Fleck auf der Kleidung seines Gegners zurück. Drei. Wills Pfeil verfehlte sein Ziel jedoch und blieb harmlos am Boden liegen. Allerdings hatte er gar nicht abgewartet, um zu sehen, ob er treffen würde, sondern hatte gleich auf den anderen Schüler der Reichsschützen neben seinem ersten Ziel geschossen. Dieser Pfeil traf nun und färbte das Gewand des Kadetten am Rücken zwischen den Schulterblättern blau, weil dieser sich umgedreht hatte, um auf Tillan zu schießen. Zwei.

Auch Tillans zweiter abgeschossener Pfeil erfüllte seinen Zweck und ließ einen weiteren Gegner zu Boden gehen. Eins. Der letzte von ihnen nahm nun die Beine in die Hand und versuchte aus Verzweiflung einfach an Will vorbei auf die Fahne zuzulaufen, um sie als erster zu erreichen. Will versuchte erst gar nicht ihn aufzuhalten und legte auch keinen weiteren Pfeil an die Sehne. Er ließ den verdutzten jungen Reichsschützen einfach an sich vorbeilaufen. Es war bereits zu spät. Selbst wenn er es nicht wusste, hatte Milons Gruppe bereits gewonnen.

Kaum hatte er den inneren Ring aus Steinen hinter sich gelassen, erkannte er die traurige Wahrheit ebenfalls. Vor der Fahne standen Sahri und Milon und zielten mit gespannten Bögen auf ihn. Schwer atmend blieb er stehen, ließ das Schwert fallen, das er gezogen hatte, um sich an Will vorbeizukämpfen, und hob die Arme, damit nicht auf ihn geschossen wurde. Zumindest sollte seine Geste dies bewirken. Doch Sahri hatte offenbar etwas anderes im Sinn.

„Entschuldige", rief Sahri freudig und ließ ihre Sehne los. Der Pfeil zischte von ihr weg und traf den letzten ihrer Gegner ziemlich genau dort, wo sein Herz wäre. Inzwischen war Tillan an Wills Seite getreten und legte ihm in dem Moment den Arm um die Schultern, als Sahris Pfeil die Brust ihres Opfers traf und Milon den Speer mit der Fahne aus dem kalten Boden zog. Will und Tillan stießen die Fäuste in die Luft und ihr Siegesgeheul verbreitete sich über das ganze Areal. Außer sich vor Freude liefen sie in die Mitte der Lichtung zu ihren Teamkameraden. Dies war nun der sechste Übungskampf, den sie hintereinander gewonnen hatten. Wieder einmal hatte Milons Strategie perfekt funktioniert.

Nach wenigen Minuten kam Meister Trekus zu ihnen, um das offizielle Ende der Übung auszurufen. Er beobachtete seine Schüler jedes Mal sehr genau von einem Aussichtsturm, der sich am Rande der Lichtung befand. Milon übergab ihrem Meister den Speer so ruhig und gelassen wie immer.

„Sieg für die blauen Pfeile!", rief Trekus und stieß den Speer, für die nächste Begegnung, wieder mit der Spitze voraus in den Boden. Ihr Name war eine Kombination aus Wills und Milons Wappen. Der brennende Pfeil von Nicolas und das Blau aus dem Familienwappen von Milon. Ihr Name war nicht besonders einfallsreich und eigentlich hatten sie ursprünglich vor sich einen anderen Namen einfallen zu lassen. Es kam nur nie dazu und mittlerweile hatten sie sich schon daran gewöhnt. Wieder erschallten Wills und Tillans Jubelrufe, als Meister Trekus ihren Sieg verkündete.

„Jaja, wirklich gut gemacht. Erneut konntet ihr euch durchsetzen und den Sieg erringen. Teams gebt euch die Hände", befahl Meister Trekus.

Sie schüttelten sich einander die Hände und gratulierten sich gegenseitig für ihren Einsatz. Dann wandten sie sich wieder ihrem Meister zu.

„Und wisst ihr, was Sieger nach ihrem errungenen Sieg tun?", fragte er.

„Sie feiern ihren Sieg?", fragte Tillan hoffnungsvoll, doch irgendwie konnte sich Will diese Antwort von ihrem Meister nicht vorstellen.

„Ganz richtig", gab Trekus zurück. Will sah ihn verwundert an. „Sie feiern, indem sie die Pfeile wieder einsammeln, die sie so verschwenderisch verschossen haben. Bei einem längeren Kampf hättet ihr eure Munition für nichts und wieder nichts verschwendet. Früher oder später hättet ihr bei einer Auseinandersetzung aus der Ferne keine Chance mehr gehabt. Und nun los. Wenn ich in zehn Minuten auch nur einen Pfeil mit blauer Farbe darauf finde, dürft ihr das nächste Mal ohne Pfeile antreten. Außerdem werde ich euch noch ein paar Kilometer laufen lassen, bis ihr begriffen habt, dass eure Pfeile nicht in euren Köchern nachwachsen. Los, los, los!", schrie Trekus. Schnell drehten sie auf der Stelle um und machten sich auf die Suche nach ihren verschossenen Pfeilen.

Meister Trekus ließ sie nicht vorher gehen, bevor nicht jeder einzelne ihrer Pfeile wieder zurück in ihren Köchern war. Als sie es endlich vollbracht hatten, alle einzusammeln, entließ er sie und die vier machten sich auf den Weg zu den Waffenkammern in der Nähe der Übungsplätze. Dort gaben sie ihre Waffen an den zuständigen Reichsschützen ab und gingen dann zu den Schülerquartieren. Zu dieser Zeit befanden sich kaum noch Schüler auf den Straßen. Entweder sie schliefen bereits, lernten in der Bibliothek oder sie waren in der Stadt in einem der Lokale und entspannten sich etwas vom harten Training. Da sie alle vier am nächsten Tag frei hatten, entschlossen sie sich dazu, sich etwas amüsieren zu gehen. Sie zogen sich nur schnell etwas anderes als ihre verschmutzte Trainingskleidung an und trafen sich dann am Torplatz.

Als Will dort ankam, warteten die anderen drei schon auf ihn. Die Sonne war bereits untergegangen, als sie durch das Tor der Akademiemauern schritten. Nun dienten ihnen nur noch die Straßenbeleuchtung und der Lichtschein, der aus den Häusern kam, zum Sehen. Will war aufgefallen, dass er, seit er in Canae angekommen war, das Akademiegelände kaum verlassen hatte. Er fragte sich, ob sie wohl in den „Goldenen Drachen" gingen. Dieses Lokal war bei vielen der Schülern an der Akademie sehr beliebt, aber er hatte gehört, dass sich Jesper dort öfters herumtrieb, und er hatte wirklich keine Lust, ihm heute noch zu begegnen.

„Hey Milo", rief er zu seinem Freund, der vor ihm ging. „Gehen wir in den „Goldenen Drachen"?"

Milon drehte sich überrascht um. „Nein, wir gehen dort doch nie hin." Doch schon als die letzten Silben seinem Mund entkamen, dämmerte es ihm. Will war nun schon so ein fester Bestandteil ihrer Gruppe geworden, dass er ganz vergessen hatte, dass er noch nie etwas mit ihnen trinken gewesen war. „Wir gehen meistens zum „Tanzenden Löwen". Es wird dir gefallen. Viele der nicht so eingebildeten Kadetten werden vermutlich auch dort sein."

„Der Goldene Drache", meinte Sahri und es war fast so, als würde es ihr Schmerzen bereiten, diesen Namen auszusprechen. „Ich würde dort nicht einmal hingehen, wenn mich jemand dafür bezahlen würde." Dann spuckte sie zur Verdeutlichung ihrer Meinung auf die Straße, was nicht gerade damenhaft war, wie Will fand. Aber es hatte ja niemand behauptet, dass Sahri eine Dame war.

Danach war ihre gute Laune für eine Weile verflogen. Doch Tillan hob sie wieder, indem er begann ein Loblied über ihren sechsten Sieg zu dichten und laut vor sich herzusingen. Sie waren in ausgesprochen guter Stimmung, als sie vor einem Haus Halt machten, das über seiner Tür ein Bild eines tanzenden Löwen trug. Will konnte hören, wie Stimmen und Musik aus der Tür zu ihnen herausdrangen.

„Neue zuerst", sagte Tillan.

Will griff nach der Türklinke und zog sie auf. Eine warme Dunstwolke mit dem Geruch nach Alkohol und Holz kam ihm entgegen. Der Geruch weckte in ihm Erinnerungen an all die vielen Lokale, in denen er in seiner Kindheit Zeit verbracht hatte, als er noch mit den fahrenden Gauklern unterwegs gewesen war. Er hatte so ein Gefühl, als würde er nach einer langen Reise nach Hause kommen. Fröhlich betrat er den Schankraum voller Leute.

Kaum hatte er einen Schritt in den Raum gemacht, warf sich plötzlich jemand in seine Arme. Will reagierte instinktiv und schaffte es gerade noch, nicht gemeinsam mit der Person, die sich an ihn drückte, das Gleichgewicht zu verlieren und auf den Boden zu stürzen. Er hatte ein Büschel Haare im Mund und ein stechender Geruch nach Parfüm stieg ihm in die Nase. Vollkommen überrascht verlor Will irgendwie die Übersicht über die Situation.

„Er ist es, Eddie, er ist es. Ich habe dir doch gesagt, dass er irgendwann kommen wird. Ich wusste es einfach", rief die Frau aufgeregt, die ihn immer noch umschlungen hielt.

„Ist ja gut, Mari. Lass den Jungen doch wieder zu Atem kommen. Ich kann ohnehin nicht erkennen, wen du meinst, wenn du ihn so umklammerst", rief eine tiefere Stimme von weiter hinten im Lokal zurück.

Endlich löste sich ihre Umklammerung und er konnte sehen, wer ihn so stürmisch begrüßte. Sie hielt allerdings weiterhin seine Hände in ihren. Ihre Hände fühlten sich warm und weich an. Es war eine junge Frau mit hellbraunen Augen und einer Stupsnase. Sie hatte lange rotblonde Haare und war etwas kleiner als Will. Sie trug ein rot-gelbes Kleid, wie einige andere Frauen im Lokal, was ihn darauf brachte, dass sie hier vermutlich Kellnerin war. Sie strahlte ihn so glücklich an, dass Will gar nicht aufhören konnte sie zu betrachten. Er konnte seinen Blick einfach nicht von ihr abwenden. Sie war einfach bezaubernd. Es lag nicht an ihrer äußeren Schönheit, obwohl auch diese sehr beeindruckend war. Nein. Will konnte nicht aufhören sie anzusehen, weil sie mit ihrem strahlenden Lächeln so aussah, als würde sie von innen heraus leuchten. Was schließlich dazu führte, dass Will ebenfalls zu grinsen begann. Sein typischen Lächeln, das sich schon seit Wochen nicht mehr in seinem Gesicht gezeigt hatte.

„Das ist er ganz sicher. Ich erkenne ihn an seinem Lächeln. Ich wusste, dass wir uns noch einmal begegnen würden. Ich wusste es einfach, Eddie", erklärte Mari begeistert.

Nun erkannte Will endlich, mit wem sie eigentlich sprach. Ein gutaussehender schlanker Mann mit kurzen blonden Haaren lehnte auf seine Arme gestützt hinter dem Tresen und sah zu ihnen hinüber. „Jaja. Ich habe es nicht vergessen. Seit Monaten sprichst du ja von nichts anderem", sagte er und begann dann in einer viel höheren Stimme zu sprechen. „Ach Eddie, ach Eddie. Ich weiß einfach, dass er kommen wird, du wirst schon sehen. Er hat mich gerettet. Eddie, du wirst schon sehen, dass er kommt." Nachdem er aufgehört hatte, Mari nachzuahmen, klimperte er noch ein paar Mal übertrieben mit den Augen und begann dann lauthals zu lachen.

Maris Gesicht lief leicht rosa an und ihre Stimme wurde sogar noch etwas höher. „Eddie! Du bringst mich in Verlegenheit!"

„Das schaffst du schon ganz alleine", gab er immer noch lachend zurück. „Wenn du damit fertig bist, ihn zu erdrücken, kannst du ihn ja herbringen. Dann besehe ich mir deinen Helden einmal genauer." Mit diesen Worten wandte er sich von ihnen ab und begann wieder die Leute im Lokal mit Getränken zu versorgen, von denen die meisten keine Notiz von der Szene am Eingang genommen hatten.

„Held?" „Wie bitte?", brachte Will endlich heraus, doch Mari schien ihn gar nicht gehört zu haben.

Plötzlich spürte Will eine andere, viel größere und viel kräftigere Hand auf seiner Schulter. „Mann, Will, ich hatte ja gar keine Ahnung, dass du so ein Frauenheld bist. Du bist eine Sekunde in einem Lokal und schon schmeißen sich dir die Frauen in deine Arme." Dann kam er näher zu Wills Ohr: „Jetzt im Ernst. Was ist dein Geheimnis, Frischling?"

„Lass ihn in Ruhe. Dich, Blödmann, würde doch ohnehin keine anschauen. Nicht einmal, wenn du der einzige Mann im ganzen Raum wärst", sagte Sahri und zog Tillan von Will weg. „Hol uns lieber was zum Trinken. Wir suchen derweilen einen freien Tisch."

„Ist ja gut", sagte Tillan beruhigend. Doch als er an Will vorbei zum Tresen ging, lehnte er sich noch einmal zu ihm herüber. „Ok, dann reden wir eben später. Von Mann zu Mann. Du verstehst schon", flüsterte er und zwinkerte Will geheimnistuerisch zu. Dann ging er an Will und Mari vorbei und verschwand in der Menge am Tresen. Nur seine Stimme drang noch zu Will herüber: „Hey Eddie, wie wäre es mit vier Bier aufs Haus?"

Auch Sahri und Milon verschwanden in der Menge und ließen Will bei Mari alleine zurück, die immer noch seine Hände festhielt. Will wollte ihr gerade sagen, dass sie ihn leider mit jemandem verwechselte, aber noch bevor er etwas sagen konnte, zog sie ihn schon weiter in das Lokal hinein.

„Komm, ich möchte dich einer meiner besten Freundinnen vorstellen. Ich habe ihr schon so oft von dir erzählt", trällerte sie und zog ihn an seiner rechten Hand geradewegs auf die Bar zu. Als sie durch die Menschenmenge gingen, grüßte sie die eine oder andere Person und hatte dabei immer ihr strahlendes Lächeln aufgesetzt. Sie war voller Energie und wirkte wie der Inbegriff von Lebensfreude und Frohsinn. Am Tresen steuerten sie auf eine andere junge Frau zu. Will konnte es gar nicht fassen, als er Maris Freundin erkannte.

„Vero, schau, wer endlich aufgetaucht ist. Das ist der, von dem ich dir erzählt habe, erinnerst du dich? Er ist es", sagte sie zu niemand anderem als Veronika. Es war schon schwer genug, sie in der Reichsschützenuniform nicht anzustarren, nun allerdings trug sie ein wallendes blaues Kleid und ihre Haare waren nicht wie sonst zu einem Pferdeschwanz zusammengebunden, sondern hingen glatt an ihrem Gesicht herunter. Langsam fragte sich Will, ob er nicht vielleicht einen Pfeil gegen den Kopf bekommen hatte und eigentlich bewusstlos auf dem Übungsplatz lag. Nachdem sie Veronika erreicht hatten, die grazil, mit überschlagenen Beinen auf einem Hocker an der Bar saß und an einem Glas Rotwein nippte, blieb Mari stehen.

„Vero, darf ich dir vorstellen? Das ist ..." Mari stockte. Ihr war gerade bewusst geworden, dass sie Wills Namen gar nicht kannte. „Das ist ... ähm ..."

„Will", beendete Veronika schließlich den Satz ihrer Freundin. „Du bist also der strahlende Ritter, der Mari vor diesem Idioten Jesper gerettet hatte? Wer hätte das geahnt?"

„*Ahhhh …*" Nun ergab die ganze Situation langsam einen Sinn für Will. Jetzt erinnerte er sich an seine erste Begegnung mit Jesper, bei der er ihn aufgehalten hatte, eine junge Frau zu ohrfeigen. Er versuchte sich an diese Nacht zu erinnern. Es war dunkel und die Frau hatte kürzere Haare, aber es war eindeutig Mari. Natürlich, wie konnte er nur so blöd sein?

„Na ja, das hat sich mehr oder weniger so ergeben", gab Will plump zurück.

„Ihr kennt euch schon?", fragte Mari erstaunt und sah abwechselnd vom einen zum anderen.

„Ja. Will ist auch ein Schüler an der Reichsschützenakademie wie ich und wir sind beide in Meister Baricus' Kurs", erklärte Veronika ihrer Freundin.

„Wirklich, dann ist er der, der ständig von Meister Baricus ermahnt wird, weil er dich so oft anstarrt?", fragte Mari geradeheraus, als wäre Will gar nicht mehr anwesend.

„Genau der", antwortete Veronika und kicherte. Will spürte, wie sein Gesicht ganz heiß wurde. Am liebsten wäre er in den eiskalten Fluss gesprungen, der durch Canae floss.

Mari betrachtete Will nun eingehend und legte den Kopf schief. „Irgendwie habe ich ihn mir nach deiner Schilderung hässlicher vorgestellt", sagte sie, was Will nun endlich aus seiner gedanklichen Blockade befreite.

„Na vielen Dank auch", sagte er an Veronika gewandt, die nur mit der Schulter zuckte und wegsah. Doch Will konnte sehen, dass sie eigentlich lächelte.

„Na ja. Irgendwie bin ich froh, dass er nicht hässlich ist", meinte Mari belustigt und nun merkte Will, dass sich die beiden über ihn lustig machten. Bevor er allerdings eine spöttische, aber kluge Bemerkung dazu machen konnte, trat der Mann, mit dem Mari zuvor gesprochen hatte, hinter dem Tresen zu ihnen.

„Das ist also dein Held, von dem du mir so viel erzählt hast. Bist du dir sicher, dass er es ist? Irgendwie habe ich ihn mir hübscher vorgestellt", sagte er trocken. Will klappte der Mund auf und Mari und Veronika begannen zu lachen. „Nur ein kleiner Scherz, mein junger Freund. Alle Freunde von Mari sind auch meine Freunde. Ich war außer mir, als mir Mari erzählt hat, wie du sie vor diesem verdammten Ven'Edoan gerettet hast. Ich wäre beinahe persönlich in die Akademie gegangen und hätte ein paar Takte mit ihm gesprochen. Aber Mari wollte nicht noch mehr Ärger verursachen. Unsere gutherzige, liebe, hübsche, bezaubernde Mari."

„Ach, hör schon auf, Eddie, als könntest du uns noch mit deinem süßen Gerede um den Finger wickeln. Wir sind nicht so leichtgläubig wie diese dummen Mädchen, die dir ständig nachlaufen", meinte Veronika.

„Für dich tue ich doch alles, meine allerliebste Veronika. Sei dir allerdings versichert, mögen sie auch nicht die schlausten Geschöpfe sein, die der Schöpfer erdacht hat, so haben sie doch ganz andere Vorzüge", sagte er und zwinkerte Will zu.

„Darauf wette ich", gab Veronika neckend zurück, doch Eddie ignorierte sie und wandte sich wieder Will zu. „Ach, wo bleiben denn meine Manieren? Mein Name lautet Edward Ven'Guido, aber nenn mich einfach Eddie."

„Ich bin Will Rosko", sagte dieser und reichte dem Mann über den Holztresen hinweg die Hand. „Freut mich sehr."

„Manieren hat er auch. Mann, dann bekomme ich bei den Frauen wohl bald Konkurrenz. Oder ist es dafür schon zu spät? Was sagst du, Veronika?" Will sah hinüber zu Veronika, die nur gelassen an ihrem Getränk nippte und demonstrativ in eine andere Richtung blickte, als hätte sie ihn gar nicht gehört. So oder so hallte Eddies Lachen durch den ganzen Raum und Will lächelte ebenso, da er glaubte eine leichte Rötung in Veronikas Gesicht entdeckt zu haben.

„Also, was möchte unser kleiner Held denn gerne trinken?", fragte der charmante Mann auf der anderen Seite des Tresens, als sein Lachen endlich verklungen war.

„Ich würde …", fing Will an, bevor Mari ihn unterbrach.

„Mach dir keine Mühe. Er bringt dir sowieso, was ER für richtig hält", gab sie zu bedenken.

Eddie lief vor ihnen auf und ab und rieb sich demonstrativ sein Kinn, um zu unterstreichen, dass es eine schwierige Aufgabe war, die er zu lösen hatte. „Welches Getränk, welches Getränk?", murmelte er vor sich hin. „Ich weiß", sagte er plötzlich und holte drei Flaschen sowie ein leeres Glas unter dem Tresen hervor. Er mischte die drei Flüssigkeiten zusammen, was dem entstehenden Getränk eine merkwürdig blasse rote Farbe verlieh und schob das Glas zu Will hinüber.

„Ein besonderes Getränk für einen besonderen Mann", verkündete Eddie und unterstrich seine Worte mit einer triumphierenden Geste.

Will nahm das Glas in die Hand und bemerkte, dass Veronika, Mari und Eddie ihn neugierig beobachteten. Schulterzuckend führte er das Glas zum Mund und nahm einen Schluck davon. Es schmeckte … herrlich. Es schmeckte leicht säuerlich und löschte seinen Durst hervorragend. Im Abgang brannte es ein wenig im Hals, dennoch war es nicht so stark, dass es unangenehm war. Er konnte den Geschmack nicht richtig zuordnen, aber er hatte noch nie etwas getrunken, was er damit vergleichen konnte.

Er setzte das Glas ab und wartete noch einen Augenblick, bevor er etwas sagte. Dann grinste er sein typisches Grinsen. „Es ist unglaublich gut." Auch Eddie lächelte nun und Veronika rollte mit den Augen, als Mari Will erneut um den Hals fiel.

„Na na, jetzt ist aber gut, Mari. Falls du es vergessen hast, bezahle ich dich nicht, um hier herumzustehen. Los jetzt, an die Arbeit", mahnte Eddie gespielt streng und wollte ebenfalls gerade wieder zu arbeiten beginnen, als Will ihn nochmals zurückrief.

„Warte Eddie. Wie viel bekommst du für das Getränk?"

Eddies Gesicht verdunkelte sich und Will dachte schon, dass er etwas Falsches gesagt hatte. „Wage es nicht, mir auch nur eine Münze dafür zu geben", sagte er, bevor sein Lächeln zurückkehrte. „Der geht aufs Haus, mein Junge. Ein kleines Dankeschön dafür, dass du Mari damals geholfen hast." Noch bevor Will sich bedanken konnte, rief schon eine andere Person nach Eddie und er wandte sich von Will ab, um sich um seinen Kunden zu kümmern.

„Verabschiede dich noch, bevor du gehst, vielleicht können wir uns später noch einmal unterhalten", sagte Mari, bevor sie ihm einen Kuss auf die Wange gab und mit einem Tablett Richtung Ausgang verschwand. Für einen Moment teilte sich die Menschenmenge im Lokal und er konnte bis zur Eingangstür sehen. Dort war Jesper und er sah direkt zu ihm herüber. Er wirkte aus der Ferne nicht gerade glücklich und verließ das Lokal sofort wieder. Noch bevor Will sich vergewissern konnte, ob er sich nicht doch geirrt hatte, wurde ihm sein Blickfeld wieder verstellt. Vermutlich hatte er es sich nur eingebildet. Jesper würde nie in so ein Lokal kommen. Der „Tanzende Löwe" wirkte sehr lebendig und aufregend, allerdings war er nicht gerade prunkvoll. Wahrscheinlich besoff Jesper sich gerade im „Goldenen Drachen" und versuchte irgendwelche Frauen dazu zu bringen, mit ihm nach Hause zu gehen.

Will nahm noch einen weiteren Schluck von diesem fantastischen hellroten Getränk. Nach einem langen Tag voller anstrengender Übungen war dieses Getränk eine Wohltat. Als er das Glas wieder absetzte, bemerkte er, dass Veronika ihn ernst musterte.

„Was?", fragte Will.

„Mari ist eine sehr nette Person", sagte sie plötzlich, wie aus dem nichts.

„Ja, das scheint mir auch so, aber ich kenne sie noch nicht so lange wie du", gab Will verwirrt, ob Veronikas plötzlichen Tonwechsels, zurück.

„Warum hast du ihr damals geholfen? Ich warne dich, wenn du es getan hast, um sie auf irgendeine Weise zu beeindrucken, um an sie heranzukommen, solltest du lieber sofort verschwinden. Wenn du ein falsches Spiel mit ihr spielst und Jesper dein Komplize ist, dann wirst du großen Ärger mit mir bekommen, das verspreche ich dir. Mari kann manchmal recht naiv sein und ist daher leicht auszunützen. Pass also auf, was du tust. Wie du sicher weißt, kenne ich einige giftige Kräuter, die ich jederzeit in deinen Becher mischen könnte", warnte sie Will streng.

Nun ging sie für Wills Begriffe etwas zu weit. „Nur zu deiner Information: Ich habe ihr geholfen, weil ich nicht zulassen wollte, dass ihr wehgetan wurde. Ich kannte sie damals doch noch gar nicht, wie sollte es mir dann also um SIE gehen? Außerdem hätte ich mich dann ja wohl früher gemeldet oder etwa nicht?" Doch Will ließ ihr keine Zeit, um zu antworten. Sich über ihn lustig zu machen, war eine Sache, aber ihn zu beschuldigen, etwas Unrechtes zu tun und dann auch noch mit Jesper gemeinsame Sache zu machen, um Mari ins Bett zu kriegen, war etwas ganz anderes und ging eindeutig zu weit. „Außerdem ist Jesper Ven'Edoan ein Schwein und ich würde mich nie mit ihm zusammentun. Bevor du also das nächste Mal jemandem etwas derart Ungehöriges unterstellst, solltest du vielleicht vorher die Fakten besser klären." Will trank sein Glas in einem weiteren großen Schluck vollkommen aus. „Wenn du mich nun entschuldigen würdest, werde ich meine Freunde suchen gehen. Es hat mich gefreut, von dir beschuldigt zu werden", sagte er sarkastisch und ließ Veronika ohne ein weiteres Wort zurück. Auch wenn es ihn reizte, schaffte er es, sich nicht noch einmal zu ihr umzudrehen.

Er bahnte sich einen Weg durch die Menge und fand im hinteren Teil des Lokals, das fast zur Gänze nur aus einem großen Raum bestand, Tillan, Milon und Sahri, die an einem eigenen Tisch saßen und laut über etwas lachten, was Tillan gesagt hatte. Als Will sich den Dreien näherte, setzte er ein falsches Lächeln auf, das gerade gar nicht zu seiner Stimmung passte, und setzte sich auf den verbliebenen leeren Stuhl. Sahri und Tillan fiel nichts auf, Milon hingegen schien seine Maske zu durchschauen und sah ihn fragend an, doch Will schüttelte nur den Kopf. Er wollte sein Gespräch mit Veronika so schnell wie möglich vergessen und etwas Spaß mit seinen Freunden haben. Etwas Gutes hatte es allerdings, dachte er. Vermutlich würde er in Zukunft keine Probleme mehr damit haben, sich in Meister Baricus' Unterricht zu konzentrieren.

Es machte Will großen Spaß, mit seinen Freunden im „Tanzenden Löwen" zu sein, zu trinken und zu lachen. Sie unterhielten sich bis spät in die Nacht hinein. Sogar Milon stimmte schlussendlich in ihr fröhliches Gelächter mit ein. Will konnte sich nicht genau daran erinnern, wann er das letzte Mal so viel gelacht hatte. Vermutlich, als er mit Keron über Nicolas gescherzt hatte. Aber dies schien schon so lange her zu sein.

Das Lokal leerte sich langsam. Zuerst verabschiedete sich Sahri von ihnen. Ein gutaussehender Reichsschützenkadett, den Will allerdings noch nie zuvor gesehen hatte, kam zu ihrem Tisch und entführte sie, um etwas mit ihr zu trinken. Danach sahen sie sie den ganzen Abend nicht wieder.

Als nächstes verabschiedete sich Milon und ging zurück zur Akademie. Nun blieb Will mit Tillan alleine zurück. Will hatte noch nie viel Zeit alleine mit ihm verbracht. Es stellte sich jedoch heraus, dass er sich ausgezeichnet mit dem großen Kerl verstand. Er war zwar nicht so intelligent wie Milon oder so talentiert wie Sahri, aber er hatte einen ganz ähnlichen Humor wie Will. Die beiden hatten großen Spaß dabei, sich gegenseitig oder andere Schüler der Akademie aufzuziehen.

Nach einer Zeit verabschiedete sich Tillan ebenso von Will und torkelte mehr schlecht als recht aus dem Lokal hinaus. Will andererseits hatte noch keine Lust, nach diesem tollen Abend zur Akademie zurückzukehren. Dort warteten nur hartes Training und Sorgen auf ihn. Deshalb, und weil das Lokal mittlerweile so gut wie leer war, landete er am Tresen und unterhielt sich weiter mit Eddie. Er machte ihm noch einmal dieses köstliche hellrote Getränk und erzählte Will über sein Leben. Da Will nun schon einiges getrunken hatte, war er ein leichtes Publikum und lachte bei so gut wie allem, was Eddie als Scherz gemeint hatte.

Doch er erfuhr auch einiges, was sehr interessant war. Edward Ven'Guido war natürlich der Sohn einer Adelsfamilie und war ebenfalls eine Zeitlang Schüler an der Akademie in Canae gewesen. Doch das Geld seiner Familie beruhte hauptsächlich auf dem Handel von Waren aus Delona. Und nachdem sein Vater wegen Banditen zwei seiner Handelskarawanen verloren hatte, wurde er von anderen konkurrierenden Adelsfamilien aus dem Geschäft gedrängt. Sie verloren dadurch ihren Reichtum und zugleich ihr Ansehen. Sein Vater konnte deshalb nicht mehr die Gebühren für die Akademie bezahlen und er musste seine Ausbildung abbrechen.

Aber da Eddie seiner eigenen Meinung nach sowieso nie zu einem echten Reichsschützen getaugt hätte, war es keine große Enttäuschung für ihn gewesen. Denn nun konnte er seiner wahren Freude nachgehen. Er eröffnete mit einem Kredit dieses Lokal und unterhielt seine Kunden, indem er ihnen etwas vorspielte und für sie sang. Er behauptete der beste Lautenspieler in ganz Canae zu sein. Dieser Umstand und die Tatsache, dass es ihm nichts ausmachte, ob jemand adelig, reich oder keines von beidem war, trugen dazu bei, dass sein Lokal bald zu einem der beliebtesten Orte von Canae wurde. Durch die viele Kundschaft hatte er allerdings immer weniger Zeit dazu gehabt, selbst zu musizieren. Aus diesem Grund veranstaltete er jeden Samstag einen Musikabend, an dem sich jeder aufstrebende Musiker versuchen konnte. Manchmal kam es sogar vor, dass besonders angetane Zuhörer dem Musiker etwas Geld gaben oder ihm einen weiteren Auftritt bei einer privaten Feier verschafften.

Sein Vater allerdings wollte ihn eigentlich dazu bringen, ihm zu helfen, den Reichtum und das Ansehen der Familie wiederherzustellen. Es kam zu einem Streit, woraufhin Eddie das Haus seiner Familie verließ und nach Canae zog. Dies war auch der Grund, weshalb er sich fast vollkommen von der höfischen Etikette losgesagt hatte und für so gut wie jeden unter dem Namen Eddie bekannt war. Viele wussten wahrscheinlich nicht einmal, dass er eigentlich von adeligem Blut war, und so war es ihm ganz recht.

„Komm schon, Eddie, spiel mir etwas vor. Du kannst nicht behaupten der beste Lautenspieler in Canae zu sein und dich dann weigern, es auch zu beweisen", argumentierte Will, aber Eddie blieb stur.

„Vielleicht ein anderes Mal, Will. Es ist schon spät oder eher früh am Morgen. Sieh dich doch einmal um." Will tat wie ihm geheißen und sah sich im Lokal um.

„Was soll ich sehen?", fragte er halbherzig.

„Dass wir die einzigen sind, die noch hier sind? Sogar meine Kellnerinnen sind schon vor einiger Zeit nach Hause gegangen. Ich denke, dass es langsam Zeit wird, dass du gehst, um dich auszuschlafen. Soll ich dich zur Akademie begleiten?", fragte Eddie besorgt und versuchte Wills derzeitige Verfassung abzuschätzen.

Doch Will wischte dieses Angebot sofort vom Tisch. „Ney, ich schaff das schon selbst", sagte er, sprang von seinem Hocker, verlor prompt das Gleichgewicht und musste sich am Tresen abstützen, um nicht auf den Boden zu fallen. Eddie wollte schon um den Tresen herumkommen, um ihn zu stützen, doch Will hielt ihn auf.

„Nein, nein, bleib wo du bist. Ich brauche nur einen Moment." Will hoffte inständig, dass die Worte genau so aus seinem Mund kamen, wie er sie dachte. Eddie sah etwas verwirrt und besorgt aus. Daher beschloss Will am besten so wenig zu sagen wie möglich. Nachdem er glaubte sich gefangen zu haben, hob er seine Hand zum Abschied und verließ auf wackeligen Beinen das Lokal. Eddie sah ihm mit einem Lächeln nach und schüttelte den Kopf.

Draußen brauchte Will einen Moment, um sich zu orientieren. Dann schritt er zielgerichtet Richtung Akademie und bei jedem Schritt wurde er sicherer. Seine Umgebung hörte nach einer Weile auf sich zu drehen und die kalte Nachtluft reinigte seinen Geist ein wenig.

Als er gerade die Gasse verließ, in der sich der „Tanzende Löwe" befand, wurde er auf zwei Männer aufmerksam, die hinter ihm hergingen. Zuerst dachte er sich nichts dabei. Aber nachdem sie drei Gassen weiter immer noch hinter ihm waren, bekam er ein merkwürdiges Gefühl.

Will beschleunigte sein Schritttempo so gut es eben ging, allerdings gingen daraufhin auch die beiden Gestalten hinter ihm schneller als zuvor. Er hatte die Brücke fast erreicht, die zum Stadtteil führte, in dem sich die Akademie befand, als er bemerkte, dass am Brückengeländer zwei weitere Personen warteten. Er hätte sich dabei nichts Schlechtes gedacht, wenn sie sich nicht plötzlich aufgerichtet hätten, als sie ihn näherkommen sahen. Will blieb in der Mitte des Platzes stehen, der sich vor der Brücke befand.

„Irgendetwas stimmt hier absolut nicht!", dachte er sich und setzte sich wieder in Bewegung, damit ihn die zwei Männer hinter ihm nicht einholten. Er wendete sich von der Brücke ab und ging

rechts die Hauptstraße hinunter. Doch schon bald erkannte er in der Ferne, dass ihm ein weiteres Paar Unbekannte die Straße herauf entgegenkam. Er bog nach links in eine kleine Seitengasse. Dort war es dunkel, weil sie weder durch Laternen noch durch die Fenster der angrenzenden Häuser erhellt wurde. Er fluchte leise.

Kurz darauf hörte er, dass hinter ihm noch jemand die kleine Gasse betreten hatte. Die Schritte seines Verfolgers hallten von den Steinwänden wider. Langsam, aber sicher verdichteten sich seine Bedenken. „*Wer könnte das nur sein? Haben die Nah'rane es nun auch auf mich abgesehen? Kommen sie nun, um mich zu holen? Oder hatten diese Menschen gar nichts mit Kerons Entführung zu tun?*"

Es fiel Will schwer, klar zu denken, aber eines war ganz klar aus dem Nebel seiner Gedanken zu ihm durchgedrungen. Lauf. Lauf und lass dich nicht erwischen.

Will bog erneut in eine Seitengasse ein und versuchte so unauffällig wie möglich zu sein. Er wollte den Anschein erwecken, als hätte er noch gar nicht bemerkt, dass ihn jemand verfolgte. Er wusste nicht, wie glaubwürdig seine Darbietung in seinem derzeitigen Zustand war, dennoch hoffte er auf das Beste.

Seine Verfolger hatten noch nicht ganz zu ihm aufgeschlossen und als er in eine weitere Gasse einbog, verloren sie ihn kurz aus dem Blickfeld. In diesem Moment, in dem er sicher war, dass sie ihn nicht sehen konnten, fing er an zu rennen. Er war nicht gerade in der besten Verfassung, um sich in einer hohen Geschwindigkeit zu bewegen, aber die Notwendigkeit dieser Situation ermöglichte es ihm, seine Bewegungsabläufe einigermaßen zu koordinieren. Als seine Verfolger schließlich um die Ecke kamen und erkannten, was er tat, konnte Will einen von ihnen fluchen hören. Danach begannen auch sie zu laufen und die Jagd durch Canae begann.

Seine Aktion hatte ihm zwar einen kleinen Vorsprung eingebracht, durch die Auswirkungen, die der Alkohol auf ihn hatte, schrumpfte dieser jedoch immer weiter. Zweimal versuchten sie ihm den Weg abzuschneiden, woraufhin er ihnen beinahe in die Arme gelaufen wäre, hätte er nicht schnell die Richtung geändert und wäre in eine andere Seitengasse geflüchtet.

Ganze dreimal war er in der Finsternis über etwas gestolpert und war im Dreck gelandet. Dabei hatte er sich sein rechtes Knie und Schienbein aufgeschürft. Es schmerzte, war aber nicht tragisch. Doch bei seinem letzten Sturz hatte er sich seinen linken Knöchel so verdreht, dass er nun bei jedem Schritt, den er machte, schmerzte.

Sein Mund wurde langsam wirklich trocken und seine Atemzüge kamen nur noch stoßweise. Es dauerte nicht lange und er hatte keine Ahnung mehr, wo er sich befand. Selbst wenn es heller Tag gewesen wäre, hätte er nicht gewusst, in welche Richtung er laufen musste, um zur Akademie zurückzukommen. Er kannte auch keine Verstecke oder Stellen, wo er seine Verfolger abschütteln konnte. In Reduna wäre ihm das nicht passiert. Dort kannte er die meisten Gassen wie seine Westentasche. Im Nachhinein war es ein Fehler gewesen, dass er sich hauptsächlich auf dem Akademiegelände aufgehalten hatte. Wenn er die Nacht überlebte, so schwor er sich, würde er diesen Fehler nicht ein zweites Mal machen.

Schon fast am Ende seiner Kräfte lief er nach links in eine Gasse, zwischen zwei hohen Häusern, und merkte mit großem Entsetzen zu spät, dass es eine Sackgasse war. Eine hohe Mauer, viel zu hoch, als dass er sie hätte überwinden können, versperrte ihm den Weg. Er saß in der Falle. Einen Augenblick später kamen schon seine Verfolger in Sichtweite und blieben am Anfang der Gasse stehen. Vier von ihnen unterhielten sich, aber Will konnte nicht hören, was sie sagten. Er versuchte sich wahnhaft einen Ausweg einfallen zu lassen, doch nicht einmal die beste Idee hatte auch nur die geringste Aussicht auf Erfolg. Es gab nur noch eine Möglichkeit. Er musste kämpfen.

Nachdem seine Verfolger sich offenbar geeinigt hatten, kamen drei von ihnen langsam und vorsichtig auf ihn zu. Es war zu dunkel, als dass Keron Genaueres erkennen konnte, allerdings hatte einer von ihnen offenbar so eine Art Keule in der Hand. Sie umkreisten ihn, soweit es in der kleinen Gasse möglich war, und stürzten sich dann auf ihn. Will wünschte sich zwar, dass er ein Schwert gehabt hätte, aber selbst ohne eine Waffe war er nicht ganz hilflos.

Dem ersten Mann, der ihn packen wollte, wich er aus und trat ihm gegen das Schienbein. Der Mann heulte vor Schmerz auf und machte einen Schritt zurück. Dann versuchten die anderen beiden es zusammen. Will konnte einem Hieb mit der Keule ausweichen, musste dafür allerdings einen harten Schlag in die Seite einstecken. Er taumelte ein paar Schritte nach hinten, doch sie erlaubtem ihm nicht die Distanz zu wahren, sondern setzten gleich nach. Es gelang ihm erneut, dem ersten Angriff auszuweichen, dann jedoch warf sich der zweite Mann mit seinem ganzen Gewicht gegen ihn und drückte ihn schmerzhaft gegen die Mauer am Ende der Sackgasse.

Will versuchte sich zu wehren, und dennoch entkam er dem Griff des Mannes nicht. Sein Kopf schlug einige Male gegen die Mauer und jedes Mal wurde ihm kurz schwarz vor Augen. Dann kam die dritte Person wieder auf ihn zu und schlug ihm mit der Faust direkt ins Gesicht. Ein unglaublicher Schmerz durchfuhr seine Nase und kleine Lichter tanzten vor seinen Augen. Er hörte vollkommen auf sich zu wehren und nachdem der Mann, der ihn festgehalten hatte, aufhörte ihn gegen die Wand zu drücken, fiel Will auf alle Viere. Etwas Warmes lief über sein Gesicht und tropfte auf den Steinboden.

Ohne eine Abwehrmöglichkeit erwischte ihn ein Tritt von der Seite und ein stechender Schmerz, begleitet von einem Knacksen, breitete sich in seiner Seite aus. Die Luft verließ mit einem Mal seine Lunge und er rollte seitlich auf den Rücken. Ihm wurde auf einmal ganz übel und er musste sich übergeben. Verschwommene Gesichter blickten auf ihn herab. Dann ergriffen ihn zwei Paar Hände und stellten ihn wieder auf die Beine. Doch da er sich nicht mehr aus eigener Kraft halten konnte, stürzte er wieder auf die Knie. Mit gesenktem Kopf wartete Will, der mittlerweile jeden Kampfeswillen verloren hatte, und nur noch aus einem Haufen Schmerzen bestand, auf sein Ende. Seine Nase fühlte sich an, als wäre sie dreimal so groß wie normal. Seine rechte Seite schmerzte bei jeder kleinen Bewegung und es fiel ihm schwer zu atmen.

Doch für den Moment kam kein weiterer Schlag. Ein Mann hockte sich vor ihn hin und zog Wills Kopf an seinen Haaren nach oben, damit er ihn ansah. „Ich weiß nicht, ob du kleiner Scheißer mich noch verstehen kannst, aber es ist mein Auftrag, dir noch etwas zu sagen, bevor wir dir den Rest geben", sagte er und sprach sehr deutlich, damit Will ihn in seinem von Schmerzen und Alkohol benebelten Zustand auch verstand. „Das passiert mit Helden, wenn sie sich in die Angelegenheiten anderer Leute einmischen."

Will spuckte Blut und Speichel auf den Boden neben ihm und grinste. Er hatte nicht für möglich gehalten, dass er das überhaupt noch konnte, sosehr wie sein Kiefer wehtat, aber es gelang ihm dennoch. Dem Mann mochte diese Botschaft nichts sagen, Will hingegen hatte sie selbst in seiner derzeitigen Verfassung verstanden. Er streckte seinen Kopf, soweit es eben ging, zu dem Mann hin und dieser verstand Wills Absicht und kam mit seinem Ohr näher an Wills Mund, damit er seine letzten Worte hören konnte.

„'ichte dei' Auf'geber 'us", stammelte Will, dem sein Blut immer noch in den Mund lief. Er spuckte noch einmal aus und riss sich zusammen, damit seine letzten Worte noch zu verstehen waren. „Sag Schesper, er schlägt wie ein Mädchen." Es war nicht gerade geistreich, allerdings brachte er in seiner Situation nichts Besseres zustande. Will wollte lachen, aber es kam nur ein seltsames Gurgeln aus ihm heraus. Die Miene des Mannes verfinsterte sich und er schlug Will ein letztes Mal mit voller Kraft ins Gesicht. Dieser verdrehte die Augen, fiel mit dem Gesicht voraus auf den dreckigen, kalten Steinboden und blieb regungslos liegen.

… Lachen … Schritte …

… Schritte …

„Will??? Oh, Gott! Ich hole sofort Hilfe!"

…

HERZ FÜR AUTOREN A HEART FOR AUTHORS À L'ÉCOUTE DES AUTEURS MIA KAPΔIA ΓIA ΣΥΓ
ΑΠΙΑ FOR FÖRFATTARE UN CORAZÓN POR LOS AUTORES YAZARLARIMIZA GÖNÜL VERELIM S
INE PER AUTOR(ET HJERTE FOR FORFATTERE EEN HART VOOR SCHRIJVERS TEMOS OS AU
ERZÖINKÉRT SERCE DLA AUTORÓW EIN HERZ FÜR AUTOREN A HEART FOR AUTHORS À L'ÉCO
AÇÃO ВСЕЙ ДУШОЙ К АВТОРАМ ETT HJÄRTA FÖR FÖRFATTARE À LA ESCUCHA DE LOS AUT
EURS MIA KAPΔIA ΓIA ΣΥΓΓΡΑΦΕΙΣ UN CUORE PER AUTORI ET HJERTE FOR FORFATTERE EE
ARIMIZA ZERZÖINKÉRT SERCE DLA AUTORÓW EIN HERZ F
SCHRI DS AS A CORAÇÃO ВСЕЙ ДУШОЙ К АВТОРАМ ETT HJÄRTA F

Der Autor

Manuel Tschmelak wurde 1994 in Graz geboren. Nach der Matura entschied er sich, hier bleiben zu wollen, und studierte Biomedizinische Analytik an der FH JOANNEUM. Noch heute lebt er in Graz und übt weiterhin seinen Traumberuf als biomedizinischer Analytiker aus. Doch sein Herz schlägt auch schon lange, neben einer Reihe weiterer Hobbys, für das Lesen und Schreiben. So nutzte der junge Hobby-Schriftsteller seine Fantasie, um eine detaillierte Fantasy-Welt namens Ryloven zu erschaffen, in der zugleich sein erster Roman spielt. „Ryloven: Die Nah'rane" heißt sein Debütwerk, das 2021 veröffentlicht wurde.